DESTEK
yayınları

DESTEK MEDYA GRUBU

DESTEK YAYINLARI: 857
GÜNCEL: 64

MELTEM GÜNER / SIRLAR BOHÇASI

İmtiyaz Sahibi: Yelda Cumalıoğlu
Genel Yayın Yönetmeni: Ertürk Akşun
Yayın Koordinatörü: Özlem Esmergül
Editör: Özlem Esmergül
Son Okuma: Aslı Bahşi
Kapak Tasarım: Işıl Ilgıt Şimşek
Sayfa Düzeni: Cansu Poroy
Sosyal Medya-Grafik: Tuğçe Budak - Mesud Topal

Destek Yayınları: Ekim 2017
1.-9. Baskı: 2017
10.-17. Baskı: 2018
18. Baskı: Ocak 2019
19. Baskı: Nisan 2019
20-21. Baskı: Temmuz 2019
22. Baskı: Ekim 2019
23. Baskı: Aralık 2019
24.-25. Baskı: Şubat 2020
Yayıncı Sertifika No. 13226

ISBN 978-605-311-312-6

Abdi İpekçi Caddesi No. 31/5 Nişantaşı/İstanbul
Tel. (0) 212 252 22 42 – Faks: (0) 212 252 22 43
www.destekdukkan.com – info@destekyayinlari.com
facebook.com/DestekYayinevi – **twitter**.com/destekyayinlari
instagram.com/destekyayinlari
www.destekmedyagrubu.com

Deniz Ofset – Nazlı Koçak
Sertifika No. 40200
Maltepe Mahallesi
Hastane Yolu Sokak No. 1/6
Zeytinburnu / İstanbul

DESTEK yayınları KARAKARGA BEYAZ BAYKUŞ genç DESTEK

虎柳

meltem güner

SIRLAR BOHÇASI

Semboller hayatımıza nasıl girer
ve planı ne şekilde değiştirir?"

DESTEK
yayınları

İÇİNDEKİLER

YAZAR HAKKINDA

1970 yılında İzmir'de dünyaya geldim. Farklı coğrafyalardan göçen, ancak hayatın bir araya getirdiği köklerimin yer değiştirme isteği benim de genlerimde yer etmiş. 1994 yılının sonunda, kızım Bilge Su henüz yirmi günlükken İstanbul'a taşındık. Alıştığını bırakmanın ne derece zor bir deneyim olduğunu ilk o yıllarda yaşadım. İstanbul'dan gitme hayalleriyle savaşırken, ondan uzağa gidemeyeceğimi fark etmem ise New York şehrine yerleşmek için yaklaşık sekiz ay boyunca verdiğim mücadelede, oturma izni tam çıkmak üzereyken vazgeçmem ve İstanbul'un kucağına geri dönmem ile oldu. İstanbul, bana çok şey hediye etti. İzmir'de doğdum, İstanbul'da büyüyorum. Ne zamana kadar? Henüz bilmiyorum...

Ege Üniversitesi Edebiyat Fakültesi Klasik Arkeoloji Bölümü'nde eğitim aldım. Her ne kadar sıralama hatası ile girmiş olsam da tesadüf gibi görünen bu siparişim, hayata bakış açıma pek çok değer kattı. Geçmişin değerini gün geçtikçe daha çok önemsiyorum.

Çalışma hayatına üniversitede öğrenciyken başladım. Üretmeyi, öğrenmeyi ve hayata emeğimle katılmayı seviyorum. Yemek pişirmekten de keyif alırım, mutfak konusunda yakın çevremde ünlüyümdür. Vakit buldukça yürüyüş yaparım, bisiklete binerim, Hatha ve Yin Yoga yaparım.

Başka bir merakım olan astrolojiyi ise kendi çabamla ve araştırarak öğrendim. Gözlemci yapım ve odaklanma becerim sayesinde birçok farklı alanda kendimi yetiştirmeye devam ediyorum.

İstanbul Üniversitesi Edebiyat Fakültesi Antropoloji Bölümü'nde halen öğrenciyim. Vakit bulup okulda derslere katıldıkça, gençlerle beraber yeni bilgilerle zenginleşme deneyimi bana iyi geliyor.

2012 yılında blogumu açtım. Farklı konularda yazdığım yazıların arasından *Derin* adlı romanım aktı geldi ilham kapısından. Ne yazdığımı anlamam aylarımı aldı. İçimden geldikçe yazıyor, yazdıkça daha fazla yazasım geliyordu. Bu arada *Niyet Defteri* adlı kitabımı da kaleme aldım. Her ikisi de 2015 yılının son aylarında yayımlandı. Tüm bu gelişmeler olurken *Sırlar Bohçası* adlı kitabı yazmaya yeni başlamıştım.

Derin, mükemmellik dayatmasında boğulmuş "başarılı" bir kadının "başaramama" öyküsü üzerinden sistemi sorgulayan bir roman. *Niyet Defteri*, kadim bir bilgi olan niyet etmenin uygulamalarını aktarıyor. Nasıl niyet edilmez? Ne zaman niyet edilmeli? Niyetlerimizin gerçekleşmeme sebepleri nelerdir? Bu gibi soruların cevaplarıyla okuyana yol gösteriyor. *Niyet Defteri* 2018 yılında yenilenmiş ve genişletilmiş baskısıyla yeniden yayımlandı.

Sırlar Bohçası adlı kitabım Ekim 2017'de yayımlandı. Sembol okuyucusu olmanın inceliklerini anlattığım bu kitabımda kadim sembollerin yanında; renkler, sayılar, hayvan sembolleri ve mitolojik sembollerin kullanım şekillerinden derinlemesine bahsediyorum. Dövme sembollerinin hayatına getirebileceği etkileri de paylaşıyorum.

2018 yılında *Gelecek Geçmişi Şekillendirir* adını verdiğim interaktif bir çalışma kitabım okurla buluştu. Bu kitapta okuyucuma atölye çalışmalarımda da paylaştığım teknikleri anlatıyor, kendi yolculuğunu aydınlatabilmesi için inceleyip uygulamasında fayda olan yaşam alanlarını işaret ediyorum.

2019 yılında *Derin* adlı romanım gözden geçirilmiş haliyle yeniden yayımlandı.

2020 yılında rüya konusunu detaylı olarak ele aldığım, sembolleri ve yorumlama tekniklerini örneklerle aktardığım *Rüya* adlı kitabım yayımlandı.

Aktif olarak videolar eklediğim YouTube kanalımda deneyimlerimi ve bilgilerimi paylaşıyorum. Ayrıca düzenli atölye çalışmalarım ve seminerlerimde de bildiklerimi talep edenlere aktarıyorum.

Doğada görünen, görünmeyen her şeyin birbiriyle iletişimde olduğuna inanırım.

Buğday Derneği üyesiyim. Birçok derneğin ve kuruluşun da destekçisiyim. Bir arada olmamızın bizi güçlü ve mutlu yapacağına inanırım.

Hayatın geçiciliğinin farkındayım ve bize verilen emanetlere sahip çıkarak yaşama gayretindeyim.

I. BÖLÜM

SEMBOL OKUYUCULUĞU

Sembollerin Yönetim Gücü

Gelenekten gelen eylemlere ya "hurafe" ya da "batıl inanç" demişizdir.

"Başkasının elinden bıçak alma."

"Kollarını bağlama kısmetin bağlanır."

"Geceleri tırnak kesilmez."

"İşe sağ elle başla."

Bunlar gibi daha bir sürü şey...

"Kadim" diyerek tanımlanan yani öncesiz ve nereden itibaren başladığı bilinmeyen bilgelikleri küçük gördük.

Ayrıca hayatımızın her alanında ve her anında farkında olmadan kullandığımız renklerden şekillere kadar her sembolle, günün planını organize ettiğimizi görmezden geldik.

Oysa semboller ve kadim bilgi, bilinçli kullanıldığında hayatın her alanında anbean fark yaratmak mümkün.

Sembollerin bir dili vardır. Onları seçerek konuşturur ve çalışmalarını sağlarsın. Hangi sembolü nerede kullandığının farkında olmadığın zamanlarda bile semboller çalışır. Konuşmaya ve yaratmaya devam eder.

Bir mekân, bir eşya ya da obje seçerken hangi enerjileri hayatına aldığını, başına gelen bir durumun, gördüğün bir rüyanın, yaşadığın bir kazanın içindeki sembolleri okuyabiliyor olmak, hem yaşadıklarını anlamlandırabilmene yardımcı olacak hem de dilediğin doğrultuda yeni yollar açabilmene fırsat verecektir.

Sırlar bohçasının içinde sayılar, renkler, hayvanlar, çiçekler ve daha birçok sembol yer alıyor.

Sembolleri okumanın ve hayatın içine yerleştirmenin bir dolu örneklerini ve tekniklerini de yine bu kitapta bulabileceksin.

Hayat, semboller aracılığıyla konuşur. Seçtiğimiz sembollerle hayatın konuşmasına fırsat veririz. Bu yüzden hayatın ne söylediği, yaptığın sembol seçimleriyle çok ilgilidir.

Milyonlarca yıldır lisanlardan önce sembollerle konuşan insanoğlu, aslında kâinatın hayvanlardan bitkilere, rüzgârdan toprağa, yıldızlardan gezegenlere kadar her varlığının konuştuğu bu dili en son öğrenen ve ilk unutandır...

Kâinatın kullandığı semboller dilini kullanırken dikkatini okuduğun bir sembole verdiğinde ve ona doğru soruları sormaya başlayıp cevaplar aldığında sen de "okuyucu" olursun.

Sırlar Bohçası, "sembol okuyucusu" olmanın yolunu açan kadim sırlarla dolu bir kitap...

Sembol Okuyucu

Kendimi bildim bileli çok soru soran, her hareketi ve durumu merakla izleyen, araştıran, ebeveynleri için yorucu ve inatçı, bana sorsanız sadece öğrenmek için gayret eden bir "okuyucu"yum.

Bir süreliğine geldiğim bu âlemi keşfetmek niyetindeyim.

Yıllardır tesadüfleri not edip, bağlantılarını kurup, şemalara döküp kâinatın benimle bu şekilde konuştuğuna inandım.

Bana "iflah olmaz idealist" ve "hayalperest" diyenlerin çoğu kendi hayatlarında olup bitenlere bir anlam veremediklerinde soluğu hemen yanımda aldı.

"Bütün bu olanlar bana ne söylemeye çalışıyor?"

"Kullandığım sembollerle farkında bile olmadan hayatımı nasıl zora sokmuşum?"

"İyi niyetle aldığım hediyelerin sembolize ettiği anlamlarla iyi giden şeyleri nasıl mahvetmişim?"

"Fark yaratmak için hangi sembolü nerede ve nasıl kullanmalıyım?"

"Para akışımı kullandığım eşyalarla nasıl yönetebilirim?"

"Yeni bir iş kuruyorum, logomla şirketin kaderini nasıl yönetebilirim?"

"İlişkimde her şey yolunda gibi görünse de neden bir türlü istediğim gibi yaşayamıyorum?"

Bunlar gibi daha bir dolu soruya cevaplar veren, çözümler üreten, yol gösteren bir semboller arzuhalcisi oldum.

İlgi alanım semboller, semboller tarihi ve hayatı sembollerle okuyarak şekillendirmekti. Üniversite sınavında klasik arkeoloji bölümünü yüksek bir puanla kazanınca, semboller ve tarih hayatımın bundan sonra benden hiç ayrılmayacak bir parçası haline geldi.

Sembol dilinin masalsı anlatımının çıkış noktalarından biri mitolojidir. Özellikle de Yunan mitolojisi...

Sözlü aktarımların kaynaklarından pagan inanışa olan merakım tüm dünya kültürlerinin sözlü aktarımlarını incelememe sebep oldu. Ardından Ortadoğu tarihi ve tarihöncesi dönem...

Sembol okuma merakımın ateşini körükleyen bir adamla evlenince sembol okuyuculuğu bir yaşam biçimine dönüştü bizim için.

İlgi alanımın ilk sırasında rüyalar ve rüyaların içindeki sembolleri okumak olsa da olaylar, hastalıkların sebepleri, kazalar, objeler, renkler ve şekiller de benim için sembol dilinin bir harfidir.

Semboller, doğru okunduğunda bir dolu bilgiyle ve mesajlarla gelirler insanın hayatına.

Yıllar önce bir gün, ülkenin tanınmış ailelerinden biri beni aradı. Tanıdıklarının yeni doğan bebeğinin hasta olduğunu söyledi. Yardımımın dokunabileceğine inanıyordu. Çok geçmeden bahsettiği aile ulaştı bana. Yedi aylık kızının kemik kanseri olduğunu söyledi. Yaşadıkları bu sağlık sorunundan dolayı gitmedikleri hastane, başvurmadıkları yöntem kalmamıştı.

Beni arama sebebinin ne olduğunu konuşmamız sırasında anlamıştım zaten.

Yaşadıkları bu süreç görünenin ötesinde daha derin bir mesaj içeriyor olmalıydı. Bu durumun onların başına gelmiş olmasının bir sebebi olmalıydı. Sistem cevap vermek istiyordu. Son noktaya gelinmişti. Aile beni cuma günü öğleden sonra aramıştı, söylediğine göre pazartesi günü çocuğun sol bacağı, kalça altından kesilecekti.

Kızının adını ve soyadını not edip beni beş dakika sonra aramasını isteyerek telefonu kapattım.

Sembol dilinde iki kanal bulunur:

1. Uyanmak
2. Uyandırmak

Hastalıkla doğanlar, kaza sonucu kaybedilenler ya da toplumu derinden sarsan ölümler, hastalıklar ya da olaylar her zaman uyandırmak için gelirler.

Başımıza gelen kazalar, uyanışa davet edilmemizdir.

Uyandığımızda olaylar dönüşür, hayat da yol da değişir. Uyanılmadığında alarmın sesi yükselerek devam eder.

Yazık, her alarmda herkes uyanamıyor.

Konuya geri dönecek olursam, aile beni aradığında onlara muhtemelen maddi menfaatler yüzünden doğru yoldan uzaklaşmış olduklarını, kızlarının bu yanlışı fark ettirmek için hastalıkla doğarak onları uyanışa davet ettiğini anlattım.

Çok şeye sahip olan bu ailenin saptığı yanlış yol, onca servete rağmen kızlarını iyileştirmeye yetmiyordu. Kızlarının iyileşebilmesi için girdikleri yanlış yoldan çıkmalarının yeterli olacağını söyledim. Ne demek istediğimi çok iyi anlamışlardı. Hiçbir şey sormadan telefonu kapattılar.

Şifre çözülmüş, mesaj sahibine teslim edilmişti. Birkaç gün sonra beni yine aradılar.

Bir mucizenin gerçekleştiğini, doktorların şaşkın olduğunu ve ameliyatı on gün ertelediklerini söylediler.

Merak etmemelerini, olayın artık geçtiğini ve yakında kızlarının yürümeye başlayacağını söyledim.

O günün üzerinden aylar geçti. Kızın bacağı kesilmedi ve kanseri de iyileşmeye başladı. Şimdi o minik bebek okula giden sağlıklı bir kız çocuğu.

Ne oldu da bu kadar kısa sürede bu sonuca ulaşabildik?

İdrak ve sonrasının bizi götürdüğü yer şuur makamıdır.

Yaşadığımızın anlamı derinleşir, hayatla kavga biter, şükür kapısı açılır ve kalp huzura kavuşur.

İşte bu tam anlamıyla bir "buluşma" anıdır. Buluşma anında bize yaşamın mesajlarını aktaranla buluşur ve dönüşüm kapısından geçeriz.

Anlattığım hikâye gibi yüzlerce farklı deneyim paylaşabilirim ama o zaman da kitap bitmez. Amacım sembol okuyuculuğuyla ilgili temel bilgileri seninle paylaşmak ve fark yaratma sürecinizi hızlandırmak.

Geçmiş kültürlerde masallar, mitler ve hikâyeler bilgiyi korumak için tasarlanmıştır. Hikâyeler en iyi hatırlatma yöntemleridir. "Sözlü aktarım" sistemiyle inançlar, olaylar ve bilgiler yüzlerce yıldır gelecek nesillere aktarılır.

Hepimiz hikâyesi olan birini ya da ürünü seçer ve hatırlarız.

Neden? Çünkü aklımıza kazınır.

Bu şekilde acaba fark etmediğimiz ne türden mesajları sahiplenip duruyoruz değil mi?

Örneğin 2017 yılında Fransa'da cumhurbaşkanı Emmanuel Macron, seçimlerden önce hem halkı tarafından hem de diğer ülkelerin milletleri tarafından çok sevildi. Siyasi kimliğinden önce karısıyla yaşadığı aşkın hikâyesi kabul gördü, konuşuldu. Görünene göre adam romantikti, sadıktı ve aşka inanıyordu. Sürpriz bir isim olarak girdiği seçimi rakiplerini ezerek kazandı.

Bu başarıyı siyasi mesajlarıyla mı kazandı sence?

Tabii ki hayır.

Önce güven verdi. Kendisinden 25 yaş büyük bir kadınla 25 yıldır birlikte olmasıyla sadakatine tam not aldı. Üstelik kendisini uzun uzadıya anlatmasına gerek olmadan bunu başardı. İstikrarlı, güvenilir, yakışıklı ama bundan daha da fazlası aşkı önemsiyor, şekilci değil ve kadınlara karşı da saygılı bir adam inancı yarattı.

Rusya Devlet Başkanı Vladimir Putin, kameraların önünde özel hayatıyla olmayı pek sevmeyen bir lider. Onu kamera önünde gördüğümüzde ya judo yapıyor, ya ayıya binmiş ya da buzlu suda yüzüyor.

Peki bütün bunları neden yapıyor?

Çünkü dünyaya bir mesaj veriyor.

Ne mi?

En zor sporu yapacak, en güçlü hayvana hükmedecek kadar gücüm yerinde, farklıyım ve yenilmezim.

Biz de kendimize ve çevremize, çevremiz de bize mesajlar verip durur. Semboller algıyı, hisleri, tepkileri, enerjileri ve sonuçları bu şekilde etkiler.

Sembollerin dili iki yönlü çalışır:

1. Politikacı örneğinde anlattığım gibi teklif edileni kabul eder, hatta kimi zaman körü körüne takip ederiz. Bunu neden yaptığımızı bilmeden, sahip olmak ya da öyle olmak isteriz.

Gişe rekorları kırmış dünyaca ünlü filmlerin, yıldız oyuncuların, çoksatar kitapların elde ettiği başarının perde arkasında her birinin aslında bir proje ürün olduğunu çok zaman gözleriz. Yıldız oyuncuların evlat edinme tutumlarından tutun da ziyaret ettikleri mülteci kamplarına, yaptıkları yardımlardan söyledikleri şarkıların sözlerine kadar, hikâyeler şeklinde anlatılan mesajların cinsel içeriğinden, bazı toplumların mazlum bazılarının da zalim gösterilmesine kadar binlerce sembol aracılığıyla birtakım hikâyeler yazılır ve aktarılır. Sembolcülük artık günümüzde bir modern çağ uygulaması halini almıştır.

2. Sembol dili ikinci yönde çalıştığında, hastalıkların sebeplerini okuyabilme örneğinde anlattığım şekilde sorularımıza cevaplar verir.

Adımız, soyadımız, ailemizin geldiği topraklar, yaşadığımız coğrafya, oturduğumuz ilçenin, semtin, apartmanın adı, kat sayısı, mesleğimiz, karşı cinsle olan ilişkimiz, sevdiğimiz ve sevmediğimiz renkler, şekiller, kıyafet seçimlerimiz, eşya seçimlerimiz, obje seçimlerimiz, rüyalarımız, başımıza gelen olaylar, kazalar, kendi hikâyelerimiz, burcumuz, yükselen burcumuz daha da önemlisi doğum haritalarımız, elementlerimiz, doğum tarihimiz, önem verdiklerimiz, merak ettiklerimiz, karşılaşmalarımız, çocukluktan beri hatırımızda kalan olaylar, masallar, hatıralar, ebeveyn olup olmamız, sahip olduğumuz çocuk sayımız, cinsiyetlerimiz, her şey ama her şey semboller dilinin bir parçası. Dolayısıyla sembol okuyuculuğunun da ihtisas alanı...

Olanı okumak çok değerlidir çünkü bu olacak olanı da etkiler.

Bu fark edişten sonra uyanmış ve aydınlanmış bir sembol okuyucu olarak seçimlerini yeniden değerlendirebilirsin.

Sembol okuyucularının sadeleşme yolculuklarını anlamaya başlarsın.

Hastalıkların kendiliğinden iyileşmeye başlar, hayat sana fırsatlar sunar ve sen fırsat peşinde koşmayı bırakırsın.

Semboller Dilini Doğru Kullanabilme Becerisi

Sembolleri okumaya başladığında, dünya senin için daha sade bir yer haline gelebilir. Çünkü düzen, kaostan doğar.

Danışanlarımın çoğu sembol okuma yolculuğumuz sırasında okuyamadıklarını düşündükleri anlarda hemen beni arayıp birtakım sorular sorarlar.

Mesela arabasının sol ön lastiğinin patlamış olmasındaki okumayı yapamaz ve beni arar. "Bu olayda ne yazıyor?" der.

"Cüzdan alacağım, ne renk olmalı?" diye sorar.

"Kiralayacağım ev şu semtte ve şu katta, kirası şu, karşımda şu manzara var, ne yapayım?" der.

Bu tür sorular seninle de buluşacak.

Çünkü senin de hayatında semboller, şekiller, sayılar, objeler, renkler, çiçekler, kıyafetler, eşyalar, seçimler, olaylar ve durumlar var.

Her biri olmuş olanı ve olacak olanı etkileyen nüveler.

Sana alınan hediyelerin ne anlama geldiğini, sana ait olmadığı halde hediye yoluyla hayatına giren sembollerin neyi nasıl etkileyeceğini okuyabiliyor ve önlemlerini alabiliyor olacaksın.

Tam bu noktada sana bir hikâye anlatmak isterim.

Bir Feng Shui ustasının yolu bir gün bir köyden geçer. Susamış olan üstat eski bir evin kapısının önünde duran kadından bir bardak su ister. Kadın suyu getirir ve bu bilge adamdan yeni evi için tavsiye vermesini ister. Adam suyu içecekken içinde bir saman çöpü olduğunu fark eder. Kadının, suyu bu şekilde vermiş olmasına kızar. Suyu içmez ve kadına da yanlış bilgi verir. Evi, aslında hiç bulunmaması gereken bir yere inşa etmesini söyler.

Aradan yıllar geçer ve üstadın yolu yine aynı köyden geçer. Kendisine daha önce tavsiye verdiği kadınla yolda karşılaşır ve kadının ısrarlarıyla evine gider. Evin de kadının da durumu çok iyi görünmektedir. Üstat şaşırır, çünkü olması gerekenlerin tersini tavsiye etmiştir. Bu iyiye giden hali anlamaz ancak sesini de çıkarmaz.

Kadın içeriye gider ve elinde bir bardak suyla gelir. Suyun içinde yine saman çöpü vardır. Kadın bardağı adama uzatmadan önce ona ne kadar minnettar olduğunu, onun sayesinde bolluk ve bereket dolu bir eve sahip olduğunu anlatır. Ardından sudaki çöp için özür diler.

Köyün suyu çok soğuk aktığından suyu yavaş ve yudumlayarak içebilmeleri için her bardağa bir saman çöpü koyarak misafirlerini hastalıktan korumaya çalıştıklarını anlatır.

Üstat biraz mahcuptur. Suyu yudumlayarak içer.

Kadının hayatında bu farkı yaratabilmesinin sebebi, her şeyin en iyisinin olacağına duyduğu inançtır.

Onu üstadın hışmından koruyan şey, kâinatın işleyiş prensipleridir.

Kadının misafirini korumak için yaptığı şeyin karşılığı ona iyilik olarak dönmüştür.

Bilgiyi ve aklı doğru kullanmak çok değerlidir.

Bizi bizden ve bilginin kibrinden koruyacak olan şey sevgiyle ve teslimiyet halinde kalpten akan niyetlerimizdir.

Bu kitapta geçmiş zamanlarda tılsım olarak kullanılan bazı sembolleri ve metotları da paylaşıyorum.

Ancak şunu da hatırlatmak isterim ki, iyiye kullanan iyilikle, kötüye kullanan kötülükle karşılığını bularak yoluna devam eder.

Burada paylaştıklarım aşk ateşiyle yazıldı. Yıllarca ilmek ilmek işlendi.

Okuyan, okunmasında aracılık eden ve yazmamda emeği olanlar!

İyi ki varsınız.

Sembol okuyuculuğunda, sorulan her sorunu cevabı anın içinde saklıdır.

Neyi Sembol Olarak Tanımlarız?

"Sembol" kavram, düşüncenin, sesin, hissedişin, yani bir anlamda görünmez olanın görünür hale gelebilmesinin aracıdır ve bir tür tasvirdir.

Semboller, gizli olanı açığa çıkardığı gibi açık olanı gizleme özelliğine de sahiptir.

İstenilen mesajın sembollerle gizlenerek aktarımıyla oluşturulan masallar, efsaneler, şekiller ve mitolojik anlatımlar, bilginin gizlenerek saklanmasını yani bir anlamda sırlanarak bohçalanmasını temsil eder.

Öte yandan bilimsel semboller, trafik işaretleri, harfler, sayılar gibi toplumun veya bireyin bir konu hakkında daha fazla bilgi sahibi olmasına hizmet edenler ise sembollerin bilgiyi açık eden yönünü gösterir.

Doğanın akışı içinde izlenerek elde edilmiş bilgileri, vücudun bölümlerini, renkleri, şekilleri, formları ve bunların bir araya geliş zamanını da listeye eklersek neredeyse hayatın tamamı sembolizme dahil olabilir.

Mesela yönleri ele alalım:

Doğu: Güneşin doğduğu yön. Başlangıcı, yenilenmeyi, aydınlanmayı ve gelişimi temsil eder.

Batı: Sonlanmayı, tamamlanmayı, yatışmayı ve kavuşmayı anlatır.

Kuzey: Serin, suyun soğukluğunu hissettiren, sert karakterli ve katıdır.

Güney: Hareketli, sıcak, nemli, yumuşak ve sakindir.

Peki bu bilgilerin ışığında sence evinin kapısının bulunduğu yön sana ne anlatıyor olabilir? Düşün ve ilk sembol okumanı yap.

Sembollerin bize bir mesaj aktarıyor olması prensibi önemlidir. Yani karşılaşmamızın bir etkisi olmalıdır.

Bilgisini aktaramamış bir sembol, hediye gelen bir mücevherin çöpe atılıp kutusunun saklanmış olmasına benzer.

Uzakdoğu'ya yaptığım bir seyahatte, Hindu inancını benimsemiş bir ülkede kaldığımız süre boyunca etrafımızdaki tapınaklar ve onlara gösterilen ihtimam oldukça ilgimi çekti.

Her gün hiç bıkmadan minik tabakların içine koydukları pirinç, çiçek ve tütsülerle yaptıkları seremonileri ilgiyle izledim.

Her gün özenle giyinen kadınlar ve erkekler belden aşağılarına birer etek sarıyorlar ve inandıkları tanrıların heykellerine sunularını bırakıyorlardı.

Birçok heykelin altına, kumaş parçaları sarılırdı. Siyah beyaz kareli kumaştan yapılan etek benzeri örtü tüm tanrı figürlerine bağlanmıştı.

Kime sorsam hep benzer cevaplar aldım.

"Bizim inancımız böyle" dediler.

Bir gün bu heykellerden birini uzun süredir seyrettiğimi fark eden bir genç yanıma geldi ve "Sana merak ettiğin cevabı verebilirim" der gibi baktı yüzüme.

"Bizim inancımıza göre beden, dünyaya gelirken üzerimize giydiğimiz bir giysidir. Bir gün bu giysiyi bırakıp buradan gideceğimizi hatırlamak için tanrılarımıza bu örtüleri sararız" dedi.

Çıkış amacı oldukça güçlü bir ritüel olmasına rağmen zamanla sürekli tekrar edilen, anlamı hatırlanmaz olmuş bir uygulamaya dönüşmüştü.

Her gün yaktıkları tütsülerle önceki günün tesirini temizliyorlarmış.

Verilen nimetlere şükretmek için tanrılara yiyecek getiriyorlardı.

"Peki, ama sunuların hepsi yerlere dökülüyor" dedim yanıma gelen gence. "Hepsinin üzerine basılıyor, bu ne kadar doğru?"

"Biz bunları tanrılarımızın gelip yemeyeceklerini zaten biliyoruz. Önemli olan bu işe zaman ayırmak ve özen göstermektir" dedi.

Her inancın törenleri ve ibadet şekliyle inanç sahibine aktarmak istediği bir bilgi ve yaşatmak istediği bir hal vardır. İbadetlerin şekline takılıp kaldığımızda içleri boşalmaya başlayan ritüeller, bir süre sonra benlikleri esir alan demir parmaklıklara dönüşür. Özümüzle bağlantımızın zayıflamasına neden olur.

Semboller sadece şekillerden ve renklerden oluşmaz. Bir anlam aktarırlar. Sembollerle aramızda bir sohbet vardır ve merak uyandırır.

Bir kaza, yaşanan bir hastalık, bedeninde dövme yaptırdığın yer, vücudunun bir yerinde yer alan doğum lekesi, ben işaretin, sevdiğin ya da sevmediğin kanaat önderlerin, kısacası hayatının tamamı ve seçimlerinin her biri sana senden bahseder.

Burada önemli olan bu dili öğrenirken sorduğun sorulara dikkat etmen.

Bu dili öğrenmek isteyenlerde gördüğüm en kritik davranış biçimi hızla soru sormaya başlamaları, ancak bir süre sonra cevapları tam olarak anlayamamalarından kaynaklanan kafa karışıklıklarıdır.

Bu konuyla ilgili birkaç önerim var.

Bir olaya, rüyaya ya da duruma sembol diyebilmen için dikkat çekmesi gerekir.

Sabah uyandığında etkisini hâlâ hissettiğin rüyayı hemen not edersen mesajı okuman kolaylaşır.

Kafana takılan bir olay ya da başkasının sana yaptığı davranışı not et.

"Bu olay bana ne anlatıyor?" sorusuyla başlayacak olan karmaşadan seni korur.

Yazılanları anlamak her zaman çok daha kolaydır.

Bir şekil, renk, hayvan, çiçek, bir eşya hatta bir insan bile okunacak bir sembol olabilir.

Bir bileklik hediye gelir ve sen onu hemen takmak istersin.

Bir çiçek gönderilir ve sen onu görmeye bile tahammül edemezsin.

Bu aslında sembol aracılığıyla o an içinde yaşadığın duygunun açığa çıkmasıdır.

Cumhurbaşkanını rüyanda gördün ve sana tavsiyelerde bulundu. Ülkenin başkanı olan kişinin rüyanda sana tavsiye vermesi, senin kendi ruhsal planından gelen tavsiyeleri temsil eder.

Yine bir ünlüyü rüyanda görürsün ve çocukluktan tanıdığın biriyle karşılaşırsın. İşte o zaman onların isimleri veya soyadları senin için birer sembol sayılabilir.

Ünlünün son zamanlarda yaşadığı olayları merak edip incelediğini düşündüğün için onu rüyanda gördüğünü düşünürsün ama olayların dikkatini çekmesi tesadüf değildir.

"En sevdiğim" dediğin bir renk, bir çiçek veya bir şekil tek başına birçok konuyu çözmene yardım edebilir.

Mesela kıyafette siyah renk ilk tercihinse korunmaya ihtiyaç duyuyor olabilirsin. Bununla beraber o kadar yoğun bir iş tempon vardır ki sakinleşmen için o siyah renkli kıyafet sana destek oluyordur. Dönüp, çalışma temponu gözden geçirmen iyi olabilir.

Nerene dövme yaptıracağınla ilgili kararı kendiliğinden verdiğini sanırsın ama aslında babanla ilgili yaşadığın sorunları anlatır sana. O da yetmez, baban bu dövmeye en çok itiraz eden kişi olur.

Bedeninde her noktanın bir organla ya da sistemle ilişkisi vardır. Her organ ve her organ sisteminin bir duyguyla ve durumla bağlantısı bulunur.

Mesela dudağının üst kenarında duran ben, sana mide sorunlarını haber verir.

Bütün bunları neden anlatıyorum?

Çünkü sembol dilinin önce kendi hayatının şifrelerini çözerken sana yardım edeceğini söylemek istiyorum. Sonrasında dışarıyı da incelemeye başlayacaksın.

Bir devlet başkanının yaşadığı bir olaydan yola çıkarak onun neler yaşayacağını, başında olduğu ülkeyi bekleyen kaderi okumaya başlayacaksın.

Tanıştığın insanların bedenindeki dövmelerden, üzerinde taşıdığı bir takıdan veya yüzündeki bir izden onun hakkında fikir sahibi olacaksın.

Dini bir sembol gördüğünde ibadet şekillerinin hangi mesajları ilettiğine daha derinden bakabileceksin.

II. BÖLÜM

SEMBOL SEÇİMLERİ

Semboller Hayatımıza Hangi Yollardan Gelirler?

Semboller hayatımıza "kadersel seçimlerle", "içsel seçimlerle", "bilinçli seçimlerle", "başkasına seçtirilenlerle" gelirler.

1. Kadersel Seçimler

Seçimlerimizle oluşturduğumuz kaderimizin gereği olan bir zamanda, bir coğrafyaya, bir soya ve bir döneme doğarız.

Doğum sırasında yaşadıklarımızla beraber dünyaya gelene kadar olanlar bize ve çevremize seçtiğimiz kader planını anlatır.

O toprakta ve o dönemde doğmak, kaderin bir parçasıdır. Olanların nedenleri yerine olan şeyin kendisiyle ilgilenirsek mesajları daha hızlı okuruz.

Doğduğumuz coğrafya kadar doğduğumuz dönemin de önemi büyük.

Kaderle ilgili bir okuma yapacaksak, işe mekân ve zamanla başlarız.

Kişinin ailesinin kökleri, ekonomik durumu, ailenin kaçıncı çocuğu olduğu, doğduğu ülkenin durumu ve sonrasında doğum anında yaşananlar bize yol haritamızı verir.

Kader okumalarında önemli unsurlar ve okuma tekniklerine beraber bakalım:

Doğum yeri. O toprakların geleneğinde süregelen birtakım özellikler kişinin seçimlerine sirayet etmiştir.

Büyürken seyrettikleri inanç kalıplarını, doğrularını, dogmalarını ve daha da önemlisi seçimlerini belirler. Çünkü bildiğini tekrar etmek istersin.

Doğum yerini okurken önemli unsurlardan birisi aile de orada mı doğmuş yoksa başka bir coğrafyadan mı gelmiştir? Bu detaylar bizi oluşturan unsurları belirler. Göç eden bir aile geçmişi söz konusuysa sonrasında sık taşınma ve mekânsal sorunlarla karşılaşma söz konusu olabilir.

Doğum tarihi. Burada doğum sayısı ile beraber numeroloji, burçlar, gezegen etkileri, hayatımıza hâkim olan elementler veya eksikliğini hissedebileceğimiz unsurlar ortaya çıkar.

Hayatımız boyunca en sık duyduğumuz kelime ismimizdir. Kendi ismimizi tekrar etmemizden fazla ismimiz bize tekrar edilir.

İsimler sadece insanlar için değil şirketler, markalar ve sloganlar için de önemlidir.

İsmin bütünlüğüyle beraber her hecenin anlamını da göz önünde bulundurmak gerekir.

"Ayşe" gibi içinde "ay" olan tüm isimler duygusal dalgalanma yaşama potansiyeli taşırlar. Bununla birlikte anneleriyle ilgili takılıp kaldıkları konular da söz konusu olabilir. Çok sevmek veya annesi tarafından tam anlamıyla onaylanmamak gibi sorunlar yaşanabilir.

Bunu da nereden mi çıkardım?

Hatırlarsan sana isimlerin de sembol olduğunu ve mesajlar taşıdığını söylemiştim. Hatırlamamız, gerçekleştirmemiz, olmamız veya olduğumuz durumu iletirler bize.

"Ay", aynı zamanda anne ve annelik demektir.

İsimlerle ilgili bir örnek daha inceleyecek olursak, "Âdem" ismine bakalım.

İsminin içinde "dem" hecesi geçen kişilerin, hayatlarının belli bir döneminde sabır ve tefekkür halinde kalması gerekebilir. Sonrasında bambaşka bir kişilikle ortaya çıkıp çevresine renk katan, keyif veren ve sevilen bir kişi olur.

İsimlerin taşıdıkları anlamlar çok kıymetlidir. Neye ihtiyacın olduğu, nasıl birisi olduğun veya nasıl olman gerektiği sana hatırlatılır.

Anadolu müthiş bir bilgelik diyarıdır. Üst üste gerçekleşen çocuk kayıplarından sonra doğan çocuğa "bir sahibi var" demek için "Satılmış" ismini koyarlar.

İsim konusuyla ilgili yaşadığım bir deneyimi seninle de paylaşmak isterim. Bir gün bir anne ve baba kızlarıyla ilgili yaşadıkları sağlık sorunlarının bitmek bilmediğini ve huysuzluğu nedeniyle aile düzenlerinin kalmadığını anlattılar.

Çocuğun belirgin bir rahatsızlığı yok gibi görünüyordu. Küçük kızla baş başa neredeyse bir saat geçirdik. Altı yaşlarındaydı ve ismi de Ecrin'di.

Ona ismini sevip sevmediğini sordum. Sevmediğini ve aslında iki ismi olduğunu, Elif ismini ailesinin kullanmadığını anlattı.

Ailesine Ecrin isminin ne anlama geldiğini bilip bilmediklerini sordum.

"Kuran-ı Kerim'de geçiyor diye koyduk" dediler. Ecrin, "bedel" demekti. Çocuk aileyi uyarıyordu ama kimsenin dinlediği yoktu.

Çalışma sonrasında adını Elif Su olarak değiştirdik. Birkaç hafta sonra beni aradılar. Mucizevi değişimler yaşadıklarını, Elif Su'nun huyunun değiştiğini anlattılar. Nüfus kaydında değişimi yapmazlarsa bu etkinin geçici olduğunu hatırlattım. Konuyla ilgilendiler.

Soyadları da bize doğduğumuz potansiyeli ve çekeceğimiz etkileri hatırlatır.

2. İçsel Seçimler

Bir ilçeye, bir takıma, bir topluluğa veya bir biçime içsel olarak çekiliyor olmamızın anlamı vardır.

Mesela bütün aile bir takımı tutarken, sen gidip rakip bir takımı tutarsın. Ne yapsalar kararını değiştiremezler.

Yaşadığın semti çok seversin, çünkü o yerin kendine özgü birtakım özellikleri vardır senin için. Sana senden bahseder.

Okula yakın, işe uzak, deniz görüyor, yokuş yok, evler yeni, trafik yok veya sana çekici gelen şey her neyse, kendini oraya ait hissetmeni destekler.

Ya da bir ev beğenirsin ve bu evi neden beğendiğinin bir listesini de yaparsın ama o listedeki maddelerin sana ne ifade ettiğini net bir şekilde açıklayamayabilirsin.

Diyelim ki evin beyaz kapılarını çok sevdin. Tabii ki "beyaz" sembol dilinde ne demek, "kapı" sembol dilinde ne demek diye düşünmezsin.

İçinden öyle geliyordur ve seçersin. Bir bütünleşmeyi, bir tamamlanmayı gerçekleştirmek üzere bir seçim yaparız.

O ev sana iyi gelir, işlerin açılır veya çok iyi gelmez, taşındığın andan itibaren birçok aksilikle karşılaşırsın.

Bunun nedeni aslında ev değildir. O evi sen seçmiştin ve evle bir tamamlanma yaşamaktasın.

Bu tamamlanma hali, ihtiyacın olanı hayatına davet etmendir.

Bereket istiyorsak harika bir yönde konumlanmış, bize güzellikler getirecek bir ev seçeriz.

Kendi gücümüzü kabul etmekle ilgili bir niyetimiz varsa karşımıza güçlükler çıkaracak seçimler yaparız. Çünkü çalışmayan kas gelişmez, güçlenmek için performans gerekir.

Birimiz baykuş sembollü bir obje satın alırken, birimiz aslan sembollü olanını seçeriz. Çünkü içsel seçimlerimiz bizi birtakım sembollere yöneltir.

İçsel seçimlerimizde, neden bu seçimleri yaptığımızı açıkça bilmesek de, isteklerimizin ve çekim gücünün rolü oldukça yüksektir.

3. Bilinçli Seçimler

Bu noktada bilgiyle hareket ederiz. Ne istediğimizi biliyoruzdur. Kitabın sonunda senin de sembolleri bilerek seçme isteğin artacaktır.

Feng Shui, her ne kadar sadece Uzakdoğu'ya ait gibi görülse de aslında tüm kültürlerin kendilerine ait yerleşim ve yaşayış prensipleri bulunur.

Osmanlı'da sağlıkla ilgili yazılmış kitapların neredeyse tamamında hıfzıssıhha bölümü yer alırdı ve bu bölümde evin girişinin, bölümlerinin ne yöne konumlanması gerektiğinden tut da giysilerin nasıl olması gerektiğine kadar ayrıntılı anlatımlarla yol gösterilirdi.

Yine eski uygarlıklarda yöneticiler, seçtikleri değerli ya da yarı değerli taşları giysilerine, başlarında taşıdıkları şapka, taç veya kemerlerine işleterek bu taşların yaydığı enerjiyi kendi faydalarına kullanırlardı.

4. Dışarıdan Gelen Seçimler

Çok sevdiğimiz birinin hatırasına, mevkiine, hayatımızdaki değerine olan inancımız bizi "Bu benim için hayırlı mı?" sorusundan uzaklaştırıp, bu hediyeyi verenin iradesine teslim olmamıza sebep olabilir, onunla duygusal bağımızı devam ettirebilir. Hayatımızda önemli bir değişikliğe sebep olabilir.

Hediye kabul etmenin yanı sıra, başkasından bizim adımıza seçim yapmasını istediğimizde de benzer bir durum oluşur.

Bu enerji alışverişlerinin büyüsel etkileri olabilir. Tarihte birçok güçlü kişi bu bilgiden yola çıkarak danışmanlık almış ve gücüne güç katmıştır.

Kendileri için güç artırıcı semboller seçerken, hediye olarak gönderdikleri değerli bir eşyayla karşısındakinin gücünü aşağıya çekmişlerdir.

Bu büyüsel etkiler ak ve kara olarak iki yönde de çalışabilir. Dolmabahçe Sarayı'na git ve koskoca bir imparatorluğa hediye olarak gönderilen heykellere, tablolara ve eşyalara bak lütfen. Her birinde parçalanmanın işaretleri var. Savaş tabloları, aslanlar, karışıklık ve yıkım sembolleri. Özellikle iki aslan sembolü, güçten çok yıkımdır.

Bugün İngiltere kraliçesinin başında taşıdığı tacın ucunda bulunan elmasın asıl sahibi Hindistan olmasına rağmen bu elmas 130 yıldır İngiliz kraliyet ailesinin kişisel servetinin bir parçası.

Sadece kadınların takabileceği ve takanın gücünü tanrısal bir düzeye çıkardığına inanılan Koohi Noor (Işık Dağı) elmasının onlardan zorla alındığını iddia eden Hintli yetkililer elması geri istiyorlar.

İngiltere, sanayi devrimini neredeyse 200 yıl önce gerçekleştirmiş ve modern dünyanın liderlerinden biri olmuştur.

Ama gelin görün ki Hindistan'da sihirli kabul edilen ve taşıyana güç verdiğine inanılan bu elması İngiltere 130 yıldır elinde tutuyor. Elması geri isteyen Hindistan'a da "Bu bizim kraliçemize hediye edilmişti, biz bunu sizden zorla almadık" cevabını veriyorlar.

Sence İngiltere söz konusu elması maddi değeri yüzünden mi geri vermiyor?

Kraliçe bu elması annesinden bir anı olarak mı saklıyor?

Yoksa bir tılsım olarak mı kabul ediliyor?

Elmas bir müzede de sergilenebilecekken, kraliçenin tacının ucuna yerleştirilmesi sadece bir tesadüf olabilir mi?

Sanmıyorum.

III. BÖLÜM

RÜYALAR

Her Rüya Bir Mektup

Rüyalar ruhumuzun mektuplarıdır. "Bak içeride neler oluyor, dinle" derler.

Üç farklı rüya türü olduğu söylenebilir:

1. Korku, endişe ve çeşitli duygu halleriyle yüzleştiğimiz rüyalar.
2. Geleceğe dair işaretlerin verildiği öncü rüyalar.
3. Ne yapacağımızı bilemediğimizde bize rehberlik eden rüyalar.

Sembol dilinin en etkili olduğu alanlardan birisi de rüyalardır. Rüyaların hem ortak bir dili, hem de rüyayı gören kişiyle arasında özel bir alfabesi vardır.

Kaçmak, kovalanmak, boğulmak, doğum, temizlik, kirlilik gibi ortak sembol dili hepimize aynı bilgiyi aktarır. Fakat rüyayı gören kişi için önemli olan renk, sayı, kişiler, mekân ve karşılaşmaların içerdiği mesajlar ayrıca okunmalıdır.

Rüyalarda kimi zaman isimlerin, coğrafi konumların, ünlülerin temsil ettiği enerjilerin okunması sırasında bütünlüğü korumak faydalı olur.

Rüyalarla ilgili vereceğim en kritik tavsiye, onları gördüğün gün hemen yazmandır.

Bir rüya defteri edin. Rüyalar yazılırken mesajlarını iletirler. Bunu sen de rüyanı not ederken fark edeceksin. Rüyalar yazılırken çözülürler, sır perdeleri aralanır.

Rüyalarına tarih ve tesir de eklersen şahane olur.

Nasıl mı?

Mesela şöyle:

"12.04.2017'de sakince uyandım.

Rüyamda bir şeyler gördüm.

Henüz tam olarak çözememiş olsam da bu rüya işle ilgili biraz daha beklememi söylüyor sanki."

Rüyalarını yorumlarken lütfen internetten arama yaparak yorum alma. Başkalarının yorumuna da ihtiyaç duyma. Çünkü bazı rüyalar anlatılmaz.

Sadece yaz ve içsesine sor. Rüya önce görenindir. Diyelim ki rüyanda arkadaşını gördün. Uyanır uyanmaz derhal onu arayıp "Seni rüyamda gördüm" demen kendi mesajını başkasına göndermendir.

Kimi görürsen gör rüya senindir. Sonrasında gördüğün kişileri ilgilendirir.

Yazdın, yorumladın veya tahmini bir yoruma ulaştın. Tamam! İşte bu noktadan sonra dilersen arkadaşını arayabilirsin.

Eğer bu rüyayı anlatırken başka duyanlar da olursa, onlara da ulaştıracağı mesajlar olacaktır.

Rüya Okuyuculuğu

Örnek Okuma

Diyelim rüyanda bir yerden bir yere gitmektesin ve kullandığın araba oldukça eski. Bir türlü hız yapamıyorsun. Araba bozuluyor, yol kenarına çekiyorsun ve arabayı bırakmak zorunda kalıyorsun.

Yolda yürümeye başlıyorsun ve birdenbire içine bir koşma isteği geliyor. Ayakkabıların sanki seni uçuruyor. O kadar hızlısın ki, sanki arabayı bırakınca hızlandın.

Karşına bir tamirci dükkânı çıkıyor. Arabanın ailenden bir hatıra olduğunu hatırlayıp tamirciden yardım istiyorsun.

Uyandın ve rüyayı yorumlayarak sana ne anlattığını anlamak istiyorsun.

Yorum 1: *Araba bozuldu. Koştum, koştum ve karşıma tamirci çıktı. Demek ki hayatımda aksayan, bozulan, beni yarı yolda bırakan durumlar tamir edilecek.*

Yorum 2: *Araba benim realitemi, bu hayatın içinde hangi prensiplerle ilerlediğimi anlatıyor. Eski ve hurda bir araba...*

Eskinin bilgisiyle ve yol göstermesiyle hareket ettiğim için bir türlü ilerleyemediğimi anlatıyor bana.

Bıraktığımda kendimi iyi hissettim. Hatta yeni ayakkabılarım, yani yeni bakış açım bana iyi geldi.

Sonrasında geri dönüp arabayı aldığıma göre ben hâlâ eskiyle yol almaya çalışıyorum. Oysa eskiyi bırakınca ne kadar hafiflemiş ve hız kazanmıştım. Arabayı bırakamadığıma göre, hâlâ eskiye dair bırakamadıklarım var.

Yorum 3: *Eski de olsa araba, ayakkabıdan iyidir. Hem zaten ayakkabı sıkıntıdır. Demek ki işler biraz aksayacak, sıkıntılı ve tempolu bir dönemin ardından sonunda rahatlayacağım.*

IV. BÖLÜM
TESADÜFLER

Rastlantıların İçindeki Semboller

Koskoca şehirde gider, yıllardır görmediğimiz bir arkadaşımızla çarpışırız.

Kaçırdık zannettiğimiz otobüs, bir de bakarız ki durağa geç gelir ve yakalamaya çalıştığımız otobüse binebiliriz.

Çok istediğimiz bir kazak bir gün bir hediye paketinin içinden çıkar.

Bütün bu rastlaşmaların içindeki sembolleri okumak yerine konunun verdiği şaşkınlığa dalıp gideriz genelde.

Oysa denizi izlediğin sırada sudan zıplayan bir balık, o anda içinde bulunduğun halin habercisi olabilir.

Tesadüf diye baktıklarımızın tamamında kâinatın cevap sistemi ve postacıları karşımızdadır.

Bize inanılmaz ölçüde olasılıksız gelmesinin sebebi bizim dikkatimizi o ana verebilmemiz içindir.

Tesadüf, hayata verdiğimiz siparişlerin teslim anıdır.

Tesadüfleri Nasıl Okumalıyız?

Son zamanlarda hangi soruyu kendine sorup duruyordun?

Ne talep ediyordun?

Sorunun cevabını nasıl alırım diye beklerken bir telefon aldın ve mesaj geldi.

Kapın çalındı ve ziyaretine gelen kişi, sana bir şey söylemek istediğini ifade etti.

Bir iş teklifi aldın, ardından televizyonu açtın ve çok sevdiğin dizinin kaçırdığını düşündüğün bölümünün tekrarı karşına çıktı.

Kaçırdığını düşündüğün fırsatları bu işle veya bu iş aracılığıyla tanışacağın kişilerle kolayca yakalayabilirsin.

Evinin balkonuna her baktığında karşılaştığın kumrular bile, sana bir mesaj iletiyor olabilir.

Bu tesadüflerin mesajlarını okuyabilmek için tıpkı rüyalarda olduğu gibi ne hissettiğine ve tesadüf gibi gözüken karşılaşmaları neyle ilgilendiğin bir dönemde yaşadığına bakabilirsin.

Benim yıllardır yanımdan ayırmadığım bir tesadüf defterim vardır.

Gün içinde bana ilginç gelen olayları not ederim.

Hiçbir olayın, hiçbir karşılaşmanın ve tanışmanın tesadüf olmadığını düşünerek, bütün bunların bana ne anlatıyor olabileceğine odaklanıp notlar alırdım.

Hayatımda yer etmiş kişilerle ve olaylarla tanışma yolculuğumun tablolarını çizerim. Bu çizelgeler sayesinde çok şey öğrendim.

Bir defasında Manhattan'da bir bulvarda karşıdan karşıya geçerken liseden bir arkadaşımla çarpıştım. Milyarda kaç olasılık, bilemiyorum.

Geçmişimden biriyle üstelik Manhattan'da yaşadığım bu çarpışmanın bana verdiği mesajları o sırada okuyamadım. Fakat sonra anladım ki geçmişimi bırakamamak, beni gerilere götürüp duracaktı.

Nitekim öyle de oldu. Sahip olduğum her şeyi İstanbul'da bırakıp gittiğim Amerika'dan, alıştığım düzene geri dönmek arzum yüzünden geri döndüm.

Tesadüfleri değerlendirirken karşılaşma anının ne ifade ettiğine odaklan. Çünkü cevap orada saklı.

V. BÖLÜM

OLAYLAR

Olaylar Sembolizmi

Yaşadığımız olayların tamamı sembol diliyle okunabilecek değere sahiptir. Ancak günlük hayatın ritmi içinde bazen çok dikkatimizi çekmeyen birçok karşılaşma ve görüşme yaşarız. Dikkatimizi çekinceye kadar her sembolün sırrı saklı kalır.

Olaylar tekrarından dolayı veya ilginç geldiği için meraklandırdığı andan itibaren şifreler açığa çıkmaya başlar.

Aynı hafta içinde işyerinde patlayan su borusu, arabanın su kaynatması, evdeki musluğun bozulması ancak üst üste geldiğinde dikkatini çekmeye başlayabilir ve "Neden suyla ilgili şeyler başıma geliyor, bu bana ne anlatmak istiyor? Su sembolü ne ifade ediyor?" diyebilirsin.

Olay okumalarını da tıpkı rüyalarda olduğu gibi yazarak çalışmak başlangıçta işini kolaylaştırır. Kitabın ilerleyen sayfalarında okumalarına yardımcı olacak bölümler yer alıyor.

Sembol Okuyuculuğu

Örnek Uygulama

Geçmiş, maddi durum, borç, kadın ve bedenle ilgili konularda karşına çıkabilecek semboller anne, kedi, gece, sol taraf ve arka taraftır.

Gelecekle ilgili semboller baba, erkek, sağ taraf, köpek, gündüz ve ön taraf.

Bu bilgilerle bir örnek bir okuma yapalım:

Sabah yolda yaralı bir yavru kedi buldum. Onu veterinere götürdüm. Sol bacağına pansuman yapıldı. Onu bulduğum yerde etrafa bakındım ancak annesini göremedim. Onu eve getirdim. Sanırım bir kedim oldu. Hem de bir dişi. Ben de bir dişiyim.

Okuması:

Benim dişi tarafım (kedi) yara almıştı. Sabah (eril enerji) saatlerinde bulduğum bu kedi bir erkek yüzünden yara alan dişi tarafımı bana anlatmak üzere karşıma çıktı. Onu tedavi ettirdim. (İyileşmek için destek almam söyleniyor.)

Kedi iyileşti ve onu yanıma aldım. Yardım aldığım takdirde her şey daha iyiye gidecek. Kendimi korunaklı hissedeceğim bir ortamda yaşayacağım. (Kedi evde beslenecek.)

VI. BÖLÜM

KAZALAR

Kaza Sembolizmi

Kazaların sembolizmde önemli mesajları bulunur. Başa gelen bir kazada, etkilenen maddi durum, bedensel zarar, duygusal travmalar, geleceğe veya mevcut duruma yön veren durumlar, birden fazla kanaldan bize aktarılamamış enerjinin boşalarak hayatımızdaki dengeyi etkilemesidir.

Maddi sonuçlarıyla geleceği etkilemiş olan "olay kazası" diyebileceğimiz iflaslar, işten çıkarılmalar, doğal afet yoluyla kaybedilen maddi zenginlikler kişinin hayat planına geri dönmesi için çekilen el freni etkisiyle bir anda akışın yönünü değiştirebilir.

Güçlü etkiye sahip kazalar oluşmadan önce öncü kazalar meydana gelir.

Önemsiz görünen hastalıklar ve ilişki kazaları doğru okunursa büyük kazanın yıkıcı etkisi azaltılabilir.

Bedenle başlayan kaza enerjilerinde uyanabilmek önümüzü açar. Ufak vuruklar, kanamalar, kırıklar bedenin hangi bölgesinde oluyorsa o bölümün temsil ettiği sembol, size aradığınız cevabı iletebilir.

Mutlak olayda gerçekleşecek olandan kaçışımız söz konusu değildir. Ancak bu enerjiyi fark ederek yağmurlu havada düşecek olan yıldırıma karşı paratoner kullanmamız gibi bir alanda deşarj edebiliriz.

Kaza Okuyuculuğu

Örnek Uygulama

Kaza okumalarını da yazarak çalışmanı öneririm. Böylece dikkatinden kaçabilecek detayların önünü kesmiş olursun. Ayrıca her şeyi yeniden inceleme şansın da olur. Diyelim ki arabamın sol ön lastiğine giren çivi nedeniyle lastiğim patladı. Etraftan yardım ettiler ve kolayca değiştirdim.

Okuması:

Hayatın içinde yol alırken (araba) önüme çıkan engel (çivi) nedeniyle sol (maddi) ön (gelecek) lastiğim patladı. Ve ben durdum. Dışarıdan gelen yardımla kolaylıkla değiştirdim. (Herhangi maddi bir sorunu nasıl aşacağımla ilgili bir mesaj aldım.)

Örnek Uygulama

Önemli bir toplantıdan çıkarken ayağım takıldı ve bileğimi çatlattım. Olay anında anlamadım ancak gece ağrım çok arttığında anlayabildim.

Okuması:

Bu toplantı nedeniyle bir araya geldiğim insanlar veya bizi bir araya getiren işin konusu her neyse bana zarar veriyor. Bunun şu anda farkında değilim hatta hayat bana bunu ne yapsa anlatamıyor.

Canımı öyle yakacak ve beni bir süre hiçbir iş yapamaz hale getirecek ki o zaman belki anlayabileceğim.

Not: Bu olay benim başıma geldi. Kısa bir süre sonra iş hayatında iflas ettim. İflas öncesinde gelişen aksilikleri anlayamıyordum ve çevreme kızıyordum.

VII. BÖLÜM

MEKÂN VE OBJE SEÇİMLERİ

İlçe, Sokak ve Apartman İsimlerindeki Semboller

Sen ve ben birlikte büyümüş çocukluk arkadaşları olsak ya da kardeş olsak. Bir sitede istediğimiz evi seçebileceğimiz ve istediğimiz gibi döşeyebileceğimiz konusunda bize bir teklif yapılsa. İkimiz de bambaşka seçimler yaparız değil mi?

Aynı anneden doğan ama farklı hayatlar yaşayan ikizlerin, aynı evde büyüyen kardeşlerin başka yollara gitmesi gibi...

Kardeşler aynı yerden yola çıkarlar ama bambaşka hayatlar yaşarlar.

Yönler, şekiller ve eşya seçimleri yaparak kendi alanlarını oluştururlar.

Oturduğumuz şehrin enerjisi, ilçenin, sokağın, apartmanın adı, evin konumlandığı yön, binanın şekli, evin bölümlerinin özellikleri, eskiliği, yeniliği, renk seçimleri, formlar, eşya yoğunluğu, kullanılan süs eşyalarıyla kurduğumuz etkileşimler, karşılaşmalarımız ve komşularımızla olan ilişkilerimiz de sembol diline sahiptir.

Yönler kısmında bahsettiğim enerjilerle beraber evin gördüğü manzara da önemlidir.

Diyelim ki her yanı binayla çevrili bir evde oturuyorsun ve bu sana kuşatılmışlık hissi veriyor. Bu evde oturduğun sürece kendini hayatın içinde çeşitli alanlarda sıkıştırılmış hissedebilirsin.

Bu durum seni bunaltıyor ve belki de gündemini meşgul ediyorsa aslında hayatın içinde yaptığın seçimleri değiştirmek istemene rağmen hareket edemediğini anlatır.

Yapman gereken şey, aldığın bu mesajı okuduktan sonra ne istediğini beyan etmendir.

Sembol dili özellikle mevcut durumu anlamamız ve kendi planımızı fark edebilmemiz için görünmez olanın görünür hale gelmesidir.

Bir yolculuk bileti alırken önce nerede oluğunu sonra da nereye gideceğini ifade edersin.

Evlerin şekilleri, renkler ve figür olarak kullanılan hayvanların anlattıklarını ilerleyen bölümlerde aktaracağım ama bu bölümde, tıpkı rüyalarda olduğu gibi herkese ortak mesajı olan sembollerden sıklıkla karşılaşılanları listeleyeceğim.

Evin bulunduğu ilçenin ve semtin adı, çekilen enerjileri de ifade eder.

Örneğin:

Mecidiyeköy: Maddiyat, iş ve parasal kaynaklar.

Kadıköy: Kararları ve prensipleri olan, kuralcı tavırlar.

Caddebostan: Caddenin verimliliği, üretimin yemek üzerine ve göz önünde olması.

Sen de bugüne kadar oturduğun ilçeleri ve semt adlarını bir kâğıda tarihlerini de ekleyerek yaz ve o tarihlerde neler yaşadıklarını da not et.

Bu enerjiler sana ne tür servisler yapmışsa bunları da semtlerin karşılarına yaz. Böylece kendi hayatını kendin de okuyabilirsin.

Semtten sonra sokak isimleri, bina isimleri ve oturduğun katları ve kapı numaralarını da not et. İlerleyen sayfalarda öğreneceklerinle beraber bu not kâğıdına her baktığında yeni bir keşif yapabilirsin.

Evlerimiz ve seçtiğimiz mekânlar, dünyasal koruma alanımızdır.

Evi yaşadığın dünyanın sembolü olarak görebilirsin. Hatta yeni bir ev kiralamaya ya da almaya niyetin varsa farklı saatlerde evin etrafında bir tura çıkmanı öneririm.

Sağdan ve soldan sokağın sonuna kadar git. Nelerle karşılaşıyorsun, nelere şahitlik ediyorsun bir bak.

Neden mi?

Çünkü o ev senin dünyan olacak. Çok rüzgâr alıyorsa, sokaklar çok sıkışıksa, sen oralardayken birileri kavga ettiyse ya da küfürleşiyorsa ev konusunu yeniden düşünmen iyi olabilir.

Uzakdoğu'da mekân seçimleri her şeyden önemlidir. Eşyanın olup olmaması da önemli değildir, ev boşken bile sana sıcak geliyor olması gerekir.

Evin Uygun Bölümlerine, Uygun Sembolleri Yerleştirme

Sembol okuyuculuğunun ilk kuralı olanı kabul etmek ve anlamaktır. Olanı kabul etmeden ve anlamadan yeniye geçemeyiz.

Aktörler ya da dekorlar değişir ama konular aynı kalır. Ta ki biz o filmin ne anlattığını anlayana kadar.

Evini inceledin, aldın ama sonrasında hiç de iç açıcı gelmedi diyelim.

Oysa evi seçerken çok memnundun. Hayatta tam da istediğin gibiydi.

Peki ya şimdi ne oldu?

Sen değiştin, hatta belki dönüştün...

İşte bu yüzden eve yerleşirken fark edemediğin bir sürü konuya şimdi vâkıf oluyorsun.

Evin girişi önemlidir. Darlığı ya da genişliği hayatın bize sunduklarını ve bizim onlara yaklaşımımızı anlatır.

Kapı tam açılıyor mu?

Açıldığında karşısında ne var?

Ayna enerjileri büyütür ve enerjiyi gördüğü yere geri aktarır. Aynayı girişe koyuyorsan kapını görmesin.

Kapıyı açtığımızda güzel bir şeylere bakıyor olmamız, evin bizi kucaklamasıdır.

Gördüğümüz şey bir lamba, kristal bir taş veya güzel bir tablo olabilir.

Koridor varsa derli toplu olması önemlidir. Koridorlar enerji akışını durdurabilir.

Evin mutfağı bereketi ve paranın girişini temsil eder.

Ocak, yaratım ve eylemin kaynağıdır.

Eğer evinde yemek yapmıyorsan mutfağında kırmızı objeler bulundur veya mum yak ki ateş elementi hareket getirsin.

Banyo, geride bıraktıklarımızı ve maddi harcamaları, yani paranın çıkışını anlatır.

Banyoda musluk bozuksa, su akıntısı varsa harcamalarda bir aşırılık veya bir enerji kaçağı söz konusu olabilir.

Salon ve yemek masamız sosyal hayatımızı temsil eder. Bu alanı tek renkte dizayn etmek çok doğru değildir. Derli toplu olması enerji akışını kolaylaştırır.

Yatak odası kalbimizi ve ilişkilerimizi temsil eder. Yatak odasında ayna bulundurmak istiyorsan hatırlaman gereken aynanın olan şeyleri büyüttüğüdür.

Uyur haldeyken enerji büyüdüğünde eyleme geçmek, enerjiyi toplamak zorlaşabilir.

Bir evin içinde eşya yoğunluğu birikmişse işe yaramamasına rağmen eşyaları atmadığımızı ve eskilerden vazgeçemediğimizi yansıtır.

Ne kadar değerli olursa olsun bir parçası bile kırılmış olan eşyanı atmanı tavsiye ederim. Belli ki o eşyanın üzerine gelen bir enerjiyle eşya zarar görmüş. Eşyanın mekânda kalmaya devam etmesi, zarar görme enerjisini artırır.

Parça Bütüne Aittir

Bütünün içindeki her parça bütünün özelliklerini taşır.

Bedenimizden alınan bir hücre tüm hayatımızı, olası hastalıklarımızı, geçmişte başımıza gelenleri anlatmaya yeter.

Bir konu hakkında sorduğumuz sorunun cevabı, o anın içinde saklıdır.

Bir kişi, parayla ilgili bir yatırım yapmak için sembol dilini bilen bir üstada sorar:

"Yatırım yapmam için doğru bir zaman mı?"

Üstat susar, dikkatlice dinler, zamanın akışını ve doğayı izler. Rüzgâr hızla esmektedir. Elini ıslatır ve havaya kaldırır. Elindeki sular hızla uçar gider. Bunun üzerine cevap verir:

"Şimdi doğru bir zaman değil."

Adam nedenini sormaz. Bilge kişinin dediğini yapar. Aradan zaman geçer ve yapmak istediği yatırımı erteler. Bir süre sonra ne kadar isabetli bir karar verdiğini fark eder.

Üstatla karşılaştığında ona "Yardımınız için minnettarım, kâhinliğiniz sayesinde korundum" der.

Üstat "Ben kâhin değilim, sadece kâinatın ne dediğini iyi dinlerim. Rüzgâra sordum, o cevapladı" der.

Adam bir şey anlamaz ama başını sallayarak anlamış gibi yapar ve yoluna devam eder.

Soruyu cevaplayanın başvurduğu bilirkişi doğadır.

Su, maddi zenginliğin kaynağıdır.

Hızlı esen rüzgâr, suyu hızla hareket ettirip elini kurutarak bilge kişiye doğru cevabı ulaştırmıştır.

Hayat böyledir.

Doğru şifreyi girdiğimizde açılan kapı, şifre yanlış yazıldığında duvara dönüşebilir.

Benzer Benzeriyle Buluşur

Hayat, hayatına senden dolayı ve senin gibi yansır.

Sen mutluysan yaydığın titreşim, mutlu olan veya mutluluk verenleri sana doğru çeker.

Öfkeliysen seni daha çok öfkelendirecek olayların içinde buluverirsin kendini.

Evliliğinde mutluluk isteyenler için en güzel sembol çift halindeki beyaz kuğulardır.

Hayata yazdığın mektubun mesajında birbiriyle mutlu, birbirine sadık ve uyumlu bir ilişkinin içinde olma isteğini yazmış olursun.

Seçimlerin, sende var olanı veya hayatına neleri çektiğini anlatır. Kapına astığın bir baykuş figürü, hayatında var olan ya da girebilme potansiyeli taşıyan kemirgen ve gizli enerjileri kendinden uzak tutmana yardım eder.

Aynı baykuş içeride işlerini gizlilik içinde yapabilmeni destekleyebilir.

Baykuş, gece avlanan sessiz, sezgileri güçlü ve hızlı bir sürüngen avcısıdır.

Hastanede çalışanlar hastayla buluşurlar, avukatlar adalet arayanlarla bir araya gelirler.

Yaydığımız frekans çağırdıklarımızı belirler.

Biz sevgiyle iletişime geçtiğimiz frekanslar sayesinde yükselir ve güzellikleri hayatımıza davet ederiz. Benzer benzeri çeker yasasında seçimlerimizi, neleri istediğimizi, neye ihtiyaç duyduğumuzu fark ettikçe dönüşümü başlatırız.

VIII. BÖLÜM
SEMBOLLERİN KADİM DİLİ

Bazı semboller yoruma açık olsa da bazıları kadimdir ve değişmez. Bütün kültürlerde ve inançlarda aynıdır.

Gündüz ve Gökyüzü

Göklerle ilgili olanlar her zaman ruhani, tanrısal, ilahi, vahiy, ışık, nur olarak kabul görür. Bu nedenle beyaz renk ve uçabilenler tanrısal kabul edilir.

Kuşlar, özellikle de beyaz kuşlar kutsal sayılır.

Göksel enerjiler yani ışıkla bağlantısı olanlar temiz, iyi ve yüce olarak kabul edilir.

Semavi dinlerde melekler beyaz ve kanatlı olarak tasvir edilirler.

Gündüz eylemsel, hareketi başlatan, var olanı açığa çıkartan etkisiyle eril enerjinin sembolüdür.

Başlatmayı, başlamayı, doğumu, ilerlemeyi ve dışa dönmeyi anlatır.

Dünyayı şemsiye gibi saran şekliyle koruyucu enerjiyi temsil eder.

Gece, Yer ve Yerin Altı

Gece ve yerin altı, korkuyu, ölümcüllüğü, kötüyü ve ürkütücü olanı temsil eder.

Karanlığın, gizleyen ve belirsizleştiren etkisi nedeniyle gece, hareket halinde olan veya yerin altında yaşayan hayvanlar da aynı şekilde ifade edilir.

Bununla beraber derin sessizliğiyle her şeyi örtü gibi saklayan etkisiyle ve tıpkı bir mağaranın koruyuculuğuna sahip olmasıyla dişi enerjinin de sembolüdür.

Toprak

Toprakla ilgili semboller maddi gelişimi, bilgiyi ve dünyasal olanı temsil eder. Köklenmeyi, ilerlemeyi ve maddeyle olan ilişkimizi anlatır.

Toprağın üstünde olanlar görünür olduğu için pozitif ve ışıkla tanımlandığı için toprak sembollerine olumlu özellikler atfedilmiştir.

Toprağın altında olanlar genellikle ölüm, cehennem gibi temalarla ilişkilendirilmiş ve kötücül olarak tanımlanmıştır.

Toprak hayatın kaynağıdır. Besler ve şifa verir.

"Cennetten düşüş" olarak adlandırılan Havva-Âdem kıssası sayesinde yerleşmiş olan algıda, dünyanın bir ceza sahası olarak görülmesi sonucunda "toprağın altında yaşayanlar, ayaksız olanlar ve soğukkanlılar kötü enerjiyi temsil eder" inanışı yerleşmiştir.

Su ve Suda Yaşam

Su duygularla ilgilidir. Dişi enerjiyi temsil eder. Rahim gibi hayatın başladığı yerdir.

Suyun altı, bilinçaltını temsil eder. Anne karnında suyun içindeyken fark etmeden etkisine maruz kaldığımız pek çok faktör seçimlerimize yön verir.

Bilinçaltı fark edemediğimiz ve etkisi altında olduğumuz kayıtların tutulduğu yerdir. Bu nedenle suda yaşayan hayvanlar duygularımızı, duygusal yaklaşımlarımızı, davranışlarımızın ardında yatan sebepleri anlatır.

Suyun altında olanlar ve suyun altında kalabilen canlılar, bilinçaltımızla ilişkilendirilir.

Suyun altında hareket edebilenler ve iletişim yeteneği olanlar, medyumluk gibi ötesini görebilme yetenekleriyle tanımlanmıştır.

Eril ve Dişil Enerji

Kadim sembollerde önemli bir yer tutan dişil ve eril enerjilerle birlikte bu enerjilerin temsil ettiği alanları anlamak kitabın ilerleyen bölümlerindeki pek çok konuda sana ışık tutacaktır.

Eril ve dişil enerjilerin bir arada denge içinde oluşu, hayatın akışının uyum içinde olmasını destekler.

Herhangi bir prensipte aşırılık oluşması, tıpkı tahterevallinin bir tarafının hep yukarıda ya da aşağıda kalmasına benzer.

Böyle bir durumda iki enerjiyi uyumlu hale getirmek, yenilik yaratmak ve hayatın ritmini arzulanan tempoya getirmek açısından fırsatlar sunar.

Eril Enerji

Kâinatın eril enerji prensibini anlayabilmek için erkeğe atfedilen özellikleri değerlendirmemiz işimizi kolaylaştırır.

Er kelimesi Orhun Yazıtları'nda "adam, asker" anlamında kullanılır.

Erk kelimesi de "güç, kuvvet" anlamına gelir.

Kâinatın eril enerji prensibiyle erkek enerji prensibi birlikte tanımlanmıştır.

Eylemsel, hareket eden ve hareket ettiren, gücü içeren, iktidar olan, yayılan, genişleyen, dışadönük ve ateşleyendir.

Erkek, eril enerji özelliklerini taşır ancak eril enerji sadece erkek demek değildir. Bundan çok daha kapsamlıdır.

Eril enerji göksel olanla ve göklerle bağlantılıdır. Sperm hücresi gibi eylemsel, ilerleyen, enerjik, beraber hareket eden ve ettirendir.

İlerlemeyi ve gelecekle olan bağı, ruhsallığı, hayalleri ve ilham yeteneğini ifade eder.

Güneş, beyaz renk, ışık, gündüz, yaz mevsimi, güney yönü, bedenin sağı ve ön kısmı, dışbükey ve sivri şekiller, dağlar, yukarıya doğru uzayan ağaçlar, eril enerjiyi sembolize eder.

Rahman olan yani kuşatan, saran ve merhamet edendir. Göklerin her yeri kavraması gibi kavrayan ve gücün kaynağıdır. Bu nedenle eril enerji otoritenin de sembolüdür.

Devlet ve devletle ilgili olan kurumlar ve kişiler, kurallar, yöneticiler, öğretmenler, kural koyucular kadın ya da erkek olsunlar eril enerjiyi sembolize ederler.

Özel hayatımızda baba, erkek akrabalar, erkek çocuklar, bir kadının kocası, patron veya bizim için kural koyucu herkes, bir eril enerji figürüdür.

Pozitif yani yüklü olan alanlar, tek sayılar, metaller ve ateş elementi yine aynı kümeye aittir.

Tapınak ve ibadet yerlerinin yüksek yerlere hatta dağların, tepelerin zirvesine kurulması göksel enerjilerle bağlantı kurma isteğinden kaynaklanır. Yüksek alanlarda eril enerji de yüksektir.

Özel hayatında erkeklerle, babanla, devletle veya patronunla kısacası otorite figürleriyle sorunlar yaşıyorsan, bedeninin sağ tarafında herhangi bir rahatsızlık varsa veya kazalardan kaynaklı çeşitli sağlık problemleri oluşuyorsa eril enerji kanalından akan verilere dikkat etmen iyi olabilir.

İşini kolaylaştırmak için birkaç soruyla sana yardımcı olabilirim:

- Kurallar ve kural koyuculara itirazın var mı?
- Dünyanın adaletsiz bir yer olduğunu düşünüyor musun?
- Safrakesen, bağırsakların, miden veya bedeninin sağ tarafında herhangi bir sorun yaşadın mı ya da halihazırda yaşıyor musun?

Bu sorulardan herhangi birine "evet" diyorsan eril enerji prensipleri içeren sembollerle sıklıkla karşılaşıyor olmalısın.

Eril enerjiyle ilgili hayatında bir aksama varsa veya harekete geçmek, ilerlemek, kendini motive etmekle ilgili birtakım sıkıntılar yaşıyorsan evinin ve işyerinin dekorasyonunda kullandığın unsurları gözden geçirmeni tavsiye ederim.

İlerleyen sayfalarda konuyla ilgili sana yardımcı olacak ve dekorasyon sembolleri olarak da seçebileceğin bir dolu sembolden bahsediyor olacağım.

Eril enerjinin faydalı olabileceği yer ve durumlar: Eril enerji sembollerinden harekete geçmek, dışa dönmek ve odaklanmakla ilgili destek alabilirsin.

Çalışma odanda veya masanda dikkatini toplamak için piramit şeklinde aydınlatmaları, dikey şekilli kristalleri, beyaz, kırmızı ve turuncu gibi renkler taşıyan objeleri kullanabilirsin. Eril enerji sembollerinin evlerin salonlarında, işyerlerinin toplantı odalarında ve harekete ihtiyaç duyulan yerlerde kullanılması doğru olabilir.

Aşırı uyarılmış eril enerjinin dengelenmesi için dişil enerji sembollerinden destek alabilirsin.

Eril enerjinin kullanımında dikkat edilmesi gereken durumlar: Eril enerjiyi temsil eden, keskin hatlara sahip objeler, metal ürünler, beyaz renk gibi unsurlar fazla kullanıldığında ya da kırmızı gibi harekete geçiren renkler okullarda dersliklerde, yatakhanelerde ve yatak odalarında fazla kullanıldığında sakinleşmeyi, karar vermeyi ve odaklanmayı zorlaştırabilir.

Çok hareketli çocukların oyun alanları ve dinlenme alanlarında, gevşemekte sorunu olan kişilerin yatak odalarını tasarlarken eril enerji prensipleri dengelenmelidir.

Uzakdoğu felsefesinde eril enerji Yang olarak tanımlanır. Bu konuyu ilerleyen bölümlerde ayrıca inceleyeceğiz.

Dişil Enerji

Eril enerjinin tamamlayıcısı ve aynı zamanda zıddıdır. Kadın kavramını ifade eden prensipler bu enerjiyle ilgilidir. Dişil enerji tıpkı bir mağara gibi karanlık, sessiz, içine alan, saklayan, nemli, soğuk ve sakinleştiren prensipleri içerir.

Almak dişil enerjinin eylemidir. Tıpkı Ay'ın Güneş'ten aldığı ışığı yansıtması gibi aldığıyla besler. Bir koy gibi sakince kucaklar ve kabul eder.

Gece, siyah, mavi renk, yataylık, içbükey şekiller, sular ve suyla ilgili konular, kuzey yönü, kış mevsimi, kapalı alanlar, karanlık alanlar, nemli ortamlar, beslemek, sakinleşmek dişil enerjinin prensipleridir.

Negatif (-) yani boş alana sahip doldurulabilir alandır. Hayatın içinde şekil aldığı, bebeğin içinde güvenle büyüdüğü rahim ve dolayısıyla anneyle ilgilidir.

Anne bizim içinde büyüdüğümüz rahimdir ve dişil enerjiyi simgeler. Doğup büyüdüğümüz alan olan dünya yine aynı prensibe dahildir.

Geçmiş, beden, bedenin sol yanı ve arka kısmı, ticaret hayatı, parasal konular, maddi güç, çift sayılar, mağaralar, mezarlıklar, dini alanlar ve tüm mekânlar dişil enerjiye dahildir.

Annenle ya da başka bir kadınla sorunlar yaşıyorsan, anneni üzüp kırmaktan çekiniyorsan, annen ya da başka bir kadın figürü tarafından onaylanmaya ihtiyaç duyuyorsan, paran olduğunda ve maddi bir güç elde ettiğinde ruh halin fazla değişiyorsa ya da güçlü olmadığında kendini fazla zayıf hissediyorsan, dünyayı çok önemli ya da tam tersi çok önemsiz görüyorsan, iş hayatında sorunlar yaşadıysan, maddi kayıpların olduysa, borcun varsa veya kredi kullanmaya ihtiyaç duyuyorsan dişil enerji kanalından akan verileri dikkate almalısın.

İşini kolaylaştırmak için birkaç soruyla sana yardımcı olabilirim:

- Geceleri sakince uyuyabiliyor musunuz?
- Geçmişle ilgili bir anını birden çok kez tekrarlayarak anlatıyor musun?
- Akciğer, kalp, karaciğer, üreme organların, böbreklerin veya bedeninin sol yanıyla ilgili herhangi bir sağlık sorunu yaşadın mı ya da yaşıyor musun?

Bu sorulardan herhangi birine "evet" cevabı veriyorsan dişil enerjiyle bağını sağlıklı şekilde dengelemende fayda olabilir. Dişil enerji her ne kadar dünyasal hayatın sembolü olsa da ruhsal enerjiyle bağ kurabilmek, içsesimizi dinleyebilmek için eril enerjiyi destekler.

Kutsal mekânların sakin bir atmosfere sahip olması, dini liderlerin beyaz giysilerinin üzerine siyah renkli pelerin ya da cüppe giymeleri, birçok peygamberin mağarada inzivaya çekilmiş olması ve halihazırda Kâbe gibi kutsal bir mekânın örtüsünün siyah oluşu, kâinatın tamamlanma prensibinin güzel birer sembolüdür.

Dişil enerjinin faydalı olabileceği yer ve durumlar: Kendini korunmasız hissettiğinde ya da sakinleşmeye ihtiyaç duyduğunda siyah renkli kıyafetler giyebilirsin. Dekorasyonda da siyah kullanabilirsin.

Hareketli ya da yaramaz çocukları sakinleştirmek için odalarında, yatak örtülerinde ya da giysilerinde mavi rengi kullanabilirsin.

Yatak odanda, meditasyon, dua ve ibadet yaptığın yerlerde odaklanmanı artırmak için dişil enerji sembollerini kullanabilirsin.

Dişil enerjinin kullanımında dikkat edilmesi gereken durumlar: Dişil enerji sakinleştirici etkisinin yanı sıra eylemi azaltma özelliğine de sahiptir. Bu nedenle aşırı kullanımı harekete geçmekten alıkoyabilir.

Herhangi bir alanda aşırıya kaçmış dişil enerji, yeniden dengeye gelebilmek için pozitif enerjiye ihtiyaç duyar.

Yıldırım düşmesi gibi, ani gelişen ve birikmiş bir enerjinin açığa çıkışına neden olabilir.

Dişil enerji durağanlık ve hareketsizlik getirir. Bir ülkenin ekonomisi uzun süredir hareketsiz kalmışsa ya da krizdeyse bu dişil etki ani bir eril hareketlenmeyle dağılabilir. Bazen bir savaş, doğal afet ya da ülkenin yönetiminde köklü değişikliklerle enerjiler dengelenebilir.

Eril ve dişil enerji, hayatı var eden iki ucun birleşmesine benzer. Zıtlık gibi görünseler de bir tamamlanmanın işaretidir.

Tıpkı kadın ve erkeğin birleşmesinden çocuğun, gece ve gündüzün bir araya gelişinden günün, madde ve ruhun bir araya gelişinden hayatın var olması gibi ikilik gibi görünen "bir"liktir.

Bilgelik yolunda ilerleyen tüm aktarıcılar her ikisini de denge içinde kullanmamızı tavsiye etmişler.

IX. BÖLÜM

SAYILAR

Her uygarlık sayıları gösteren kendi işaretlerine sahiptir. Sümerler çeşitli şekillerdeki kertikleri, İnkalar renkli düğümleri, Çinliler çizgileri, Romalılar ve Fenikeliler harfleri, Mısırlılar hiyeroglifi, Giritliler ve Hititler hiyeroglif sayısal biçimleri kullanmıştır.

Sayılar sembolizmin başaktörlerinden sayılabilecek bir güce sahip, birçok mistik öğretinin şifreleri olarak görülür.

Harflere verilen sayı değerleri sayesinde kabala ve ebced hesaplarıyla bir metnin şifrelenmesi veya anlamının okunması binlerce yıldır kullanılan bir sistemdir.

Bugün kullandığımız sayı sistemi ve sayısal şekiller Hint uygarlığından gelir. Buradan Arap Yarımadası'na yayılmış ve oradan da tüm dünyada kabul görmüştür. Roma'da kullanılan sayıların harflerle beraber kullanımı ve sıfır gibi önemli bir değerin bulunmayışı Avrupa sayısal sembollerinin zamanla unutulmasına sebep olmuş.

Sayı sembollerini incelerken Hint uygarlığında atfedilen özelliklere biraz daha detaylı bakacağız. Bununla beraber sayı sembolizminin Batı kültürüne sirayet etmesinde önemli bir görevi olan ve günümüzde sayı sembolizmi üzerinde araştırmalar yapanların çalışmalarında kendisinden oldukça etkilendiği ve hatta esinlendiği filozof ve matematikçi Pisagor'un yaklaşımlarını da paylaşacağım.

Babil ve Mısır'da eğitim alan Pisagor bu kültürlerin kadim öğretilerine kendi gözlemlerini de katarak önemli bilgi mirasları bırakmıştır.

Babil uygarlığı için "astrolojinin beşiği" diyebiliriz. Astroloji ve göksel hareketlerin sayılardan ayrı tutulabileceğini düşünemeyiz bile. Doğum tarihi dışında, enlem, boylam, açılar ve derece etkilerinin bir araya getirilerek okunması, geçmişten günümüze kadar önemini korur.

Çin ve Asya kültüründe etkili olan Feng Shui uygulamaları ve Çin astrolojisinin de temelinde yine sayılar bulunur.

Sayılar konusunda etkili çalışmalar yapan uygarlıklar matematik, mimari, astroloji ve bilimsel ilerleme konusunda her zaman önde olmuşlar.

Günümüzde bilgisayar yazılımlarında kullanılan iki sayı "0 ve 1" tüm programın alfabesini oluşturur.

Bilgi ve iletişimde hız kazandıran sayıları incelerken birkaç önerim olacak.

Sıralayacağım maddelerle hayatının önemli konularıyla ilgili ipuçlarını sayılar aracılığıyla okuyabilirsin:

- Doğum gününün sayısı
- Doğum tarihinin toplamının sayısı
- Oturduğun yerin kapı numarası
- Arabanın plakası
- Telefon numaran
- Şirket kuruluşunun tarihi
- Evlilik tarihi
- Herhangi bir konunun yıldönümü

- Hayatındaki önemli kişiyle olan sayısal bağını hesaplamak için onun doğum tarihi
- Önemli bir işe başlamadan önce seçtiğin gün, sayı veya tarih

Bütün bunların hepsini bir yere not ederek kendi şifrelerini çözebilirsin.

SIFIR (0)

HİÇLİK • YOKLUK • KARANLIK • KAPSAYAN • DELİK • SONSUZ

Sıfır geçmişte karanlık ve engelleyici sıfatlarıyla tanımlanırdı. Sıfır kelimesi Arapça "zifr" kelimesinden gelir ve karanlık manasını taşır.

Halihazırda bir konuda yokluğu anlatabilmek için "sıfır" ifadesi kullanılır.

Sıfır, onu keşfeden Hint uygarlığında boşluk anlamına gelen "shunya" kelimesi ile tanımlanır.

Yunanlar "ouden" (boş), Romalılar "vocuus" (boş), "nihil-absentia" (hiç), "abest" (yok) olarak ifade etmişler.

Sıfırın şekil olarak formunun daireye benzemesi de tesadüf değildir.

Daire Tanrı'nın varlığının simgesidir. Sıfır, sembolizmde her şeyi kapsayan, var edebilme gücüne sahip olan, aynı zamanda yok edebilme kudretiyle ezel ve ebedi olanı anlatır.

İbnü'l-Arabi Allah'ı bazen bir nokta olarak sembolik bir şekilde ifade etmektedir.

Sıfır, matematik sisteminde kendinden önce gelene değer kaybettirir, sonra gelenin de değerini artırır. Sayılar çoğalabilmek ve ait oldukları sayı ailesini tanımlamak için sıfıra muhtaçtır. Her on veya yüz basamaktan sonra sayıların arasına nokta koyarken aslında sıfırı işaretleriz.

Sıfır görünenin ötesinde, her an istediklerimizin bizimle buluşabileceğini anlatırken, sahip olduklarımızın da bir anda yok olup gidebileceğini işaret eder.

Merkezine indirgenmiş daire olarak tanımlanan nokta, Hint sayı gizemciliğinde yine sıfırı tanımlar ve "bindu" olarak seslendirilir.

Sıfır, evrendeki boşluğu simgeler. Sonsuz kavramına gelene kadar boşluk ve hiçlik olarak tanımlanan sıfır, Hintli matematikçi Brahmagupta'nın çağında matematiksel bir öğe olarak görülmüş ve sayılar kategorisine alınmıştır. Burada "ananta" olarak dillendirilmiştir.

Ananta aslında Hint tanrısı olan Vişnu'nun iki yaratma arasında üzerinde dinlendiği düşünülen dev yılanın adıdır.

Bu yılan hem sonsuzu hem de bengiliği simgeler. İlginç olan ise sonsuz işaretinin şeklinin de bu yılan şekliyle aynı olmasıdır.

Sonsuzluk işaretini anlattığım bölümde sıfır hakkında daha detaylı bilgi veriyor olacağım.

Sıfır sembolünün faydalı olabileceği yer ve durumlar: Sıfır hiçliği ve o hiçliğin içinden doğan varlığı sembolize eder. Kullanıldığı yerde bir mesaj iletilecekse merkeze çağırma, yeni bir yaratımın hemen öncesini anlatır.

Rüyada görüldüğünde bir şeyin sınırsızlığı, sonsuzluğu ve bilinmezliği anlatır.

Bir şeyin yok olabileceğinin ve bu yok oluştan yeniden var oluşun doğacağının sembolüdür.

Sıfır sembolünün kullanımında dikkat edilmesi gereken durumlar: Sıfır tek başına bilinmezliğe teslimiyeti sembolize eder. Başlayacak bir sürecin öncesinde sakinleşmenin, kabulün ve olanı kabul etmenin sembolüdür.

Bu nedenle bir hediyenin içinde yer alması, bir logo veya kampanyada kullanımı önemlidir.

BİR (1)

BİRLİK • YARATICILIK • İLAHİ OLAN • GÖKSEL • TAM VE TAMAMLANMIŞ • SABİT

Sıfırın temsil ettiği yokluk ve hiçlik kavramından sonra ortaya çıkan ve bize adeta maddenin varlığını haber veren bir sayısıyla yaşam görünür olur.

Bir başlangıcı ifade eder. Sıfırın içinde beliren bir nokta yani yeni bir sıfır gibidir.

Geometride bir sayısının noktayla ifade edilmesi, bu yaklaşımı doğrular niteliktedir.

Kadim bilgilerde Tanrı'nın birliğini sembolize eden bu sayı, her sayının içine nüfuz eder.

Onunla çarpılan veya bölünen yeniden ona döner.

Etkisiz gibi gözükse de çarpıldığı veya bölündüğü sayıyı kapsadığını ifade eder.

Arap alfabesinin ilk harfi olan elifin sayısal değerinin bir olması nedeniyle İslam mistik inancında önemli bir sembol olarak kullanılmıştır.

Bir sayısının sembolü olan nokta, İslam mistisizminde önemli bir semboldür.

Pisagor öğretisinde bir, "monat" olarak tanımlanır. Her zaman aynı kalır ve sabitliğiyle çokluğun içinden ayrılır. Tanrı'nın sayısıdır. Hem eril hem dişil hem tek hem çift sayıdır. Hangi sayıya eklense onu değiştirir ancak o değişmez. O merkezdir, her şey onun etrafında onunla bağ kurarak ilerler.

Hint sayı gizemciliğinde yine Tanrı ile bağlantılıdır. Bununla beraber derin düşünce, biricik gerçekliğin incelenmesi, başlangıç, Kutupyıldızı, yok edilemez olan, Ay ve ilk ilkeyi simgeler.

Hint sayı gizemciliğinde, her sayının bir yaşam alanı, temsil ettiği bir hayvan, inançlarıyla ilgili değerleri ve ifadeleri bulunur. Bir sayısı, inek ve tavşanı sembolize eder. Aynı zamanda Sanskritçe "eka" bir anlamına gelir.

Bir sayısı, Yunan tanrısı Zeus ve onun Roma'daki adı Jüpiter'in sembolüdür. Işıkla ve güneşle olan bağlantısı nedeniyle Apollon ile ilişkilendirilir.

Karanlık ve hiçliğin içinden bir ışık gibi doğan bir sayısı doğurmayı, doğmayı sembolize eder.

Kendinden kendini ve her şeyi var ettiği için tüm inanışlarda yaratıcı prensibin temsilcisidir.

Yaratıcılıkla ilgilidir ve tamdır. Ne eksiktir ne de fazla...

Dairenin ortasında duran ve dairenin çevresinde bulunan her noktaya aynı mesafede kalabilen, yaşamı başlatandır. Varlıktan, var olmayı anlatır. Bu nedenle zirveyi, gelinen son noktayı anlatmak için "birinci" ifadesi kullanılır. Birinci gelen altınla eşleştirilir. Çünkü tüm metaller içinde altın, tamamlanmış olandır. Dışarısıyla herhangi bir alışverişi yoktur. Bu nedenle değişime uğramaz, sabittir ve saftır.

Güneş ve altın bir sayısının simgelerindendir.

Bir sembolünün faydalı olabileceği yer durumlar: Noktanın hareketi başlatmasıyla oluşan, dikey bir çizgidir. Dikey çizgiler bir sayısının sembolüdür. Bir ve dikey çizgiyi hareketi başlatmak istediğimiz yerlerde kullanabiliriz.

Yenilik yaratır, eyleme geçirir ve ilerletir.

Liderlik sembolüdür.

Birin yanında kullanılan nokta sayesinde birinciyle arkasından gelen arasına bir mesafe konulur.

"1." Bu şekilde kullanımı rekabetin yüksek olduğu alanlarda koruma alanı yaratır. Bir sembolünün arkasına konan nokta, birin alanını belirler ve korur.

Rüyada görüldüğünde sayı veya mekânsal olarak dünyaya ait duygularımızı, aileden getirdiğimiz kalıplarımızı, kök çakramızı ve istikrarla ilgili konuları anlatır.

Bir konuda hareketi başlatma isteğimizi veya başlatacağımızı haber verir.

Bir sembolünün kullanımında dikkat edilmesi gereken durumlar: Bir sembolü, liderlikle ve her zaman önde olma isteğiyle ilgili gerginlik yaratabilir.

Kullanan için başarısızlık kabul edilemez bir duygu durumu yaratabilir.

Sürekli kullanma isteğin varsa neden ilk olmak ve önde olmak istediğine odaklanman faydalı olabilir.

İKİ (2)

İŞBİRLİĞİ VE DENGE
• ZITLIK • YAŞAM • DÜALİTE

Yaşamın görünür olmasını, gözlenmesini ve maddenin varlığını "iki" sembolüyle buluruz.

Bir sembolü kendine eklenerek yepyeni bir forma ulaşır. Burada yaşam çiçeği formunda, birbirleriyle temasa geçmiş iki daire görürüz. Onların temas ettiği noktada oluşan şekil dikey bir göz gibidir. Bu şekil çağlar boyu tanrıça sembolü olmuştur.

Hıristiyanlıkta gördüğümüz kutsal balık formunun bu şekilden doğduğunu düşünen sembolistler ve araştırmacılar vardır.

İki sembolü, düalitenin, yani ikiliğin başlangıcıdır. İçinde yaşadığımız sistemi anlamamızı sağlar. Bir gözleyen ve bir gözlemleyenden oluşmuştur.

İki, teklikten çiftliğe geçişi, insanın yaratılışını ve üremeyi anlatır. Üretkenlik ve çoğalmanın başlangıcıdır. Dişi prensibi temsil eder.

Tanrısal ışığı temsil eden bir sayısından sonra onun çoğalmasıyla beraber iki sembolü, dünyayı temsil eder.

Dişi-erkek
Gece-gündüz
Yer-gök

İki, Hint sayı gizemciliğinde kanatlar, eş, çift, ikizler, eller, kollar, gözler, dünya anlayışı, seyre dalma, vahiy anlamına gelir. Bütünleyicilik özelliği olduğuna inanılır. Sanskritçe "dva", "iki" anlamına gelir.

Pisagor öğretisinde iki, "duad" olarak ifade edilir. Bir bölünerek kendi karşıtlığını yaratmıştır. Zıtlık başlamıştır. Hareket, eyleme geçme, rekabet, eşitsizlik anlamına gelir. Bir sembolü ne kadar kutsal kabul edildiyse iki sembolü o derece küçümsenmiştir.

Bir sayısı en büyük tanrı ve yaratıcı prensibin sembolüyken iki, tanrıça ve doğurganlık sembolü olmuştur. İsis, Venüs, Kibele, Juno ve daha birçok tanrıça iki sayısı ile eşleştirilir.

Çin metafiziğinin temel prensibi olan Tai-Chi, sembolü olan Yin-Yang ile iki sayısının tüm kavramsal öğeleri anlatılır.

İki sembolü, bilinmeyenin içinden gelip bilinir kılınandır. Bilgeliğin sayısı olarak görülen birin içinden doğmaya cesaret etmiştir ve zıtlığı oluşturur.

Kendini birden ayrı gördüğü için önce ikiliği öğrenecek, ardından içinde var olan o ikiliğin birden başka bir şey olmadığını öğrenecek olandır.

Aslında iki tam olarak bu dünyanın sayısıdır. Bizler var olanı kendimize çekeriz, istediğimiz her neyse bunu "ben yarattım" dediğimiz anda ayrılığa düşeriz.

İki sembolü, içinde var olan "bir" ile buluştuğunda ve işbirliği içinde olduğunda dengeye kavuşur.

Mistik öğretilerde bahsedilen "bir" olma kavramı ile ikiden başlayan seyir âleminin, kendinden başka bir şey olmadığını fark edişle tamamlanmasını anlatır.

İki sembolünün faydalı olabileceği yer ve durumlar: İki insanın çıktığı hayat yolculuğunun sayısıdır. Hayata dair isteklerimizi, yaratımlarımızı sembolize eder. İki sembolüyle birlikte karşı taraf başlar.

Çiftleşme ve bir araya gelmeyi sembolize eder. Rüyada mesela kendini ikinci katta görüyorsan maddi konuları, bedenini ve hayatına almak istediklerini anlatır.

İkinci katta oturmak, kapı numaranın iki olması, maddi konulara odaklanacağını ve yaratım sürecinde olduğunu anlatır. İki bereketi artırmanın bir sembolü olarak kullanılabilir. Dişil semboller iki ve katları ile kullanılmalıdır.

İki sembolünün kullanımında dikkat edilmesi gereken durumlar: İki sayısı liderlik ve tekliğe ihtiyaç duyulan yerlerde kullanılmamalıdır.

Suyla ilgili sorun yaşanabilecek sektörler için doğru bir sembol değildir.

Dişi sembolleri bir tane kullanmak doğru değildir. Dişi semboller yaratım ve üretimin sembolü oldukları için tek kullanıldığında tamamlanmış olmaz. Mesela fil bir dişi sembol olduğu için tek tek sayılı kullanılmamalıdır. Evde yedi fil kullanmanın uğurlu geldiği söylense de bu doğru değildir. Çift sayı kullanılmalıdır. Mesela sekiz fil figürü olmalıdır.

ÜÇ (3)

ERDEM • GELECEK • İFADE ETME • YENİDEN YARATMA • SEÇİM YAPMA

İki sayısıyla başlayan yaratım sürecinin meyvesi olan üç, kutsal kabul edilen sayılardandır. İki ile buluşan bir, bu kez üçün ortaya çıkışını sağlar.

Üç, anne ve babadan meydana gelen ve onların varlığını geleceğe taşıyan çocuğun sembolüdür. Üç ile şekiller başlar.

Bir sayısını sayı olarak kabul etmeyen bazı yaklaşımlara göre üç ilk tek sayıdır.

İki ile ortaya çıkan zıtlık burada son bulur. Üç sayısı seçim yapmayı ve geleceği simgeler.

Sadece yeni değil, bambaşka bir hale geçişin başlangıcıdır. Üç ile yeniden birlik başlar.

Hint sayı sembolizminde üç sayısı Budist din adamlarının tören giysisi, üç çağ, bilincin üç hali, Shiva'nın üçlü çatalı, üç amaç, üç harf, ateş, dişil enerjiler, zaman ve Brahmacılığın ana kastlarını sembolize eder. Sanskritçe üç "vajra" olarak ifade edilir.

Pisagor öğretisinde üç sayısı "triad" olarak ifade bulur. Onunla ifade edilen kutsal dengedir. Merhamet, ölçü ve erdem anlamına gelir. Başlangıcı, ortası ve sonu olan ilk sayıdır. Üçgeni temsil eder.

Yunan tanrısı Apollon'un simgesi üç ayaklı kazan ve bu kazana üç defa sunumda bulunulması üç sayısını onunla ilişkili yapar.

Hıristiyanlık inancında üç sayısının kutsallığı, Baba, Oğul ve Kutsal Ruh üçlemesi ile sembolize edilir.

Ruh-beden-zihin

Geçmiş-şimdi-gelecek

Baba-anne-çocuk

İki ile başlayan itiraz, zıtlaşma, farklılaşma sürecinin ardından dengeyi kurabilmiş ikinin içinden yepyeni bir doğum gerçekleşir. Üç, dengesini kurmuş, bilgelikle buluşmuş, yenilenmiş olma halini sembolize eder.

Üç yeniyi yani geleceği hayal etmeyi, yaratılmış olanla buluşmayı ifade etmeyi, en önemlisi bunu sezgileriyle hissetmeyi anlatır. Dışarıda var olan dünyanın keşfinden içsel görüye geçiş başlar.

Üçüncü göz denilen sezgisel görme ile anlatılan tam olarak budur. Üç, yaratılmış olanı kendine doğru çekebilmek için ifadenin erdemine ve simyasına dikkat çeker.

İfade etmek, gelecekte çağırdıklarımızın habercisidir. Simya yani saflaşarak başka bir hale geçiş başlamıştır.

Üç sembolünün faydalı olabileceği yer ve durumlar: Üç sayısı yaratıcılığın ve ilerlemenin gücünü anlatır. Karar vermek ve irade etmekle ilgilidir.

Kutsal kazanın üç tane ayağı vardır. Üç çoğalmanın sayısıdır. Yenilik istenilen alanlarda fark yaratmak için kullanılabilir.

Rüyada üç sayısı görmek irade, karar gücü ve yeniliği başlatmak için seçim yapmayı anlatır.

Bir binanın üçüncü katındaysanız o dönemde hayatınızda bir kararla birlikte denge kuracağınızı anlatır.

Üç kişiyle birlikte bir yere gitmek, aynı şeyden üç tane almak da kazanın üç ayağı etkisi yaratır.

Üç sembolünün kullanımında dikkat edilmesi gereken durumlar: Üç, denge sayısıdır. Bir anlamda tamamlanmadır.

Sürecin başlaması için dengede olmak gerekir. Henüz karar verilmemiş iş, proje veya durumlarda kullanılmasında dikkatli olunması gerekir.

Denge sağlanamazsa çatışma yaratır.

DÖRT (4)

DÜNYA • TAMAMLANMA • SÜREÇ • BAŞKALAŞIM • ZEKÂ

Dört, maddenin tamamlanarak şekil almasını anlatır. İkiden sonra gelen ikinci çift sayıdır. İkinin karesidir. Kendinden önce gelen üç ile buluşan bir ile iki çift oluşur.

Dört sembolü, aynı zamanda dünyayı simgeler. Doğa ve doğanın yaratılış prensipleri dört sayısıyla sembolize edilir. Düzenin sayısıdır.

Sembolizmde dört kutsal kitap, dört kitap verilmiş peygamber, dört büyük melek, dört anayön, dört arayön, dört element (hava-su-toprak-ateş), dört mevsim, Ay'ın dört döngüsü karşımıza çıkar.

Hint sayı gizemciliğinde dört sayısı, dört okyanus, su, deniz, varlık koşulları, anayönler, dört aşamayı sembolize eder. Sanskritçe dört sayısı "chatur" olarak ifade edilir.

Pisagor öğretisinde dört kutsal kabul edilen sayılardandır. "Tedrad" olarak ifade edilir. O aynı zamanda kare formunu simgeler. Pisagorcular için dört mükemmelliğin sayısıydı. Tanrı'nın sayısı olarak nitelendirilen 10 ile buluşmak için son durak dört kabul edilirdi.

1+2+3+4=10 olduğunda sayıların sayısına ulaşılır. On sayısına ulaşmak için dört sayısıyla buluşmak şarttır. Bu nedenle dört zekâyı ve entelektüel aklı simgeler.

Çin'de dört ve ölüm kelimelerinin telaffuzunun benzerliği nedeniyle dört mesafeli durulan bir sayı olarak kabul edilir.

Dört her bir kenarı eşit kare formu ile içinde iki tane üçgen gizleyen şahane bir formun sayısıdır. Aynı gibi görünen dört tane bir, dört eşit dikey çizgi bir araya gelir ve bu birlikten bambaşka bir form çıkar.

Dünyanın sayısı olduğu da kabul edilen dört ile bir süreç tamamlanır. Eylemin başlangıcından bu yana biçimlenen hayatı ve hayatın prensiplerini bize anlatan dört bir sürecin başlamasını ve tamamlanmasını sembolize eder.

Bu nedenle mükemmel olarak tanımlamak istediğimiz bir işi "dört dörtlük" deyimiyle ifade ederiz.

Dört sembolünün faydalı olabileceği yer ve durumlar: Dört bir mekânın sayıdır. Tamlık arz eder. İnşaat, ev, mimari gibi alanlarda güven duygusu verir. Toprağın ve Dünya'nın sayıdır.

Rüyada dört sayısı görmek güven hissi, mekân, evle ilgili tamamlanma isteğini ifade eder.

Dört merkezlenmeyle ilgilidir. Bir dönemin tamamlanması için bir konunun kabulü gerekmektedir.

Dört sembolünün kullanımında dikkat edilmesi gereken durumlar: Toprakla ilgili olduğu için değişkenlik, akışkanlık ve hafiflik hissi istenilen alan ve durumlarda yoğun kullanılmamasına dikkat edilmelidir.

BEŞ (5)

İNSAN • ÖZGÜRLEŞME • DEĞİŞİM • YENİLENME • KIYAMET

Dört, Dünya'nın ve maddenin oluşumunun tamamlanmasını anlatıyordu. Beş sembolü ise onu yıkan bir kıyametin temsilcisidir.

Beş sembolü, gizemli sayıların en dikkat çekenlerindendir.

Beşgen şeklin ezoterik öğretilerde kullanımının sırları üzerinde hâlâ tartışmalar yapılır.

Beş, tamamlanır tamamlanmaz ölmeyi, ölümün ardından yeniden doğmayı sembolize eden sonsuzluğa atfedilmiş bir semboldür.

Günümüzde dünyanın en güçlü devleti olarak kabul edilen ABD Savunma Bakanlığı yönetim binasının şeklinin pentagon (beşgen) şeklinde olması tesadüfün çok ötesindedir.

Beş dişil prensibin yeniden form bulmasıdır.

İki ile birleşen birin meydana getirdiği üç sayısının tamamlanması dört sayısıyla mümkün olmuştu. Bu kez üç ile yeniden buluşan iki yepyeni bir yaratımın habercisidir.

İki nasıl tanrıça ve onun temsil ettiği prensiplerin sembolüyse beş de yine dişil yaratıcı güçlerin sembolüdür.

İki sayısı bedende ikinci çakrayı sembolize eder ve birlikte çalıştığı diğer çakra beşinci çakradır.

Burası aynı zamanda ifade merkezi olarak da anılır. Yaratıcılık ve ifadeyle birleşir. İfade edilen, yaratılmaya başlar.

Beşin içinde üçün ifade gücü ve ikinin yaratıcı prensipleri bulunur.

Beş, Venüs, İştar, İsis, Meryem sembolüdür.

Beş ana kıta vardır. Başlangıçta tek bir parçadan oluşan Dünya birbirinden kopan kara parçalarının aldığı son şekille farklılaşmasını halihazırda devam ettirmektedir. Beş yine var olanı yıkıp, yepyeni inşa eder.

Beş element bulunur. Dört element sisteminin merkezine gelen dört sayısının temsil ettiği toprak elementi yeni unsur olarak metal elementine yer açar (hava, toprak, ateş, su, metal).

İnsan bedeninde el ve ayaklar beş parmaktan oluşur.

İnsanın, dünyayı keşfetmesinde ve duyularıyla algılamasında aracılık eden beş duyu organı vardır.

Beş sembolü aynı zamanda insanı simgeler.

Beş, var olan sistemi yok ederek yeniye geçmeyi anlatır. İnsan içinde yaşadığı sistemi değiştirmek, yıkarak kendi istediği şekli verme güdülerine sahip bir varlıktır.

Var olana uyum sağlamak yerine, var olanı kendi istediği şekle getirmek üzere yıkmayı tercih eder.

İşte bu yıkım süreci kıyamet denilen yok oluşa gidişi simgeler.

Beş, kıyameti başlatacak olan prensiplerin sembolüdür.

Hint sayı gizemciliğinde beş sembolü büyüsel kabul edilir. Bu sayı aynı zamanda, beş doğaüstü güç, görünüşün beş öğesi, Buda'nın beş görünüşü, beş varlık basamağı, rüzgârlar, duyu organları, hakikatler, temel ilkeler, arınmayı sembolize eder.

Pisagor öğretisinde beş sayısı pentad olarak ifade edilir. Beş sayısı, aşağı ve yukarı tüm varlıkları temsil eder. On sayısının ikiye bölünmesinden elde edilir.

Beş sembolünün faydalı olabileceği yer ve durumlar: Beş, "beşer" diyerek tanımlanan sayıdır ve insana işaret eder.

Hayatın içindeki akışla ilgilidir. Özgürlüğü anlatır. Bir durumun sona erdirilmesi ve yeniliğin başlatılmasını istediğimizde beş sembolünü kullanabiliriz.

Rüyada beş sembolü, bir sürecin bittiğine ve yepyeni bir döneme girileceğine işaret eder.

Binanın beşinci katında oturuyor olman, kendini ifade etmek isteğini fakat bunu yapamadığını anlatır.

Beş sembolünün kullanımında dikkat edilmesi gereken durumlar: Beş sayısı yapıcı da olabilir yıkıcı da, akışın yönünü hissederek beşin yapıcı süreçte mi yoksa yıkıcı süreçte mi çalıştığını anlayabiliriz.

ALTI (6)

YARATIMIN TAMAMLANMASI • KORUMA • BULUŞMA

Altı, yaratılışın sayısı olarak kabul edilir. Altı sayısının içinde iki tane üç vardır. Bu şekilde yaratılışın kapsayıcılığı açığa çıkar.

Üç sayısı, geleceği ve çocuğu sembolize ediyordu. Altı sembolü ise, dişi prensibi temsil eden yerin ve eril prensibi temsil eden göğün bir araya gelişiyle doğan yaşamın sayısıdır.

Eski Ahit'te "O yeri ve göğü altı günde yarattı ve bir gün dinlendi" ifadesi yer alır.

Bu nedenle Yahudi inancında haftanın altı günü çalışıp yedinci günü dinlenmek önemlidir.

Sebt günü olarak ifade edilen cumartesi gününde çalışmak, ateş yakmak gibi daha birçok yasaklar vardır.

Hz. İsa'nın sebt günü, altıncı saat ve seksta olarak tanımlanan saatte çarmıha gerilmiş olmasından dolayı ilk Hıristiyanlar bu saatte işlerine ara verirlerdi. Sonrasında bu gelenek öğleden sonra dinlenmesi olarak kalmış ve amacı unutulmuştur. Günümüzde bu dinlemeye siesta adı verilmektedir.

Pisagor öğretisinde altı sembolü için formların formu, evrenin dili ve ruhun özü tanımı yapılır. "Heksad" olarak ifade edilir.

İki üçgenin bir araya gelişinden oluştuğu için evliliğin sayısı ve mükemmel uyum olarak yorumlanır.

1+2+3 formunu içerdiği için kendi kendine yeten olarak ölümsüzlüğün simgesidir.

Hint sayı gizemciliğine göre altı sembolü üyeleri, övünçleri, mevsimleri, cisimleri, renkleri, tatları ve musiki makamlarını sembolize eder. Sanskritçe altı, "shad" olarak ifade edilir.

Altı sembolü tamamlanmanın ve bir dönemin sonuca ulaşmasının işaretidir.

Zıtlıkların bir araya gelişinden çıkan uyumun ifadesi olarak altı rahman ve rahim olarak tanımlanan yer ve göğün enerjisinin buluşması, ruh ve maddenin bir araya gelişinin mükemmelliğini simgeler.

Dişil ve eril prensiplerin buluşması, yaratımın tamamlanmasıdır.

Altı sembolünün faydalı olabileceği yer ve durumlar: Altı sayısı yaratımla ilgilidir. Birçok alanda yeniliğin başladığı ve bu yeniliğin var olan durumu bambaşka bir hale getirdiğini anlatır.

Koruma sembolü olarak güven vermek için seçilebilir.

Rüyada altı sembolünü görmek bulunduğumuz durumun fark edemediğimiz yanları olduğunu anlatır.

Bir binada altıncı katta oturuyor olmak, himaye altında olmayı, baba veya otorite figürler tarafından desteklenmeyi sembolize eder.

Altı sayısı gizlilikle ilgilidir.

Altı sembolünün kullanımında dikkat edilmesi gereken durumlar: Altı sembolü, dünyayla ve sonrasıyla, geçmişle ve gelecekle barış içinde olmayı ve tamamlanmayı anlattığı için henüz bu barış sağlanmadıysa altı sembolünü kullanırken dikkatli olmak gerekir.

Bununla beraber sıklıkla pek hoşumuza gitmeyen alanlarda karşımıza çıkan altı sembolü, otorite figürleri, devlet ve mahkeme gibi konularla ilgili bir gündeme de işaret ediyor olabilir.

YEDİ (7)

BİLGELİK • TAMAMLANMA • AÇIĞA ÇIKMA • SEYİR HALİ • UYUM İÇİNDE İLERLEME

Altı sembolü yaratılışın, yedi sembolü de bu yaratımın ortaya çıkışının ifadesidir.

Yedi sembolü, altı ile başlayan ahengin görünür olmasıdır.

Tüm inanışlar ve dinlerde yedinin kutsallığına ve sihrine bir gönderme yapılır.

Göğün ve yerin yedi katı olduğu ifade edilir. Haftanın günleri, Ay'ın döngüleri, bedende bulunduğuna inanılan çakra merkezleri, müzikte nota sayısı, gökkuşağının renkleri yedi sembolüyle bağlantılıdır. Örneklerde de gördüğümüz gibi yedi ritmiyle düzene koyandır ve koyulandır.

İnsan hayatında yedinin katları olan yaşlar önemli kabul edilir. Bu sistem astrolojide her yedi yılda bir Satürn gezegenin doğum haritasında bir köşe eve gelmesiyle ifade edilir.

Çakralar sisteminde de her yedi yılda bir çakra ve onun temsil ettiği konularla ilgili bir bırakış yaşanır.

Pisagor öğretisinde yedi sayısı "heptad" olarak ifade edilir. Yedi kutsal kabul edilen sayılardandır.

Karenin içindeki altıgen ve onun da ortasındaki bir noktayla temsil edilir.

Kare, Dünya'nın sayısı, altı yaratılışın sembolüyken yedi de bunları ifade eden nokta olarak olgunluğa ulaşmış insanı işaret eder.

Hint sayı gizemciliğinde yedi sayısı Buda'yla, yedi gezegenle, yedi bilgeyle, yedi kutsal anayla, yedi heceyle, haftanın yedi günüyle, yedi rüzgârla, mavi nilüferle, arınmayla ve yedi musiki notasıyla sembolize edilir. Sanskritçe yedi, "sapta" olarak ifade edilir.

Yedi sembolü, bir konuyu tamamlama, bırakma ve yeni için yer açmayı ifade eder. Bu bir anlamda bilgeliğin tanımıdır. O yüzden mistik öğretilerin yedi basamağının sonunda kişi ruhsal planı ile buluşur.

Yaşam çiçeği formunda bu anlatımın simgesel ifadesini görürüz. Altı daire birbirleriyle bağlantıda kalıp aynı merkezden geçerek başladıkları noktaya gelirler. Ortada ise buluşma noktası olan merkezde yedinci daireyi görürüz. Bu çizimle ortaya çıkan çiçek formu insanın tamamlanmasını sembolize eder.

Yedi sembolünün faydalı olabileceği yer ve durumlar: Yedi açığa çıkaran bir enerjidir. Görünmez olan, gizli olan ve görünür hale geleni anlatır.

Yaratım sürecini tamamladığın bir işinin ve emeğinin açığa çıkmasında kullanabilirsin.

Yedi sembolü, bir anlamda dünyanın sonudur. Aynı zamanda bir bitiştir. Dünyanın sınırını anlatır. Bu nedenle ruhsallığa bağlantı yapmak isteyenler tarafından da kullanılabilir.

Rüyada yedi sembolü görmek kaynakla bağlantı kurmayı, bir konuyu tam anlamıyla tamamlamayı ve gelinen son noktayı anlatır.

Yedi sembolünün kullanımında dikkat edilmesi gereken durumlar: Yedi uyanışın sayısıdır. Kullanıldığı alanın dikkat çekmesine neden olur. Yedi sayısı devam eden sürecin tamamlanmasını destekler. Tamamlanma olmadan yeniye geçişe izin vermez. Bir hafta bitmeden yeni haftanın başlamaması gibi...

Evin kapı numarası yediyse maddi konularda bolluğa işaret eder.

SEKİZ (8)

BOLLUK • BEREKET • ÖTESİNE GEÇİŞ • CENNET • GÜÇ

Bereket sayısı olarak anılan sekiz, dünyanın sayısı kabul edilen dördün ikiyle çarpılmasıyla elde edilir.

Dünyaya dair nimetlerin bollaşması anlamına gelir. Dünyasal tarafı böyle tanımlansa da sekiz sayısı gizemli bir sayı olarak en çok, ruhsallık ve cennetle ilişkilendirilmiştir.

Kâbe'de karşımıza çıkan sekiz köşeli yıldız yine sekiz sayısının sihrinden kaynaklanır.

İslam inancında sekiz cennet bulunur. (Dar-ül Cela, Darüs Selam, Cennet-ül Meva, Cennet-ün Naim, Cennet-ül

Zaim, Cennet-ül Huld, Cennet-ül Firdevs, Cennet-ül Kera, Cennet-ül Adn)

Buda'yı aydınlanmaya ulaştıran sekiz yolu vardır.

Çin metafiziğinde Konfüçyüsçülüğün sekiz değerli nesnesi bulunur. Yine Taoculukta sekiz ölümsüzler sembolü kutsal kabul edilir.

Yahudilikte yeni doğan erkek bebek sekizinci günde sünnet edilir (Brit Mila).

Hıristiyanlıkta gökyüzünü sekiz melek taşır.

Pisagor öğretisinde sekiz, kutsal sayılan dördün katı olarak ortaya çıkan üçboyutlu geometrik şekil olan küpün sayısal hali olarak görülür. "Ogdoad" olarak telaffuz edilir.

Hint sayı gizemciliğinde sekiz sayısı, secdeye kapanmanın sekiz üyesi (asthanga), sekiz özgürlük, fil, yılan, sekiz fil, sekiz uğurlu şey, ana ve ara yönlerin koruyucusu, doğaüstü güçleri sembolize eder. Sanskritçe sekiz, "ashta" olarak ifade edilir.

Yediyi tamamlamış olan için buradan sonra cennet makamı yer alır. İsteyene yerin isteyene göğün bolluğu ve bilgisi verilir.

Yedi sembolü göğün katını ifade ederken tanrısal kat sayılan sekiz de cennetle ve cennete ulaşmakla ilişkilendirilir.

Sekiz sembolü, yedi ile tamamlanan ahengi, sürecin ve ilahi yolun sonunda elde edilen vaat edilmiş cenneti temsil eder.

Aslında cennetle sembolize edilen bir üst alana çıkma halidir. Korunan alan ve yükselişte olan manasındadır. Kutsallıkla ilişkilendirilmesi de bu nedenledir.

Sekiz sembolünün faydalı olabileceği yer ve durumlar: Manevi olarak aktardıklarının yanında sekiz dünyasal alanda insanın biriktirme gayretini sembolize eder.

Sekiz sembolü artırır, sürekli hale getirir ve bir ritim yaratır. İyileştiren, güçlendiren ve çoğaltan bir etkiye sahiptir.

Evin kapı numarası sekizse bir konuda bolluğa işaret eder.

Sekiz sembolü dünyaya ait olanları biriktirme ve çoğaltmayla ilişkilidir. Bu nedenle bolluğun sayısıdır.

Rüyada sekiz sembolü görmek, bir dönemin bitip, yeni bir dönemin başladığını ve başlayan dönemin ferahlık getireceğini işaret eder.

Herhangi bir sembolü artırıcı etkisinden dolayı seçeceksen sekiz tane seçmelisin. *(Yapabileceğin sembol seçimlerini ilerleyen sayfalarda ayrıntılı şekilde anlatılmış olarak bulacaksın.)*

Sekiz sembolünün kullanımında dikkat edilmesi gereken durumlar: Sekiz sembolünün artıran etkisi doğru yerde kullanmadığında aslında istemediğin bir şeyi artırıyor olabilirsin.

DOKUZ (9)

İLAHİ İRADE • VAR OLANIN SONLANMASI • MİSTİK • BİLGELİK

İlk tek sayı sayılan üçün kendisiyle çarpılmasıyla ortaya çıkan dokuz ilahi iradeyi yerine getirenlerin sayısı olarak tanımlanır.

Dokuz sembolü aslında cennetin sayısı sayılan sekizden sonra ve tamamlanmanın sayısı olarak görülen on sayısından önce gelir. Bazı inanışlarda dokuza eksiklik ve kusurluluk sıfatları eklenir.

Türk ve Orta Asya mitolojilerinde dokuz kutsaldır. Altayların yaratılış destanında Tanrı, yerden dokuz dallı bir ağaç bitirerek her dalın altında bir insan yaratmıştır. Bu dokuz insana "dokuz dedeler" denilir.

Çin ve Moğol imparatorlarının önünde dokuz defa secde edilir.

İslam'da Allah'ın doksan dokuz güzel ismi bulunur.

Dokuz ve katları çoğaltan, artıran bir etkiye sahiptir.

Pisagor öğretisinde dokuz sembolü "ennead" olarak ifade edilir. İnsanın anne karnında geçirdiği dokuz aylık süre nedeniyle "insan sayısı" da denir.

Okyanus ve ufukla dolayısıyla sınırsızlıkla da ilişkilendirilir.

Hint sayı gizemciliğinde dokuz sayısı, dokuz gezegen, dokuz mücevher, yılın dokuzuncu ayı, ondalık sayıların rakamları, (anka) doğmuş olmayan, erişilmez olan, delikler ve ışıma olarak sembolize edilir. Sanskritçe dokuz sayısı "nava" olarak ifade edilir.

Dokuz, matematik sisteminin ve onunla birlikte teknolojiyi ileriye taşıyan onlu sayma sisteminin önemli bir parçasıdır. Ait olduğu basamağın son ve en yüksek değerine sahip oluşuyla bolluğun, gelinebilecek en son noktanın sayısıdır.

Dokuz sembolünün faydalı olabileceği yer ve durumlar: Dokuz maksimuma gelme, bir süreci bitirerek orada yok olma ve yeni bir sürece doğabilmeyi sembolize eder.

Bu nedenle yatırımının sonuçlarını sabırla bekleyeceğin alanlarda dokuz sembolünü kullanmalısın. Evin kapı numarası dokuzsa sahip olduğun değerleri doğru kullanmayı ve yaşadıklarına bir bütün olarak bakabilmeyi anlatır.

Uzun vadeli işlerde maksimum kazanç için iyi sonuç verebilir. Bir şirketin, kişinin, markanın bambaşka bir imajla yenilerek sunumunu destekler.

Rüyada dokuz sembolünü görmek bir konuda maksimuma ulaşmaya az kaldığı, yeni bir dönemin başlayacağı veya bir dönemin bitişinin sancılarına işaret eder.

Sabırla ve emin bir halde bekleyen sonuca ulaşacaktır.

Dokuz sembolünün kullanımında dikkat edilmesi gereken durumlar: Kısa vadede sonuç almak isteyenler, sonuna kadar beklemeye sabrı olmayanlar dikkatli kullanmalıdır. Diyelim ki borsada bir yatırım yaptın ve maksimum kazançla çıkmak istiyorsun. Belki de bir gayrimenkul yatırımı yaptın ve doğru zamanda hareket etmek istiyorsun. Dokuz maksimuma ulaşıncaya dek seni destekler.

Yaşadıklarının sonucunu bekleyebilme erdemini anlatır. Hızlı olmakla ters düşen bu enerji aceleci yapıda olanlar ve hızlı sonuç getiren işleri yapanlar açısından çatışma yaratabilir.

ON (10)

MÜKEMMELLİK • TAMLIK • ÇOĞALMA • BECERİ

On, tamamlanan ve sınırlandıran olarak anılır. İlk dört sayının toplamı olduğu için mükemmel sayı olarak ifade edilir. (1+2+3+4)

On sembolünde bir ve sıfır yeniden buluşur. Yeni bir aşamaya geçilir. Bir ve sıfırın birlikteliğiyle oluşan onlu basamak sistemi matematiğin anlaşılmasını kolaylaştırmıştır. Aynı zamanda sayı sistemini başlatan iki unsur yeniden bir araya gelmiştir. Günümüzün bilgisayar dili bu iki rakamın farklı dizilimlerinden oluşur.

Yahudilikte on emir vardır. Yine Yahudilikte Sefirot ağacı/hayat ağacının on öğretisi bulunur.

Pisagor öğretisinde "decad" olarak adlandırılır ve en yüce sayıdır. Pisagor'a göre on sayısı hem göksel hem de yersel güce sahiptir. Eril bir sayı olarak kabul edilir. Yıpranmayan olarak tanımlanır çünkü o Tanrı'ya dairdir ve Tanrı yorulmaz.

Hint sayı gizemciliğinde on sayısı parmaklar, Buda'nın on gücü, ufuklar, Vişnu'nun on büyük cisimlenmesi, Buda'nın on aşaması olarak sembolize edilir. Sanskritçe "dasha" olarak ifade edilir.

On sembolünün içinde hem eril hem dişil prensipler yer alır. Sayıların başlangıcından itibaren ilk defa bu prensipler görünür bir halde ortaya çıkmıştır.

On sembolü, hem hareketli hem hareketsiz olan unsurları kapsar. On bu özellikleriyle ortaya çıkışı sembolize eder. İnsanın el ve ayak parmaklarının sayısıdır. Bu nedenle beceriyle ilişkilendirilmiştir.

On sembolünün faydalı olabileceği yer ve durumlar: On tamlık arz eder. Tamamlanmanın dışında farklı bir alana geçiştir.

Rakiplerinden ayrılmak, farklılığını ortaya koymak ve bir sayısında olduğu gibi liderliğe vurgu yapmak açısından uygundur. Hiçliğin sayısı olan sıfır birle buluşunca yeni bir basamak ve farklı bir zenginlik yaratır.

İngiliz başbakanın ofisinin adı on numaradır.

Rüyada on sembolü, liderlik, farklılığınla ortaya çıkabilmesi demektir. Tanrısal destekle gelen bereketi anlatır.

On sembolünün kullanımında dikkat edilmesi gereken durumlar: On sembolü bir yandan farklılık yaratırken diğer yandan o ana kadar olan durumu da geride bıraktırır.

Elindekileri kıymetli görüp bırakmak istemeyenler on sembolünü dikkatli kullanmalıdır.

ON İKİ (12)

DÜZENE KOYAN • ZAMANLAYAN • ÇEMBERİN TAMAMLANIŞI

On iki sembolü zamanın sembolüdür. Gün, gece, yıl ve burçlar on ikiye bölünmüştür.

On iki ile temsil edilen zamansal akış kendi içinde üçerli sistemle dört parçaya bölünür:

Burçlar (ateş, hava, toprak, su), gün (sabah, öğleden önce, öğlen, öğlenden sonra), gece (akşamüstü, akşam, gece yarısı, sabaha karşı), yıl (ilkbahar, sonbahar, kış, yaz).

On iki, çemberin ve zamanın tamamlanmasıdır. Bu nedenle dünyaya dair prensiplerin bir sistem dahilinde incelenmesini kolaylaştırır.

Hıristiyan geleneğinde Hz. İsa'nın on iki havarisi olması sebebiyle önemli bir yere sahiptir ve ilk düzine sistemi Hıristiyan toplumlarda kullanılır.

Şii ve Bektaşi inancında on iki imam bulunur. On iki sayısı, Hz. Ali ile başlar ve geleceğine inanılan Hz. Mehdi ile tamamlanır.

Yahudiliğin on iki kavimden oluştuğu söylenir.

Hint sayı gizemciliğinde on iki sayısı Güneş, aylar, burçlar, çember olarak sembolize edilir. Sanskritçe "dvadasha" denir.

On iki özel bir sayma sistemini temsil eder. Burçlar, aylar, gece ve gündüzün bölümlerini on iki sembolüyle ifade ederken aslında çemberi tamamlarız.

On iki sembolü için Güneş'in hareketlerini sistem haline getirdiğimiz sayı olarak düzene koyan da diyebiliriz.

On iki sembolünün faydalı olabileceği yer ve durumlar: Düzen oluşturmak ve sistem kurmak istenilen alanlarda olumlu sonuç verir.

On iki sembolü özellikle dağınık insanlar için tılsımlı bir etki yaratabilir.

Ekip çalışmalarında, kurumsallaşmak isteyen şirketlerde kullanılabilir.

Farklı on iki sembolü bir çemberin etrafında kullanarak neleri bir araya getirmek istiyorsan o enerjileri buluşturabilirsin.

Rüyada on iki sembolü görmek, hayatında hangi konuda karışıklık varsa oraya düzen geleceğini ifade eder.

On iki sembolünün kullanımında dikkat edilmesi gereken durumlar: On ikili sembol kullanımlarında bir araya getirdiğin enerjilere dikkat etmen çok önemli.

Ayrıca dağınıklık senin için düzenden daha değerliyse on iki sembolüyle arana mesafe koymanda fayda vardır.

ON ÜÇ (13)

SIRLANAN • GİZLENEN

On üç sayısının Hıristiyan inancında uğursuz sayılmasının sebebi on iki havarisiyle yemek yiyen Hz. İsa'nın onlardan biri tarafından ele verilmesi ve sonrasında da çarmıha gerilerek öldürülmesinden dolayıdır.

Sırlanmış ve gizlenmesi gerekeni açığa çıkaran havarilerin görevlerini yerine getirememesi nedeniyle on üç sayısı Hıristiyanlar için korunması gerekenin, değerli olanın yok oluşunu sembolize eder.

Çin yılı sisteminde 354 gün ile kolayca oluşturulan yıllık takvime dört yılda bir ay eklenir ve bu on üçüncü aya "sıkıntı" adı verilir.

Astronomiye önem veren Babil uygarlığında on üç sayısı, çemberi ve Güneş Sistemi'ni tanımlamış olan on ikiden sonra geldiği için olumsuz kabul edilirdi.

Maya uygarlığında aylar yirmi ve yılda iki yüz altmış günden oluşurdu. Bu nedenle on üç zirve demekti ve kelebekle sembolize edilirdi.

Yahudilikte ise on üç sayısı kutsal kabul edilir. Yahudi tasavvuf yaklaşımı kabala öğretisinde de on üç cennet ve cennette vaat edilenlerle ilişkili, uğurlu bir sayıdır.

Hint sayı gizemciliğinde on üç sayısı, on üç dünyadan oluşmuş evren, tensel ve kozmik arzunun tanrısı Kama ile anılır. Sanskritçe "trayodasha" olarak ifade edilir.

Sayı gizemciliğinde on üç sırlanan ve gizlenendir. Genel olarak bakınca uğurlu ve gizemli sayan inanışlar daha fazla görünüyor.

On üç sembolü, on iki ile tamamlanan çemberin kendisini ifade edişidir. Yani hem on ikinin sahip olduklarını hem de bunun başlangıç ve tamamlanmış halini içerir. Görünmeyendir.

Bilinemeyenden korkan insanoğlu için on üç uzak durulması gereken bir sayı olarak kalmıştır. On üç bir sürecin tamamlanmasının ardından bilinmeyene yolculuğu sembolize eder.

Çemberden çıkışın ve kader planının değişiminin habercisidir. Zamanı bir dizgiyle planlayan on iki ile tamamlanmış olan kader planı ve karmanın sonlanmasıdır.

On üç, çıkmak için gayret ettiğimiz sürecin içinden sıçrayarak çıkabilmektir. Aydınlanma yolunda olma halinin mesajını iletir.

On üç sembolünün faydalı olabileceği yer ve durumlar: Düzeni yeniden yıkıp, bambaşka bir hale taşımak istediğinde on üç sembolünü kullanabilirsin.

On üç sembolüyle yaratılanı bilmemiz, tahmin etmemiz söz konusu olmayabilir. Ama on üç bizi tekrar eden ve bizi yoran düzenden çıkartabilecek bir semboldür.

Rüyada on üç sembolü aydınlanma halini, bir dönemin bitip yepyeni bir dönemin başlamak üzere olduğunu haber verir.

On üç sembolünün kullanımında dikkat edilmesi gereken durumlar: Var olan sistemi yok etme gücü nedeniyle on üç sembolü birçok kültür için sıkıntıyı sembolize eder.

On üç sembolünü kullanacağın alanlarda karanlığı ve bilinmezliği yaratabileceğini unutmamalısın.

Karanlığın ardından ışığın geleceğinden eminsen ve teslimiyetle ilerleyebileceksen on üç sembolünü kullanabilirsin.

ON DOKUZ (19)

MİSTİK • YENİDEN BİRLİK

Tek basamaklı sayıların başının ve sonunun yan yana gelmesinden oluşan on dokuz, yani bir ve dokuz sayısı toplandığında on sayısı ile yeniden buluşur.

On dokuz sembolü özellikle İslam ve Yahudi inancında kutsal ve özel sayılan sayılar arasındadır.

İslam inancında Allah'ın birliğini ifade eden Vahid esmasının sayı değeri on dokuzdur. Kuran'ın 74. suresi olan, Müdessir Suresi'nin 30. ayetinde "Üzerinde on dokuz vardır onun" ifadesi yer alır.

Besmele Arapça on dokuz harfle yazılır.

Atomda en fazla on dokuz yörünge bulunur.

Bahailik inancında her ay on dokuz günden ve yıl on dokuz aydan oluşur.

On dokuz, kabalada manevi faaliyetin sayısıdır.

On dokuz, on ve ondan önce gelen dokuzun bir araya gelişiyle oluşan mistik bir sayıdır.

İki sayının toplamı yeniden bizi bire ulaştırır. Ne kadar çok çeşitlilik olursa olsun hepsinin geldiği yer aynı kaynaktır.

On dokuz sembolünün faydalı olabileceği yer ve durumlar: Başlanılan işin maksimuma gelinene kadar sabırla devam etmesi için destekleyici bir etki yaratır.

Maddede bolluğun, yaratabilmenin sayısıdır.

Rüyada görülen on dokuz sembolünün manevi bir mesajı vardır. Rüyada gören için manevi âlemde bir ilerleyişin haberini verir.

On dokuz sembolünün kullanımında dikkat edilmesi gereken durumlar: Hem maddi dünyada zenginliğe giden yolu işaret ettiği hem de manevi yolculuğu başlatan bir etkiye sahip olduğu için ikiliğin içinde bırakabilir.

KIRK (40)

BEKLEYİŞ • SABIR • ARINMA • OLGUNLUK • DEĞİŞİM • HUZUR

Kırk sembolü, bir hazırlık süresinin sonunda beklenen, istenen olgunluğa erişmeyi, çekilen çileyi ve o çilenin sonunda elde edilen ferahlığı sembolize eder.

Özellikle semavi dinlerde üzerinde önemle durulan sayılardan biridir.

Hz. Muhammed kırk yaşında peygamber olmuştur.

Kuran-ı Kerim Ahkaf Suresi'nin 15. ayetinde kişinin kırk yaşına geldiğinde olgunlaşacağından bahsedilir.

Hz. Davud ve Hz. Süleyman kırk yıl saltanat sürmüşlerdir.

İsrailoğulları kırk yıl çölde yersiz gezmişlerdir.

Babil ve Mezopotamya kültürlerinin birçoğunda kırk sayısı sabır ve beklemeyle ilişkilendirilmiştir.

Alevilik ve Bektaşilik geleneğinde dört kapı ve kırk makamla kulun Allah'a yaklaşacağına inanılır.

Alevi Bektaşi inanışına göre, Hz. Ali 40'lar meclisinin başıdır.

Kırk sembolü Tevrat'ta ve Talmud'da büyük önem taşır. Geçiş veya değişimi temsil eder.

Kırk sembolü sadece semavi dinlerde değil, daha eski uygarlıklarda da aynı anlamlarda karşımıza çıkar.

Bekleme, sabretme, arınma, sonlanma ve yeni bir sürecin başlamasıdır.

Kırk sayısı bir toplumun yaşadığı sıkıntılı sürecin sonunda bekledikleri elçiye kavuşmalarını sembolize eder. Bu yeni dönem pek de kolay olmaz, her ne kadar bir çıkış yolu arasalar da insanlar teklif edilen yeni sistemi hemen kabul etmezler.

Yeni doğan ve yeni ölen birinin ardından yapılan ritüellerin sayısının kırk olması da tesadüf değildir.

Yeni doğan bir bebeğin en dikkatli bakıma ihtiyacı olan süre ilk kırk gündür.

Ölmüş olan kişinin ardından yapılan ve kırkının çıkması olarak adlandırılan süreç sadece İslam dininde veya diğer semavi dinlerde değil, eski Mısır ve Mezopotamya uygarlıklarında da görülür.

Kırk sembolünün faydalı olabileceği yer ve durumlar: Kırk sembolü kendini tanıma sürecinde, emek veren hatta sabredenin hayat amacını seçerek ilerleyeceği yolu belirlemesini ve hatta o yola girişini simgeler.

Bu yola girişte birçok değişiklik ve yenilenme yaşanır. Zor gibi görünen süreç ruhsal ve fiziksel huzura taşır. Bu sayı sabır, bekleme ve emek enerjisini çağırır.

Kırk sembolünün kullanımında dikkat edilmesi gereken durumlar: Kırk sembolü, erdemin ve içsel yolculuğa çıkışın sayısıdır. Bu yolculuğa çıkmaya hazır olmayanın sembolü kullanması zorlayıcı bir etki yaratabilir.

Sayıların Kullanımı

Sayıların sembol dilini hayatında uygulamaya kararlıysan işe uğurlu bulduğun sayıyla başlayabilirsin. Bu belki doğum günün, doğum tarihinin toplamı, telefon numaranın son hanesi, arabanın plakası da olabilir.

Bununla beraber oturduğun evin kapı numarasını ya da daire numaranı da işe katabilirsin.

Sayı Okuyuculuğu

Örnek Uygulama

Diyelim ki, 5.11.1999 tarihinde doğdun.
Telefon numaran da 05......8..
Apartman kapı numaran: 48. Kat: 2. Daire: 8.

Doğum gününe göre 5 senin sayın. Doğum günümüzün sayısı bizim için özeldir.

Bu açıdan 5 sembolüyle ilgili bölüm ilgini çekmeli. Çünkü kendinle ilgili bazı özellikleri ve mesajları bu sayıdan alabilirsin.

Buna göre doğum tarihinin toplamı 35.

Bunu nasıl buldum?

5+1+1+1+9+9+9= 35

Sayıları tek haneye düşünceye kadar topluyorum.

3+5=8

Sekiz, hayatında önemli yeri olan bir sayı. Onunla ne sıklıkla ve nerelerde karşılaştığına dikkat edebilirsin.

Sekiz sayısının ne anlama geldiğini okuyabilir ve doğum tarihinin sana aktardığı mesajı alabilirsin.

Sayı sembolü okuyuculuğuyla ilgili sadece kendinden alma. Birlikte iş yaptığın arkadaşlarının doğum tarihlerini, iş görüşmesine gittiğin şirketin kapı numarasını, beğendiğin kişinin doğum tarihini de dikkate al.

X. BÖLÜM

RENKLER

Renk Sembolizmi

Hayatımızı güzelleştirdiğine inanılan renkler, ışığı dalga boyuna göre algılamamızın adıdır. Renkleri farklı algılıyor olmamızın sebebi ışığın vurduğu cisimde aldığı açıyla ilgilidir.

En uzun dalga boyu olan kırmızının hızı düşük olduğundan en kolay kırmızıyı algılarız. Ancak uzaklaştıkça algılayışımız azalır.

Beyaz tüm renkleri yansıttığı için herhangi bir renk algısı yaratmaz.

Siyah, ışığın tamamen çektiği için beyazda olduğu gibi gözde bir renk algısı yaratmaz.

Her renkten ve renk olmayan siyahla beyazdan duyusal, fiziksel ve algı açısından etkileniriz.

Doğanın sunduğu bu renk harmonisi beslenmekten tut da öfkeye, sakinliğe, güçlü ve güçsüz hissetmeye kadar hepimizi etkiler.

Mesela kırmızı renk harekete geçirirken, mavi sakinleştirir.

Tarih boyunca renkler bu mesajları aktarmak, algı yaratmak veya bir etkiyi çoğaltmak üzere kullanılmıştır.

Coğrafyaların, tarihsel geçişlerin ve inanışların da renk seçimleri vardır. Altın rengiyle parlayan tapınaklar, turuncu giyinen din adamları, kırmızıyı bayrağına taşıyan ülkeler, siyah ve beyaz giyinen toplumlar mesajlarını halihazırda iletmeye devam ediyorlar.

Örneğin atın rengiyle karşılaştığımızda ihtişamı, pahalı ve ulaşılmazı ve öne çıkmaya olan merakı algılarız. Aynı şekilde yeşil renk de sakinliğe davet eder.

BEYAZ

SAFLIK • ÖLÜM • TEMİZLİK • ZAFER • BARIŞ • SAYGINLIK • RUHSAL OLANLA BAĞLANTI • ÖLÜMSÜZLÜK

Beyaz tüm renkleri içinde barındırır ancak onların açığa çıkmasına izin vermez. Bu nedenle bazı kültürlerde bakir/bozulmamış saf olanla ilişkilendirilirken bazı kültürlerde ölümle bağlantılı olarak ifade edilmiştir.

Renklerin kendilerini ifade edemeyişleri ölümle nitelendirilebilir. Açığa çıkmaması, birliğin korunması manasını da taşır.

Ölüme yakın tecrübe yaşayanlar siyah bir tünelden geçerek beyaz bir ışık gördüklerini aktarırlar. Bu aslında bir dönemin bitişi ve yepyeni bir dönemin başlangıcını ifade eder.

Beyaz hem bitişi hem başlangıcı sembolize eder.

"Beyaz bir sayfa açmak" deyimi yeniden başlamak ve geçmişi silmek anlamına gelir.

Beyazlık, masallar ve mitlerde bir kişinin saflığını, masumiyetini ve iyiliğini ifade etmek için kullanılır. Tıpkı "beyaz atlı prens" gibi...

Beyaz, Asya'da bazı kültürlerde yas rengidir.

Japonya'da beyaz karanfil ölüm sembolüdür.

Çin ve Türk kültüründe beyaz, yönlerden batıyı temsil eder. Hititlerde doğuyu, Eski Ahit'te güneyi, Mayalarda kuzeyi temsil eder.

Beyaz, semavi dinlerde kutsal metinlerde göksel varlıklarla ve ruhsal ışıkla bağlantılıdır.

Afrika halkları arasında beyaz kötü ruhla ilişkilidir.

Uzakdoğu sporlarında kullanılan beyaz giysiler insana kendi içinde süregelen iyi ve kötünün savaşını hatırlatma amacını taşır.

Eski Türk kültüründe komutanlar savaş alanında beyaz giysiyle yerlerini alırdı. Bu gelenek bir süre sonra yerini beyaz ata bırakarak farklılaştı.

Beyaz, Batı kültürlerinde ışık, saflık ve masumiyeti simgelediği için gelinliklerde kullanılır. Türk kültüründe gelinlik rengi kırmızıdır. Sonrasında beyaz tercih edilir olmuştur. Bele bağlanan kırmızı kuşak eski gelenekten kalan son parçadır.

İnsan ömrünün kısa olduğu dönemlerde, yaşlanmış ve saçları beyazlamış, bilgisiyle etrafını besleyen ve aktaran kişiler saygı görürlerdi. Bu nedenle beyaz saygınlık ve bilgelik rengi olarak da anılır.

Beyaz eril prensiple ilişkilidir. Etkendir, harekete davet eder. Tıpkı günün başlamasıyla uykudan uyanmamız gibi uyarır, uyandırır. Bu nedenle aşırı kullanımı rahatlamayı zorlaştırabilir.

Sürekli beyaz giyen insanların vermek istediği mesaj, temiz ve bozulmamış olduklarıyla ilgilidir. Bu kişilerin aynı zamanda bir alanda harekete geçemedikleri ve enerji desteğine ihtiyaç duydukları söylenebilir.

Beyaz sembolünün faydalı olabileceği yer ve durumlar: Beyazın kullanımı, zihinsel netlik kazanmaya yardımcı olur. Bir konuda ilerlemekte zorlanıyorsan, engelleri fark etmeni ve yeni fikirler yakalamanı kolaylaştırabilir.

Beyaz, zafer, barış ve merhamet sembolüdür. Yardım eden ve destekleyen anlamına gelir. Bu nedenle doktorlar ve sağlık sektöründe insanlara yardımcı olanlar beyaz giyinirler.

Yardım eden, iyilik yapan ve destekleyen olarak yarattığı etki, yardım kuruluşlarının ilanlarında ve sembollerinde kullanılır. Bu etkiyi yaratmak istediğinde beyazdan destek alabilirsin.

Beyaz üzerinde herhangi bir rengi göremediğimiz için temizlik etkisi hissederiz. Bu etkiyi yaratmak istediğin mekânlarda beyaz renk kullanabilirsin.

Beyaz sembolünün kullanımında dikkat edilmesi gereken durumlar: Beyazın yoğun kullanımı keskinlik yaratabilir, soğukluk ve kararsızlığı tetikleyebilir.

Yatak odasında, ofislerde, spor salonlarında, çocuk oyun alanlarında ve mutfakta yoğun kullanmak ortamı soğutabilir.

SİYAH

KORKU • ÖLÜM • KORUMA • SAKİNLİK • GİZEM

Siyah ışığı yutar ve renklerin açığa çıkışını engeller. Siyah gizli, gizemli ve sofistike bir etki yaratır. Siyah, özgüven hissini destekler.

Aslında hepimiz saklanmak istediğimizde ya da kendimizi güvensiz hissettiğimizde siyaha yöneliriz. Bu sadece giysiler için değil mekânlar için de geçerlidir.

Sakinleşmek isteyenler için ışık uyarıcı etki yaratır. Oysa karanlık uykuya taşıyan ve sakinleştiren bir etkiye sahiptir. Bununla beraber görünür olanın görünmez olması bilinmezliği doğurur ve bu çoğunlukla korku yaratır. Bilinmezliğin simgesi olan siyah aynı zamanda korkuyu da sembolize eder.

"Karanlık güçler", "kara liste" gibi deyimler korkulanı ve istenmeyeni ifade ederken "kara delik" de sırları olanı ve çözümlenemeyeni tanımlar. Bu nedenle siyah ölümün de sembolüdür.

Cenazelerde siyah giyilmesi, hem bilinmezliğin yarattığı korkuyu ifade eder, hem de ölüm karşısında korumasız ve çaresiz hissettiğimiz için güven hissi verir.

Siyah, gizler ve ayrıntıları ortadan kaldırır. Kapsar ve içine alır. Renkleri yuttuğu gibi fazla olanı da yüklenir ve alır. Bu nedenle vücut hatlarını saklamak isteyenler, daha ince ve daha zarif bir etki yaratmayı arzulayanlar siyahı tercih eder.

Türk mitolojisinde Dede Korkut Hikâyeleri'nde siyah için "kara" ifadesinin kullanıldığını ve iki farklı bakış açısı olduğunu görürüz. "Kara kaş, kara göz" övgüye layık bulunurken "kara baht" karanlık, istenmeyen ve şansız olayları anlatır. Genel olarak Türk tarihinde siyah ölümü ve matemi simgelese de bayrak ve sancaklarda sıklıkla kullanıldığını görürüz.

Hıristiyanlık öncesi Avrupa inanışlarına baktığımızda Kuzey Avrupa sözlü aktarımlarını masallara çevirerek günümüze kadar gelmesini sağlayan Grimm Kardeşler'in siyah renk için kötücül imgelemeleri vardır. Bu inanış Hıristiyanlığı da etkilemiştir. Böylece siyah renk, matemin, ölümün ve kötücül güçlerin rengi olarak anılmıştır.

Siyah, İslamiyet ve Hıristiyanlık inancında fanilik, son ve sonluluk sembolüdür.

Tasavvufta dervişlerin beyaz roplarının üzerine siyah pelerin giymeleri hem ölümden sonrasına olan inançlarının hem de bu dünyanın bir sonu olduğunun mesajını taşır. Siyah hiçbir şeyi açığa çıkarmadığı için hiçliği sembolize eder.

Çin ve Türk kültüründe siyah, kuzey ve kışın sembolüdür. Karadeniz, adını kuzeyde olmasından alır.

Kadim Mısır ve Afrika kültürlerinde siyah yağmur getiren bulutlara benzediği için iyi ruhu ve bereketi simgeler.

Hint, Japon ve Çin kültüründe zamanın başlangıcı olan kaosun rengidir.

Kadim Türk kültüründe "kara" olarak adlandırılır. Toprak ve alt tabaka anlamına gelir. Bu nedenle hükümdarların tahta çıkma törenlerinde üzerinde oturacakları halı ve seccade siyah seçilirdi.

Siyah tıpkı gece gibi kapsayan bir etkiye sahiptir, bu sayede gücü elinde tutma, kendinde toplama ve kontrol etmeyi sembolize eder.

Ölüm, güç gösterisi gibi konularla bağlantılı örgüt veya toplulukların tercih ettiği bir renktir.

Siyah bir anlamda ışığın yok oluşudur. Bu etkisiyle alma, toplama ve kendine çekmeyi sembolize eder. Birçok dini lider beyaz ve siyahı bir arada kullanır. Siyah ve beyaz bir arada oluş ve yok oluş sembolüdür.

Siyah sembolünün faydalı olabileceği yer ve durumlar: Siyahı herhangi bir konuyu sonlandırmak için kullanabilirsin.

Sakinleşmek ve kabule geçmek için desteğe ihtiyaç duyduğun alanlarda da tercih edilebilir. Mesela yas dönemlerinde siyah rengin tercih edilmesinin sebebi de budur.

Beyazla kullandığında dengeleyici bir etki yaratabilir. Giz ve gizem yaratan etkisinden de faydalanılabilir.

Siyah sembolünün kullanımında dikkat edilmesi gereken durumlar: Sıklıkla ve tek başına siyah kullanmak etraftaki enerjileri çektiği için korunma isteği ararken korunmasızlık hissi yaşanmasına neden olabilir. Enerjini düşürebilir.

Yoğun olarak siyah kullananlar etraflarından destek alsalar da kendileri destek olmakta ve paylaşmakta zorlanırlar.

Kendi alanlarını korumak isterler.

Sen de siyah sevenlerdensen takıyla, fularla ya da buna benzer birtakım aksesuvarlarla siyahı dengeleyebilirsin.

KIRMIZI

KAÇ • HAYATTA KAL • EYLEM • UYARI • TUTKU • ÖFKE

Kırmızıya doğru yakınlaştıkça üzerimizdeki etkisi artar. Bu nedenle trafikte "dur" ikazı kırmızıyla ifade edilir.

Kadim kültürlerde kırmızı kudret ve hâkimiyetle ilgili olduğu için halkın bu rengi kullanması yasaklanmıştı.

Kırmızı renk gurur ve kuvvetin göstergesidir. Bundan dolayı bayraklarda en sık kullanılan renktir.

Mukavemet ve azim verir. Fiziksel hareketi teşvik eder ve canlılık verir. Cinsellik, yeme içme, kendini savunma gibi hayatta kalmamızda önemli yeri olan davranışlarımız üzerinde etkilidir.

İştahı artırır.

Kırmızı renk kan ile ilgili olduğu için tüm canlılara ortak mesajı "kaç", "saklan" ya da "savun"dur.

Çin, Hindistan ve Türk kültürlerinde gelinlerin başlığına ya da beline bağlanan kuşaklar kırmızıdır.

Kırmızı kök çakranın rengidir. Hayatın devamlılığını temsil eden bu rengin evlilik törenlerinde kullanılması tesadüf değildir.

Kırmızı üreme, beslenme ve tutkuyla hareket etmeyi destekler. Yeni kurulan bir ailenin ihtiyacı olan renklerle evlilik bağının gücü artırılır. Türk kültüründe nişan yüzükleri kırmızı bir kurdeleyle birbirine bağlanır ve ardından bir makasla kesilir. Hazırlıkların hızla tamamlanması için kırmızı renk kullanılır.

Yönlerden güneyin ve ateş elementinin rengi kırmızıdır. Çin ve Asya kültürlerinde güney yönün bolluk ve bereket getirdiğine inanılır. Kırmızı hem hareket getirdiği hem de güney yönünün rengi olduğu için bereket sembolü olarak kullanılır.

Japonya'da yalnız kadınların tercih ettiği bir renktir. Japonya'da ayrıca başarı kutlamaları için kırmızıya boyanmış pirinç hediye edilir.

Kırmızı Fransa, Çin ve Rus devriminde kullanıldığından dolayı devrim rengi olarak da kabul görür.

Kadim birçok kültürün kraliyet mührü, sancak veya armasında mutlaka kırmızı bulunurdu.

Hindistan ve çevre kültürlerde kırmızı ateşle ilişkilendirilir. Ateşin yakarak eskiyi yok ettiği ve saflaştırdığına inanıldığı için kırmızı saflıkla ilgilidir.

Kırmızı sembolünün faydalı olabileceği yer ve durumlar:
Koyu kırmızıyı önderlik etmek, eyleme geçmek ve başkalarını harekete geçirmek için kullanabilirsin.

Kırmızı, kalp ve kan basıncını artırır. Az hareket edenler, dolaşım bozukluğu olanlar ve düşük tansiyonlular için uygundur.

Korku ve kaygıya karşı güvende hissedilmeni sağlar.

Açık kırmızı renk sevinç, duyarlılık ve canlılığı artırır. Cinselliği teşvik eder, bir işi tutkuyla yapmanı isteklendirir.

Restoran gibi bol müşteri beklenen mekânların kapılarında ve hareketlilik istenilen noktalarda kullanıldığında başarılı sonuçlar verir.

Kırmızı sembolünün kullanımında dikkat edilmesi gereken durumlar: Kırmızı her ne kadar hareketi artırıp, içgüdülere yönelterek dünyayla olan bağı güçlendirse de aşırı kullandığında gerginlik, öfke ve beklenmedik tepkilerin ortaya çıkmasına neden olabilir.

Spor salonları, çocuk oyun alanları, işyerlerinin kapı girişleri gibi hareketliliğin faydalı olduğu yerlerde istenilen yoğunlukta kullanılabilir. Fakat konsantrasyon gerektiren işlerde, gevşemeye ihtiyaç duyulan alanlarda, yatak odalarında kullanımına dikkat edilmeli, dengeli kullanılmalıdır.

SARI

İLETİŞİM • CANLILIK • ARKADAŞLIK • DEDİKODU • HASTALIK

Işığı net ileten, parlayan ve ısıtan bir etkisi vardır. Güneşin ve gündüzün rengi olarak tanımlanır. Bu nedenle çağlar boyu özellikle Doğu kültüründe imparatorların, din adamlarının ve üst düzey devlet görevlilerinin tercih ettiği bir renk olmuştur.

Ego alanımızı netleştirmemizde yardım eder. Karar vermemizde ve kendimiz için iyi ve kötü olanı seçmemizde destekleyicidir.

Öğrenmeye merak uyandırır, iletişime geçme isteğini artırır. Bilgiye odaklanmamızı ve öğrenilen bilgiyi hatırlamamızı kolaylaştırır. Bu nedenle bütün dünyada basın kartları sarı renktir.

Harekete geçiren, canlılık ve neşe hissi veren bir renktir. Çocuk ve genç ürünlerinde ve reklamlarında sıklıkla kullanılır.

Eski Mısır'da, sarı renk gözden düşme, kıskançlık ve utancı simgelerdi.

Eski Çin'de saltanat ve hükümdarın rengiydi.

İran kültüründe hastalık ve nefretin rengidir.

Kadim Türk ve Çin kültüründe sarı toprak elementinin rengidir ve merkezi temsil eder. Bir devletin merkezi o devleti yönetenin sarayı, sarayın merkezi de tahtın olduğu yerdir. Bu nedenle sarı sarayların ve yönetenlerin sembolü olmuştur.

Batı kültürlerinde mutluluk ve eğlenceyi temsil eder.

Sarı sembolünün faydalı olabileceği yer ve durumlar: Açık sarı renk zekâ, tazelik ve neşe verir.

İletişime geçmeni ve arkadaşlık kurmanı güçlendirir.

Yeniliği başlatmak ve iletişim yeteneklerini artırmak için kırmızıyla beraber harika sonuçlar verebilir. Sinir sistemini güçlendirir.

Sarı sembolünün kullanımında dikkat edilmesi gereken durumlar: Sarı renk koyulaştıkça gücünü kaybeder.

İkaz, kıskançlık, çürüme ve hastalığı temsil eder.

Canlılığını kaybetmiş bir sarı enerjini kaybettirir.

Koyu sarı veya aşırı sarı kullanımı, iletişimin istenmeyen hali olan dedikodunun sembolüne dönüşür. Dengeli kullanılmalıdır.

TURUNCU

CANLILIK • YARATICILIK • İLETİŞİM

Sarıyla kırmızının bir araya gelmesinden ortaya çıkan turuncu her iki ana rengin de özelliklerini barındırır. Canlılık veren, iştah açıcı ve eğlenceli bir renktir.

Sağlıklı yiyeceklerle ilgili olduğu için gençlik, sağlık ve canlılık verir.

Duyguları ve duygusal bağlantılarımızı etkiler. Motivasyonumuzun artmasında, konsantrasyon sağlamamızda etkili olur.

Turuncu renk, maddeyle ve maddi yaratımla ilgili olan ikinci çakranın da rengidir.

Maddi konularda karar vermek, sıkıntılı bir dönemde bu rengi kullanmak, sunulan fırsatları yakalamak ve motive olabilmek için destekleyicidir.

Çin ve Japon kültürlerinde portakal ve turuncu mutluluğu sembolize eder.

Hıristiyanlıkta Tanrı'nın nimetlerini almak ve şükretmekle ilişkilidir. Şükran gününün rengi turuncudur.

Hollanda'nın ve Hollanda kraliyet ailesinin sembolüdür.

Hindistan ve etkilediği coğrafyada turuncu yaratıcılık ve üremeyle ilişkilidir.

Budizm'de turuncu aydınlığın rengidir. En mükemmel hali sembolize eder. Budist rahipler turuncu cüppe giyerler ve kollarının birini bu cüppenin altında bırakırlar. Bu duruşlarıyla dış dünyadan vazgeçtikleri ve yola girdiklerini ifade ederler. Gündüzleri dinlenir, öğleden sonları tefekkür ve ibadetle geçirirler. Bu dünyadan vazgeçseler de neşe ve sevinç enerjisiyle yaşamalarını desteklerler.

Sihizm inancında turuncu sarık kullanılır. Mutluluk ve sevinç veren etkisiyle turuncu rengiyle geçmişin travmalarının, şokunun ve kötü deneyimlerinin emildiğine inanılır.

Hint bayrağında yer alan üç renkten biridir. Saflık ve cesareti sembolize eder.

Turuncu sembolünün faydalı olabileceği yer ve durumlar: Turuncu renk, sarı ve kırmızıdan aldığı gücü birleştirir.

Risk almanı, maceracı kararlara yönelmeni ve sosyal alanda iletişim becerilerini artırabilmeni destekler.

Özsaygını güçlendirmen ve karşındaki insana saygı duyman için ihtiyacın olanı verir.

Kırmızıya yakın turuncu iştahı ve cinsel isteğini artırır. Zevke yönelmene neden olur.

Herhangi bir alana dikkat çekmek için rahatlıkla kullanabilirsin.

Dengeli kullanımı yaratıcılığını artırır. İletişim ve sosyalleşme konusunda destekleyen etkisi ve iştah açıcı özelliğiyle yeme içme sektörü için harika bir seçimdir.

Kafe, restoran ve çağımızda insanların sosyalleştiği alışveriş merkezleri gibi kalabalık alanlarda kullanılır ve iyi sonuçlar verir.

Turuncu sembolünün kullanımında dikkat edilmesi gereken durumlar: Turuncu renk yavaş hareket etmeye ihtiyaç duyduğunda gerginlik yaratabilir.

Kilo vermek istediğin dönemlerde turuncuyla arana mesafe koyman iyi olabilir. İştah açıcı etkisini unutmamanda fayda var.

Okullarda yoğun kullanımı aktiviteyi istenmeyen yönde artırabilir.

Turuncu renk koyulaştıkça ihanet ve güvensizliği sembolize eder.

Turuncu aynı zamanda açığa çıkaran, bastırılmış olanı serbest bıraktıran ve kimi zaman teşhir etme isteği yaratan bir renktir.

MAVİ

SAKİNLEŞTİREN • ZEKÂ • İLETİŞİM

Mavi yaratıcılık ve zekâyı artırır. Sakinleştirici etkisiyle içsesimizi duymamızda katkı sağlar.

Serinletici ve sakinleştirici etkisi nedeniyle herkes tarafından sevilse de erkeklerin rengi olarak kabul görür. Sakinleştirici etkisi nedeniyle kız çocuklara göre daha hareketli ve enerjik olan erkek çocuklara mavi renk giydirilir.

Fiziksel ve ruhsal huzurun yakalanması için destekleyici etki sağlar. Metabolizma hızımızı yavaşlatır.

Denizleri ve havayı temsil eder. İletişimin de rengidir. Bu nedenle havayolu, iletişim, sosyal medya şirketleri ve bankalar tarafından sıklıkla tercih edilir. Kamuya açık konuşma yapanlar, işini konuşarak yapanlar, öğretmenler, spikerler ve reklamcılar için doğru bir renktir.

Cennete ait olduğuna inanılan Hint tanrısı Vishnu mavi tenlidir.

Mavinin, laciverde yakın olan tonu ve bu tonu taşıyan Lapis Lazuri taşı kadim Mısır uygarlığında rahipler tarafından geleceği görme ve büyüsel yeteneklerini artırmak için kullanılırdı.

Mezopotamya uygarlıklarında tanrısal lütfu ve değişimi sembolize ederdi. Tapınaklarda en sık kullanılan renkti.

Huzur veren ve sakinleştiren etkisi nedeniyle ibadet yerleri, okullar ve hastanelerde en çok kullanılan renktir.

Yahudi inancında kutsal sayılan bir renktir.

Kadim Roma'da felsefecilerin cüppeleri koyu maviydi.

Çin kültüründe cennetin rengi mavidir.

Doğu kültürlerinde, Mısır, Arap Yarımadası, Hindistan ve Anadolu'da kötülükleri uzaklaştıran bir renk olduğuna inanılır.

Nazar boncuğunda etkin ve temel renk olan kobalt mavisinin seçilmesi bu nedenledir.

Mavi sembolünün faydalı olabileceği yer ve durumlar: Sözlü iletişimini güçlendirmeni sağlar. Güven veren ve sakinleştiren bir etki yaratır.

Öğrenimle ilgili alanlarda ve sosyalleşmende olumlu etkiler yaratabilir.

Sezgilerini artırır. İçsesini duymanı aktifleştiren yönüyle manevi çalışmalar yaptığında enerjini artırır.

Sakinleştiren etkisiyle rahatlama yaratabilir.

Açık mavi renk sağlık, şifa, huzur, anlayış ve sakinlik verir.

Koyu mavi renk bilgi, dürüstlük, profesyonellik ve öngörü yeteneğiyle ilgilidir.

Mavi sembolünün kullanımında dikkat edilmesi gereken durumlar: Mavi rengini soğutucu etkisi nedeniyle ateş ve hareket enerjisine ihtiyaç duyduğun alanlarda yoğun kullanırsan enerjini düşürebilir.

Mavi, aynı zamanda su elementinin de rengidir. Su enerjisinin yoğun olduğu alanlarda enerjiyi daha da artırarak suyla ilgili sorunlara sebep olabilir.

MOR

RUHSALLIK • SEÇKİNLİK • HAYAL GÜCÜ • DENGE • YARATICILIK

Maviyle kırmızının bir araya gelmesiyle oluşan mor renk, ışık tayfında en kısa dalga boyuna sahip olan renktir. Bu nedenle en zor ayırt ettiğimiz renktir.

"Mor ötesi" tanımı mordan sonra görülemeyen anlamında kullanılır.

Kırmızının hareket ettiren, mavinin de sakinleştiren etkisinin yarattığı zıtlık morla son bulur ve dengelenir.

Çağlar boyu elde edilmesi en zor renk olduğu için asiller, krallar, güçlü büyücüler, zenginler ve liderlerin rengi olarak kabul görmüştür. Günümüzde halen mor ve altın rengi kombinasyonları zenginliği vurgulamak için kullanılır.

Hayal gücü ve maneviyatla ilgili bir renktir.

Tepe çakrası denilen ve ruhsal bağlantıyı temsil eden yedinci çakranın rengidir.

Kırmızı ne kadar dünyaya ve içgüdüsel eylemlerimize aitse mor da o kadar yaşamın anlamı ve ruhsal yönüyle bağlantı kurmamızı sembolize eder.

Felsefeyle ilgilenenlerin rengidir.

Rüya görmeyi, hatırlayabilmeyi, hayal gücünü ve hayal edilenleri zenginleştirebilmeyi artırıcı bir etkiye sahiptir.

Zihinsel uyum, denge ve zihinsel istikrar için destekleyicidir.

Merhameti ve manevi enerjiyi artırır. İlham vericidir. Bizi başkaları için çalışmaya, bütünün hayrına iyi işler yapmaya teşvik eder.

Mor renk, içinde bulunan mavinin de etkisiyle güvenilir ve bütünün hayrına çalışan bir liderlik imajı verir.

Bireyselliği artırır.

Japonya'da mor serveti ve gücü temsil eder.

Tayland kültüründe bir kadın kocasını kaybettiğinde yas rengi olarak mor kullanır.

Kadim Mısır'da erdemi ve imanı temsil eder.

Bizans İmparatorluğu'nda fermanlar mor mürekkep ile yazılırdı.

Hıristiyanlıkta gururun sembolüdür.

Eski Roma İmparatorluğu'nda mor sadece Sezar tarafından kullanılabilirdi. Bu kuralı bozanlar ölüm cezasına mahkûm edilirdi. İlerleyen zamanlarda yüksek mahkeme üyelerinin bellerine sardıkları kemerlerin mor renkte olmasına izin verildi.

Yine birçok krallıkta kral ve kraliçenin tacına mor renginden dolayı ametist konulurdu.

Mor sembolünün faydalı olabileceği yer ve durumlar: Doğru oranda kullanıldığında ruh halini iyileştirir, canlandırır, zihnini sakinleştirir.

Manevi hislerini artırır.
Yaratıcılık ve hayal gücünü destekler.

Mor sembolünün kullanımında dikkat edilmesi gereken durumlar: Koyu mor hayal kırıklığı hissi yaratabilir.
Yoğun kullanılırsa depresyon etkisi doğurabilir.
Hayal dünyası güçlü olanlar ve hayallerini bir türlü hayata geçiremeyenler için uygun değildir.
Çocuk odalarında çok yoğun kullanılmamalıdır.

YEŞİL

DOĞA • HUZUR • GELİŞME • BARIŞ • İYİ ŞANS

Maviyle sarının bir araya gelmesinden oluşan yeşil sarının neşesini, iyileştirme gücüyle birlikte mavinin huzurunu ve dinginliğini alır.

Doğayı, büyümeyi ve sağlığı temsil eder. Güvenin, doğurganlığın ve paranın rengidir.

Sağlıkla ilgili vurgu yapmak istendiğinde yeşil renk kullanılır. Tıpkı doğanın yeşermesinde olduğu gibi yeşil renk yeniliği ve yenilenmeyi, tazeliği ve deneyimsizliği ifade eder.

Eğitim ve gelişimle ilgili sektörlerle birlikte yenilikçilik algısı yaratmak isteyen şirketler için uygundur.

Yeşil spektrumda en fazla yer alan renktir. Daha çabuk algılarız ve bize kendimizi iyi hissettirir. Yeşille bağlantıya geçtiğimizde rahatlamaya başlarız.

Fiziksel ve ruhsal olarak etkileme gücüne sahip olan yeşil renk, sakinleştirici, enerji vericidir. Huzurlu hissettirir. Yeni fikirlere doğru hareket etme isteği verir. İçsesimizle ve dışarıdan duyduklarımızla yaşadığımız gerginliği ve çatışma enerjisini sonlandırır.

Barışın, uyumun, sevginin, yeniliğin, gelişmenin, iyileşmenin, sürdürülebilirliğin, enerjinin, iyi şansın, paranın ve ilerlemenin rengidir.

Kalp çakrası denilen dördüncü çakranın rengidir.

İslam inancında sadece bir çakra bulunur ve bu da "gönül gözü" denilen kalp çakrasıdır. Bu çakranın rengi yeşildir. İslam inancında cennetin rengi yeşildir. İbadet yerlerinde en yoğun kullanılan renktir.

Hıristiyanlıkta Baba, Oğul ve Kutsal Ruh üçlemesini temsil eden renktir.

Hz. Muhammed'in üç sancağından birinin rengi yeşildir.

Türk mitolojisinde iyilik ilahı Ülgen'in koruyucu ruh olarak kabul edilen oğlundan birinin adı Yaşıl (Yeşil) Kaan'dır. Bitkileri düzenleyen ve yeniden açtıran olduğuna inanılırdı.

Antik Mısır'da yeraltı dünyasının tanrısı Osiris yeşil olarak tasvir edilirdi ve yeşil yeniden doğuşun sembolüydü.

Efsanelerde, masallarda ve mitlerde canavarların rengi yeşil olarak tasvir edilir.

Çin kültüründe yeşil ejderha iyi şans ve koruyucu olarak kabul edilir.

Çin ve Türk kültürlerinde yeşil, doğunun ve doğumun sembolüdür.

Ortaçağ Avrupası'nda aileden değil, sonradan zengin olan tüccar ve bankerlerin rengiydi. İngiltere'de avam kamarasının bankları yeşil renkteydi.

Eski Çin'de hayat kadınlarının ve ailelerinin yeşil başlık giymeleri zorunluydu. Yeşil başlık aldatılma sembolüydü.

Kraliçe Victoria döneminde yeşil eşcinsellerin rengiydi.

1861 yılında doların renginin yeşil olarak seçilmesinin sebebi karışık desenleri en iyi veren renk olmasıdır.

Günümüzde trafik ışıklarında yeşil güvenlik ve devam etmeyi ifade etmek için kullanılır.

Kırmızıdan sonra bayraklarda en fazla yeşil renk kullanılır.

İnsanların umut dolu, rahat ve şanslı hissedebilmeleri için kumar masalarının rengi yeşildir.

Tıpkı doğada olduğu gibi yeşil diğer renkleri algılamamızı kolaylaştırır, bu nedenle bilardo masalarının da rengi yeşildir.

İyi şans sembolü haline gelen dört yapraklı yoncanın rengi yeşildir.

Ordularda kara kuvvetlerinin doğada kamufle olabilmek için seçtikleri renk yeşildir. Ancak buradaki yeşil koyulaşmış ve canlılığını yitirmiş bir yeşildir. Bu nedenle yeşilin pozitif etkisi azalmıştır.

Yeşil sembolünün faydalı olabileceği yer ve durumlar: İlerlemen, gelişmen, huzurlu olman, sevdiğini ve sevildiğini hissetmen için en yoğun enerjiyi sana verecek renklerin başında yeşil gelir.

Yeniliği başlatmak ve yeni fikirler geliştirmek için yeşili seyret.

İyi şans ve paranın rengi olması dışında yeni fikirlerin açığa çıkışını da destekleyen etkisiyle yeni kurulan bir şirket için dekorasyonda veya henüz çok yaygın olmayan bir konunun ilerleyişini hızlandırmak için o fikrin logosunda kullanıldığında olumlu sonuçlar verebilir.

Okul ve araştırma-geliştirme çalışmaları yapan kurumlarda, çevresel ve ekolojik duyarlılık mesajını iletir.

Yenilikçi, güvenli, çevreci imajı vermek için yıllardır petrol şirketleri tarafından en sık kullanılan renktir.

Yeşil sembolünün kullanımında dikkat edilmesi gereken durumlar: Bir renk aşırı kullanıldığında sembolize ettiği özellikleri keskinleştirir ve zıddı olan niteliklerin ortaya çıkışına neden olur.

Yeşil her ne kadar umut, gelişme ve iyi şansın sembolü olsa da aşırı kullandığında tecrübesiz, bilgisiz, çaresiz ve materyalist bir sonuç yaratır.

Sağlık sembolü olan yeşilin içindeki sarı tonlar arttığında hastalık, kıskançlık ve çelişkiyi işaret eder.

Koyu ve solmuş yeşil hırs ve kıskançlıkla ilişkilidir.

TURKUVAZ

İFADE • RAHATLAMA • KALBİN SESİ

Suyun rengi diyebileceğimiz turkuvaz akıcılığı, dengeyi, manevi ışığı ve hayatın ritmini iletir.

Yeşili ve sarısı artırılmış mavi olarak tanımlayabileceğimiz turkuvaz, ifadenin, kalpten gelenin duru bir şekilde akışını destekler.

Özsaygı oluşmasını ve sevgiyi hissetmemizi sağlar. Gözlem yeteneğimizi artırır. Sezgisel hissedişimizi, ifadenin etkili hale gelişini, organizasyon yeteneğimizi artırır.

Zihin ve duygular arasında denge kurmamıza yardım eder. Mavi ve yeşilin ortak oranda karışımından oluşan petrol mavisi/yeşili denilen tonu ruhsal gelişmeyi teşvik eder. İnanılırlık ve güvenilirlik algısı yaratır.

Turkuvaz geçmiş kalp kırıklıklarının dile getirilmesini, açığa çıkışını ve rahatlamamızı kolaylaştıran bir renktir.

Eski dönem Pers kültüründe, turkuvaz renginin gökyüzünü temsil ettiğine inanılırdı. Bu nedenle sarayların ve ibadet yerlerinin tavanları turkuvaz renkle kaplıydı.

Aztek, Maya ve birçok Kuzey Amerika kültüründe turkuvazın koruyuculuğuna ve kutsallığına inanılırdı. Turkuvaz renkli takılar ve kaplar kullanılırdı.

Turkuvaz sembolünün faydalı olabileceği yer ve durumlar: Depresyon ve hayal kırıklığı gibi hareketsiz bırakan duygusallıklardan çıkmak için yenilenme, rahatlama ve hareket etme isteği yaratabilir.

Konuşma ve işitme sorunu olanlarda enerjiyi açmak için kullanılabilir.

Müzikle ilgili çalışmalarda destekleyici etki yaratabilir.

Turkuvaz sembolünün kullanımında dikkat edilmesi gereken durumlar: Aşırı kullanımı, iletişim becerilerinin zayıflaması, duygusal stres, güvenilmezliğe sebep olabilir.

Duyguları saklama ve kalbin sesini duyamama etkisi yaratır.

PEMBE

UMUT • SEVGİ • AŞK • HUZUR • DİŞİLİK

Kırmızı ve beyazın bir araya gelmesiyle ortaya çıkan pembe, her iki rengin dengeli özelliklerini taşır.

Kalp çakrası ve sevgi enerjisiyle ilgilidir.

"Hayatı tozpembe görmek" , "pembe hayaller" deyimlerinde de hissedildiği gibi her şeyin iyiye gideceği etkisiyle umut enerjisini artırır.

Rahatlatıcı ve sıcak hislere ilham verir.

Kırmızının harekete geçiren, tutkuyu ateşleyen etkisini yumuşatan beyaz aynı zamanda kırmızının negatif aktarımları olan öfke, gerginlik ve kızgınlık gibi duyguların hafifletilmesine de destek olur.

Pembe renk, sakince harekete geçiren etkisiyle kız bebekler için tercih edilir.

Sağlık ve başarı anlamına gelir. Sağlıklı bir insanı anlatılırken "pembe yanaklar" ifadeleri kullanılır.

Pembe rengin tıpkı kırmızı gibi kalp ve damar sistemi üzerinde dengeleyici bir etkisi bulunur.

Koşulsuz sevmenin ve sevilmenin sembolüdür. Huzur ve tatmin hissedilmesini sağlar.

Aşkın ve o aşka duyulan umudun sembolüdür.

Pembe sembolünün faydalı olabileceği yer ve durumlar: Pembe dişi bir renktir. Merhamet etme, koruma, besleme, duygusallık ve yaşadıklarının farkına varabilmeyi destekler.

Başkalarına yardım edebilme duyarlılığını artırır.

Sosyal sorumluluk projeleri, kadınlarla ilgili yardım kampanyaları ve kadınların ilgisini çekmek isteyen markalar için doğru bir renktir.

Meme kanseriyle savaşta kullanılan pembe kurdele iyi bir örnektir.

Pembenin açık tonları edilgen bir enerjiyi ifade eder. Eyleme yönelik organizasyonlar ve kampanyalar için kullanımında denge önemlidir.

Pembe sembolünün kullanımında dikkat edilmesi gereken durumlar: Çocuksu, saf bir sevgiyle bağlantı sağladığı için deneyimsizliğe, ilgiye ve bakıma olan muhtaçlığa gönderme yapabilir.

Bu nedenle logo, reklam veya iletişim kanallarında kullanılırken dikkatli ve dengeli olunmasında fayda vardır.

Pembe renk fazla kullanıldığında sakinleştirici etkisi terse döner. Muhtaçlık vurgusu yapabilir.

KAHVERENGİ

GÜVENİLİR • İSTİKRARLI • DOĞAL • SIKICI • BASİT

Kahverengi, üç ana rengin bir araya gelmesiyle ortaya çıkar. Güçlü bir etkiye sahiptir. Ciddiyeti, kararlılığı sembolize eder. Güvenlik, var olanı koruma ve destek görme ihtiyacını simgeler.

Toprağın ve dünyanın rengidir. Yaşam veren, besleyen, aynı zamanda yaşam sonlandığında yeniden içine alan toprağın döngüsel enerjisini aktarır. Denge arayışı içindeyken bir anda kararsızlığın içinde kaybolmaya dönüşebilen etkisi vardır.

Sabitlik ve koruyuculuk enerjisi nedeniyle dekorasyonda en sık kullanılan renktir. Mekân algısının oluşumunu destekler. Diğer renklerle bir araya geldiğinde nötr bir hale gelir ve bir araya geldiği rengin enerjisinin açığa çıkmasına izin verir.

Kahverengi otoritenin rengidir. Kısıtlayan, ele geçiren ve hükmedici bir etkiye sahiptir.

Koyulaştıkça bu rengi seyredenin kararları üzerinde etkili olur. Bu yüzden devlet kurumlarında, mahkeme salonlarında, meclis dekorasyonlarında ve yönetim ofislerinde sıklıkla kullanılır.

Toplayan, hükmeden, karar veren ancak himaye etmeyecek ve koruma sağlamayacak bir etki yaratabilir.

Kahverengi, sanat ve yaşamın içinde kullanılışıdır ve insanlık tarihi kadar eskidir.

Ortaçağda kahverengi fakir insanların rengiydi.

Rönesans sonrasında birçok ressam kahverengiyi yeniden tahtına oturttu.

Günümüzde kahverengi ekolojik, doğal ve basit mesajını vermekte tercih edilir.

Kahverengi sembolünün faydalı olabileceği yer ve durumlar: Geleneksel bir yaklaşımla tutarlı, güvenilir bir etki yaratmak ve istikrar mesajı vermek istendiğinde zeminde, fonda, kıyafet veya dekorda kahverengiye yer vermen doğru olabilir.

Etkisini arttırmak istediğin renkle beraber kullanabilirsin. Bu sayede kahverengiyi de dengeyle kullanmış olursun.

Kahverengi sembolünün kullanımında dikkat edilmesi gereken durumlar: İş görüşmelerinde tercih etmemen gereken bir renktir. Karşı tarafa "benim dediğim olacak" etkisi yaratabilir.

Bu rengi bir toplantı ya da anlaşma sırasında kullanacaksan başka renklerle yumuşatman doğru olur.

ALTIN RENGİ

ZENGİNLİK • BİLGELİK • KAZANAN • REFAH

Tarih boyunca iktidarın, tanrısal gücün, maddi zenginliğin sembolü olmuştur. Bolluk, refah, saygınlık, başarı ve zafer anlamına gelir. Bu nedenle kazanan ve birinci olanın ödülü altın madalyadır.

Güneşin rengidir. Neşe veren, uyandıran, dikkati üzerine çeken, mutlu ve cömert bir etkisi vardır.

Evlilik törenlerinde, özel günlerde altın hediye edilmesinin nedeni, soyla bağlantıyı koruması, mutluluk ve zenginliği sembolize etmesindendir.

Bilgiyi, zenginliği ve sahip olunanları paylaşma isteği yaratır. Bu nedenle mabetlerde, saraylarda ve dini alanlarda altın rengi süslemeler ve kubbeler kullanılır.

Altın rengi eril enerjinin sembolüdür.

Hıristiyanlıkta mozaiklerde ve ikonalarda en sık kullanılan renktir. Hz. İsa, Hz. Meryem ve havarilerin başlarında bulunduğuna inanılan ruhsal ışığı/hareyi sembolize eder.

Hinduizm'de altın rengi, bilginin, öğrenmenin, meditasyon ve zihinsel gelişmenin simgesidir.

İslam'da yeşil ve altın cennetin simgesidir.

Kuzey Amerika'da ve Kanada'da seçkinlik, zenginlik ve paranın rengidir. Çikolata ve likör gibi ürünlerin paketlemesinde kullanılır.

Lüks saat, mücevher ve lüks markaların logoları altın rengidir. Ruhsal çalışmaların yapıldığı alanlar, manevi liderler ve onların cemaatlerine verecekleri mesajlarda altın renginin kullanılması paylaşılan ve aktarılan bilginin gücünü sembolize eder.

Çağlar boyu parlak altın rengi, soyluluk ve zenginlik sembolüdür.

Altın rengi sembolünün faydalı olabileceği yer ve durumlar: Lüks, konfor ve seçkinlik vurgusu yapmak istediğin alanlarda rahatlıkla kullanabilirsin.

Sahip olduklarını ve kaynaklarını paylaşmakta zorlanan kişiler varsa, altın rengini kullanmalarını sağlayabilirsin.

Altın rengi sembolünün kullanımında dikkat edilmesi gereken durumlar: Aşırı kullanımı bencillik, zenginliğe rağmen fakir kalma korkusu, kimseye güvenememe etkisi yaratabilir.

GÜMÜŞ RENGİ

SOYLULUK • ZENGİNLİK • ERİL ENERJİ

Gümüş rengi, tıpkı altın renginde olduğu gibi zenginlik sembolüdür. Soylu ve zengin bir soydan gelmeyi işaret eder. "Ağzında gümüş kaşıkla doğmuş" ifadesindeki gibi ayrıcalığın ifadesidir.

Gümüş renk, dişilik, Ay ve tanrıça sembolüdür. Buna rağmen otomotiv, teknoloji ve saat gibi erkeklerin ilgisini daha fazla çeken sektörlerin tercihi gümüş renkten yanadır. Bunun nedeni gümüşün serinletici ve sakinleştirici etkisinden kaynaklanıyor olabilir.

Altın ne kadar dışarıyla paylaşım enerjisi aktarıyorsa gümüş o kadar içedönük bir etki yaratır. Bizi iç dünyamıza yönlendirir.

Değişkenlik ve yeniliği temsil eder. Sanatçı tarafını artırmak isteyen müzisyen, şair, yazar ve besteciler için ilham verici bir renktir.

Beyaz renkle kullanıldığında kendini bilen ve maneviyatı güçlü bir etki yaratır.

Gümüş rengi sevenlerin, olanakları daha iyi değerlendirdiği görülmüştür.

İncil'de gümüş rengi "gerçek" anlamına gelir.

Hinduizm'de gümüş rengi kadınlar tarafından kullanılmaz. Bu rengi kullanan kadınların dul kalacağına inanılır.

Kuzey Amerika, Kanada ve Avrupa ülkelerinde eril enerjiyi temsil eder. Bu nedenle erkek ürünlerinin renkleri genellikle gümüş rengidir.

Almanya'da sofistike olmanın sembolüdür.

Gümüş rengi sembolünün faydalı olabileceği yer ve durumlar: Gümüş renk seçkin, farklı ve yenilikçi olmana, fırsatları doğru değerlendirmene yardım eden bir sembolüdür.

Odaklanmana ve yaratım enerjisine ihtiyaç duyduğun anlarda ihtiyacın olan desteği sağlayabilir.

Ürünlerde ve markalarda içerik zenginliğini ifade etmek, farklılığı yansıtmak ve alıcıya kendini özel hissettirmek için doğru bir renktir.

Gümüş rengi sembolünün kullanımında dikkat edilmesi gereken durumlar: Aşırı kullanımı güvensiz ve içekapanık bir ruh hali yaratır.

Serinletici etkisi nedeniyle kişinin hareket etme enerjisini kısıtlayabilir.

XI. BÖLÜM

MİSTİK VE GEOMETRİK ŞEKİLLER

Yuvarlak hatlara sahip bir meyveyle dikenleri olan bir bitkinin tesiri farklıdır. Canlılığın kaynağı olan suyun şekli altıgenken tuz küp, hücre elips, Dünya daire formundadır.

Biçim veya form olarak da nitelendirebileceğimiz "şekiller" sembolizmin ana karakterlerindendir. Alfabeler, sayılar, geometrik şekiller, birçok mesajı aynı anda ileten biçimleri inceleyeceğimiz bu bölümde coğrafyaların ortak sembolleriyle karşılaşacaksın.

Birçoğunun ismi inançların diliyle değişim gösterse de aktardıkları bilginin aynılığı fark edilir.

Şekiller bazen dinlerin, bazen dillerin, geçmiş veya geleceğin mesajlarını aktaracak ve yol gösterecektir.

●

NOKTA

BAŞLANGIÇ • SON • DEĞİŞİM

Nokta ile başlayan ilk şekillenme, noktaların birleşmesiyle çizgiye dönüşür, buradan çoğalarak formlara ve çoğalan boyutlara ulaşır.

Nokta, şekillerin kaynağıdır. Bitiş ve başlangıcı sembolize eder. Merkezinde dışa doğru genişleyerek daireye dönüşür. Bu haliyle başlatandır.

Birbiri ardına dizilerek yatay veya dikey olarak ilerleyen çizgileri oluşturur. Bir harfin ardından geldiğinde bitişi ifade ederken üzerine geldiğinde harfi değiştirir.

Bir sayının ardından geldiğinde o sayının ait olduğu basamağı belirler ve pi sayısındaki kullanımında olduğu gibi sayıyı derinleştirir.

Nokta sembolünün faydalı olabileceği yer ve durumlar: Bir sayıya ya da isme odaklanma sağlamak veya cisme bir derinlik hissi vermek için kullanılabilir. Sınırları belirlemek, netlik yaratmak ve vurgu yapabilmek için kullanılabilir. Tıpkı saati, web adresini ve cümlenin sonuna geldiğimizi bildirmek üzere kullandığımız şekliyle kullanılabilir.

Bir sayının, harfin veya bir logonun sonunda kullandığında buraya kadar anlamını katar.

Ayrıca 1.2.3., a.b.c. şeklinde kullanıldığında sıraya koyar. Devam niteliğini kullanmak için üç nokta yan yana kullanabilirsin.

Diyelim ki cüzdanına bir uğur parası koyacaksın 10, 100, 1000 gibi çoğaltan etkisini kullanman daha iyi olur.

Çoğaltma ve devamlılık etkisi için kullanılacak sembolün sağına (1.000 gibi), azaltma etkisi yaratmak için de (0.1) şeklinde kullanılabilir.

Negatif bir durumu azaltmak için harfin, ismin, logonun soluna yerleştirilebilir.

Odağı bir yere yönlendirmek isteğinde nokta senin için bu işlemi yapar.

Haritada veya bir çalışma notunda kullandığında olduğu gibi "buraya bak" veya "buraya dikkatini ver" etkisi yaratır.

Rüyada nokta sembolü bir sonlanma ve bitişi anlatır.

Nokta sembolünün kullanımında dikkat edilmesi gereken durumlar: Sonlanma sembolü olarak kullanılmayacaksa boşluk yaratır.

Gizli bir büyüteç etkisine sahiptir. Gizlice dikkatini ona vermeni ister. Bütüne dikkat çekmek isteğin bir alanda nokta seni sınırlandırır.

Bu sınır etkisini özellikle de yeni bir olayı başlatırken, bir evlilik davetiyesi ya da ilan hazırlarken gözden kaçırmamanı tavsiye ederim.

Bütünleşme etkisini ortadan kaldırır.

"Murat ile Tülin evleniyor" ilanını yaparken davetiyeyi sembol olarak (M.T.) şeklinde hazırlamak çiftin arasına sınır koyar.

Nokta sembolü, kullanıldığı alanda "buraya kadar, bitti" etkisi yaratabilir.

SPİRAL

DÖNÜŞÜM
• MERKEZE VE MERKEZDEN HAREKET

Spiral şeklinde merkezden başlayan hareketin dışarıya doğru akışı doğurganlık, ilerleme, gelişme, doğum ve ölüm, mevsimlerin oluşması ve dönüşüm enerjilerini aktarır.

Tam tersi harekete de sahip olan, merkeze doğru hareket eden spiral de yaşanan deneyimlerin sonucunda farklı bir bakış açısıyla başlangıç noktasına dönüşü simgeler.

Saat yönünde spiraller bir niyetin izdüşümünü temsil eder ve saatin tersi yönündeki spiraller de bir niyetin yerine getirilmesini temsil eder. Karşı kuvvetleri simgelemek için çift spiral kullanılır.

Spiral sembolünün faydalı olabileceği yer ve durumlar: Döngüyü başlatır. Büyüme ve genişleme sembolüdür.

Soldan sağa doğru saat yönünde geleceğe yönelik bir hareket yaratır.

Sağdan sola dönüşte maddi konularla ilgili bir gündem yaratır.

Spiralin dönüş yönüne dikkat etmek önemlidir. Eğer gelecekle ilgili ilerlemek, ilham almak ve ruhsal konulara dikkatini vermek istiyorsan saat yönünün tersi yani soldan sağa doğru kullanmalısın.

Eğer saat yönünde kullanırsan bu kez dikkatini maddi konulara verir, dünya işlerine odaklanır ve daha çok zamana dayalı alanlarda ilerlersin.

Bir senaryo yazıyorsan soldan sağa, senaryonu bitirdin ve filmin gösterimi için çalışıyorsan sağdan sola doğru yönlerde kullanmalısın.

Spiral sembolünün kullanımında dikkat edilmesi gereken durumlar: Spiralin dönüş yönüne dikkat etmek önemlidir. Eğer bir ilerleme istiyorsan saat yönünde olmalıdır. Ancak bu ilerleme sırasında bazen inişler ve çıkışlar da olacaktır. Spiral sembolünün yönü enerjiyi hangi alanda ilerleteceğini anlatır. Merkezinden yola çıkarak hangi yönde ilerlediğine dikkat etmelisin.

Hatırlaman gereken en önemli konu, bu sembolün günlerin ve mevsimlerin akışında olduğu gibi değişimleri içerdiği ve eyleme geçireceğidir.

Güneş ışıklarının kaybolduğunda gecenin gelmesi gibi bir etkidir. Mevcut durumu korumak istiyorsan bu sembol sana göre olmayabilir. Spirali daha çok enerjiye yön vermek ve hayatında dönüşümü başlatmak için kullanman daha doğrudur.

YATAY ÇİZGİ

ZEMİN • DİŞİL • EKSİLTEN • AYIRAN

Yatay çizgi, zemini, bölünmeyi ve dişil enerjiyi temsil eder. Düzen, sistem, maddi dünyaya ait devamlılık ve sabitlikle ilgilidir.

Yatay çizgi, ikiliğin başlangıcıdır.

Aşağısı ve yukarısı, bölen ve bölünen, gece ve gündüz olanı anlamamıza yardım eder.

Yatay çizgi matematikte kendinden önce gelen sayıdan, kendinden sonra gelen sayının çıkarılmasını temsil eder.

Yatay çizgi sembolünün faydalı olabileceği yer ve durumlar: Netliği ifade eder. Başlangıç ve son arasında olanı yani zamanı tanımlayan bir şekildir.

Zaman vurgusu yapmak ve kendini net ifade etmek istediğin zamanlarda kullanabilirsin.

Yatay çizgiyi sakinleştirici bir sembol olarak kullanabilirsin. Aynı zamanda durgunluk sembolüdür. Aşırı hareketli çocuklar, gergin ortamlar ve sakinliğe ihtiyaç duyulan alanlarda paralel olarak seri halinde kullanımı enerji akışını düzenler.

Bir yatak örtüsü, duvar kâğıdı veya giyside desen olabilir. Sabitlik ve netlik etkisi yaratmak istediğinde paralel iki çizgi şeklinde kullanılabilir.

Zaman vurgusu yapmak istediğinde dikkat çekmek isteğin tarihi yatay bir çizgi üzerinde işaretleyebilirsin.

Rüyada yatay çizgi, dünyayla, anneyle ve maddi gelirlerle ilgilidir.

Yatay çizgi sembolünün kullanımında dikkat edilmesi gereken durumlar: Yatay çizgi eksiltendir. Negatif alanı yani yükleme yapabilecek olanı simgeler. Nereye yükleme yaptığına dikkat etmek iyi olabilir.

DİKEY ÇİZGİ

GÖK • ERİL • BAĞLANTI • AYIRAN

Yukarıdan aşağıya, aşağıdan yukarıya hareket eden ve ışığın eylemini tanımlamamıza yardım eden dikey çizgi eril enerjiyi simgeler.

Tıpkı yatay çizgide olduğu gibi bir bölünmeyi yaratır. Bu kez sen ve ben, sağ ve sol gibi kavramlar ortaya çıkar.

Birliğin akışıyla ve şekliyle tanışırız. Yukarıdan aşağıya veya aşağıdan yukarıya devamlılık arz eden dikey çizgi gökle yerin bağlantısını aktarır.

Dikey çizgi sembolünün faydalı olabileceği yer ve durumlar: Geçmiş ve gelecek arasında net bir çizgi çekmek için kullanılabilir. Bununla beraber gökten gelen, ilahi olanın aktaran ve devamlılık arz eden bir semboldür.

Hareketlilik yaratmakta, ilerleme kaydetmek istediğinde faydalı olabilir. Zamandan özgürleştiren bir etkisi vardır. Aynı zamanda otoriteyi ve kuralları hatırlatır.

Hapishane parmaklıkları, bahçe demirlerinde sınırları belirtmek için dikey çizgiler kullanılır.

Kuralların uygulanmasını desteklemek istediğin alanlarda kullanabilirsin. Tek başına dikey çizgi netlik ifade eder.

Eril enerjinin ve otoritenin sembolüdür. Dikey çizginin solunda kullanılan sembol geçmişi, sağında kullanılan sembol geleceği anlatır.

Rüyada dikey çizgi sembolü ruhsal enerjiyi sembolize eder. Geçmiş ve gelecekten özgürleşmenin akışta yaşamak olduğunun sembolüdür.

Dikey çizgi sembolünün kullanımında dikkat edilmesi gereken durumlar: Geçmiş ve gelecek arasında net bir çizgi çekeceği için seni anda yaşamaya mecbur bırakabilir.

Bu her ne kadar kulağa hoş gelse de belki de yüksek tempo veya hafıza sorunları gibi negatif etkileri de göz önünde bulundurmalısın.

Tek başına kullandığında hem netleştiren hem de kuralları belirleyen bir etkiye sahiptir. Diyelim bir ismin veya şeklin önüne koydun. Bu onun önüne bir set çekmen, engel oluşturman anlamına gelebilir. Tam tersi çizgiyi çizdin ve ondan sonra bir sembol veya isim kullandın. Bu kez destekleyici bir etki yaratırsın.

Çoklu kullanımında kullandığın alanda hız yaratır ve köklenmekte zorluk oluşturabilir. Sağına ve soluna aynı anda bir sembol kullandığında dikey çizginin etkisi bu kez şimdiki zaman etkisine dönüşür. Geçmiş ve gelecek arasında net bir çizgi çekeceği kullandığın alanda şimdiki zamanın gücünü artırır. Olaylar bu yönde gelişir.

Bir olaydan kendini özgürleştirmek için dikey bir çizgi çekip, sol tarafına o olayı yazarak o olayı geçmişe hapsedebilirsin.

Yatak odalarında geçiciliği, sakinliğe ihtiyaç duyulan alanlarda hareketi yaratabilir.

ARTI

DENGE • BİRLİK • NETLİK

Yatay ve dikey enerjinin merkezde yani başlangıcı yaratan noktada buluşmalarıyla karşımıza dengelenmiş bir şekil çıkar.

Hıristiyanlık inancında haç olarak önemli bir dini sembol olan bu şekil, çağlar boyu farklı inanışlarda da kullanılmıştır.

Birlik, içsel denge, yersel ve göksel etkileri bir arada toplamayı anlatır. Artı aynı zamanda matematikte yan yana gelen sayıların birbiriyle toplanmasını sembolize eder.

Artı sembolünün faydalı olabileceği yer ve durumlar: Artı sembolü, bir konuda kesinlik ve kararlılık yaratır.

Pozitif alanın sembolüdür.

Dolmuş ve daha fazlasını alamayan ancak verebilen kutuptur.

Kullanıldığı alana dengeyi getirir ancak bir tür sabitleme yaratabilir. Daha fazlasını aldırmaz.

Rüyada artı sembolü görmek dengeye davet ve içinde bulunulan alana sabitlenme mesajı verir.

Artı sembolü kullanımında dikkat edilmesi gereken durumlar: Artı sembolüyle dört yön açığa çıkar ancak henüz eyleme geçemez, hareket enerjisi eksiktir.

Sabitleyen etkisini hatırlamakta fayda olabilir.

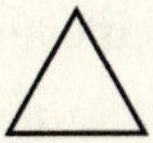

ÜÇGEN

HAREKET • İLERLEME • ODAKLANMA

Yatay ve dikey çizgiye bu kez eğik bir çizgi de eklenir ve formlar ortaya çıkar.

Üçgen kutsal kabul edilen ilk şekillerdendir.

Özellikle Pisagor öğretisinde eşkenar üçgen üç sayısının kutsallığını sembolize eder.

Yatay ve dikey çizgi bambaşka bir halde buluşmuş, eğik çizgi ile renklerin ortaya çıkışını sağlayan açı meydana gelmiştir.

Odaklanmayı, hedef belirlemeyi ve enerjiyi aktive etmeyi sembolize eder.

Üçgen ateş elementinin şeklidir. Artının dengesiyle odaklanan enerji bu kez hareket edecek gücü bulur.

Üçgen sembolünün faydalı olabileceği yer ve durumlar: Ateş elementinin sembolü olan üçgen eyleme geçiren ve yükselten bir etkiye sahiptir.

Enerjiyi diri tutar. Odaklanmaya ihtiyaç duyulan alanlarda kullanmak iyi olabilir.

Logo veya bir sembol olarak kullanıldığında kırmızının etkisine benzer bir etki yaratır.

Rüyada üçgen sembolü yükselmeye ve zirveye çıkmaya işaret eder.

Üçgen sembolünün kullanımında dikkat edilmesi gereken durumlar: Üçgen ve piramit şekilleri yatak odalarında ve sakinliğe ihtiyaç duyulan alanlarda kullanıldığında sakinleşmeyi zorlaştırır.

Hareket etme isteği nedeniyle spa ve zihinsel gevşemeye ihtiyaç duyulan mekânlarda da dikkatli kullanılmalıdır.

KARE

DÜNYA • TOPRAK • SABİTLİK

Dört kenarının eşitliğiyle tamlık içerir. Aynılık simgesidir. Sabitlenmiş olma haliyle toprağın sembolüdür. Kare zemini oluşturmada destekleyici bir etkiye sahiptir. Eşitlik hissi verir. Katılık, değişmezlik ve yerinde sabitlenme sembolüdür.

Kare düzenin sayısıdır.

Budizm inancında daire (ezeli bir bütün) içinde kare (topraklanmış) insanı sembolize eder.

Kare sembolünün faydalı olabileceği yer ve durumlar: Kare formu eşitlik hissi yaratır. Bu nedenle otoritenin koyduğu kuralların tam olarak uygulanmasının istenildiği alanlarda, eşya, çerçeve ve bildirilerde kullanılabilir.

Özellikle ev ve işyerlerinin tabanının kare formunda olması bize güven verir.

Rüyada kare sembolü dünyevi işlere, bu dünyada yaşananlara ve en önemlisi de güven duygusuna işaret eder.

Kare sembolünün kullanımında dikkat edilmesi gereken durumlar: Yeniyle bağlantıyı, esnek olabilmeyi zorlaştırıcı bir etkisi vardır.

Çocuklarla ilgili kullanılacaksa oyun alanlarında ve çalışma masalarında kullanılması doğru değildir.

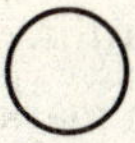

DAİRE

GÖKSEL • SONSUZ • KORUMA

Noktanın genişleyerek form almasıyla ortaya çıkan daire başka bir denge sembolüdür. Merkezle dış alan arasındaki mesafe eşitlik arz eder. Daire veya çember, gelmiş geçmiş tüm inanışlarda kutsal kabul edilen bir formdur. Tanrısal yaratımın ortaya koyduğu maddi dünyayı sembolize eder.

Sonsuzluğu ve bu sonsuzun yeniden kendini yaratma gücünü anlatır.

Çin metafiziğinde dairenin adı "muchi" olarak anılır. Burada herhangi bir hareket yoktur ancak her şeyi barındırır.

İnsanı dışarıdan gelen enerjilerden korumaya alır. Korunabilmek için belli bir alanın içinde olmaya ihtiyaç vardır. Çemberin içine aldıklarını korumaya alırsın. Kendini güvensiz hissettiğinde, bir fikri, düşünceyi, ilişkiyi, markanı korumak istediğinde kullanabilirsin.

Elbette koruma etkisi bir anlamda sınırlarını da belirler. Tam tersi şekilde özgürlük alanı yaratmak isteğinde çemberin dışına çıkman daha doğru olur.

Özgürlük alanını genişletmek istediğinde çemberin dış kenarlarının bitişiğini kullanabilirsin.

Daire sembolünün faydalı olabileceği yer ve durumlar: Daire Dünya'yı sembolize ettiği için bir dünya markası olmak, duyulmak, ilerlemek ve kendine fırsatlar yaratmak için kullanabilirsin.

Hiçbir köşesi olmadığı için gerginliklerin giderilmesinde faydalıdır.

Yatak odaları ve çocuk odalarında rahatlıkla kullanılır.

Çember bir koruma şeklidir. Bir konuyu, ismi ya da markayı koruma altına almak için kullanılabilir.

Aynı şekilde korumanın ve sınırların kullanılmasında da çemberin içinden çıkan bir şekille bu etki yaratılabilir.

Rüyada daire sembolü, sakinliğe geçiş, dünya işlerinde huzur ve maddi kazançların ortaya çıkışıdır.

Daire sembolü kullanımında dikkat edilmesi gereken durumlar: Odaklanma ihtiyacı olduğunda dikkatli kullanmalıdır.

Çember koruma yaparken aynı zamanda sınır da koyar. Bu yüzden korumaya alınan her şey ilerlemekte zorlanabilir. Kullanımda özen göstermek, kullandıktan sonra olayları takip etmek önemlidir.

PENTAGRAM (BEŞ KÖŞELİ YILDIZ)

BİLGİ • İNSAN • YENİLİK • BÜYÜSEL • YIKIM

Beş köşeli yıldız tarih boyunca en önemli sembollerden biri olmuştur.

Kare formunda sağlanan sağlamlık ve tamlığın dağılarak bambaşka bir şekle dönüşmesiyle oluşur. İçe kapanmış ve düzeni sağlamış olan kareden sonra beşgenle "var olanın bilgisi" açığa çıkar.

Bir dönem yıkılır ve bir dönem başlar. Görünenin ötesindeki bilgiye ulaşılır.

Beşgen, insanı temsil eden bir formdur. Dünyanın formu olan kareye eklenen yeni bir kenar, dünyada var olan yaşamın içinde irade sahibi olan insanın ortaya çıkışını sembolize eder.

Şeklin ters kullanımı tarih boyunca büyü ve tılsım sembolü olmuştur.

Pentagram, Yunanca beş çizgi anlamına gelir.

Antikçağlarda insanı ve insanın beş duyusunu simgelerdi.

Beş köşeli yıldız anlamına gelen pentagram beş elementin, Venüs gezegeni ve tanrıça Venüs'ün de sembolüdür.

Beş element sisteminin yapıcı döngüsü çember şekliyle oluşur. Yıkıcı döngüsü ise pentagram şeklini verir. Bu nedenle bu sembol yıkma ve yok etmeyle ilişkilendirilir. Bazı kültürlerde şeytanın sembolü olarak kabul edilir.

Eski Mısır öğretisinde Horus'un sembolüdür.

Mısır hiyerogliflerinde "kaynağa yükselmeyi" temsil ederdi.

Pentagram, korunmak ve büyüsel etkileri püskürtmek için kullanılmıştır.

Hz. Süleyman'ın görünen ve görünmeyen âlemlere hükmetmesinin bu sembol sayesinde olduğu söylenir.

Babil'de beş gezegeni sembolize ederdi. Aynı zamanda beş yönü temsil eder (ön, arka, sağ, sol ve üst).

Pentagram sembolünün faydalı olabileceği yer ve durumlar: İdare etmek ve hükmetmekle ilgilidir. Kullanıldığı alanda, üründe ve konuda kullananı söz sahibi yapar.

Rüyada pentagram sembolü, hayatının bu döneminde bir kıyamet yaşayacağını ifade eder.

Yıkım gibi görünen kayıplar veya başarısızlıkların seni yepyeni bir döneme hazırladığının işaretidir.

Bu dönemin sonunda gücün ve kararların daha kuvvetli olacaktır.

Pentagram sembolünün kullanımında dikkat edilmesi gereken durumlar: Bu sembolün ters kullanımı bir tılsımdır. Kullanıldığı alanda her şeyi terse çevirebilir.

Bu niyetle kullanmaya kalkanların hayatlarına da benzer enerjileri çekeceğini hatırlatmak isterim.

Gezdiğin yerin kokusu üzerine siner.

HEXSAGON (DAVUD'UN YILDIZI)

ZITLIKLARIN UYUMU • DENGE • YARATILIŞ • DOĞA • BÜYÜSEL • YAŞAM DÖNGÜSÜ

Tabanları zıt yöndeki iki üçgenin iç içe geçmesiyle meydana gelen altı köşeli yıldız, sembolizmin önemli öğelerinden biridir. Tarihöncesi dönemde mağara resimlerinde dahi karşımıza çıkan bu sembol Hz. Davud'un kalkanı "Megan David" olarak da anılır.

1948 yılında kurulan İsrail Devleti'nin bayrağının üzerinde yer alması nedeniyle Yahudi yıldızı diye de bilinir.

Karamanoğulları, Candaroğulları beyliklerinin sancaklarında, Hazar Türkleri'nin bayraklarında, Selçuklu Devleti'nde mezar taşlarında kullanılmıştır.

Osmanlı Devleti'nin kaptanıderyası Barbaros Hayrettin Paşa'nın sancağında bu sembol yer alır.

Anadolu Selçukluları, İlhanlılar ve Osmanlı Devleti'nde cami kubbelerinde, padişah iç gömleklerinde, seramik ve çinilerde, koruma amaçlı yapılan tılsımlı adı verilen kap ve mühürlerde kullanıldığını görürüz.

İslam kültüründe Hz. Süleyman, Hz. Davud, Hz. Hızır'ın sembolü olarak kabul edilir.

Yer ve göğün iç içe geçtiği şehir olarak anılan Kudüs şehrinin de sembolüdür.

Yerden yükselen yıldız İslam kültüründe "insan, akıl, madde", gökten yere doğru hareket edense "Tanrı, basiret, mana" olarak anılır.

Zıtlıkların bir araya gelişi ve oluşturdukları dengenin gücü nedeniyle bir korunma tılsımı olarak kullanılmıştır.

Peki nedir bu zıtlıklar?

- Karanlık-ışık
- Cehalet-bilgelik
- Kötülük-iyilik
- Ruh-madde
- Eril-dişil
- Yer-gök

Altı sayısının yaratılış sayısı olarak kabul edildiği Yahudilik için altı köşeli yıldız elbette en sık kullanılan sembollerden biridir.

Altı köşeli yıldızın içinde oluşan altıgen şekli eski büyü sembollerinden biridir.

Altıgen şekli doğanın başlıca şekillerinden biridir. Arı kovanları, buz kristallerinin şeklidir.

Satürn, Güneş Sistemi'nde bulunan altıncı gezegendir ve atmosferinin hareketleri altıgen şeklindedir.

Eski İskandinav dillerinde, tam olarak dolu anlamına gelen "hagal" olarak isimlendirilirdi. Buz kristallerinin şekli olan altıgen toprağın ısısıyla çözülüp toprağa karışması ve canlılığı başlatmasıdır.

Suyun donarak canlılığı yok eden halinden can veren hale gelişi, zarar verici enerjilerin hayat veren enerjilere dönüşmesini anlatır.

Altıgen, evrenin bir halden bir hale geçerek kendi kendini beslemesinin sembolüdür.

Davud'un yıldızı sembolünün faydalı olabileceği yer ve durumlar: Koruma, korunma ve iktidar sembolüdür. Taşıyana veya kullanana yüksek bir yaratma enerjisi sağlar.

Bu sembol koruma tılsımı olarak aksesuvar, kıyafet veya bir eşyanın üzerine işlenerek kullanılabilir.

Özellikle Osmanlı Devleti'nde padişahların iç gömleklerinde çeşitli dualarla beraber sıklıkla kullanılan bir semboldür.

Rüyada Davud'un yıldızı sembolü, ilahi bir korumada olduğunun mesajıdır.

Davud'un yıldızı sembolünün kullanımında dikkat edilmesi gereken durumlar: İki zıt kutbun birliğini sembolize eden bu sembol ve içinden çıkan altıgen, iki kutuptan birisi aşırıya gittiğinde zarar verebilir.

Yaşamı var eden iki prensibin bir araya gelişiyle oluşmuş ve bir kalkan kadar güçlü sembolü kullanırken yaratacağı güçlü etkiye dikkatini vermelisin.

Koruma etkisinin yanında bir araya geldiğinde yaşamı oluşturan dişi ve erkek sembol bir yeniliği başlatacaktır. Gücünü artıracaktır.

Gücü doğru kullanabileceğin bir alanı seçmeni tavsiye ederim.

Diyelim ki bir yüzüğün üzerinde kullandın ve bu yüzüğü orta parmağına taktın. Bu sembol hırs ve hareket etme isteği yaratabilir.

Burada oluşan enerjiyi kullanmazsan yükselen enerji öfkeni artırabilir. Bu sembolü Osmanlı Devleti'nde özellikle Kanuni Sultan Süleyman zamanında ve sonrasında tılsım gömleklerinde koruma sembolü olarak kullanmışlardır. Ancak tek başına değil... Çeşitli dualar eklenerek, sembolün enerjisi koruma amacına yönlendirilmiştir.

Sen de kullanırken hayatının hangi alanına gücü ve yaratıcılığı çağırdığına dikkatini vermelisin.

Gücü fazla kullanan yıkım yaşar.

SEKİZ KÖŞELİ YILDIZ (SEKİZGEN)

KAOS • SANAT • MİMARİ • KENDİNİ BESLEYEN GÜÇ

Sekiz köşeli yıldız, aslında iki kare formundan birinin doksan derece döndürülmesiyle oluşturulmuş bir semboldür.

Kaosun yıldızı olarak da tanımlanır. Çağlar boyu mimaride gördüğümüz bu form deniz fenerlerinin, kilise ve dini birçok yapının kubbesinde kullanılmıştır.

MÖ 9. yüzyılda Babil'de bulunan duvar kabartmasında tanrıça İştar sembolü olarak karşımıza çıkar.

Ezoterik öğretilerde sırların koruyucusu olarak kabul edilir.

Hacı Bektaşi Veli'nin türbesinde ona ait mühür olarak sergilenir.

Türk polis teşkilatının sembolüdür.

Kâbe'de bulunan Hicr-i İsmail denilen bölümün duvarlarında bulunan semboldür.

Selçuklu, Osmanlı ve birçok Ortadoğu kültürü de sanatın temel şekillerinden biridir. Sekiz cenneti ve sekiz ilkeyi temsil ettiği düşünülür.

Sekizgen şeklinden oluşan dharma çarkı, zamanın tekerliği, Budizm'in sekiz yolunu temsil eder.

Bagua, Çin metafiziğinin önemli sembollerinden biridir. Sekiz sembol anlamına gelir. Sekiz trigramdan oluşur ve özellikle Feng Shui uygulamasında önem taşır.

Sekizgen sembolünün faydalı olabileceği yer ve durumlar: Dünyanın sembolü olan karenin sabitlikten eyleme geçişiyle oluşan bu sembol, yaşamın kendini yıkıp yeniden var etme gücünü anlatır.

Bildiğimizi zannettiklerimizin içinde hâlâ bilmediğimiz sırlar saklıdır. Yaratılışın gizemlerini anlatan bu sembol mimarlık ve sanat dallarında mistik bir etki yaratmak için kullanılabilir.

Sırlanmasını saklamak istediğin bir kutu, defter veya dosyanın üzerinde tılsım olarak kullanabilirsin.

Rüyada sekizgen sembolü, "Bundan başka bir şey olamaz, daha ileri gidemem" dediğin konularda bakmadığın açılar olduğunu ve bunlara bakman gerektiğini anlatır.

Sekizgen kullanımında dikkat edilmesi gereken durumlar: Gizem ve gizliliğin sembolü olarak düşündüğümüzde ünlenmek, ilerlemek ve bilinmek istediğin alanlarda bir perdeleme yapabilir.

KENDİ KUYRUĞUNU YUTAN YILAN

DOĞUM • ÖLÜM • YENİDEN BAŞLAMA • SÜREKLİLİK

Kendi kuyruğunu yutan yılan formu, dairenin her şeyi kapsayan halinden çıkışı ve yeniden yaratma döngüsünün başlamasını gösterir.

Hint inanışında yeniden doğuşun sembolüdür. Dairede süregelen aynılık burada son bulur.

Diyalektik başlar. Yaşam ve ölüm döngüsüdür. Yin ve Yang sembolü olan Tai Chi'de gördüğümüz gibi birbiri ardına gelen ve birbirini tamamlayan zıtlıklar ortaya çıkar. Yaşamın ölümü, ölümün yaşamı yaratarak devamlılığı, sonsuzluğu ve devinimi simgeler.

Diğer yandan tekrar eden bir düzeni anlatır.

Kendi kuyruğunu yutan yılan sembolünün faydalı olabileceği yer ve durumlar: Bir alanda devam eden bir süreci sonlandırmak ve yepyeni bir durum yaratmak için harika bir semboldür.

Doğumun gücünü anlatır. Devamlılık yaratır.

Bir alanda devam eden bir süreci sonlandırmak istediğinde ve yepyeni bir durum yaratmak için harika bir semboldür. Bir bitişin ardından gelen yeniliğin gücünü anlatır. Sonsuzluk işaretinde olduğu gibi devamlılık etkisi vardır.

Yeniliği isteyip de uygulamaya geçemediğin alanlarda süreci başlatabilir. Kendi potansiyelini ortaya çıkarmak istediğin, kararlarını uygularken eminlik hissetmeye ihtiyaç duyduğunda kullanabilirsin.

Zor bir durumdan çıkmak, bir sürecin sonuna odaklanmak ve bittim dediğin anda yeniden doğacağını kendine hatırlatmak istediğinde faydası olacaktır.

Bir hastalığı atlatmak, bir ilişkinin bitişinde desteklenmek, bir iflasın ardından yeniden başlama gücünü bulmak istediğinde, seni destekleyen bir semboldür.

Bir türlü kabul edemediğin deneyimlerinin seni iyiliklere götüreceğini hatırlamana da yardımcı olacaktır.

Bu sembolü takı olarak kullandığında, dövme sembolü olarak seçtiğinde, bir logo veya tasarımda kullandığında dikkatini vermen gereken en önemli konu hangi alana etki ettiğidir.

Yavaşladığını hissettiğin, bırakmaktan korktuğun, bitirmek konusunda tereddüt yaşadığın konularda da destekleyici etkisini hissedebilirsin.

Bir mekânın, bedenin, bir eşyanın sağ tarafında kullandığında geleceğe, erkeğe, ilhama işaret ederken, sol tarafta kullandığında geçmişe, kadına, maddi konulara etkisi olacaktır.

Rüyada görülen bu sembol devamlılık olabileceği gibi kendini yenilmiş hissettiğin bir durumdan, bir başarısızlıktan yenilenmeyle çıkabileceğinin işaretidir.

Kendi kuyruğunu yutan yılan sembolünün kullanımında dikkat edilmesi gereken durumlar: Anne karnında süren hayatın sonlanmasıyla gerçekleşen doğum gibi bu sembol de bir alanda yenilik yaratırken başka bir alanda sonlanma yaratabilir.

Bu nedenle dikkatli kullanılmalıdır.

Değişim istenilen, hareketli, devamlılığını eylemle sağlayan sektörlerde ve konularda olumlu sonuçlar yaratır. Köklenme ve istikrar istenilen sektör ve konularla ilgili dikkatli olmak gerekir.

Bir evlilik için sembol olarak kullanmak iyi değildir ancak bitmiş bir ilişkide karar alabilmek için iyi olabilir.

Bir yapım şirketinde sürekli yeni film ve diziler çekmek, eskisinden daha ses getiren işler yapmak için iyi olabilir.

Geçmişin başarılarının kısıtlamasından çıkmak ve yepyeni bir başlangıç yapmak için de olumludur. Başarıların yarattığı güven etkisiyle ilerlemek isteyenler için doğru olmayabilir. Bu nedenle dikkatli olmakta fayda vardır.

∞

YATAY SEKİZ

SONSUZLUK • ÇEŞİTLİLİĞİN ZENGİNLİĞİ • BEREKET

1655 yılında ilk kez İngiliz matematikçi John Wallis tarafından kullanılan "∞" ve sonsuzluk anlamına gelen bu şekil kadim uygarlıklar tarafından da kullanılmış.

Bu sembolün ilk formu olan "S" şekline eskiçağ, ortaçağ, Batı ve Doğu tılsımlarında, büyüsel ve dinsel metinlerde koruyucu ve sonsuz mutluluk getiren bir sembol olarak rastlanır.

Ortaçağda simyayla ilgili elyazmalarında 3 "S" formunun süreklilik ve bereket için kullanıldığını görürüz. Yin ve Yang sembolünde de dairenin içindeki bu "S" biçimi yeniden karşımıza çıkar.

Yatay veya dikey olarak gördüğümüz "8" formunu doğuran "S" formu yer ve suyu sembolize eden yılanın, göksel enerjiye doğru hareketini anlatır. Bu hareket yerden göğe, gökten yere doğru devam eden devinimi, bolluğu, bütünlük ve sürekliliği simgeleyen bir sembole dönüşür.

Sekiz sayısına atfedilen bolluk ve yatay sekiz için betimlenen özellikler yaşamın sürekliliği içinde her yok oluşun yenilenmeyi doğurmasını anlatır.

Dairede gördüğümüz aynılık burada değişir. İniş ve çıkışların, gece ve gündüzün, soğuk ve sıcağın, kadın ve erkeğin birliğinin farklılığının, farklılığın zenginliğine dönüşür. Değişimlerin bir son değil, sürekliliğin bir parçası olduğu mesajını ulaştırır. Her yaratılmış merkeze geri döner. Seçimler, yaşananlar ve sonuçlar birer deneyimdir.

Bu form farklılıkların zenginliğiyle aynılığın durağanlığını alır. Yaşamın zenginliğini, devinimin getirdiği dinamizmi anlatır. Süreklilik, bütünün içine gizlenmiş bir sırdır.

Yatay sekiz sembolünün faydalı olabileceği yer ve durumlar: Başkalarının veya senin farklı fiziksel veya ruhsal özelliklerini kabul etmek konusunda zorlanıyorsan bu sembol sana destek olabilir.

Geçmiş deneyimlerinden özgürleşmen ve kabule geçebilmen için de faydalı olabilir.

Bu sembol zenginlik sembolü olarak algılansa da asıl zenginliğin yaşamın çeşitliliği ve devinimi olduğunu fark etmemize yardım edecek bir tılsımdır.

İniş ve çıkışları aynı görmemize, hayatı bir bütün olarak kavramamıza yardım eder.

Ürünlerinde ve eserlerinde zenginlik yaratmak isteyen, farklı insanları bir araya getirmek ve süreklilik yaratmak isteyenler için harika bir semboldür.

Rüyada yatay sekiz sembolü, yaşadığın endişe ve korku yüzünden kendi merkezinden uzaklaşmandan kaynaklandığının ifadesidir.

Kendi merkezine gelebilmen için sakinleşmeye ve olanı kabule ihtiyacın olduğunun mesajını verir.

Yatay sekiz sembolünün kullanımında dikkat edilmesi gereken durumlar: Bu sembolü her şeyin aynı kalmasını isteyen ve sahip olduklarını kaybetme korkusu yaşayanların dikkatli kullanmasında fayda olabilir.

Yatay sekizin içine ve kıyısına yapılan başka bir sembolün etkisi de ayrıca değerlendirilmelidir. Neyin devamlılığını artırdığına bakmalısın.

Diyelim yatay sekizin bir yerinde kalp sembolü kullandın. O dönem yaşadığın ilişkinin devam etmesi için iyi olabilir. Ancak bu ilişkiyi devam ettirmek için sağlıklı karar vermene engel de olabilir.

Devam etme isteği o kadar güçlenir ki sen mutsuz da olsan nedenini bilmeden bu ilişkiye devam edebilirsin.

Diyelim ki yatay sekizin bir yanında kırlangıç sembolü kullandın. Kırlangıç yuvayı sembolize eder. Böylece yuvanın devamlılığı için elinden geleni yapma isteği duyarsın. Öte yandan kırlangıcı tek başına kullandıysan denge kurmaya sürekli ihtiyaç duyabilirsin ve bu sana iyi gelebilir.

Peki tam tersi ne olabilir? Bütün gayretini dengeni sağlamak için kullanabilirsin. Kullandığın bir sembolün yarattığı etkiyi takip etmen seni korur. Bunu yapabilmen için olayların gelişimini izlemen önemlidir.

Mesela paranın sürekli şekilde akmasına niyet ederek kullandın. Sembolden sonra neler oldu? Para akışında bir değişiklik var mı?

Eğer bir hareket yoksa sembolü kullandığın alana yeniden bak. Bir sembolü kullanmanın asıl önemli tarafı o konuya senin enerji vermendir. Sembol tek başına bir etki yapmaz. Senin o sembolü kullanmaya karar vermenle süreç başlar. Bu süreci senin faydana geliştirecek olan niyetine odaklanmalısın.

Sembolü seçtiğin anda mevcut durumu değiştirmek istediğine karar vermişsindir. Bu senin yolunu açar. Bu nedenle öncesi ve sonrasında dikkatini niyetinin seyrine vermelisin.

Merkeze dönüşü hızlandıran bu sembol hızlı değişimler yaratabilir.

YAŞAM ÇİÇEĞİ

YAŞAM • YARATILIŞ • SIR

Dünyanın en eski ve neredeyse tüm kültür ve inanışlarında karşımıza çıkan ve aynı adla anılan semboldür.

Yaşam çiçeği neredeyse tüm geometrik şekilleri, pozitif bilim dallarının prensiplerini içinde barındıran ve en yaygın kullanılan sembol olma özelliğine sahiptir.

Sembolün içinde yer alan çemberlerin toplamı 19 sayısını verir. Aslında sonsuza kadar gidebilecekken 19 sayısında kesilmiş ve iki büyük çemberin içinde tasvir edilmiştir. Bu haliyle hücreye benzediği ve yaşamın yaratılışının sembolü olduğu kabul edilir.

Bu özel sembol üç ana prensipte karşımıza çıkar. Her aşamanın mesajı ve sırları başkadır.

1. Yaşam tohumu-Yaratılış deseni
2. Yaşam yumurtası
3. Yaşam ağacı

Yaşam tohumu-Yaratılış deseni: Önce her şey birlikte ve hareketsizdi. Yaratım başladığında ilk form çemberdi. Bu çemberle hareketsizlikten harekete geçilmiş ve bir form ortaya çıkmıştır. Bu ilk form yaratıcı enerjiyi temsil eder. Her şeyi kapsar, hareketsizliği ve karanlığı temsil eder ve sonra kendinden bir tane daha oluşturur, burada ortaya çıkan şekil iç içe geçmiş çemberlerin birliğiyle oluşan yepyeni bir şekildir. Bu şekil ışığı sembolize eder ve diğer adı "vesica piscis"tir. Bu şeklin insan gözünün çizimi olduğunu ifade edenler vardır.

Ardından yaratım hızlanır ve her biri, diğerinin yarıçapı kadar uzağa giderek ilerleyen altı çember ve ortada bulunan ilk merkez çemberle ilk şekil tamamlanır. Burada karşımıza çıkan formun adı yaratılış deseni ve yaşam tohumudur.

Yaşam çiçeği formunda merkezde bir daireyle başlayan form, ilk çemberin merkezini kullanan altı çember ile yaratılış sayısı olarak kabul edilen yedi sayısına da gönderme yapar.

Yaşam yumurtası: Yaşam çiçeği formunda tamamlanan ilk şeklin ardından devam eden ikinci dalgada ortaya çıkan şekle Mısırlılar "yaşam yumurtası" adını vermişlerdi. Bu şekil metamorfik genetik yapı da denilen ve organizmalarda karakteristik özelliklerin toplandığı şekildir.

Yaşam ağacı: Yaşam çiçeği formundan doğan bir başka sembol "yaşam ağacı"dır. Bu şekil, Yahudi mistik öğretisi kabalayla ilişkilendirilir. Ancak kabalanın ortaya çıkışı en erken MS 1. yüzyıla dayansa da en etkili kaynak kabul edilen Sefer Zohar MS XIII. yüzyılda yazılmıştır. Oysa "yaşam ağacı" formuna MÖ XV. yüzyılda inşa edilen Luksor tapınağının iki sütununda da rastlarız.

Çin'de bulunan yasak şehirde Ming ve Çing hanedanlığının yirmi dört imparatorunun evi olan sarayda "Fu Köpeği" denilen bir koruma sembolünün pençesinin altında küre biçiminde bulunur.

Selimiye Camisi, Hacı Bektaşi Veli Türbesi, Efes-Artemis, İran, İspanya, İrlanda, Hindistan, İsrail vb. coğrafyalarda karşımıza çıkar.

Leonardo Da Vinci çizimlerinde karşılaşırız.

Geniş alanlarda görülen ve dünya dışı varlıklar tarafından yapıldığı düşünülen şekillerin içinde de görülür.

Yaşam çiçeği kutsal geometri olarak adlandırılan sembollerin en önemlisidir. Yaşamın yaratılış sırlarını içerdiği düşünüldüğü için bazı inanışlara göre, dünya dışı yaşam formları tarafından veya Atlantis, Mu gibi kadim ve tam olarak kayıtlarına ulaşılamayan uygarlıklardan aktarıldığı düşünülür.

Yaşam çiçeği sembolünün faydalı olabileceği yer ve durumlar: Yaşam çiçeğine gelene kadar incelediğimiz birçok sayı ve şekilsel sembolün özelliği bir araya toplanır. Bu sembol yaratımı başlatmak, açığa çıkarmak ve başlatılanın devamlılığını sağlamak için idealdir.

Yaşam çiçeği, senin var olan imkânlarını ve yeteneklerini kullanırken yaşamdan destek alarak bir yenilik başlatmanı ve bunu sürdürebilmeni destekler.

Bir logo gibi sürekli kullanman ortaya çıkan fikrin filizlenmesi aşamasında yeniden bir başlangıç yaratabileceğinden özellikle iş hayatında bir mekânda duvarda veya obje olarak bir alanda kullanmanı tavsiye ederim.

Özellikle tasarım, reklam ve yeni fikirlerle ilgili çalışmalarda destekleyici olacaktır. Bu sembolü evlerde bereket, şans ve mutluluk gibi olumlu duygulara niyet ederek kullanabilirsin.

Ben de evimde porselen bir tabağın üzerinde elle çizilmiş bu sembolü niyet çanağı gibi kullanıyorum. Tabağın üstüne kristal taşlarımı, sevdiğim çiçeklerin yağını, hayatıma çekmek istediğim konuların sembolünü koyuyorum ve niyet yapıyorum. Niyetimin ilerlemesini izliyorum.

Diyelim ki niyetim yeni bir işe başlamaksa gelişmeleri izliyorum. Eğer bir terslik, zorluk oluşuyorsa, tabağın yerini değiştirip yeniden düzenliyorum. Eğer terslik devam ederse, niyetimi gözden geçiriyorum. Niyetimdeki ifadelere bakıyorum. Eğer burada da sorun göremediysem o zaman niyetimi bırakıyorum ve o konuyla ilgili yeni niyet oluşturuyorum.

Bir niyetim gerçekleşmediğinde hep şunu gördüm, ya zamanı bana uygun değildi ya da olmasını istediğim şey bana göre değildi.

Sembolü bir takı olarak kullanacaksan:

Küpe: Duyma ve işitmeyle ilgili yeniliğe açık dinlemeyi artırır.

Kolye: Boyun bölgesinde kullanıldığında ifadelere odaklanmayı, uzun bir iple kalbe yakın olduğunda kabulü, sevgiyle ilgili ifadelerin yenilenmesini destekler.

El bilekliği: Becerilerini kullanman konusunda harekete geçirebilir.

Ayak bilekliği: İlerlemek istediğin alanda adım atabilmen için gerekli şartların oluşmasına yardım edebilir.

Dövme olarak: Bedeninde hangi bölgeye dövme yaptırmak istediğin çok önemli. Sürekli bir yenilik yaratacağı alanın hayatına ne getireceğini kestirmek zor olabilir.

Günümüzde yeniçağ tasarımlarında oldukça sık karşımıza çıkan bir sembol olarak yaşam çiçeğini ürünlerinde kullanan markalar açısından müşterilerine sürekli yenilik yapma isteği yaratabilir.

Çanta, kıyafet ve yıkandığında yıpranabilecek objeler üzerinde bu sembolü dikkatli kullanmanı tavsiye ederim. Mavi, siyah, altın sarısı, gümüş renklerinde ve metal objelerde etkisi daha yoğun olur.

Rüyada yaşam çiçeği sembolü kaderde açılacak yeni kapıları işaret eder.

Yaşam çiçeği sembolünün kullanımında dikkat edilmesi gereken durumlar: Psikolojik çalışmalar, travmalar, hipnoz çalışmalarında dikkatli kullanılmalıdır.

Geçmişle ve anılarla bağını kesememiş olanların kullandığı alanlara dikkat etmesi faydalı olur.

ANKH

YENİLENME • YAŞAM • YENİDEN DOĞUŞ

Ankh, Mısır kültüründe sıklıkla karşımıza çıksa da İran, Mezopotamya, Miken, Mynos ve Kıbrıs kazılarında karşılaşılan bir semboldür.

Mısır'da mezarlarda öbür dünya tanrılarının betimlendiği hiyerogliflerde, tanrıça İsis ve tanrı Osiris betimlemelerinde sıklıkla görülür. Bu nedenle yuvarlak hatların dişil, dikey hatların eril prensipleri temsil ettiği yorumu yapılır.

Bu sembol iki zıt prensibin bir araya gelmesiyle yaşamın tekrar tekrar yaratılmasını temsil eder.

Hiyeroglif alfabesinde karşılığı "yaşam" anlamına gelir. Ayrıca törensel anlatımlarda suyun yenilenme gücünü temsil eden bir anlam taşıdığını görürüz.

Ankh sembolünün faydalı olabileceği yer ve durumlar: Yaşamın kendi kendini doğurmasını anlatan bu sembol bir kaybın arkasından yenilik yaratmak için kullanılabilir. Çoğunlukla aksesuvar ve özellikle kolye olarak kullanımı yaygın olsa da ev ya da ofis eşyası olarak da seçilebilir.

Yaşam suda başladığı için mavi, siyah ve metalik renklerde, metal objelerde enerjisini daha iyi hissettirir. Bir terk edilişin, bir iflasın, maddi kaybın ardından düşen yaşam enerjisini yükseltmek için de yararlı olur.

Rüyada ankh sembolü yaşanan sıkıntıların, başarısızlıkların ardından gelen yeni ve güçlü dönemi anlatır.

Ankh sembolünün kullanımında dikkat edilmesi gereken durumlar: Başlatma ve bitirme enerjilerini aynı anda taşıyan bu sembol her şey yolundayken ve istediğin gibi ilerlerken kullandığında beklemediğin sonuçlar yaratabilir.

Yenilik istemediğin bir dönemde elin bu sembole gidiyorsa hayatında neyin bitmesinden korktuğuna bakmalısın. Belki de başlamak için bir bitişi kabul etmelisin.

Yeniden başlama enerji için kullandığımız sembollerde yıpranmaya açık materyallerden uzak durmak iyi olur. Yıpranmış formun enerjisi de değişime uğrayabilir.

HORUS'UN GÖZÜ (UDJAT)

GÖRÜNMEYENİ GÖREBİLME • KORUMA • VİCDAN • ADALET

Güneş tanrısı Horus'un sembolüdür. Birçok anlamı içeren Udjat günümüze kadar etkisini sürdürmeyi başarmış ender sembollerdendir. Göz sembolü halihazırda nazar ve kötü enerjilerden korunmak için kullanılır. Nazar boncuğunun ilham kaynağıdır.

Efsaneye göre kardeşinin tahtına göz koyan Seth, Osiris'i öldürür ve tahtını ele geçirir. Osiris'in oğlu Horus, Seth'le mücadeleyi kazanır ancak gözünü kaybeder. Toth tarafından tamir edilerek yeniden kazanılan göz, adaletin, vicdanın ve her bir niyetin görünür olmasını temsil eder.

Efsanenin kalan kısmında babası Osiris, annesi İsis tarafından yeniden hayata döndürülür. Horus gözünü çıkarır ve babasından yutmasını ister. Bundan sonra Osiris kaybettiği tüm yetilerini yeniden kazanır. Horus, şahin başlı bir tanrı tasvirine sahiptir.

Gözler ruhun geçididir. Horus'un gözü yaşamın ve ölümün görünmeyen âlemlerine gizli bir geçit olarak tanımlanmıştır.

Gözün altında yer alan gözyaşına benzeyen kısım için farklı yorumlar olsa da Horus'un kutsal hayvanı olan şahini temsil ettiği fikri yaygındır. Keskin görüşü sembolize eder.

Gözün ucundan uzanan spiral şekli için hem hayat veren hem de hayat alan kobra formunda simgelenen yılan tanrıçayı sembolize eder. Kobra yılan, yaşamın bilgeliğinin başka bir sembolüdür.

Spiral Mısır kültüründe, yaşam, ölüm, gelişme, büyümeyi yani yaşamın döngüsel doğasını ve devamlılığını simgeler.

Güneş tanrısı Horus ve onu temsil eden gözü, ilahi yasaları içsel olarak hissedişi, insanın en önemli yargıcının kendi vicdanı olduğunu hatırlatır.

Horus'un gözü sağ ve sol olmak üzere iki yönde de tasvir edilir. Bu ay ve güneş sembolü olarak Tanrı'nın birliğini ve ilahi planın gözünün her an sistemde olduğunu anlatır.

Nefsin insanı kötülüğe sevk eden tarafını ve hırslarını temsil eden Seth'i yenerek babasının yeniden doğuşuna yardım etmesi iyiliğin her zaman kazanacağını, görünenin ötesinde her an yeni bir seçeneğin ve doğumun gerçekleşebileceğinin bilgisini aktaran bir semboldür.

Udjat sembolünün faydalı olabileceği yer ve durumlar: Koruma ve nazar sembolü olarak kullanılabilir. Ancak adalet ve gerçeği açığa çıkarma özelliğini de unutmamak gerekir.

Görünmez olanın görünür hale getirdiği inancıyla binlerce yıldır kullanılır. Tek bir göz olması yargılamayı bırakarak olanın arkasındaki mesajı anlamamıza yardım edebilir.

Rüyada udjat sembolü yargıladığın, affedemediğin birisi veya bir konu hakkında tarafsız olmanla ilgilidir. Korunduğun anlamına da gelebilir.

Udjat sembolünün kullanımında dikkat edilmesi gereken durumlar: Korunma dışında kullanımında dikkat edilmesi gereken en önemli konu niyetleri açığa çıkarma özelliğidir.

Sembolü karşımızdakinin niyetlerinin açığa çıkması için kullanmak daha doğru olabilir.

Kullanırken özen göstermek ve hangi amaçla kullandığımızı veya bize hangi mesajı verdiğini doğru okumakta fayda var. Adalet ve vicdanla ilgili enerjisi de aynı şekilde çalışır.

Adalet ve vicdan sembolü olarak kullandığımız alana dikkatimizi vermek iyi olur. Kendimize bir mesaj iletiyor olabiliriz. Bununla beraber görünenin ötesini anlamamızı sembolize eden udjat doğru yerde kullanıldığında olayların asıl mesajlarının anlaşılmasına yardım eder.

Bu sembolü kullanırken niyet ederek enerjiyi bir alana odaklayarak kullanmanı ve sonrasında olayları takip etmeni tavsiye ederim.

Yargıladığın konularda bir açılım almana yardım edebilir. Bununla beraber kullandığın alanda adalete bir bütün olarak bakmanı destekleyebilir.

Bir işyerinde işveren/yönetici bu sembolü kullandığında ya da işyerinde bir alanda aksesuvar olarak kullanıldığında adil olma enerjini yükseltir. Gizlenen konuların açığa çıkmasına yardım edebilir.

Bu sembolü özellikle neden başına geldiğini anlayamadığın bir olayı çözümlerken veya yargıladığın herhangi bir konudan özgürleşmek istediğinde kullanabilirsin.

İnsan bazen kendini zannettikleriyle kandırabilir. İyi olarak kabul ettiğin bir kişi veya olaya karşı kendini korumayı düşünmezsin. Hayatta zarar görülen alanlar genellikle insanın gardını indirdiği zamanlarda gerçekleşir. Bu nedenle udjat sembolünü kendini dışarıdan gelebilecek negatif etkenlerden korumak için kullanabilirsin.

YİN VE YANG (TAİJİTU)

Konfüçyüs felsefesine göre evren Yin ve Yang denilen iki doğurucu ilkeden var olmuş. Yin ve Yang birbirlerini etkileyerek elementleri meydana getirmiş ve elementler de yaşamı oluşturmuştur. Ateş unsuru Yang tarafından, su ise Yin tarafından ortaya çıkarılmış. Güneş ateş elementinden, Ay ise su elementinden oluşmuş.

Yin ve Yang teorisi Çin medeniyetinin metafizik, kozmoloji, yönetim, sanat, tıp alanlarının gelişiminde geniş etkiye sahiptir.

Yin yeryüzüdür; olumsuz, pasif, karanlık, dişi ve tahrip edicidir. Siyah ve çift sayı ile sembolize edilir. Ay ile bağlantılıdır, sonbahar ve kışta güçlenir. Aynı zamanda devler onun hükmü altında kalır.

Yang ise göktür; olumlu, aydınlık, erkek ve yapıcıdır. Yang'ın güneşe bağlı doğurucu gücü ilkbahar ve yazda artar; kırmızı renk ve tek sayıyla temsil edilir.

Yin ve Yang'ın "büyük esas" veya "yaratıcı prensip"ten (Tai Chi) çıkmış olduğu var sayılmıştır. Bunlar, birinin etkisi artarken diğerinin etkisinin azalması şeklinde sürekli bir etkileşim içindedir ve bu da yine değişimi getirir.

Yin ve Yang prensiplerini özetlersek, hiçbir şey sadece Yin veya sadece Yang değildir. Her şey her iki unsuru da içerir.

Her iki unsur birbirine dönüşebilir. Tıpkı gece biterken günün doğması gibi, biri yok olurken diğeri doğar.

Her iki kutup bağlılık özelliği taşır. Biri olmadan diğeri olamaz.

Her iki kutup birbirini üretir ve tüketir.

Yin ve Yang sembolünün anlamı: Yin ve Yang sembolü bölünmüş bir daireden oluşur. Bölünmüş daire sembolünü neredeyse tüm kültürlerde görebiliriz.

Bir su damlasının yumuşaklığına sahip siyah ve beyaz taraflar iki kutbu anlatır. Yin içinde beyaz nokta olan siyah tarafı, Yang ise içinde siyah nokta olan beyaz tarafı temsil eder. Yin bir tepenin kuzeyini, bulutlu ve karanlık tarafını; Yang ise aynı tepenin güneyini, güneşli ve aydınlık tarafını anlatır.

Yin kelime anlamı olarak "gölgeli yer", Yang ise "güneşli yer" demektir.

Yin ve Yang sembolünde siyahın en yoğun olduğu noktada beyaz, beyazın en yoğun olduğu noktada siyah başlar. İki unsurun birbirlerini var etme prensiplerinin en iyi anlatıldığı nokta tam da burasıdır.

Gece yarısı en karanlık andır. Gece yarısını bir dakika geçtikten sonra diğer gün başlar. Bir kutbun gücünün zirveye ulaştığı andan itibaren gerileme başlar ve diğer kutbun doğumu gerçekleşir. Her iki rengin içinde yer alan zıt renkler bunu anlatır. Nokta küçük olsa da yeni bir tohumun gücünü taşımaktadır.

Yin ve Yang prensibi Çin tıbbının, Çin dövüş sanatlarının ve Çin felsefesinin temellerini oluşturur. Hepsinde rastladığımız ortak nokta mevcut dengenin korunması, yitirilen dengenin yeniden kurulmasıdır.

Yin kesik çizgiyle (--), Yang ise kesintisiz düz bir çizgiyle (—) temsil edilir. Bu işaretlerin üst üste üçlü kullanımıyla oluşturulan trigramlar bir tür kısaltma ile şifreleme yapar. Bu trigramlar I-ching adı verilen, kökeni MÖ 2852-2738 yıllarında değişimler kitabına dayanan bir kehanet sisteminde kullanılır.

Yin ve Yang sembolü iletişimin arttığı günümüzde sıklıkla karşımıza çıkar. Özellikle Feng Shui gibi mekânsal enerjilerin dengelenmesi ile Çin astrolojisi veya Çin tıbbıyla ilgilenenlerin sıklıkla kullandığı bir semboldür.

Yin ve Yang sembolünün faydalı olabileceği yer ve durumlar: Özellikle aşırılıklarla yorulduğunda, bir değişimin gücüne ihtiyaç duyduğunda rahatlıkla kullanabilirsin.

Sıkıntılı günler geçirenlere verilen "Her gecenin bir sabahı vardır" tavsiyesi bu sembolün aktardığı bilgiyi anlatır.

Denge sorununu gidermek istediğinde, herhangi bir konuda aşırılıktan yorulduğunda, bir değişimin gücüne ihtiyaç duyduğunda rahatlıkla kullanabilirsin.

Karanlığın aydınlığı doğurma potansiyelini taşıması, aydınlığın da bir bitişi olduğunu hatırlatmasıyla bu sembol sıkıntının da ferahlamanın da aslında bir süreç olduğunu anlatır.

Zıtlaşma enerjisini dengeler. Gerginliği azaltır, dengenin gücünü aktarır.

Bir mekânda kullanıldığında uyum yaratır. Özellikle kapının girişinde kullanmanı tavsiye ederim. Kolye olarak kullandığında ifade enerjini, bileklik olarak kullandığında becerilerini destekler.

Bir kıyafet üzerinde kullandığında genel enerjini, para cüzdanında ve çalışma ortamında da aşırılıklarını dengeler.

Çocuk odasında da rahatlıkla kullanılabilir.

Bu sembol genel olarak altıgen şeklin içine yerleştirilir. Bu hali onu tam bir koruma sembolü haline getirir.

Yin ve Yang sembolünün kullanımında dikkat edilmesi gereken durumlar: Aşırılıkların içinde olmayı sevenler için dikkatli kullanması gereken bir semboldür.

Dengeyi getirmek için ani değişimler yaratabilir.

TRİSKELİON (ÜÇLÜ SARMAL)

GELİŞİM • DÖNÜŞÜM • YENİDEN BAŞLAMA

Yunanca üç bacaklı anlamına gelen "triskelion" üçlü sarmal sembolünün kökleri MÖ 4-5. yüzyıla kadar dayanır.

Günümüzde daha çok Kelt uygarlığı ile ilişkilendirilse de Mısır, Yunan, Japon, Kore ve daha birçok uygarlığın üçlü sarmal figürünü farklı formlarda kullandığını görürüz.

Aslında üçlemenin ve üç sayısına atfedilen kutsallığın yansımasını gördüğümüz bir semboldür.

Kelt kültüründe tanrı panteonu üç katlıdır. Tek tanrıçayı üç açıdan ele alır: Anne, kız ve eş.

Üç dünyayı temsil eder: Yaşayanların, ölülerin ve ruhların dünyası.

Maddenin üç halini anlatır: Katı, sıvı ve gaz.

Zamanın üç halini sembolize eder: Geçmiş, şimdi ve gelecek.

Kutsal üçlemenin simgesidir: Baba, Oğul ve Kutsal Ruh.

Üç âlemi anlatır: Yer, deniz ve gökyüzü.

Yaratma, koruma ve yok etme, başka bir anlamıdır.

Bu sembol hareket, ilerleme, gelişim, dönüşüm, güven ve yeniden başlamayla ilgilidir. Eylemin içindeki eylemsizliği anlatır. Başlar, ilerler ve bitirir.

Bir kabul sembolüdür. Her şey doğar, yaşar ve ölür. Aslında hayatın akışını kabul ederek ilerleme ve yükselmenin veya aşağıya inmenin bir sonu olduğunu sembolize eder.

Sona yaklaşmak yeniden doğuşun, her başlangıç bir bitişin ve her bitiş de yenilenmenin habercisidir.

Triskelion sembolünün faydalı olabileceği yer ve durumlar: Yeni bir iş kolunda yatırım yapmak, yeniliklerde öncü olmak, geçmişin bilgisini bugüne aktarırken gelecekle de bağlantı kurmak için harika bir semboldür.

Güven hissi yaratır. Gelişim, değişim ve farklılık enerjisini yayar. Rüyada bu sembolü görmek hayatın akışını olduğu gibi kabul et demektir.

Yaşadıkların dün ektiğin tohumların şimdiye yansımasıdır, yarını şimdi şekillendirebilirsin.

Olana ve zamana güven hissi yaratır. Gelişim, değişim ve farklılık enerjisini yükseltir. Yaşamın bir döngüsü olduğunu sembolize eder.

Kullandığın alanda hareketi başlatır. Ruhsal bir enerji için kullandığında enerjini kendine yönlendirmene yardımcı olur. Bu etki için derin düşünme, dua veya ibadet yaptığın mekânlarda kullanabilirsin.

İş hayatında kullandığında yeniliği eyleme geçirmene destek olur. Zihninde geçmiş anıların veya gelecek endişelerin, hayallerin seni çok meşgul ediyorsa bir aksesuvar veya sürekli kullandığın bir objede bu sembolü kullanabilirsin. Böylece şimdiki zamana gelmene fayda sağlar.

Bu sembol yaptıklarının sonuçlarını alman için olanı kabul ederek, olayları sabırla takip etmen konusunda seni destekler.

Yaşadıkların dün ektiğin tohumların şimdiye yansımasıdır. Yarını da şimdi şekillendirmen mümkündür.

Triskelion sembolüyle yarının için bugünde yaşamaya başlayabilirsin. Aksesuvar olarak bedeninde, dekoratif eşya olarak mekânlarda, desen olarak konfeksiyon ve kırtasiye ürünlerinde kullanabilirsin.

Rüyada bu sembolü görmek hayatın akışını olduğu gibi kabul et anlamına gelir.

Triskelion sembolünün kullanımında dikkat edilmesi gereken durumlar: Yaşamın kendine ait döngüsünü hatırlatan bu sembol doğum ve ilerlemenin sonucunda ölüm, bitiş ve sonlanma yaşanacağının da mesajını taşır.

Kullandığımız alanda durağanlığa izin vermez ancak yenilenme için sonlanmaya ihtiyaç duyabilir.

XII. BÖLÜM

DİNSEL SEMBOLLER

İslam

Zülfikar

Hz. Muhammed tarafından Bedir Savaşı'nda ganimet olarak ele geçirilen ve Hz. Ali'ye verilmiş kılıcın adıdır. Hz. Ali'nin sembolü olan kılıcın ucu çatal şeklindedir. Kelimenin anlamı "omurganın sahibi" demektir.

Omurga vücudun ayakta ve hayatta kalmasını destekleyen önemli bir merkezdir. Zülfikar'la ilgili anlatılan başka bir kıssada, Hz. Ali'nin Uhud Savaşı'nda gösterdiği yiğitlik ve Hz. Muhammed'i korumasıyla ilgili Cebrail'in "Ali'den büyük yiğit, Zülfikar'dan keskin kılıç yoktur" dediği anlatılır.

Kılıç, keskinlik, eril güç ve yiğitlikle ilgili bir semboldür. Zülfikar, İslam âleminin yiğidi Hz. Ali ve onun simgelediği enerjileri temsil eder.

Gül

Hz. Muhammed vahiy alırken ortalığın gül koktuğu aktarılmış ve bu nedenle gül ve gül kokusu kendisinin sembolü kabul edilmiştir. Ayrıca peygamberin, gülü "cennet çiçeklerinin yücesi" olarak nitelendirdiği de söylenir.

Gül aynı zamanda kalp gözü olarak bilinen enerji merkezinin kokusudur. Tasavvufta gülün gonca hali Allah ile beraber olmayı, açmış hali ise çokluğun birliğini temsil eder.

Kırmızı gül, tutkulu aşkı ve o aşk için acı çekmeyi, pembe gül, sevgi alışverişini ve sevgiyi kabul edebilmeyi sembolize eder.

Hayatına sevgi enerjisini davet etmek istediğinde balkonunda ya da bahçende pembe gül yetiştirebilirsin. Turuncu gül, arzu ve coşkuyu, sarı gül, kalp ve sevgiyle ilgili yeni bir başlangıç vaadini, sevinç, dostluk ve iyi niyet dileklerini, beyaz gül de saf sevgiyi sembolize eder.

Gülü mekânlarında kullandığında kokusuyla kalbini sevgiye açmanı kolaylaştırır. Bir aksesuvar olarak kullandığında açmış gül sembolü ifade bulan sevgiyi ya da ifade bulmasını istediğin sevgiyi sembolize eder.

Gülün gonca hali sevginin içe akmasını, kendi yolunu bulabilmek için içsel hissedişe yönelişini destekler.

Tablolarda, dekoratif ürünlerde kullanırken hatırlaman gereken şey gülün kalbin gücünü artıran etkisidir.

Bir konuda gizliliğe ihtiyaç duyduğunda gülü bulunduğun mekânın kapısına asabilirsin.

Lale

Osmanlı Devleti'nin sembollerinden biridir. Elif, lam ve he harfleriyle yazılır. Allah ismi de aynı harflerle yazıldığı için tasavvufta lale, Allah ismini sembolize eder.

Lale bir sembol olarak kullandığında dikkat etmen gereken nokta yapraklarının yukarı bakmasıdır.

Baş aşağı gelmiş lale ölümü veya bir enerjiyi aşağıya çekmeyi sembolize eder.

Sarı lale karşılıksız aşk, kırmızı lale tutkulu bir aşk, mor lale bolluk ve refah, beyaz lale de saf sevginin sembolüdür.

Rub-el Hizb

Kelime olarak parçanın dörtte biri anlamına gelir. Kâbe'de bulunan ender sembollerdendir. Hicr-i İsmail bölümünün duvarlarında bu sembol yer alır. Mimari, dokuma, bayrak, sancak ve diğer devlet armaları dışında Kuran-ı Kerim'de bölümün bittiğinin işareti olarak kullanılır.

Rub-el Hizb sembolünün tam ortasında bir daire bulunur. Daire ruhsal enerjiyi sembolize eder. Her şeyin sabit olduğunu zanneden tarafımız dünyayı olmuş bitmiş olarak görebilir. Oysa oluş hali devam etmektedir.

Maddenin gücünü ruhsal enerjiden ve yaratıcıdan aldığını sembolize eden, güçlü ve güvenilir bir semboldür.

Dönüşüm ve değişimi başlatma gücüne sahiptir. Aynı zamanda bir dönemin bittiğini, bir parçanın bütünün bilgisine sahip olduğunu anlatır.

Bu sembol tam bir koruma enerjisine sahiptir. Bir mekânın girişinde, para cüzdanında, duvar süslemesi olarak ya da kıyafetlerde desen şeklinde kullanılabilir.

Çocuk odalarında kullanıldığında çocuklar için de koruma enerjisi yaratır. Bir ajandanın üzerinde, aksesuvar olarak bedende rahatlıkla kullanılabilir.

Dönüşüm ve değişimin yaratacağı yıkım, yok ediş ve korkudan korunmaya da yardımcı olur.

Bu sembolün zeminde, üzerine basılacak şekilde kullanılması doğru değildir.

Hilal

İslam dinini kabul etmiş birçok devletin bayrağında yer alan hilal şekli, tarih boyunca birçok uygarlıkta da kutsal sayılmış sembollerdendir.

Hilal, Ay'ın yeni doğduğunda aldığı şekle verilen addır. İslamiyet inanışında hac, ramazan ve bayram günleri Ay'ın hilal haline göre belirlenir.

Endülüs, Memluk ve Osmanlı sancaklarında yer alan hilal şekli bugün İslam dininin küresel alanda sembolü olmuştur.

Hıristiyanlık

Haç

Hz. İsa'nın çarmıha gerilişinin ve bu dünyada çektiği acıların sembolü olarak kullanılan haç, aynı zamanda hayır, dua, takdis ve imanı açığa çıkarmayı temsil eder.

Haç, inançlı Hıristiyanlar için "hikmet, adalet ve kurtuluş" demektir. Hıristiyan inancında, Hz. Âdem'in cennetten kovulmasına sebep olan günahkâr tavrından insanlığı kurtarmak için, Hz. İsa'nın ödediği bedeli ve göğe yükselişini sembolize eder.

Haç, kadim sembollerden biridir. Roma'da suçluları cezalandırmak için kullanılırdı. İngilizcede haç kelimesinin karşılığı "cross" çapraz anlamına gelir. Erken dönem haçları çarpı işareti gibi olabiliyordu.

Çatal biçimli mistik haç, yaşam ağacını simgelemektedir. XIII. ve XIV. yüzyıllarda tasavvuf akımının etkisiyle ortaya çıkmıştır.

Tau haçı, Eski Ahit'te ismi geçen peygamber Hezekiel'in haçı olarak da adlandırılır. T şekline benzer ve adını Yunan alfabesinde T harfinin karşılığı olan "TAU"dan alır.

Latin haçı, İskandinav ülkelerinin bayraklarında da yer alır ve bu haç en yaygın kullanıma sahip olan şekildir.

Yunan haçı, tam artı şeklindedir. Yunanistan ve İsviçre bayraklarında yer alır.

Petrus haçı, ters çevrilmiş bir Latin haçıdır. Aktarılana göre kendisini Hz. İsa'dan değersiz gördüğü için çarmıha gerilmeden önce haçın ters çevrilmesini istemişti. Bazı Hıristiyanlar için bu haç Hz. İsa'nın varlığı karşısında kendi değersizliklerinin ifadesi olarak kullanılır.

Aziz George sembolü olan beyaz zemin üstünde kırmızı haç İngiltere bayrağının ilk halini oluşturur. Daha sonra İskoçya ve İrlanda'nın iki koruyucusuna ait iki çapraz haç ile birleşerek bugün Birleşik Krallık bayrağı haline gelmiştir.

Hıristiyan inancında kırmızı renk Hz. İsa'nın kanını sembolize eder. Beyaz saflığı, mavi de özgürlüğü ve denizleri işaret eder. Bu üç renk ve haç Avrupa kıtasında bulunan ülkelerin bayraklarında ana unsur olmuştur.

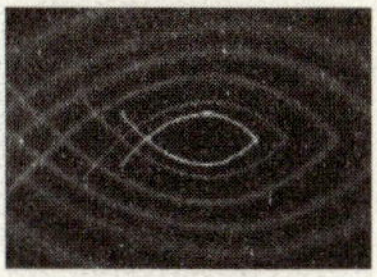

Balık

Çağlar boyu balık veya iç içe geçmiş iki yarım daire bereket sembolü olmuştur. Yunanca balık anlamına gelen "ichtys" kelimesi balık sembolünün Hz. İsa ile anılmasının gerekçesi olarak gösterilir.

I=Iesous-İsa, CH=Chistos (Hristos Mesih), THeou=Tanrı'nın, Uios=Oğul, Soter=kurtarıcı, yani Hıristiyan inancının önemli dogmalarından olan "İsa Mesih Tanrı'nın oğlu, kurtarıcı" ifadesinin burada şifrelendiği düşünülür.

Bu sembol her ne kadar Roma'da önemli bir sembol olsa da erken dönemlerde gizlenmek zorunda olan Hıristiyanların birbirlerini tanımaları için kullanılmıştır. Balıkla birlikte olta ve çapa da Hıristiyanlık ve Hz. İsa'nın sembolü olmuştur.

Günümüzde stilize edilmiş balık sembolü içinde Jesus-İsa yazılarak inancını belli etmek isteyen Hıristiyanlar tarafından kullanılır.

Balık sembolünün Hz. İsa ile anılmasının bir başka nedeni de dört temel İncil'de geçen bir kıssadır:

Hz. İsa vaazını dinlemeye gelen kalabalığın doyurulmasını ister, "Halka yemek verin!" der. Havariler ona beş ekmekle iki balıktan başka verecekleri bir şeylerinin olmadığını söylerler. Hz. İsa ekmek ve balıkları bölerek orada bulunan kalabalığa paylaştırır, herkes doyar.

Kutsal Kâse

Hıristiyan sembolizminde önemli bir yer tutar. Hz. İsa'nın son akşam yemeğinde kullandığı kâse ile Hz. İsa çarmıha gerildiği sırada, Aratmayalı Yusuf tarafından, akan kanlarının toplandığı kâsenin aynısı olduğuna inanılır.

Hz. İsa son yemekte havarilerine eline aldığı ekmeği bölerek vermiş ve "Alın yiyin, bu benim bedenimdir" demiş, ardından eline kâseyi alıp "Sizin uğrunuza akıtılan kanımla gerçekleşen yeni antlaşmadır" demiştir.

Ekmek ve şarap Hz. İsa'nın insanlığın günahlarını temizlemek için ödediği kefaretin sembolü olmuştur. Son yemek ve Hz. İsa aracılığı ile yenilenen antlaşma dini ayinlerde kullanılan ekmek ve şarapla sembolize edilir. Yeni antlaşmayla anlatılmak istenen, sapkınlıktan çıkıp iman ederek yola girmektir.

Başka bir inanışa göre kâse, bir kadın rahmini sembolize eder. Buna inananlar tarafından kâse gülle tasvir edilmiştir. Gül aynı zamanda Hz. Meryem sembollerinden biridir.

Bu inanışa göre Hz. İsa'nın bir eşi ve çocuğu olur ve soyu devam eder.

Kutsal kâse inanışının kabul görmüş hali Hz. İsa'nın son yemeğinde kullandığı kâse olmasıdır.

Hz. Meryem Sembolü Çiçekler

Hz. İsa'nın annesi olan Hz. Meryem, bir çocuğu dünyaya babasız getirmiş olmasından dolayı saflıkla anılır. Birçok çiçek onun sembolüdür.

Beyaz zambak, pembe gül, kabuğuyla beraber badem, armut, cezayirmenekşesi ve kırmızı karanfil onunla özdeşleştirilir. Özellikle kırmızı karanfilin Hz. İsa çarmıha gerilirken onu izleyen annesinin akıttığı gözyaşlarının toprağa düştüğü yerde bittiğine inanılır.

Kırmızı karanfil hüzün, uğurlama ve bir annenin sevgisini temsil eder. Hamsa da denilen, İsa öncesi dönemde de karşımıza çıkan el figürü Hz. Meryem'in sembollerindendir.

Yahudilik

Kutsal Şamdan (Menorah)

Yahudilik sembollerinin en eskilerinden biri sayılan "Menorah" sonsuz ışığı ve yaratıcının nurunu temsil eder.

Tevrat'a göre yeri ve göğü yarattıktan sonra Tanrı "Yei Or!" yani ışık olsun, demiştir. Menorah bu ışığı sembolize eder.

Menorah yedi kollu şamdandır. Eskiden tapınaklarda günde iki kere yaratılışın sayısı olan altı ve sebt gününü temsil eden yedinci günün sembolü olarak Kohen (rahip) tarafından yakılırdı.

Bu sembol aynı zamanda kutsal metinlerde ayrıntılı olarak tanımlanır: "Ve som altından bir şamdan yapacaksın. Şamdanın kaidesi ve kolları çekiçle işlenecek. Sütun başları, çanakları, çiçekleri tek bir parça halinde olacak. Hepsi bir talant altından yapılacak. Bak ve sana dağda gösterilen örneklerine göre yap." Şemot (Çıkış 25:31-30)

Dokuz Kollu Şamdan (Hanukiya)

MÖ 167 yılında ikinci tapınak yağmalandı ve ibadet yasaklandı. Ayaklanma sırasında görevli olan Haham Matatias vefat etti ve oğlu Yahuda göreve geldi.

MÖ 165 yılında ayaklanma başarılı oldu. Yahuda kirlenmiş olan tapınağın temizlenmesini ve sunağın yeniden inşa edilmesini istedi.

Arınma için Menorah gece boyunca tapınakta yanmalıydı ancak yeterli zeytinyağı yoktu. Yeniden zeytinyağı getirilene kadar mucizevi şekilde şamdan sekiz gün boyunca yandı.

Bunun üzerine bu olayı anmak için sekiz günlük bir bayram ilan edildi. Bu bayramın adı Hanukah yani "Işıklar Bayramı"dır. Bu bayramda yakılan Hanukiya, Menorah'tan farklıdır. Dokuz kolu bulunur. Ortada bir ve iki yandan dörder kanal veya kol bulunur. Ortadaki ışığın adı "şamaş" olarak nitelendirilir ve sönmeyen ışığı temsil eder.

Bu bayramda ilk olarak ortada yer alan şamaş yakılır ve ayrı bir ateşle ilk mum, sonrasındaki her gün bir tane artırılarak şamdanda bulunan dokuz ışık da yakılır. Şamaş aynı zamanda Arapça şems yani güneş anlamına gelir.

Şofar

Yahudi yılbaşı kutlaması "Roş Aşana" ve kefaret ve tövbe günü olarak anılan "Yom Kipur" törenleri öncesinde çalınan, keçi veya antilop boynuzundan yapılan boru şeklinde bir müzik aletidir.

Üç ses çıkarır. Bu üç ses üç mana taşır. İlk ses, tanrısal çağrı ve korumayı temsil eder. İkinci ses tanrısal gücün karşısında hissedilen çaresizliği anlatır. Üçüncü ses ise birliği temsil eder.

Yahudi âlimlerine göre şofarın çalınmasının asıl sembolü "Uykunuzdan uyanın uyuyanlar! Davranışlarınızı inceleyin ve içtenlikle Tanrı'ya dönün" çağrısıdır.

חי

Chai Sembolü

Chai, kelime olarak İbrani harfleri olan "chet" ve "yod" harflerinin bir araya gelişinden oluşur.

Yahudi inancına göre yaşamın kutsanması, sevgiyle yaşanması ve devamlılığı anlamına gelir. Kutlama günlerinde verilen bir semboldür.

Bu kelimenin sayısal sembolü olan on sekiz bereketi temsil eder. Özel günlerde hediye olarak on sekiz ve katları sayılarda para hediye verilir. Bu sembol aynı zamanda bir koruma tılsımı olarak da kabul edilir.

Budizm

Buda Heykelleri

Budizm, Hindu prens Sakayanamuni ve onun aydınlanma yolunda yaşadığı farkındalıkla beraber MÖ 566-483 yıllarında doğmuştur. Buda kelime anlamı olarak aydınlanmış anlamına gelir.

Heykeller Budizm inancında önemli unsurlardır. Buda heykellerde farklı oturuş şekilleriyle tasvir edilir. Buda'nın iki eliyle parmaklarına verdiği bir şekil vardır. Bu şekle mudra denilir. Her mudrayla farklı bir mesaj iletir. En yaygın olanlar:

Abhaya mudrası

Korkusuzluk anlamına gelir. Koruma, kendini güvende hissetmeye olanak sağlar. Lotus şeklinde bağdaş kurmuş halde oturmuştur. Sağ eli açık bir şekilde göğüs hizasındadır. Sol el açık ve yukarı bakıyordur ve bacağının üzerindedir. Bu Buda heykeli oturma odası, ev veya işyerinin giriş kapılarına bakacak şekilde kullanılır.

Dhayana / Meditasyon mudrası

Oturur pozisyondadır. İki eli açıktır. Sol eli sağ elin üzerinde avuç içleri yukarı bakmaktadır. Başparmakları birbirine değer. Enerjiyi odaklayan, yükselten ve derin düşünceyi kolaylaştırmaya olanak sağlar.

Çalışma odası, mekânın merkezi, oturma odası, derin düşünce için ayrılmış alanlarda kullanılabilir.

Namaskara mudrası

İki elin avuç içleri kalp hizasında buluşur. Kalpten gelen, her varlığı ilahi görerek derinden bir hayranlıkla yaşamı selamlamayı temsil eder. Niyet mudrası olarak da ifade edilir.

Çalışma odası, yemek odası, ana giriş ve ofislerde kullanılabilir.

Vitarka mudrası

Sağ el açık ve dışarıya doğru bakacak şekilde başparmak ve işaretparmağı tarafından oluşturulan daireyle enerjinin sürekli akmasını sağlar. Öğrenim enerjini yükseltir, entelektüel tartışmanın ortaya çıkışına yardım eder.

Bu el hareketi tarafından yaratılan enerji, bilginin korkuyla engellenmeden korunur şekilde iletilmesine olanak tanır.

Çalışma ofislerinde, çalışma masalarında, kütüphane ve öğrenim görülen yerlerde kullanılır.

Vajrapradama mudrası

Kendine güven mudrası olarak da tanımlanır. Sol el altta, sağ el üstte olacak şekilde eller, iki göğsün ortasında kalp gözüne yakın bir yerde birleşir. İlahi enerjiye güvenerek kendini akışa bırakabilmek, kalbin en güçlü iletişim aracı olduğunu fark etmeyi açığa çıkartır.

Mekânın merkezine, oturma odasına, ana girişte kullanılır.

Başparmağı ile ortaparmağını birleştirmiş ve oturur halde bulunan Buda, öğreten/öğretmendir. Bu formun önünde ibadet eden, evinde, işyerinde bu formu seçmiş olan kişi aydınlanma yolunda öğrencidir.

Yatar şekilde tasvir edilen Buda'nın ölüm döşeğinde bu dünyadan ayrılmak üzere olduğu anlatılır.

Gözleri yarı kapalı ve bağdaş kurmuş halde olan başka bir formda ise meditasyon halindedir. Aydınlanmayı temsil eden sağ el ile toprağı işaret ettiği form en yaygın kullanılandır.

Buda genellikle, aydınlanma için yaklaşık üç yıl kadar önünde oturduğu bodhi ağacının önünde yedi çakrasını birbiriyle bağlantıya geçirerek aydınlanma yaşadığını sembolize eden yedi başlı yılanın üzerinde oturmuş şekilde tasvir edilir.

Tayland'da kişinin doğum gününe göre Buda heykeli formu bulunur. Örneğin cuma günü doğmuş bir kişi oturur halde ve avuçlarını iç içe koymuş meditasyon yapan Buda heykeli taşır. Cuma günü doğanların sıklıkla meditasyon yapmaya ihtiyacı vardır.

Sıklıkla karşılaştığımız kilolu haldeki gülen yüzlü ve elinde farklı objeler tutan Buda heykelleri dini bir formdan çok iyi ve hoş hallerin hayal edilmesi için sonradan geliştirilmiş dekorasyon eşyalarıdır.

Mandala

Mandala, Sanskritçe "çember" ve aynı zamanda bağlantı ya da tamamlanma anlamına gelir. Budist tapınaklarının mimari formu ile aynıdır. Dört köşe kaide üzerinde yükselen yarım kubbeli yapının çizimle sembolize edilmiş haline mandala denilir.

Mandalanın merkezinde Buda veya onun sembollerinden olan lotus çiçeği yer alır. Mandala çizimlerinde, aydınlanma yolunu temsil eden çemberler ve dünyayı temsil eden kareler yer alır.

Mandala çizmek manastır eğitiminin bir parçasıdır. Mandala çizimlerinde kum veya yarı değerli taşların tozları kullanılır. Kullanılan renkler tesadüf değildir.

Dört ana yön, Buda ve onun mesajlarını aktarır. Yeşil renk, kuzeyde, hava elementini temsil eder. Kıskançlığı yaratıcılığa dönüştürür.

Sarı, güneyde kullanılır ve gururu feragat etmeye dönüştürür.

Doğuda mavi, suyu temsil eder; öfkeyi, bilgelik ve barış içinde olmaya dönüştürür.

Merkezdeki beyaz ise eter elementini temsil eder ve cehaleti bilgeliğe dönüştürür.

Tapınak İçinde Yer Alan Semboller

Budist tapınaklarda mum ve kandiller iyi şans enerjisini çağırmak için, tütsüler de güzel kokuyla odaklanmayı sağlamak ve geçmişin izlerini silmek için yakılır.

İçine para atılan çanaklar yola girmeyi ve nefsini maddi dünyadan alabilmek için dilenmeyi temsil eder. Lotus çiçeği saflığı ve arınmışlığı, yasemin amacına odaklanmayı, oturan iki geyik figürü Buda'nın ilk vaazını sembolize eder.

Sus İşareti

Günümüzde hastanelerde kullanılan, işaretparmağını dudaklarının ortasında tutan hemşire resminin kaynağı Buda heykelleri ve aktardıkları mesajlardan gelir. Bu duruş konuşmayı azalt, sessizliği dinle ve içsesine yönel anlamındadır.

Fil

Annesi Siddhartha Gautama'yı doğurmadan önce rüyasında beyaz bir fil gördüğü için Budizm inancında fil, Buda'nın sembolüdür. Onun temsil ettiği sabır, bilgelik ve doğrulukla ilişkilendirilir.

Vajra

Vajra, şimşek ve elmas anlamlarına gelir. Hint inanışında tanrıların babası İndra'ya ait şimşek fırlatan bir asadır. Bu sembolün törenlerde veya üst düzey rahipler tarafından kullanılması, aydınlanma yoluna girmiş olmanın bilinen ve sahip olunanları yok edeceğini sembolize eder.

Girilen yolda disiplin ve otoriteye itaati simgeler. Bu sembol aynı zamanda Budizm'in bir kolu olan Vajrayana mezhebinin sembolüdür.

Buddhapada

Buda bir kayanın üzerine çıktığı sırada, kayaya ayak izleri çıkar. Buda'yı takip etmenin kişiyi aydınlanmaya götüreceğine inanıldığından stilize edilmiş ayak izleri, içinde dharma çarkı ile beraber kullanılır.

Dharma Çarkı

Buda'nın aydınlanma yolunda izlenmesi gereken sekiz yolunu temsil eden dharma çarkı önemli bir Budist semboldür.

Ateş

Budist tapınaklarda yakılan ateş ve tanrısal figürlerde kullanılan alev formu, yoğunlaşmış enerjinin açığa çıkışını, aydınlanmayı ve arınmayı temsil eder.

Ateş iyi şansı çağırmak için yakılır.

Sonsuz Düğüm (Shrivasta)

Birliği ve bu birliğin bağını sembolize eder. Kimi inanışlara göre yeniden doğuşun ve bilgeliğin simgesidir.

Hinduizm

Avatar

Hindu sembolleri pek fark etmesek de aslında filmlerde, reklamlarda ve kampanyalarda kullanılır.

Om mantrası yoga ürünlerinde, lotus spa ve wellness sektöründe, Nazi sembolü olarak bilinen gamalı haç Hindu inancına ait önemli bir semboldür. *Avatar* filminde mavi tene sahip Na'vi karakterleri tanrı Vişnu'dan esinlenerek yaratılmıştır. Avatar kelimesi yine Hinduizm inancına ait bir tanımlamadır.

Hinduizm'in temelinde Tanrı'nın yeryüzüne inmesi ve çeşitli varlık formlarına bürünmesi inancı yer alır ve bu inanca göre sadece Hindu anne babadan doğanlar Hindu olabilir.

Hinduizm'de Tanrı'nın bedenlenmesi olan "avatar" inancı, tanrı Vişnu'nun ahlaki bozulmalar başladığı anda yeryüzüne inişini ve gerekli müdahaleleri yaparak evrendeki düzeni yani "dharmayı" yeniden tesis edişini ifade eder.

Avatar inancına göre o, kötülüğün ve adaletsizliğin arttığı, dini yozlaşmanın en üst düzeye ulaştığı Ahir Zaman'da tekrar bedenlenecek ve insanlığı bu felaketten kurtarıp Hindu inancını yeniden canlandıracaktır.

Avatar anlam olarak, başta Vişnu olmak üzere tanrıların veya metafizik varlıkların belirli amaçlar için insan veya hayvan formunda yeryüzüne inişlerini ifade eder. Bu kavramlar ilk kez Mahabharata destanında geçer.

Vişnu

Vişnu kelime olarak "sarmak, kuşatmak" anlamına gelir. Bu açıdan Vişnu, her tarafa yayılan, her şeyi saran, her şeye girmiş olan bir enerjiyi temsil edendir.

Hindu tanrıları arasında en önemli yere sahiptir. Hindu dini düşüncesine göre, Tanrı hiçbir şeye muhtaç değildir. Bu yüzden onun esasında bedenlenmeye de ihtiyacı yoktur. Fakat o, kendisine sevgiyle bağlanan kimseler için beden almakta ve belirlediği bazı amaçları yerine getirmek üzere onların arasına karışmaktadır. Bu sayede kaybolan düzeni yeniden kurar.

Rama ve Krişna, Vişnu'nun avatarlarındandır. Vişnu'nun 108 sembolü bulunur. Genellikle dört sembolü öne çıkar: Deniz kabuğu, topuz, lotus çiçeği ve brahma çarkı.

Vişnu mavi tenli resmedilir. Çünkü onun, denizlerin ve göğün sonsuzluğunun sembolü olduğuna inanılır.

Vişnu dünyaya dokuz kez gelir; yedincide Rama, sekizincide Krişna ve sonunda Buda olarak doğar.

Lakşmi

Vişnu'nun eşi olan Lakşmi hem mükemmel bir eş hem de şans getiren bir tanrıçadır. O hem dişiliğin hem de sadakatin sembolüdür.

Rangali adı verilen lotus sembolleri onun temsil ettiği enerjileri evlere davet etmek üzere kullanılır. Sanskritçe hedef anlamına gelen kelime kökünden türemiş bir kelime olan tanrıçanın adı, aynı zamanda maddi ve manevi hedefleri gerçekleştirmek üzere yardım anlamına gelir.

Denizden doğmuş olan tanrıça aynı zamanda bolluk ve zenginliği yaratmak için yardım istenendir. Sembolleri, sekiz köşeli yıldız, açmış lotus, beyaz fil, baykuş, altın, buğday, om, svastika, soyulmuş hindistancevizi, shri yantra'dır.

Şiva

Saflaştıran özelliğe sahiptir. Bazı inanışlara göre Tanrı'nın üçüncü biçimidir. İsminin telaffuzuyla herkesi saflaştıran özelliğe sahip olduğuna inanılır. Lütufların, sofuların ve evrenin tanrısı olarak kabul edilir. Yok etmeyi temsil eder. Aslında kötülüğü yok eden olarak görülür.

Şiva alnının ortasında üçüncü bir gözle tasvir edilir. Bu özellik onun sadece maddeyi değil, madde ötesini de görebilmesiyle ilgilidir. Elinde üç dişli trişula denilen bir mızrak bulunur. Bu mızrak fırlatıldığında dehşet saçan özelliğe sahiptir. Yılan da onun sembollerindendir.

Krişna

Vişnu'nun sekizinci avatarı olarak kabul görür. Flüt çalan bir sığır çobanı olarak betimlenir. Müzikle insanları şifalandırdığına ve büyülediğine inanılır. Kelime olarak krişna "siyah" anlamına gelir.

Ganeşa

Şiva'nın oğlu Ganeşa bilgeliği, hikmeti temsil eder. Engellerin kaldırıcısıdır. Başı fil şeklindedir. Tek dişi yoktur. Bu onun düaliteyi aşarak birliğe ulaştığını temsil eder. Bununla beraber dünyanın en uzun destanı sayılan *Mahabharatta*'yı yazarken kalemi kırılmış ve o da dişini sökerek kalem olarak kullanmıştır. Bilgeliği buradan gelir.

Başında taşıdığı fare tüm engelleri kemirerek aşma yetisini temsil eder. Öne doğru bakan el kutsamayı, ayaklarının duruşu bu dünyada ama bu dünyadan ayrı olabilmeyi, alnında bulunan sembol zamanın efendisi olduğunu, büyük kulakları tüm duaları duyabildiğini ve dinlemenin en önemli bilgelik kaynağı olduğunu sembolize eder.

Şiş karnı insanın hayatında yaşadığı tüm acıları sindirebileceğini, dördüncü elinde tuttuğu lotus ile insanın yaşamında en önemli amacının ruhun evrimini tamamlaması olduğunu ve asıl mutluluğun bu olduğunu anlatır.

Svastika

Uçları saat yönüne veya tersine bükülmüş haça benzeyen şekilde tasvir edilen svastika, kelime olarak "mutlu ol" anlamına gelir.

Bu sembol Hinduizm'de şans ve iyilik sembolüdür. Güneşi temsil eder. Sağa dönen hali evrenin devinimini, gün ışığını ve eylemsel olmayı, sola dönen hali evrenin ve kişinin içedönüşünü anlatır.

Dört yönü ve dört yönün merkezleyen etkisini sembolize eder. Aynı zamanda Vişnu'nun sembollerinden biridir.

Svastika tarih öncesi dönemde bile rastlanan eski bir sembol olmasına ve birçok kültürde de yer bulmasına rağmen en yaygın haliyle Hindu inancında kullanılır. Budizm'de bu sembol Buda'nın kalbini ve aklını sembolize eder.

Om

Hinduizm'in en kutsal sembollerinden olan bir mantradır. Yaratılış, gelişme ve ölüm çarkını temsil eder.

Nokta, kozmik bilinci temsil eder.

Ay, zihni temsil eder.

Ucu açık olan halka, yaratılış sürecini temsil eder.

Bu mantra konsantrasyonu artırmak için sürekli tekrar edilir.

Yantra

Görünen ve bilinen her şeyin çekirdeğini sembolize eder. Bu şekle yoğunlaşıldığında enerji aktive olur.

Yantraların en yükseği Sri Yantra'dır. Tüm diğer yantralar bundan türetilir.

Yantralar kristallere şekil verilerek yapılır. Bu sayede ışık yansırken açığa çıkan şekil ile istenilen etki yaratılır.

Çakra

Mutlak tamlığı sembolize eder. Vişnu ve Krishna'nın doğaüstü güçlerini temsil eder. Budizm'de olduğu gibi kurtuluşa ulaşmanın sekiz yolunu gösterir.

Dört temel gerçeğin her biri için üç aşamada on iki defa döndüğü düşünülür.

Lotus

Hinduizm inancında yaratılış sembolüdür. Suda kendi kendine ürediği düşünülür.

Dini Sembolleri Kullanırken

Bazen farkında olmadan başka bir inancın önemli bir sembolünü sıradan bir işaret olarak algılayabiliriz.

Örneğin bir Budist için Buda heykeli onun inancının önemli bir parçasıdır. Buda heykeline arkasını dönmez. Oysa başka bir inanca sahip olan için bu heykel sadece bir aksesuvardır.

Bir din veya inanış için önemli olan semboller, kalbinde bu inancı taşıyan için daha güçlü enerjiler yaratır.

Bu yüzden dini sembollerin kullanımlarından çok anlamlarını paylaştım.

XIII. BÖLÜM

KORUMA SEMBOLLERİ

Koruma sembolleri ev girişlerinde kullanılabilir. Anadolu'da evin dışında kapı üstüne şap, üzerlik tohumu, mavi taşlardan nazarlıklar asılır.

Hamse koruma olarak yüksek bir enerjiye sahiptir. Banyolar ve yatak odaları hariç evde rahatlıkla kullanılabilir.

Aksesuvar olarak mavi, siyah, kırmızı renklerde kullanmanı tavsiye ederim. Nazar enerjisinden korunmanın en önemli prensiplerinden biri dikkati istenen yere verebilmektir.

Biri doğrudan sana, evine ya da bir eşyana baktığında o anda oluşan yüksek enerjiden korunmak için evinin giriş kapısında, yerde, kapının üzerinde veya mekâna girer girmez dikkat çekici bir obje olarak bir koruma sembolü kullanman faydalı olur.

Kullandığın obje nazarlık, hamse, üzerlik tohumu gibi kendi koruma enerjisine sahip olmayan bir sembolse ara sıra tütsüleyerek enerjisini temizlemeni tavsiye ederim.

Adaçayı ve üzerlik tohumunu bir kapta yakarak dumanıyla koruma objesini ve çevresini temizleyebilirsin.

Evin dışına baykuş sembolü asmanın da faydalarını görebilirsin. Baykuş kemirgen avlayan ve herkesin göremediğini gören bir hayvan olduğu için seni gizlice kemirenleri açığa çıkartabilir.

Hz. Fatma'nın Eli
Hamesh (Hamse)

Bu sembol eski Mısır'da İsis, Mezopotamya'da İştar, İslam'da Hz. Fatma'nın eli olarak anılır. Hindu ve Yahudi inancında bir şans ve tılsım olarak görülür. Hamse olarak da anılır ve beş demektir.

Bu el ayrıca ehlibeytin hem İslam dininin beş şartının sembolü olmuştur.

"Pençe-i Al-i Aba" olarak da anılır. Penç, Farsça "beş" anlamına gelir.

Anlatılan odur ki Hz. Muhammed ehlibeyti abası altına alarak onları korumuş ve günahlarının affedilmesi için dua etmiştir.

Hamse sembolü aynı zamanda bereket ve bolluk enerjisi için de kullanılır. Osmanlı Devleti'nde padişahın başında tutulan ve gölgelik görevi gören çadır ve şemsiyelerde kullanılırdı.

İbranice beş anlamına gelen hamesh, İslam, Hint ve hatta pagan kültürlerde olduğu gibi Yahudi inancında da koruma için kullanılır.

Beş parmak aynı zamanda Torah'ın beş kitabını sembolize eder. Başparmak ve serçeparmak dışa doğru dönük, diğer üç parmak dik olarak çizilmiştir.

Genellikle Yahudi inancında kutsal sayılan mavi renkte yapılır. Bu sembolün diğer adı Miryam'ın (Hz. Musa'nın kız kardeşi) elidir.

Daha eski çağlarda bu el figürünün içinde yılanı sembolize eden "S" harfini görürüz. Yılan şifacılık, yenilenme ve ruhsallıkla ilgilidir. Yılanlı el sembolünün kullanımı tam bir tılsımdır. Zamanla yerini göz sembolüne bırakmıştır.

Kimi yorumculara göre bu göz Horus'un gözüdür. Kimilerine göre görünenin ötesinin mesajını okuyabilmektir.

Nazardan Korunma

Nazar kelime olarak "bakış" anlamına gelir. Koruma sembolleri içinde en etkileyici olanları camdan yapılan nazar boncuklarıdır. Kobalt mavisi ve göz şeklinde sembolize edilmiş olanlar daha da güçlüdür.

Şap ve tuz negatif enerjiyi emer. Güneydoğu Anadolu'da kapısında şap asılmamış mekân, üzerine şap takılmamış bir yeni doğan bulamazsınız.

Tuz da çağlar boyu nazardan korunmak, büyü bozmak ve enerjiyi yükseltmek için kullanılmış.

Hükümdarlar halkın arasına çıkacakları zaman yollarına tuz serpilmiş, tuz banyolarıyla nazarın etkileri temizlenmiş.

Mekân girişlerinde üzerlik bitkisinin tohumları boncuk gibi dizilerek bir tür koruma tılsımı olarak kullanılır.

Dreamcatcher (Rüya Yakalayıcı)

Amerikan Ojibwey kabilesinde anneleri tarafından ağaç altında uyutulan çocukların kötü ruhlardan korunması için söğüt dallarının bükülüp uçlarına koruyucu olduğuna inanılan hayvanların tüy ve kürklerinden parçalar bağlanır ve ağacın dallarına asılırmış.

Orta kısmının örümcek ağı şeklinde yapılmasının sebebi kötü rüyaların bu ağa takılması ve iyi olanların kasnağa bağlı iplerin ucundaki tüylerden uykuda olana doğru ilerlemesinin kolaylaştırılmasıymış.

XIV. BÖLÜM

MEYVE, AĞAÇ VE ÇİÇEK SEMBOLİZMİ

Tek Çekirdekli ve Çok Çekirdekli Meyveler

Tasavvuf inancında tek çekirdekli meyveler vahdet inancını yani Allah'ın birliğini, çok çekirdekli meyveler ise âlemin çokluğunu sembolize eder.

Portakal meyvesi, rengi nedeniyle Uzakdoğu ve Hint coğrafyasında kutsal sayılır. Çin'de ise turuncu renge sahip meyveler zenginlik ve bereketi artırmak için hediye edilir veya ağaçları eve yakın dikilir.

Doğa çıkışlı din ve felsefi inanışlarda ağaçlara gösterilen saygı ve Kut'u çok daha net görüyoruz. İnsanlar barınmalarını, korunmalarını, ısınmalarını, yiyeceklerini ve daha birçok ihtiyacını sağlayan ağaca ve ormana ayrı bir önem vermişler.

Ağacın yerden beslenerek göğe doğru yükselişi ululuk, tanrısallık ve ruhsallığı sembolize etmiş ve bu yaklaşım birçok toplum ve inanış için günümüzde de devam ediyor.

Buda, Bodhi ağacının önünde oturmuş ve onun korumasında aydınlanma yaşamış.

Hz. Meryem doğum yapacağı sırada hurma ağacı onu beslemiş, Hz. İsa'yı emzirmesi için ihtiyacı olan gücü ona vermiş.

Doğum yapmak, evlenmek ve daha birçok dilekleri için geçmişten günümüze insanlar ağaçlara niyetlerini yazarak bağlıyor ve onun aracılığıyla olması için dua ediyorlardı.

Çiçeklerin renkleri, kokuları ve yetişme şekilleri sembolizmde önemli bir yer tutar. Özellikle görünüşü farklı ve cezp edici olanlar ve güzel koku yayanlar ayrı öneme sahip olmuşlardır.

ELMA

SEÇİM YAPMA • ÜRETKENLİK • BEREKET • AMACINA ULAŞMA

Elma mitolojiler, masallar ve kutsal metinlerde seçim, yapılan seçimlerle bir sonu ve bir başlangıcı yaşamanın sembolü olmuştur.

Hiçbir kutsal kitapta bilgi ağacının elma ağacı olduğu ifadesi bulunmadığı halde cennetten çıkışın sembolü kabul edilir.

Elma kelimesi İngilizcede 17. yüzyıla kadar fındık da dahil olmak üzere birçok meyveyi tanımlayan bir terimdir. Domates ilk olarak Avrupa'ya geldiğinde "aşk elması" denilmiştir.

İskandinav mitolojisinde yeniden doğuş ve ölümsüzlük sembolüdür.

Kelt mitolojisinde bütünlük, saflık ve iyi niyeti sembolize eder. Keltler elma ağacını bir hazine olarak görürdü. Doğurganlığı artırması için elmayı ve çiçekleri yatak odalarına koyalardı.

Yunan mitolojisinde Herkül'ün on iki görevi arasında Hesperidlerin üç altın elmasını getirmek yer alır.

Afrodit'in sembolüdür.

Yunan mitolojisinde ana tanrıça Gaia, düğünlerinde Zeus ve Hera'ya altın elma armağan eder.

Elma ile ilgili önemli bir mitolojik metinde Truva Savaşı'nın çıkışını görürüz. Zeus, bir düğüne fitne tanrıçası olan Eris'i davet etmez. Eris de bunun üzerine düğüne altın bir elma gönderir. Üzerinde "En güzel tanrıçaya..." yazılı bu elma ortaya bırakıldığı anda Hera, Afrodit ve Artemis birbirlerine girerler. Bunun üzerine elma Paris'e verilir ve bir seçim yapması istenir. Her tanrıça harika vaatler ve hediyeler sunar. Ancak Paris elmayı ona aşkı vaat eden Afrodit'e uzatır.

İşte o aşk Truva Savaşı'nı başlatacak olan güzel Helen ile Paris arasında geçecektir. Paris'in Sparta kralı ile evli olan Helen'i kaçırması savaş nedeni olacaktır ve ağır bir bedel ödetecektir. Truva bu aşkın ateşinde yanar.

Eski Ahit'te günah ve günaha davet anlamına gelir.

Yeni Ahit'te kurtuluş sembolüdür.

Elma geçmiş dönemlerden bu yana seçim yapmakla ilişkilendirilmiştir. Aslında Grimm Kardeşler'in ünlü masalı *Pamuk Prenses ve Yedi Cüceler*'de bu sembolü açıkça görürüz.

Pamuk Prenses elmayı ısırır ve derin bir uykuya dalar. Bu durum bize insanın yaşadıklarının farkına varamadan, derin bir uyku halinde olmasını anlatır.

Prenses kendinden geçer, derken beyaz atlı prens gelir ve prensesi uyuduğu o derin uykudan uyandırır. Beyaz atlı prens bizim ruhsal tarafımızla kurduğumuz bağlantı sayesinde uyanmamızı ve ayağa kalkıp gerçek mutluluğu bulmamızı anlatır.

Elma seçim yapmayı ve yapılan her seçimin bir dönüşümü başlattığını anlatır.

Elma sembolünün faydalı olabileceği yer ve durumlar: Elma hepimizin şuuraltına yerleşmiş şahane bir semboldür.

Elma sembolünün farklı versiyonlarını ürünlerinin, kampanyalarının tanıtımında ya da dikkatleri çekmek istediğin her alanda kullanabilirsin.

Elma sembolünün "Apple" şirketi tarafından ısırılmış olarak kullanılması bir tesadüf değildir. Apple markası, kendi alanında hep yenilikçi ve yaratıcı fikirlerle dikkat çekiyor.

Elma sembolü bir olayın içinde karşılaştığında da rüyanın içinde de ilk olarak seçimlerine dikkatini vermeni ister. Muhtemelen seçim yapmanın önündeki engel olan duygu, bir şeyin elinden gideceği, var olan sistemin değişmesinden yaşadığın endişedir.

Rüyandaki elmanın rengi veya tadı sana olayın sonucu hakkında bir fikir verecektir. Diyelim rüyanda elma yiyorsun, rengi yeşil ama tatlı. Yorumlarken yeşil rengin gelişmek, ilerlemek ve büyümek olduğunu hatırla. Elmanın rengi yeşil ama ekşi olmayan bir tadı vardı. Yaptığın seçimlerin ilerlemeni destekleyeceği ve yaşadıklarından tat alacağın yorumunu yapabilirsin.

Elma sembolünün kullanımında dikkat edilmesi gereken durumlar: Seçim yapmak konusunda tereddütlerin var ve dışarıdan da etki alabilecek bir yapıdaysan bu sembolü dikkatli kullanmakta fayda olabilir.

NAR

BEREKET • ÜREME • DİŞİLİK • ATEŞ

Ezoterik bilgi kaynaklarında yasak meyve olarak geçer. Oysa birçok kültürde bereket sembolü olmuştur. Ağacı yaz kış yeşil kaldığı için ölümsüzlükle ilişkilendirilmiştir.

Nar, mitoloji ve inanışlarda en sık karşılaşılan sembollerden birisidir.

Yunan mitolojisinde birden fazla efsanede geçer. Yeraltı tanrısı Hades ölüler ülkesinde yaşar. Bereket tanrıçası Demeter'in kızı Persophone'yi kaçırır. Ve ona yemesi için nar verir. Altı nar tanesi yiyen tanrıça yer altında tutsak kalır. Çünkü burada bir şey yiyen dışarı çıkamaz. Demeter kızının gidişine o kadar üzülür ki tüm doğa yok olma noktasına gelir. Zeus bu duruma bir çözüm bulur ve altı nar tanesi için altı ay Hades'le geri kalan zamanda da annesiyle zaman geçirmesi için Persophone'yi serbest bırakır. Bundan sonra tanrıçanın yeryüzüne dönüşü baharın gelişi olarak kutlanır. Kocası Hades'in yanına itiraz etmeden döner. Bu davranışı onun kendisini kocasına adadığını gösterir. Bu nedenle kadim Yunan kültüründe gelinin kocasının korumasına girdiğini göstermek için eve ilk adımını attığında nar dişlenir.

Nar, evliliğin koruyucusu ve doğum yapan kadınların yardımcısı tanrıça Hera'nın sembolüdür.

Çok sayıda tohuma sahip olmasıyla dişilik sembolü kabul edilir ve tanrıça Afrodit'in kutsal meyvesi sayılır.

Eski İbrani mühürleri ve paraları üzerinde kullanılmıştır. Verimlilik ve bereketle ilişkilendirilmiştir.

Hıristiyan inancında dini motiflerde sık rastlanır. Papazların giysilerinde ve çeşitli eşyalarda kullanılmıştır.

Noel kutlamalarında toprağa nar atılarak kırılması bereket arama inancıyla ilgilidir. Toprağa saçılan tohumlar çoğalmayı ve topraktan elde edilecek bereketi temsil eder.

Çin kültüründe tohumları şekerle birlikte düğünlerde misafirlere ikram edilir.

Budizm inancında doğurganlığı sembolize eden kutsanmış meyvelerden biridir.

Afrika kültürlerinde ve eski Mısır'da kadınlar yere bir daire çizer ve merkezine olgun bir nar atarlardı. Çemberin dışında kalan nar taneleri doğuracakları çocuk sayısını ifade ederdi.

Antik Pers'te nar savaşta yenilmezliği sembolize ederdi.

Farsça "ateş" anlamına gelir. Tasavvufta kalbe düşen aşk ateşini sembolize eder.

Eski Türk dilinde nar "güneş" anlamına gelirdi. Güneş bereketin, yaşamın kaynağı olarak görüldüğünden nar düzenin, bereketin ve bolluğun sembolüydü.

Nar sembolünün faydalı olabileceği yer ve durumlar: Nar, bereketi, doğurganlığı ve çoğalmayı sembolize eder. Nar sembolünü sadece bereketi değil ateşi ve hareketi artırmak için de kullanabilirsin.

Bir olay okumasında veya rüya yorumunda narın sana neyi çağrıştırdığını anlamak için rengine, bulunduğu yere ve iletişim halinde olduğu diğer objelere bakmalısın. Her şey yolunda görünüyorsa yorumunu bereketin artışı olarak yapabilirsin.

Çürümüş, kurtlanmış, soluk, siyah veya beyaz renkte bir narsa bereketini kaçıran bir unsura işaret ediyor olabilir.

Güzel bir nar ağacı süreklilik ve kesintisiz bolluk olarak yorumlanabilir.

Nar sembolünün kullanımında dikkat edilmesi gereken durumlar: Toprağa düşmemiş bir tohum, bereketi getirmekten çok, elde olanın yok olmasını çağırabilir. Bu nedenle narı yere atacağın yer toprak zemin olmalı.

Nar bir eşyada veya figürde mavi, siyah ve yeşil renklerde kullanılmamalıdır. Doğru renk kırmızı, pembe veya turuncudur.

İNCİR

BİLGELİK • BOLLUK VE BEREKET • DERİNLİK

Cennette bulunan ve yaklaşılması yasak olan bilgi ağacı günümüzde her ne kadar elma olarak bilinse de kutsal metinler bize bu ağacın incir veya nar ağacı olduğunu düşündürür.

Açıldığında zenginliği çağrıştıran ve çoğalan bir etkiye sahip olan bu meyve aslında bir çiçeğin bükülmüş halidir. Yani incir gerçek bir meyve değildir. Çoğunlukla doğada kendiliğinden yetişir. Bazı türleri yenilmez, onlardan genellikle reçel yapılır.

İncil'de ilk bahsedilen ağaç incirdir. Âdem ile Havva çıplaklıklarını incir ağacının yapraklarıyla gizlemişlerdi.

Antik dönemde Akdeniz'de bulunan ülkelerin tamamının ticaretinde ve halkın beslenmesinde önemli bir yere sahip olduğu için de kutsal kabul edilmiştir.

Hint kültüründe, incir Vishnu'ya adanmıştır.

Doğu Asya kültürlerinde güç ve hayatı temsil eder.

İncir ağacının çiçeği açmadan meyveye dönüştüğünden Hz. Meryem'in simgesidir.

Berberi inancında görünmez dünyanın bir hediyesi kabul edildiği için günümüzde de kayaların üzerine şükran belirtisi olarak incirler bırakılır.

Anadolu geleneğinde "ocağına incir ağacı ekmek" deyimi, o evin yıkımına sebep olmak veya evde yaşayanlara kötülük yapmak anlamında kullanılır. İncir genellikle susuz, taşlık ve verimsiz alanlarda yetişen bir ağaç olduğundan bu deyim kurumuş ocağına ancak incir dikilir anlamına gelir.

Türk geleneğinde incir ağacının erkeği olarak kabul edilen "iğlek" dışındaki türler evin yakınına dikilmezdi. Meyvesi yenmeyen türler, verimsizliği temsil eder. Bu nedenle evin yakınına incir ağacı dikilmesi pek hoş karşılanmaz.

İncir sembolünün faydalı olabileceği yer ve durumlar: İncir meyve olarak bolluk ve bereketi, zengin çekirdeğiyle insanın taşıdığı derinliği ve bilgeliği sembolize eder.

İnciri bir okumanın içinde değerlendirirken sadece bolluk ve zenginliğe odaklanmak yanıltıcı olabilir.

Bahçesinde incir ağacı olan bir yer kiralayacaksan farklı, yolda yürürken karşılaştığında farklı değerlendirmelisin.

Rüyada mor incir kendi içsel derinliğini, yeşil incir bu yolda geliştiğini, siyah incir kendi içsel derinliğini keşfetmekten korktuğunu anlatır.

Birisi sana incir veriyorsa ve sen bunları yiyorsan sana sunulan kısmeti değerlendireceğin yorumunu yapabilirsin.

İncir yaprağı, sembolizmde utanılacak bir olayı veya başkalarından gizleme ihtiyacı duyulduğunu anlatır.

İncir sembolünün kullanımında dikkat edilmesi gereken durumlar: İncir ağacı, üzerine tırmananlara karşı pek şefkatli davranmaz. Bu nedenle ağacın eve yakın olması istenmez.

Rüyada veya olayda okuma yaparken incir ağacına tırmanmakla ilgili durumu güven vermeyen bir işe, sadece onun dediğinin yapılmasını isteyen bir işverene veya yatırım yapılacak alanda şartları senden çok piyasanın belirleyeceğine yorabilirsin.

ŞEFTALİ

DOĞURGANLIK • ÖLÜMSÜZLÜK • MUTLULUK

Şeftali, çağlar boyu hem Batı hem Doğu kültürlerinde kutsal sayılmasının yanında uzun ömür ve mutluluk sembolü olmuştur.

Özellikle Japon mitlerinde yer alan şeftali ölümsüzlükle ilişkilendirilir. Taşıdığı renklerle ilgili olarak da sembolizmde önemli bir yere sahip olan şeftalinin turuncusu üremeyi, kırmızısı köklenmeyi sembolize eder. Çekirdeğinin çevresinin kırmızımsı rengi ile Dünya'nın çekirdeğine benzetilir.

Çin kültüründe evlilik, doğurganlık ve mutluluk sembolüdür.

Japonya kültüründe uzun ömür ve ölümsüzlükle ilgilidir. Aynı zamanda bekâret ve saflık sembolüdür.

Budizm inancında kutsanmış üç meyveden biridir.

Kore'de mutluluk ve iyi şans sembolüdür.

Batı kültürlerinin birçoğunda kalçayı, doğurganlığı ve güzelliği sembolize eder.

Şeftali sembolünün faydalı olabileceği yer ve durumlar: Şeftali doğurganlık, zenginlik ve uzun ömür simgesidir. Rüyada görülen şeftali olumlu bir his yaratıyorsa iyi yönde artışı, bereketli çoğalmayı akla getirir.

Şeftali sembolünün kullanımında dikkat edilmesi gereken durumlar: Şeftali kendi renklerinde kullanıldığında olumludur. Farklı renklerde kullanmak istediğinde renklerin anlamlarına dikkat etmek iyi olabilir. Kırmızı bir şeftali tutku enerjisini tetikler, mavi enerjiyi soğutur, beyaz enerjiyi dağıtabilir.

GÜL

AŞK • MANEVİ ENERJİ • HATIRLAMAK • HATIRLANMAK

Gül, tarih boyunca önemli şahsiyetlerin ve aşkın sembolü olmuştur. Beş bin yıl önce ilk kez Çin'de yetiştirilmiştir. Gülün yüzün üzerinde çeşidi bulunur.

Yunan tanrıçası Afrodit'in sembolü olan beyaz gül, sevgilisi Adonis'in vurulması sırasında ona doğru koşarken ayağına batan dikenlerin açtığı yaradan sızan kanlarla kırmızıya dönüşmüştür.

Birçok kültürün mitolojisinde tanrıça sembolüdür.

Roma'da gül, gizli konuların ele alındığı odanın kapısına yerleştirilirdi. İfadede "gülün altında" dendiğinde, gizli tutulması gereken bir bilgi olduğu anlatılırdı.

Rönesans sembolizminde sekiz yapraklı olması nedeniyle yeniden doğuşu temsil ederdi.

Tarot kartlarında denge sembolüdür. Yeni başlangıçları ve umudu sembolize eder.

Hıristiyanlık inancında Hz. Meryem'in sembolüdür.

İslam inancında Hz. Muhammed'in sembolüdür.

Hıristiyanlıkta Hz. İsa çarmıhtayken bedeninden akan kanların toprağa değer değmez güle dönüştüğüne inanılır.

İslam tasavvufunda gülün gonca hali insanın Allah ile beraber olmasını, açmış hali ise birliğin çokluk olarak görülmesini temsil eder.

Yine İslam tasavvufunda gül kalp gözünü sembolize eder.

Gül İngiltere'nin ulusal çiçeği ve aynı zamanda Amerika'nın dört eyaletinin sembolüdür.

Gül kokusu hafızayı güçlendirir. Bu nedenle Kuran-ı Kerim'i eskiden ezberleyen hafızlar gül koklar, ezbere öyle başlarlarmış.

Günümüzde gül hafızayla ilgili hastalıkların tedavisi için yürütülen çalışmalarda kullanılmaktadır.

Gül sembolünün faydalı olabileceği yer ve durumlar: Gül, sevgiyi hissettiğimiz ve hayatı sevgiyle kabul edebileceğimiz kalbin kokusudur. Bu nedenle tarih boyunca sevgi ve sevgiliyi sembolize etmiştir. Aslında buradaki sevgi, gerçek sevgiliye yani Allah'a duyulan sevgidir.

Kırmızı, çiçeklerle ilgili sembolizmde kan, kayıp ve acıyla ilişkilendirilmiş bir renktir. Afrodit örneğinde de görüldüğü gibi sevgilinin ölüm anında çekilen acıyı anlatır.

Hz. İsa'nın acıları kırmızı gülle sembolize edilir. Günümüzde kırmızı gül aşkın sembolü gibi görülür. Oysa aşkın ve sevginin sembolü pembe güldür.

Beyaz gül saflık, saf sevgi ve saygı anlamına gelir.

Sarı gül arkadaşlık, iyimserlik ve samimiyeti ifade eder. Sarının hastalığı sembolize etmesi yanlış bir inanıştır. Sarı renk hastaya iyimserlik mesajı vermek için kullanılır. Sarı güneş ve aydınlık ile ilişkili bir renktir.

Gül, dikenleriyle engelleri aşmanın, sabır göstermenin sonunda katman katman açılan sırların güzelliğini sembolize eder. Gül, sembolizmde önemli bir unsurdur. Sabır, irade ve kararlılık insanın kalbini yumuşatır ve sevgiye yöneltir. Güzelliklerin bilinenin ötesinde saklı olduğunu hatırlatır.

Rüyada görülen gül sadece aşkı, sevgiyi değil saklanan bir bilgiyi, beklemen gereken bir dönemi ya da yaşadıklarının katmanları olduğunu, emek verdiğin konularda sonuca yaklaştığını anlatıyor olabilir. Elbette rüyadaki gülün rengi, onu kimin verdiği, nerede bulunduğu yorumu etkiler.

Gül sembolünün kullanımında dikkat edilmesi gereken durumlar: Burada gülün kırmızı tonuna ve dikenlerine dikkatini çekmek isterim. Dikkatli ve doğru yerde kullanıldığında bizi destekleyen semboller yanlış yerde istemediğimiz sonuçlar yaratabilir. Her an yepyeni bir bakış açısıyla incelemek iyi olabilir.

LALE

YENİDEN DOĞUŞ • SABIR • KABUL ENERJİSİ

Lale, Farsça "gelincik" anlamına gelir. "Lal" kökünden türemiştir. Diğer dillerde "tulip" sarık anlamına gelen "dürbend" kelimesinden türemiştir.

Lale, İran topraklarında doğmuş, Osmanlı topraklarında kendini ifade etmiş ancak özellikle Hollanda'nın simgesi olacak kadar doğduğu topraklardan uzağa gitmiştir. Kış bitiminde açan ilk çiçektir. Adeta bahar müjdecisidir. Lale soğanlı bir bitki olduğu için çiçeğinin ömrü kısa olsa da uzun yıllar yeniden çiçek açar. Bu haliyle yenilenmeyi ve yeniden başlamayı anlatır.

İran mitolojisine göre bir yaprağın üzerindeki çiy tanesine yıldırım düşer ve alev alan yapraklar o halleriyle donup kalır ve laleye dönüşür. Göbeğindeki siyahlıksa yanık izidir.

Yunan mitolojisinde güneş tanrısı Adonise'nin sembolüdür. Tanrıça Afrodit ile aşk yaşayan Adonise kasıklarından vurulur ve sızan kanlar toprağa düştüğü anda laleye dönüşür.

Ters lale Hz. Meryem'in sembolüdür. Hz. İsa'nın çarmıhta akıttığı gözyaşları toprağa değdiğinde laleye dönüşür. Onun, Hz. İsa'nın çilesi sırasında çektiği acıyı sembolize eder.

İslam sanatında ters lale figürü mezarlıklarda kullanılır.

İslam tasavvufunda lalenin içinin siyah oluşu dervişin içini, derin dünyasını anlatır. Lale Allah, gül Hz. Muhammed sembolüdür.

Özellikle divan şiirinde lale, Allah'ı anmak için kullanılırdı. Bu ebced hesabıyla yapılan bir şifrelemeydi.

Lale sembolünün faydalı olabileceği yer ve durumlar: Lale, eril bir enerjinin sembolüdür. Hem erkek enerjiyi hem de otoriteyle olan bağı anlatır. Aynı zamanda ileriye gitmeyi, farklılaşmayı ve yeniden başlamayı sembolize eder.

Kışın sonunda rengârenk açması zorlukların biteceği ve güzelliklerin gelmek üzere olduğunun müjdecisidir.

Rüyada açmış bir laleyi rengiyle beraber değerlendirmeni tavsiye ederim. İç dünyandan gelen bu mesaj manevi acıların sonlanmasını haber veriyor olabilir.

Lale sembolünün kullanımında dikkat edilmesi gereken durumlar: Ters duran lale bir ölümün habercisi olabilir. Bu ölüm illa birisinin ölmesi değil, bir dönemim bitişini de ifade edebilir.

LOTUS (NİLÜFER ÇİÇEĞİ)

ARINMA • SAFLAŞMA • İÇSEL YOLCULUK • KENDİNE DÖNÜŞ

Hindistan'da "padma" olarak anılan lotus çiçeği kutsal sayılır. Hinduizm inancından doğan Budizm'de de Buda'nın sembollerinden biridir.

Lotus bataklık ve çamurlu sularda büyür ama yapraklarına bu su değmez. Lotus yapraklarının üzerinde bulunan doku sayesinde üzerinde toz barındırmaz ve ilk yağmurla birlikte kendini temizler. Ayrıca gün ışığı ile açan çiçeğin taçyaprakları akşam olunca kapanır.

Budist sembolizminde lotus saflığı, içinde büyüdüğü çamurlu su ise vücut, konuşma ve zihni temsil eder. İçinde bulunduğu bulanık ortamdan, negatif etkilerden kendini korurken yukarıya doğru açılan yaprakları ruhun yükselişini anlatır.

Eski Mısır uygarlığında tapınak ve mezar duvarlarına işlenen bir motiftir. Ayrıca rahipler meditasyon sırasında daha derin bir hal yaşamak için lotus yapraklarını demleyerek içerlermiş.

Lotus, Hint sağlık sisteminde çakra merkezlerinin sembolleri arasındadır. Her bir çakranın kendi mesajını aktardığı sayıda yaprağa sahip lotus sembolü bulunur.

Budist inancını benimsemiş toplumların tamamında tapınaklarda dizleri bükerek ayakların üzerinde oturmaya lotus pozisyonu denilir.

Beyaz lotus, yaratılış tanrısı Brahma'yı, mor lotus kendi içsel yolculuğunu başlatmayı, mavi lotus akıl ve bilgeliği, pembe lotus yüksek aydınlanma ve Buda'yı, kırmızı lotus da kalbi ve sevgiyi sembolize eder.

Lotus sembolünün faydalı olabileceği yer ve durumlar: Lotus çiçeği, içinde bulunduğumuz ortam her ne olursa olsun, kendi iç dünyamıza dönerek yükseliş yaşayabileceğimizi ve asıl zenginliğin bu manevi uyanış olduğunu anlatır.

Saflığı koruyarak ve mütevazı kalarak, görünenin ötesine bakabilmek için yol gösteren bir semboldür.

Rüyada gördüğünde bir yükseliş yaşadığını ve bu dönemde içinde bulunduğun ortamdan etkilenmemen gerektiğini söyler.

Rengine göre çakra merkezleriyle ilgili bir mesaj da iletiyor olabilir.

Lotus çiçeği kendi kendini temizleyen bir çiçek olduğu için üzerine aldığın negatif etkilerden kendini arındırmana yardımcı olabilir. Bu sembolü mekânlarında, aksesuvar ve kıyafetlerinde rahatlıkla kullanabilirsin.

Çakra merkezlerinin sembolü olarak lotus çiçeğini kullanacaksan hangi merkezin enerjisini güçlendirmeyi hedefliyorsan, o merkezin sembolü olan lotus sembolünü rengiyle beraber kullanmalısın:

1. çakra kırmızı, 2. çakra turuncu, 3. çakra sarı, 4. çakra yeşil ve pembe, 5. çakra turkuvaz, 6. çakra lacivert, 7. çakra mor ve lila.

Lotus sembolünün kullanımında dikkat edilmesi gereken durumlar: Saflaşma sembolü olan lotus çiçeği bir logo kullanımında hedef kitleye saflık, sakinlik ve sadelik mesajı verir. Aynı enerjiyi işin ilerleyişine de aktarabilir. Bu yüzden sakinlik istenmeyen bir alanda kullanılması doğru olmayabilir.

ZAMBAK

DESTEKLEYEN • BESLEYEN • ARTIRAN

Doğu kültürlerinde lotus ne anlama geliyorsa zambak da Batı ve Mezopotamya kültürlerinde aynı anlama gelir. Diğer adı lilyumdur. Soğanlı bir bitki olan zambağın bazı türlerinin soğanları yemeklerde kullanılır.

Yunan mitolojisinde Zeus'un Alkmene adında bir prensesten Herkül adında bir oğlu olur. Oğluna tanrısal özellikler kazandırmak isteyen Zeus uyku tanrısını ikna eder ve karısı Hera'nın derin bir uykuya dalmasını sağlar. Amacı bebeğin Hera'nın memesini emmesidir. Hera'yı tüm gücüyle emen bebeğin ağzından sızan sütler yeryüzünde zambak çiçeklerine dönüşür. Emzirme sırasında Hera uyanır ve bebeği iter. Bu sırada fışkıran sütlerden gökyüzünde Samanyolu oluşur. Herkül'e gücünü veren zambak bir kadının besleme gücünü sembolize eder.

Hıristiyan inancında beyaz zambak, Hz. Meryem'in çiçeklerinden biridir. Onun saflığını, güzelliğini, anneliğini sembolize eder.

Çin'de düğünlerde iyi şans getirmesi için kullanılır.

Babil'de tanrıça İştar'ın sembolüdür.

Zambak hem kendisi hem de stilize edilmiş motifi ile çağlar boyu önemli semboller arasında yer almıştır. Fransızca, Fleur-de-Lis (zambak çiçeği) olarak tanımlanan stilize zambak motifi bir mitte anlatılır: İlk Frank kralının vaftiz töreni sırasında cennetten Hz. Meryem tarafından zambaklar gönderilmiş ve kraliyet armasında bulunan hilal motifler bu motiflere dönüşmüştür. Bu amblem başta Frenk krallıkları olmak üzere, Fransa ve Avrupa'nın birçok krallığının sembolü haline gelmiştir.

Zambak sembolü aslında çok daha eski zamanlarda Mezopotamya uygarlıklarına ait kazılarda karşımıza çıksa da yaygın kullanımı bahsi geçen mitte olduğu gibi Avrupa kökenlidir. Günümüzde birçok mimari süslemede, dekoratif objelerde kullanılmasının yanında Floransa ve Kanada'nın Quebec eyaletinin de sembollerindendir.

Zambak sembolünün faydalı olabileceği yer ve durumlar: Başka renkleri olmasına karşın özellikle beyaz zambak sembolizmde öne çıkar. Her ne kadar güzellik ve saflık sembolü olsa da aynı zamanda inanç, hayırseverlik ve seçkinliği çağrıştırır.

Dişi bir sembol olarak kadının doğurganlığını, besleyerek büyütmesinin gücünü temsil eder.

Kırmızı renkli zambak tutku, turuncu renkli zambak zenginlik ve bereket demektir.

Zambak sembolü rüyada olumlu bir semboldür. Beslemek ve beslenmek istediğin taraflarını işaret eder. Aynı zamanda gördüğün duruma göre annelik, annen, bedenin veya geçmişinden bir mesaj olarak da yorumlanabilir.

Doğurganlığını artırmak isteyenler evlerinde zambak çiçeği yetiştirebilir. Bir konuda üretimi geliştirmek için de kullanılabilir.

Dişi enerjinin sembolü olduğu için kadınla ilgili sektörlerde ve mekânlarda enerji akışını destekler.

Zambak sembolünün kullanımında dikkat edilmesi gereken durumlar: Genel olarak rahat kullanılabilecek bir semboldür.

ORKİDE

ÖNE ÇIKMA • UYUM • ŞİFA • GÜZELLİK • CİNSELLİK

Yirmi beş bin türüyle ve yüz binin üzerinde çiçek çeşitliliğine sahip olmasıyla en zengin çiçek diyebiliriz. Büyümek için ışık ve neme ihtiyaç duyan orkideler Antarktika kıtası dışında her yerde yetişir.

Orkide çeşitliliği, olağanüstü renkleri, görünüşü ve kimi zaman lezzetiyle sanata, felsefelere ve inanışlara ilham olmuştur.

Eski Yunan kültüründe erkeklik sembolüydü. "Orchis" kelimesi Yunanca erbezi-testis anlamına gelir. Erkek çocuk sahibi olmak isteyen erkekler orkidenin büyük tohumlarını yerlerdi.

Çinli düşünür Konfüçyüs, orkideye hayranlıkla bakmış ve egzotik çiçekle ilgili birçok şiir yazmış, onları asil bilginlerin karakteriyle karşılaştırmıştır. Orkideler felsefi, edebi eserlerin çoğunun konusu olmuş ve ahlaki öğretilerinin temelini oluşturmuştur.

"Orkideler ormanda yetişir ve takdir edecek kimse olmasa bile kokularını bırakır. Aynı şekilde yoksulluk da asil karakterli insanların kendi iradelerine hâkim olarak yüksek ilke sahibi ve ahlaklı olmalarını engellemeyecektir." (Konfüçyüs)

Çin kültüründe orkidelerin iyileştirici özellikleri ön plandadır. Öksürük gibi bazı akciğer rahatsızlıklarının tedavisinde kullanılır.

Orkidenin zenginlik ve lüks imajı Kraliçe Victoria döneminde İngiltere'de oluşmuştur.

Aztekler çikolatalarına güç vermesi için bir orkide çeşidi olan vanilyayı eklerlerdi.

Osmanlı Devleti'nde de kullanımı yaygın olan salep, bir tür orkide çeşidinin köklerinden elde edilir. Müliläj yani suda şişme özelliğine sahip olan salep öksürüğe iyi gelir. Cinsel gücü artırdığıyla ilgili inanç yanlıştır. Salebin üzerine konulan tarçının cinsel gücü artırma özelliği vardır.

Orkide çağlar boyu güzellik, şifa gibi özelliklerle anılsa da öne çıkışı cinsel gücü artırma ve cinselliği çağrıştırmasıyla olmuştur.

Tozlaşma için böceklerden yardım alamadığında kendi kendini dölleme özelliğine sahip olan bu çiçeğin cinsel çekiciliğin sembolü olması normaldir.

Orkide bir mekânda fazlaca kullanılıyorsa güzelliğe, göstermeye ve öne çıkma isteğine işaret eder.

Orkide sembolünün faydalı olabileceği yer ve durumlar: Çeşitliliği, her yere adapte olabilmesi, dışarıdan yardım almadan üreyebilmesi desteklenmediğinde ilerlemeni kendi gücünle başarabileceğini sembolize eder.

Evet, dikkat çekicidir ve dikkati çekmek için kullanılır. Orkide kullanıldığı mekânda dikkat çekecek kadar çoksa dikkatinizi bana verin mesajını iletir.

Rüyada gördüğünde, eril enerjiyi temsil ettiğini hatırla. Rengine ve çiçeği sana verenle birlikte bulunduğu yeri de göz önünde tutarak yorumunu yap.

İlaç olarak kullandığın için bir konuda iyileşeceğinle ilgili mesaj veriyor da olabilir. Orkide sıklıkla üst solunum yolları hastalıkları için kullanılır. Bu hastalık annen ve geçmişinle ilgili konuları temsil eder. Orkideyi rüyanda görme şekline göre geçmişinle veya annenle ilgili bir konuyu çözdüğün veya bu yolda olduğun yorumunu yapabilirsin.

Orkide sembolünün kullanımında dikkat edilmesi gereken durumlar: Orkide sadece rengi göz önünde bulundurularak rahatlıkla kullanabileceğin bir semboldür.

HAYAT AĞACI

İLERLEME • BEREKET • HAYATIN SONSUZLUĞU • ULAŞTIRAN • İLETİŞİME GEÇİREN

Sembolizmde ağaç, doğurganlığı, ölümsüzlüğü ve bereketi temsil eder. Ağaç, insanoğlu için yerin altı, yeryüzü ve gökyüzüyle bağlantı kurmak için aracılık eden bir imge olmuştur. Bu adeta kozmik bir anten tasviri gibidir.

Cennette bulunduğuna inanılan ağaç, hayat ağacıdır. Farklı kültürlerde çeşitli meyve ağaçları veya yapraklarını dökmeyen ağaçlar, hayat ağacı olarak kabul görmüş ve hatta kutsal kabul edilmiştir. Neredeyse tüm din ve inanışlarda hayat ağacı Tanrı ya da tanrısallıkla özdeşleştirilmiştir.

Hayat ağacı aynı zamanda doğurganlığı ve üretkenliği sembolize eder. Bu nedenle çağlar boyu kadınlar doğurganlıklarını artırmak için ağaçlara dua etmişler, onlara adak adamışlar ve meyveleriyle tılsım yapmışlardır.

Şamanların davullarının hayat ağacının odunundan yapıldığına, bu davuldan çıkan sesin şamanı dünyanın merkezine taşıdığına ve ilahi olanla bağlantıya geçirdiğine inanılmıştır.

Eski Türk kültüründe yer ve göğün direğinin hayat ağacı olduğuna inanılırdı. Göğün direği Kutupyıldızı'dır ve ağacın tepesindedir. Günümüzde yılbaşı kutlamalarında süslenen çam ağaçlarının tepesine konulan yıldız motifinin kaynağı bu inançtır.

Kuran-ı Kerim'de ağaçtan sıkça bahsedilir. İlahi bir lütuf ve kudret eseri olarak yaratıldığı ve birçok canlının ağaç olmadan yaşayamayacağına dikkat çekilir. Kuran-ı Kerim'de yasak ağaca dair herhangi bir ad verilmemiştir. Hayat ağacına yakın olarak "Tuba" ağacı betimlemesini görürüz. Tuba ağacı ile aktarılan, "güzellik, iyilik, rahatlık, huzur ve hayırlı olan"dır. Hz. Muhammed bu ağacı "Tuba cennette bir ağaçtır. Onu Allah kendi eliyle dikmiştir. O ziynetler ve güzel elbiseler verir. Dalları ise cennet duvarlarının gerisinden bile görülür" diye tanımlar.

Hayat ağacı sembolünün faydalı olabileceği yer ve durumlar: Bu sembol, hayatın kaynaklarından beslenen ve besleyen ağacı temsil eder ve üretkenlik, gelişim, ilerleme, dönüşüm, yaşam-ölüm döngüsü, göksel ve yersel enerjilerden beslenerek var olmayı anlatır.

Burada önemli olan yer ve gök arasında varlığını koruyabilmeyi anlatan sembolü doğru olarak kullanabilmektir.

Bu sembolü logo veya benzer bir yerde kullanmak istediğinde gelişmek için performans harcayacağını, başkalarına faydalı işlere yöneleceğini ve sahip olduklarını paylaşacaklarını hatırlamalısın.

Rüyada gördüğün herhangi bir ağacı doğru yorumlamak için onunla olan ilişkini değerlendirmelisin. Ağacın senden büyük veya küçük olması, yeşil veya kuru olması, meyvesinin olup olmaması okumana destek olur.

Ağacın gölgesinde uyuman veya himayesinde olman, korunduğunu, senden daha güçlü birisi tarafından himaye edildiğini anlatır.

Tırmandığın ağaç, ruhsal olarak yükselmek için gösterdiğin gayreti, meyvesini yediğin ağaç geçmiş ve geleceğinden getirdiğin birtakım özelliklerin seni besleyen unsurlar olduğunu, üzerinden düştüğün ağaç bir yükselişin sonuna geldiğini veya yükseldiğini hissettiğin bir konuda gerileme yaşayacağını anlatır.

Hayat ağacı sembolü, köklenmek istediğin konularda ihtiyacın olan enerjiyi verir. Yeni başladığın işte, okulda ya da ilerleme kaydetmek istediğin herhangi bir konuda destekçidir.

Çocuk odalarında, hastalık nedeniyle hayati tehlike yaşayan insanların başuçlarında ya da odalarında kullanılabilir.

Bir konuda ilerlemekte zorlananların çalışma masalarında, ajandalarında ya da çanta gibi sürekli kullandıkları eşyalarda tercih edilebilir.

Hayat ağacı sembolünün köklerinin de olmasına özen gösterilmelidir. Yerden desteklenmek köklenmenin asıl kaynağıdır.

Metalik renklerde, metal objelerde kullanılması doğru değildir. Metal ağaç enerjisini engeller.

Sembolün kristal, ağaç ya da taş gibi toprağa ait materyallerden yapılmış olması gerekir.

Kahverengi, yeşil, mavi ve siyah renk olabilir. Kırmızı, beyaz ve pembe de uygun değildir.

Hayat ağacı sembolünün kullanımında dikkat edilmesi gereken durumlar: Bu sembolü kullanılırken ağacın köklerinin de olmasına dikkat etmek iyi olur.

Stilize edilerek kullanılan takı ve dövme sembollerinde ağacın köklerinin olmayışı sembolün temsil ettiği yersel enerjilerden yani dünyanın sunduklarından faydalanarak ilerleme, gelişme ve büyümeyi, alabilmeyi zayıflatır.

ÇAM AĞACI

KORUMA • SEBAT ETME • ULULUK • GÜVEN

Ağaç sembolizminin en güçlü öğesi çamdır. Özellikle Türk dünyasında farklı bir önem arz eder.

Anadolu'da "Dağların kadısı katran, müftüsü çamdır" denir. Evliya olarak adlandırılan çamın etrafında törenler düzenlenir, ayrı bir saygı gösterilir. Kozalaklarının alınmasının uğursuzluk getireceğine inanılır.

Kızılçam erkeği, fıstık çamı kadını temsil eder.

Akçam diğer adıyla köknar, şamanı ve bilge kişileri, keskin düşünceli ve sözlü kişileri temsil eder.

Türk destanlarında çam ağacı yeniden doğuşun ve esenliğin sembolüdür. Bu nedenle yeniden doğuş bayramlarında çamlar süslenirmiş.

Günümüzde yeni yıl kutlamalarında çam ağaçlarının süslenmesinin asıl kaynağı Türk bayramlarından biri olan "nardugan" yani yeniden doğan güneş anlamını taşıyan bayramdır.

Pagan dinlerin tamamında görülen kutsal ağaç ve isteklerin ona adaklarla iletilmesi ağaca bağlanan bezler, yakılan mumların asıl amacı göğe yükselen ağacın mesajını Tanrı'ya iletmesinin istenmesidir.

Çam ağacı sembolünün faydalı olabileceği yer ve durumlar: Çam ağacı yeniden doğuşu, güçlü iradeyi, kışın zor şartlarına direnen doğasıyla zorlukları aşarak güzel günlere ulaşmayı, ferahlık ve aydınlıkla beraber olmayı ve ona iletilen niyetleri her ne olursa olsun varacağı durağa ulaştıran güvenilir olanı sembolize eder.

Rüyanda gördüğün çam ağacı zorlukların ardından gelen ferahın müjdecisidir. Karlı ve zor şartlarda gördüysen içinde bulunduğun şartlara direnmeni söyler. Yeşil renkte gördüysen güzel günlerin yakın olduğunu anlatır.

Çam ağacının en önemli mesajı yeniden doğuş ve bir yenilenme sürecinin başlamasıdır.

Dışarıdaki şartların geçiciliğini fark ettiğimizde kendi merkezimizde endişeden uzak olabiliriz.

Bir şeylerin kötü gittiğini düşündüğünde, bu durumun geçiciliğini hatırlatman için çam ağacı iyi gelebilir.

Çam ağacı sembolünün kullanımında dikkat edilmesi gereken durumlar: Çam ağacı her ne kadar Noel sembolü gibi algılansa da çağlar boyu umudun sembolü olmuştur.

Günümüz şartlarında kullanırken yılbaşı süsü olarak kullanılan formun dışında başka bir çeşidini seçmek iyi olabilir. Yılbaşı ağacı olarak şuuraltımıza işlemiş olan bu şekil dileğimizin olması için belli bir dönem özellikle yeni yılın gelişini beklememize sebep olabilir.

MEŞE AĞACI VE ÖKSEOTU

DÖNÜŞTÜREN • KORUMA • ZİRVEYE TAŞIYAN • İYİLEŞTİREN

Bazı türlerinin boyu yirmi beş metreye ulaşabilen ve bin yıla kadar yaşayabilen meşe ağacı birçok inanışta kutsaldır. Yaygın bir coğrafyada yetişir ve beş yüze yakın türü bulunur. Uzun ömrünün yanında meyvesi olan palamut renklendirici olarak kullanılır, yaprakları şifa veren bir bitkidir. Eski kültürlerde tanrıça heykellerinin yapımında kullanılırdı.

Hıristiyanlık öncesi Avrupa'da kozmik ağaç olarak kabul edilen ağaç meşe ağacıdır. Meşe ağacını özel yapan etkenlerden biri dallarında büyüyen "ökseotu"dur. Ökseotu aslında bir tür mantardır. Ağacın yaprakları kışın kurusa da ökseotunun yaprakları yeşil kalır. Ökseotu ender bulunur ve bulunduğunda da özel bir törenle ağaçtan alınır. Bu ottan hazırlanan ilaçların kısır hayvanları doğurtacağına, büyüleri çözeceğine inanılır. Ayrıca bu otun bulunması bolluk ve bereket işareti olarak yorumlanır.

Anadolu'da "dede" olarak tanımlanan, kutsal sayılan meşenin etrafında toplanılır.

Yunan tanrısı Zeus'un sembollerindendir.

Roma'da meşe zaferin, yaprakları da gücün sembolüydü.

Yahudi inancında meşe kutsal ağaçlardandır.

Meşe ağacı sembolünün faydalı olabileceği yer ve durumlar: Meşe ağacı, farklılıkların zenginliğini, derin düşüncenin gücünü sembolize eder.

Sahip olduklarını başkalarıyla paylaşmanın yeniliği başlatacağını, vermenin aslında yenilenmenin, geleceğe ilerlemenin bir yolu olduğunu hatırlatır. Tam bitti dediğinde, bildiğinin ötesinde yepyeni bir başlangıç var ve şifa insanın kendi zenginliğinde saklı bir hazinedir mesajını verir.

Rüyada meşe ağacı, kendi gücünü fark etmen için senden faydalananlara işaret eder. Yapraklarını gördüysen bir konuda başarı yakalayacağın anlamına gelir.

Hayatına ne kattığını anlayamadığın veya senden faydalandığını düşündüğün kişilere karşı dikkat etmen iyi olabilir. Onları enerjinle besliyor olabilirsin. Yapraklarını gördüysen bir konuda başarı yakalayacaksın.

Meşe ağacı sembolünün kullanımında dikkat edilmesi gereken durumlar: Meşe ağacı, ökseotu ve meşe yaprakları doğru yerde kullanılmalıdır.

Meşe insanın kendi gücünü fark etmesini sembolize eder. Gücün açığa çıkışını çağırdığın alan kendini zayıf hissettiğin bir alansa seni çalıştırarak güçlenmeni sağlayacaktır.

Diyelim ki iş hayatında zamanlamayla ilgili kendini yeterli bulmuyorsun ve meşe sembolünü takviminin üzerinde kullandın. Bu sembol, onu kullandığın yer itibariyle kendi gücünü fark edebilmeni ve neden zaman konusunda organize olamadığını ortaya çıkarır.

Ökseotu meşe ağacında yaşayan bir tür mantardır. Hayatında senden faydalanan birtakım insanlar olabilir ve ökseotu bu insanları fark etmene yardım edebilir. Bu fark edişle birlikte söz konusu insanlardan kopabilirsin. Senden faydalanan insanlar çok yakın çevrenden kişiler de olabilirler. Bu yüzden bu sembolü de dikkatli kullanmanı tavsiye ederim.

ÇINAR AĞACI

GÜÇ • KORUMA • SABIR • UZUN ÖMÜR

Çınar ağacı ömrü ve ölmeye yakın verdiği kök sürgünüyle ululuk ve uzun ömür sembolüdür. Dış etkenlerden fazla etkilenmeyen çınar ağacı, dışarıda oluşan koşullar uygun olmasa da yaşama devam etmenin sembolüdür. Gölgesi ile himaye eden, koruyan bir etkiye sahiptir, heybeti ile gücü sembolize eder.

Çınar yaprağı Çin ve Japonya'da âşıkların sembolüdür.

Kızılderililer huzurlu bir uyku ve negatif enerjilerden korunmak için yatağın altına çınar yaprağı koyarlar.

Leylekler yuvalarının içine çınar yaprağı koydukları için, özellikle Kuzey Amerika'da bebek kutlamalarında önemli bir semboldür.

Osmanlı Devleti'nin sembollerinden biri çınar ağacıdır.

Çınar ağacı, eski Yunan kültüründe kabukları yılan derisine benzediği için yeniden doğuşu sembolize ederdi.

Truva atı çınar ağacından yapılmıştı.

Çınar ağacı sembolünün faydalı olabileceği yer ve durumlar: Çınar, kendi gücünün farkında olarak uzun soluklu hedeflere ulaşabilmeyi, her bitişin bir başlangıcın habercisi olduğunu, ona güvenenleri koruyup kollayan güçlü bir enerjiyi sembolize eder.

Zorlukların içinden çıkmak için sembol aradığında destek olabilir. Çınar aynı zamanda hayatın içinde her ne olursa olsun kendi hayat amacının farkında olarak yoluna devam etmeni ve ilahi olanla buluşmayı sembolize eder.

Rüyanda çınar ağacı gördüysen bir konuda himaye edildiğin anlamına gelir. Uzun soluklu bir süreci yaşadığın, bu sürecin sende bir yeniliği başlatacağı ve gücünü açığa çıkarman için doğru bir dönemde olduğun yorumunu yapabilirsin.

Çınar ağacı sembolünün kullanımında dikkat edilmesi gereken durumlar: Çınar enerjisinin sabır gerektiren, uzun soluklu ve emek isteyen konularda kullanılması daha doğrudur. Hızlı sonuç enerjisi yaratmakta zorluk çıkarabilir.

ÇAM KOZALAĞI

ÖZLE BAĞLANTIYA GEÇİREN • GÖRÜNENİN ÖTESİNİ AÇAN • RUHSAL FARKINDALIK • AKIL • ŞUUR • RUHSAL GÖZ

Çam ailesinin meyve ve çiçeği yoktur. Dişi ve erkek kozalaklara sahiptir. Bu kozalaklardan sert ve içinde fıstık olanlar dişilerdir.

Döllenmiş ve doğuma hazır kozalaklar açılır ve tohumlarını, yani bir anlamda yumurtalarını fırlatır ve toprakla buluşturur.

Bu dişi sembol tarih boyunca heykel, mimari ve resim sanatında karşımıza çıkar.

Çam kozalağını sembolizmde özel yapan beynin orta bölümünde bulunan, kozalaksı yapısı nedeniyle "pineal gland" olarak anılan epifiz bezidir. Şekliyle çam kozalağını andıran bu bez bedenin büyümesinden, uyumasından ve rüyalarından sorumludur.

Çağlar boyu neredeyse tüm uygarlıklarda karşımıza çıkan bu şekil özellikle de Doğu kültürlerinde üçüncü göz olarak ya da ruhun gözü olarak tanımlanan merkezin yöneticisi kabul edilir.

Tarih boyunca üçüncü göz farklı isimlerle anılmıştır:

- İç göz
- Zihnin gözü
- Ruhun gözü
- Akıl gözü

Antik Yunan felsefecisi Platon der ki: "Her insanda ruhun bir gözü var... On bin bedenden daha değerlidir. Çünkü gerçek yalnızca onun tarafından görülebilir."

Batı ezoterik yaklaşımları Yunan felsefesiyle aynı fikirdedir, buna göre üçüncü göz, daha yüksek bilinç, hayata ve ölümden sonrasına daha derin bir bakış, huzur ve mutluluğu hissedebilmek, sezgisel ve psişik yetenekler, genişlemiş bir algı ve iç gözlemdir.

Hıristiyanlıkla birlikte körelen bu bakış açısı Masonluğun gizli bilgileriyle sırlanarak saklanmıştır. Üçüncü göz ve temsil ettiği enerjiler Hıristiyanlıkla beraber unutulsa da çam kozalağı heykellerinin en büyüğü, yanında iki tane tavus kuşu figürü ile Vatikan sarayının bahçesinde yer alır. Aynı zamanda Papa'nın asasında da aynı kozalağı görürüz. Bu heykelde gördüğümüz iki tavus kuşu ile tasvir edilen kozalak figürü, Hinduizm, Yunan ve Mısır inancında iki yılan, Budizm'de iki fille tasvir edilmiştir.

Marduk elinde tutarken Sümer'de, ayrıca Babil, Meksika, Roma, Çin, Hindistan ve daha birçok uygarlıkta karşımıza çıkan çam kozalağı figürü Hitler tarafından da kullanılmıştır.

Çam kozalağının kapalı tasvir edilmesi aydınlanma yolunu anlatırken, açılmış halde tasvir edilmesi aydınlanmış olanı, her şeyi gören gözü temsil eder.

Eski Türklerde çam kozalağının toplanarak eve getirilmesi veya yakılmasının uğursuzluk getireceği inancı vardı. Bunun kaynağının çağlar boyu kutsal sayılan bir sembole olan saygıdan kaynaklandığını düşünebiliriz.

Çam kozalağı ve epifiz bezinin stilize edilmiş sembolleri arasında, konik şekiller, dairesel kıvrımlardan oluşan konik şekiller (çam kozalağının dışının stilize edilmiş hali), tepe noktası yukarı bakan üçgen şeklini ve üçgenin içinde yer alan tek gözü sayabiliriz.

Çam kozalağı ve onun stilize halleri bize insanın yaratılışın manasını anlama çabasını, içsel enerjisini açma çabasını, ruhsal enerjisini harekete geçirme gayretini, görünenin ötesinde olanı anlamak ve öğrenmek için verdiği emeği anlatır.

Çam kozalağı sembolünün faydalı olabileceği yer ve durumlar: Çam kozalağını doğadan toplayıp evine getiriyorsan, içindeki fıstığı çıkarmak için emek veriyorsan, yaşamın manasını çözmeni isteyen ruhunun mesajını alıyor veya almaya gayret ediyorsundur. Ancak hatırlaman gereken olanın ötesini kavrayabilmen, içsel enerjini açığa çıkarabilmen için emek vereceğindir.

Rüyada gördüğün çam kozalağı ruhsal yolculuğa davet edildiğini, aydınlanma yoluna çıkışının nereden, nasıl ve hangi ritimde olacağının mesajını verir.

Çam kozalağı sembolünün kullanımında dikkat edilmesi gereken durumlar: Açılmış çam kozalağı tohumlarını ve zenginliğini vermiştir. Bu nedenle bir bitiş enerjisine neden olabilir. Bununla beraber tohumlarını ekip, bir süre beklemen gerektiği şeklinde de yorumlanabilir.

Sembolün açık ya da kapalı olması, rengi ve eşleştiği başka sembollere dikkat etmek iyi olabilir.

LİMON AĞACI

Limon ağacı, Yunan mitolojisinde ölümsüzlüğün sembolüdür. Neşe ve yaşam enerjisini artırır. Karar vermeyi kolaylaştırır. Doğru seçimler yapmana yardımcı olur.

Bereket ve canlılık enerjisi için bahçede ya da balkonda yetiştirebilir. Obje ya da desen olarak kullanılabilir. Duvara tablo olarak asılabilir.

Kararlılık enerjisini güçlendirmek için işyerinde de limon ağacı sembolünden destek alabilirsin.

AKASYA AĞACI VE ÇİÇEĞİ

Gizli ve platonik aşkı sembolize eder.

ARMUT AĞACI VE MEYVESİ

Armut ağacı ve meyvesi uzun ömür, bereket ve kurtuluş sembolüdür. Doğurganlığı ve üremeyi destekler.

Mutfakta ve üretim yapılan atölyelerde duvarda resim olarak ya da mutfak eşyalarında sembol olarak kullanılabilir.

Çin inancına göre bir eve armut hediye götürülmez. Ayrılık getirdiğine inanılır.

LEYLAK AĞACI VE LEYLAK

Leylak ağacı ve leylak dürüstlük, yeni başlangıçlar, manevi hakikat ve bilgeliğe ulaşmanın sembolüdür.

Manevi çalışmalar sırasında enerjini yükseltmek için leylak sembolü veya çiçeği kullanabilirsin.

Hayatında yeni başlangıçlar istiyorsan, balkonunda veya bahçende yetiştirebilirsin.

YASEMİN

Yasemin çiçeği Asya ülkelerinde aşk anlamına gelir. Kadınsı zarafeti sembolize eder.

Hayatına bir kadını davet etmek anlamına gelir. Yasemin çiçeğinin bir erkek tarafından arkadaşının karısına veya sevgilisine verilmesi doğru değildir.

Bir erkek tarafından bir kadına yasemin vermek ona "Seni hayatıma davet ediyorum" demesi anlamına gelir.

Pakistan'ın ulusal çiçeğidir.

MENEKŞE

Menekşe, inanç, mistik bilinç, bilinçaltı, ilham, ruhsal tutku, bolluk ve egemenlik anlamına gelir. Antikçağda duygusal mücadelelerde destek olması için kullanılırdı. Derin manevi enerjiyi sembolize eder.

Evde yetiştirilen ve sıklıkla çiçek açan bir menekşe, sevinç enerjisini açığa çıkarır, kalbin sevgi enerjisini yükseltir.

İlişkilerde iyi şans anlamına gelir. Menekşe tarihsel sembolizmde alçakgönüllülük anlamına gelir.

PORTAKAL ÇİÇEĞİ VE PORTAKAL

Eski Çin kültüründe saflık ve masumiyet sembolü olarak gelinlerin eteklerine portakal çiçeği takılırdı. Bu gelenek zamanla Avrupa'ya kadar geldi.

Olgunlaşmış meyvesiyle aynı dalda bir arada duran bu harika kokulu çiçek geçmişi kabul ederek yeniye kucak açmayı sembolize eder.

Saflık, bereket, yaratım, dişilik ve kutlama enerjisini aktarır.

Düğünlerde, bebek kutlamalarında ya da bir niyetin sonuca varmasını kolaylaştırmak amacıyla resmedilmiş hali de kullanılabilir.

Portakal için "altın elma" tanımı kullanılır. Zenginlik, iyilik, yaratıcı fikirlerin ortaya çıkışını destekleyen bir semboldür.

Portakal rengi olarak turuncu renk maddede yaratıcı fikirleri açığa çıkaran bir etkiye sahiptir. İçi su dolu olan portakalı fikir zenginliğini artırmak için kreatif çalışma yaptığın ortamlarda, gelirinin bereketini artırmak üzere işyerinde, para girişinin olduğu alanlarda, evinde ve mutfağında kullanabilirsin.

Portakal sembolü takı olarak kullanılırken yaratım enerjisini, yeniliği ve iyiliği sana doğru çekebilir.

LAVANTA

Lavanta, kararsızlığı sonlandırıp doğru olana odaklanarak karar vermeyi kolaylaştırır. Gerginliği giderir ve gevşemeye yardımcı olur.

Dövme sembolü olarak kullanılabilir.

Gerginliği azaltması veya öfke enerjisini zayıflatması için sağ göğsün bittiği noktada kaburgaların üzerine dövme yapılabilir.

Göbek ve karın bölgesinde kararlılık enerjisi yaratmak için de dövme sembolü olarak kullanılabilir.

ADAÇAYI

Adaçayı, bilgelik sembolüdür. İyileştiren, sakinleştiren ve kötülüğü uzaklaştıran bir enerjidir.

Eski çağlardan bu yana tütsüsü yapılarak beden ve mekân enerjilerindeki negatif unsurları temizlemek amacıyla kullanılır. Erkekler üzerinde yoğun gevşetici etkisi vardır.

Uzun ömürlü olduğu için uzun süre devam etmesini istediğin bir konu için kurutulmuş adaçayı kullanabilirsin.

BİBERİYE

Hz. Meryem'in sembollerinden birisidir. Biberiye, evlilik ve cenaze törenlerinde kalıcı bir şefkat sembolü olarak kullanıldığı eski Yunanistan ve Roma'dan beri anı, sevgi ve ölüm sembolü olmuştur.

Evlilik ve sözleşmelerde verilen sözün hatırlanması için kullanılırdı. Hafızayı güçlendirir. Sadakati sembolize eder. Ders çalışan öğrenciler, hafıza zayıflığı yaşayan yaşlılar ve sözünü tutmakta zorluk çekenler için canlı veya kurutulmuş olarak kullanılabilir.

Evlilik törenlerinde günün enerjisini devam ettirmek için güzel bir semboldür.

NERGİS

Yaratıcılık, yenilenme ve canlılık sembolüdür. Çin sembolizminde iyi şansı temsil eder. Amerika'da umut sembolüdür.

Amerikan kanser derneğinin resmi sembolüdür. Yeni bir işe başlamak, kötü bir ruh halinden çıkabilmek için güzel bir destekleyicidir.

Bahçede ya da balkonda yetiştirilmesi umut enerjisini yükseltir.

MANOLYA

Dünyada gelişen ilk tohumlu çiçeklerden birisi olduğu düşünülür. 100 yıl ömrü olan manolya, ağaçların ya da herhangi bir asmanın üzerinde yaşayabilir.

Hem uzun ömür hem de istikrar sembolüdür. İhtiyaç duyduklarını kendine çekmene yardımcı olabilir.

Uzun ömür sembolü olarak bir hastanın odasında kullanılabilir.

Bir evin bahçesinde veya balkonunda kullanıldığında köklenme enerjini aktive eder.

BAMBU

Ormanda veya ekilmiş halde rüzgârın hareketlerine uyumlu olması, uzun gövdesine rağmen eğilebilmesi tevazu enerjisini ve değişen şartlar karşısında esneyebilmeyi sembolize eder. Sıcağa ve soğuğa dayanıklı olması zayıf görüntüsünün altındaki gücü, içinde bulunan boşluk bilgeliği ve yeniliği kabul edebilmeyi anlatır.

Sadelik, iyi şans ve mutluluk sembolüdür. Var olanla mutlu olabilmeyi sembolize eder.

Bir bahçeye bambu dikeceksen saksı içinde kullanmalısın. Köklerinin hızlı büyümesi ve suyu hızlı çekmesiyle çevresinde yetişen bitkilerin büyümesini zorlaştırır.

Evin veya bir işyerinin girişine dikilmesi doğru değildir. Suyu hızla çektiği için masrafları artırır. Mekânların dışında kuzey yönünde, mekânın arkasında veya yan tarafında saksı içinde kullanmak daha doğrudur.

Evin içinde de suya koyarak kullanmalısın. Sadeleşmek istediğin bir alanda, esneyemediğin bir konuda bambu enerjisinden faydalanabilirsin.

Çok harcama yapıyorsan bu enerjiyi gelişimine faydalı işlere aktarabilmek için banyonda 2 tane bambuyu bir cam kavanozun içinde kullanabilirsin.

KAKTÜS

Tam bir koruma sembolüdür. Dışarıya doğru çıkan dikenleriyle "Daha fazla yaklaşma" mesajı verir.

Negatif unsurlardan korunmak için çalışma masasında, evin girişinde, balkonda, işyerinin girişinde ya da bahçesinde bütün kaktüs çeşitlerini kullanabilirsin.

Aşırı harcamaları azaltmak için banyoda kullanman fayda sağlar.

XV. BÖLÜM

HAYVAN SEMBOLLERİ

Hayvanlar, mağara resimlerinden bu yana insanoğlu için en önemli semboller olmuşlar. Savaşçılar onların güçlerini almak için postlarını, pençelerini, dişlerini üzerlerinde taşımışlar, çeşitli boyalarla kendilerini hayvanlara benzeterek avlanmaya çıkmışlar. Koruyucu olarak mabetlerde, saraylarda, asalarda ve devlet armalarında hayvan figürleri seçilmiştir.

Şehir hayatında yaşıyor olsak da doğada ilk dostlarımız, yardımcılarımız ve korunmak için çabaladıklarımızdan onlardı. Hâlâ onları besliyor ve onlardan besleniyoruz.

Semboller arasında hayvan figürlerine daha kolay yöneliyoruz. Bir favori çiçeğimiz olmasa da favori hayvanımız muhakkak oluyor. Vücuda yapılan dövmelerde, ev eşyalarında, mücevherlerde, şirket logolarında ve oyuncaklarda sıklıkla kullanıyoruz.

Önemli hatırlatma: Bu kitapta anlatılan hayvan sembolleri, bütün olarak tasvir edilmiş olanların anlatımını kapsar. Diyelim ki koç başı veya boynuzu kullanıldığında oradaki sembol okumasını yaparken baş ve boynuz ön planda tutulacaktır.

Geyik boynuzu kullanmakla, geyik figürü kullanmak aynı enerjiyi sembolize etmez. Stilize ederek kullandığında hangi enerjiye dikkat çekmek istediğin önemlidir.

Örneğin koç ve koyun, masumiyet, yönetilebilen ve kurban edilen manasını aktarabilir. Oysa sadece baş kısmı kullanılmış bir koç veya sembolize edilmiş boynuzlar eril enerjiyi anlatır. Ancak burada eril enerjinin ne ifade ettiği, kullanıldığı yere göre yorumlanır. Eril bir figür kurban verilebilir veya eril enerjiyle bağlantı kesilebilir.

Aynı şekilde bir figürün koşması, oturması, üzerinde taşıdıkları gibi pek çok detay sembole farklı bir anlam katar. Örneğin oturan bir at, gücü ve özgürlüğü hareketsiz kılmayı anlatırken, şaha kalkmış bir at, atağa geçmeyi ancak ilerleyememeyi ifade eder. Koşan atlar ise hareket etmeyi ve ilerlemeyi anlatır.

Ayrıca kullandığın ya da seçeceğin sembolde hayvanın en önemli özelliği ön plana çıkartılmış ve diğer özellikleri stilize edilerek yok sayılmışsa, lütfen kullanacağın objeye ya da resme dikkatlice bakarak sana ne hissettirdiğini fark et ve hayatına öyle al.

Örneğin kurbağa figürünü sadece sıçramayı hatırlatması için kullanıyorsan, incelikle işlenmiş bir kurbağa objesine ihtiyacın yok. Ancak bacaklarından birisi kırılan kurbağayı kullanma, zira bu durumda sıçrama yapman için gelen fırsatları değerlendiremeyebilirsin. Dahası kırık bir figür sana neyi yanlış yaptığını hatırlatır.

Kurumuş çiçekleri atamıyorsan, kırık objeleri saklıyorsan enerjini aşağıya çeken insanlarla, olaylarla ve hedeflerle ilerlemeye çalışıyorsun anlamına gelir. Kırık eşyayı atmadan önce neresinin kırıldığına bak. Hatta senin gözünün önünde kırıldıysa hangi anda gerçekleştiğini incele. Tesadüf sandığın pek çok mesajı kaçırmış olabilirsin ama bundan sonrasını yakalarsan kâinat koşarak yardımcılarıyla yanına gelir.

AĞUSTOSBÖCEĞİ

YENİDEN DOĞUŞ • BİR YAŞAMI YA DA YAŞAYIŞI BIRAKMA • SESLİ İLETİŞİM • BAŞKALAŞIM • SABIR • ZAMANLAMA • EKİP ÇALIŞMASI • ORTAK BİLİNÇ • EVRENSELLİK • DÜNYA VE ÖTESİ

Ağustosböceğini ünlü yapan, durmadan çıkardığı seslerdir. Yüz yirmiden fazla farklı ses çıkarır. Bu sesler bazen dişileri cezp etmek bazen de tehlikeyi haber vermek içindir. Fakat insan kulağı için hepsi aynı gibidir.

Ağustosböceği fazla sorumluluk almayan, gezmeye ve eğlenceye düşkün insanlar için bir benzetme olarak kullanılır. Yerleşmiş bu algının çıkış noktası, La Fontaine tarafından yazılan *Ağustosböceği ve Karınca* masalıdır. Ancak ağustosböceğini incelediğimizde pek de masalda anlatılan özellikleri bulamayız.

Görüntüsü ile çekirgeye benzeyen ağustosböceğinin en önemli özelliği iki hayat sürmesidir.

Dişi, döllenmiş yumurtalarını yaprak veya dalları yararak içine koyar. Yumurtadan çıkan yavrular toprağa düşer ve oraya gömülürler. Ağaç ve bitki köklerinin özsuyu ile beslenerek neredeyse iki yıla yakın bir süre orada yaşarlar. Amerika'da bulunan bazı türlerin on yedi yıla kadar toprak altında yaşadıkları tespit edilmiştir. Bu süreçte kanatları bulunmaz. Yeryüzüne çıkma zamanları geldiğinde, o güne kadar yaşadıkları bedeni terk ederek yeni bir beden ve iki şeffaf kanatla yeniden doğarlar.

Bu özellikleriyle Japonya'da yeniden doğuşu temsil ederler.

İkinci hayatlarında genellikle çok kısa sürede av olarak başka hayatların besin kaynağı olurlar.

Av olmaktan kurtulan erkekler, karınlarının altında bulunan bir zar sayesinde çıkardıkları sesleri yeryüzüne duyurmak üzere bir araya gelerek şarkılarını söylemeye başlarlar.

Ağustosböcekleri vakti geldiğinde toprağın üzerine aynı anda çıkarlar. Bu halleri ile insanı hayrete düşüren bir eşzamanlılığa sahiptirler.

Ağustosböceği, hayata bakış açımızı tecrübelerimizle sınırlayan tarafımızı anlatır. Bizim "bildiğini zanneden bir yanımız" olduğunu hatırlatır. O farklı sesler çıkarırken biz ayırt edemediğimiz için her bir sesi aynı zannediyorsak belki hayatın içinde de "anladık" dediğimiz pek çok konuda detayları kaçırıyor olabiliriz.

Daha derinlerden gelen mesajına dikkatimizi verdiğimizde yeniye doğmayı anlatır. Bambaşka bir hale geçmeyi, yaşananları bırakmayı, dönüşmeyi, sahip olunanlardan özgürleşmeyi hatta belki bir anlamda ölerek gerçekleşebilmeyi sembolize eder.

Daha da önemlisi yaşam deneyiminin bir armağan olduğunu ve zamanın göreceliliğini hatırlatır.

Ağustosböceği sembolünün faydalı olabileceği yer ve durumlar: Ağustosböceği hayata başlarken tek başına olsa da dönüşüm için eskiyi bırakmak üzere diğerleriyle aynı anda hareket eder. Bu nedenle bireyselliğini korurken bir organizasyonun parçası olmayı istediğin zamanlarda kullanabilirsin.

Bu şekilde çalışan şirketler için de güzel bir sembol olabilir.

Ağustosböceği sembolünün kullanımında dikkat edilmesi gereken durumlar:

Bir halde ölerek başka bir hale geçen bu böceklerin sembol olarak kullanımı, mevcudu yok etmeye yönelik bir etki yaratarak yeniyi hayatına çekebilir. Yeni gelene kadar eski giderken birçok konuda dikkatli olman iyi olur.

Rüyada ağustosböceği sabrın sonunda gerçekleşen bir bırakışı anlatır. Rüyanda öten bir ağustosböceği gördüysen bir eş arayışını anlatır. Ağustosböceklerinin erkekleri eş aramak için ses çıkartır. Bu çağrı senden dışarıya veya dışarıdan sana doğru olabilir.

AHTAPOT

ORGANİZASYON YETENEĞİ • SAKLANABİLME YETENEĞİ • BİRLİK • SEZGİSELLİK • ESNEKLİK • YANILSAMA

Bir tür dışındaki tüm ahtapotlar ya saklanırlar ya renk ve desen değiştirerek bir anlamda görünmez olurlar. Mavi renkli mürekkeplerini salarak yarattıkları bulanıklık sayesinde kaçıp giderler. Omurgaları olmadığı için, gözlerinin büyüklüğü kadar bir alandan kolayca geçebilirler.

Sekiz kolu besleyen üç kalpleri bulunur.

Kabuklu deniz hayvanları ile beslenirler. Avlarını seçtikten sonra genellikle zehirleyerek öldürür ve içlerini boşaltırlar.

Gelişmiş bir görme yeteneği, sinir sistemi ve beyinleri bulunur. Hafızaları olduğu düşünülür.

Şekil ve desen değiştirme yetenekleri gerçekten hayranlık uyandırır.

Dişi ahtapot yumurtalarını bıraktıktan sonra, bir şekilde kaya üzerinde küme şeklinde tutunan yumurtalarının üzerinde kuluçkaya yatar.

Yavrular çıkana kadar buradan kımıldamaz. Bu sırada hayatta kalabilmek için gerekirse kendi kollarını yiyebilir ama yerini terk etmez.

Ahtapotlar kopan kollarını yenileyebilir. Yine de dişi ahtapotun, yavruları için kendini yemesi "anneliğin" sembolüdür. Yavruları için kendini görmezden gelebilen anneyi ve anneliği anlattığı söylenebilir.

Ancak ahtapotun asıl temsil ettiği enerji gizlenebilmek, organize olabilmek ve stratejik hareket edebilmektir.

Özellikle bir merkezden yönetilen, tek bir lidere bağlı organizasyonların sembolüdür.

Saldırgan değil de kaçma ya da saklanmaya yönelik hareketleri, mevcut durumun doğru değerlendirilmesini isteyenler ve agresiflikten özgürleşmek isteyenler için önemli bir semboldür.

İyi bir gözlemcidir ve esnek yaklaşımları anlatır.

Birçok mitolojik hikâyede önemli yer tutan ahtapot, özellikle Hawaii yaratılış mitinde ilginç bir semboldür. Bu mitte, evrenin yıkılarak yeniden yaratılması sırasında, geçmiş evrenden sağ kurtularak bu evrende var olan tek canlının ahtapot olduğu anlatılır.

Ahtapot sembolünün faydalı olabileceği yer ve durumlar: Ahtapot organize olmak, bir beden gibi hareket etmek isteyen spor takımları, gizli organizasyonlar, lider odaklı gruplar için harekete geçirici bir semboldür.

Aynı zamanda, yeni anne olduğunda çocuğu ile yeterli bağ kuramadığını hisseden lohusalar için destekleyici olabilir.

Bulunduğu ortama uyum sağlamak isteyenler için uygun bir semboldür. Köklenmek için de kullanılabilir. Özellikle yersel enerjilerle temasta kullandığı vantuzları, bulunduğu alanda kendini güvende hissetmek isteyenler için olumlu etki yaratabilir.

Ahtapot sembolünün kullanımında dikkat edilmesi gereken durumlar: Ahtapot sembolü, mücadele ve savunma enerjilerinin aktif olduğu alanlarda doğru etkiyi veremeyebilir. Bunun nedeni, saklanıp görünmez olması ve fırsatını bulduğunda da kaçmasıdır. Gizli görevler için olumlu olabilir ancak yine de kullanırken dikkat etmekte fayda var.

Anne-çocuk bağının çok güçlü olduğu hallerde bu bağı daha da güçlendireceği için destekleyici değil hapsedici bir etki yaratabilir.

Ahtapot tuttuğunu bırakmaz. Kolayca kaçabilir. Anneliği konusunda kendini feda edebilir.

Rüyanda gördüğün ahtapot bir şeyi tutuyor bırakmıyor ve bu seni rahatsız ediyorsa kendini esir, tutulmuş, hareketsiz hissettiğin bir alan vardır. Daha da önemlisi bir kişi sana kendini böyle hissettiriyor olabilir. Ahtapot senden kaçıyorsa, bir konuda elinden bir fırsatı ya da bir kişiyi kaçırdığını düşünüyor olabilirsin.

AKBABA

ÖLÜM • DÖNÜŞÜM • BIRAKMA • TEMİZLENME • SESSİZLİK • SABIR

Birçok kişi akbabanın korkutucu ve tiksinti verici bir sembol olduğunu düşünebilir. Oysa birçok eski kültür onlara saygıyla yaklaşırdı. Günümüz bilgisiyle baktığımızda çok anlamlı gelmeyebilir belki ama akbabayı anlamak için, çöpe attıklarının hiç kimse tarafından toplanmadığını hayal et. Bundan ne kadar rahatsız olurdun?

Akbaba, sessizce ve sabırla ölümün gelişine şahitlik eder. Bekleyişini fırsatçılık olarak değerlendirebilirsin. Ölümden beslendiğini düşünüyorsan, ölüleri en çok toprak bağrına alır ve sonrasında da bizi besler.

Bir yerde bir akbaba sembolü karşına çıkıyorsa bıraktığın, terk ettiğin veya hayatından çıkarttığın herhangi bir durum, kişi veya hal için evren tarafından bir temizlik yapılacağını anlayabilirsin.

Onlar olmasa kokuşan ölüler nasıl rahatsızlık verecekse, bırakmamıza rağmen yaşam alanımızdan uzaklaştırmadıklarımız ya da hissedişimizden çıkaramadıklarımız da istenmeyen sonuçlarla yüzleşmemize sebep olabilir.

Akbabaları sembolizmde "evrenin çöpçüleri" olarak adlandırabiliriz.

Rüyanda akbaba gördüğünde geride bıraktığın, önemini yitiren hatta belki senin için bir anlamda ölen ancak gönderemediğin her ne varsa bütün bunlara işaret ediyor olabilir. Belki boşanmışsındır ama hâlâ evlilik yüzüğü saklıyorsundur. Bir işten ayrılmışsındır ama yeni işyerinde eski işyerinden bahsediyorsundur.

Hayatından temizlemek istediklerinle ilgili yardım geliyor ve belki de bu yardıma gelenler seni ürkütüyor olabilir. Akbaba, bekledikçe zararlı hale gelebilecek tesirlerin temizlenmesinin zamanının geldiğine işaret eder.

Akbaba sembolünün faydalı olabileceği yer ve durumlar: Akbaba doğanın geri dönüşüm kutusudur. Kokuşmaya yüz tutan bir enerjinin faydaya dönüşmesini sembolize eder. Hayatında sürüncemede kalmış bir ilişkiden, dedikodudan, bozulmuş bir düzenden özgürleşmek istediğinde enerji akışına yardım eder.

Bir ilişki için bu sembolü kullanacaksan o kişiyle ilgili bir anı kutun varsa üzerine akbaba resmi koyabilirsin.

Bir şirketin ya da bir işin yol açtığı ve bir türlü sonlandıramadığın konularla ilgili evrakların üzerine de akbaba figürlü bir eşya veya resim koyarak bu enerjiyi dönüştürebilirsin.

Bir mekândan ölü çıktıysa ve sen aslında o mekânda oturacaksan eve taşınmadan önce akbaba sembolüyle ortamın enerjisini temizleyebilirsin. Kısacası akbaba ölmüş, sönmüş ama bir türlü hayatından gönderemediklerini temizlemen için yardım eder.

Akbaba sembolünün kullanımında dikkat edilmesi gereken durumlar: Uzun süreli kullanmak doğru değildir. İhtiyaç anında kullanıp, sonrasında gelişmeleri takip ederek sembolün senin faydan için çalışıp çalışmadığını kontrol etmelisin.

Ortadan kaldırmak istediğin ve yıkıntı haline gelmiş enerjiler için dışarıdan destek gelecektir.

Diyelim ki akbaba sembolünü ilişkin için kullandın. Böylece senin veya onun hayatına biri girebilir ya da bir sır açığa çıkar ve onun izlerini senin hayatından tamamen silebilir.

AKREP

KARANLIK • BİLİNMEZLİK • KENDİNİ SAVUNMA • ÖLÜM • GÜCÜN YIKICI ETKİSİ • MEYDAN OKUMA • KONTROL EDİLEMEZ HIRS • SINIRLARI AŞMA

Akrep, boyutuna göre yarattığı etkiyle ele alındığında oldukça güçlü bir semboldür. Akrep takımyıldızı ve dolayısıyla Akrep burcuna atfedilen birçok özellik Yunan mitolojisinden kaynaklanır.

Farklı anlatımların ortak diline göre denizde yaşayan, avcılığı ile ünlü yakışıklı dev Orion ile avcılık tanrıçası Artemis ve güneş tanrısı Apollon arasında girişilen güç kavgasının sonunda akrep devreye girer.

Akrep, Orion'la savaşır, sonunda onu sokar ve öldürür. Yenilmez dev, akrebin zehriyle yok edilmiştir. Akrep ise, Orion'a yardım eden sağlık tanrısı Yılancı tarafından öldürülür. Ardından Zeus devreye girer ve ikisinin arasındaki bu savaşın ölümlülere ibret olması için her ikisini de zıt yönlerde gökyüzüne yerleştirir.

Akrep, gücün ve ölümlülüğün, boyutların ötesinde olduğunu anlatır.

Gündüzleri saklanır, geceleri dolaşır ve avlanır. Bu nedenle görünenin ötesini, bilinmezliği ve karanlığın derinliğini sembolize eder.

Açlığa bir yıldan fazla dayanabilir. Beslenmesini değiştirmek isteyenler için güzel bir sembol olabilir.

Saldırması için kendini savunuyor olması gerekir, yani durduk yere sokmaz. Kendine yöneltilmiş bir tehdit karşısında refleks olarak iğnesini batırır. Yani onun alanındaysan ve ona kendisini savunmak zorunda olduğunu hissettirirsen seninle savaşır. Akrep sembolü ilgini çekiyorsa, sen hayatta bunları hangi konularda yapıyorsun düşün.

Karşındakini küçümseyebilir hatta görmezden gelebilirsin. Fakat küçümsemek bazen yenilgiyi getirebilir.

Doğada yaşamına kendi isteğiyle son veren iki canlıdan biri akreptir. Çıkış yolu bulamadığında var olan şartları ve belki her şeyi yıkıp yok edebilmeyi anlatır. Bu bir anlamda yeniden başlayabilmek için var olanı reddedi̇ştir.

Reddediş bir kabulden çok mecburiyetler, gerçekleşmeyen arzular ve hayal kırıklıkları sonunda, tek çıkış yolu olarak seçilen yoldur.

Akrep sembolünün faydalı olabileceği yer ve durumlar: Cezaevleri ve ıslahevleri gibi, içeride kalanların aydınlığa kavuşmasının amaçlandığı yerlerde, karanlığın, karanlık işlerin insanlara yansıttığı yok edici etkiyi hatırlatmak için kullanılabilir.

Aşırılıkların, otoriteye meydan okumanın verebileceği zararları hatırlatmak için faydalıdır.

Bir hali sonlandırmaya ihtiyacı olanların, kibir ve böbürlenmenin ve kendine fazla güvenin sonucunda zarar görebilecek kişilerin yaşam alanlarında bu sembol oldukça iyi çalışabilir.

Düşmanlarını kendinden güçlü görenlere, asıl gücün, farkında olmak olduğunu anlatmak için olumlu olabilir.

Akrep özellikle hırs enerjini yükselten bir semboldür. Senden güçlü gördüğün biri veya birilerine karşı kendi gücünü açığa çıkarmakta istek duyduğun konularla ilgili eyleme geçmende destek olur.

Beslenmende değişiklik yapacağın dönemlerde akrep sembolünü boynunda kolye olarak kullanabilirsin.

Karanlıktan, gizlilikten, bilinmezden korkuyorsan bir tablo asarak veya bir desen olarak bu sembolü kullanman sana destek olabilir.

Akrep sembolünün kullanımında dikkat edilmesi gereken durumlar: Bu sembol, kendini korumasız hissedenler, çevresindeki var olan koşullardan veya bazı hallerden rahatsız olanlar, yeni bir tehlike atlatmış ve henüz kendini hayata hazırlayan insanlar için tedirgin edici olabilir.

Çocuklar, gece çalışanlar ve hayatında bazı bilinmezlerden tedirginlik duyanlar için olumsuz etki yaratabilir.

Rüyada akrep gördüysen ve ona saldıran taraf sensen kendini savunmak zorunda kalacağını ifade eder. Saldırılan sen değilsen birini kendini savunmak zorunda bırakabilirsin.

Akrebin seni soktuğunu gördüğünde, yaşamla olan ilişkin dönüşüme uğrar, sen artık hayatta kalmak için bir mücadeleyle baş başasındır.

Küçümsediğin, görmezden geldiğin, kendini daha güçlü gördüğün için saygı sınırını geçtiğin her neyse bu seni devirebilir.

Akrep, karanlıkta bıraktıklarını, korkularını ve belki gizli saklı işlerini hatırlatarak aldığın riskleri göstermek üzere de karşına çıkabilir.

Gece hareketlerinden tedirginlik duyabilecek bir bekçinin akrep sembolü kullanması onu gece boyunca uyanık tutabilir. Gece gevşemesi ve uyuması gereken çocuk için akrep sembolü rahatlamasını ve uykuya geçmesini zorlaştırabilir.

Dövme olarak kullanıldığında sürekli aktifleşen akrep sembolünün enerjisi, o alanda hareket yaratamadığında veya tehlike hissettiğinde gerginlik hissetmene neden olabilir. Enerjiyi kendine yöneltmene de sebep olabilir.

Özellikle dövme gibi kalıcı kullanımlarda dövmenin yapılacağı bölgeyi dikkatli seçmek gerekir.

ARI

ÇALIŞKANLIK • ORGANİZE OLABİLME • İTAAT • DİŞİLİĞİN VE ÜRETİMİN GÜCÜ • DOĞURGANLIK • GELECEĞE HAZIRLIK

Arılar organizasyon yeteneği en yüksek hayvanlardır. Oldukça çalışkandırlar. Bir arının kursağını tam olarak doldurabilmesi için en az bin beş yüz çiçeğe konması gerekir. Bu özelliğiyle çalışkanlıkta karıncanın tahtını zorlayabilir.

Arı, dişi bir semboldür. Gücün dişilerde olduğu, üretim ve üreme odaklı bir semboldür. Bir arada olmayı, itaat etmeyi, organize olmayı, teknik bilginin gücünü, üretimin yarattığı zenginliği anlatır. Petekle kullanımı bir organizasyonun gücünü sembolize ederken, tek başına kullanımı bir organizasyon, bir amaç için çalışmayı ve kendini adamayı anlatır.

Aktif sezon dışında erkek arılar kovandan dışarıya atılırlar.

Bütün işçi arılar, kraliçe arı gibi dişidir.

Arılar koloni halinde yaşamak zorundadır, yalnız yaşamazlar.

Arı aynı zamanda gerçek bir dönüşüm enerjisi sembolüdür. Ancak saydığımız diğer özellikler de göz önünde tutularak kullanılmasında fayda vardır.

Arı sembolünün faydalı olabileceği yer ve durumlar: Dişi enerjiyi yani maddi yaratımı, üretmeyi ve bir arada olmayı temsil eder. Bu nedenle fabrikalar, atölyeler, özellikle de kadınların bir arada çalıştığı yerlerde üretim enerjisini destekler.

Montaj yapılan, yemek üretilen yerler için özellikle olumludur.

Erkeğin kadını iş hayatında otorite olarak kabul etmesinin, kadın gücünün ön plana çıkarılmasının istendiği durumlarda da kullanılabilir.

Arı sembolünü kolyede tek başına kullanmak dişi enerjidir. Dinleme enerjini artırır. İfadeyle ilgili konularda verimliliğin yükselir. Bir kadının liderliğini kabul etmeni sağlar.

Çoklu arı sembolü bir amaç için çalışma arzusunu artırır. Biblo ya da tablodaki arı sembolü bir çiçeğin ya da peteğin üzerindeyse işçi arıyı sembolize eder. Çalışkanlık verimi artırır. Arı aynı zamanda tozlaşma yeteneğinin de sembolü olarak birbirleriyle iletişime geçemeyecek unsurları bir araya getirir ve üretkenliği artırır.

Bağlantıların verim getirmesi için iş yerinde veya bir aksesuarda arı sembolü kullanılabilir.

Arı sembolünün kullanımında dikkat edilmesi gereken durumlar: Özellikle evlerde, erkeklerin yoğun çalıştığı yerlerde mekâna faydayla birlikte bilinmeyen ve erkeği saf dışı bırakan bir enerjiyi de beraberinde getirebilir.

Erkeğin çalışma disiplini bozabilecek bir tesir yaratabilir. Bu yüzden dikkatli kullanılmalıdır.

Arı dişi otorite sembolüdür. Kadının gücünü kabul ettirebilir. Evin içinde erkeğin hâkimiyetini zayıflatabilir. Yine erkek işverenin veya yöneticinin enerjisini düşürebilir. Sürekli kullanıldığında çalışma enerjisini yükselteceğinden dikkatini başka alana vermeni zorlaştırabilir.

Rüyanda gördüğün arı çiçeklere konuyorsa dişiliğin ve üretimin gücünü anlatır. Emeğin tek başına yeterli olmadığını, beraber hareket etmenin daha büyük bir güç olacağının mesajını verir.

Rüyanda arı seni sokarsa bir kişinin yaratıcılığına zarar vermiş, onun emeğini görmezden gelmiş olabilirsin. Hayatında böyle bir durum varsa sonunda zarar göreceksin demektir, dikkat etmende fayda var.

Bir kovanla beraber arılar gördüysen bir konuda üretim başlatır ve destek görürsün.

ASLAN

İKTİDAR • YETKİ • İTİBAR • KENDİ ALANINI BELİRLEME • YIRTICI VE YIKICI GÜÇ • NE ZAMAN HAREKETE GEÇECEĞİNİ BİLME

Aslan, imparatorların, kralların ve birçok kültürde iktidarın sembolü olmuştur. Günümüzde halen birçok ülkenin ve dünya çapında konum sahibi markaların da sembolüdür.

Bir aslan ailesi içinde birden fazla erkek aslan olsa dahi sürünün lideri tektir ve bütün dişiler lidere aittir. Bu nedenle aslan gücü elinde tuttuğu sürece aslan olmakla ilgilidir. Yaşlandığı anda genç aslanlar onu tahtından indirir.

Aslan figürü tek olarak veya dişisiyle kullanılmalıdır. İki ve fazla erkek aslan figürü kullanıldığında zaman içinde ortamda çatışma yaratır.

Özellikle maddede, maddi alanda gücün ortaya çıkışını temsil eder.

İktidarını kaybetmiş yaşlı bir aslan için hayat hiç kolay değildir; yalnız kalır ve sürüden dışlanır. Gücü muhafaza ettiği sürece kıymetlidir. Bu nedenle özellikle Uzakdoğu kültürleri tarafından dikkatli kullanılması tavsiye edilen bir semboldür.

Aslan aynı zamanda astrolojide ve birçok mitolojide Güneş ile temsil edilir. Güneş binlerce yıl boyunca farklı coğrafyalarda gücün, yaşamın kaynağı olarak insanların taptığı, saygı duyduğu en önemli öğelerdendir. Işık yoksa yaşamın olmayacağı gerçeği ile ilk insanlar mevsimleri, döngüleri ve yaşam koşullarını yarattığını düşündükleri güneşi selamlamışlar, en güçlü onu gördükleri için onun önünde eğilmiş ve onu tanrısal olarak tanımlamışlardır.

İktidar sahibi olan her kimse, seçilmiş kişi olarak kabul edildiği için onu "Güneşin oğlu" olarak tanımlamış ve hayvanlar âleminde iktidar sahibi olarak gördükleri aslanla bir tutmuşlardır.

Aslan, figürlerinde güneşin rengi olarak kabul edilen sarı renk ve altın kullanılır.

Astrolojide Aslan burcu aynı zamanda kraliyet ve soylulukla eş görülür.

Aslan İslamiyet'te Hz. Ali'nin sembolüdür. Lakabı Haydar, sanı Esedullah'tır (Allah'ın aslanı).

Aslan sembolünün faydalı olabileceği yer ve durumlar: Aslan, gücü ve iktidarı temsil ettiği için tek olarak kullanılmalıdır. Çift olarak kullanılacaksa ikincisi dişi aslan olmalıdır. İktidarını güçlendirmek isteyen, gücünü işinde, ailesinde ve çevresinde destek olarak kullanmak isteyen bir kişi için uygun olabilir. Burada anlatılan güç aynı zamanda baba gibi kollamak ve gölgesiyle bile olsa himaye etmektir.

Bu tıpkı ülkesinin her köşesindeki insanların ihtiyaçlarından kendini sorumlu tutan imparator gibi olmaktır. Koltuğun ayrıcalıkları vardır ama sorumlulukları da oldukça ağırdır. Rakiplerinin kendi alanlarına çekilmelerini isteyenler ve mevcut durumda söz sahibi olmak isteyenler için de uygun olabilir. Kısacası sözünün dinlemesini isteyenlere uygundur diyebilirim.

Sarı renkte altın veya bronz olarak enerjisini en yüksek düzeyde aktarır. Kapı tokmağı olarak Osmanlı'da aslan başı tercih edilmiş olsa da başı kopuk bir aslan gücünü kaybetmiş olacağından tam ve bütün kullanmak daha hayırlı olur.

Kapıya konan aslan figürü ancak o mekânın sahibinin kendi alanını belirlemesi için kullanılabilir. Büyük malikâneler, saraylar ve tek bir kişiye ait yerler için uygundur.

Oturan aslan figürü de etrafta olan biteni belirlemek, o alanın bir sahibi olduğunu anlatmak için güzel bir semboldür.

Aksesuvarda kullandığında kendi alanını belirlemene yardım eder. "Evet" ve "hayır" cevaplarını doğru kullanmanı destekler.

Erkek aslanlar genellikle fazla hareket etmezler, dişilerini çalıştırırlar. Bu nedenle aşırı kullanımı güç dengelerini etkileyebilir. Çokeşli oldukları için ev ve evlilik konularında ya da evin odalarında tablo olarak kullanılmasını pek önermiyorum.

Evin içinde aslan başı şeklinde bir obje kullanmak erkeğin gücünü kestirip atabilir.

Dövme olarak kullanacaksan gücün sembolü aslanı, gücünü kullanacağın bir noktaya yaptırmanı tavsiye ederim.

Aslan sembolünün kullanımında dikkat edilmesi gereken durumlar: Bir apartmanın, birden fazla ailenin yaşadığı bir yerin veya bir işyerinin girişine aslan sembolü koymak, o eve girenleri veya müşterileri tedirgin edebilir. Aslan korkutmaz, direkt parçalar ve sadece güçlü olan ayakta kalır, diğerlerine şans tanınmaz.

Özellikle iki tane aslanı kapı girişlerinde kullanan işyerlerinin müşteri girişleri olması gerekenden düşük olur. Ayrıca bu aslan figürlerinin tam karşısında bulunan mekânlar da bu çatışma enerjisinden nasiplerini alırlar.

Aslanın gücü hareketinden ve gözlemlerinden gelir. Gözlem yapan bir aslan figürü iyidir ancak iki tane gözlem yapan aslan iyi değildir. Önünde bulundukları kurum veya mekân için yıkıcı bir etkiye sahip olabilirler. İki aslan eninde sonunda savaşır ve bir şeyi parçalar. İktidar için veya iktidar olanla arayı bozmayı çağrıştırabilir.

Dolmabahçe Sarayı'nın bahçesinde birden fazla aslan figürü bulunmaktadır ve bu aslanlar hediye olarak yabancı ülkelerden gönderilmiştir.

Rüyada aslan ava çıkmış ve avını yakalıyorsa zenginliğin artacağına ve peşinden gidilen şeyin elde edileceğine işarettir.

Aslan alanı belirlemekle ilgilidir. Sana "Alanını belirle, kime hayır diyeceğini, neye onay vereceğini bil" diyor olabilir.

Aslanlar dövüşüyorsa güç savaşlarını haber verir. Aslan sana saldırıyorsa iktidar, devlet ya da devleti temsil eden figürlerle, babanla, patronunla ya da müdürünle ilgili dikkatli olman gerektiğini söylüyordur.

Yanında beliren bir aslan seninle yürüyorsa rahman enerjinin, devletin, otorite figürlerinin senin yanında koruyucun olduğunu anlatır.

AT

ÖZGÜRLÜK • EYLEM • İLERLEME • ULAŞMA VE ULAŞTIRMA • DUYGULARLA HAREKET ETME

At özgürlük ve hareket enerjisi taşır. Bununla beraber duygularıyla hareket eden bir hayvandır. Tedirginlik hissettiği anda sahibini sırtından atacak kadar hırçınlık gösterebilir. Yani duygularını kontrol etmekte pek başarılı değildir. Aynı zamanda biraz başına buyruktur da denebilir.

Doğada gruplar halinde yaşayan bu hayvan ehlileştirildiğinde sahiplerinin daha hızlı yol almasını sağlar. Bu nedenle bir anlamda işi kolaylaştıran, hızlandıran, yardım eden bir enerjinin sembolüdür.

Pagan inancında at, şamanı göğe taşır.

Eski çağlarda zengin kişiler atlarıyla beraber gömülürlerdi. Bunun nedeni, geçtikleri âlemlerde atlarının onları taşıyacaklarına olan inançlarıydı.

İslamiyet'te de Hz. Muhammed'i göğe yine Burak isimli bir at taşımaktadır.

At figürünün resmedilme ve şekillendirilme biçimi de önemlidir. Yarışan, duran veya yük taşıyan at sembollerinin anlamı farklıdır.

Şaha kalkmış at figürü, harekete geçmek ve başlatmak için iyidir. Ancak şaha kalkması ilerlemesi anlamına gelmez. Bir konuda çok istekli olabilirsin ama harekete geçemiyorsundur.

At sembolünün faydalı olabileceği yer ve durumlar: Hareket etmek istediğin bir dönemde ya da işinde ilerlemek istediğin zamanlarda koşar halde bir at figürü kullanabilirsin. Ulaşım sektörü için at figürü mükemmeldir.

At sembolünü şaha kalkmış, koşar şekliyle aksesuvar olarak kullandığında harekete geçmen konusunda seni destekler. Şaha kalkmış olan at biraz asilik ve itiraz enerjisi taşısa da özgürlüğünü elde etmende ihtiyacın olan şartları ortaya çıkartabilir.

At figürünü eyerli, üstünde birisi varken kullanmanı tavsiye etmem. Özgürlüğünü kısıtlayabilir. Eğer bu şeklide bir sembol kullanıyorsan kendini hangi alanda neden kısıtladığına bak.

At sembolünü dövme olarak yaptırmayı tercih ettiğin bölgelerin kolların ve bacaklarınsa seni hızlandırır.

Bedeninin göremediğin bir bölgesine yaptıracaksan, etrafına özgürlüğünün senin için çok önemli olduğu mesajını verirsin.

At sembolünün kullanımında dikkat edilmesi gereken durumlar: Çin'de beş at figürü uğursuzluk sayılır. Eskiden mahkûmları cezalandırmak için beş atın çektiği bir araba kullanılırmış. Bu nedenle beş at kullanılan mekânlarda bir yıkım olacağı düşünülür.

Bağlanmış, üzerindeki yükle ezilmiş halde yük taşıyan atların enerjisini bunun farkında olarak kullanmakta fayda olabilir.

Yarışan atlar rekabet için iyi olsa da işyerlerinde gerginlik de yaratabilir.

Sınava hazırlanan bir öğrencinin üzerinde baskı enerjisi oluşturabilir.

At hareket enerjisini temsil ettiği için, oturan veya bir halde takılıp kalmış bir at figürü, eyleme geçilemediğini anlatıyor olabilir.

Rüyanda kendini atın üzerinde ve hareket halinde gördüysen ilerliyorsun, hızlanmışsın ve yardımcıların senin işini kolaylaştıracaktır.

At seni üstünden atıyorsa, yardım aldığın kişiler seni ortada bırakabilir.

Bir yere atını bağladığını gördüysen, o anda yaşadıkların senin özgürlüğünü kısıtlıyor ya da sen böyle hissediyorsun.

ATMACA

CESARET • DİKKAT • KARARLILIK • ZEKÂ • HAREKETE GEÇEBİLME YETENEĞİ • YIRTICILIK • STRATEJİ

Yırtıcı kuşlar avlanmanın yanı sıra bakmanın ötesinde farkında olmayı, doğru zamanda harekete geçmeyi ve hızlı hareket ederek kararlarını hayata geçirmeyi anlatır. Yani aslında zekâ ile becerinin bir araya gelişinin sembolüdür.

Bu yırtıcılar en az onlar kadar hızlı hareket eden kemirgenleri avlayabildiği gibi kendi cüssesine göre daha büyük hayvanları da ele geçirebilir.

Göklerde hareket etmeleriyle göksel enerjileri, yani bir anlamda ilham ve hayallerin gerçekleşmesi için harekete geçmeyi, hızlı karar vermeyi güçlendirebilir.

Atmaca sembolünün faydalı olabileceği yer ve durumlar: Koordine olarak doğru kararları vermek, verilen kararları uygulamaya koymak istediğin zamanlar için uygun bir sembol.

Özellikle satış ve müşteri odaklı çalışıyorsan faydalı enerjileri artırabilir. Odaklanarak sonuç almak istediğinde rahatlıkla kullanabilirsin.

Yardımcılarınla ilgili sıkıntı yaşıyorsan bir insanın elinde itaat halinde duran bir atmaca figürü kullanabilirsin.

Atmaca iyi bir avcıdır. Atmaca sembolü bir aksesuvarı eğer kolyede kullanıyorsan ifadende, küpe olarak kullanıyorsan duyduklarından bir sonuç çıkarabilmende, bileklik olarak kullanıyorsan yeteneklerinin kullanımında sana destek olur.

Dövme olarak kullandığında kanatları açık şekildeyse hayatın içinde dikkatin sayesinde istediklerini elde edebileceğini anlatır.

Atmaca sembolünün kullanımında dikkat edilmesi gereken durumlar: Bu avcı kuşlar ya tek başlarına avlanırlar ya da bir insana itaat ederler. Birden fazla kişiden oluşan ekipler için kullanılması yıkıcı olabilir. Aynı şekilde çoklu ortaklıklarda, eşit paya sahip ortaklar arasında da çatışma yaratabilir.

Rüyanda bir atmacayı gökte gördüysen, gözlemlediğinin ötesinde bir bakış açısıyla odaklandığın işlerde fark yaratabilirsin.

Avlanıyorsa ulaşmak istediğin hedefe varacaksın.

Atmaca sana veya sahip olduklarına saldırıyorsa birisi seni izliyor ve sahip olduklarına göz koymuş olabilir.

Eğer sen bir atmacayla avlanıyorsan, istediklerine kavuşmanda hem ilahi bir yardım alacaksın hem de iyi bir yardımcın olacak.

ATEŞBÖCEĞİ

RUHSAL IŞIKLA BULUŞMA • RUH VE MADDENİN BİRLİĞİ • ENERJİ • IŞIK • UYANIŞ • UMUT • ÖZLEM • ARAYIŞ • YENİ FİKİRLER • İLHAM

Yaz aylarında çevremizde gördüğümüz uçuşan ışıkların sahipleri, erkek ateşböcekleridir. Dişilerinin kanatları olmaz. Aslında ışığı hareket ederek değil kimyasal olarak salgıladıkları bazı enzimler sayesinde üretirler. Fazla çabalamadan yaktıkları bu ışıkla bize ilham gücümüzün içimizde olduğunu hatırlatırlar. Genellikle erkekler, dişileri ararken ışık saçar.

Ateşböceği, bedene giren ruhun yolculuğunu anlatan mistik bir semboldür. Dişisiyle buluşmak için ışığını yeryüzüne yansıtan erkek, ruhu, ruhsal yanımızı temsil eder. Dişi ise dünyayı ve bedeni temsil eder. Aslında bu buluşma ruh ile maddenin buluşmasının harika bir sembolüdür.

Bir bedene girerek deneyimler yaşamak üzere dünyaya gelen insana, bu deneyimi yaşamak için bazı riskler aldığını hatırlatır. Birbirlerini bulmak için yansıttıkları ışık onları kolay bir av haline de getirir.

Ölümle burun buruna gelmek bile ışığını yakmasına engel olmaz. "Işığını yakabilirsin" mesajını ileterek yeryüzünde eşini arar durur ve kulaklarımıza fısıldar: "Evet, bu hayatın bazı zorlukları var. Zamanımız da kısıtlı. Yine de burada olmak kıymetli."

Ateşböceği sembolünün faydalı olabileceği yer ve durumlar: Hayata tutunmakta ve risk almakta zorlananlara, yaşadığı ilişkiler nedeniyle umudunu yitirmiş olanlara, yeniden başlamak için güç arayanlara destekleyici bir sembol olabilir.

Sembolü bir erkek kullandığında dişisini bulmasını, bir kadın kullandığında erkeğin ona doğru yönelişini sembolize eder.

Biblo veya tablo olarak kullanımında kadın ve erkeğin bir araya geliş enerjisini aktive eder.

Dövme olarak kullanımı, hayatı denge içinde yaşamayı, ruh ve maddenin bir araya gelişiyle meydana gelişini, yaşamdan tat alabilmeyi sembolize eder.

Ateşböceği sembolü kullanımında dikkat edilmesi gereken durumlar: Bu sembolü kullanacak bir erkeğin hatırlaması gereken en önemli konu, çiftleşme ve dişisi ile buluşma isteği ile ışığını yakarak dikkat çekici hale gelen ateşböceğinin aynı zamanda bir av haline de gelebildiğidir.

Özellikle çapkınlık yapan, çapkınlıkları nedeniyle maddi zarara uğrayabilecek olanların dikkatli kullanması gerekir.

Rüyanda etrafında ateşböcekleri gördüysen sana "ışığını yak, görünür ol, yaşamak, buluşmak ve hayata katılmak için tam vakti" mesajını verir.

Eğer erkeksen ve ateşböceği gördüysen karşı cins arayışında dikkatli olmalısın. Riske atılmak sonucuna katlanmak zorunda kalacağın olaylar çekebilir.

Kadınsan, seni bulmak için arayışta olan vardır ve yolda geliyordur.

Rüyada görülen, ateşböcekleri sadece eş arayışını değil aynı zamanda içimizdeki ışığın, ruhsal yanımızın bizim buluşma niyetimizle yanacağını hatırlatır.

AYI

GÜÇ • SABIR • FAYDALIYI FAYDASIZDAN AYIRT EDEBİLME • İÇE ÇEKİLME • DİRİLİŞ • BAĞLANTI • ANNELİK • AŞIRI GÜCÜN KONTROLDEN ÇIKABİLMESİ

Ayı her ne kadar kaba kuvveti ve kabalığı temsil eden bir sembol olarak kabul edilse de özellikle doğayla ilgilenenler bilir ki ayı çok zeki bir hayvandır. Öte yandan iri cüssesi ve yırtıcılığıyla da gücü temsil eder.

Balık, et, sebze ve meyve yiyen bir hayvan olarak bu çeşitliliğin içinde seçici bir tavır sergiler. Yedikleri her zaman en iyisidir.

İslamiyet öncesi dönemde ayı Türklerde kutsal sayılan hayvanlardandı. Orman ve orman ruhunun sembolü olduğu için adını anmak yasaktı. Ayı bir totem olarak kabul edildiği için koruyucu vasfa sahipti.

İslamiyet sonrasında ise "kolay anlayamayan, zarafetten uzak, kaba kuvvete başvuran" anlamlarında kullanılmıştır.

Ayı kış uykusuna yatan ve bu sırada oldukça güç kaybeden bir hayvandır. Zamanı geldiğinde gücü bırakabilmeyi ve gücü yeniden almayı temsil eder.

En önemli özelliği kendini iyileştirmedeki becerisidir. Ayı hastalandığında sadece su içer ve hastalığına doğada iyi gelecek olan bitkileri tanır, onlarla beslenir. Şifacılar ve bedensel sağlıkla ilgili çalışma yapanlar için uygun bir sembol olabilir.

Hem dört ayağının üstünde hem de iki ayağının üstünde yürüyebilir. Bu nedenle Kızılderililer, yaradılış özelliği olarak ayıyı insandan üstün olarak tanımlar.

Dişi ayılar baharda yavrularını hayatta tutabilmek için oldukça yoğun bir mücadele verir ve önceliği yavrularıdır. Bu nedenle ayı, gelecek için emek vermeyi ve beslemeyi de anlatır.

Hatırlamamız gereken şudur ki ayı tedirgin olduğunda hırçınlaşabilir ve gücünü kullanarak karşısındakine zarar verebilir. Bunu pençeleriyle yapar. Yani incelikle meyve toplayan o pençeler bir anda karşısındakini paramparça edebilecek bir enerjiyle dolabilir.

Bu tanımlardan yola çıkarak ayının bütün özelliklerini bir araya getirdiğimizde gücü doğru zamanda bırakıp tekrar ele alabilmeyi ve neyin en iyisi olduğunu seçebilmeyi temsil ettiğini söyleyebiliriz.

Ayı aynı zamanda gücün kullanımının ve kontrolünün duygulara bağlı olmasının kontrolsüzlük yaratabileceğini gösterir. Belki de ayı benzetmesi ilk zamanlarda kaba olmaktan ziyade bir anda parlayabilen insanları tanımlamak için kullanılıyordu.

Ayı sembolünün faydalı olabileceği yer ve durumlar: Ayının temsil ettiği gücü, kaba ve koruyucu bir güç olarak tanımlayabiliriz. Gücü, kendini çevreden korumak için kullanmak istediğin yerlerde, kendini güçsüz hissettiğin alanlarda, kendin için en iyisini belirleyemediğin durumlarda ayı sembolü sana enerjisiyle destek olacaktır.

Kolye, bileklik veya yüzük olarak kullanımı gücün açığa çıkışına yardım eder.

Ayı çocuklarıyla beraber kullanıldığında harika bir annelik sembolüdür.

Çocuk odalarında, tüp bebek uygulama merkezlerinde, doğumhanelerde kullanılabilir. Seçkin bir ağız tadı olan ayı yeme içme sektöründe çalışan biri için harika bir dövme sembolüdür.

Ayı sembolünün kullanımında dikkat edilmesi gereken durumlar: Gücün kaybedilmesi halinde oluşan boşluğun karmaşa yaratabileceği durumlarda, mevcut yönetimin ve iktidar olanın gücünün artışının sorun yaratabileceği hallerde ve gücü bırakmak istemeyenler için bu sembol sıkıntı yaratabilir.

Ayı gücü ve kimi zaman kabalığı temsil etse de dişi bir semboldür. Gücün üreten, besleyen, geliştiren ve iyileştiren yönünü anlatır. Rüyanda gördüğün ayı eğer bir şeyler yiyorsa kendin için iyileri seçmeye başlamışsındır.

Eğer avlanıyorsa, kendini doğru enerjilerle beslemek için harekete geçmişsindir. Sana veya birine saldırıyorsa iktidar olanla aranda bir sorun oluşmuştur veya oluşabilir.

BALIK

BEREKET • BİLGELİK • YENİDEN DOĞUŞ • DİŞİLİK • ÜREME • BİLİNÇALTI • CANLILIK • SABIR • YAŞAM • ŞANS

Hayatın başladığı yer olan suyun içinde var olan bu yaşam formu istisnasız dünya üzerindeki tüm mitolojilerde ve inanışlarda bolluk bereket sembolü sayılmıştır.

Balıkla eşleşen tüm benzetmeler dişi enerji, kutsallık, mutluluk, huzur, bilgelik, bereket ve sabırla ilgilidir.

Özellikle akıntıya karşı yüzerek yumurtalarını bırakmak için büyük bir gayret sarf eden somon balığı, başta İskandinav, Avrupa ve Uzakdoğu kültürlerinde kıymetli bir semboldür.

Budizm'de Buda'nın sembolüdür.

Hıristiyanlıkta Hz. İsa, mucizevi şekilde beş bin kişiyi balık ve ekmekle doyurmuştur.

Modern Hıristiyanlar "Jesus/İsa" yazılı balık figürlerini kullanırlar.

Balık sembolü olarak seçilen şekiller 2'ye vurgu yapar. Bu hem su hem de yaratıcılıkla ilgilidir.

Balık sembolü çift olarak kullanılır. İster karşılıklı yay gibi çizilsin isterse farklı yönlere bakan balıkla anlatılsın hep iki balıktır.

Nitekim Japon ve Çin kültüründe balık sembolü tek kullanılmaz, en az iki adet olmalıdır. Bu, üremeyi ve yaratıcılığı sembolize eder ve yeni evlenenler için mükemmel bir hediye olarak kabul edilir.

Balık birçok kültürde ve mitolojide dönüşümün ve yeniden doğuşun sembolüdür. Yunan mitolojisinde Afrodit, yeraltı dünyasının bekçisinden kaçmak için kendini balığa dönüştürür.

Afrika mitolojisinde doğumu temsil eder. Bütün evren sudan oluşmuştur ve balık onun içinden doğar.

Deniz ve su kaynaklarına yakın yaşayanlar için balık beslenmenin, yaşamın cömertliğinin, geçimin ve var olabilmenin simgesidir.

Balık sembolünün faydalı olabileceği yer ve durumlar: Balık sembolü, kullanıldığı yere ve niyete göre çalışacaktır. Özellikle doğurganlık, bereket, bilgelik, yeniden doğuşu temsil edişiyle en rahat kullanabileceğin sembollerden biridir.

Balık sembolü tek olarak kullanılmamalıdır. Her zaman çift sayı ve katlarında tercih edilmeli.

Diyelim ki evinde bereket enerjisini artırmak istiyorsun. Kırmızı veya turuncu balıklardan oluşan bir tablo kullanabilirsin.

İşyerinde sadece masan var ve sen kadınlara yönelik bir iş kolunda çalışıyorsun. Masanda ikili balık figürlü bir biblo bulundurabilirsin. Bilgisayarında ekran resmi olarak kullanabilirsin.

Bedende cinsel organlara yakın bölgelerde üretimi arttıracağı için çocuk sahibi olmayı hızlandırabilir.

Kol veya ayaklarda çift sembol hareketin gücünü ve yenilenmeyi destekler. Kalbe yakın bölgelerde dövme olarak yaptırıldığında sevginin bilgeliğini açığa çıkartmayı kolaylaştırır.

Balık sembolünün kullanımında dikkat edilmesi gereken durumlar: Balık sembolünü dikkatle kullanmandan çok kullanılmasında nelere dikkat edeceğin önemlidir. Akvaryumlar her ne kadar hareketli suyun içinde yaşayan balık gibi güzel semboller olarak görünse de akvaryumdaki balığın beslenmesinin dışarıya bağlı olması ve yaşam alanına sınırlı olmasıyla hapsedilmiş bir enerjiyi temsil eder.

Özgürlük ve sonsuzlukla anılan bu canlıların kısıtlı bir alanda suni bir beslenmeye tabi tutulmaları o mekâna da aynı enerjiyi taşıyabilir. Tek olması, tek olarak resmedilmesi ise üremenin durdurulması, bereketin kısıtlanmasına sebep olabilir. Balık sembolünü tek kullanıyorsan, belki dikkatini nerede üretmeyi bıraktığına verebilir veya yeteneklerini kullanmadığın alanları bulmaya çalışabilirsin.

Rüyada temiz bir denizden veya kaynaktan yakalanan balık görmek bereket, kısmet ve bolluktur. Deniz dalgalıysa bu kısmete ulaşırken duygusal olarak dalgalanma yaşayacağını, kirliyse keyifsiz ortamlarda bulunduğunu ve elde etmek için uğraştığın kısmetin kaynağının temiz olmadığını gösterir.

Balığın rengiyle ilgili yorumlar için renkler bölümünden destek alabilirsin. Suyun altında gördüğün balıklar, şuuraltının kayıtlarında bulunan yaratma potansiyelini anlatır.

BALİNA

DERİN FARKINDALIK • DUYGULARLA ANLAMA • DUYGUSAL DERİNLİKLERİ HAREKETE GEÇİREBİLME • İLETİŞİMİN FARKINDALIĞI • SESİ KULLANABİLME YETENEĞİ • DERİN DUYMA • DERİN GÖRME • TOPLULUKLA BİRLİKTE HAREKET EDEBİLME • UYUM • DENGE

Okyanusun memeli canlılarından olan balinalar, dev cüsseli varlıklardır ve kalabalık bir aileye mensupturlar. Farklı çeşitlerinin içinde yunuslar da bulunur.

Suda başlayan yaşamın tek memeli ailesi olarak varlıklarını sürdürürler.

Akciğerleriyle soluyan bu canlılar, oksijeni daha uzun süre tutabilen fiziksel özellikleri sayesinde uzun süre suyun içinde kalabilseler bile suyun yüzüne çıkmaya ihtiyaç duyarlar. Balinaların ve yunusların hava alıp verdiği kesecikler başlarının tepesinde yer alır. Hem denizden hem de havadan beslenmeleriyle farklıdırlar. Bu özellikleri hem kendi derinliklerinden hem de dış dünyadan beslenebilmeyi anlatırlar. Her ne kadar içsel fark ediş önemli olsa da dışarıdan beslenmeye de ihtiyaç duyarız.

Dış dünyayla olan bağlarının zayıf olması nedeniyle dışkulakları gelişmemiş olan bu canlıların içkulakları oldukça iyi duyabilir. Bu, kendi içsesini duyabilmenin sembolüdür.

Kulakları, keskin görüşlerine de yardımcı olur. Bu sayede ışığa ihtiyaç duymadan çok uzaklardaki objeleri fark edebilme yetenekleri bulunur. Farklı türlerin farklı ses çıkarma yeteneği olsa da ortak özellikleri tıpkı yarasalardaki gibidir. Bir nesneye çarparak geri gelen sesle yol alabilirler.

Duyguları ve bilinçaltını temsil eden denizlerin derinliklerinde yaşayan ve birçok özellikleriyle karadaki canlıların denizde yaşayan tek örneği olan balinalar, keskin görüşü, bilinçaltının keşfedilmemiş yanlarını, yüksek zekâyı, duygusallığı, bir arada yaşamı, içedönüşü ve haberleşebilmenin derinliklerini temsil eder.

İnsanla kurduğu bağ açısından, yüzyıllardır avlanarak yok edilen bu canlının öldürülmesi sırasında hissettikleri suya aktarılır. Bu hislerin suda yaşayan tüm canlılara etki ettiği düşünülürse, balina aynı zamanda insanın nefsi zaafları ve daha fazlasına sahip olma tutkusunun, bütünden uzaklaşarak parçası olduğu doğayla savaşının bir sembolü de kabul edilebilirler.

Balina sembolünün faydalı olabileceği yer ve durumlar: Balina kendi derinliklerimizin içinde yol alabilmeyi, hem gece hem gündüzle barışıklığı yani bir anlamda hem anne hem de babayla olan uyumu, daha da ötesinde biri meydana getiren iki parçanın yarattığı gücü sembolize eder.

Dişidir, doğurur ve emzirir. İçeriden duyabilme yeteneğiyle bilinçaltıyla temas halindedir. Öte yandan hava ve ışıkla iletişimdedir. Sesle görebilme yeteneği, ötesini bilebilme kabiliyetini artırabilir.

Bu nedenle psikolojik danışmanlık merkezlerinde, ruhsal çalışmaların yapıldığı yerlerde kullanımı olumlu sonuçlara yardım edebilir.

Ses, müzik ve dansla ilgili görsel çalışmaların yapıldığı yerlerin enerjisini yükseltebilir. Zihinsel gelişimi zayıf çocukların bulunduğu merkezlerde kullanılabilir.

Şuuraltı çalışmaları yapıyorsan aksesuvar olarak kullanmanı tavsiye ederim. Harika bir annelik figürüdür. Çocuk odalarında rahatlıkla kullanabilirsin.

Dövme olarak yaptırmak istiyorsan sembolize ettiği enerjiye odaklan. Balina, derinlerde var olanın açığa çıkmasına destek olan bir enerjidir. Bunu hatırlayarak dövme seçimi yapmalısın. İletişim yetenekleri üst düzeyde olan bu hayvanın dövmesi iletişimi ifade eden organlara yakın yapılabilir.

Balina sembolünün kullanımında dikkat edilmesi gereken durumlar: Derin duygusal travma yaşayan insanların tedavisinin yapıldığı yerlerde, komada olan hastaların tedavi edildiği merkezlerde kullanımı, onların kendi derinliklerinden çıkışını zorlaştırabilir.

Bu hayvanlar duygularının etkisiyle yaşamlarına son verebilecek kadar hassas oldukları için, duygusal hassasiyete sahip kişilerde denge sorunu oluşturabilirler.

Rüyanda bir balinayla yüzüyorsan bilinçaltından mesajlarını duymaya başlamışsındır. Belki bazı çalışmalar yapıyor ve engellerini fark ederek yolunu açmak istiyorsun ve rüyanda balinayla yüzdüğünü gördüğün için doğru yoldasındır.

İçsesini duymaya başlamışsındır ve bu rüya sana içeriden beslenirken dışarıyla bağını koruman gerektiğini hatırlatıyordur.

Birden fazla balinayla beraber yüzüyorsan kendi derinliklerinde ruhsal yanınla bağlantın güçleniyor, akışta uyumlu bir dönem yaşıyorsun demektir.

Rüyanda balina intihar ediyorsa ya da öldürülüyorsa, bilinçaltından açığa çıkan bir bilgi ya da kayıt seni derinden etkilemiş olabilir. Belki bu aşamada destek alman gerektiğini hatırlatıyordur.

BAYKUŞ

BİLGELİK • FARKINDALIK • SAKİNLİK • İÇSEL GÖRÜ • DERİNLİK • SAKİN KARAR VERİP HIZLI HAREKET EDEBİLME • FARKLILIK YARATABİLME • DUYARLILIK

Baykuş, Yunan mitolojisinde zekâ, sanat, strateji, ilham, barış ve bilgeliğin tanrıçası Athena'nın sembolüdür. Baykuşun gece görme yeteneğinden etkilenen Athena, kargayı bu görevden alıp yerine baykuşu getirmiştir.

Geceleri haber taşıma görevi yapan baykuş, ticareti koruması için Antik Yunan paralarında da kullanılmıştır. Ayrıca Yunan ordusu savaş sırasında üzerlerinde uçan bir baykuş görmeyi zafer olarak yorumlardı.

Gece avlanır ve sanki gözleriyle değil adeta hisleriyle görürler.

İzleme ve dinleme kabiliyetinin öncülüğünde harekete geçmesiyle birçok kültürde bilgi ve bilgelikle eşleştirilir.

Bununla beraber gecenin gizemi ve bilinmezliği içinde ilerleyebilme yeteneği yüzünden, ölüm ve büyüsel yetilerle bağlantılı görülür.

Sessizce avlanmasını sağlayan tüyleri yüzünden "gecenin hayaleti" olarak anılır. Eylemlerini gizlemek istediğinde fayda sağlayabilir.

Gözlerini oynatamaz, başını 270 derece döndürerek geniş açıyla görebilir. Etrafta olup bitenleri sezebilmek için olumlu bir semboldür.

Gözlerindeki mor ışık görüntüsüne sebep olan bir özellik sayesinde bizim sadece ışık olarak algıladığımız bir görüntüyü tüm detaylarıyla görebilir. Mavi ışığı görebilen tek kuştur. Bu nedenle olanın ötesini görme ve medyumlukla ilişkilendirilmiştir.

Fiziksel özellikleriyle diğer kuşlardan farklılıklar taşır. Gözkapakları alttan üste kapanır. Kulakları birbirinden oldukça uzaktır, bu sayede daha geniş bir alanı duyabilir. Hayata farklı bakmayı anlatır.

Geniş yüzünde yer alan tüyler sayesinde sesleri toplar ve en ufak sesi bile fark edebilir.

Gözleri yüzün iki yanında değil tam önündedir. Bu nedenle farklılaşarak öne çıkabilme, gözlem yeteneğiyle en küçük şansı bile fırsata dönüştürebilme yeteneğiyle, ticari başarı için tüm şartları fark ederek hareket edebilmeyi destekler.

Özellikle Roma'da yıkım ve ölümle eşleştirilen baykuş aslında Athena'nın Roma'nın kurucularının yanında yer almamasından kaynaklı bir hışma uğrar. Bu etki ortaçağda da devam etmiş ve baykuşun şekil değiştiren bir cadı olduğuna inanılmıştır.

Anadolu'daki, baykuş ötüşünün duyulduğu evden ölü çıkacağı inancının benzeri Roma, Mısır ve Avrupa kültüründe de görülür. Hatta geçmişte baykuşlar böyle düşünenler tarafından yok edilmişlerdir. Oysa bu kuşların öldürülmesiyle birlikte o bölgelerde fare, kene, akrep, yılan ve zehirli böcek sayılarında artış olur.

İyi bir gözlemci olan ve sessizliğin bilgeliğiyle kendinden emin olunca harekete geçen bu kuş, izlemeyi ve zamanında harekete geçmeyi temsil eder.

Karanlıkta görme yeteneğiyle belirsizliklerden çıkabilmenin sadece içsesi dinlemekle mümkün olabileceğini ve görme yeteneğinin gözle görmekten çok içsel görüyle birleştirmemizle mümkün olduğunu sembolize eder.

Kemirgenleri avlaması, hayatımızda bizi kemiren, farkına varamadığımız enerjilerden korunabilmemize yardım eder. Dikkatimizi bir konuya odaklayabilmemizin yanı sıra gizlilikle hareket edebilme yeteneği, fark edilmeden ilerlemek istediğimizde kolaylık sağlayabilir. Bununla birlikte hassasiyeti ve duyarlılığı anlatır. Bu hassasiyet, kırılganlıktan ziyade sezgilerin keskinleşmesi anlamını taşır.

Çevreye ve kendimize olan bakış açımızın derinliğine ve fark edişin yoğunluğuna vurgu yapar.

Baykuş sembolünün faydalı olabileceği yer ve durumlar: Bilginin doğru kullanılmasının istendiği yerlerde, eğitimle ilgili mekânlarda, içsel görüşün ve derin farkındalığın artırılması adına baykuş sembolü fayda sağlayabilir.

Farklı yaklaşımlarla yaptığı işte öne çıkmak, ticari olarak kazanç elde etmek, fırsatları doğru değerlendirmek isteyenler için olumlu olabilir.

Gizliliğe ihtiyaç duyulan alanlarda ve aynı zamanda içgörüyle hareket edebilme yeteneğinin açılması için destekleyici olabilir. Öncelikle kendine ve yakın çevrende olanlara odaklanmak istediğinde baykuş sembolü yol gösterebilir.

Herhangi bir yerde karşına çıkan baykuş, yaşadıklarının ve gördüklerinin ötesindeki derinliğe odaklanmanın, bilgiyi bilmenin değil onu içselleştirmenin yolunu aydınlatacağı mesajını verir.

Aksesuvar olarak kullanımında bilgiye hizmet etmeyi, bilgilenmeye ve bilgilendirmeye olan merakı artırabilir.

Baykuş iç mekândan çok dış mekânda etkili bir enerjidir. Özellikle negatif unsurları dışarıda tutmak için dış kapıda ya da balkonda kullanılabilir.

Kitap ya da araştırma sektöründe çalışıyorsan ya da alınan bilginin iletilmesiyle ilgili bir işte çalışıyorsan, ofisinde veya çalışma masanda kullanabilirsin.

Baykuş sembolünün kullanımında dikkat edilmesi gereken durumlar: Banyo gibi suyu akıp giden yerlerde kullanılması bilginin harcanıp gitmesine sebep olur. Gördüklerini ve fark ettiklerini doğru kullanamamana yol açar.

Enerjinin yükselmesini istediğin ve temponun fayda sağlayacağı alanlarda, fiziksel aktivitenin ön planda olduğu yerlerde yaratmak istediğin etkiyi azaltabilir.

Rüyanda avlanan bir baykuş gördüğünde hayatında seni kemiren enerjilerden özgürleştiğini haber verir. İzleyen ve gözlem halinde bir baykuş gördünse tefekkür halinde olmanın sana iyi geleceğini, uçarken gördüğünde hedeflerin için harekete geçme zamanının geldiğini sembolize eder.

BİT, PİRE

FAYDALANAN • GİZLİCE BESLENEN • RAHATSIZLIK VEREN • BULUNDUĞU ALANDA KENDİNE ÇIKAR SAĞLAYAN

Bit ve pire aynı ailenin üyeleri olarak kıl köklerinde yaşayan, derilerini ısırdığı sıcakkanlı omurgalıların kanıyla beslenen parazitlerdir.

Bu parazitler hızlı üreyen, zor yok edilen ve ısrarcı varlıklardır. Çevremizde bizi etkisi altına alan, bizden beslenen ve bize zarar veren kişi, düşünce ve oluşumların içinde olduğumuz mesajını iletirler.

Özellikle pireler geçmişte veba gibi bulaşıcı bazı hastalıkların yayılmasına sebep olmuştur. Bu da kitlelerin zararlı bazı düşünce ve davranışlarla birbirlerine zarar verdiklerini gösterir.

Birçoğu sabunla ya da çeşitli temizleme malzemeleriyle kolayca yok edilebilir. Yani bit ve pire gibi parazitler bir şekilde karşımıza çıkıyor, bedenimizde ve hayatımızda yer alıyorsa, bize gizliden zarar veren, rahatsız olduğumuz ama bir türlü fark edemediğimiz bazı konulara dikkat etmemiz gerektiği anlatılıyordur. Bir anlamda temizlen, arın ve kendine gel mesajı veriliyordur.

Rüyada bit görmek zenginliktir yorumuna inanma. Bu yorum "kanı bitlendi" deyiminden devşirilmiştir.

Bu parazitleri rüyanda görüyorsan sana verdiği mesaj aslında sana ait olmayan duygu ve düşüncelerle kendini rahatsız ettiğindir.

Bulunduğun ortamdaki bazı durum ve davranışlardan rahatsız olduğun, hayallerinden uzaklaştığın ve kendi doğana uymayan davranışların içinde olduğun yorumunu yapabilirsin.

BOĞA

CESARET • RİSK ALABİLME • İLERLEME • ERKEKLİK • HAREKET • ZENGİNLİK

Eski kültürlerde kutsal kabul edilen hayvanlardan biri olan boğa, erkekliği yani erk enerjiyi, üremeyi, savaşmayı, ıslah edilemeyen bir gücü anlatır.

İlerlemek ve hareket onun kontrol edilemeyen doğası gereği çevresinin ona uyum sağlamasına neden olur. Belki de bu nedenle boyun eğilen, saygı duyulan bir güç sembolü olmuştur.

Finansın kalbi sayılan New York ve Frankfurt borsalarının sembolleri boğa heykelleridir. Boğa, erk enerjiyi, ilerlemeyi, cesareti, risk almayı, zenginliği temsil eder.

Boğa sembolünün faydalı olabileceği yer ve durumlar: Gıda ve özellikle etle ilgili sektörlerde, finans ve riske girerek kazanç elde edilen alanlarda, üremenin artışına ihtiyaç duyulan çiftlik gibi işletmelerde, risk almaktan tedirgin olan ama ticaretle uğraşanların işyerlerinde fayda sağlayabilir.

Enerjiye, harekete ve hıza ihtiyaç duyduğun alanlarda kullanabilirsin.

Gelir artışı istediğin noktalarda, çalışma temposunun da artabileceğini hesaba katarak kullanmanda fayda olabilir.

İnsanın sahip olduğu ilk hayvanlardan biri olan boğa sembolünü para, yeme içme, gayrimenkul, borsa, tarım gibi alanlarda çalışıyorsan işyerinde kullanabilirsin.

Boğa sembolünü dövme olarak yaptıracaksan eril enerjiyi aktive edeceğini hatırlamalısın.

Boğa sembolü harekete geçmene neden olacak enerji akışını yaratır. Harekete geçtikten sonra da karşına çıkan engelleri devirmeden rahat edemezsin.

Dikkatli kullanmakta fayda olabilir. Hareketliysen olumlu, hareketsizsen olumsuz çalışabilir.

Boğa sembolünün kullanımında dikkat edilmesi gereken durumlar: Enerjinin zaten yüksek olduğu ve rekabetin karmaşa yaratacağı yerlerde, inatlaşmanın ve risk almanın zarar getireceği alanlarda dikkatli kullanılmalı ya da hiç kullanılmamalıdır.

Bir binada müşteriyi veya misafirleri karşılama noktasına konması, içeriye giren kişi sayısını düşürebilir veya tedirginlik yaratabilir. Sakinliğe ihtiyaç duyulan yerlerde kullanılması dengesizlik yaratabilir.

Rüyadaki boğa sembolü, erkekle ilgili konuları içerir. Boğa eğer sana saldırıyor, peşinden koşuyorsa baskı altında hissettiren bir erkek vardır hayatında.

Boğa maddi konularla da ilgili demiştim, demek ki seni baskı altına alan bir başka konu maddi kaynakların, parasal eylemlerin ve harcamaların da olabilir.

Boğayı tek başına gördüysen hareket ettiğinde maddi konularla ilgili ilerleme kaydedebileceksin demektir.

Boğa oturuyorsa gücünü kullanmadığın için hayatın bir alanında enerji durağanlaşmıştır.

BOKBÖCEĞİ

ERİL • EYLEM • DOĞUŞ • TEKRARDAN BAŞLAMA • BİR HALİ BIRAKMA • DÖNÜŞÜM • METAFOR • GÜNEŞ • IŞIK • TOPRAK • VERİM • HAYATI YENİDEN ŞEKİLLENDİRME • ÖLÜM • DİRİLİŞ

Bokböceğinin bu ismi almasının sebebi, tamamen dışkıyla beslenmesidir. Belki dışkıyla beslenmesini hoş bulmayabiliriz fakat özellikle otla beslenen hayvanların dışkılarındaki tam sindirilmemiş enzimler, toprağa geri dönerken verimi artırır.

Bu böcekler geri dönüşümün en önemli işçileridir. Bu özellikleriyle yeniden doğuşun ve doğanın kendini yenileme döngüsünün en güzel anlatımıdırlar.

Bokböcekleri toprağı kazarak içine girer ve tekrar dışarı çıkar. Geçmişte bunu gözlemleyen insanlar onun ölümden sonra dirilişi anlattığını düşünmüşler ve bu nedenle onu yeniden doğuşla ilişkilendirmişler.

Özellikle Antik Mısır'ın en önemli sembollerinden birisi olan bu böcek erken dönemlerde güneş tanrısı Ra'nın sembolü, Orta Krallık Dönemi'nde devlet mührü ve Geç Hanedanlık Dönemi'nde mumya kilidi olarak kullanılmıştır.

Bir hayvanın dışkısından koparttığı parçayı top yaparak taşırken, yolda o topa bulaşan ot ve yeşilliklerle gittikçe büyüyen yükü taşımak için verdiği çaba bize yaşamın içinde ilerlerken verdiğimiz mücadeleyi anlatır.

Toprağın altına giriş çıkışı yaşamın yeniden, yenilenerek devam edişini anlatırken, topladığı tüm dışkıları toprağa gömmesi, topraktan beslenenlerin bıraktıklarıyla tekrardan toprağı beslemesi önemli bir semboldür. "Var olandan varlığı yaratma" ve "var olana şekil verme" halini anlatır ki işte bu hal tam da yaratılışın bir yansımasıdır.

Doğum sürecinden önce, dişi böceğin adeta bir rahim gibi yaptığı topun içine aldığı yavrularını yuvasında korumaya devam etmesi ruhsal koruma ve rahman-rahim enerjinin birlikteliğini anlatır. Yaşam toprağın içinden yeniden doğar.

Bokböcekleri toprağın çalışkan çiftçileri olarak, gübreleri ince ince derinliklere gömerek yaşamı besler.

Bu müthiş sembol binlerce yıldır hâkimiyetini korumaya devam etmektedir. Haklı itibarın en önemli sebebi, yaşamla ölümü buluşturarak sonsuzluğu anlatmasıdır.

Özellikle tarım, ziraat, tohum gibi toprakla ilgili işler için oldukça güzel enerjiler sağlayabilir.

Güneş ve doğuyla olan ilişkisi onu eril enerjinin sembolü yapar. Bu nedenle ışıkla, eylemle, başlatmakla, yeniden başlamakla ve yenilenmeyle ilişkilendirilir.

Aynı zamanda larvalarını toprağın altına gömmesi, karanlığa olan güven, bilinmezin yenilikleri getireceğine olan eminliği temsil eder.

Yola çıkışında büyük bir beceriyle oluşturduğu topu ve yolda ona katılanlarla gittikçe büyütmesine rağmen yükünü taşımaktan vazgeçmeyerek tüm gücüyle yükünü ve sahip olduklarını hedefe ulaştırır.

Bu davranışıyla bize bir işe başlandığında beklenenle olan arasında gerçekleşeceklerden yılmamayı, yola devam etmeyi, isteğimizi ve inancımızı korumayı hatırlatır.

Bokböceği sembolünün faydalı olabileceği yer ve durumlar: Özellikle korku, endişe ve vesvese gibi sıkıntılarından özgürleşmen için güzel bir sembol olabilir. Hayatın akışına teslim olmak istersen, kaynaklarının yetersizliği nedeniyle istediklerini başlatamıyorsan, yenilik dilerken şart koşuyorsan destek verir.

Kolye olarak kullanılacaksa harika bir semboldür. Korkularından, endişelerinden arınabilmen için ifade enerjini açar.

Beğenmediğin, kabul edemediğin deneyimlerinin sana faydasını görmen için destekler.

Bileklik ve halhal olarak kullanımında hayatına şekil vermen, emek ve gayretle ilerleyebilmen için ihtiyaç duyduğun yardımı almanı kolaylaştırır.

Bir mekânda aksesuvar olarak kullanıldığında mevcut imkânları kullanarak yeniliği başlatabilir.

Dövme olarak kullanacaksan hayatına yenilenme enerjisini çekeceğini unutmamalısın. Yeniliğin olabilmesi için belki eskimiş olanı bırakman gerekebilir.

Bokböceği sembolünün kullanımında dikkat edilmesi gereken durumlar: Arzuların için emek vermek istemiyorsan ve beklemeye tahammülün yoksa bu sembolü kullanman doğru değil. Bokböceği gayretle sonucun birliğini anlatır.

Rüyada bu böceği hangi halde görüyorsan sana o durumla ilgili bir mesajı vardır. Yani topunu taşıyorsa emek veriyorsundur, yoruluyorsundur ve bundan sonra da sabır dönemine gireceksindir.

Yaptıklarınla hem kendine hem de bütüne faydan vardır ki bu da seni besler. "Sen hayatı besliyorsun o da seni besleyecek" mesajını verir.

Topunu toprağa gömüyorsa, sabırla beklemen gereken bir döneme gelmişsindir.

BUKALEMUN

UYUM • FARKLILIK • KABUL • İRADE • KARARLILIK • AN İÇİNDE YAŞAMAK • SAKİNLİK • EMİNLİK • GÜZELLİK

Duygularına göre renk değiştirebilen bukalemunlar, tehlike anında bulundukları ortamda görünmez olabilme yetenekleriyle ilgi çekicidirler.

Bukalemun "içinde bulunulan zamanda yaşamanın" sembolüdür.

Avlarının peşlerinden gitmelerine gerek olmadan bedenlerinin bir-bir buçuk katı uzunluğunda dilleriyle onları kendilerine çekebilirler. Bir jetten beş kat hızlı hareket edebilen bu dil karşısında avın hiçbir şansı yoktur. Bu özelliğiyle, istediğini kendine çekebilmeyi anlatır.

Odaklanmayı, karar vermeyi, harekete geçmeyi, bulunduğu ortama uyum sağlamayı ve aslında gözlem yeteneğini temsil eder. Zırha benzeyen derisi, doğanın tuvalinin en güzel renkleriyle bezenmiştir. Güzelliğin farklılıklarda gizli olduğunu hatırlatır.

Bukalemun sembolünün faydalı olabileceği yer ve durumlar: Gözlem yeteneğini geliştirmek, sakinleşmek, farkında olmak, hayatın içinde olup biteni değişik açılardan değerlendirebilmek için destekleyici enerjiler sunar.

Hayatına renk getirmen, hedef odaklı çalışman, kararlarını güçlendirmen için uygun olabilir.

Aksesuvar olarak kullandığında şimdiki anda yaşamana destek olur. Değişimlere hızla adapte olmanı sağlar.

Çalıştığın ya da yaşadığın mekânda kullandığında koruma enerjisi yaratır.

Fırsatların sana doğru gelmesini ve bunları değerlendirmeni destekler.

Dövme sembolleri arasında en eski olanlardandır. Dışarıya karşı zırh oluşturmanı sağlar. Ani değişimlerle karşılaştığında uyumlanmanı kolaylaştırır.

Bukalemun sembolünün kullanımında dikkat edilmesi gereken durumlar: Bukalemun enerjisi odaklanmayı destekleyen bir enerji olduğu için, iş veya özel hayatta zaten odaklanması güçlü kişilerde bir konuya takılıp kalma etkisi yaratabilir.

Bir toplulukta uyum içinde çalışmak için destekleyici olsa da kendisini olduğu gibi ifade etmek isteyen veya farklılıklarıyla ön plana çıkmak isteyenlerin de imtina ederek kullanması gereken bir semboldür.

Hareket isteyen kişiler ve hareketlilik istenen mekânlar için uygun olmayabilir.

Bulunduğu ortama uyum sağlayan bir bukalemun rüyana geldiyse, kendini ifade etmek yerine ortamda olup bitene uyum sağladığını anlatır.

Kendini ortaya koymaktan çekiniyor olmalısın.

İsteklerini kendine çekmek konusunda doğru yolda olsan da sadece önüne gelenle yetinmek zorunda kalıyor olabilirsin.

BÜLBÜL

AŞK • EŞİNİ ARAYIŞ • YARATICILIK • SES VE SESİN ETKİLEYİCİ GÜCÜ • UYANIŞ • RUHSAL YARATICILIK • KARANLIKTAN AYDINLIĞA GEÇİŞİN HABERİ

Bülbül ötüşüyle ünlenmiş bir kuştur. Seher kuşu ve hezar olarak da anılır.

Erkek bülbüller, hayvanlar âleminin neredeyse tüm erkek üyeleri gibi gösterişe ve gösteri yapma yeteneğine sahiptirler. Ötüşlerinin en önemli amacı dişileri etkilemek ve kur yapmaktır.

200'den fazla farklı ötüşleri vardır. Doğanın besteci ve icracıları bülbüllerdir.

Gece vakitlerindeki ıslıklı ötüşleri çiftleşme zamanını haber verir. Tiz ötüşleri uyarıcı niteliktedir ve sabaha karşı gün ağarırken çıkarırlar.

Bülbül gündüzleri fazla ötmez. Ancak başka seslerle rekabet edecekse ortaya çıkar.

Bülbülün bu yaratıcı ötüşlerinin dişiyi ikna çabasından kaynaklandığı düşünülürse, kur yapmanın en güçlü gösterilerinden birisini gerçekleştirdiğini söyleyebiliriz.

Aşk namelerini gecenin karanlığında duyuran bülbül sabahı karşılarken bambaşka nağmeler şakır. Erkek bülbüllerin bu derece yoğun enerji harcayarak dişiyi ikna etme çabaları elbette boşuna değildir.

Erkek bülbüllerin sadece yüzde 50 kadarı çiftleşecek kadar şanslıdır. Tüm hayatını bir dişiyi ikna etmek için uğraşarak geçiren ve bize güzel sesler dinleten bülbüller aşkın sembolüdür.

Bülbüller çiftleşmenin ardından sessizliğe bürünür. Sadece sabahın ilk ışıklarında "tik, tik" şeklinde daha teknik sesler çıkararak seher vaktini şenlendirirler.

Bülbül sembolünün faydalı olabileceği yer ve durumlar: Sıkıntılı günlerin ve sıkıntılı olayların geçmesi için ya da aydınlığa kavuşmak amacıyla dekoratif bir obje şeklinde kullanılabilir.

Bülbül ötüşüyle ünlü bir kuş olduğundan ses ve müzikle ilgili alanlarda ün, ortaya çıkış ve başarı getirebilir.

Bir kadın kullandığında erkeğin onunla buluşmak için gayretini, bir erkek kullandığında flört enerjini artırabilir.

Ses getirecek aşklar ortaya çıkabilir. Konuşma sorunları olan kişilerin kullanmasında olumlu sonuçlar verir.

Bülbül sembolünün kullanımında dikkat edilmesi gereken durumlar: Bülbül konuşmayı, sesi yükseltme enerjini artırdığı için özellikle erkeklerin bir arada olduğu ortamlarda kullanmak doğru olmayabilir.

Rüyada, bülbülün ötüşü karanlık bir dönemin bitişini, aydınlığın gelişini müjdeler. Bir aşkı, bir kavuşmayı veya flörtleşmeyi de haber veriyor olabilir.

CEYLAN

GÜZELLİK • ESTETİK • HIZ • ÇEVİKLİK • YÖN DEĞİŞTİREBİLME YETENEĞİ • FARKINDALIK

Güzelliği ve estetik duruşuyla hayranlık uyandıran ceylan etrafında olan bitenle temasıyla dikkat çeker. Hızının ve çevikliğinin yanı sıra dikey olarak da hareket edebilme kabiliyetine sahiptir. Ceylanlar, en çevik avcılardan olan çitalar için en kıymetli avlardır.

Ceylanlar, çitalar kadar hızlı koşamazlar ancak yukarıya ve yanlara doğru şaşırtıcı güçte zıplama yetenekleriyle avcılardan kurtulabilirler.

Bize hayatın içinde kurtulamadığımız, fiziksel veya zihinsel olarak imkânsız gördüğümüz hallerden özgürleşmenin yolunu gösterirler. Başka bir yolu deneyebileceğimizi ve aslında kaçtığımız veya kurtulmaya çalıştığımız her neyse ondan daha güçlü olmamıza gerek olmadığını hatırlatırlar.

Ceylan sembolünün faydalı olabileceği yer ve durumlar: Peşini bırakmayan bir alışkanlıktan, kişiden, bağımlılıktan kurtulmak için desteğe ihtiyaç duyduğun hallerde kullanman fayda sağlayabilir.

Maceraya ihtiyaç duyduğunda ve dış etkenler tarafından baskı olmadan hareket edemeyeceğini bildiğin durumlarda kullanılabilir.

Dış etkenlere karşı kayıtsız olduğun ve biraz da yayılma enerjisiyle hedeften uzaklaştığın zamanlarda itici güç etkisi yaratabilir. Ancak dışarıdan seni tedirgin edecek bazı olayları da üzerine çekebilir.

Kolye, bileklik ve halhal olarak kullanımında zarafetinle dikkatleri üzerine çekmeni sağlar. Özellikle sıçrama formunda ileriye doğru ilerlemeni, kendi gücünü kullanmanı destekler.

Estetik merkezlerinin, takı tasarımcılarının, butiklerin ve terzilerin çalışma ortamlarında faydalıdır.

Dövme olarak kullandığında herhangi bir tehlike karşısında hızlı ve çevik bir şekilde harekete geçmeni sağlar.

Ceylan sembolünün kullanımında dikkat edilmesi gereken durumlar: Kendini sakin ve dingin hissetmeye ihtiyaç duyduğun anlarda, dışarıdan birçok tehlikeye açık olan ceylan sembolü huzurunu kaçırabilir.

Ceylan, avcılara karşı her zaman uyanık olmak zorundadır, bu nedenle bu sembol farkındalığı artırsa da iç sakinliği azaltabilir.

İçsesini dinlemeye, dikkatini toplamaya ihtiyaç duyduğun zamanlarda doğru bir sembol olmayabilir.

Kapı önleri, okullar, psikologlar, doktor ve terapistler için pek uygun bir sembol değildir. Sürekli kaçış ve hareket etme ihtiyacı duyan bu hayvanın sembolü, bir işte köklenmek isteyenler için de uygun olmayabilir.

Rüyanda kaçan bir ceylan görmen senden güçlü, korktuğun ve zarar vereceğini düşündüğün birinden ya da durumdan kurtulma gayretini haber verir.

Ceylanı su içerken ve etrafı gözlerken gördüysen görünen bir tehlike olmasa da rahatlamakla ilgili bir sıkıntın olabilir.

Koşup oynayan bir ceylan dost hayvanlarla bir aradaysa seni tedirgin eden durum geçmiştir ya da geçmek üzeredir.

ÇAKAL

FIRSATÇI • ZEKİ • UYANIK • GÜCÜ TAKİP EDEN • DURUMA GÖRE TAVIR ALABİLEN

Çakallar sürüler halinde veya yalnız olarak avlanabilir. Gündüzleri çalılıklara saklanır, geceleri ortaya çıkarlar. Bu nedenle tam bir fırsatçı enerjidirler.

Sürü halindeyken kendilerinden küçük veya güçsüz hayvanlara saldırırlar. Eğer tek veya az sayıdaysalar aslan veya benzeri yırtıcıları takip eder ve sessizce onların avlarından artakalanlardan faydalanmaya çalışırlar.

Çakal fırsatçı, güç ve iktidar sahibinden faydalanmaya çalışan, çıkarları doğrultusunda hareket eden, kendi prensipleri olmayan sinsi enerjileri anlatır.

Rüyada çakal görmek fırsatçılarla aynı ortamda bulunmayı haber verebilir.

Fırsatçı enerjiyi temsil eden çakal fırsatçı gibi davrandığını hatırlatmak için de rüyana gelebilir.

Birilerinin mevki sahibi olmasından etkilenebilir, çevresi ve becerilerinden yararlanmak için onu takip ediyor olabilirsin.

"Bir gün bir işime yarar, ona işim düşer" düşüncesini taşıyorsundur.

Bu düşünüş şekli kendi içsel rehberliğine yapacağın büyük haksızlıktır.

ÇEKİRGE

ÜREME • FARKINDALIK • BİR ARADA HAREKET EDEBİLME • GÜÇLÜ İLETİŞİM • İSTİLA • ZORLUKLARDAN FIRSATLA ÇIKABİLME • BAŞKALARINA ZARAR VEREBİLME • DÜNYASAL İSTEK VE ARZULARA HİZMET

Akla ilk olarak sıçramayı getiren çekirgelerin binlercesi aynı anda hareket ederler. Neredeyse bir kilometre öteden duyulabilecek düzeyde ses çıkarabilirler ve bunu havayı hareket ettirerek yaparlar. Bir tür hava bükücü oldukları söylenebilir.

Bu hayvanlar sıcak bölgelere yakın yerlerde yaşarlar. Yumurtalarını sıcak mevsimin sonunda bitkilerin üzerine bırakırlar. İlk yağan yağmurlarla canlanan larvalar çekirgeye dönüştükleri andan itibaren beraberce tüm yeşil bitkilere saldırır ve kısa sürede yok ederler.

Kara bir bulut gibi gökten yağarak bir bölgeyi istila ederler. Erişkin olduktan sonra yani bu istilanın ardından toplu halde ölürler. Bu da o bölgeye ayrı bir zarar verir.

Mısır'da mücevher şekli olarak çekirge sembolünün seçilmesi bir zenginlik göstergesi olarak algılanırdı. Çekirgenin temsil ettiği zenginlik başkalarının mallarını yağmalamakla elde edilen bir zenginlik olabilir.

Her ne kadar Japon ve Çin kültürlerinde zenginlik ve bolluk sembolü olarak kullanılsa da Eski Ahit ve Kuran-ı Kerim'de olumlu bir benzetme yer almaz.

Çekirgeler tıpkı bu sembolü kutsal sayan toplumlar gibi çok hızlı ürerler fakat bu üreme ne çekirgelere ne de üredikleri topraklara fayda getirir.

Bu sembole üreme, genişleme olarak bakıldığında kontrolsüz bir güç olarak değerlendirilebilir. Çekirgeler hızlı ürerler. Müthiş bir ahenkle hareket etme yetenekleri onları güçlü kılar. Ses çıkarma yeteneklerini kanatları sayesinde gerçekleştiren bu hayvanlar, haberleşmenin de üst boyutunu işaret ederler. Kuraklığın arkasından gelen yağmurla üremeleri ve yeşil filizleri hızla tüketmeleri, fırsatları kendileri için kullanma gücünü temsil eder.

Bu açıdan bakıldığında çekirgenin dikkatli kullanılması gereken bir sembol olduğunu söyleyebiliriz.

Çekirge sembolünün faydalı olabileceği yer ve durumlar: Askeri güç ve sosyal sorumluluk amacıyla bir araya gelenler için oldukça güçlü bir semboldür.

Aynı anda hareket edebilmeleri, güçlü haberleşme yetenekleri, mevcut kaynakları kendi lehlerine kullanarak karşı tarafa zarar verme özellikleriyle askeri başarıyı destekleyen semboller olabilirler.

Kuraklık sırasında yumurta bırakarak ilk yağmurda çoğalmaları kötü giden işlerin veya kısıtlı imkânların ardından yeniden canlanmayı destekleyebilir. Yoğun hareket isteyen kişiler, sektörler veya olaylar için olumlu çalışabilecek bir semboldür.

Zor hamile kalanlar, tedavi süreçlerinde dönemsel olarak kullanabilir. İletişim sektörü için de güçlü bir sembol olabilir. Uzakdoğu kültüründe zenginlik ve bolluk için kullanılır. Ancak bu bolluk kendine fayda sağlarken karşı tarafa ve doğaya zarar veren, hırs içeren olumsuz bir zenginliktir.

Çekirge sembolünün kullanımında dikkat edilmesi gereken durumlar: Çekirgeler aynı anda hareket edebilecek hassasiyet ve iletişim gücüne sahip olmalarına rağmen süreklilik arz etmeyen yaşam biçimleri, fırsat yakaladıklarında saldırıya geçmeleriyle birliktelikten güç alan, ancak bıraktıkları izlere bakıldığında sevilmeyen hayvanlardır.

Kendilerine fayda, başkalarına zarar getiren bu hayvanlar yok olup gittiklerinde bile zarar verebilecek negatiflikle anılırlar.

Çekirge sembolü, fırsatçılık ve zarar algısı yaratabilir. Bu nedenle dikkatli kullanılmalıdır.

Rüyada çekirgeyi tek gördüysen, birlikte hareket ettiğin fırsatçı enerjilerden özgürleşiyorsundur.

Sıçrayan bir çekirge bir alanda sıçrama yaşayacağını anlatır. Birlikte hareket eden çekirgeler haberleşmeyi, beraber hareket ettiğin grupları ve onlarla birlikte gerçekleştireceğin eylemleri haber verir.

Üremeleri kuraklık sonrasına denk geldiği için uzun süredir hareketsiz kalan bir durumun ya da isteğinin harekete geçerek canlanması söz konusu olabilir.

DENİZANASI

ŞUURALTI • ORTAK BİLİNÇ • EGO ALANINI KORUMA İHTİYACI • BÜTÜNÜN FARKINDALIĞI • GÜNLÜK HAYATIN YARATTIĞI RAHATSIZLIK • UYUM SORUNU • SAVUNMACI YAKLAŞIM

Denizanalarının neredeyse yüzde 95'i sudur. Peltemsi yapılarıyla suyun içinde son anda fark edilebilirler. Birçoğu zehir salgılayarak düşmanlarından kendilerini korusa da bir kısmı renk alarak şaşırtmacayla av olmaktan kurtulabilir.

Denizanası ölmüş olsa dahi taşıdığı zehir etkisini yitirmez ve dokunanı zehirleyebilir. Beyinleri olmayan bu canlılar küçük balıklarla beslenir. Sinir ağları sayesinde sese ve ışığa duyarlıdırlar. Güneş ışığına maruz kaldıkları anda ölürler.

Bazı türleri genetik zamanlarını tersine çevirme özelliğine sahiptirler. Hücrenin ilerlemesini tersine çevirerek yeniden gençleşen hücre yapısına dönebilme özelliklerinin sırrı hâlâ araştırılıyor. Maddenin bilinen akışına hükmeden bu canlılar, beynin en üstün organ olduğu savını düşündürüyor.

Sezgisel yanları güçlüdür ve olan biteni fark edebilmeyi temsil ederler.

Suyun içinde yaşayan ve ışıkla temasta yok olan bu canlılar bilincin derinliklerini temsil eder. Beyni olmayan bu hayvanların denizyıldızları gibi strateji geliştirebilen yanları bize bütünün yani ortak şuuraltının etkilerini hatırlatır.

Bilginin, birliğin içinde ve ötesinde var olduğunu hatırlatan, bu nedenle yaratılışın sırlarını taşıyan bu hayvanlar adeta ait olduğumuz bütünün her parçasını zihinle anlamaktan uzak olduğumuzu fısıldar.

Derin anlayışı, zihnin ötesine geçişi temsil eder. Bununla birlikte ego alanını koruyarak kendini diğerlerinden ayırt edebilmenin yollarını gösterir.

Zayıf ve savunmasız gibi gözüken yapılarına rağmen güçlü savunma yetenekleriyle düşmanlarının karşısında üstünlük kazanabilirler. Gücün, kaba kuvvetten öte stratejisini sembolize eder.

Denizanası sembolünün faydalı olabileceği yer ve durumlar: Denizanası, bilinenin ötesine vurgu yapan bir semboldür. Şuuraltı çalışmaları yapılan merkezlerde, ruhsal mekânlarda kullanılabilir.

Belli bir inancı korumak ve dışarıdan gelecek müdahalelerden korunmak için de uygun olabilir.

Dışarıya kapalı gruplar için olumlu etkiler verebilir.

Ego alanını oluşturamıyorsan, kime evet, kime hayır diyeceğini doğru şekilde seçemiyorsan ve başkalarının onayı için onların istediklerini veya dediklerini yapıyorsan denizanası sembolü işine yarayabilir. Kendi alanını oluşturmanda destekleyici bir etki verir.

Denizanası sembolünün kullanımında dikkat edilmesi gereken durumlar: Denizanaları çok yavaş hareket eden ve kendi alanlarına girenleri tehdit olarak gören oldukça tehlikeli varlıklardır. Bu nedenle sportif faaliyetleri yapılan yerlerde ekipler için, çocuk merkezlerinde ve buna benzer alanlarda kullanmak uygun olamayabilir.

Dışarıdan müşteri akışı olan dükkânlar, konukevleri, oteller, insanların bir araya gelmesi için oluşturulmuş alanlar için uygun değildir.

Rüyanda denizanası sana zarar veriyorsa kendince istediğini yaptırabileceğini düşündüğün hatta çok güvendiğin insanların sana zarar verebileceklerini anlatır.

Denizanasını yüzerken gördüysen, başkalarından zarar görmekten korkuyor olabilirsin.

Rüyana gelerek sana katılaşmadan kendi alanını belirlemenin mümkün olduğunu hatırlatır.

DENİZATI

SABIR • KANAAT • BAKIŞ AÇISINI DEĞİŞTİREBİLME • FARKINDALIK • CÖMERTLİK • KARARLILIK • PAYLAŞIM • GÜVEN • MEVCUT OLANI KORUMA

Denizatı, denizlerin engin genişliği içindeki minicik gövdesine rağmen mitolojinin önemli kahramanlarından birisidir. Geçmiş zamanlarda denizatı, deniz tanrısıyla bağlantılı olduğu düşünülen ve bu nedenle önemsenen bir hayvandı. Ayrıca antikçağlarda, denizde ölenleri diğer âleme taşıdığına inanılırdı.

Çinliler için denizlerin ejderhası olan bu minicik hayvan evrim sürecinde değişikliğe uğramamıştır. Bedeninin altının bir kancaya benzemesi ve onu ileriye doğru hareket ettirecek bir uzvunun olmaması denizatını hızlanamayan ancak olduğu yeri koruyabilen bir yapıda bırakmıştır. Bu nedenle de sebat etmeyi, içinde bulunulan halin korunmasını anlatır.

Bu hayvan herhangi bir tehlikeyle veya çalkantıyla karşılaştığında bulunduğu yere kuyruğu yardımıyla tutunur ve öylece kalır. Yani hem değişime direnmeyi hem de dışarıda oluşan yıpratıcı koşullarla savrulmadan kendimizi korumayı anlatır. Bu duruş aynı zamanda kalıcılık ve sebat sembolüdür.

Denizatının iki önemli özelliği daha vardır. Birincisi, iki gözünün ayrı ayrı görebilmesidir ki bu bir olayın farklı açılarını algılayabilme yeteneğini temsil eder. Hem yüksek algı hem de farklı perspektiften bakabilmeyi anlatır.

İkinci önemli özelliği ise çiftleşme sırasında dişi denizatının yumurta kesesini erkeğine vermesiyle erkeğin döllemeyi kendi bedeninde yapmasıdır. Hamileliğin sorumluluğu tamamen erkeğe aittir.

Doğanın bilinen işleyişi dışına çıkan bu deneyim, aslında bildiğimizin ötesine geçebilirsek hayatın sürprizlerle dolu olduğunu anlatır.

Denizatları birkaç türleri hariç tekeşlidir ve birbirlerine kur yaparlar. Burada kadın ve erkeğin dayanışmasını, ortaklığını ve paylaşımın gücünü görürüz.

Denizatı sembolünün faydalı olabileceği yer ve durumlar: Hızdan çok köklenmenin, kalıcı olmanın önemli olduğu alanlarda ve zamanlarda kullanılabilecek bir semboldür.

Dış etkenlerden olumsuz etkilenebileceğin ve varlığını korumak istediğin hallerde bu sembolün enerjisi destekleyici olabilir.

Evlilikler içinde paylaşımın eşit dağılmadığı durumlarda, erkeğin biraz daha evlilik ve ilişki için destekleyici olması istendiğinde olumlu etki yaratabilir.

Karar vermekte zorlandığında veya sabır gerektiren bir süreçten geçerken yine destekleyici bir enerji sağlayabilir.

Dikkatini toplamak istediğinde, enerjini bulunduğun ana odaklamak istediğinde iyi gelebilir.

Denizatı hızdan çok var olan durumu ilerletmek, köklenmek ve kendini güvende hissetmekle ilgili bir semboldür. Tek başına kullandığında maddi konularda sorumluluk alan erkeği sembolize eder. Ancak burada dikkat etmen gereken nokta birlikteliğin gücünü anlatan bu sembolün tek kullanımında karşı tarafın almadığı sorumluluklar sana kalabilir. Sadece maddi konularla bağlantı kurmana sebep olabilir.

Bir mekânda denizatının tek kullanımı eril enerjiden destek alarak çalışır. Hareket enerjisini mekâna kökler. Müşterileri artırır, sürekliliğini sağlar.

Çift olarak kullanımı sorumlulukların paylaşıldığı bir evliliğin sembolü olarak çalışır.

Anahtarlık sembolü olarak iki tane denizatı kullanmak, ev ve evlilik için olumludur. Tek kullanımı erkeğe sorumluluk altında ezildiği hissini verebilir.

Dövme olarak kullanırken denizatı sembolünün evlilik ve çocuklarla ilgili sorumluluğu artıracağını unutma.

Köklenme sorunu yaşıyorsan, bir işte ya da ilişkide istikrar yakalayamıyorsan olumlu bir dövme sembolü olabilir.

Denizatı sembolünün kullanımında dikkat edilmesi gereken durumlar: Bir şeyi değiştirmek ya da mevcut durumdan başka bir hale gelinmek istendiğinde denizatının enerjisi yavaşlama yaratabilir.

Hıza ihtiyaç duyulan durumlarda olumsuz etkiler.

Verme dengesini yitirmiş ve karşısındakini kendinden fazla düşünenler için de iyi olmayabilir.

Rüyada denizatını tek görmek dengeye ihtiyaç duyduğunu, bulunduğun yerde ve geldiğin noktada köklenmeye çalıştığını anlatır.

Acele ettiğin bazı konular olabilir, biraz sabretmen gerekir.

Eğer denizatını çift olarak gördüysen güzel bir birliktelik yakındır.

Eğer bir ilişkin varsa ilişkinde iyileşme yaşayabilirsin.

Erkeksen sorumluluğun artabilir, kadınsan sorumluluğuna hazır hissetmediğin bir gebelik yaşayabilirsin.

DENİZAYISI

İKTİDAR • ERKEKLİK • GÜÇ • CESARET • ORTAMIN ŞARTLARINDAN KENDİNİ YALITABİLME

Fok ailesinden gelen denizayılarının vücutlarını saran ve ince bir tabakadan oluşan kürkleri vardır. Soğuktan korunmak için ayrıca kalın bir yağ tabakasına sahiptirler.

Ön yüzgeçlerinin ucunda tırnakları vardır ve onların üzerinde ilerleyebildiklerinden köpeğimsi bir bedene sahiptirler. Bu özellik, ağır bedenlerini karada da ilerletebilmelerine yardım eder.

Gözleri, suyun altında berrak görmelerini sağlayacak yapıdadır. Genelde soğuk veya soğuğa yakın denizlerin karaya yakın yerlerinde yaşarlar. Denizden karaya çıkmışlardır ama fazla uzaklaşmamışlardır.

Her iki ortamda yaşasalar da aslında denizden beslenirler. En önemli özellikleri, erkeklerinin zamanla uzayan dişleri ve üreme enerjilerinin yüksekliğidir.

Çokeşli olan bu hayvanların kendilerine ait haremleri vardır. Çiftleşme dönemi geldiğinde genç erkekler, iktidar sahibi denizayısına meydan okur ve kavgaya çağırırlar. İktidar sahibi olanın gücü yerindeyse kendini ve haremini savunur. Yeterince güçlü değilse tüm haremini, bazen de canını kaybedebilir.

Koşulların farklılaşmasına uyum sağlayabilmeyi, dış koşullardan kendini yalıtabilmeyi, duyguların ve bilinçaltının derinliklerini net görebilme yeteneğini, erkek egemenliğini, gücün ve iktidarın saldırıya açık koşullar taşıdığını, mücadeleyi, gücün her an el değiştirebileceğini ve cesareti anlatır.

Rüyada denizayısı görmek sadık olmayan bir erkeği temsil eder. İki farklı yaşamı veya istenenle gerçekleşen arasındaki farkı anlatır.

İstediği gibi bir hayatı yaşasan da onu kaybetme korkusunun yarattığı kendini savunma hali içindesindir.

Denizayısını eğer denizin altında gördüysen, şuuraltının mesajlarını net görebildiğin, duru görünle geleceğin mesajlarını kolaylıkla okuduğunun mesajını alırsın.

Erkekler için rüyada denizayısı görmek çokeşliliğin risklerini hatırlatmak içindir.

Denizayısı sembolünün faydalı olabileceği yer ve durumlar: Erkekler için cinsel enerjiyi artırıcı bir semboldür. Kadınlar tarafından kabul görmediğini hatta güçsüz hissettiğini düşünen erkeklerin hâkimiyet kurmalarını kolaylaştırır.

Kadınların çalıştığı ortamda yönetici olan erkeklerin otoritesini aktarmasına olanak sağlar.

Bununla beraber erkekler arasında güç savaşının olduğu alanlarda kullanmak, kullanan kişi açısından avantaj sağlar.

Denizayısı sembolünün kullanımında dikkat edilmesi gereken durumlar: Denizayısı haremi olan bir hayvandır. Bu nedenle kadın için doğru bir sembol değildir.

Erkekler arasında güç savaşını artıran etkisi nedeniyle erkeklerin topluca bulunduğu ortak alanlarda kullanılmamalıdır.

DENİZ FİLİ

GÜÇ • UYUM • EKSİKLİK HİSSETTİĞİMİZ ALANLAR • DÖNÜŞÜM • İÇSEL GÖRÜ • YENİLENME

Fok ailesine mensup deniz fillerinin burnu tıpkı kara filleri gibi üstdudakla kaynaşarak öne doğru uzamıştır. Neredeyse tüm özellikleriyle denizayılarına ve bazı fok türlerine benzeseler de kendilerine münhasır ilginç bir özellikleri vardır.

Deniz filleri tıpkı yılanlar gibi deri değiştirirler. Bu değiştirme döneminde yeni çıkan deri oldukça hassastır ve deniz suyu yakıcı olabilir.

Bu dönemde denizden uzak duran deniz filleri avcılara kolaylıkla av olurlar. Gövdeleri tıpkı kara filleri gibi ağırdır. Kürkleri olmadığı için vücutları yoğun bir yağ tabakasıyla kaplıdır. Deniz filleri yağları için insanlar tarafından avlanırlar.

Derilerinin inceliği yüzünden yağ bağlayan vücutları, derilerini yenilerken onları iyice zayıf bırakır ve av olmaktan kaçamazlar.

İlginç bir sembol olan bu hayvanlar zayıflıklarımızın bizi değerli kıldığını fark etmemizi hatırlatır. Kendimizi zayıf hissederek geliştirdiğimiz bazı özelliklerimiz bizi değerli kılar.

Bir anlamda aslında zayıflıklarımızı örtmeye, güçlendirmeye çalışırken kendimizi geliştiririz.

Rüyanda deniz fili görmek zayıflıklarına odaklanıp sahip olduklarını fark edemediğinde, kendini zayıf bıraktığında hedef haline gelebileceğini hatırlatır.

Diğer yandan güçlü hissettiğin tarafların ve kendini değerli hissettiren özelliklerin de seni zayıf bırakabilir uyarısı da olabilir.

Deniz fili sembolünün faydalı olabileceği yer ve durumlar: Deriyle ilgili sorunların tedavi edildiği merkezlerde kullanılabilir. Tam bir yenilenme enerjine sahiptir.

Ancak erkek enerji için uygundur. Zaaflarını bırakmak isteyen erkekler için destekleyici olabilir.

Deniz fili sembolü kullanımında dikkat edilmesi gereken durumlar: Çokeşli olmasından dolayı kadınlar için uygun bir sembol değildir.

Deniz filinin erkekleri arasında güç mücadeleleri olduğu için erkeklerin bir arada bulunduğu ortamlarda kullanılması doğru değildir.

DENİZKESTANESİ

UYARICI • DİKKAT ÇEKİCİ • KÜÇÜK BİR KONUNUN ÖNEMLİ HALE GELMESİ • HAREKETE GEÇİREN • ODAKLANMA

Denizkestanesi görünüşte hareketsiz ve cansızdır. Oysa fark etmeden dokunduğunda sana kendinden bir parça verir. Üstelik bu canını oldukça yakacak, en önemlisi de çıkarırken seni çok uğraştıracak bir parçadır. Dikenler...

O andan itibaren denizkestanesini fark ediverirsin. Denizkestanesi, dikenlerinin battığı alanla ilgili bir mesaj iletir.

Dikkate almadığın hatta farkında bile olmadığın bazı etkenler bir anda hayatının merkezine yerleşebilir, gündemini meşgul edebilir.

Denizkestanesi vücudunun sol yanına batarsa maddi konular, geçmişe dair anılar, sağ tarafına batarsa gelecekle ve hissettiklerinle ilgili bir mesaj içerir.

Rüyanda denizkestanesi gördüysen etrafında fark etmediğin, önemsemediğin kişilerin veya durumların risk oluşturabileceği uyarısı alırsın.

Eğer dikenlerini vücuduna batmış gördüysen birtakım kişiler ya da durumlar yüzünden ummadığın şekilde molalar vermek zorunda kalacaksındır.

Denizkestanesi sembolünün faydalı olabileceği yer ve durumlar: Mekân içinde tablo üzerinde, bilgisayarda ekran resmi olarak ya da ajandanın dışında bir resimde kullanıldığında koruma enerjisi yaratır.

Alanına girmesinden rahatsız olduğun birileri varsa aksesuvar olarak da kullanılabilir.

Denizkestanesi sembolü kullanımında dikkat edilmesi gereken durumlar: Yaklaşana zarar vereceği hissi yarattığı için insanların seninle yakınlaşmasını zorlaştırabilir.

Dönemsel olarak kullanmak daha doğru olabilir.

DENİZYILDIZI

YENİLENME • TAMAMLANMA • SEZGİ • VAZGEÇEBİLME • İŞTAH

Hermetik bilginin aktarımı olan "Yukarıda ne varsa aşağıda o vardır" sözünün atfedildiği denizyıldızının efsaneleri ve eşleştiği enerjiler saymakla bitmez.

Afrodit (Venüs), İsis, Meryem, Sirius ve aslında onu yeryüzüne taşıyan Ay ile ilişkilendirilir.

Beyni olmayan bu hayvan, sahip olduğu sinir sistemi sayesinde tüm ihtiyaçlarını görür. Yani görme, fark etme ve eylemi başlatabilmesi hissedişiyle gerçekleşir. Bu nedenle duygularla ve duyarlılıkla ilişkilidir.

Bilinen 1500 çeşidinin bambaşka özellikleri onu eşsiz kılar. Midesini dışarıya çıkarabilme özelliği sayesinde kendinden çok daha büyük avları yiyebilir. Ancak eylemlerini planlayamaz, hissettiği anda harekete geçer.

Kollarından birisi çekici bir koku alırsa diğer kolları baskılayarak ava doğru hareket eder. Erkek ve dişisi vardır. Döllenerek ürerler. Ancak denizyıldızının erkek mi dişi mi olduğu ancak yumurtasını veya spermini bıraktığı sırada anlaşılır. Bir türü aynı anda hem yumurta hem sperm üretebilir.

Bazı türler gelişmiş dişi haline gelince ikiye bölünür ve erkek haline döner, bu erkekler büyüdüğünde tekrar dişi olur. Bazı türler eşeysiz yani kendi parçalarından bölünerek ürerler. Kopan kollarını yenileme özelliğini düşmanlardan kurtulmak için kullanır ve kendi kendine de koparabilir.

Denizyıldızlarının bir başka özelliği, denizlerin çeşitliliğini artırabildikleri gibi çeşitliliğin yok olmasına da sebep olmalarıdır. Son yıllarda aşırı beslenme yüzünden toplu halde ölen denizyıldızlarının neden beslenmede böyle bir eğilim gösterdikleri anlaşılamamıştır.

Bu bilgilerin ışığında denizyıldızının temsil ettiği enerjilerin tam da yaşamın kendisini anlattığını söyleyebiliriz. Belki de çağlar boyu kutsal sayılması bu yüzdendir.

Denizyıldızı sembolünün faydalı olabileceği yer ve durumlar: Hisleriyle hareket eden denizyıldızları, aşırı zihin ve mantıkla kararlar alan ve hislerini pas geçenlere iyi gelir.

Teknik insanların, oluşan bir soruna hızlı cevap vermelerini de destekler. Bırakmakta zorlandığın, bağımlı hissettiğin kişi veya alışkanlıkların hissettirdiği boşluğu doldurmana yardım eder.

Mide sorunu yaşayanlar için olumlu ancak iştahını kontrol etmekte zorlananlar için olumsuz bir semboldür.

Denizyıldızı sembolünün kullanımında dikkat edilmesi gereken durumlar: Özellikle ergenlik çağındaki çocuklarda cinsiyet enerjilerinin oluştuğu sırada belirsizlik yaratabilir.

Beyni olmadığı için karar alamayan bu hayvanların güdüsel hareketleriyle ilerledikleri düşünülürse şirket, okul ve politika alanında kullanılması uygun değildir.

Rüyanda denizyıldızı görmen, hayatını duygusal dalgalanmaların yönettiğini anlatır. Bir anda değişen kararlarını, farklı yönlere gitmek isteyen kararsızlıklarını hatırlatır.

Denizyıldızının kopan bir parçasını gördüysen bıraktığın ya da vazgeçtiğin bir durumun yarattığı boşluğu doldurmak için zamana ihtiyacın vardır.

DEVE

DAYANIKLILIK • GÜÇ • ZORLU ŞARTLARDAN ÇIKABİLME • HAYATTA KALABİLME • İTAAT • YOLCULUK • KOLAYLAŞTIRMA • TAŞIMA • YÜKLENME

Kervanların kahramanı olan develerin sırtında yük gibi duran hörgüçler, onların zorlu şartlardan çıkabilmelerinin kaynağıdır. Bu sayede onlara güvenenlere kusursuzca hizmet ederler.

Deve itaati, zorlu şartlardan çıkabilme yeteneğini, sabrı, gücü, dayanıklılığı ve sebat etmeyi anlatır. Aynı zamanda bir yolculuk ve ticaret sembolüdür.

Yavaş hareketlerinin istikrardan kaynaklı olduğunu unutmamak gerekir.

Deve, hizmet etmenin sembolüdür.

Deve sembolünün faydalı olabileceği yer ve durumlar: Deve azim, sebat ve istikrar sembolü olarak kullanılabilir.

Taşıma, lojistik işleri yapanların yanı sıra uluslararası ticaret yapanlar için de olumlu bir semboldür.

İçindeki gücü keşfetmeye ihtiyacın olduğunda ve şartlar seni zorladığında ya da zorlu alanı bırakmaya kalkıştığında deve sembolü sana sebat etmen için güç verebilir.

Sabretmek konusunda isteksiz olduğunda, çalıştığın alanda bir süre emek vermen gerektiğinde deve sembolünü bir obje olarak çalışma masanda bulundurman ya da tabloda kullanman faydalı olabilir.

Deve sadık ve güvenilirdir. Hayatında bu enerjilere ihtiyaç duyduğunda veya sen böyle bir mesaj vermek istediğinde aksesuvar olarak deve sembolünü kullanabilirsin.

Kullanmaya başladıktan sonra gelişmeleri takip ederek ilerlemen, bu sembolün sana fayda getirip getirmediğini anlamanı sağlar.

Uluslararası ticaret yapanlar ve taşımacılık yapanların logo tasarımlarında deve sembolü kullanmaları faydalı olabilir.

Deve sembolünü dövme yaptırdığında, çevrende sabrı, emeği ve gayretiyle sevilen biri olarak anılabilirsin. Ancak başkalarının yükünü de taşımak zorunda kalacağını unutma.

Deve sembolünün kullanımında dikkat edilmesi gereken durumlar: Deve her ne kadar ticari bir sembol olsa da kullanırken dikkatli olmakta fayda vardır. Çünkü deve güdülen ve kullanılan bir hayvandır.

Deveden alınan destekle zor şartlardan çıkılır ancak kendi gücünü çoğu zaman başkalarını rahatlatmak, zenginleştirmek ve işlerini kolaylaştırmak için kullanır.

Rüyada bir kervanda yüküyle gelen deve sana doğru yola çıkmış kısmetlerinle kavuşma zamanının yaklaştığının haberini verir.

Deve bir yerde oturuyorsa sabırsızlık gösterdiğin işleri yavaşlatmışsındır. Ritmini düşük bulduğun, çok yük alacağını düşündüğün konularda enerjin durma noktasına gelmiştir.

Deve, aynı zamanda zorlandığın bir konuda yetenekli yardımcılarla buluşacağın veya yardım alacağın anlamına da gelir.

DEVEKUŞU

ÜREME • BEREKET • ARAYIŞ • GÜÇ • HAREKET GÜDÜSÜNÜN DIŞ KAYNAKLARLA OLUŞMASI • İLERLEME • FARKLILIK • YER ENERJİSİYLE BESLENME

Kuşlar arasında en büyük cüsseye sahip devekuşları uçamayan kuşlardır ama karada oldukça hızlıdırlar. Sahip oldukları hızı ayak parmaklarına borçludurlar.

Kanatları, tüyleri ve ağırlıkları uçmalarına izin vermez. Tüyleri uçmalarına izin vermese de serinlemesine ve hızlanmasına yardımcı olur.

İnce uzun boynunu rahatça hareket ettirebilir ve küçük başını kolayca tüm deliklere sokarak yiyecek arayabilir. "Devekuşu gibi kafanı kuma gömme" deyimi haklı bir benzetme değildir. Devekuşu bir tehlike anında kımıldamadan kalarak ya da hızla kaçarak kendini korur.

Görmezden gelmek bir yana, kum fırtınalarında rahatça görmesini sağlayan şeffaf bir göz perdesine sahiptir. Devekuşunu asıl ünlü yapan özellik yumurtalarıdır. Yumurta üreme, bereket ve bolluk anlamını taşır.

Yılda 40-50 yumurta yapar iki defa çiftleşme dönemi yaşar. Kuşlar arasında yumurtaları en büyük olan hayvandır. Yumurta üreme, bereket ve bolluk anlamını taşır.

Devekuşu tüm bedeniyle insanlara faydalı olan bir kuştur. Eti, yumurtası, tüyleri, kemikleri ve hatta tırnakları bile bir amaç için kullanılır.

Bu sembol yaşamda her ne oluyorsa bütünün ve bizim faydamıza olduğunu anlatır.

Kuşların göklerle ilgili olduğunu ve özgürlüğü, ruhsal bağlantıyı sembolize ettiğini söylemiştim. Ancak devekuşunun uçmak yerine koşuyor olması, göksel bağlantısını yeniden kurmaya çalışan ve özgürlüğü için mücadele eden insanoğlunu simgeler.

Bir tehlike anında ne yapacağımıza karar veremediğimizde ya da düşmandan gözümüz korktuğunda kımıldamadan durur. Bu duruşu aslında kaçmakla hiçbir şey yapmadan durmanın aynı sonucu getirdiğini anlatır.

Devekuşu figür olarak kullanılan bir sembol değildir. Çoğunlukla yumurtası mekânlarda böcekleri uzak tutmak amacıyla kullanılır.

Rüyanda devekuşunu hareket ediyorken de görsen hareketsiz de görsen bu rüyanın kök çakrandan mesaj taşıdığını bilmelisin.

Köklenmeyen yükselemez ve ilerleyemez. Dünya işlerinin ağır geldiği bir dönemden geçiyor olabilirsin. Bu durum geçecektir. Önce sorumluluklarında istekli olmalı ve hız kazanmalısın.

Ortamda karışıklık olabilir ama senin hedefin var ve kolaylıkla önünü görmen için sadece eyleme geçmeye ihtiyacın var.

Rüyada devekuşu yumurtası gördüysen bil ki negatif enerjilerden korunuyorsundur.

YABANDOMUZU

KORUYUCU • GÜÇ • ÇİFTLEŞME • ÜREME • ANNELİK

Yabandomuzlarının en büyük özelliği eşeleyerek yem aradıkları sırada ormanın toprağını havalandırmalarıdır. Bu faydalarının yanında aşırı üremeleri nedeniyle bazen yerleşim yerlerinde bulunan ekili alanlara saldırmaları insanlar için tehlike arz eder.

Erkek yabandomuzlarının alt ve üst azıdişleri kıvrılarak büyür ve kimi zaman engel çıkarır. Bu yüzden kendi kendine dişlerini kırmak zorunda kalabilir.

Çiftliklerde yetiştirilen domuzların aksine sadece serinlemek ve derisinde bulunan parazitlerden kurtulmak için çamura yatar. Fiziksel yapıları nedeniyle hızlı koşabilir ancak hızlı yön değiştiremezler. Bir saldırı sırasında veya bir dişi için kavgaya giriştiklerinde oldukça vahşileşen erkekler, avcılar için de tehlike oluşturabilecek güce sahiptirler.

Yabandomuzunun en güçlü özelliklerinden biri toprağın üzerindeki bütün kokuları ayırt edebilmesidir.

En pahalı mantar türü olan trüf mantarı genellikle domuzlar sayesinde bulunur.

Sürüler halinde yaşamasına rağmen erkek sadece çiftleşme güdüsüyle sürüye dahil olur. Yani dişinin destekçisi değildir, üreme güdüsü dışında sürüye fayda sağlamaz.

Birleşmeyi, bir olmayı değil, çiftleşmeyi, üreme ve seksüel güdüyle yakınlaşmayı anlatır. Erkek yabandomuzu vahşidir ve özellikle dişleri onun hem gücü hem de engelidir.

Aşırılıklarımızın bizim önümüzdeki en önemli engel olduğunu anlatırlar.

Dişi yabandomuzları doğurganlık simgesidir ve güçlü annelik güdüsüne sahiptir.

Evlilik için iyi bir sembol değildir ancak tarih boyunca üreme ve savaş sembolü olarak seçilmiştir.

Rüyada anneyle yavru domuzu bir arada görmek yavrusunu koruyup kollayan ancak kocası tarafından desteklenmeyen bir eşi temsil eder.

Erkek ve dişi domuz bir aradaysa cinsellik odaklı bir ilişkiye işaret eder.

Sadece erkek yabandomuzu görmek agresif yaklaşımların zarar verdiğini hatırlatır.

Yabandomuzu sembolünün faydalı olabileceği yer ve durumlar: Erkek cinsel enerjisini artıran bir semboldür. Gücüyle üstünlük kurmak isteyenlere olumlu etkiler verir. Hedefi net olanlar için sonuca ulaşmayı hızlandırır.

Yabandomuzu sembolü kullanımında dikkat edilmesi gereken durumlar: Evlilik için olumlu bir sembol değildir. Yabandomuzu erkeği sadece çiftleşmek için dişiye yaklaşır.

Bir konuda fikir ve yön değiştirmeyi zorlaştırır.

EŞEK

HASSAS • DAYANIKLI • GÜVENİLİR • GÜÇLÜ HAFIZA • GÜÇLÜ BEDEN • İYİ DUYMA • İYİ GÖRME • KILAVUZ • ULAŞIM VE ULAŞTIRAN

"Devede de boy var ama kervanı eşek çeker" sözünde, rehberlik edenin eşek oluşuna yapılan gönderme boşuna değildir. Eşek gittiği yolu hafızasına kazıyacak kadar dikkatli ve akıllıdır. Derin sulardan uzak durarak hem kendini hem de rehberlik ettiği kervanları korur.

İnatçılığıyla ünlüdür. İnadı, zorla bir şey yaptırılmasına olan tepkisini anlatır. Hisleri güçlüdür, zorla değil yumuşakça ikna edilmek ister. İyi bir dost ve sadık bir yardımcıdır. Yol hafızası o kadar güçlüdür ki bırakıldığı yerden tek başına eve geri gelir.

Dar ve engebeli yolları rahatlıkla geçebilen eşekler güçlü ve istikrarlıdırlar. Atgillerden olan bu hayvanın at kadar itibar görmemesi, fiziksel özelliklerinin yanında yük çeken bir hayvan olarak algılanmasından kaynaklanır. Evet, öyledir, ancak hatırlayalım ki, malını bir yerden bir yere taşıyana tacir denir ve ticaret de böyle doğmuştur.

Tacirlerin kervanlarının başına koydukları hayvan at değil eşektir. Çünkü bazen istikrar hızdan önce gelir.

Eşek, masalların ve efsanelerin kahramanıdır. Aynı zamanda gözleri iridir ve şekli hayranlık uyandırır. Kulakları da oldukça büyüktür. Bu da görme ve işitme yeteneğinin gücünü gösterir.

Eşek iyi bir yol göstericidir. Kılavuzla ve rehber eşliğinde ilerleme enerjisini destekler.

Eşek daha önce yaşadığı bir deneyimi hatırladığında tedirginlik duyabilir. Bir yolda karşısına yılan çıkmışsa oradan tekrar geçerken yılan görmese de yine aynı tepkiyi verir. Geçmiş deneyimlerimizin bugünümüze etkisini anlatır.

Bir komutu almamak için direnmesi zorbalık görmesinden kaynaklanır. Kolay ikna olmaz. Eşek, sahibi tarafından ikna edilene kadar dayak da yiyebilir. Biz de ilerlememiz gereken bir yolda durduğumuzda ya da yapmamız gereken bir eylem için rızasız davrandığımızda hayat bizi ilerletmek için zorlayabilir.

Eşek, güçlü hafızayı ve güvenilir olmayı temsil eder.

Aldığı sorumluluğu yerine getirmenin sembolüdür.

Zorluklardan çıkmanın ve ilerlemenin ilk şartının, ilk adımı atarak son adıma kadar sebat etmek olduğunu hatırlatan bir semboldür.

Eşek sembolünün faydalı olabileceği yer ve durumlar: Hafızanı güçlendirmek, ezberini kolaylaştırmak ve geçmişle ilgili anılarını açığa çıkarmak istediğinde bu sembolü kullanabilirsin.

Eşek iyi bir çalışma arkadaşı, güvenilir bir emanetçi ve güçlü bir yardımcıdır. Yardımcı arayışındaysan bu sembol sana destek olur ama kolay komut almadıklarını unutma.

Sorumluluklarından kaçan, zorluk görünce hedeflerinden vazgeçenlere yardımcı olabilecek bir semboldür. Sorumluluklarını almaları için gereken enerjiyi hayatlarına çeker.

Taşımacılık, kargo, lojistik gibi sektörler için uygundur.

Çocuklara oyuncak olarak, çalışma masalarında ve odalarında kullanılabilecek harika bir semboldür. Hafızayı artırır, sadık ve faydalı arkadaşlar bulmalarına yardım eder.

İşyerinde çalışanların rutin işlerinde uyumlu çalışmaları için de kullanılabilir.

Yaşlılık nedeniyle hafıza sorunu yaşayan ve bu konuda desteğe ihtiyacı olanların okuma ve yazmayla ilgili aksesuvarlarında eşek sembolünü kullanması faydalı olabilir. Ayrıca yol öğrenmek ve yolları ezberlemek için de destek amacıyla kısa süreli kullanılabilir.

Eşek sembolünün kullanımında dikkat edilmesi gereken durumlar: Geçmişe saplanıp kalanlar için güçlü hafızasıyla bilinen eşek sembolü uygun değildir. Yeni işe girmiş birisi, emir komuta zincirinde yer alan çalışanlar, fabrikalarda sistematik çalışma ortamlarında bulunanlar için doğru etki yaratmayabilir.

Başkaları için fazladan yük alan, zor işlerin üzerine kalmasından şikâyetçi olanlar için de uygun bir sembol değildir.

Rüyanda eşek senin yükünü taşıyorsa üzerinden yük alınacaktır. Güvenilir yardımcılar geliyordur ya da halihazırda böyle yardımcıların vardır.

Eşek anırıyor ve ilerlemiyorsa, neye ikna olmadığını düşün. Hayatın gitmeni istediği yönde ilerlemeye itiraz ediyorsundur.

Eşek, sen onun üzerindeyken veya yanından yürürken birden ürktü ve durup anırmaya başladıysa geçmişte yaşadığın bir olayın izleri hâlâ çok güçlüdür ve seni tedirgin ediyordur.

EŞEKARISI

KENDİ ALANINI KORUMA • İNŞA ETME • GELİŞME VE İLERLEME • MEVCUDİYETİN KORUNMASI • KADIN LİDERLİĞİ • ÜREME • TEKNİK GELİŞME • MADDEDE GELİŞME

Eşekarılarının kolonileşme sistemleri mükemmeldir. Yuvanın kurulması, döllenmiş bir dişi arının ait olduğu koloniden ayrılmasıyla başlar. Kraliçe yeni yuvayı kurarken yavrulayarak geleceğin kolonisini oluşturur.

Bu arılar kâğıttan yuvalar yapmasıyla tanınır. Eşekarısının kovan inşasında kullandığı kâğıt benzeri malzeme, ağaçlardan itinayla kazıdığı parçalara kattığı kil ve tükürüğüdür. Yuvalarının balarılarıyla benzer yanları sadece altıgen olmasıdır. Bu yuvada yavruların sağlıklı büyümesi için kışın özel bir ekip kovanda kalır ve belli hareketlerle dereceyi yükseltir. Yazın da ısının fazla yükselmesi durumunda dışarıdan su taşınır ve buharlaşma yardımıyla serinlik elde edilir.

Eşekarıları etçildir ancak her şeyi yiyebilirler. Bitkilere zarar veren böcekleri yiyerek özellikle ekolojik tarıma katkı sağlarlar.

Eşekarılarının en güçlü yönü yuva inşa etmelerindeki becerileridir. Sayıları arttıkça yuvalarını büyütebilirler. Teknik bilgileri ve örgütlenmeleri takdire şayandır. Zor durumlarda kendilerini ve yuvalarını korumak için saldırganlaşabilir ve hayatta kalmak için her şeyi yiyebilirler.

Eşekarıları hayatta kalma gayretini, kendi alanını korumanın gücünü, yuvaya sahip çıkmayı, teknik zekâyı, uyum sağlamayı, ekip çalışmasını, üremeyi ve yepyeni bir başlangıç yapabilmeyi sembolize eder.

Eşekarısı sembolünün faydalı olabileceği yer ve durumlar: Eşekarılarının en önemli özelliği işbirliği ve organizasyondur. Bu nedenle takım çalışmalarında ve özellikle inşaat sektörü için güçlü bir semboldür.

Yaratıcılık ve teknik çalışmayı destekleyici yanıyla, bir araya gelerek işlerinde fark yaratmak isteyenler için olumludur.

Tarım, fabrika, imalathane gibi yerlerde faydalı olabilecek bir semboldür.

Mimar, mühendis veya endüstriyel tasarım alanında çalışıyorsan aksesuvar olarak eşekarısı sembolü kullanabilirsin. Çalışma masanda da bir figür olarak bulunabilir.

Teknik konularda kendini geliştirmen açısından destekleyici etkisi olur.

Kimya, fizik, matematik alanlarında çalışan öğrencilerin çalışmasında başarı getirir.

Proje hazırlayan ekipler giysilerinde ya da bulundukları ortamlarda rahatlıkla kullanabilirler.

Dövme olarak kullanıldığında çalışkanlığı artırır, ekip çalışmalarında uyumlu olmayı destekler.

Dişi enerjinin yöneticiliğini ve gücünü kabul etmene yardım eder.

Eşekarısı sembolünün kullanımında dikkat edilmesi gereken durumlar: Bu sembolün, var olan durumun devamı için istek ve çözüm arayışı yaratacağına dikkat edilmelidir. Bir çalışma grubu sonlandırılırken, bir iş feshedilirken veya kapatılırken bu sembol devamlılık için her yola başvurma isteği yaratabilir.

Bir başka riski de mevcut durumu korumak için her yola başvurmanın mubah olduğu hissi yaratmasıdır.

Rüyanda eşekarısı seni sokuyorsa bir eve, düzene ve seni ilgilendirmeyen bir alana girmiş olabilirsin.

Eşekarılarının kovanlarını ya da çalıştıklarını gördüysen yeni bir sistem kurabilirsin, var olan işin/evin düzeninin işleyişinde varsa bir aksama bu geçecek ve güven içinde hissetmeye başlayacaksındır.

Yardım almak, desteklenmek veya koordine olup işlerini yoluna koymak, işbirliği yapmak istediğin bir dönemdeysen bu desteğin geleceğinin haberi verilmiştir.

FARE

KURUNTU • SİNSİLİK • KARARLILIK • AZİM • DOĞURGANLIK • UYUM SAĞLAMA • SAKLANMA • ÇALMA

Fare sadece bir hayvan değildir. Aynı aileye ait bir grup kemirgenin ortak adıdır. Ancak fare denildiğinde aklımıza ilk olarak lağımda yaşayan fareler gelir.

Hıristiyan sembolizminde yıkım, ikiyüzlülük ve korkaklığı anlatır. Veba salgınları düşünüldüğünde bu yaklaşım doğru gelir. Aslında genetik olarak insana en çok benzeyen hayvanlardan olduğu için davranış ve bedensel etkilerle ilgili deneylerde fareler kullanılır.

Üreme hızları oldukça yüksektir. Doğada birçok hayvan için iyi bir av olduklarından besin zincirinde önemli yere sahiptirler. İnsanların bulunduğu yerlere yerleşmeyi tercih eden bu hayvanlar depolanmış yiyeceklere dadanırlar. Beslenme alışkanlıkları bulundukları ortama göre değişim gösterebilir.

Fare, pasif veya zayıf durumda yakaladığı canlıları tükürüğündeki salgı sayesinde uyuşturur ve kemirir. Sinsidir.

Fare sembolü, kaynakları ve sahip olunan değerleri kemiren ve sinsice kendini gizleyen kişiyi, kişileri ve olayları anlatır. Hayatın içinde bir temizlik yapma dönemi gelmiştir. Bununla birlikte belki de kafanın içinde seni kemiren ve kurtulamadığın düşünceleri, takıntıları veya anıları da hatırlatır. Sen bunun farkında olabilirsin ya da olmayabilirsin.

Rüyanda fare gördüysen hayatında bir enerji kaçağı var. Bulmak için baykuş sembolünü mekânlarının içinde ve dışında kullanabilirsin. Yakalamana veya ortaya çıkmasına yardımcı olur.

Fareyi gördüğün mekânlar ve kişilerle ilgili senden gizlenen, sahip olduğun ve farkında olmadan senden alınan bazı şeyler vardır. Bu rüyayı yazdıktan kısa bir süre sonra olaylar açığa çıkar. İlle bir eşya, para veya maddi değeri olan şeyler çalınmıyordur senden. Belki zamanın, emeğin ve bereketin de alınıyordur.

FİL

BİLGELİK • SABIR • UZUN YAŞAM • GURUR • AZİM • GELİŞMİŞ DUYARLILIK • SOSYAL BAĞLANTI • ZEKÂ • ŞEFKAT • DERİN İLETİŞİM • TELEPATİK İLETİŞİM • SEVGİ

Fil hemen hemen tüm kültürlerde olumlu özellikler atfedilen, saygınlığı olan bir hayvandır.

Hinduizm'de Ganeşa adlı bir tanrıdır. Bu nedenle kutsal kabul edilir.

Budizm'de Buda'nın insan olarak doğan beyaz bir fil olduğuna inanılır.

Asya ve Afrika'da taşımacılıkta kullanılan filler bu bölgelerde bolluk ve bereket sembolüdür.

Afrika'da fillerin hayvanların kralı olduğuna ve ölmüş olan atalarının fil olarak doğduğuna inanılır. Bazı Afrika kabilelerinde ise babayı temsil eden totem olarak kullanılır.

Fillerin uzun hortumları, üstdudak ve burnun kaynaşmasıyla oluşmuştur. Hortumu sayesinde soluk alıp verir, koku alır, ses çıkarır ve taşıma yapabilirler. Dişlerinin değerli olması yüzünden avlanan bu hayvanlar dişlerini bir şeyi parçalamakta veya kavgada kullanırlar.

Algılamaları ve haberleşme yetenekleri balinalara yakındır. Erkekler ergenliğe ulaştığında anneden kopar ve erkek fillerin arasına katılır. Dişiler bir arada yaşarlar. Anaerkil bir sistemle yaşamlarını sürdüren fillerde aileye liderlik eden en yaşlı dişi fil öldüğünde yerine en yaşlı kızı gelir. Yani liderlik aynı soyla devam eder. O sırada ailede eski liderin yaşlı kardeşi de olsa yerine kızı gelir.

Bu sistemin içinde yer almayan erkek filler yalnız veya küçük gruplar halinde yaşarlar. Sadece çiftleşme sırasında aileyle bağ kurabilirler. Erkek filler başka aile üyelerine de dahil olabilir ve kendi ailelerinden uzaklaşabilirler. Erkeklerin çiftleşme isteğiyle hormonlarının artmasına mest denilir. Bu dönemde saldırganlaşabilirler.

Fillerde sosyalleşme sadece aile içinde değildir. Özellikle kuraklık gibi zor dönemlerde birden fazla aile bir araya gelerek klan oluştururlar. Aile içinde doğum ve cenaze tıpkı insanlarda olduğu gibi aileyi bir araya getiren olaylardır.

Ölecek olanları hisseden aile bireyleri ona destek olmak için yakın davranırlar. Ancak göç sırasında gerçekleşen bir ölümde durmaz, yollarına devam ederler. Aynı göç yolundan geri dönerken, ölen filin kemiklerine dokunarak bir araya getirir ve kendilerince bir cenaze seremonisi düzenlerler.

Annelik güdüleri güçlü olan filler iki yıl süren hamileliklerinin ardından dört beş yıl gebe kalmadan bebek filin bakımıyla ilgilenirler. Yeni doğan bebek fil tüm aile üyeleri tarafından kollanır. Cüsseleriyle yırtıcıların uzak durduğu bu hayvanların tek zayıf noktaları bebek fillerdir. En büyük düşmanı olan insanlar tarafından esaret altına alınan filler, günümüzde hayvanat bahçeleri ve sirklerde doğal yaşamdan uzakta esir edilmektedirler.

Filler aynada kendilerini tanıyabilecek farkındalığa sahiptirler. Yol hafızaları ve yön bulma duyuları çok gelişmiştir.

Hafızaları sadece yollarla ilgili değildir, yaşadıkları kötü olayları da unutmaz ve yıllar sonra dahi hatırlarlar.

Filler anlatmakla bitmeyecek derinlikte hayvanlardır. Fiziksel özellikleri ve yaşayış biçimleri saygı uyandırır. Onlara hem bu kadar mana yükleyip hem bu kadar acı vermemiz insanoğlunun doğaya hükmetme isteğinden kaynaklanıyor olmalı.

Uzun ve bir arada uyumlu yaşamı, dişi enerjinin gücünü, bilgeliği, aklı ve iyi şansı temsil eden bu hayvanlar aynı zamanda aile bağlarını güçlendirme enerjisi taşırlar.

Bu sembol kalabalık fil figürleri olarak kullanıldığında aynı evin, yaşamın, topluluğun içinde birbirlerine destek olan dişileri sembolize eder. Fillerin çiftleşme dışında erkeklerini topluluktan uzak tuttuğu düşünülürse, çoklu fil sembolü aynı zamanda erkeği, erk enerjiyi uzağa koymak ve onun otoritesini saymamak anlamına da gelebilir. Tek fil sembolü erkek filleri temsil eder.

Fil sembolünün faydalı olabileceği yer ve durumlar: Birkaç nesil kadının bir arada yaşadığı evlerde kadının otoritesini güçlendirir. Bu elbette erkek enerjiyle erkek otoritesiyle bağın zayıflaması anlamına gelir. Anne çocuk arasındaki bağı güçlendirir ve kadını annelik konusunda destekler.

Erkek çocuğunu özgür bırakmakta zorlananlar için, bir erkeğe bağımlılık hissedenler için çoklu fil figürleri kullanmak iyi olabilir. Uzun ömür, kararlılık ve beceri enerjisini artırır.

Bir araya gelişin güven veren tarafıyla, iş kurmak isteyenler ve işlerini geliştirmek isteyenler için destekleyici olabilir. Hisleri güçlendirmekte faydalıdır. Okullar, işyerleri ve üretimle ilgili yerlere uygun bir semboldür. Özellikle kadınların bir arada çalıştığı alanlarda enerji akışını düzenleyebilir. Hafızasını güçlendirmek isteyenler için de uygundur.

Çoklu fil sembolü dişildir, üretimle ilgilidir. Hayatına bereket getirmek için 8 adet fil objesi kullanmalısın. Boyutlarının, renklerinin birbirinden farklı olmasının hiçbir önemi yok. Mümkünse birkaç renkli olması hareket getirir.

Tek fil, eril enerji sembolüdür. Ruhsal çalışmalar yapmak istediğinde bulunduğun mekânda tek fil kullanabilirsin. Hafıza çalışmaları yapılan mekânlarda, bir konuyu hatırlaman gerektiğinde, kadınlardan destek almaya ihtiyacın olduğunda çift sayıda fil sembolü kullanabilirsin.

Dövme olarak yapıldığında tek fil figürü erkek enerjiyi hayatına almayı veya davet etmeyi anlatır.

Fil sembolü kullanımında dikkat edilmesi gereken durumlar: Fillerin en güçlü yanı anaerkil yapısı ile lidere itaatkâr bir yaşam sürmeleridir. Bu nedenle bu sembol, çekirdek aile için çok uygun olmayabilir.

Evdeki erkekleri uzağa gönderebilir. Kız çocukları ve kadınlar için anneden kopamayan bir enerjinin habercisi olabilir.

Tek fil sembolü erkeğin hayatına bir kadın almasına engel olabilir. Kadın veya erkek için sadece cinsellik odaklı ilişkilere bir çağrışım da olabilir.

Filler hafızalarına aldıkları kayıtları sıkıca saklayan hayvanlardır. Rüyanda fil görmen aile, anne, büyükanne, baba-anne ilişkisi, kadınların bir araya gelişleriyle ilgili bazı hafıza kayıtlarının kararlarında etkili olabilir. Dikkatli olman gerekebilir.

Geçmişte yaşadığın kısa süreli ve duygusallıktan çok tensellik odaklı ilişki, heves, niyetle ilgili unuttuğunu sandığın ama halihazırda kayıtlarda duran ve seni zaman zaman rahatsız eden konuyla yüzleşmen iyi gelebilir.

Erkeksen, annenden kopamadığını ve annenle kurduğun bağın kadınlarla ilişkini yönettiğini söylemek mümkün.

Kadınsan, güçlü anne modelinden özgürleşme zamanın gelmiş demektir.

FOK

DURU GÖRÜ • İÇSEL HİSSEDİŞ • FARKINDALIK • UYUM • KENDİ ALANINI KORUMA • ERİL ENERJİNİN HÂKİMİYETİ

Foklar denizden beslenen ve suda rahat hareket edebilen kara canlılarıdır. Yani balık değillerdir. Suyun içinde değil dışında soluk alırlar. Memelidirler ve doğumlarını karada gerçekleştirirler. Yüzgece benzer ön ayaklarının yardımıyla hareket edenler ve bedenlerini öne iterek ilerleyenler olarak iki gruba ayrılırlar.

Birden fazla fok türü vardır. Ortak özellikleri, denizin altında net görme yeteneği ve her iki yaşam biçimine de uyum göstermiş olmalarıdır. Derileri ve kürkleri onları soğuktan ve suyun etkilerinden koruyarak adeta bir yalıtım görevi görür.

Erkek foklar birden fazla dişiye sahiptir, denizayılarında olduğu gibi erkek çokeşliliği hâkimdir.

Foklar, duru görü yeteneğine işaret ederler. Suyun altı aynı zamanda şuuraltını da temsil ettiği için içsel görü ve hissedişin farkındalığını desteklerler.

Çokeşli oluşları, ailede ve yuvada kullanımı için doğru olmayabilir. Hem karada hem suda yaşamları, mantık ve duyguları aynı anda kullanabilme yeteneğini dengeler.

Rüyanda fok gürdüysen mantığın ve duygularının arasında kaldığın bir dönemden geçiyor olabilirsin. İstediklerin için vermek zorunda kaldığın emek, harcadığın zaman seni yoruyor olabilir. Ne istediğine karar vermek için rüyalarına ve içsesine güven.

Sadakatle ilgili sorduğun bir sorunun cevabını da alıyor olabilirsin.

Fok sembolünün faydalı olabileceği yer ve durumlar: Fok sembolü, değişim geçirdiğin ve uyumlanman gereken durumlarda sana destek olur.

Şuuraltı çalışmaları yapan psikologlar, psikolojik destek sağlayan merkezler için uygun bir semboldür.

Fok sembolünü kullanırken dikkat edilmesi gereken durumlar: Foklar, çokeşlidir. Evli çiftler için doğru bir sembol değildir.

GELİNCİK

KURNAZLIK • CESARET • İŞTAH • BİRİKTİRME İSTEĞİ • GÜÇ • BECERİ • HAREKET • FIRSATÇILIK

Etçil hayvanların en küçük cüsselisi olan gelincik kendisinden çok daha büyük hayvanları avlayabilir. Genellikle kemirgenlerle beslense de çiftliklere yakın bölgelere yerleştiğinde kümesin tamamına zarar verebilir.

Avlanırken tek bir avla yetinmez, avladığı hayvanları açtığı çukurlarda depolar. Bu nedenle cüssesinden çok daha büyük zararlar verir. Tarlalarda karnını doyuracak kadar fare bulduğundaysa çiftçinin dostu olur. Tarlayı zararlılardan temizler ve mahsulü korur. Koordinasyon yetenekleri sayesinde arka ayaklarının üstünde kalkarak ön ayaklarıyla birçok işlemi kolaylıkla gerçekleştirirler.

Gelincik iyi bir avcı olmasına rağmen başta baykuşlar olmak üzere birçok başka yırtıcının da avıdır.

Gelincik sembolü bize gücümüzü ve aklımızı doğru kullandığımızda birçok engeli kolaylıkla aşabileceğimizi gösterir. Yaşamın bize sunduklarını doğru değerlendirmemizi, yeni şartlara adapte olarak kararlarımız ve seçimlerimiz konusunda esnek olmamızı hatırlatır.

Aynı zamanda maddi iştaha ve daha fazlasını isteyen hale işaret eden gelincik sembolü, kendi çıkarları için bir başkasını görmezden gelebilmeyi temsil eder.

Gelincik gece ve gündüz hareket edebilmesi yüzünden rüyada görüldüğünde bulunduğun durumla ilgili eyleme geçerek ya da eylemi bırakarak ilerlemenin mümkün olabileceğini gösterir.

Bir şeyi oluruna bırakarak ya da harekete geçerek sonuca ulaşabilirsin. Önemli olan esnek olabilmektir.

Eğer rüyanda gelincik sembolünü gördüğün sırada maddi zararlar yaşıyorsan, bu sembol sana hayatında küçük gördüğün, belki ciddiye almadığın bazı kişi veya kişilere dikkatini vermen gerektiğini hatırlatır.

GERGEDAN

GÜÇ • ERİL ENERJİ • İKTİDAR • KORUNMA • TOPRAKLA BAĞ • FARKLILIK • ÖNE ÇIKMA • KENDİ MERKEZİNDE • SIRA DIŞI

Gergedan, filden sonra en iri kara hayvanıdır. Kısa bacakları ve iri cüssesine rağmen hızla yön değiştirebilir. Görme duyusu zayıftır. İşitme ve koku alma duyuları ise oldukça yüksektir. Sık sık yaptığı çamur banyosu sayesinde vücuduna dadanan asalaklardan kurtulur.

Gergedanları hedef haline getiren değerli boynuzları diğer hayvanlardan farklıdır. Klasik bir boynuz, kemiğe benzer özellikler taşır. Oysa gergedanın boynuzları saç, kıl ve tırnakların yapıtaşlarından olan keratin proteininden oluşur. Bu nedenle boynuzları sürekli uzar ve gergedan da taşlara sürterek boynuzlarını törpüler.

En güçlü yanı olan boynuzları yüzünden avlanır. Gergedan boynuzunun cinsel gücü artırdığına inanan insanlar onu yeryüzünden silmeye devam ediyor.

Milyonlarca yıldır dünya üzerinde yaşayan bu hayvan iri cüssesi ve toprağa sağlam basmasıyla bize toprakla olan ilişkimizi hatırlatır.

İri cüssesine rağmen hızlı koşabilme yeteneği ve çevik hareketleriyle kimi zaman üzerimizde yük hissettiklerimizin, yapamayacağımızı zannettiklerimizin kendimize koyduğumuz engeller olduğunu hatırlatır.

Güç ve iktidar sahibi olmanın bazen kişiyi hedef haline getirebileceğine işaret eder.

Gergedan sembolünün faydalı olabileceği yer ve durumlar: Gergedan yenilmez özellikleri sebebiyle iktidar ve erkeklik sembolüdür.

Kalın derisi gücünü, sıra dışı boynuzu da cinsel gücü temsil eder. Ancak unutmamak gerekir ki iktidar olan ayı zamanda hedef de olabilir.

İşinde farklılık yaratmak, farklılıklarıyla ön plana çıkmak isteyenler için doğru bir semboldür. Bedensel gücünü artırmak, çeviklik kazanmak için de kullanılabilir.

Asalak enerjilerden kurtulmak ve bedensel arınmalarda başarılı olmak isteyenler bu sembolü kullanabilir.

Toprakla olan güçlü bağıyla istikrar ve köklenmenin, dengeli ve hızlı hareket kabiliyetiyle ilerlemenin olumlu etkilerini aktarır.

Gergedan eril bir semboldür. Dengeli bir şekilde harekete geçirir. Koruma sağlar. Erkekler için iktidar olma ve çevresindekilere üstünlük kurabilme gücünü ortaya çıkarmaya olanak sağlar.

Aksesuvar olarak erkeklerin kullanması daha doğrudur. Ancak bir eşya veya tablo olarak, erkek otoritenin ortaya çıkışı için evlerde, erkek işverenin, çalışanları üzerinde etkin olabilmesi için işyerlerinde, harekete geçiren etkisi nedeniyle erkek spor kulüplerinde faydalı olur.

Dövme sembolü olarak kayıtsız şartsız gücü elinde tutmak, fark yaratmak ve koyduğu hedefe ulaşmakta sınır tanımamayı açığa çıkartır.

Gergedan sembolü kullanımında dikkat edilmesi gereken durumlar: Gücü ve sahip oldukları yüzünden hedef olabilecek kişiler için doğru bir sembol olmayabilir.

Aslında oldukça sakin bir yapıya sahip olmasına rağmen bu derece saldırgan enerjileri çekiyor olması gergedan sembolünün gücünden kaynaklanır. Doğada ona saldırabilecek güçte bir hayvan yoktur. Bununla beraber gergedanlar, insanlar tarafından adeta kurban edilir.

Gücüne fazla güvenenlerin, en tepede olan ya da bir başkasının gücünü besleyerek kendi gücünü görmezden gelenlerin ve gücü doğru kullanamayanların dikkatli olmasında fayda vardır. Yalnızlığı sevmeyen insanlar için uygun bir sembol değildir.

Rüyanda gergedan sana saldırıyorsa devletle, yöneticinle, babanla ya da eşinle ilgili ciddi bir krizin eşiğindesindir. Bir nedenden kendini baskı altında hissediyor da olabilirsin. Gergedan sana dokunmuyor başkasına saldırıyorsa saldırdığı kişinin senin hayatındaki yerine göre gelecekte oluşacak veya halihazırda yaşadığın sıkıntılı bir durum olduğunu gösterir.

Gergedanla iyi bir iletişim halindeysen otorite figürleri tarafından destekleniyorsundur. Gücünü doğru yerlerde kullanman ve kurallara uygun hareket etmen gerekiyordur.

GEYİK

AŞK • BİR ARADA KALABİLME • GÜÇ • AŞK İÇİN MÜCADELE • GÜZELLİK • RUHSALLIK

Geyik birçok kültürde ve mitolojide kült hayvan olarak kabul edilir. Artemis'in, Kybele'nin, Noel Baba'nın, Çin'de ise mutluluk ve iyi şansın sembolüdür.

Birçok kültürde ormanın kralı sayılan bu hayvan vurulduğunda, ölmeden önce gözlerinden yaş döktüğüne inanılır. Bu nedenle hayvansal arzular altında ezilen ve çırpınan masumiyetin simgesi olmuştur.

Ürkektir ve ürkekliği ona çevikliği armağan etmiştir. Çevik hareketleriyle eylemin, ürkekliğiyle manevi hassasiyetin sembolüdür.

Geyik tekeşli bir hayvandır. Eşini kaybettiğinde onu bulmak için, vahşi olduğu kadar yürek parçalayan bir ses çıkarır. Hıristiyan inanışında ilahi eşin çağrılması sayılan bu ses aynı zamanda çarmıha gerildiği sırada Hz. İsa'nın çıkardığına inanılan sestir.

Geyiğin boynuzları kemiksi bir yapıya sahiptir ve sadece erkek geyiklerde bulunur. Çiftleşme zamanlarında erkekler, dişilerin dikkatini çekebilmek için birbirleriyle boynuzları aracılığıyla dövüşür. Yılda bir kez yavrulayan dişi geyikler, erkek yavrularını kendi başlarına beslenmeye başladıkları zaman terk eder.

Dişi yavrular ise kendi ailelerini kurana kadar anneleriyle beraberler kalır ve sonrasında ara sıra da olsa bir araya gelirler.

Erkek geyikler boynuzlarını sadece dişisini elde etmek ve çiftleşme zamanı gücünü göstermek için kullanırlar, bu nedenle boynuzlu geyik erkeklik sembolüdür. Aldatılan erkekler için "boynuzlanmış-boynuz yemiş" tabirinin kullanılmasının ardında sembol vardır. Bir başkasının boynuzuna yenilerek dişisini/kadınını kaybettiği kastedilir.

Geyik sembolünün faydalı olabileceği yer ve durumlar: Yavrusuyla betimlenmiş geyik figürü bize anne-kız birliğini anlatır. Dişi geyik çiftleşme zamanına kadar ailesi ve özellikle de annesiyle zaman geçirir. Annesiyle betimlenmiş geyik figürü anne-kız arasındaki uyumu artırır.

Aile olarak veya çift olarak kullanılan geyik figürü birbirlerine bağlı, sadık ve mutlu bir aile enerjisini aktarır. Bu sembol tek başına ve boynuzlu olarak kullanıldığında, aileden özgürleşmek isteyen erkek çocuğa destek olur.

Evlilik törenlerinde, evlerde, yatak odalarında rahatlıkla kullanılabilecek bir semboldür.

Sadakat, iyi şans ve mutluluk sembolüdür. Aksesuvar olarak kullanılırken ayakta duran bir geyik figürü tercih etmek daha doğru olur.

Hem kadın hem erkek için kullanılabilecek bir semboldür. Kadında anneliği güçlendirirken erkeğe iktidar olabilme ve ailesine sahip çıkma gücünü aktarır.

Erkek çocukların odasında kullanıldığında, kolayca özgürleşmesini ve kendi kimliğini oluşturmasını sağlar.

Kız çocukları için annesiyle yan yana duran bir geyik figürü kullanıldığında ailesi tarafından desteklendiğini hissettirir.

Dövme figürü olarak boynuz kullanımı erkek gücünün sembolüdür.

Geyik sembolünün kullanımında dikkat edilmesi gereken durumlar: Birden fazla boynuzlu geyik figürü, kullanıldığı yerde erkekler arasında iktidar savaşı başlatabilir.

Oturmuş bir geyik figürü, en önemli özelliği çevikliği ve hassasiyeti olan bu hayvanların olumlu özelliklerini aktaramamasına sebep olabilir.

Rüyada geyik birden fazla ve boynuzluysa erkekler arasında geçen bir güç savaşının sembolüdür. Bir kadın ya da maddi konular için savaşılıyordur.

Dişi ve erkek geyik bir aradaysa kurulacak yuvayı ya da kurulu yuvanın huzurunu temsil eder. Bu rüyayı gördüğün zaman sorduğun ve cevabını almak istediğin konulara odaklanman rüyayı yorumlamana yardım eder. Çünkü geyiğin boynuzu gücü, zaferi veya yenilgiyi sembolize ediyor de olabilir. Kırılmışsa yenilgidir. Tek başına sadece boynuz gücünü kabul etmediğini anlatır.

GORİL

OTORİTE • İLETİŞİM • BİR ARADA OLMANIN GÜCÜ • SAKİNLİK • ATAERKİLLİK • AZLA YETİNME • GÖZLEM YETENEĞİ • YARATICILIK • ŞİFACILIK

Goril, şempanzeden sonra insana en çok benzeyen ikinci hayvandır. Ellerinin üzerine basarak yürür. Ağaçta yürürken dalları kontrol ederek ilerleyecek kadar dikkatlidir. Aile olarak bir arada yaşarlar. Lider olan erkek gorilin sırtında gümüş renkli kıllar bulunur ve "gümüş sırt" olarak anılır.

Gorilin bağırması ve göğsünü dövmesi, gruba otoriteyi göstermek üzere lidere ait davranıştır. Aile olarak yaşayan, meyve ve yeşillik yiyen bu hayvanların en büyük düşmanları leoparlar ve insanlardır. Aşırı avlanma nedeniyle hızla türleri tükenmektedir.

Goril sembolünün faydalı olabileceği yer ve durumlar: Goriller otoriteyi dinlemeyi, yönetimi, iletişimi ve özellikle aile içi iletişimi sembolize ederler. Liderin hâkimiyeti tam anlamıyla ataerkil enerjiyi yansıtır. Babasının sözünü dinlemeyen, okulda sorun çıkaran çocuklar için iyi bir semboldür.

Tek başına bir goril figürü, ortama hâkim olmak isteyen ya da olan bir erkek otoritesini temsil eder. Ailesine veya çevresine liderlik etmek isteyen ve sözünü dinletmek isteyen yetişkin erkekler için de olumlu etkiler verir.

Birden fazla goril figürü aile birliğini ve uyum içinde yaşamayı anlatır.

Rüyada görülen goril figürü baba otoritesini temsil eder. Rüyada gördüğün haliyle goril babanla olan ilişkin, otorite yani kural koyucuya karşı yaklaşımını anlatır.

Goril sembolünün kullanımında dikkat edilmesi gereken durumlar: Goril erkek otoritenin sembolüdür. Kadınların liderlik yaptığı ortamlarda, ailede söz sahibi olan kişinin anne veya büyükanne olduğu durumlarda kullanılmamalıdır.

GÜVE

NEGATİF • FIRSATÇI • SİNSİ • MUSALLAT • BAŞKASININ SAHİP OLDUĞUNDA GÖZÜ OLAN • GÜVENLİK AÇIĞI • GİZLİLİĞİN AÇIĞA ÇIKIŞI

Güve denilince akla hem kumaş, odun, kürk gibi maddelerin içine yerleşen ev güveleri hem de aslında tahıllara musallat olarak ekinlere zarar veren türler gelir. Bu ikisinin hedefi farklı olsa da enerjileri aynıdır. Güve bir musallat enerjidir. Evde eşyalarına yerleşip onlara zarar vermeye başladıysa hayatını gözden geçirmen faydalı olur.

Fırsatçı, zararlı ve sinsi bir enerjidir. Hayatında art niyetli ve mevcut durumdan sinsice faydalanan kişiler olabileceğini anlatır. Güveler tarafından yenilmiş tahılı tüketmek de zararlı olabilir.

Sonuç olarak, küçük ya da küçümsenen, pek önemsenmeyen ancak verebileceği zararlarla dikkat çeken olayları, kişileri ve tesirleri temsil eder.

Rüyada güve görmek fırsatçı insanlara işaret eder. Dikkatli olmakta fayda vardır.

GÜVERCİN

SEVGİ • İLAHİ SEVGİ VE BAĞLANTI • ANNELİK • YUVA • EVLİLİK • BARIŞ • ÖZLE BAĞLANTI • DENGEYE ULAŞMA • ÇATIŞMA ENERJİSİNİ SONLANDIRMA

Güvercin denilince aklımıza barış, sevgi ve aşk gelir. Eski Ahit'te Hz. Nuh'a büyük tufanın bitişini bir güvercin haber verir. İnsanların cezalandırılmasının bitişini müjdelediği için barışın sembolü olmuştur.

Afrodit'in arabasını güvercinler çeker.

Neredeyse tüm kültürlerde kutsal olanla, tanrısal sevgiyle ilişkilendirilmiştir. Hz. Muhammed'in, peşinde Kureyşliler varken sığındığı mağaranın girişinin örümcekler tarafından ağla kapatıldığı ve bir güvercinin orada sakince durarak mağaranın boş olduğu hissi yarattığı anlatılır.

Güvercin aynı zamanda Hacı Bektaşi Veli'nin sembollerindendir. Aktarılan anlatımlarda onun güvercin şeklinde görüldüğünden bahsedilir.

İncil'de Yahya tarafından vaftiz edilen Hz. İsa'nın başına Kutsal Ruh'un beyaz bir güvercin olarak konduğu anlatılır.

Beyaz renkli güvercin tarih boyunca saflığın ve barışın sembolü olmuştur.

Güvercin sembolünün faydalı olabileceği yer ve durumlar: İçimizdeki çatışmanın bitişinin, dışarıdan gelebilecek kötülüklerden korunmanın, huzura varmanın sembolüdür. Bu nedenle ev, yuva, annelik ve evliliğin de sembolü olmuştur.

Aşkın yanı sıra saf sevgiyi, birlikteliği, yardımseverliği ve asıl gücün sevgiden geldiğini hatırlatır.

Ruhsallığı, özle bağlantıyı da sembolize eden güvercinler, şifa enerjisinin kullanıldığı yerler, hastaneler, tedavi merkezleri, evlilikle ilgili tüm alanlar, anne olmak isteyenler ve korunduğunu hissetmek isteyenler için destekleyici bir semboldür.

Çift olarak tasarlanmış güvercin sembolü düğünlerde kullanılabilir. Evlerde, özellikle yatak odalarında çiftlerin birbirlerine olan sadakatlerini artırmak için kullanılabilir.

Aksesuvar olarak evliliğe olan bağı artırır. Dışarıdan gelebilecek negatif etkilere karşı beyaz güvercinler, bir koruma sembolü olarak da tercih edilebilir.

Çift güvercin sembolünü dövme yaptırmak, eve ve evliliğe sadık kalmayı sembolize eder.

HAMAMBÖCEĞİ

UYUM • BİR ARADA YAŞAMA • HABERLEŞME • HAYATTA KALABİLME GÜCÜ

Kutuplar ve 2000 metre üstündeki yerler dışında neredeyse tüm karalara yayılmışlardır. Her biri kendi bölgelerine özgü özellikler taşıyan yaklaşık 4500 türü bulunur.

Soğuk dışında her ortama uyum sağlayabilme yeteneğine sahiptir. Kolonileşme özelliği taşırlar. Bir arada yaşama ve haberleşme yetenekleri oldukça yüksektir. Bir hamamböceği geçtiği yolu ve yiyecek kaynaklarını, bıraktığı bir tür salgı sayesinde diğerlerine haber verir.

En önemli özelliklerinin yaşama tutunmaları olduğu söylenebilir. Başsız olarak iki hafta, hiçbir şey yemeden bir ay yaşayabilirler. Çeşitli hastalıkların yayılmasında aktarıcı ya da taşıyıcı görevi görürler.

Birtakım yöntemlerle onları hayatınızdan göndermekte başarılı olabilirsiniz, ta ki birkaç hafta sonra larvalar büyüyüp kapınızı çalana dek.

Bütün bu özellikleri bir araya getirerek bu sembolün bize aktardıklarını okuduğumuzda, inatçı ve direnç gösteren yanlarımızla yüzleşiriz. Yaşadığımız yüzleşmenin, bu özelliklerimizi dönüştürmek ve özgürleşmek için yeterli olmadığını görürüz.

"Çevremde olup bitenlerden etkileniyorum ve belki bunlar bana zarar da veriyor olabilir ama ben kendimi korurum" diyorsan hamamböceği sembolü çıkar gelir karşına.

Kendisi zarar görmese de birçok tehlikeli virüsün taşıyıcısı ve bulaştırıcısıdır. Gizliden gizliye bizde ve enerjimizde hüküm süren, yaşamımızda var olan ve fark edemediğimiz zararlıların habercisi olabilir.

Yükseklerde ve soğukta yaşayamaması emek vermekten kaçtığımız, biraz yayılıp kaldığımız, zafiyet gösterebileceğimiz alanlara bakmamızı işaret eder.

Hamamböceği sembolünün faydalı olabileceği yer ve durumlar: Hamamböceği haberleşme, arazide çalışanlar, gezgin gruplar, bir düşünceyi genele ulaştırmak isteyenler için ve bir yere köklenmekle ilgili desteğe ihtiyaç duyanların kullanabileceği güçlü bir semboldür.

Bir işe yeni başladıysan, bir marka yarattıysan ve işinin hızla yayılmasını istiyorsan yine bu sembolü kullanabilirsin.

Hamamböceği sembolünün kullanımında dikkat edilmesi gereken durumlar: Hızla yayılan, gittiği yere tesirini ve geleceğinin tohumlarını bırakan bu sembolü kullanırken, özellikle Batı ülkelerinde kimyasal ilaçlarla yok edildiklerini hatırlamanda fayda olabilir.

Sembolü kullandığın alanda bu opsiyonu da değerlendirmen iyi olabilir.

Rüyanda mutfağından hamamböceği çıktığını gördüysen, işinde farkında olmadığın bazı negatif unsurların açığa çıkacaktır.

Temizlediysen, kurtulacağını eğer temizleyemediysen bu olayın devam edeceğini bildirir.

Hamamböceği nereden çıktı, yanında kimler vardı ve sen hangi ruh halindeydin gibi detayları da ekleyerek okumanı derinleştirebilirsin.

HİNDİ

GENİŞLEME • ÜRETKENLİK • ÜN •TANINIRLIK • BEREKET • KURBAN • FAYDA

Hindi, Kuzey Amerika kökenli bir hayvandır. Dünyaya yayılması İspanyol ve Portekizliler aracılığıyla olmuştur. Portekizliler Goa'ya getirmişlerdir, orada İngilizler tarafından peç tavuğuna benzetilmiş ve yeni bir hayvan olarak tanımlanmamıştır.

Buradan da Osmanlı'ya giren hindi, Osmanlı tarafından Hint'ten gelen manasında "hindi" olarak adlandırılmıştır.

Ardından İspanyollar tarafından Mısır'a getirilmiştir ve bütün dünyaya yayılması Mısır'dan olmuştur.

Bu açıdan bakınca genişleme ve doğduğu yerden farklı birçok yerde yaşayabilme özelliğiyle uyumu ve yer değiştirmeyi temsil eder. Şükran günü ve yılbaşı gibi birçok kutlamanın ana unsurudur. Kutlamalarda tüketilmesi, bir araya getirme gücünü gösterir; kolay yetiştirilmesi nedeniyle de bereketin sembolü olarak görülebilir.

Doğada diğer türlerde olduğu gibi hindilerin de erkekleri daha gösterişlidir. Özellikle çiftleşme döneminde ve başka erkeklere meydan okuması gerektiğinde erkek hindiler kabararak tüylerini sergiler ve sahip oldukları haremi korumak için sert dövüşlere girmekten çekinmezler.

Dövüşü kazanan erkek hindi, dişilere sahip olur. Bu sert dövüşler nedeniyle, iki hindi sembolünün bulunduğu yerlerde erkekler arasında çatışmalar ortaya çıkabilir. Hindi yumurtası beslenmeye girmemiştir.

Yılda 30-50 yumurta yumurtlayan dişiler, bir defada 20-25 yumurtayla kuluçkaya yatabilirler. Doğduklarında özen gösterilmezse yavruların hepsi yaşamaz. Annelik ve üretkenlik yönleri güçlüdür. Ancak doğumdan sonra yavruya itina edilmesinin gerekliliği, oluşan bir durumun ilerleyebilmesi için emek vermenin gerekliliğini hatırlatır.

Hindi sembolünün faydalı olabileceği yer ve durumlar: Ürettiği ürünleri veya hizmetleri geniş alanlara yaymak, çoğalmak ve büyümek isteyenler için olumlu bir semboldür.

Bereketlendirmek için mutfaklarda, depolarda ve üretim yapılan alanlarda kullanılabilir.

Erkek ürünlerinde ve dövüş salonlarında kullanılabilir. Cinsel enerjisi yüksektir ancak çokeşlidir. Erkek cinsel enerjini artırmak için kullanılabilir.

Hindi sembolünün kullanımında dikkat edilmesi gereken durumlar: Yavrusunun büyümesi için bakıma ihtiyacı fazla olduğu için çocuklar ve annelikle ilgili konu ve alanlarda kullanması uygun değildir.

İki erkek hindi figürü de meydan okuma enerjini artırır.

Rüyanda hindiyi işle ilgili bir ortamda gördüysen, işinle ilgili bir ilerleme, gelişme, tanınma yaşayabilirsin.

İki hindi birbirleriyle kavga halindeyse erkek enerjilerin çatışmasına şahitlik edebilirsin. Yavrularla beraberse, geleceğin için emek vermen isteniyordur. Eğer hindiyi sadece gördüğünü hatırlıyorsan, bulunduğun halden bambaşka bir duruma geçeceksindir. Belki bunları yaşarken yabancılık hissedeceksin ama sonuç senin lehine olacaktır.

HOROZ

MEYDAN OKUMA • IŞIK • UYANIŞ • AYDINLANMA • ERİL ENERJİ • ÜREME • SAVAŞÇI • KORUYUCU

Horozların ötüşüyle karanlığın gidişi ve ışığın gelişi müjdelenir.

İskandinav ve Kelt kültüründe, kaybeden ve ölen bir savaşçının habercisi olarak anılır.

Hıristiyanlıkta karanlıktan aydınlığa çıkışı, her yeni günün yeniden doğuş olduğunu, bir anlamda karanlık ve inkâr halindeki enerjiden doğru yola girişi sembolize eder ve bu nedenle kiliselerin girişinde çatıda yer alır.

Çin'de kötü enerjileri kovmak için kullanılan bir semboldür. Aynı zamanda bir lider, eril (yang) enerji, ışık ve bereketin sembolüdür.

Uyanışı anlatan horoz ayrıca kibir ve gururu da temsil eder. Bulunduğu alanda hareminde tektir ve meydan okuyan enerjisiyle saldırgan olabilir.

Horoz sembolünün faydalı olabileceği yer ve durumlar: Horoz özellikle aydınlık ve üretken bir enerjiyi temsil eder. Fransa sembol olarak horozu kullanan bir ülkedir ve Avrupa'nın en büyük tarım üreticisidir.

Horoz birden fazla tavuğu dölleyerek hem kendi neslini çoğaltır hem de başka canlıları besler. Bu nedenle üremek ve üretmek, çoğalmak anlamına gelir.

Güneşin yükselişini haber verdiği için kullanıldığı alanlarda yükselişe işaret eder. Uyanışı, fark edişi, nurla buluşmayı, aydınlanmayı anlatır.

Hareketsiz alanlarda hareket yaratmak için uygun olabilir. Güzel bir korunma sembolüdür. Toprağın üzerinde eşelenerek bulduğu solucan ve böcekleri yiyen bu hayvan, durağanlığı hareketlendirmek ve zararlılardan özgürleşmek için de uygun bir sembol olabilir.

Erkek cinsel enerjini artıran bir sembol olarak erkekler için uygundur. Sabah uyanmakta zorluk çekenler yatak odasında başuçlarında kullanabilirler.

Dövüş sporları yapılan salonlarda ve bu sporu yapanların vücutlarında dövme olarak kullanılabilir.

Dövme sembolü olarak meydan okur ve cesur enerjiyi açığa çıkarır.

Negatif enerjilerden ve dedikodudan korunmak için mekânların girişlerinde biblo ya da tablo olarak kullanılabilir.

Horoz sembolünün kullanımında dikkat edilmesi gereken durumlar: Horoz özellikle birden fazla sayıda kullanıldığında çatışma enerjisi yaratır. Tıpkı horoz dövüşlerinde olduğu gibi ortamda bulunanların, özellikle de erkeklerin birbirine meydan okumasına sebep olabilir.

Sakin enerjilere ihtiyaç duyulan ibadethane, hastane, tedavi merkezlerinde mekânın içinde değil dışında kullanılması daha doğru olabilir.

Çocuk yuvaları, spor merkezleri gibi enerjinin zaten hareket halinde olduğu yerlerde fazladan hareket yaratabileceği için kullanılması doğru değildir.

Horoz sembolünü, baktığı yöne yani kimi ve neyi hedef aldığına dikkat ederek kullanmak gerekir.

Rüyada horoz ötüşü, kötü ve karanlık günlerin gittiğini, ferahın gelmek üzere olduğunu haber verir. Birden fazla horoz gördüysen erkekler arasında bir çatışmaya işaret eder.

Bir horozun etrafta dolaşıp meydan okuduğunu gördüysen kendi alanında bulunan negatif enerjilerden özgürleşiyorsun demektir.

Horoz genel olarak sıkıntının bittiğini, tıkanıkların açılacağını haber veren bir semboldür.

ISTAKOZ

HASSAS • YENİLENME • İÇSEL DUYARLILIK • DIŞARIDA SERT VE ESNEMEYEN İÇERİDE HASSAS

Denizlerin kabuklularından olan ıstakozlar, omurgasız tüm böcekler gibi kabuğu sayesinde bütünlüğünü korur. Bu hayvanlar günümüzde oldukça pahalı bir yemek olarak lüks restoranların menülerini süsleseler de 19. yüzyıl ortalarına kadar hapishanelerde, yemekhanelerde, memur sofralarında boy gösteriyorlardı.

Ses telleri olmayan ıstakozlar sıcak suya bırakıldıklarında çıkan ses, kabuklarının çatlama sesidir. Bu ses ıstakozu pişiren kişiye izlemesi gereken yolu gösterir. Yanlış bir teknikle pişirildiğinde kendini zehirleyen ıstakozun tadı acılaşır hatta yiyeni zehirleyebilir. Belki de bu yüzden ıstakoz uzun yıllar yoksul yemeği olmuştur.

Kabuk atarak büyüyen ıstakozlar bu dönemde, en büyük düşmanları olan ahtapotlar için kolay bir av haline gelirler. Pençeye benzeyen önkollarıyla çok güçlü olan ıstakozlar yarıklarda, kaya diplerinde yaşarlar. Ortalama yetmiş yaşına kadar yaşayan bu hayvanların DNA incelemesinde kendi kendilerini iyileştirme gücüne sahip olduklarını fark eden denizbilimciler için cazip bir denek olmuşlardır.

Denizlerin ürkek ama bir o kadar güçlü varlıkları olan ıştakozların hayatımızda birden değer kazanması sembolizmde dikkate alınması gereken bir özelliktir.

Istakoz sembolünün faydalı olabileceği yer ve durumlar: Güçlü bir dönüşüm enerjisi taşıyan ve sert kabuklarıyla yumuşak iç dünyalarını korumaya çalışan bu hayvanlar dışarıdan gelecek etkilere karşı kendini savunmasız hissettiğinde koruyucu bir etki sağlayabilir.

Kendisini yenileyebilen yapısı sayesinde, bir hastalıktan veya zor bir hali bırakmakta zorluk yaşadığında ihtiyacın olan desteği verebilir.

Hasta odalarında, şifa merkezlerinde kendi kendini iyileştirme özelliği nedeniyle destekleyici bir sembol olarak kullanılabilir.

Istakoz sembolünün kullanımında dikkat edilmesi gereken durumlar: Ürkek insanlar ve yeni başlanmış işler için pek uygun bir sembol olmayabilir. Istakoz tedirginliği anlatır. İçine kapanık ve hassas insanlarda bu hali artırıcı bir etki yaratabilir.

Sahip olduğu özellikler geç fark edildiği için önceleri değersiz görülen bu hayvanı, kendini ifade etmekte zorlanan kişi ve bu etki altındaki durumlar için kullanmadan önce iki kere düşünmek gerekir.

Prensiplerinden taviz vermeyen katı kişiler için de doğru bir sembol değildir. Kendi kurallarını oluşturmakta zorlanan ve dışarıdan gelen önerileri tam olarak değerlendirmeden harekete geçenler için sınırlandırıcı bir etkisi olabilir.

Rüyada ıstakoz, dışarıdan gelebilecek etkilerden kendini korumaya ihtiyaç duyduğun döneme işaret eder. "Kendi kendini iyi edecek güce sahipsin, sadece odağını kendine vermen yeterli olacaktır" der.

Rüyanda ıstakoz yediğini veya pişirdiğini gördüysen, hayat sana verdiğin emeklerden tat alacağın ve karşılığını göreceğin döneme geçtiğini müjdeliyordur.

İNEK

BESLEYEN • DÖNÜŞTÜREN • BEREKET • SABIR • ALAN-VEREN • İTAAT EDEN

İnek çağlar boyunca birçok kültürde tanrı olarak görülen bir hayvandır. Hindu ve Budist toplumlarda halen kutsaldır, bereket ve sabır sembolüdür.

Besleme, büyütme ve annelik enerjisidir. Sakindir, kabullenicidir. Kışın içeride, yazın dışarıda farklı şartlarda yaşayabilir. İstikrar, sabır, köklenmek, beslenmek, ilerlemek ve dönüştürmek gibi harika özellikleri temsil eder.

İnek sembolünün faydalı olabileceği yer ve durumlar: İnek, üretimle ilgili tüm işyerleri ve mekânlara destekleyici enerjiler taşır.

Annelik enerjisini güçlendirir. Sosyal yardım kurumlarında, annesiz veya kimsesiz çocukların olduğu yerlerde enerjiyi olumlu etkiler.

Doğal tedavilerin uygulandığı merkezler, terapistler, doğal sıvı ürünler hazırlayanlar için iyi gelir.

Sabırsız ruh halini, hayatın içinde yaşadıklarını, sana sunulanları kabul edemediğinde bu enerjileri dönüştürmende destekleyici olabilir.

İnek sembolünün kullanımında dikkat edilmesi gereken durumlar: İnek, üreme ve beslemeyle ilgili olduğu için çocuk istemeyen kişilerin dikkatli kullanmasında fayda vardır.

Kendi kaynaklarını başkalarına aşırı düzeyde verenler için de doğru değildir.

Rüyada inek, sabır göstermen gereken, olanı olduğu gibi kabul etmen gereken bir dönemden geçtiğinin habercisidir.

Gördüğün ineğin rengine ve ineğin durumuna bağlı olarak bereket, beslenme, hayatın tekliflerini alabilmek veya bahsi geçen bu konularla ilgili olumsuz tarafları işaret edebilir.

Kendini inek sağarken gördüysen bir konuda kısmet alıyorsundur. Süt beyaz olduğuna göre eril enerjiden, devletten ya da patronundan bir kısmet geliyordur.

Sütü sağamıyorsun veya süt siyahsa yorum değişir. Verdiğin emeklerin, beklediğin olayların sonuçlarını henüz alamıyorsundur.

JAGUAR

GÜÇ • AVCI • HEDEF ODAKLI • KENDİ ALANINI KORUYAN • SIRA DIŞI

Güney Amerika'da yaygın olarak görülen ve kedigiller ailesine mensup olan en güçlü avcılardan biri jaguardır. Diğer adıyla panter...

Kelime kökenbilimine bakıldığında "sarımsı", "avını bir kerede öldüren", "köpek gövdeli" ya da "yırtıcı köpek" anlamlarına gelen farklı yaklaşımları içerir.

Bu hayvanın avlanma biçimi diğer kedi ailesinden yani aslan, kaplan ve pumalardan oldukça farklıdır. Avının kafatasına dişlerini geçirerek bir kerede öldürür. Bununla beraber, ormanda yaşayan kaplumbağa dahil birçok ot yiyici ve tane yiyici de onun için bir avdır.

Geniş bir avlanma menüsü vardır. Bu da onu yaşadığı ortamın dengeli bir parçası yapar. Yani bir türden değil neredeyse her türden beslenir. Ancak jaguarın gözü, ceylan büyüklüğündeki hayvanlardadır.

Çünkü bir defada 25 kilo et yiyebilir. Avını öldürdükten sonra ıssız bir yere taşıyarak karnını doyurur.

Aile yaşamı yoktur. Dişi, yavrularını korumak için doğumdan sonra erkeği yakınında istemez. Yavrular bir iki yaşına gelene kadar anneyle beraberdir.

Birbirlerinden en az 25-35 kilometre uzaklıkta yaşarlar. Bıraktıkları izlerle kendi alanlarını belirlerler. Dişilerin alanları daha dardır, bir erkeğin alanında birden fazla dişi yaşar fakat bu alana başka erkek giremez. Yani bir erkeğe birden fazla dişinin düştüğü söylenebilir.

Jaguarın bazı türleri kahverengi ve siyah renkteyken bazı türleri bulundukları ortama uyum sağlamak ve gizlenmek için beneklenmiştir. Leopar olarak bildiğimiz desene benzer ancak tam olarak aynı değildir.

Güney Amerika kökenli bu hayvanlar Maya ve Aztek kültüründe asker ve yönetenlerle ilişkilendirilmiştir. Genellikle ruhsal dost olarak tanımlanmışlardır.

Kendi alanını belirleme, karşı konulamaz güç, iktidar ve hâkimiyetin sembolü olan jaguar, aile yaşamını desteklemese de doğal yaşamın başrolünde en güçlü avcılardan birisidir. Avını bir kerede öldürmesi, hedefine ulaşmaktaki kararlılığını anlatır. Dışarıda oluşmuş veya oluşabilecek engellerin aşılmasının mümkün olduğunu fark ettiren bir semboldür.

Jaguar sembolünün faydalı olabileceği yer ve durumlar: Özellikle satış ve satışa dayalı sektörler için mükemmel bir semboldür. Jaguar avının kafasını koparak avladığı için, onun eline düşen kurtulamaz.

Fethetmek, sahip olmak ve rakibe şans vermemek için orduda ve askerlikte kullanılabilir. Kendi alanını belirlediği ve bu alanı koruduğu için bulunduğu işte, ortamda hâkimiyet kurmak ve iktidar olmak isteyenler için de uygundur.

Isrardan çok istikrar üzerine kurulu bir avcı olduğu için, kendine eziyet etmeden, inatlaşmadan hayatın sunduğu fırsatları değerlendirmek isteyenlere destekleyici etkisi olabilir.

İyi bir avdan sonra sindirme dönemine giren jaguar sembolünü, yaşadıklarını sindirmen, yaşamın temposu içinde kendine yer açabilmek için kullanabilirsin.

Yalnız yaşıyor olmalarının olumlu etkisi de kendi merkezinde, istediklerinin farkında ve gücünden emin ilerleyişini destekleyebilir.

Jaguar sembolünün kullanımında dikkat edilmesi gereken durumlar: Jaguar sembolü aile enerjisini desteklemez. Bu yüzden aile içinde kullanılması ailenin parçalanmasına sebep olabilir. Sıkı bir avcı olan jaguar sembolünü fazla kullanan birisiyle duygusal ilişki yaşayacak olanların dikkatli olması gerekir.

Birleşme enerjisinden çok çiftleşme enerjisi taşıyan bu hayvanlar karşı cinsle cinsellik odaklı ilişkileri işaret eder.

Bu özellikteki enerjiler kedigillerin neredeyse tamamında görülür. Yani aile birliği kurmazlar. Erkek ya dışarıdadır ya çokeşlidir ya da tamamen gitmiştir. Dişi, çocuklarının sorumluluğunu alır. Çocuklar belli bir yaşa gelince anneden de ayrılır.

Rüyanda avlanan bir jaguar gördüysen peşinde olduğun ve çok istediğin bir şeye ulaşmak üzeresindir.

Jaguar sana veya sahip olduğun bir şeye saldırıyorsa, çevrende olan bitene dikkat etmen gerekiyordur.

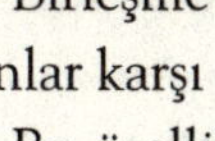

KANARYA

ÜN • FARK EDİLME • RİTİM • FEDAKÂRLIK • HAYRANLIK UYANDIRMA • YOLCULUK

Sesiyle ünlenmiş olan kanarya adını doğduğu ve oradan dünyaya yayıldığı Kanarya Adaları'ndan alır. İspanyollar tarafından 17. yüzyılda Avrupa'ya getirilen kanaryalar kısa bir süre sonra İngiltere'de asiller arasında popüler olur.

Kolay üremesi, fazla bakıma ihtiyaç duymaması yayılmasını hızlandırır ve halk arasında en sevilen kuşlardan olur.

Özellikle erkek kanaryaların sesleri birçok sesbilimci tarafından incelenecek güzelliktedir. Sadece sesi değil aynı zamanda sesini kullanış biçimi ve zekâsı da Rockefeller Üniversitesi'nde araştırma konusu olmuştur. Bu araştırmada, anılarını birleştirebildiği ve koordine motor hareketlerini hatırlayabildiği tespit edilmiştir.

Özgürce bulunduğu doğal ortamında yeşilimsidir. Kafeste yaşayanların renkleri daha çok sarıya dönmüştür. Ancak kırmızı, turuncu ve farklı tonlarda kanaryalar da görülür. Sesinin güzel tınısı bir yana, hayat kurtarıcı bir alarm sistemi olarak kömür madenlerinde kullanılır.

İlk kez 1987 yılında İngiltere'de kullanılan bu teknikte, her gün madencilerle birlikte bir kanarya kafesi de madene indirilirmiş ve zehirli gaz sızıntısında kanaryanın minik bedeni hemen öldüğü için sesi kesildiğinde madenciler durumu anlayarak dışarı çıkarlarmış.

Türkiye'de Fenerbahçe futbol takımının sembolü olan kanarya dünyada başka birçok takımın da sembolüdür. Tüm bu kulüplerin, bir adadan bütün dünyaya yayılan ve sesleriyle hayranlık uyandırarak kabul gören bir kuşu sembol olarak seçmesi ilginçtir.

Kanarya, boyutlarına ve dünyada bulunan kuş çeşitliliğine bakıldığında gerçekten de tılsımlı özellikler taşır. Tropikal bölgelerde güzel renkleri ve güzel sesleriyle bildiğimiz ya da bilemediğimiz onca kuş varken bu kuşun aynı adla tüm dünyada tanınıyor olması ünü, ahenkli sesi, öğrenme yeteneğini, öncülüğü ve faydalı olmayı temsil eder.

Sahip olduğu özellikler dışında çaba harcamadan, dışarıdan gelen yardımlarla kendiliğinden oluşan ünü, çabasız ve dış desteklerle elde edilen iktidarı ve gücü anlatır.

Dikkate değer başka bir konu da bu kuşların doğal ortamından koparılarak kafese konmuş, bir anlamda esaret altına alınmış olmalarıdır. Bir yandan bütün dünyaya yayılacak kadar geniş bir alana açılmışken bir yandan da özgürlükleri kısıtlanmıştır. Bu nedenle renkleri yeşili terk ederek sarıya dönmüştür. Bu durum da bir şey elde ederken başka bir şeyden fedakârlık etmeyi sembolize eder. Tanınmak için kendine yardım alanı açarken yine aynı nedenlerden dolayı esarete mahkûm edilmesi düşündürücü sembolik bir durumdur.

Kanarya sembolünün faydalı olabileceği yer ve durumlar: Yaptığı işte hayranlık uyandırmak ve ses getirmek istediğinde bu sembolü rahatça kullanabilirsin.

Kabul görmek, sevilmek, desteklenmek ve ilerlemek için kanarya sembolünden destek alınabilir.

Gücü temsil eden sarı rengi kullanan kişiye de kullanıldığı alanda da güç getirecektir.

Özellikle sesle ilgili çalışmalar yapılan mekânların kolayca duyulması için destekleyici bir etki yaratır.

İstediğin bir konuda yardım ve destek almak için kıyafetlerde, mekânlarda veya aksesuvar olarak kullanabilirsin.

Kanarya sembolünün kullanımında dikkat edilmesi gereken durumlar: Kanarya sahip olduğu güzelliklerle kendine hayran bıraktıran ancak yine aynı sebeplerle var olduğu yerden koparılarak kısıtlanan bir enerjiyi sembolize eder. Yani bir özellik öne çıkarken diğer bir özelliği baskılayabilir. Bu enerjisiyle, fedakârlık yaparak ilerlemeye veya bazı şeyleri geride bırakarak istenilene ulaşmaya işaret edebilir.

Rüyada kanarya destek görmeye, gücü ele almaya işaret eder. Rüyanda kanaryanın yanında gördüklerin ilerlemende sana destek olacak olabilir.

Kanaryayı kafeste gördüysen, bir alanda kısıtlandığın hissini yaşıyor olabilirsin. Belki de hedefine ulaşabilmen için alıştığın ne varsa uzak kalacaksındır. Fakat bu amacına ulaşmana yardım edecek.

KANGURU

ANNELİK • SIÇRAMA • SORUMLULUK • HIZ • REKABET • ÖNCELİK BELİRLEME

Kanguru ismi, Avustralya kıtasına gelen James Cook ve Aborjin yerlileri arasında geçen bir diyaloğa dayandırılır. Keşif sırasında kanguruyla karşılaşan James Cook Aborjinlere bunun ne olduğunu sorduğunda aldığı yanıt "Kanguru" yani "Seni anlamıyorum" olur. Bunun üzerine keşif kayıtlarına hayvanın ismi kanguru olarak geçer ve dünyada kabul görür.

Kanguru iki ayağının üzerinde rahatlıkla duran bir tek toynaklıdır. Sıçramasıyla ünlüdür ve ön dişleri tavşanı andırır ama aralarındaki benzerlik sadece bu kadardır.

Kanguruyu ilginç yapan asıl özelliği, hamileliğinin büyük bir kısmının bedeninin dışında gerçekleşmesidir. Hamile olan kangurunun yavrusu yaklaşık 33 gün sonra yani neredeyse bir fasulye kadarken doğum gerçekleşir. Kendi gücüyle annesinin bedenine tırmanan yavru, bedenin önünde bulunan keseciğe yerleşir. Burada annesinin memesine yapışır ve altı ay hiç ayrılmaz. Arada sırada bile olsa kesecikten çıkması için dokuz aylık olması gerekir. Anne doğum yaptıktan sonra tekrar hamile kalabilir ama eğer hamile kalırsa bu embriyonun gelişimini durdurur ve kesesindeki bebeğine öncelik verir.

Kangurular beden yapılarıyla bir denge sembolüdür. Kuyrukları da neredeyse bir bacak gücündedir ancak bacak olarak kullanılmadıkları son yapılan araştırmalarda netleşmiştir. Hızlanırken dengelerini kuyruklarıyla sağlar ve oksijeni doğru kullanarak az enerjiyle çok yol alırlar.

Zayıfları korumak için bir arada yaşayan kangurular, yeni bir üyeyi gruba almadan önce gelişmiş koku alma yetenekleriyle karar verirler.

Çiftleşme ritüellerinde dişi, erkeğin dikkatini çekmeye çalışır. Aynı dişiyle çiftleşmek isteyen birden fazla erkek olduğunda erkekler birbirleriyle boks diye tanımlanabilecek türde bir dövüş yaparlar.

Kanguruların birden fazla özelliği sembol olarak kullanılır.

Bir yerden bir yere sıçrayarak ilerleyen bu hayvanlar, hayatımızda sıçrama yapmayı sembolize edebilir.

Dişilerin, yavrularıyla kurdukları hem bağımsız hem sorumluluk taşıyan ilişki, beslerken, ilgilenirken ve himaye ederken destekleyen ama aynı zamanda iradeye müdahale etmeyen eylemi anlatır.

Anne kangurunun mevcut sorumluluklarını yerine getirmek üzere iradesini kullanarak gelecek planlarını veya eylemlerini erteleyebilmesi, sorumluluklarından kaçanlara güzel bir mesaj verir.

Erkeklerin dişi için mücadele etmesi, öte yandan dişinin de erkeği cezp etmeye çalışması, her iki cinsin de birbirleri için harekete geçmesini ve çaba harcamasını sembolize eder.

Hedefe doğru ilerlerken kaynakları doğru kullanmayı ve dengeyle hareket edebilmeyi gösterir.

Kanguru sembolünün faydalı olabileceği yer ve durumlar: Kangurular geriye sıçrayamadıkları ve sıçrama sırasında dengeli hareket ettikleri için daha ileriye, yukarıya sıçramana ve hızlanmana destek olabilir.

Kesesinde yavrusuyla bir kanguru figürü, anneye aşırı bağımlı olan ve sorumluluk almak istemeyen çocuklarla, çocuklarını ilgiyle ve baskıyla yoran annelere iyi gelebilir.

Dengeyle ilerlemek isteyenler, aşırılıkları nedeniyle kararlarını uygulayamayanlar da bu sembolden destek alabilir. Çocuğunun hayata tutunmasıyla ilgili sorun yaşayan aileler için kanguru sembolünü seçmek doğrudur.

İki erkek kanguru dövüş salonları ve erkeklerin spor yaptığı alanlarda enerjiyi yükseltip rekabeti artırabilir.

Kanguru sembolünün kullanımında dikkat edilmesi gereken durumlar: Güçlü bir anne enerjisi taşıyan kanguruyu, annesinden ve çocuğundan kopamayanlar kullanırken dikkatli olmalıdır.

Erkek kangurular arasında güç kavgaları yaşandığı bilindiğinden, erkeklerin uyum içinde olması gereken işyerleri ve mekânlar için uygun olmayabilir.

Rüyada bebeğini kesesinde taşıyan kanguru gördüysen geleceğine emek verdiğin bir dönemdesindir. Gösterdiğin gayret seni ilerletiyordur ancak zamana ihtiyacın vardır.

Koşan, ilerleyen bir kanguru gördüysen yanında gördüğün kişilerle ya da yardımlarıyla dengeli şekilde ilerleyeceğinin ve hız kazanacağının habercisidir.

Geriye doğru koşan ve koşarken düşen bir kanguru işlerin tam tersi yönde olduğunu anlatır.

KAPLAN

ÖNÜNDE DURULAMAZ GÜÇ • SALDIRGANLIK • ÜREME • YARATICILIĞIN DENGELENMESİ • ÜSTÜNLÜK • FİZİKSEL YETENEKLERİN GETİRDİĞİ İKTİDAR • REKABET

Kaplan kedi ailesinin en büyük üyesidir. Hindistan başta olmak üzere Çin, Sibirya ve az görülmüş olsa da Türkiye de onların yaşam alanlarıdır. Özellikle Çin ve Hindistan kültüründe önemli bir yeri vardır.

Kaplan gece avlanır ve keskin bir görüşü vardır. Avlarını arkadan yakalar ve enseden ısırır, üzerine çökerek ölene kadar kımıldamaz.

Pumalar kadar yükseğe zıplayabilmelerinin yanında güçlü ön pençeleriyle orta büyüklükte bir hayvanı tek hamlede öldürebilecek güce sahiptirler. Gergedan dahi öldürebilirler.

Çin'de önemli bir sembol olan kaplanlar beyaz renkle sembolize edilir. Yön olarak batıyı ve element olarak metali temsil eder. Bu element ve yön otorite figürlerinin de sembolüdür.

Eski Türk mitolojisinde de tahtın sembollerinden birisidir. Eril enerjinin en güçlü hali olarak kabul edildiği için ruhsallık ve rahman enerjiyi temsil ettiği düşünülür.

Gücün sembolü olan kaplanın dişileri hayatları boyunca eşit sayıda dişi ve erkek yavru dünyaya getirirler.

Erkek kaplan, dişisi tekrar çiftleşmeye hazır hale gelebilsin diye doğumdan hemen sonra yavruları öldürebilir. Bu nedenle dişi, erkeği yavrulardan uzak tutmaya çalışır.

Erkekler kendi aralarında yer kavgasına giriştiklerinde taraflardan biri ölene kadar kavga devam eder.

Bu hayvanın iktidar ve gücün sembolü olması bir tesadüf değildir. Hem gece hem gündüz, hem karada hem suda avlanabilir ve saldırısından sonra avının hiç şansı yoktur. Yırtıcıların en güçlüsü ve yeteneklisi olan kaplan bir anlamda gücün karşı tarafa şans tanımayacak kadar büyümüş halini temsil eder.

Kaplan sembolü, ele geçirmek, iktidar olmak, hükmetmek ve her zaman galip gelmeyi temsil eder. Bu yüzden savaş, savaş sanatları, eril enerji ve cinsel gücü sembolize eder.

Kaplan sembolünün faydalı olabileceği yer ve durumlar: Gücünü kullanamayan, rakiplerine karşı kendini zayıf hisseden kişi ve kurumlar için destekleyici olabilir.

İktidar ve hâkimiyeti sembolize ettiğinden üst yönetici kadroları için olumludur. Kaplan kendi alanına giren rakiplerini de yok ettiğinden, diğerlerine şans tanımayan bir özelliğe sahiptir. Bu nedenle rakiplerine üstün gelmek isteyenlere destek olabilir. Ancak mücadele sırasında kendi alanını koruyabilenlerin hayatta kalacağını hatırlamakta fayda var.

Kaplan sembolü rekabeti artırıcı bir etki yaratabilir.

Çiftleşme ve üreme sembolü olarak erkek enerjiyi destekler. Keskin görme gücüyle, rakipleri ve hedef kitleleri hakkındaki detayları görmek isteyenler için olumlu olabilir.

Aksesuvar olarak kullandığında önünde durulamaz bir gücü sembolize eder. Kaplan gece karanlığında ve suda avlanabilir.

Bu nedenle ortam ve şartlar ne olursa olsun istediğini elde etme enerjini açığa çıkartır.

Erkekler için harika bir semboldür. İktidarı elinde bulundurma ve cinsel gücü destekleme enerjisidir.

Kadınlar kullandığında erkek enerjiyi kontrol edebilme gücünü verir. Erkekten istediğini almayı açığa çıkarır.

Dövme sembolü olarak gücün ve istediğini elde etmenin sembolüdür.

Kaplan sembolünün kullanımında dikkat edilmesi gereken durumlar: Kaplan açıkça bir erkek enerji sembolüdür. Doğum sonrasında yavrularını görmezden gelen ve sadece çiftleşme güdüsüyle hareket eden bu hayvanın sembolü, yeni bebek sahibi olmuş bir aile için uygun değildir.

Rakiplerine üstün gelmek için kullanacaksan olası bir rekabette güçlü olanın kazanacağını unutmaman gerekir.

Rüyanda kaplanla dost olduğunu gördüysen desteklenirsin. Hareket halindeyse devletten, güçlü bir erkekten, patronun ya da yöneticinden destek alabilirsin.

Kaplanı avlanırken görüyorsun ama seni tedirgin etmiyorsa ilahi plan istediklerine ulaşman konusunda otorite figürleriyle sana destek olacaktır.

Kaplan sana saldırıyorsa güçlü birinin alanına girmiş olabilirsin, bir kuralı çiğnemiş veya devletle ilgili bir konuda risk almışsındır. Dikkatli olman gereken bir döneme işaret ediyordur.

KAPLUMBAĞA

SABIR • İSTİKRAR • UZUN ÖMÜR • ORTAMI DEĞERLENDİREREK HAREKETE KARAR VERME • SABRIN GETİRDİĞİ GÜÇ • MUTLULUK • DİNGİNLİK • SU SEMBOLÜ OLARAK HIZLI (SİYAH VE MAVİ RENKLERDE) • TOPRAK SEMBOLÜ OLARAK YAVAŞ (SARI VE KAHVERENGİ TONLARINDA)

Dünya üzerinde en sevilen hayvanlardan biri olan kaplumbağa, hikâye ve efsanelerde yaşlı ve bilge olarak tasvir edilir. Mitolojide önemli bir yere sahiptir. Genellikle yaratılışa ait bir rol verilen kaplumbağanın, dünyanın zeminini ve göğü simgelediği anlatılır. Bununla beraber özellikle Uzakdoğu'da ve eski Türk mitolojisinde dört ayağının dört mevsimi ve dört yönü işaret ettiği düşünülür.

Kışın hareketsiz kalan ve yazın kabuğunu değiştiren bu hayvan, sabırdan elde edilen gücü temsil eder. Ayaklarının ahenkli hareketleri de istikrara işaret eder. Dünyanın bir kaplumbağanın sırtında olduğuna inanan eski inanışlarda devletin sembolü olarak kabul görmüştür. Çin'de kuzey yönünü ve suda yaşayan kaplumbağalar sebebiyle de su elementini temsil eder.

Suda yaşayan kaplumbağalar hızlı hareket ederler.

Kara kaplumbağaları oldukça yavaştırlar.

Kaplumbağalar uzun ömürleri nedeniyle, bilgelikle yaşanan sağlıklı ve uzun bir ömrü temsil eder.

Genellikle ev sahibi olmak, evlilik ve yuva kurmakla ilişkilendirilir.

Kaplumbağa sembolünün faydalı olabileceği yer ve durumlar: Kaplumbağa sembolü, istikrar ve ilerlemenin sabır gerektirdiği durumlara enerjisiyle destek olabilir.

Telaşları ve aceleci davranışları nedeniyle aksilik yaşayanlar için güzel bir enerji alışverişi yaratır.

Dikkat dağınıklığı olanlar için destekleyici bir semboldür. Bir işin istikrarlı ilerleyişi, bir evliliğin başlaması ve devamlılığı, ev sahibi olmakla ilgili alanlarda enerjiyi hayatına davet etmen için rahatlıkla kullanılabilir.

Yeşil, siyah ve mavi renk kaplumbağa sembolü işlerin istikrarla ilerlemesini destekler.

Kahverengi kaplumbağa hızını yavaşlatmak isteyenler için uygundur. Kırmızı veya turuncu olanlar ateş enerjisini düşürmek, telaşı sakinliğe çevirmek için kullanılabilir. Sabır enerjisini açığa çıkarır.

Çocuklar için pek doğru bir sembol değildir.

Ölüm korkusu yaşayanlara ve hastalık nedeniyle endişesi olanlara güven duygusu verir.

Ofislerde kullanımında sadece su kaplumbağası sembolünün seçilmesini tavsiye ederim.

Dövme olarak yapıldığında uzun ömrü, yaşananları sabırla kabul ederek bilgeleşmeyi sembolize eder.

Kaplumbağa sembolünün kullanımında dikkat edilmesi gereken durumlar: Kaplumbağa, hareketleri yavaş kişilerde enerjiyi daha da ağırlaştırabilir. Bilgi ve bilgelikle ilgili olsa da kış aylarında tamamen hareketsiz kalan bu hayvan, şartlar uygun olmadığında eylemi yavaşlatmayı ve hatta durdurmayı destekleyen bir enerji haline gelebilir.

Kaplumbağa mücadeleci bir hayvan değildir. Daha çok şartlar dahilinde yol alır. Bu sebeple kullanılırken etkisi izlenmelidir.

Rüyada ilerleyen bir kaplumbağa görmen hayatında istikrarla ilerlediğini anlatır. Bununla beraber ev almak, kiralamak veya mekânla ilgili bir sorunun yanıtı olarak rüyanda kaplumbağa görüyor olabilirsin.

Ters dönmüş, kabuğu zarar görmüş bir hayvansa evinle ya da mekânınla ilgili enerjilerinde dikkatli olman gerekiyordur.

Kaplumbağayı birisi sana hediye ediyorsa sabırsız davranışların için biraz daha sakinleşmen gerekiyor olabilir.

KARINCA

ÇALIŞKANLIK • İTAAT • ORGANİZASYON • BİR ARADA HAREKET EDEBİLME • FIRSATLARI DEĞERLENDİRME • EKİP MOTİVASYONU • DÜNYASAL • EYLEMSEL

Eşekarıları ve arılarla aynı soy ailesine üye olan karınca kolonileri, kısır yani üreyemeyen, "işçi" ve "asker" olarak tanımlanan dişilerden, verimli erkeklerle bir ya da birden fazla "kraliçe" olarak tanımlanan verimli dişilerden oluşur.

Genellikle dünyanın tamamında görülürler. Karıncalar hayatın akışında organize olmakla ilgilidir. Onlara "süper organizma" denmesinin en önemli sebebi tek bir bedenmiş gibi hareket etmeleridir. Toprağın altında kurdukları yuvalarına durmadan yiyecek taşırlar. Bulundukları ortamdaki tüm seçenekleri değerlendirerek faydalarına kullanabilirler. Birçok türü pek zararlı olmasa da istilacı olan türler ekili alanlar ve yerleşim yerlerinde sorun yaratabilir.

Karıncanın temsil ettiği enerji "organize olmaktır". Tek bir beden gibi birlik içinde hareket eden bu canlılar, yaşamın akışı içinde her bireyin kendi yaratılış amacına uygun şekilde yaşamasını anlatır.

Öte yandan toprak altında yaşam alanı kuruyor olmaları dünyaya dair maddi konuları, korunmaya ihtiyaç duyan yanlarımızı ve çalışma tempomuzu temsil eder.

Otorite olan dişidir. Otorite figürü olarak anneyi görenlerimizi ve dünyanın kurallarının, işleyişinin değiştirilemez olduğuna inanan taraflarımızı anlatır.

Organize olmanın önemini, gücünü, üstüne düşeni yapmanın her şeyi yoluna koyacağını hatırlatır.

Evlerde ve yolda yürürken karşımıza çıkan karıncanın bize aktardığı en önemli sembol "bütüne ait" olduğumuz gerçeğidir. Her ne kadar birey olsak da ait olduğumuz sistemin bir parçası olarak üzerimize düşeni yapmalıyız.

Karıncalar var olanı değerlendiren, fırsata çeviren, engelle karşılaştığında yeniden deneme gücünü harekete geçiren eylemsel varlıklardır.

Karınca sembolünün faydalı olabileceği yer ve durumlar: Ekipler, çalışma arkadaşları, bir arada hareket eden gruplar için faydalı bir semboldür.

Aynı zamanda mevcut durumu değerlendirmek istediğinde, karşılaştığın engelleri aşmak için motivasyona ihtiyaç duyduğunda destekleyici olabilir.

Bir amaç için hareket etmek isteyen, dünya işlerine yönelmek ve emek vermek isteyenlerimiz için olumlu olabilir. Karıncalar itaat eden ve çalışan hayvanlardır. Fabrika tarzında belli bir tempoda çalışan işyerlerinde kullanılabilir.

Organize olmak, adaptasyon sorunlarını aşmak ve grup çalışmasına katılabilmek için harika bir semboldür.

Kıyafetlerde, çantalarda, işyerlerinde kullanılabilir.

Tek başına veya birden fazla şekilde karınca sembolü kullanmak, bir amaca hizmet etme enerjisini ve otoriteyi kabul ederek ilerleme enerjini destekler.

Dövme olarak kullanıldığında itaat etmeyi, çalışkanlığı ve bir sistemin parçası olmayı ifade eder. Faydalı işlerin içinde olmayı destekler.

Suç geçmişi olanlar ve yaşadığı ortamla uyum sorunu yaşayanlar için dönüştürücü bir semboldür.

Karınca sembolünün kullanımında dikkat edilmesi gereken durumlar: Karıncalar itaatkâr bir enerjiye sahip oldukları için liderlere veya yöneticilere uygun bir sembol değildir.

Rüyanda evinden çıkan karıncalar gördüysen evini düzenlemeye ihtiyacın vardır.

Karınca evinden bir şeyleri alıyorsa bırakamadığın, vazgeçemediğin veya harekete geçiremediğin konularda sadaka verme zamanın gelmiş olabilir.

Karınca sembolü anne, kadın otoritesi, dünyada olup bitenler ve çalışma disiplinidir.

KARGA (KUZGUN)

AÇIĞA ÇIKAN • AÇIĞA ÇIKARAN • HABER VEREN • HABERDAR EDEN • REHBERLİK EDEN • FIRSATLARI DEĞERLENDİREN • BİRİLİKTE HAREKET EDEN/EDEBİLEN • UZUN ÖMÜR • ZEKÂ • FARKINDALIK • BİLGELİK

Karga, Yunan mitolojisinde Athena'nın baykuştan önceki habercisidir. Athena ona bir sebepten ceza verir ve beyaz olan rengini siyaha döndürür. Karga aynı zamanda Antik Yunan tanrılarından Apollon'un da sembolüdür. İskandinav mitolojisinde göklerin tanrısı Odin'in omuzlarında, "hafıza" ve "düşünce" isimli iki yardımcı karga bulunmaktadır.

Japon ve Kore mitolojilerinde savaş ve ölümle ilişkilendirilirken Roma'da geleceğin sembolüdür. Zekâsı nedeniyle Kızılderililer tarafından yaratıcılıkla ilişkilendirilmiştir.

İslamiyet öncesi Türk mitolojisinde kurtla beraber anılır ve saygın bir yeri vardır; kurtarıcı ve yön gösterici bir role sahiptir. "Kurda kuşa yem olmak" sözü buradan gelir. Bir Moğol atasözü, "Kurttan evvel her zaman bir karga, yağmurdan evvel de her zaman rüzgâr vardır" der.

Türkçede "kuz" kökü "gölgede kalan, güneş almayan, karanlık" anlamlarına gelir. Bu kökten üretilen kuzgun da kara güne gönderme yapar. Karanlık ve bilinmezlik her zaman ölümle ilişkilendirilmiştir.

Tarih boyunca yol gösteren, yer belli eden, haber veren, bilen ve bildiren rolleriyle anılan kargalar ve kuzgunlar şehir yaşamıyla beraber insanların yeni yaşam koşullarına uymuşlar ve belki de bu sebeple günümüz toplumunda pek sevilmemişler. Kimi kargaları hırsız, kimi kötü sesli, kimi de leş yiyici olarak tanımlar.

Hatta bazı deyimlerde kargalara ürkütücü özellikler atfedilir: "Kılavuzu karga olanın başı dertten kurtulmaz", "Alacağına şahin, borçlusuna karga" ya da "Besle kargayı oysun gözünü" gibi...

Oysa karga kuşların en zekisidir. Bu ayrıca bilimsel bir tespittir. Bedenine göre beyni en büyük kuş olan karganın tıpkı insandaki gibi ön beyin lobu büyüktür.

Koordinasyon, organizasyon ve çözümleme yeteneği takdire şayandır.

Dışarıdan gelen bir tehditle karşılan bir karganın yardımına hemen diğerleri koşar gelir.

Yiyecek ararken araştırmacı yanı sayesinde kendi fırsatlarını yaratır.

Leş kargası olarak anılan kuzgunların genç olanları kendi aralarında yapay bir kargaşa çıkararak diğer leş yiyicileri oradan uzaklaştırırken daha yaşlı olanlar az miktardaki leşin yanına yaklaşıp dikkat çekmeden karınlarını doyurur.

Birçoğu toprağın altına gömdükleri tohumlarla ekolojik sisteme hizmet eder.

Leş yemeleri aslında kâinatta her bir zerrenin bir başka zerreye hizmet etmesine ve ölümün yaşamın besini olduğuna dair bir işarettir. Bu aynı zamanda bir temizleme enerjisi olarak da algılanabilir. Tarlalarda da zarar görmüş ekinleri ve tarım zararlılarını yiyerek fayda sağlar. Buna rağmen çiftçiler de kargayı sevmezler.

Su birikintisine yakın bir karga topluluğunu izlediğinizde ilginç yıkanma törenlerine şahitlik edersiniz. Karga önce başını öne doğru suya sokarak yıkar, ardından kanatlarını arkaya doğru açarak bedeninin arkasını yıkar.

Kuran-ı Kerim'de aktarılan kıssada, kardeşi Kabil'i öldüren Habil'e, elindeki cesetle ne yapacağını öğrensin diye yanına bir karga gönderilir. O günden sonra insanoğlu ölülerini toprak altına yerleştirmeye başlar. Ölümlerde adı anıldığı için ölümle ilişkilendirilen karga aslında uzun ömürle ilişkilendirilmelidir. Özellikle kuzgunlar 100 yılı devirir hatta 150-250 yıl bile yaşayabilirler.

Karga ve kuzgun sembolleri, araştırmacı, ilgili, bilgili, bilinmeze meraklı, bilinmezden beslenen, gelecekle bağlantılı, belli eden, açık eden, açığa çıkaran, fırsatları değerlendiren, toplulukla beraber hareket eden, gözlemleyerek davranışlarına karar verebilen ve strateji oluşturabilme yeteneğine sahip nitelikler taşır.

Karga sembolünün faydalı olabileceği yer ve durumlar: Karga, bilgiyi hayata geçirmek ve araştırmacı yanımızı ortaya çıkarmak için eşsiz bir semboldür.

Bilinenin ötesini merak eden araştırmacılar, belgesel yapanlar, gözlem yoluyla strateji belirleyenlere kılavuzluk edebilir.

Gizli bilgilerin açığa çıkması için bir totem gibi de kullanılabilirsin.

Akıl ve zekâ çağrışımı yapmak istediğin konuların tamamında istediğin sonuca varmana destek olur.

Evlerin bahçelerinde, balkonlarda ve dış kapılarda negatif enerjileri haber veren ya da açığa çıkaran bir koruma sembolü olarak kullanılabilir.

Araştırma, çözümleme ve koordinasyon yeteneğini geliştirmek için kullanılabilir. İşyerlerinde hem ekip çalışmasını destekler hem de çözüme ulaşmayı kolaylaştırıcı bir etki yaratır.

Strateji geliştirmek istenen projelerin ve ekiplerin sembolü olabilir. Boyun bölgesinde kullanıldığında başkalarının sakladığı gizemleri ifadeleriyle açığa çıkarmakla ilgili bir enerji akışı yaratabilir.

Dövme olarak karga sembolünü kullanmak bilgilenmeyi, ilişkilendirmeyi ve araştırma isteğini artırır.

Karga sembolünün kullanımında dikkat edilmesi gereken durumlar: Karga bilgiyi ve onun kullanımını temsil eder. Araştırma gibi zaman ve sabır gerektiren konuların sembolüdür. Ticari bir marka veya üründe kullanıldığında öne çıkacak enerjiler bu yönde olacaktır.

Beklenti maddi kazanç yönündeyse yeniden düşünmekte fayda olabilir.

Karga sembolü var olanın içinden fırsatlar yaratacak, deneyim kazanarak ilerlemeyi destekleyecek ancak yeni bir alan yaratana kadar emek vermemizi isteyecektir.

Rüyada karga görmen merak ettiğin konularla ilgili yakın zamanda öğreneceklerine işaret eder.

Görünenin arkasında olan bitenle ilgili haber alabilirsin. Karga omzunda veya yakınındaysa destek görürsün. Bilgili ve akıllı insanlardan yardım alırsın.

Kargayı bir şeyleri yerken veya yeme gayretinde gördüysen bir fırsat yakalayabilir veya var olan durumu bir fırsata dönüştürebilirsin.

Karga toprağı eşeliyor veya toprağa bir şeyler gömüyorsa yakında bir ölüm haberi alabilirsin.

KARTAL

KESKİN GÖRÜŞ • YÜKSELME • ODAKLANMA • SADAKAT • RUHSAL BAĞLANTI • ÖZGÜRLÜK • SAYGI VE SAYGINLIK

Türk mitolojisinde çift başlı kartal devletin sembolüdür. Yerin ve göğün tutucusudur. Altaylarda ve Sibirya'da şamanların kartal bir anadan doğduğuna inanılır ve onun korumasında oldukları düşünülür. Bu nedenle sembol olarak kartal hem giysilerine hem de ayin sırasında kullandıkları enstrümanlara işlenir.

Kartal, güneş ve gökyüzüyle ilişkilendirildiği için özellikle Orta Asya'da iktidarı temsil etmiştir. Güneş ateşle ilgilidir ve şaman da ayinini ateşin etrafında yapar.

Yunan mitolojisinde Zeus'un sembolüdür.

Gözbebeklerinin kafatasına göre oldukça büyük olması sayesinde güneşe doğrudan bakabilir ve çok keskin bir görme yeteneği vardır.

Kartal gözü hem üç yüz derecelik geniş bir açıya sahiptir hem de istediği görüntüyü altı-sekiz misli oranında büyütebilir. Bu özellikleri ile kararlılığı ve odaklanma gücünü temsil ederler.

Kartal en yüksekten uçar ve yuvasını en yükseğe kurar. Göklerin hâkimi olarak anılır.

Hızlı uçma kadar hızlı durabilme yetenekleriyle hızı yönetebilme özellikleri onları şüphesiz yenilmez yapar. Tüm bedeni hızlı uçabilmesi için tasarlanmış gibidir.

Pençeleri oldukça güçlü olan kartallar, gagalarının içeriye doğru kıvrık olması sayesinde avlarını kolayca parçalayabilirler.

Bazen bir koyunu bile kaldırabilecek güçte olan kartallar zaman zaman av için birbirleriyle güç savaşına girebilirler.

70 ile 110 yaşına kadar yaşayabilirler.

Tekeşlidirler ve aynı yuvada yaşlanırlar.

Dişi kartal birden fazla yumurtlar ve kuluçka döneminin sonunda bazı türlerde en güçlü yavru, güçsüz olanları yer ya da yuvadan atar.

Anne ve baba kartal kardeşlerin bu mücadelesine müdahale etmezler. Sadece güçlü olan –ya da olanlar– hayatta kalır ve ebeveynleri güçlü olanları beslemek için çaba harcar.

Kartallar geç gelişir. Yavru kartal ancak iki üç yaşına geldiğinde tüylenmeye başlar. Yuvadan ayrılmaları için yeterince güçlenmeleri gerekir. Bir kez ayrıldıktan sonra yuvaya geri dönmez, kendi av alanlarını belirler ve orada yaşarlar.

Kartallar yaklaşık 40 yaşlarına geldiklerinde bir inziva kararıyla baş başa kalırlar. Bu adeta yeniden doğuş için güç toplama halidir. Bir kuytuda, eski keskinliğini kaybeden gagalarını pençeleri yardımıyla sökerler. Bu işlem sırasında acı çekseler de yeni gagaları çıkana kadar hiçbir şey yiyip içmeden yaşarlar. Ardından yeni gagaları yardımıyla tırnaklarını sökerler. Bu sürecin sonunda yepyeni bir gaga ve pençeye sahip olan kartal, bilgeliğinin yanında güçlenen fiziksel özellikleriyle, gücünü doğru kullanarak yaşamına devam edebilecek hale gelir. Efsane kuş Simurg ya da Zümrüdüanka, kartalın bu özelliğinden yola çıkılarak betimlenmiş olabilir.

Eğer inzivaya çekilmezse avlanırken gücünü kaybeder ve avını daha genç ve güçlü kartallara kaptırabilir.

Bu müthiş hayvan bizlere yeri geldiğinde gücü bırakmanın bir erdem olduğunu, bazen en güçlü yanlarımızdan feragat etmenin bizi yenileyebileceğini anlatır. Yenilenmiş kartal eskisinden daha kıymetlidir. Yaşanmışlıkların izleri silinmiş, bilgisi baki kalmıştır.

Kartal sembolünün faydalı olabileceği yer ve durumlar: Kartal adeta bir başkalaşma enerjisinin sembolüdür. Bir halden bir hale dönüşmenin temsilcisidir. Bu nedenle bilginin demi olan bilgeliğe geçmek isteyenler için harika bir semboldür.

Çağlar boyu şamanların sembolü olması elbette tesadüf değildir. Şaman ya da kam, bağlantıya geçiren demektir. Kişiyi kendi özüyle, kendi planıyla buluşturandır. Bu buluşma dünyaya dair yaşanmışlıkların eşliğinde, teslimiyet haliyle sahip olunan kalıplardan özgürleşerek hafiflemeyi ve yükselişi getirir.

Tıpkı iktidarın sembolü olması gibi kişinin kendi hayatının hâkimi olmasını, kararlarını kendi içsesini dinleyerek almasını sembolize eder.

En yüksekten uçan, en iyi gören ve göğün en güçlü hayvanı olarak göksel enerjilerden destek almak, geleceğine doğru karar vermek ve verdiğin kararları uygulamak istediğinde kullanabileceğin doğru semboldür.

Ayrıca bütünü ve ona ait olan parçayı görebilmeyi ve olayların bağlantısını fark edebilmeyi anlatır. "Gökler ve göklerle bağlantılı olanlar ilahi olanla bağlantılıdır" demiştim. Göklerin hâkimi olan kartal bu nedenle iktidar olan, iktidar ve güç sahibinin vekili, yetkilisi olarak algılanmıştır.

Devlet armalarında, orduların sancaklarında yer alması bu nedenledir. Herhangi bir konuda iktidarı, gücü temsil etmek isteyenler için uygun olabilir. Ancak kartalların güçlerini yitirdikleri anda sahip oldukları alanları kaybettiklerini de hatırlamalıyız.

Kartal sembolü geleceği doğru tahmin etmek, odaklanmak, mevcut durumun tespitini yaparak karar vermek, hızlı hareket etmek ve liderlik etmek istediğimizde kullanılacak ilk sembollerden biridir.

Kartal aile olarak güçlü bağları olan bir kuş olmasının yanında yavrusuna odaklanan, onu iyi yetiştiren ve zamanı geldiğinde yuvadan uçmasına izin veren ebeveynleri temsil eder. Ev ve evlilikle ilgili olumlu bir sembol olabilir. Aile için kullanılacaksa, yuva içinde bir arada olan figürler daha doğru olabilir.

Beşiktaş kulübünün sembolü olarak bu özellikleri kulübe tam olarak yansıttığı aşikârdır. Yaratıcı, mücadeleci ve özgüvenli seyircisiyle, bazen maçın bitimine kısa bir süre kaldığında dahi umulmadık bir hızla maçın akışını dönüştürebilen özelliklere sahip takımın enerjinin sembolüyle uyumlu olduğu söylenebilir.

Kartal sembolünün kullanımında dikkat edilmesi gereken durumlar: Kartal ailesinde zayıflığa ve zayıf olana şans tanınmaz, bu nedenle aile içinde kullanımında dikkatli olunmalıdır.

Tek başına birden fazla kartal sembolü, av için birbiriyle kavgaya tutuşan kartalların enerjisini çekeceğinden, güç ve iktidarla ilgili bu sembol tek kullanılmalıdır.

KAZ

ŞARTLAR DEĞİŞTİĞİNDE İSTİKRARI KORUMA • EKİP OLARAK HAREKET EDEBİLME • ZAMANI GELDİĞİNDE LİDERLİĞİ BIRAKABİLME

Kaz, kuğudan küçük, ördekten büyük, perdeayaklı bir kuş türüdür. Kolay öğrenir ve zekidir. Yabani olanlarının yardımlaşma ve sosyal yapıları hayranlık uyandırıcıdır. Göç sırasında V şeklinde uçarlar. Bu sayede güçlerini bir araya getirerek daha az eforla daha hızlı gidebilirler. En öndeki kaz yorulduğunda en arkaya geçerek hem dinlenir hem de ısınır. Hastalanan bir kaz hemen sürüden ayrılır. Hasta kaza başka bir kaz eşlik eder.

Amerikan deniz kuvvetlerinin sembolüdür.

Mısır mitolojisinde tanrı Ra'yı sembolize eder.

Kazlar özellikle dayanışmayı, birlikte hareket edebilmeyi, ortama uyum sağlamayı temsil ederler. Yetenekli ve zekidirler. Yeteneklerini ortak bir fayda için kullanmaları onları pozitif bir sembol yapar.

Kaz sembolünün faydalı olabileceği yer ve durumlar: Tehlike anında seslerini yükselten bu hayvanların evlerin girişlerinde ve bahçelerde heykel olarak kullanılması bir tesadüf değildir.

Kazlar bulundukları mekâna yaklaşan bir yabancıyı seslerini yükselterek haber verirler. Ekip çalışmalarını desteklemek ve liderliğin ortak bir sorumluluk olarak alınmasının istendiği topluluklar için uygun bir sembol olabilir.

Yavrular kuluçka dönemini kolayca atlattıkları için zor hamilelik yaşayanlar, aşılama yöntemiyle gebe kalanlar için bu sembol fayda sağlayabilir.

Aşırılıklarıyla sivrilen ve ekip çalışmasını bozan kişilerde yatıştırıcı bir etki yapabilir.

İnşaat, tarım ve denizde çalışan ekipler için olumludur. İşin başında uzun yıllardır kaldığı için bırakamayan bir liderin görevini zamanı geldiğinde bırakmasını kolaylaştırabilir.

Kaz sembolünün kullanımında dikkat edilmesi gereken durumlar: Kazlar ekip olarak hareket eden kuşlardır, aralarında liderliğin çok ön plana çıkması söz konusu değildir. Bu nedenle lidere ihtiyaç duyulan alanlarda kullanılırken dikkat edilmelidir.

Rüyada bağıran bir kaz yaklaşan tehlikeyi haber verir. Bir yabancı senin alanına izinsiz giriyordur.

Rüyanda uçan kaz sürüsü görmen birlikte hareket ettiğin veya etmen gereken toplulukları ve zamanı geldiğinde liderlik sorumluluğu alman gerektiğinin mesajını verir.

Tek başına uçan kaz görürsen ilerleyişinin önünde bir engel olmadığını, zorluklara rağmen devam edeceğini ancak yönünü bulmakla ve hedef belirlemekle ilgili destek almadığını anlatır.

KEÇİ (OĞLAK)

CESARET • İRADE • SABIR • YÜKSELİŞ • ODAKLANMA GÜCÜ • HEDEFE ULAŞMA İSTEĞİ • DENGE • MANEVİ HIRS • RIZIK İÇİN MÜCADELE • BAĞIMSIZLIK • ZEKÂ • MERAK • SIÇRAMA • YENİYLE VE TAZEYLE BESLENME • ERİL ENERJİ

Keçiler yaklaşık on bin yıldan bu yana insanların arasında yaşarlar. Evcilleştirilmesinin en önemli sebepleri arasında gösterilen eti, kıl ve sütü, sembolize ettiği diğer özelliklerinin yanında zayıf kalır.

Evcil keçiler, sahibine bolluk ve bereket getirdiği için zenginliğe işaret eder.

Keçi, doğası gereği yukarıya tırmanan ve bakir doğada özgürce dolaşan bir hayvandır. Yukarıya ve sarp yamaçlara tırmanabilme yeteneği, dengesini koruyabilmesi sayesinde olur. Savrulmadan yer değiştirmeyi, sıçramayı ve dengede durabilmeyi temsil eder.

Keçiler, en yaşlı erkek üyenin yönlendirmesiyle topluluklar halinde gezerler. Her ne kadar topluluk halinde gezseler de bireysel alanlarını da korurlar. Beslenmelerinde taze filizleri tercih ederler. Tazelikle, yeniyle ve enerjisi yüksek olanla beslenmeyi temsil eder. Doğal ortamında yaşayan keçilerin, evcil keçilere göre daha güçlü boynuzları bulunur. Baş bölgesi zekâ ve hislerin yol göstermesini temsil eden bölge olduğundan, bu bölgede boynuz taşıyan tüm hayvanlarda olduğu gibi keçiler de zekâ, merak, ruhsal bağlantı ve hassas hissedişi sembolize eder. Sürekli tepelere ve zirveye doğru tırmanma istekleri, ruhsal hırsı ve gelecek için emek vermeyi, gayret göstermeyi anlatır.

Tarihsel ve mitolojik semboller arasında keçiye atfedilen roller hak ettiği tarzda değildir.

Yunan mitolojisinde belden aşağısı keçi, belden yukarısı insan olarak tasvir edilen tanrı Pan, kırların, çobanların, dağlık ve tenha arazilerin koruyucusudur.

Günümüzde Hıristiyan inancında şeytan bu Yunan tanrısına benzer bir sembolle tasvir edilir. Ancak bunlar daha eski dönem Hıristiyanlık inancında hiç rastlamadığımız tarzda şeytan tasvirleridir. Bu şekli almasında bazı Batılı edebiyatçıların kitaplarında yer alan keçi şeklinde resmedilmiş tasvirler etkili olmuş olabilir.

"Günah keçisi" yani yapmadığı ve sorumlu olmadığı işlerin başına kalması kavramını anlatan deyimin kaynağı, geçmiş inanışların günümüzdeki izdüşümleridir. Eski zamanlarda bir törenle günahlarını iki keçiye yükleyen insanlar birini kurban ederek, diğerini de yaşadıkları yerden uzağa göndererek özgürleşmeye çalışırlardı.

"Keçileri kaçırmak" deyiminin de bir mağara yakınında keçilerini otlatan bir çobanın hikâyesinden etkileşimle günümüze aktarıldığı söylenir. Hikâyenin özünde, keçilerini bir anda kaybeden ve neler olduğunu kendine ve başkalarına tam olarak anlatamayan çobanın yaşadıkları aktarılır.

Keçi, insanın yerleşik düzene geçişinden bu yana ona destek olmakla birlikte bir o kadar özgür, kendi besinini bulmakta odaklı, onu besleyen için verimlidir.

Evcil erkeğe teke, dişiye çebiç, yavruya oğlak adı verilir.

Adları farklı olsa da bu hayvanların tamamı, amacı uğruna mücadele etmeyi temsil eder. Biz genel olarak keçiyi inadıyla ansak da aslında hedefine ve zirveye tırmanırken sonuca odaklanmanın sembolüdür.

Keçi sembolünün faydalı olabileceği yer ve durumlar: Uzak gibi görünen hedeflere varmak için kullanılabilecek güzel sembollerden birisidir.

Aynı zamanda dışarıda karşılaşılan zorlukları aşmak ve amacına doğru ilerlemek istediğimizde iyi gelir.

Keçi ya da oğlak sembolü eril enerji tarafından yönetilmeyi temsil eder. Erkek liderler ya da lider olarak sözünün dinlenmesini isteyenler kullanabilir.

Bir işe başlamak konusunda cesaretini toplayamayan veya hırsı az olanlara fayda sağlayabilir.

Merak ve zekâyı temsil ettiği için, araştırma, tez ve buna benzer işler için destekleyicidir. İş arayanlar için olumlu bir sembol olabilir.

Keçi sembolünün kullanımında dikkat edilmesi gereken durumlar: Keçi, bir hedef için karar verildikten sonra karşılaşılan her türlü zorluğa karşı enerjiyi odaklayabilmeyi temsil eder. Hedefini doğru seçmemiş veya bundan emin olamayanlar için doğru bir sembol değildir.

Hırsı yüksek kişilerde bu enerjiyi artırabileceğini hatırlamamız iyi olur. Bulunduğu hali bırakmak istemeyen, hırsı ve inadı kendisi için engel olabilecek kişiler için de uygun değildir.

Rüyanda keçinin bir yere tırmandığını gördüysen hayatında bir tırmanış, yükseliş söz konusudur. Belirlediğin hedefe doğru hareket etmeye başlamışsındır.

Keçiyi sağıyorsan, faydalı yardımcıların olacak veya emek verdiğin konularla ilgili sonuca gidiyorsundur.

Keçiyi tepelerden aşağıya doğru inerken gördüysen hedeflerinden vazgeçmişsindir ya da vazgeçmelisindir.

Keçiler kaçıyorsa sahip olduklarının kıymetini bilmiyor olabilirsin.

KEDİ

DİŞİ • GECE • AY • DUYGULAR • ŞİFACILIK • GÖRÜCÜLÜK • SAKİNLİK-SAKİNLEŞTİRME • DİNLEYEN • SEZGİ • İÇGÜDÜSEL HAREKET

Kedigillerin insanla beraber yaşayan belki de tek üyesi kedidir. Birçok insan için can dost anlamına gelirken bazıları için de nefret edilecek kadar itici olabiliyorlar.

Mısır mitolojisinin ilk zamanlarında Ra'nın kızı ve aynı zamanda gözü sayılırken adı Bast olarak anılırmış. Bu nedenle güneş ile ilişkilendirilir. Daha sonraki dönemlerde adı Bastet olarak kaydedilmiş ve böylece ikinci bir dişi takı almıştır. Koku ve merhem şişesi anlamına gelen bu kelime sonraki dönemlerde koku tanrıçası olarak anılmasına neden olmuştur.

Yunanlılar tarafından ay ve dolayısıyla Artemis ile ilişkilendirilmiştir.

İskandinav pagan mitolojisinde kutsal sayılan kedi, Avrupa'ya Romalılar aracılığıyla gelmiş. Pagan inanışının bir parçası olarak görülen kedi ve onu besleyenler, Hıristiyanlığın ortaçağ dönemlerinde büyücülükle suçlanıp yakılmışlar. Kedinin ve özellikle siyah kedilerin lanetli sayılması bu dönemin izdüşümüdür.

Pagan geleneğin devamında şifacılıkla uğraşan ve tedavi edici otlarla hazırladıkları merhemleri halka hizmet etmek için kullanan kadınlar, Hıristiyanlığın karanlık çağında cadı olarak görülmüştür. Bu kadınların çoğu kedi besliyormuş.

Bu nedenle kedi, ortaçağ Avrupası Hıristiyan inanışında kötücül, uğursuz, kötü şans olarak görülmüştür. Oysa daha eski zamanlarda, özellikle siyah kedi "iyi şans" anlamına gelmekteydi. Yeni olanın eskiyi ortadan kaldırabilmek için önceki inanışları yasaklamasını ve lanetli ilan etmesini birçok çağda ve inanışta görüyoruz. Kedinin üzerine yüklenen bu semboller çağımızda bazı kişiler için halen etkisini sürdürüyor.

İslam ve tasavvuf kültüründe kediye hassasiyetle ve saygıyla yaklaşılır.

Kedinin tarihte aldığı bu rol pek tesadüf değildir. Keskin kulaklarının yanı sıra gözlerinde de işitme lifleri bulunur. Bu sayede duyma duyusu çok gelişmiştir. Hassasiyeti oldukça yüksek olan bu hayvan bulunduğu yerin ve orada bulunanların enerjilerini hissederler.

Kedinin negatif olduğuna dair bir inanış vardır. Bu aslında kötücül "negatif" manasından ziyade dişil enerjiye yapılan bir atıftır. "Negatif" tanımı aslında tıpkı bir rahim gibi karanlık, boş ve yüklenebilen, içine alan manasını taşır. Siyah kedinin bu özellikleri rengi nedeniyle biraz daha yoğundur.

Kedi, yüklenmiş, dolmuş ve gerginleşmiş olanı alan, rahatlatan ve ortamda bulunan istenmeyen enerjileri topraklayan bir özelliğe sahiptir. Hal böyle olunca yönlenen ve güdüleriyle yön alan bu hayvan, istediği anda harekete geçer ve kendi kararları doğrultusunda davranır. Yönünü değişen koşullara göre yeniden tayin edebilir. "Kedi gibi dört ayak üstüne düşmek" şanstan çok olaylardan kendi faydasına bir yol bularak çıkmayı başaranlar için kullanılan bir deyimdir.

Kedi topraklanmayı temsil ettiği için birçok tasavvuf ehli tarafından aktarıcı veya cesur olarak tanımlanmıştır. Öte yandan, kemirgenliği ve fırsatçılığıyla bulunduğu ortamdan faydalanan farelerin, karasineklerin avcısı olarak, sömüren enerjilerden özgürleşmenin sembolüdür.

Bazı kişilerin kediyi ürkütücü bulmasının ya da sevmemesinin ardında, anlatılan hikâyeler dışında başka etkiler de olabilir. Kedi insanın ruh halini fark eden bir hayvandır ve yaşadıklarının fark edilmesi bazı insanlara kendisini gergin hissettirebilir.

Kedi sembolünün faydalı olabileceği yer ve durumlar: Kedi sembolü kadınlar arasında sevilir ve yaygın olarak kullanılır. Dişiliği sembolize eder ve güçlendirir. Korunmanın rengi siyahtır. Bu nedenle siyah kedi, dişiliği korumayı ve dişilikle ilgili korkuları anlatır.

Kedi sembolü, sezgileri güçlendirmek için de kullanılabilir. Ruhsal çalışmalarla ilgilenenler için manevi hissedişi artırabilir. Ortamdaki enerjinin yatışmasını ve sakinleşmesini istediğin zamanlarda ve mekânlarda bu sembolün faydası olabilir.

Duymak, fark etmek, odaklanmak ve sezgisel olarak ilerlemek istediğinde pozitif etki verir.

Gerginliğin yüksek olduğu ve tempolu yaşam nedeniyle odaklanmayı zayıflatan mekânlar için uygundur.

Meditasyon, yoga, psikolojik çalışmalar yapılan mekânlarda sakinleştirici etkisi için biblo ya da tablo olarak kullanılabilir.

Yüksek iş temposu nedeniyle plaza, yapay aydınlatma, ofis ortamında gevşemeye ihtiyacı olanlar için olumlu etki yapar.

Aksesuvar olarak kullanıldığında dişi enerjiyi artırır, sezgileri kuvvetlendirir ve gözlem yeteneğini güçlendirir.

Dövme olarak kullanıldığında sakinleştirici etkisiyle gergin enerjiyi aşağıya çeker. Dişiliği, dinlemeyi, odaklanmayı güçlendirir. Dövme yapılan noktanın temsil ettiği enerji alanında kabule geçmeyi kolaylaştırır.

Kedi sembolünün kullanımında dikkat edilmesi gereken durumlar: Dişi enerji yatay bir enerjidir. Hareketi değil hareketsizliği sembolize eder. Bu nedenle etrafta coşkuyla koşan bir kedi görmemiz oldukça zordur. Kedi çoğunlukla sakince oturur ve yavaş hareket eder. Onu rahatsız edecek bir durum olmadığı sürece rahatça kıvrılarak uyur.

İşyerleri, hareketli spor yapılan yerler, oyun alanları ve enerjinin yüksek olması gereken mekânlarda enerjiyi aşağıya indireceği yani sakinleştireceği için kullanılmamalı ya da dikkatli kullanılmalıdır.

Hareket enerjisinin istendiği yerlerde kedi sembolü enerjiyi düşürebilir.

Rüyada görülen kedinin rengi çok önemli bir konudur. Siyahsa sana kendini iyi hissettiriyorsa korunuyorsundur. Üzerindeki negatif enerjilerden özgürleştiğin ve sakinleştiğin bir dönemi haber veriyordur.

Beyaz kedi ruhsal bir korumadır. Bir erkek enerji ya da devlet tarafından sağlanan bir himaye de olabilir. Kedinin sana bir şey getirmesi hislerinin yol göstermesiyle getirdiği sembole bağlı olarak eline geçecek bir sonuçtur.

Kedinin seni tırmalaması bir kadından zarar göreceğine ya da maddi konularda zarar yaşayabileceğine işaret eder.

KELEBEK

DÖNÜŞÜM • BIRAKMA • HERCAİ • EYLEMSEL • ÜRKEKLİK • GÜZELLİK • İÇ GÜZELLİĞİN KEŞFİ

Her devirde popüler olan kelebek figürü dönüşüme atfedilen bir semboldür. Aslında bir halden bir hale geçişi çok güzel anlatır ve aynı zamanda yargılayan tarafımıza da gönderme yapar. Tırtıl haldeyken göze pek sevimli gelmeyen kelebek, kozadan çıktıktan sonra güzelliğiyle göz kamaştırır.

Kelebek bize, içimizde var olan güzellikleri ve özgürleşme gücünü keşfetmek için dış dünyadan beklentiyi keserek kendi içimize yönelmemiz gerektiğini anlatır.

Kelebekler ikiye ayrılır; gece uçanlar ve gündüz uçanlar.

Gece kelebeği daha az gösterişlidir. Hatta bazen dikkate değer bir güzelliği bile yoktur. Ancak hızlı uçar. İşitme ve koku alma duyuları da gündüz kelebeğine göre daha hassastır.

Gündüz kelebeği, güzelliklerini sergilemek için midir bilinmez ama oldukça yavaş hareket eder.

Kelebeğin kanatlarını oluşturan pulcuklar en ufak rüzgârdan dahi etkilenerek onun için bir sarsıntı yaratabilir. Bu sarsıntı onu yolundan alabilir fakat kanatları kırılsa da uçabilir.

Tat alma duyusu ayaklarındadır. Hareket ettikçe aldığı tatlar değişir.

Bilinenin aksine tüm kelebekler sadece 24 saat ömre sahip değildir. Birkaç ay, birkaç mevsim yaşayanları bulunur. Hatta bazı kelebekler göç ederler. Bir kelebek türü hariç göç edenler eski yaşam alanlarına geri dönmezler.

En parlak ve en güzel renklere sahip olanlar çoğunlukla zehirli olan türlerdir. Avcılar onlardan uzak durur.

Kelebeğin sembolize ettiği dönüşüm, bir halin terk edilişini ve yeni bir hale geçişi anlatır. Bu nedenle kelebek sembolü bırakarak yenilenmeyi, hareket etmeyi ve kendi güzelliklerini sergilemeyi sembolize eder.

İçsel gücünü fark edebilmek için, yaşananların sonunda yepyeni durumun içinde kendini yeniden ifade ediştir. Kelebek hercaidir. Hayattan tat almak için bir daldan bir dala konar. Hiçbir yerde uzun kalamaz. Bu özellikleri yüzünden köklenme sorununa, çabuk vazgeçmeye, sahip olduklarından sıkılmaya veya değerini bilmemeye işaret edebilir.

Kelebek sembolünün faydalı olabileceği yer ve durumlar: Şikâyetçi olduğu halde bulunduğu durumu bırakamayan ve kendi gücünü keşfetmek isteyenler için destekleyici bir figür olabilir.

Kozaya bir defa girdikten sonra bir dönem hareketsiz kalan tırtıl sabırla ve inançla başka bir deneyime doğar. Bu bir anlamda kendini yeniden doğurmak demektir. Bu sembol kendi güzelliklerini keşfetmek isteyen, fazla hareket etmeyen veya edemeyenler için olumlu çalışabilir. Moda ve tasarım alanlarında, eğlence mekânlarında kullanılabilir.

Kelebek sembolünün kullanımında dikkat edilmesi gereken durumlar: Dönüşüme tırtılken karar verildiği için kelebek aslında bir tamamlanmadır. Sonrasında durmadan hareket edecektir. Bu nedenle çiftler için doğru bir sembol değildir. Gelir geçer bir hale işaret edebileceği için, evlilik ve nişan törenlerinde tercih ederken dikkatli olmakta fayda olabilir.

Küçücük bir dış etkiden etkilenmesi ve yönünü kaybedebilmesi yüzünden iş hayatı ve istikrara ihtiyaç duyulan alanlarda kullanılması da doğru değildir. Uzun süre aynı müşteriyle çalışma hedefi olan sektörlere olumlu değildir.

Rüyada daldan dala konan bir kelebek, hayatla flört ederek tat almaya çalıştığını, ne istediğini henüz tam olarak bilmediğini veya tam tersi değişikliğe ihtiyaç duyduğunu anlatıyor olabilir.

Kelebeği kozasından çıkarken gördüysen sabırla beklediğin bir dönemden çıkmak üzeresindir. Kelebekler etrafında uçuşuyor ve sen de mutluysan, popülerliğinin artacağı farklı kişi ve arkadaşlar, yeni tatlarla hayattan tat alacağın bir dönem yaşayacaksın.

Karşı cins sana bir kelebek veya kelebek figürlü bir eşya hediye ediyorsa aranızdaki bağ kısa süreli demektir.

KERTENKELE

HIZ • ADAPTASYON • ZEKÂ • UYUM • VAZGEÇEBİLME • HASSASİYET • KARAR VERME YETENEĞİ • DÜNYASAL OLAYLARI HİSSEDİŞ

Soğukkanlılardan olup ayaklarıyla hareket eden kertenkelenin oldukça uzun bir kuyruğu vardır. Bir tehlike anında, av olabileceği durumlarda daha hızlı kaçabilmek için bir defaya mahsus kendi kuyruğunu kopartabilir. Kopan kuyruk yeniden çıkar. Ancak yeni çıkan kuyruğun rengi ve dokusu farklı olur. Eğer kuyruk bir şekilde tam olarak kopmazsa eski kuyruğun yanından yine rengi ve dokusu farklı bir kuyruk çıkar. Bu durumda görüntü çatalkuyruk şeklinde olur. Bazıları renk değiştirerek düşmanlarından korunur.

Kuyruğundan vazgeçmesi, zorlukla karşılaşıldığında sahip olduklarımızdan vazgeçebilmeyi, renk değiştirmesi de harekete geçmek yerine saklanarak korunmayı anlatır.

Kertenkelenin kaçması ve saklanması, saldırgan tavırlar yerine edilgen kalarak kendi alanını güvence altına almayı sembolize eder.

İşitme ve görme duyusu oldukça gelişmiştir. Yerden gelen en ufak titreşimleri bile hissedebilir. Çabuk hareket eden, hızlı karar veren, zeki ve uyumlu bir hayvandır.

Kertenkele sembolünün faydalı olabileceği yer ve durumlar: Kertenkele özellikle hızlı karar vermek istediğinde olumlu bir sembol olabilir. Sezgilerini ve ortamda olan biteni hızlı analiz edebilme yeteneğini göz önünde bulundurduğumuzda, korkularınla yüzleşmek, bunların üstesinden gelebilmek, yaşadıklarının etkilerini fark etmek istediğinde de faydalı olabilir.

Düşmanca tavırlarla karşılaştığında, tehdit altında hissettiğinde hızlı hareket etmen ve hayatın gidişatını fark edebilmen için zaman zaman kullanılabilir.

Yeni bir ortama giren ve adaptasyon sorunu yaşayanlar için, borsada broker olanlar ve hızlı kararlarıyla zor durumdan çıkış enerjisine ihtiyaç duyanlar için destekleyici olabilir.

Kertenkele sembolünün kullanımında dikkat edilmesi gereken durumlar: Kertenkele bir tehlike anında hızlı hareket ettiği için hareket etmekte isteksiz insanlara pek uygun olmayabilir. Zira hareket edebilmeleri için tehlikeyi kendilerine çekebilirler. Sorunlarla yüzleşmek istemeyenlere de sorunu çözmek yerine vazgeçme enerjisini aktarabilirler.

Rüyada kertenkele görmenin en önemli mesajı şudur:

"Savaşacağın veya kazanacağın bir durumun içinde değilsin. Karar vermen her şeyden önemli."

KIRLANGIÇ

DENGE • YER • GÖK • GEÇMİŞ • GELECEK • SORUMLULUK • YARATICILIK • YÜKSELİŞ • YUVA

Kırlangıç inşa ettiği harika yuvalarla tanınır. Yere sadece yuvasını yapacağı toprağı almak için konar. Onun dışında dallarda, çatılarda yaşar. Yuvasını, yeryüzünden aldığı toprağa kattığı tükürüğüyle oluşturduğu bir tür harçla yapar. Bu özelliği bize dünyanın beslendiğimiz ve bizi destekleyen bir alan olmasının yanı sıra kendi alanımızı oluşturmamız için fırsatlar içerdiğini anlatır.

Bu hayvanların tüyleri genellikle siyah beyaz renklerden oluşur. Hem dengenin hem de dişil ve eril enerjinin birlikteliğinin sembolüdür. Bu denge hali uçuşlarında da öne çıkar. Kuyruğunun arkasının iki yöne doğru yelpaze şeklinde açılması, uçuş sırasında en hızlı manevra alabilen kuş olmasını sağlar. Dikey olarak yukarı doğru uçabilir. Bu şekilde uçabilme kabiliyetini kuyruğunun şeklinden alması, geçmiş edinimlerin, tecrübelerin desteğini alarak ilerlemeyi, yükselmeyi anlatır.

Kırlangıcın dengesi yuvasına da yansır. Kırlangıç tekeşlidir. Yuvalarını birlikte yapar, kuluçkaya birlikte yatar ve yavruları beraber beslerler. Yuva, aile, ebeveyn-çocuk ilişkisini destekleyici bir semboldür.

Kırlangıcın yaptığı yuvalar, onların sıcak bölgelere göç etmesinin ardından başka kuşlar tarafından da kullanılır. Yani hem kendisine hem çevrelerine faydalıdırlar.

Kırlangıç sembolünün faydalı olabileceği yer ve durumlar: Kırlangıç sembolü, güvenli bir yuva ve o yuvadan rahatsız edici enerjileri uzak tutmak için rahatlıkla kullanılabilir.

İçsel denge, geçmiş ve gelecek arasında besleyici enerjileri açmak, dünyasal işler sırasında kendi yeteneklerini yaşamdan aldıklarıyla harmanlayarak yepyeni bir yaratım yapabilmen için olumlu bir semboldür. Anne ve babaya dengeli mesafede olabilmek için de faydalı olabilir.

Özellikle seramik, inşaat, yaratıcılık gerektiren sektörler, aile, anne-çocuk, baba-çocuk konulu alanlar, yükseliş ve denge içinde ilerlemek isteyenler için kullanılabilir.

Rüyada kırlangıç ev ve yuva enerjisinin sembolüdür. Bu nedenle rüyanda gördüğünde tesiri olumluysa hayırlı bir taşınma, aileye katılacak yeni bir üye, evlilikte mutluluk, eşinle aranda huzurlu bir ilişki demektir. Eğer tesiri hoşa gitmemişse bunların tersi söz konusudur.

Ev satın almak istediğin bir dönemde rüyanda kırlangıç gördüysen, aradığın evin yaklaşmakta olduğunun habercisi olabilir.

Hızla yukarıya doğru dengeli bir şekilde uçarken gördüysen ruhsal olarak hızlı ve dengeli bir yükseliş içinde olduğun, manevi olarak bu dünyayı yuva olarak görmeye başladığın şeklinde bir rüya yorumu yapılabilir.

KİRPİ

DİRLİK • DİRİLİŞ • KÖTÜLERDEN ARINMA • SEZGİSELLİK • PSİŞİK • KORUNMA • ALGI • BEDENSEL GÜCÜ AKTİVE ETME

Kirpi milyonlarca yıldır dünya üzerinde var olan bir hayvandır. Neredeyse her kıtada farklı türleriyle yaşayan kirpilerin bedenlerini kaplayan dikene benzeyen örtüleri, onları düşmanlardan koruyan zırh gibidir. Bir tehlike anında adeta cenin pozisyonunu alarak dikenli bir topa dönüşen kirpi, dış etkenlerden korktuğumuzda ve kendimizi savunmasız hissettiğimizde içe çekilmemizi sembolize eder. Bu duruşla korunma istediğimizi anlatır. Hayatın içinde yaşadıklarımız bazen bizi güvensiz hissettirebilir ve dış dünyaya karşı kendimizi savunma gereği duyabiliriz. İşte kirpi sembolü böyle anlarda dışarıya karşı sertken içeride yaşadığımız tedirginliği anlatır.

Kirpinin beslenmesi de ilginçtir. Neredeyse tüm zehirli hayvanları rahatça yiyebilmesidir. Engerek yılanının zehri dışındaki zehirlerden etkilenmez. Bu özelliğiyle çağlar boyunca şifacıların ve büyücülerin malzeme listesinde önemli bir yer almıştır. Halen farklı coğrafyalarda romatizma, iktidarsızlık, cilt rahatsızlıkları ve saçkıran gibi hastalıkların tedavisinde kullanılır.

Kirpi, içte naif olup dışta sert tedbirler almayı sembolize eder.

Gece avlanır, görme yeteneği zayıftır ancak işitme ve koku alma duyuları oldukça gelişmiştir. Bize gördüğümüzün ötesine bakabilmeyi ve hissedişimizle yol alabilmeyi anlatır.

Dışa doğru açılan dikenleri güneş ışınlarını andırır.

Kirpi bizim ruhsal tarafımıza seslenir ve kendi ışığımızla buluşabilmek için içsesimizi dinlemeye ihtiyacımız olduğunu hatırlatır.

Gece ve toprakla olan bağı dişi enerjiyi ve dünyasal olayları işaret eder.

Kirpi, bedeninde zehirleri dönüştürme ve zararlı olanlardan arınabilme gücüne sahiptir. Bu sembol bize gücümüzü fark etmemiz, dönüşümün bizle başlayacağını anlatmak için gelir ve kendini gösterir.

Kirpi sembolünün faydalı olabileceği yer ve durumlar: Kirpi sembolü özellikle bedensel güce ihtiyaç duyanlara, bir zehirlenme yaşamış ya da bağışıklık sistemi zayıflamış olanlara olumlu enerjiler verebilir.

Sezgilerini dinlemek isteyenler için de destekleyicidir. Bulunduğu ortam, kişi ya da bir alışkanlık nedeniyle bir tesir altında kaldığını düşünen ve bu durumdan çıkmak isteyenler için olumlu olabilir.

Sesle ilgili çalışanlar, koku algısını geliştirmek isteyenlerin çalıştığı sektörler için de faydalıdır.

Kirpi sembolünün kullanımında dikkat edilmesi gereken durumlar: Kirpi zehirlerden etkilenmemesi sayesinde kolayca her ava yaklaşan bir hayvandır. Ancak bu hiçbir zehirden etkilenmediği anlamına gelmez. Gereğinden fazla özgüven sahibi olmak insanı bazen galip gelemeyeceği mücadelelerin içine sokabilir. Bu nedenle bu sembolün kullanımı sırasında, faydalı ve faydasızı ayırmakta sorun yaşayanların dikkatli olmasını tavsiye ederim.

Aynı zamanda dış dünyadan gelen en ufak bir uyarıda dahi kendini kapatan bu hayvan yapı olarak güvensiz, ürkek ve bir nedenden dolayı insanlara güvenini yitirmiş kişilere uygun olmayabilir.

Rüyanda kendini savunan bir kirpi görmen kendini savunmasız hissettiğini anlatır. Sadece gördüklerini değerlendirmemeni başka açılardan da konulara bakman gerektiğini hatırlatır.

Beslenen bir kirpi hayatına, bedenine ve enerjine aldığın negatif unsurlardan temizlendiğini sembolize eder.

KOALA

BAĞLANTI • ASOSYALLİK • SAKİNLİK • YAVAŞLAMA • BASİT OLANA YÖNELME • ZİHİNSEL YAVAŞLAMA • YARDIM ALABİLME • ZEVK • İLETİŞİMİ AÇMA • DESTEKLENME

Sevimliliğiyle ünlü koala aslında sadece Avustralya'ya özgü bir hayvandır. Botanik bilimciler tarafından ilk olarak 1800'lü yılların başında incelense de neredeyse 180 yıl boyunca kayıtlara işlenememiştir. Koala günün 18-20 saatini uyuyarak geçirir. Bu özelliğini öğrenince, keşfedildikten sonra isimlerini duyurmaları için aradan bunca zaman geçmesine şaşırmamak lazım.

Böbreküstü bezlerinin çalışma prensipleri nedeniyle metabolizması oldukça yavaştır. Yani yavaşlatan bir enerjiye sahiptir. Adları, yerli dilinde "içmemek-içmeyen" anlamına gelen "gula" kelimesinden türemiştir ve muhtemelen bu ismi neredeyse hiç su içmedikleri için almışlardır.

Koala, aşırı su çekerek bataklık bölgeleri kurutup verimli hale getiren okaliptüs ağaçlarında yaşar ve sadece bu ağacın yapraklarıyla beslenir. Belki de bu nedenle bataklıkları verimli hale getirenin koala olduğunu zanneden yerli halk tarafından "toprağa verim getiren" olarak tanımlanmıştır.

Sindirim sistemi tek başına yediklerini sindirebilecek özelliklere sahip değildir. Dolayısıyla koala kendi kendine yetemeyen bir enerjiyi anlatır. Yediği yaprakların selülozlarını ancak körbağırsağında bulunan mikroorganizmaların yardımı sayesinde sindirebilir.

Memeliler arasında en küçük beyne sahip hayvandır. Bu nedenle çok karmaşık hareketleri yapamaz. Ancak bu özelliği, yüksekten düştüğünde az zarar görmesine yardım eder.

Dişi yavrularını keseciklerinde büyütür. Tıpkı kangurularda olduğu gibi yavru anneye bağımlıdır.

Memeliler arasında en düşük enerjiye sahip anne sütü koalanındır. Normalde dişi, bebeğin tam bakımı için iki yılda bir hamile kalır.

Anne, yavrusu bir yaşındayken tekrar hamile kalırsa yavrusuna hırçın davranarak kendinden uzaklaştırır. Oysa yavrunun henüz anneye ihtiyacı devam eder.

İlginç bir sembol olan koala, hakkında en çok çocuk kitabı yazılan hayvanlardan birisidir. Zaten ünü de bundan sonra artmıştır.

Koala, kullanılırken dikkat edilmesi gereken bir semboldür. Hiçbir şey yapmadan bir üne sahip olması oldukça ilginç ve yediklerini sindirmek için dahi yardıma ihtiyaç duyması oldukça düşündürücüdür.

Aile bağları zayıf olmasına rağmen, oyuncaktan çizgi filme çocuk ürünlerinde bu kadar çok kullanılması gerçekten çok şaşırtıcı.

Koalanın aynı zamanda sakinleştirici bir etkisi olduğunu da görüyoruz. Hatta neredeyse hareketsizlikle yaşamını sürdürüyor. Bu hayvanın en hareketli olduğu zamanın çiftleşme dönemi olduğu söylenebilir.

En büyük düşmanları ölüme sebep olabilen bir bakteri, hareketsizliği nedeniyle kaçamadığı orman yangını ve bir de tabii doğanın en önemli avcısı insandır.

Koala sembolünün faydalı olabileceği yer ve durumlar: Enerjiyi yatıştırmak ve sakinleştirmek istediğin yerlerde rahatlıkla kullanabilirsin.

Özellikle zihinsel yorgunluk, psikolojik sıkıntılar nedeniyle tedavi gören kişilerin bulunduğu yerlerde fayda sağlayabilir. Aşırı enerjiye sahip mekân ve kişiler için yatıştırıcı ve dengeleyici etkisi olabilir.

Tek besin kaynağı olan okaliptüs aynı zamanda ifade merkeziyle ilgili bir bitkidir. Bu sembole çok ilgisi olanların kendilerini ifade etmek için desteğe ihtiyacı olduğu akla geliyor.

İç huzurunu yakalamak istediğin zamanlarda kullanabilirsin. Koalanın hiçbir şey yapmadan bu derece sevilmesinin altında yatan sakinliği ve sevimli duruşu, ilginç bir şans sembolü de olabileceğine işaret ediyor. Ancak hatırlamamız gereken şey, yakaladığı ünün sevimliliği ve tembelliği yüzünden olmasıdır. Ağaç dallarında yaşıyor olması, göksel enerjiye yakın olmasını sembolize eder. Bu sebepten, bağlantısını açmak isteyenler tarafından doğru kullanıldığında fayda sağlayabilir.

Koala sembolünün kullanımında dikkat edilmesi gereken durumlar: Anne ile yavrusu arasındaki ilginç bağ nedeniyle anne ve çocukla ilgili ortamlarda kullanılması sırasında dikkatli olunmasında fayda var.

Neredeyse iki yıla yakın bir süre yavrusuna bakması gereken bir anne olmasına rağmen eğer arada tekrar hamile kalırsa öncesinde doğurduğu bebeğinden vazgeçebilecek kadar yavruyla bağları zayıftır.

Zihinsel aktiviteleri oldukça düşük olduğu için bebek ve çocuklar açısından iyi bir sembol değildir.

Metabolizması oldukça yavaş olduğu için yavaşlatma enerjisi taşır. Yavaşlatma enerjisi, kilo vermek isteyenler ve hareket enerjisine ihtiyaç duyanlar için olumsuz olabilir. Asosyal olması nedeniyle sosyal gruplar, takım oyunları için uygun değildir.

Rüyanda gördüğün koala hareketsizliğiyle seni rahatsız ettiyse, yavaşladığın veya hareket etmediğin bir alan vardır.

Eğer hareketsizliği sana kendini iyi hissettiriyorsa o zaman yavaşlaman ve belki de gevşemen gereken bir dönemden geçiyorsundur.

Koala beslenmesinde zor hazmeden bir hayvan olarak sana hayatın içinde yaptığın seçimleri, yaşadığın olayları, deneyimleri sindirmekte zorlandığını söylüyor olabilir.

KOYUN

KURBAN OLMA • KURBAN VERME • MASUMİYET • YÖNLENDİRİLME • KİTLESEL YÖNLENDİRİLME • REHBER ARAYIŞI

Erkeklerine koç denen koyunların doğada yaşayan vahşi türleri de bulunur. Bu hayvanın erkeği ne kadar inatçılığı temsil ediyorsa dişisi de o kadar itaat etmeyi anlatır. "Koyun gibi güdülmek" tanımı kendi iradesini kullanamayanlar için söylenir.

İslam dinine ait Kurban Bayramı'nda en çok kurban edilen hayvandır. Aynı zamanda kutsal metinlerde de çok sık rastlanır. Sadece semavi dinlerde değil sunak ve adak kültü olan tüm inanışlarda koyun adağı görülür ve koyunla ilgili önemli hikâyeler yer alır.

Yunan mitolojisinde "altın koç" ve "altın post" uzun bir aktarımın parçasıdır ve iktidarı temsil eder.

Mevlevilikte kırmızı post, en yüksek manevi makamı anlatır.

Hz. İbrahim oğlunu söz verdiği şekilde Allah'a kurban edecekken gökten bir koç indirilerek Hz. İsmail'in hayatı bağışlanır.

İslamiyet'te bir insanın nefsinden feda edemediklerinin, nefsine uyduğu yanlarının ya da dünyaya ait sahiplendiği ve bırakamadıklarının yerine bir koyunu kurban vermesi tavsiye edilir.

Yahudilikte Mısır'dan çıkışı anlatan metinlerde, Yahudilerin Mısır'da yaşanan lanetten kendi evlerine kurban kanı sürerek kurtuldukları anlatılır. Pesah yani Hamursuz Bayramı olarak kutladıkları günden bir gün önce kurban edilen koyunun etiyle ve kanıyla neler yapılacağı kutsal metinlerinde uzun uzun anlatılır. Günümüzde bu gelenek sembolik olarak Hamursuz Bayramı'nda tabaklara bırakılan kuzu inciği ile temsil edilir.

Hıristiyanlıkta İsa'nın çarmıha gerilişinin Pesah'ın başlamasından hemen önceye denk gelmiş olması, İsa'nın tüm işlenmiş günahlar için gönüllü olarak kurban edilmeyi seçmesi olarak kabul edilir. Verilen bu kurbanla kan adağını sonlandırdıkları söylenir. İncil'de İsa için kullanılan "Tanrı'nın Kuzusu" yine feda edilen, kurban edilen anlamına işaret eder.

Koyun sembolünün faydalı olabileceği yer ve durumlar: Koyun güdülebilen bir hayvan olduğu, iyiyi ve kötüyü ayıramadığı için sembolünü sadece küçük çocuklarda kullanmak uygun olabilir.

Koyunun kendisini göremeyen ve kurban olmaya hazır yanı, nefsini özüyle buluşma yolunda terbiye etmek isteyenler için derin bir semboldür. Kişinin bu sembolü ancak yolundan gideceği öğretiden emin olduğunda kullanması doğru olabilir.

Bu sembolü kullanmaya karar verdiğinde hatırlaman gereken, hayatında vazgeçemediğin, seni ve nefsini yöneten enerjilerden ve sahip olduklarından bazılarını feda edebileceğindir.

Koyun sembolünün kullanımında dikkat edilmesi gereken durumlar: Koyundan bahsederken fark ettiysen en çok kurban kelimesini kullandım. Bu nedenle kendini kurban olarak gören, başkalarını kendinden daha önemli sayanların bu sembolden uzak durmasında fayda var.

Rüyada koyunu bir sürüden ayrılırken gördüysen nedenini bilmeden takip ettiğin, birlikte yol aldığın topluluklar, belki fikirler veya insanlarla amaçsızca gittiğin bir yoldan ayrılmışsındır.

Koyun senin peşine takıldıysa, seni takip eden, sahiplendiğin kişi, fikir veya olaylar vardır.

Bir koyunun kurban edilişine şahitlik ettiysen nefsine hükmeden bazı davranışlardan özgürleşmişsindir.

Kurban edilen bir koç, arzularının peşinden giderek oluşturduğu gelecek planından vazgeçmişsindir.

KÖPEK

SADAKAT • DOST • SEVGİ • KORUMA • HAREKETE GEÇİREN • İTAAT ENERJİSİ

Köpek, insanla ortak yaşamı en eskiye dayanan hayvanlardan biridir.

Kimi zaman birbirlerine hakaret etmek için "köpek" ya da "köpekleşmek" ifadelerini kullananların bu kelime tercihlerinin altında, bekledikleri sadakat, ilgi veya desteği karşısındakinden görememenin kızgınlığı yatıyor olabilir. Bununla beraber köpek komutla hareket eden ve itaat ettiğinde ödüllendirilen bir hayvan olması nedeniyle, kendi iradesini kullanmadan ne denirse yapanlar için belki bu benzetme yapılabilir.

Köpek yönlendirmeyle hareket eder ve sahibini korurken kendini tehlikeye atabilir.

Sevgi, ilgi ve ödül beklentileriyle daha kolay yönlendirilebilir. Bu nedenle dışarıya, dışarıdan gösterilecek ilgiye, başkalarının yönlendirmesine olan bağı anlatır.

Köpeklerin bir başka özelliği de destek olmak, haberdar etmek ve korumaktır.

Köpek eril enerjidir. Hareketlidir, hareketlendirir, enerjiyi aktifleştirir. Köpek, sahibini harekete geçirir, eyleme davet eder. Köpeğin davranışlarına sahibi yön verir, bu nedenle köpek sahibini taklit eder. Köpeğin tüm davranışları sahibinin yansımasıdır.

Köpek sembolü kullanılırken, seçilen köpeğin özellikleri göz önünde bulundurulmalıdır. Eğer bir av köpeği seçiyorsan hayatta yakaladığın fırsatları sana ulaştırmasını istediğin yardımcılara işaret eder.

Kurt köpeği itaat eden, söz dinleyen ve güvende hissetmeni sağlayan yardımcıları ve dostları anlatır.

Köpek sembolünün faydalı olabileceği yer ve durumlar: Köpek dostluk, sadakat, sevgi ve itaati anlatır. Bir figür olarak kullanılacaksa evin dışında ve kapı önünde kullanılabilir.

Kendini bir enerjiden ya da tedirgin eden birinden korumak ve güvende hissetmek için köpek sembolü kullanabilirsin. Fakat seçtiğin köpek figürünün özelliklerine dikkat etmelisin.

Köpek sembolünün kullanımında dikkat edilmesi gereken durumlar: Köpek korkusu olanlar için bu sembol pek uygun olmayabilir, korkuları yüzeye çıkabilir. Köpekle ilgili korku yaşayanlar, hayatlarında sevdikleri, güvendikleri kimselerden zarar göreceklerine dair bir inanca sahip olabilirler.

Köpek komut almak isteyen bir yapıya sahiptir. Onu yönlendirecek iradesi olmayan bir sahibi olduğunda kontrolü ele geçirebileceği için, köpeği sembol olarak seçecek olan insanların kendi hayatlarını gerçekten idare edip etmediklerini gözden geçirdikten sonra bu sembolü kullanmaları daha doğru olur.

Rüyada köpek irade gücünün sembolüdür.

Köpek, yardımcı, destek ve koruyan bir dosttur. Rüyanda seni kovalıyorsa, ısırıyor veya zarar veriyorsa "hayır" diyemediğin, iradeni kullanamadığın kişilerden zarar görüyorsundur ya da göreceksindir.

Köpek seni koruyorsa hem irade gösterdiğin alanlarda kendini korumuşsundur hem de seni seven yardımcıların ve dostların tarafından korunuyorsundur.

KÖPEKBALIĞI

KESKİN KARARLAR ALMA VE UYGULAMA
• DIŞ DÜNYADAN KORUNMA İSTEĞİ
• HAREKET ETME • DÖNÜŞÜM
• AYIRT ETMEDEN KABUL
• ŞUURALTININ ALINAN KARARLARA YÖN VERDİĞİ BİLGİSİ

Köpekbalıkları, haklarında çekilen filmler nedeniyle denizlerin en korkunç canlıları olarak algılanır. Aslında insanlara çok nadir saldırırlar. Yüzme sırasında oluşan hareketlilik ve titreşim, hassas duyma yeteneği olan bu balıkları hareket edene doğru çeker. Bunun dışında ancak köpekbalığının bulunduğu üç kilometre alan içinde kan kaybeden birisi varsa bir tehlike oluşabilir. Çünkü koku alma duyuları bir mıknatıs gibi onları hızla hedefe götürür.

Köpekbalıklarının en belirgin özelliklerinden birisi, oksijenle bağlarını hareket ederek kurmalarıdır. Yani nefes alabilmek için yüzerler. Durmadan hareket etmelerinin en önemli sebebi budur. Deniz diplerinde yaşamayı severler.

Köpekbalıkları adeta denizlerin çöpçüsüdür. Metal, plastik, ağaç, çürümüş çöp ne bulursa midesine indirir. Mideleri çok güçlü asitler salgılar.

En büyük organı karaciğeridir. Yani vücuduna aldığı zehirli atıkları temizlemek konusunda fiziksel üstünlükleri vardır.

Bir başka belirgin özelliği de sürekli diş değiştirmesidir. Hayatı boyunca binlerce diş değiştirir. Testere gibi sıralanmış dişler ön ve arkada iki sıradan oluşur. Ön dişler değişirken arkadakiler öne gelir.

Derisi bir zımpara kadar serttir. Hatta eski zamanlarda zımpara olarak da kullanılırdı.

Bu hayvanın bizi ilgilendiren özellikleri, avcılıkta ona üstünlük sağlayan çenesi ve dişleri, sürekli hareket halinde olması, derisi, midesi ve karaciğeridir. Aslında, midesine ve karaciğerine güvenerek her şeyi yemesi...

Köpekbalığı sembolü öncelikle eylemsel davranışları anlatır. Bu sembolle ilgili iki yönde okuma yapılabilir.

Bir kararla ilgili hareket edildiği sürece hayatın akışının kolaylaşacağını anlatır. Bununla beraber bulduğu her şeyi midesine göndermesi sahip olunan güce, yeteneklere, tecrübelere ya da fazladan güven hissetmeye sebep olan her neyse ona güvenerek seçimler yaptığımızı sembolize eder.

Köpekbalıklarının doymak bilmez bir iştahları vardır. Bu da bize bitmek bilemeyen istek ve arzular içinde olduğumuzu hatırlatır.

Derisinin zımpara kadar sert olması da dış dünyaya karşı kendimizi savunmasız hissettiğimiz ve yakınımıza gelinmesinden çok hoşlanmadığımız mesajını verir.

Keskin ve sürekli yenilenen dişleri, aldığımız kararlarla hızla sonuca gittiğimizi ancak kararlarımızın zaman içinde değiştiğini gösterir.

Derinlerde yaşaması, diplerden beslenmesi, şuuraltında var olan kalıp ve inanışların davranışlara hatta belki tercihlere yön verdiğini sembolize eder.

Köpekbalığı sembolünün faydalı olabileceği yer ve durumlar: Mideyle ilgili hazım sorunları olanlar için harika bir semboldür. Hareket ederek işlerini artıran taksi sürücüler, tur şirketleri gibi sektörler açısından uygun bir semboldür.

Keskin dişleri kolay karar almamıza yardım eden bir semboldür. Hazmedilememiş olaylarla ilgili yapılan meditasyon ve hipnoz çalışmalarını destekler.

Köpekbalığı sembolünün kullanımında dikkat edilmesi gereken durumlar: Yaşamını devam ettirmesi hareket etmesine bağlı bu hayvanın sembolü, hareketin azaltılması gereken yer ve durumlar için uygun değildir. Diyet yapanlar, beslenmede farkındalık yaratmak amacı güden sektör ve markalar için doğru bir sembol sayılmaz.

Rüyada köpekbalığı avcıdır. Av ve avcı ilişkisini anlatan bu sembolün rüyada yarattığı etki önemlidir. Denizde yüzerken senin peşine düşüyorsa ve saldırıyorsa bazı eylemlerinden dolayı birileri için hedef haline gelmiş olabilirsin. Rüyayı gördüğün günlere yakın zamanda aldığın tekliflere dikkat etmen gerekiyordur. Bu teklif seni bir şekilde avlamak ya da tavlamak için olabilir. Bununla beraber köpekbalığı var diye denize giremediğini gördüysen şuuraltında var olan korkuların ve duygusal anıların kısmetlerinle arandaki en önemli engel olabilir.

KÖSTEBEK

BİLİNMEYEN • GÖRÜLENİN ÖTESİNDE OLAN/ OLUŞAN • VAR OLAN KAYNAKLARIN ZARAR GÖREBİLECEĞİ HABERİ • ÖLÜM • SONLANMA • KAÇAK ENERJİ

Köstebek bilgiyi ve bilineni bir çıkar amacıyla gizlice birileriyle paylaşanlar için kullanılan bir terimdir. Yani kaçak enerji olduğunu söylemenin başka bir halidir. Bu benzetme boşuna değildir elbette. Köstebeğin toprakta açtığı çukurları ve geçiş yollarını kullanan diğer kemirgenler tarım arazilerine en az köstebek kadar zarar verebilir.

Köstebek ekilmemiş araziyi havalandırır, altını üstüne getirir. Aslında toprağa bir hareket gelir. Ancak bu hareketle beraber toprağı ince ince işleyen solucanlar ve benzeri canlılar ölürler.

Her gün neredeyse ağırlığı kadar besin tüketir. Tükettikleri, toprağın faydalı çalışanlarıdır. Bu yüzden tarım arazileri için tam bir düşmandır.

Bitkilerin köklerine zarar veren bu hayvan bir günde dört kilometreye kadar tünel açabilir.

Buraya kadar anlattığım özellikleriyle gizliden gizliye bize veya sahip olduklarımıza zarar veren hatta bununla kalmayıp diğer zararlı etkenleri de hayatımıza davet eden enerjilere işaret eder.

Bu sembol karşımıza çıkıyorsa bir yerde bir kaçak oluşmuş olabilir. Özellikle yatırımlara, verilen vekâletlere, emanetlere, emek verilen alanlara dikkatli bakmak iyi olur.

Aborjinler ve Kızılderililer bu sembolü ölüm ve hastalıkla ilişkilendirmişler. Köstebek evin yakınına gelmişse birçok kültür bunun pek iyiye işaret olmadığını kabul etmiştir. Toprak, dünyayla olan bağımız ve beslendiğimiz kaynağımızdır ve yerin altından ilerleyen bu hayvanın sembolize ettiği enerji bize bedenimizle, dünyasal kaynaklarımızla ve evimizle ilgili bilmediğimiz, göremediğimiz bir hareketin, belki bir zararın oluştuğunu ya da oluşmakta olduğunu anlatır.

Rüyada köstebeğin yeri kazdığını ya da evin yakınlarında olduğunu görmek maddi kaynakların dikkatli kullanımına işaret eder.

Sahip olduklarını başkalarıyla paylaştığını zannederken fark edemediğin bir sömürülme enerjisinin içinde olabilirsin.

Eğer köstebeğin yuvasını kapattığını, onu yerinden ettiğini gördüysen bu enerjilerin kaynağını bulup hayatından gönderdiğinin mesajını almışsındır.

KUĞU

SADAKAT • EVLİLİK • ANNE BABA SORUMLULUĞU • ZARAFET • BİRLİK • AŞK • DİRLİK

Yunan mitolojisinde Zeus kuğu şekline girerek Isparta Kralının karısı Leda'yla birlikte olur. Bu birliktelikten doğan ve sonrasında Truva Savaşı'na sebep olacak olan Helen'in doğumunun anısına Zeus, kuğu şeklinde bir figürü gökyüzüne takımyıldızı olarak yerleştirir.

Kuğuyla ilgili efsanelerin içeriğinde hep aşk olduğunu görürüz. Türk mitolojisinde Ayzıt (Ayısat-Ayığzıt) adıyla anılan güzellik ve aşk tanrıçasının sembolü de kuğudur. Aynı zamanda çocuklar ve doğurganlıkla ilgilidir. Bu nedenle kuğu eski Türk ve Altay kültüründe kutsal sayılırdı. Kuğuyla aşkın bir araya gelişi tesadüf değildir.

Kuğu çiftleri ömür boyu birbirlerinden ayrılmazlar.

Kuluçka döneminde yumurtaların üzerine dahi birlikte otururlar.

Yavrular kuluçkadan çıktıklarında kuğu ailesi hep beraber gezer. Anne kuğu önde, baba kuğu arkadadır.

Kuğular genellikle beyaz renkte olsalar da siyah olan cinsleri de bulunur. Beyaz saflık olarak tanımlandığı için beyaz kuğu saf aşkın sembolü olmuştur.

Her ne kadar mitolojide sadakatsiz bir aşk hikâyesini anlatsa da hayatın içinde birbirine bağlı çiftleri ve aile olmayı sembolize eder. Dişi kuğular aynı zamanda yavrularını gündüz sırtında, gece kanatlarının altında saklamasıyla anneliğin güçlü bir sembolüdür. Bu kuşlar sıcak havayı hiç sevmez, soğuk iklimlerde yaşarlar.

İçinde yaşadıkları su donmasın diye sürekli hareket ederler. Hava çok soğuduğunda içinde yaşadıkları sular donarsa tuzlu su kenarlarına veya daha ılıman bir yere göçerler.

Kuğu sembolünün faydalı olabileceği yer ve durumlar:

Sadakat ve bağlılık sembolü olan kuğular evlilikler, nikâh törenleri ve evli çiftlerin yatak odalarında kullanılabilir.

Bu sembol, anne ve çocukla ilgili olumlu enerjiler aktarır. Çiftler arasında sadakati artırmak, aile bağlarını güçlendirmek için iki kuğu bir arada kullanılmalıdır. Kuğu, evlilik ve ilişkide sorumluluk almakla ilgili bir semboldür.

Kuğu sembolünün kullanımında dikkat edilmesi gereken durumlar: İlişki ve evlilik konusunda sorumluluklarından kaçanlar için doğru bir sembol olmayabilir. Tek olarak kullanılması, hikâyede Zeus'un kuğu şekline girerek evli bir kadınla birlikte oluşunu akla getirir. Bu nedenle kuğu figürü çift halinde kullanılmalıdır.

Tek kullanımı, sadakatsizliği veya bir ilişkide yalnız hissetmeyi işaret edebilir. Hayatına bu enerjileri çekebilir.

Rüyada çift görülen kuğu ahenkli bir ilişkinin, mutlu bir evliliğin habercisidir.

Tek başına bir kuğu ilişkinin veya evliliğin içindeki yalnızlığı anlatır.

Kuğu çiftlerin birbiriyle olan ilişkisi sana evliliğinle, ilişkinle ya da anneliğinle ilgili şuuraltı kodlarını iletir.

KUNDUZ

AZİM • BECERİ • TEKNİK YARATIM • FAYDA SAĞLAYAN • BARIŞÇIL • UYUMLU • AİLE • SADAKAT • SEVGİ • HEDEF • ODAK • ŞUURALTINI FARK EDEBİLME

Kunduzlar doğanın mühendisleridir. Toplu halde veya aile olarak yaşarlar. Tekeşlidirler.

Aile olarak beraberce inşa ettikleri iki katlı evleri, oturma bölümü ve yemeklerini stokladıkları alanlardan oluşur. Evin içinde birlikte yaşarlar. Ancak erkek ve dişinin kendi alanları da bulunur.

Evleri rahatlıkla bir insanın ağırlığını taşıyabilecek sağlamlıktadır. Bu nedenle evi, yuvayı ve inşa etmeyi sembolize ederler.

Savaşmak bu hayvanların tabiatında yoktur. Düşmanlarından saklanarak korunurlar.

Kış aylarında uykuya yatmazlar, evlerinde dinlenirler. Çok soğuk havalarda, boğazlarındaki adeta bir kapakçık görevi gören bir perde sayesinde suyun altında beslenebilirler. Otçuldurlar. Ağaç dallarını ve yeşil dalları kemirirler.

Suda yaşayan kunduzların ön dişleri 10-12 cm kadar uzar. İhtiyaç duydukları ağaçları bu dişlerle kemirerek keserler. Evlerini kurdukları su bentlerinin yüksekliği bazen üç metreyi bulabilir. Suyun çok hızlı aktığı dönemlerde bentleri yükselterek suyun akışına yön verebilirler.

Kunduzlar, suyun yumuşak bir şekilde toprak tarafından emilmesini sağladıklarından doğaya katkı sağlarlar.

Kulaklarında ve burunlarında bulunan kapakçığa benzer yapı sayesinde suyun altında istedikleri gibi hareket edebilirler.

Aile birliği güçlü olan kunduzlar, yavrularıyla birlikte yaşarlar. Yavrular erişkin olduklarında kendi ailelerini kurmak üzere yuvadan ayrılırlar.

Avlanmaları yasaklanmasına rağmen lezzetli etleri, kıymetli kürkleri ve bedenlerinden elde edilen güzel kokulu yağlar nedeniyle avcıların ilgi odağıdırlar.

Kunduz inşa etmeyi, bir arada kalmayı, mevcut durumu değerlendirebilmeyi, fayda vermeyi, hatta bir anlamda barışçıl olmayı da anlatır. Suya yön vermesi duyguların taşkınlıklarından korunmayı, akışla beraber olmayı sembolize eder. Ön dişlerinin gücüyle koca bir ağacı devirebilmeleri azmin gücünü ve aldığı kararları uygulamada istikrar göstermeyi anlatır. Suyun altında rahatlıkla hareket edebilmeleri, insanın kendi iç dünyasının derinliklerinde olan biteni fark edebilmesine ve bu alanda rahat edebilmesine işaret eder.

Kunduz sembolünün faydalı olabileceği yer ve durumlar: Kunduz barışçıl bir enerjiyi temsil eder. Bu nedenle kullanımında rahat hareket edebileceğimiz bir semboldür. Öncelikle doğaya saygılı, doğayla uyumlu işlerde, projelerde kullanılabilir.

Mutlu bir aile ve vakti geldiğinde evden ayrılabilecek çocuklar için güzel bir semboldür. Şuuraltı çalışmaları yapan ve yaptıranlar için olumlu olabilir. Mühendislere ve teknik işlerde çalışanlara destekleyici enerjiler verebilir.

Mevcut durumu lehine çevirmek, çalışma azmini geliştirmek istediğinde rahatlıkla kullanabilirsin.

Kunduz sembolünün kullanımında dikkat edilmesi gereken durumlar: Kunduz, inşa etmekle ilgili olduğu için inşaat sektörü aklımıza gelse de kunduzların yaptığı bentler ve evler bütüne hayır sağlar, inşaat sektörü ise çoğunlukla doğaya zarar verir. Bu nedenle kunduz sembolü, doğaya zarar verecek bir projenin karşısına engel çıkarabilir. Diğer iş alanlarında da benzer etkenler düşünülerek kullanılması faydalı olur.

Rüyanda gördüğün kunduzun suyla bağı varsa suyun akışına yön vererek kendi lehine çevirebildiği için, duygularına yön verdiğinde, hayatın istemediğin sonuçlarından, sürprizlerinden korunacağın ve duygusal olarak rahatlama yaşayacağın anlamı çıkar.

Hayatının bu döneminde önünde duran engellerden kurtulman için gayretin, azmin ve sabrınla ilerlersin.

Kunduz ailesi gördüysen hayatını paylaştıklarınla beraber inşa ettiğin ne varsa beraber olmaktan keyif alacak ve desteklendiğini hissedeceksin.

KURBAĞA

SIÇRAMA • METAMORFOZ • DOĞUM • BAŞKA BİR DURUMA GEÇİŞİN KOLAYLAŞMASI • YARATICILIK • BAĞLANTI • YOLCULUK • İÇSEL İŞİTME

Kurbağa için dönüşüm enerjisinin haklı yıldızı diyebiliriz. *Kurbağa Prens* masalı belki de bunu anlatır. Prens cezalandırılarak kurbağaya dönüştüğü halden kurtulurken bambaşka bir kişi olarak geri döner. Kurbağa da doğumundan itibaren bir evrim süreci geçirir. Kuyruklu bir yarı balık olarak doğar, kuyruğunu atar, ayaklarıyla karaya çıkar.

Kurbağa suda başlayan yaşamında solungaçlarıyla solur. Yetişkin hale geldiğinde akciğerleri oluşur ve karaya uyumlu bir metabolizmayla karada yaşama geçer. Ancak su olmadan yaşamaz. Suda üreyebilir. Cildinin nemli kalması için salgıbezleri sürekli nem üretir.

Kurbağa, cildinde bulunan ve zehir salgılayan maddeden etkilenmeyen yılan ve kuşlar tarafından avlanır. Ancak kurbağanın, görme yetisinden çok daha gelişmiş olan ve çevresinde olan biten tüm titreşimleri hisseden işitme sistemi onu korur. Kurbağa kaygan cildi nedeniyle pek sempatik bulunmasa da çağlar boyu önemli bir sembol olmuştur.

Eski Mısır'da kurbağa başlı, insan vücutlu Heket adlı tanrıça, bereket ve doğum anında kadınlara yardım edermiş. Doğum sırasında, üzerinde onun resmi bulunan fildişinden bir bıçak bulundurulurmuş. Bu sayede bebeğin ve annenin kötü ruhlardan korunacağına inanılırmış.

Yağmur öncesinde seslerini artıran kurbağalar Kızılderililer tarafından yağmur habercisi olarak tanımlanır.

Kelt kültüründe su ve yağmurla ilişkilendirildiği için iyileştirici güçlerin sembolü olmuş. Hıristiyanlıkta diriliş sembolüdür.

Asya geleneklerinde, ölünün diğer âleme kolayca geçebilmesi için ağzına yeşim taşından yapılmış bir kurbağa konulurmuş.

Japonya'da bilgelikle ilgilidir. Japonca kurbağa kelimesi "kaeru" yani "dönüş" demektir. Gezginler boyunlarına kurbağa şeklinde muska asarlar. Bu sayede tekrar eve dönebileceklerine inanılır. Japonlar paralarını korumak ve kaybetmemek için cüzdanlarının içinde kurbağa şeklinde bir sembol taşır.

Çin'de iyi şans ve doğumu simgeler.

Seyahat edenler için güvence sembolü olarak kabul edilen kurbağa bağlantıyı ve bir halden başka bir hale sıçramayı da sembolize eder.

Kurbağa gerçek bir dönüşüm enerjisi sembolüdür. Doğduğumuz andan itibaren sürekli devinim ve dönüşüm içinde olduğumuzu anlatır. Biz ilerledikçe bedenimiz, ihtiyaçlarımız, çevresel etkiler ve daha pek çok şey değişir. Kurbağa sıçrayarak ilerler, bu nedenle ileriye sıçramayı anlatır. Suyla olan bağı canlılığı, bereketi ve hareketliliği temsil eder.

Kurbağa sembolünün faydalı olabileceği yer ve durumlar: Hayatın içinde daha iyiye dönüşebilmenin güzel bir sembolü olabilir. Kurbağa, çocuklarda büyümenin ve gelişmenin ritmini korumak için kullanılabilir.

Hamile annelere destekleyici bir etki sağlar.

Kilo vererek, esneyerek bedenini yeniden şekillendirmek isteyenlerde olumlu etkiler yaratabilir.

Yoga gibi ruhsal ve fiziksel gelişime destek olan merkezler ve onlara ürün hazırlayan firmalar için uygun bir semboldür.

Ruhsal bağlantı, bilinçaltı çalışmaları yapanlar ve bu çalışmaların yapıldığı mekânlar için de faydalı olabilir.

Bununla birlikte hayatın genel gidişinde veya işinde sıçrama yapmak isteyenler de kullanabilir.

Su ve suyun verimliğiyle ilgili işlerde, cildin neminin korunmasıyla ilgili ürünlerde logo olarak kullanılabilir. Hassas işitme yeteneği nedeniyle, işitme duyusunu geliştirmek isteyenler ve ilgili sektörler için de uygundur.

Kurbağa sembolünün kullanımında dikkat edilmesi gereken durumlar: Bulunduğu hali korumak ve bu halde köklenmek isteyenler kurbağa sembolünü kullanmadan önce bunun doğru bir karar olup olmadığını iyi düşünmelidir. Suyun zarar verebileceği alanlarda kullanılmamalıdır. Özellikle kuruluğa ihtiyaç duyulan doğal tuz, işlenmiş ağaç, elektronik eşya gibi sektörler için olumlu olmayabilir.

Rüyada kurbağa görmek bir dönüşümün haberidir. Rüyanda kurbağa gördüysen bir sıçrama yaşayabilirsin. Hayatını bambaşka bir hale taşıyabilirsin. Kurbağa suya muhtaç bir hayvan olduğu için gördüğün rüyanın tesirine bağlı olarak vücudunda su sisteminle ilgili bölgelerle ilgili bir mesaj olup olmadığına dikkatini verebilirsin. Su sistemi deyince böbrekler, idrar yolları aklına gelebilir.

Kurbağanın suyla olan bağı yaratıcılığı sembolize ettiği için üretim yapıyorsan harika işler ortaya koyabilirsin. Üretim yapmıyor ve kendini bir şekilde hayata katkı sağlamıyor gibi hissediyorsan, bu rüyadan sonra durumun değişebilir ve sen hayata kattıklarınla kendini daha mutlu hissedebilirsin.

KURT

LİDERE İTAAT • GÜCÜN FONKSİYONEL KULLANIMI • GÖZLEM • STRATEJİ • ZAYIF OLANDAN FAYDA ELDE ETME • EKİP OLABİLME • EŞİTLİK • DİŞİYE SAYGI • AİLE OLABİLMEK

Kurtlar hakkında sayısız efsane ve hikâye bulunur. Bunlardan bazıları Türklerle ilgilidir: Türkler düşmanları tarafından tamamen yok edilirler. Sadece iki çocuk sağ kalır. Gök tanrının gönderdiği kutsal bir dişi kurt tarafından emzirilen bu çocuklar, Türk toplumunun yeniden doğuşunu simgeler. Yine Türk tarihinde geçen Ergenekon Destanı'nda Türkler büyük bir yenilgiye uğrarlar ve gök tanrı kutsal bir kurt gönderir. Bu kurt, Türklere kılavuzluk eder ve onları verimli toprakları olan, etrafı dağlarla çevrili büyük bir ovaya götürür. Ovayı çevreleyen dağlar geçit vermez. Türkler demirden dağları eriterek özgürlüklerine kavuşurlar.

Roma'nın kuruluş hikâyesinde de yine bir dişi kurt sahnededir. Savaş tanrısı Mars'tan ikizleri olan Rhea'nın kötü kalpli ve krallığı zorla ele geçiren amcası, bebekleri sandığa koydurur ve nehre bıraktırır.

Bebekler ormanda dişi bir kurt tarafından büyütülür. İki delikanlı büyür ve kralın korktuğu başına gelir. Onu tahtından indirerek krallığı dedelerine geri verirler. Bir kent kurmaya karar veren ikiz kardeşler kurdun onları beslediği yeri seçerler. Kurdukları kentin adı Roma'dır.

İskandinav pagan tarihinde kurt pek sevilen bir hayvan değildir. Gök tanrı olarak görülebilecek en büyük tanrıları olan Odin bir kurt tarafından öldürülür. Bunun üzerine Thor da kurdu öldürür.

Dikkat ettiysen iki büyük kültürün altyapısında kurtlardan beslenme, korunma ve güven hâkimken kurt birdenbire ulu olanı yok eden bir saldırgan oluverdi.

Kafamızda kurtların etrafındakileri kandırdığı, arkadan iş çevirdiği, güzel hayvanlara zarar verdiği olumsuz düşünüş oluşturan sayısız masal bulunuyor. *Kırmızı Başlıklı Kız, Yedi Keçi Yavrusu ve Kurt* gibi... Hepsinde kurt kötü bir hayvan olarak anlatılıyor. Yani çakalın değil, sırtlanın değil de kurdun kötü olması ilginç, öyle değil mi?

Bunun nedeni, günümüzde bilinen çoğu masalın, Alman Grimm Kardeşler tarafından 1900'lü yılların başında kaleme alınan Kuzey Avrupa sözlü anlatımlarından gelmesidir. Bu kültürlerin inanışları yüzyıllar içinde bu masallarla aktarılarak günümüze kadar ulaşmış ve bizim zihnimize de yerleşmiştir.

Kurt adamın kaynağına baktığımızda Yunan mitolojisiyle karşılaşırız: Arkadya Kralı Lykaon elli oğul babasıymış. Ne kendinde ne de oğullarında tanrı saygısı, tanrı korkusu varmış. Zeus onları denemek istemiş ve bir gün yoksul bir köylü kılığında saraya girmiş. Kral bu adamdan şüphelenmiş ve niyetini anlamak için ona insan eti ikram etmiş. Buna çok öfkelenen Zeus yıldırımlar atarak kralın oğullarından sadece birini hayatta bırakıp geri kalanları öldürmüş. Kralı kurda dönüştürmüş ve sağ bıraktığı oğlunu tahta çıkarmış.

Zeus bunu krala itaat etmeyi öğretmek için yapmış olabilir. Ancak bir yandan da kurda dönüştürme bir ceza algısı yaratmıştır. Nitekim yüzyıllar içinde kurt adamlar bir korku motifi haline geldi.

Bu çelişkili kurt anlatımlarına değindikten sonra şimdi de kurtların taşıdığı özelliklere, yaşayış biçimlerine bakalım ve sembolizmde bize anlattıklarını okuyalım.

Kurtlar topluluk halinde yaşayan ve kendi içlerinde müthiş bir hiyerarşiye sahip olan hayvanlardır. Dışarıdan bakıldığında zayıfa saldıran vahşi birer avcı gibi görünebilirler. Avlanma prensipleri, izleyip karar verme üzerine kuruludur. Bir sürüyü uzun süre takip ederek sürüde yer alan en zayıf, hasta ya da yaşlı üyeyi avlarlar. Zayıf halkayı avlamak kolaya kaçma olarak algılanabilir ama doğanın genel prensibi de bu şekilde işler. Kurtlar çok aç kalmadıkları sürece leş yemezler. Bunun yerine küçük hayvanları avlarlar.

Şu ana kadar anlattığım özelliklerden yola çıkıldığında bir hedefe ilerlerken gözlemci olmayı ve ekip çalışması içinde az performansla yüksek fayda elde etmeyi gözlemleriz.

Kurtlarda tembellik ve kolaya kaçma yoktur. Bu nedenle sunulan seçenekleri kendi prensipleri dahilinde değerlendirmeyi temsil ederler.

Kurt sürülerinde bir dişi ve bir erkek lider bulunur.

Yönetim sisteminde en güçlü olan değil, en deneyimli olanlar baştadır.

Av gerçekleştikten sonra önce erkek lider, ardından dişi lider avdan payını alır.

Liderler bir tehlike anında sürüyü korumak için kendilerini tehlikeye atabilirler.

Av sırasında strateji uygulayan kurtlar, zaman zaman takip ettikleri sürüleri veya hayvanları şaşırtmak için farklı yönlerden saldırabilirler. Böylece bölünme yaratarak sürünün gücünü zayıflatırlar.

İlk saldırıyı yapan lider yorulur veya bir şekilde devre dışı kalırsa hemen en güçlü kurt devreye girer ve avın tamamlanmasını sağlar.

Liderler güçlerini yitirdiklerinde geri çekilirler ve sürüye dahil olurlar. Sürünün içinde itibarları devam eder. Kurtlar kolay kolay yalnız yaşamazlar, sadece yeni bir sürü kurmak için gruptan ayrılırlar.

Önemli bir özellikleri de aile olabilme başarılarıdır. Yırtıcı birçok hayvanda anne doğumdan sonra erkeği yanında istemez. Çünkü erkek yeni doğan yavruları yiyebilir. Bazı hayvanlarda ise güçlü olan yavruyu yaşatmak ve zayıftan vazgeçmek söz konusu olur. Kurtlarda ise yavruları erkek ve dişi birlikte büyütürler. Anne kurdun, yavrularına sahip çıkma özelliği efsanelere konu olacak niteliktedir.

Kurt sürülerinde dişi ve erkek eşittir. Bu yaklaşım aile olma özelliklerine de yansır. Hayatı beraberce göğüsleyen bu hayvanlar, evlilik ve aile sembolü olarak kullanılabilir.

Lider yönetiminde stratejik hedefleri olan şirketler ve sektörler için uygun bir sembol olabilir.

Gökyüzündeki Sirius Takımyıldızı bazı kaynaklarda Köpek ya da Kurt Takımyıldızı olarak geçer. Özellikle Türk tarihinde bu takımyıldızı kurt başıyla sembolize edilmiştir.

Kurt sembolünün faydalı olabileceği yer ve durumlar: Lidere tam itaat olmasına rağmen grubun çıkarları için stratejik hareket edebilme, değişikliklere uyum sağlayabilme kurdu iyi bir grup sembolü yapar.

Kadın ve erkek lidere eşit roller verilmesi, bana göre kurt sembolünü yüzyılın ihtiyacı olan bir sembol haline getiriyor.

İzci gruplarında ve takım ruhuyla hareket edilen işkollarında kullanılabilir.

Kurt sembolünün kullanımında dikkat edilmesi gereken durumlar: Kurtlar zayıf olana yönelerek doğanın işleyişine yardım ederler. Ancak bu sembolü kullananların dikkat etmesi gereken, gücünü zayıf olana yöneltebilecek bir enerjiyi çekebileceklerididir. Aynı zamanda, güçlü olduğu için lider olmak isteyenler için uygun bir sembol olmayabilir. Çünkü kurtlarda güçlü olan değil tecrübeli olan lider olur.

Özgürlüğüne en düşkün hayvan olan kurdu rüyanda gördüysen, boyun eğmen gereken ya da boyun eğmek istemediğin bir enerjiyle karşı karşıya olmalısındır.

Tek başına bir kurt gördüysen kendini bulunduğun ortamda yalnız hissediyor olmalısın.

Kurt sana saldırdıysa, birlikte hareket ettiğin insanların arasında kendini zayıf hissediyorsundur. Sana göre diğerleri daha güçlü ve hayat sana adil değildir.

Kurt sembolü, zorluklardan çıkabilmek için strateji geliştirmen ve çevrenden destek alman gerektiğini anlatmak amacıyla rüyana gelmiş olabilir.

Çift halinde gördüğün kurtlar içindeki dengeyi kurma yolunda önemli bir adım attığının habercisidir.

KUTUP AYISI

DİŞİ ENERJİ • BESLENME • İÇSEL DENGE • FARK EDEBİLME • KENDİNİ DIŞARIYA KARŞI KORUYABİLME • GÜÇ • GELECEĞE YATIRIM YAPABİLME

Kış aylarının sembolü kutup ayısı boz ayıyla akrabadır. Ancak fiziksel olarak birçok farklılıkları bulunur. Kutup ayısının, kürkünün özellikleri ve vücudunu sıcak tutabilme yetenekleri müthiştir. Yarı saydam kürkü sudan çıktıktan sonra su parçacıklarını donmadan vücudundan atmasına yardım eder. Kutup ayıları için söylenebilecek en önemli özelliklerden birisi, koku alma yetenekleridir. Bir av köpeğinin 12 katı kadar daha iyi koku alırlar. Yani onlarca kilometre öteden gelen kokuyu algılayabilme özellikleri vardır. Bu sayede yaşadıkları alanda olan biteni kolaylıkla hissedebilirler.

Buraya kadar olan özelliklere baktığımızda zorlu yaşam koşullarına uyum sağlama yeteneğini, şartları kendi lehine kullanabilmeyi, farkında olmayı temsil ettiklerini söyleyebilirim.

Yavrular doğduklarında bir kilo dahi gelmezken yetişkin bir kutup ayısı 900 kg ağırlığa ulaşabilir.

Dişiler erkeklere göre cüsse olarak küçüktür. Ancak hamile bir kutup ayısı tüm vaktini doğum sonrası için kullanacağı enerjiyi depolamaya harcar. Dişi kutup ayısı yaklaşık sekiz ay süren gebelik süresi boyunca 500 kg kadar kilo alabilir.

Doğumu gerçekleştirmek için kazdığı inin içindeki ısıyla yavrularını ve kendini korumaya alır. Doğumdan sonra yavrular anneleri tarafından bol yağlı sütle beslenirken, anne neredeyse tüm hareketlerini azaltarak metabolizmasını yavaşlatır. Tüm gücünü ve enerjisini yavrularına harcar.

İnlerinden çıkan anne ve yavrular birlikte yaklaşık iki yıl geçirirler.

Kutup ayısı sembolünün faydalı olabileceği yer ve durumlar: Kutup ayısı anneliği, dişiliği ve besleme gücünü temsil eder.

Bununla beraber fiziksel olarak içeride kurduğu denge ve koruma özellikleriyle dış etkenlerden minimum düzeyde etkilenmesi bize dengede kalabilmeyi ve kendi kaynaklarını doğru kullanmayı işaret eder.

Fedakâr anne, yavrularının geleceği için önlem alır ve onlara bir gelecek hazırlar. Anne ve yavrunun bir arada olduğu kutup ayısı sembolü, güvenli bir geleceğe sahip olmayı, istenilen hedefe giderken kolaylık sunulmasını ve çevrenin desteğini almayı anlatır. Tek bir kutup ayısı gelecek için emek vermeyi, geleceğe yatırım yaparken kaynakları doğru kullanmayı, kendi şartlarını yaratmayı gösterir.

Rüyada kutup ayısı görmek emek verilmesi gereken döneme işaret eder. Dengeyi içinde kuracak ve dışarıda olan bitenle ilgilenmeyi bırakacaksındır. Bunun için kendi içgüdülerine önem ver. Duyduklarını ve gözlemlerini doğru değerlendir.

Anneliğe hazırlanıyorsan veya aileye bir çocuk katılmasını istiyorsan rüyanda gördüğün kutup ayısı sembolü bu yeni üyenin gelmek üzere olduğunu ancak kendisine emek vermen gerektiğini ve belki de bir süre en önemli odağının bu yeni bebek olacağının haberini verebilir.

Aynı rüyayı başka şekilde yorumlarsak geleceğe yönelik planlarını hayata geçirmen için mevcut durumundan biraz fedakârlık yapmalı ve emek vermelisin ki beslediğin kadar güçlü bir sonuçla karşılaşabilesin.

Kutup ayısı sembolünün kullanımında dikkat edilmesi gereken durumlar: Fedakâr bir anne olan kutup ayısının sembolünü yoğun kullanmak anneler açısından zamanlarının çoğunu çocuklarına adayarak kendilerini ihmal etmelerine ve planlarını ertelemelerine neden olabilir.

LEYLEK

YUVA • EV KURMA • AİLE • SEYAHAT • YENİDEN BAŞLAMA • DOĞRU YOLU İZLEYEBİLME • EN AZ PERFORMANSLA EN İYİ SONUCA ULAŞABİLME • YUVAYA DÖNÜŞ • DENGE • YARDIMLAŞMA • BÜYÜKLERE SAYGI

Göç yolları üzerinde bulunan tüm inanışları ve mitolojileri etkilemiş olan leylekler, Orta ve Kuzey Avrupa, Türkiye, Orta ve Güney Afrika, Arabistan Yarımadası, Hindistan ve İspanya arasında geniş bir coğrafya üzerinde yaşarlar.

Besin kaynakları böcekler, zararlılar, yılanlar ve bataklıklarda yaşayan canlılar olduğu için hem insanlara hem de karada yaşayan iri hayvanlara faydalıdırlar.

Leylekler kuzey yarıkürede kış yaklaştığında, 120 gün yaşayacakları Hindistan, Orta ve Güney Afrika'ya göçerler. Hedeflerine dosdoğru denizin üzerinden gitmek yerine hava akımlarını kullanarak daha uzun yoldan ve daha yüksekten uçarlar. Bu sayede daha az efor harcayarak, rüzgârın yardımıyla istedikleri alanlara ulaşırlar.

Kullandıkları bu göç yolunun Arap Yarımadası'ndan geçmesi nedeniyle İslam camiasında "hacı" lakabıyla anılırlar. Aynı zamanda birkaç kıtadan oluşan geniş coğrafyalara yayılan yaşamları ve hareketleri seyahat etmeyle ilişkilendirilmiş ve "leyleği havada görmek" deyimiyle çok gezenlere ilham vermişlerdir.

Leyleklerin bir başka özellikleri de üreme alanlarına döndüklerinde aynı yuvaları kullanmalarıdır. Bu yuvalar yıllar boyunca korunur ancak kullanım hiyerarşisi vardır. Ergin olan leylekler daha eski ve büyük yuvaları kullanırlar, gençler ise daha yeni yuvalara yerleşirler. Leylekler yurtdışında yolculuktayken yuvalarını başka kuşlar da kullanabilir.

Leyleklerin insana veya insanın leyleğe dönüştüğü inancına birçok mitolojide rastlanır. Özellikle Orta Avrupa hikâyelerinde güçlü bir yere sahip olan leylek, baharla, yeniden doğuşla, doğumla ilişkilendirilmiş, "bebek" ile arasında bağ kurulmuştur.

Slav pagan inanışında, bahar ve yaz aylarında ruhları cennetten dünyaya taşıdıkları anlatılırdı.

Doğumu leylekle ilişkilendiren kültürlerde doğuma dair kusurlar da leyleğe atfedilirdi. Çocuğun taşıdığı bir engel ya da annenin yaşadıkları için leylekler suçlanırdı.

Bebekleri leyleklerin getirdiği inancının dünya üzerinde reklamlara konu olacak kadar yayılmış olmasının nedenlerinden birisi, Andersen'in Orta ve Kuzey Avrupa sözlü aktarımlarından esinlenerek kaleme aldığı masalların etkisi olabilir.

Başlarını geriye doğru atıp gagalarını yukarıya doğru kaldırarak ses çıkarmaları bazı kültürlerde kibirle ilişkilendirilmiştir.

Leylek, Arapçada "laklak" olarak telaffuz edilir. Boş konuşmaya bizim dilimizde "lak lak yapmak" denmesi buradan gelmiş olabilir.

Genellikle yuvalarını evlerin bacalarına, görülebilecek yüksek noktalara kuran leylekleri gözlemleyen insanlar onların geri gelişlerini bir uğur olarak nitelendirmişler. Ekim ve dikim aylarında adeta onlara yardım eden bu hayvanların yuvalarını, yavrulamalarını ve bu eylemler için onları seçmiş olmalarını bereket ve doğumla ilişkilendirmişlerdir.

Tüm bu saydıklarıma ek olarak, tek ayağının üzerinde durabilmesi ve bunu yaparken dengesini koruyabilmesi nedeniyle dengede olmayı sembolize eder.

Leylek sembolünün faydalı olabileceği yer ve durumlar: Seyahat, inşaat, emlak şirketlerine uygun bir semboldür. Kullanım açısından seyahat şirketleri uçan, inşaat ve emlak şirketleri için yuvasında tünemiş leylek sembollerinin kullanılması daha doğru olur.

Doğumla olan bağı kitlesel bir inanca dönüştüğü için doğum yapmak isteyenlere de destekleyici olabilir.

Seyahat etmek isteyenler uçan leylek sembolünü kullanabilirler.

Leylek sembolünün kullanımında dikkat edilmesi gereken durumlar: Leylek figürünü hangi şekilde kullandığına göre neyi çağırdığına dikkat et. Karşılaştığın bir resim ya da canlı bir leyleğin sana ne anlattığını okumak için leyleğin o anki durumunu göz önüne al.

Rüyada bir şeyler yerken gördüğün leylek sembolü hayatındaki parazit enerjileri temizlediğini ifade eder. Uçarken gördüğün leylek yola çıkacağını, yuvasında otururken gördüğün leylek de ev ve evle ilgili konuları gündeme getirir. Yoldan bir misafirin geldiği yorumu da yapılabilir.

MARTI

ÖZGÜR HAREKET EDEN AMA DESTEĞE İHTİYAÇ DUYAN • İLETİŞİM • ADAPTASYON • DESTEKLENME İSTEĞİ

Martı, deniz ve göl kıyısında koloni halinde yaşayan bir kuştur. Denize yakın yerlerde yaşamasına rağmen denizden değil karadan beslenir. Özellikle son yıllarda çöplükler onun için önemli bir besin kaynağıdır. Uçarken sergilediği zarif görüntüsünün aksine rahatsız edici bir ses çıkartır. Bireysel hareket eden bu kuşlar bir tehlike anında bir araya gelip karşı tarafa birlikte saldırır. Tüm kuşlar gibi martı da insana özgürlüğü çağrıştırır.

Martı, şehir hayatında özellikle sahil şeridi veya göle yakın yerleşimlerde hayatın etkileyici sembollerinden biri.

Sesiyle dikkat çekmesi ve özellikle beslenmede bireyselken, bir ihtiyaç anında toplu hareket edebilmesi iletişim, bağ kurabilme, toplumun içinde, aile içinde bireysel olma isteği, kendi seçimlerini yapmakta özgür hissetme isteğini işaret eder.

Seçimlerinde özgür olmak istemesine rağmen her zaman bir gruba, aileye veya bildiği alana geri dönmeye ve desteklenmeye ihtiyaç duymayı anlatır.

Martı sembolünün faydalı olabileceği yer ve durumlar: Sıkıntılı bir durumda kaldığında özellikle yakınlarından yardım alamıyorsan martı sembolü tam sana göre... Martı başı sıkıştığında çevresinden kolaylıkla destek alan bir kuştur.

Özgür hissetmek ve seçimlerini kendin yapmak istiyorsan tek bir martı, başkalarından güç alarak herhangi bir sıkıntı anında karşındakine meydan okumak istiyorsan çoklu martı sembolü kullanmalısın.

PR ve iletişim sektöründe bir anda dikkat çekmek istenen kampanyalarda tek figür olarak kullanılabilir.

İnsanların haksızlıklar karşısında bir araya gelmesi istenen etkinliklerin sembolü olarak çoklu martı figürleri tercih edilebilir.

Martı sembolünün kullanımında dikkat edilmesi gereken durumlar: Martı dikkatleri kendi üzerine çekebilme enerjisine sahiptir ama bu etkiyi kısa sürede kaybeder. Onun beslenirken seçici olmaması ve verilenleri bir fırsat gibi görmesi hayatın içinde önümüze sunulan her neyse onu seçip, kendi fırsatımızı yaratamamayı ve bu nedenle başkaları tarafından yönlendirilebilmeyi de anlatır.

Rüyada martı görmen kendini özgür hissedebilmek için yalnızlığı seçtiğini ama aslında bir nedenden dolayı birilerine bağlı olduğunu ifade eder.

Kendini içeride özgür hissetmediğin için biraz asi, farklı olsan da hayati konularda dışarıya ve özellikle geçmişine sıkı sıkıya bağlı olduğun, yaşadığın yeri, arkadaşlarını ama en önemlisi yaşanmışlıklarını kolay bırakmadığını anlatır.

Martı sembolü sana "İstediğini yaşa ama başlangıç noktasına döneceğini hatırla" diyordur.

Dış görünüşünü sık değiştirmen veya aynı kalman, içeriyi değiştirmez.

MAYMUN

DÜNYASAL ENERJİ • OYUNBAZ • HİLEKÂR • ÇOCUKSU • EĞLENCELİ • ARAŞTIRMACI • HAREKET • MERAK

Maymun el ve ayaklarını koordineli bir şekilde kullanabilir. Dünya üzerinde Japonya hariç genellikle tropikal iklimlerde yaşar. Sadece Japonya'da "kar maymunları" olarak tanınan türler soğukta yaşarlar.

Maymunun en önemli özelliklerinden birisi, çözüm üreten yaklaşımıdır. Örneğin eline sopa alarak arı kovanından bal almayı kolaylaştırabilir. Birbirlerinin bitlerini temizleyebilirler.

Yavruyken insanlara yakın davranan, oyunlar oynayan bu hayvan erişkin olduğunda agresifleşir ve saldırganlaşır.

Genellikle yaşlı bir erkeğin liderliğinde kalabalık gruplar halinde yaşarlar. Bir erkekten ve birçok dişiden oluşan aileler şeklinde de yaşayan türler vardır.

Yaşadıkları coğrafyalardaki mitolojilere, dini motiflere girmiş ve farklı yönleriyle anlatılmışlardır.

Meksika'da Mayalar tarafından sanatın koruyucusu ve bir kâhin olarak nitelenirdi.

Aztekler, güneş ile ilişkilendirirdi.

Hanuman, maymun bir Hint tanrısıdır. Hindu inancında tanrı Shiva'nın yeniden doğarken maymun bedenini seçtiği kabul edilir ve bu nedenle Hindistan'da maymunlar kutsaldır.

Japonya'da modern yaşama kadar insanlarla bir arada yaşayan maymunlar din, kültür ve folklorik anlatımlarda önemli bir yer edinmiştir.

Maymun birçok tanrısal özellikle anılmış, aynı zamanda da tanrılarla insan arasında bağlantı kurduğu ve aracılık ettiği kabul edilmiştir.

Çin'de maymun yılında "sağlığın ve atların korunacağına" inanılır. Maymun yılında doğanlar için neşeli, oyunbaz ve zeki tanımları yapılır.

Japon inanışlarında üç maymun efsanesinin Japonya'dan çıktığı düşünülse de birçok araştırmacı Hinduizm'den Çin'e, oradan da Japon kültürüne geçtiğini söyler. Fakat neticede hepsi aynı hikâyede birleşirler.

Uzakdoğu sembolizminde üç maymun "Şahitliklerinden bahsetmezsen şeytan senden uzak durur" demektir. Yani gördüğünü ve duyduğunu kendine sakla anlamına gelir. (Görmedim, duymadım, söylemedim.)

Maymunlar iyi gözlemcidir ve bu sayede taklit ederek doğruya ulaşırlar. İnsanın, başkalarını izleyerek aşırıya giden yanını anlatırlar.

Gençken oyunbaz ve neşeli olup yaşlandıkça saldırgan davranışlar sergilemeleri, zamanı doğru kullanmayıp dışarının onayı için yaşayanların ve kendi kararlarını alamayanların, zaman geçtikçe dışarıya olan öfkelerinin artacağına işaret eder.

Erkek maymunlar ailelerine herhangi bir saldırı olduğunda cesurca bu saldırıya cevap verirler. Aile içinde baba enerjisinin doğru çalışması önemlidir. Ailesi baba figürünün himayesine ve ona sığınma ihtiyacındadır.

Geçmişte Uzakdoğu'da en değerli hayvan olan atları koruması için ahırlara erkek maymun yerleştirmeleri ve şimdilerde de maymun heykelleri koyarak bu enerjiyi canlı tutmak istemeleri bu gözlemlere dayanıyor olmalı.

Anne maymunlar yavrularının ihtiyaçlarını sevgiyle karşılar. İhtiyaçları karşılanan çocuklar kendilerini güvende hisseder. Bu özellikleri nedeniyle dişi maymunlar Japonya'da doğum ve doğumun temsil ettiği bereket enerjisinin sembolüdür.

Maymun sembolünün faydalı olabileceği yer ve durumlar: Üç maymun, yargılama halinden, dedikodudan, gördükleri ve duyduklarından çok etkilenenler için güzel bir sembol olabilir.

Bebek maymun, anne ve babası tarafından himaye edilerek sevildiği ve korunduğu için bebek odalarında kullanılabilir. İçekapanık ve oyunlara katılmayan çocuklar için oyunbaz hali destekleyici bir semboldür.

Grup oyunları, film, medya, internet, seyahat, eğlence sektörü için uygun bir sembol olduğunu söyleyebilirim.

Maymun sembolünün kullanımında dikkat edilmesi gereken durumlar: Aşırı hareketli ve odaklanma sorunu olan çocuklar için uygun bir sembol olmayabilir.

Çok konuşan, kendi dediklerinin olmasında ısrarcı ve otoriteyi dinlemeyenler tarafından dikkatli kullanılmalıdır.

Yaşlı ve özellikle gergin insanlar için de uygun değildir.

Rüyada maymun görmen, oyunbaz, eğlenceli ve zararsız olduğunu düşündüğün birinden veya bir ortamdan ummadığın bir zarar görebileceğini söyler.

Sıklıkla görüştüğün ve farkında olmadan davranışlarından etkilendiğin kişilerle olan bağını yeniden gözden geçirmende fayda vardır.

Boş işlerle uğraşanlar en kıymetli servetin olan zamanını senden alıyordur ve bunların farkına varman seni özgürleştirecektir.

Rüyanda kalabalık bir maymun grubu gördüysen zaman geçtikçe agresifleşen eş, baba veya erkek enerjinin sebebini sormuş olabilirsin.

Aile bağlarında babayla ilgili anılarında saklı kayıtlara bakmak, otoriteyle ilgili yaşadığın soruna ışık tutabilir.

ÖRDEK

DIŞ ETKENLERDEN KORUNMA • DENGE • DİŞİ ENERJİ • ANNE • HAYATA GÜVEN

Ördek karada ve suda yaşayan perdeayaklı bir kuştur. Suya girdiğinde tüyleri birbirine yapışan ördeğin bedeni bir yağ salgısıyla onu soğuktan korur. Aynı zamanda tüylerinin yardımıyla su bedenine etki etmez.

Ördek sebat etmeyi ve dış şartlar ne olursa olsun merkezinde kalmayı anlatır. Hayat bolluk verdiğinde yoldan çıkmadan devam etmeyi, darlığa düşüldüğünde de yine merkezinde isyandan uzak olmayı sembolize eder.

Ördeklerin vahşi olanlarının tüyleri yeşil, kahverengi, sarı ve siyah gibi farklı renklerden oluşurken evcil olanlar genelde sarı renklidir. Vahşi ördekler soğuk havalarda daha ılık iklimlere göç ederler.

Anne ördek, yavrularını korumak konusunda hayranlık uyandıracak kadar cesurdur. Bu nedenle anne ördekle yavru ördeklerin bir arada olduğu semboller, ailenin bir arada kalmasını ve anneliği temsil eder.

Ördek sembolünün faydalı olabileceği yer ve durumlar: Bu sembol, olaylardan kolay etkilenen, başkalarının söyledikleriyle duygusal dalgalanma yaşayabilen kişiler için dengeleyici olabilir.

Ayrıca bebek ve bebek odaları, anneler için de destekleyici bir semboldür.

Hatırlanması gereken en önemli detay, ördek ailesinin sembollerinin bir arada kullanılmasıdır.

Ördek sembolünün kullanımında dikkat edilmesi gereken durumlar: Yavru ördek tek başına kullanıldığında, korumadan çıkıldığı için duygusal olarak güvensizlik hissi doğurabilir.

Rüyada görülen tek ördek, geçmişteki anne baba travmalarını hatırlatır. Çocukluğunda ilgilenilmemiş, yalnız bırakılmış olabilirsin.

Muhtemelen hayatının şu döneminde güvensizlik ve seni kimsenin önemsemediği hissi yaşıyorsundur. Annenle bağın çok güçlü, sevgi dolu olabilir. Hatta annen hayatının en önemli figürü de olabilir. Zaten sorun da bu güvensizlik hissi yüzünden onu bir türlü bırakamamandır.

Eğer yavru ördeklerle annelerini bir arada gördüysen o zaman dünya senin için güvenli bir yerdir ve dışarıda ne olursa olsun sen kendi yolunda ilerliyorsundur. Eğer bir soru sordun ve bu rüyayı gördüysen gittiğin yol doğru yol demektir.

ÖRÜMCEK

DİŞİ ENERJİ • ÜRETİM • DOKUMA • SABIR • EMİN OLMA • FIRSAT YARATAN • DÜNYASAL AVCILIK • EMEK VERME • GEÇMİŞLE BAĞLANTILI

Milyonlarca yıldır dünya üzerinde bulunan, binlerce çeşidiyle ilgi çeken, mitolojilerin en önemli kahramanlarından biri olan örümcek, sembolizmde güçlü bir yere sahip.

Bilinenin aksine insana saldıran çok az türü vardır. İnsana saldırması için kendini tehdit altında hissetmesi gerekir. Büyük bir çoğunluğu ağ örerek avlansa da bir kısmı sıçrayarak veya kıskaçlarıyla yakalayarak avlanır. Ortak özellikleri avlarını zehirlemeleridir.

Sıvı olarak beslenebildiklerinden avının içindeki sıvıyı emer ve geriye boş bir kabuk bırakır.

Örümcekler bir arada yaşamaktan pek hoşlanmazlar. Saldırarak birbirlerini yiyebilirler.

Dişiler daha iri ve daha uzun ömürlüdür. Erkek örümcek çiftleşme öncesinde dişisine yem olmamak için çeşitli hareketlerle onun dikkatini dağıtmaya çalışır. Bu dansa benzeyen hareketlere "örümceğin sevgi dansı" denilir.

Bazı erkekler, dişiye böcek hediye ederek çiftleşme sonrasında yem olmaktan kurtulmaya çalışır. Çoğunlukla çiftleşme sonrasında dişi örümcek, erkeği yer. Dişinin elinden kurtulanların çoğu, yavrularını göremeyecek kadar az yaşarlar.

Örümceklerin ördüğü ağlar geometrik şekillerden oluşur. Kullandığı ipek, ipekböceğininkinden daha ince ve kalitelidir. Avlanmak için ağ kullanmayanlar dahi ipek iplik üretir.

Bu güzel yetenekleri çağlar boyu birçok kültürde sanatın, dokumacılığın, işlemelerin, avcılığın, balıkçılığın sembolü olmalarını sağlamıştır.

Yunan mitolojisinde, dokumacılığın ve işlemeciliğin tanrıçası Athena ile yaptığı işlemelerle hayranlık yaratan Arakne arasında geçen yarışın sonunda Athena, kendisinden daha iyi işleme yapan Arakne'yi cezalandırarak örümceğe dönüştürür.

Erkeği ile dişisi arasında büyük farklar olan örümceklerin bir başka özelliği de, insana hiçbir zararı olmamasına rağmen hatta birçok böceği yediği için faydalı bile sayılabileceği halde korkulan hayvanlar arasında bulunmasıdır.

Oysa anlatılan kıssalarda örümcek, Hz. Muhammed'in sığındığı mağaranın girişine ördüğü ağ ile onu korur. Aynı şekilde Hz. Davud'u da saklandığı mağaranın girişine ördüğü ağ ile onu da düşmanlarından korur.

Ördüğü ağı ve örümceği iki farklı sembol olarak inceleyebiliriz.

İnce ince işlediği ağı bizlere ilham verir. Bir amaca ulaşmak için emek vermenin kaçınılmaz olduğunu, hatta emek vermekle birlikte bazen beklemenin, sabretmenin bizi sonuca götürecek önemli adımlar olabileceğini temsil eder. Örümcek ağı aynı zamanda nitelikli üretimin, dokumacılığın, teknik zekânın, hedefle hareket etmenin ve beklenti sırasında sabırlı olmanın da sembolüdür.

Örümceğin kendisi başlı başına dişi bir semboldür.

Dişinin gücü karşısında zayıf olan erkek örümcek, dünya işlerinin, süregelen hayatın, geçmişin alışkanlıklarının, maddi konuların, bedensel ihtiyaçların hayatta ilk sırayı teşkil ettiğini anlatır.

Gelecek planları, ilham, ruhsallık ve özle bağlantıdan önce hayatın içinde doyurulması gereken ihtiyaçlara odaklanmanın işaretidir.

Bu sembol aynı zamanda, geçmişte yaşananların yeni bir gelecek hayalini gölgelediğini, zan halinin ve korku duygusunun ilhamın önüne serilmiş bir perdeye benzediğini hatırlatır.

Örümcek sembolünün faydalı olabileceği yer ve durumlar: Üretim yapan, kalitesiyle ön plana çıkmak isteyen ve müşterisinin ona gelmesini isteyenler için doğru semboldür.

Sabırla bekleme ve hedefine ulaşmak için sabrı yetmeyenler için destekleyici bir semboldür.

Dokuma ve tekstil sektörlerinde müşterinin dikkatini çeker ve başarı getirir.

Erkeklerin dikkatini çekmek isteyenlerin de kullanabileceği bir semboldür.

Örümcek sembolünün kullanımında dikkat edilmesi gereken durumlar: Örümcek erkek enerjiyi ezen ve hatta yok eden bir semboldür. Erkek çocukları için de kız çocukları için de uygun değildir.

Rüyada ağını örmüş bir örümcek gördüysen ve ağı boşsa, bir konuda beklemede kalman gerektiğini anlatır.

Bir av yakalamışsa emek verdiğin bir alanda sonuç alma vaktinin geldiği mesajını verir.

Örümcek evin bir yerine bir ağ örmüşse ve sen o ağı temizliyorsan beklenti halinde olduğun ve zamanını boşa harcadığın bir durumdan özgürleşmişsindir.

Örümcek yakaladınsa veya örümceği tek buldunsa gelecekle ilgili hayallerini gerçekleştirmenin önünde en ciddi sorun mevcut durumu kaybetme korkundur.

İlham olarak hissettiklerini gerçekleştirmemenin altında günlük hazlar, seni yöneten endişelerin vardır. Erkekle olan ilişkinde kendini erkekten ve otorite figüründen üstün görüyorsundur.

PANDA

YAŞAM ALANINI DARALTMA • YARADILIŞININ DIŞINA ÇIKMA • TERCİHLERİNİN YARATTIĞI SONUÇLARA KATLANMA • İLERLEME İSTEĞİNİN AZALMASI • HAYATIN KURALLARINA DİRENÇ • KAYNAKLARIN DARALMASI • BİR KONUDA İSTEKSİZLİK • SAKİNLEŞME

Siyah beyaz tüyleri ve sakin tavırlarıyla, şirin görüntüleriyle herkesin sevdiği pandalar uzun yıllardır nesillerinin tükenmek üzere olmasıyla gündemdeler.

Doğal yetişme ortamı olan Çin tarafından başka devletlere yavruları Çin'e geri verilmek kaydıyla hediye ediliyor.

Dünya Doğayı Koruma Vakfı'nın (WWF) sembolü olarak hafızalarımızda daha da net yer etmişlerdir.

Bebek panda doğduğunda neredeyse 100-150 gram ağırlığındadır. Keseli hayvanlar dışında bu kadar küçük doğan memeli hayvan bulunmaz. Yavru panda doğduktan sonra bir buçuk iki yaşına kadar annesine bağımlıdır. Zaten anne panda da yavruyu pek yalnız bırakmaz. Annesi tarafından bakılır ve kollanır. İki yaşına geldiğinde, tüm pandaların besin kaynağı olan bambu yapraklarını yiyebilecek sindirim sistemi gelişmiş olur. Bundan sonraki süreçte anneden ayrılır. Bu sırada yavrunun ağırlığı 50 kg olmuştur.

Pandaları ilginç kılan en önemli özellik beslenmeleridir. Bu hayvanlar yediklerinin tamamını sindiremezler. Bunun en önemli sebebi, sindirim sistemlerinin otçul beslenmeye uygun olmamasıdır. Etçil doğaya sahip olan pandaların neden otçul beslediği bilinmiyor. Günlük olarak yedikleri yaklaşık 30-35 kg bambu filizinin beşte birini ancak sindirebilirler. Bu beslenme düzeni bedensel ihtiyaçlarını tam olarak karşılamadığı gibi üreme yavaşlığına ve isteksizliğe neden olur.

Pandaların tek besinleri olan bambuların yetiştiği alanlar azaldığı için, nesillerinin tükenme tehlikesi hızla artmaktadır.

Dişi pandanın çiftleşme için ikna olabilmesi öyle kolay değildir. İkna olup da doğum yapsa bile bebeklerin yaşaması kesin değildir. Kısacası ne üremeye ne doya doya yaşamaya isteklidirler.

Hem doğalarına aykırı beslenmeleri hem de o besinle tam olarak doyamamaları ilginçtir. Bu paradoksa nasıl dahil oldular bilinmez ama çıkmaya pek niyetli olmadıkları belli. Bu arada, beslenme tercihleri sebebiyle el yapılarının değiştiğini, başparmak şeklini andıran ellerindeki çıkıntı sayesinde bambuları kolayca kavrayabildiklerini söylemeden geçmeyelim.

Panda neyi sembolize ediyor diye baktığımızda karşımızda doğasının dışında davranarak kendi gerçekliğinden uzaklaşmış ve çabalamayı bırakmış bir davranış görüyoruz.

Bununla beraber zamanlarının tamamını yemek yemeye harcamaları ancak onları beslemeyen gıdalarla bedene boşuna yük bindirmeleri, yaptıkları seçimler nedeniyle kendilerini gittikçe daha küçük bir alana hapseden ve tercihlerinden mutlu olmamalarına rağmen bir kısırdöngü içinde yaşamaya devam edenleri anlatıyor diyebilirim.

Pandayı bir sembol olarak kullanmak isteyenler öncelikle Dünya Doğayı Koruma Vakfı'nın durumunu incelesinler. Seçtikleri alan gittikçe daralan ve harcadıkları çaba karşılığında elde ettikleri kıyaslandığında, sonuç almaktan ziyade verdikleri emekle ünlenen bir vakıf göreceklerdir.

Çin felsefi inancında önemli bir sembol olan Yin-Yang sembolünü andıran panda elbette hem taşıdığı renklerle hem de sadece Çin'de yetişmesiyle günlük hayatta iyi şansı ve mutluluğu temsil eder.

Panda sembolünün faydalı olabileceği yer ve durumlar: Cinsel enerjinin azaltılmasında veya dengelenmesinde, aşırı hareketle dikkatini toplayamayanlarda kısa süreli kullanılabilir.

Beslenmede hayvansal ürünlerden uzaklaşmak ve vejetaryen beslenmeye geçmek isteyenler veya bu tür ürünler satanlar için de başarılı sonuçlar sağlayabilir.

Panda sembolünün kullanımında dikkat edilmesi gereken durumlar: Dişi pandanın üremedeki zayıflığı, doğum hızını düşürmek isteyen Çin için güzel bir sembol... Ancak doğum yapmak isteyenler için uygun değil.

Doğum sonrasında bebek pandanın anneye olan muhtaçlığı, zor doğum, düşük doğum kilosu gibi bebeği zorlayabilecek enerjileri çekebilir.

Yavru panda, yaşamda ilerlemek ve gelişebilmek için kendisini başkalarına muhtaç bırakan kişi ve enerjileri sembolize eder.

Rüyada panda görmek karşılanmayacak ihtiyaçların korkusu söz konusu olduğunu gösterir. Bir istikrar göstermekle ilgili sabırsızlığın seni yerinde saydırıyor olabilir.

PAPAĞAN

TEKRAR • EZBER • HAFIZA • İTAAT • İFADENİN GÜCÜ • KOMUT ALMA • TAKLİT ETME

Çoğunlukla dünyanın güney yarıküresinde yaşayan, parlak ve farklı renkli tüyleri olan, kısa bacaklı, dört parmaklı, kuvvetli gagalı, kalın dilli ve diğer kuşlara göre daha iyi bir hafızaya sahip olan papağanların üç yüzden fazla çeşidi vardır.

Bir çeşidi hariç hepsi uçar. Gruplar halinde yaşarlar. Gagaları oldukça güçlüdür ve ihtiyaç duyduklarında tırmanmak için gagalarını ayak gibi kullanabilirler.

İnsanların konuşmalarını ve çıkardığı sesleri taklit etme yeteneğine sahiptirler.

Öğrenme yetenekleri olmadığı için ödül-ceza sistemiyle bir ilerleme kaydedemez ancak sebep-sonuç ilişkisi kurabilirler. Zil çaldığında "kapı", telefon çaldığında "alo" diyerek ezber yapabilirler.

Muhabbetkuşlarının, Avustralya'da yaşayan kırmızı papağanların akrabası olduğu yapılan DNA incelemeleri sayesinde tespit edilmiştir. Onlar da tıpkı papağanlar gibi tekrarla hafızaya alma özelliğine sahipler.

Her iki kuşun da erkeği dışadönük, öğrenmeye açık ve sakindir. Dişileri ise gergin, eyleme fazla katılmayan özellikler taşır.

Çift halinde olduklarında ilgileri birbirlerine yöneldiği için, konuşması istenen papağanlar genellikle tek başlarına beslenir.

Papağan sembolünün faydalı olabileceği yer ve durumlar: Konuşmayan çocuklar, yabancı dil öğrenmek isteyenler, sınavlara hazırlananlar, tiyatro sanatçıları ve ezber gücünü artırmak isteyenler için tekli sembol olumludur.

Söylediklerinin yapılmasını isteyen yöneticiler için uygundur. Emir komuta zincirinin hâkim olduğu mekânlarda kullanılabilir. Tabii yine tekli bir figür tercih edilmelidir.

Papağanların çift olarak sembolize edilmeleri, kadın ve erkek arasındaki uyumu artırır.

Papağan sembolünün kullanımında dikkat edilmesi gereken durumlar: Taklit ederek ilerlemeyi temsil eden bu sembolle karşılaşanlar veya kullananların sürekli görüştükleri, temas ettikleri, tekrar ettikleri, süregelen olay, kişi, davranış ve alışkanlıklarla olan bağlarını gözden geçirmelerinde fayda olabilir.

Dişi enerji ve dişiler için olumlu bir sembol olduğu söylenemez. Dişisi konuşmayan bir kuş olan muhabbetkuşu ve papağan, ortamda bulunan kadınları, kız çocuklarını, maddi konularla ilgili gündemi susturabilir. Aynı zamanda dişileri daha gergindir ve bu nedenle kendini ifade edemeyenleri, konuşma engeli olanları gerginleştirebilir.

Rüyada tek gördüğün papağan hayatına çağırmaya çalıştığın hayaller başkalarına ait ve sen bunları gerçekten istemediğin için sadece tekrar ettiğin niyetlerin var demektir.

Çift gördüysen ve muhabbetleri yerindeyse ikili ilişkilerde uyum yakalamışsındır ya da yakalayacaksındır ama en önemlisi içinde süregelen çatışmalar yerini dengeye bırakıyordur.

İki kuşu huysuzluk ederken görmek kadınlar için başka bir kadını rakip görmek, erkekler için gergin kadınlarla yaşamak demektir.

Bir insanı gergin yapan hayatın akışını kontrol etme isteğidir. Gergin insanlarla yaşamanın sebebi de maddi konularla ilgili hayatın istediğin gibi olmayacağı endişesi taşımandır.

PELİKAN

YÖNLER • BECERİKLİLİK • CÖMERTLİK • TAKIM ÇALIŞMASI • ODAKLANMA • MERKEZLENME • KAYNAKLARIN KULLANIMI • BOLLUK • BEREKET • BESLENME • ALABİLME

Pelikan balıkçıl bir kuştur. Kese şeklindeki gagasına attığı balıkları yutarak beslenir. Genellikle deniz kıyılarında ve sazlıklarda yaşar.

Avlanacağı zaman bir çember yaparak ve ayaklarıyla suda hareket yaratarak oluşturduğu havuzun içinden balıkları kesesine toplar. İri cüssesine rağmen neredeyse kanatları suya değecek kadar denize yakın uçabilen pelikan, uçak mühendislerine ilham kaynağı olmuş ve onlar sayesinde birçok uçak modeli yaratılmış.

Kâseye benzeyen gagasıyla simya sembollerinden biri olarak kabul edilir.

Hermetik sembolizmde gagası, simya deneylerinin yapıldığı kabı temsil eder.

Hıristiyanlığın önemli sembollerden birisidir. Pelikan tasvirlerinde, göğsünü delerek kanıyla yavrularını besleyen anne pelikanla hem kurban hem de kurtarıcı İsa anlatılır.

Aynı sembolün başka bir anlatımında da baba pelikanın öldürdüğü yavrular üç gün sonra anne pelikanın göğsünü delerek akıttığı kanla dirilir.

Mısır'da yeniden doğuşla ilişkilendirilen bir semboldür.

Pelikan türlerinden birinin, çiftleşmeye yakın zamanlarda gagası kızarır. Kanla ilişkilendirilmesi bu gelişmenin gözlemlenmesinden kaynaklanıyor olabilir. Yine pelikanların sıklıkla yaptığı bir hareket olan göğüs bölgesine gagalarını vurmaları, tarihsel sembolizmdeki yaklaşımları anlaşılır kılıyor.

Birçok ülke armasında, paraların üzerinde, Hıristiyan sembolizminde ve mason armalarında pelikan sembolü yer alır.

Pelikan sembolünün faydalı olabileceği yer ve durumlar: Yeniden doğuş, kefaret, simyanın dönüştürücü gücü gibi insanın kendiyle buluşmasını ve bütünün hayrı için bazı fedakârlıklarda bulunmasını sembolize eder.

Bireysel dönüşüm çalışmaları yapanlar, sosyal sorumluluk projeleri, bu projelerin içinde yer almak isteyenler için harika bir semboldür.

Kendi kısmetini büyük bir beceriyle toplayan bu kuş sembolünü, yeteneklerini kullanarak rızkını kazanmak isteyenler de rahatlıkla kullanabilir.

Hızlı ve dengeli uçuşu, hava sporlarıyla ilgilenenler için kullanılabilir. Havacılık sektörüne uygundur.

Bunun yanında ağır ve iri cüssesine rağmen suya yakın uçarak avlanabilmeleri, kişinin kendi merkezinde, duyguların yarattığı sarsıntılardan uzakta, hayattan istediklerini rahatlıkla alabileceğini anlatır.

Bir defada birçok balığı alabilmesiyle dişi enerjinin sembolüdür. Havada, karada ve suda rahatlıkla hareket edebilmesi ve yaratılışın üç unsuruyla denge halinde olması bilgeliği temsil eder.

Rüyanda pelikan gördüysen kendine yolculuğun, içedönüşün başlamıştır. Hayatının belki de geride bıraktığın zaman diliminde denge sorunu yaşamış olabilirsin. Ancak bundan sonra dengeyle hızı bir araya getirmen kolaylaşacaktır.

Kendini, yeteneklerinle besleyecek ve çalışırken keyif alacağın alana doğru yön alacaksındır.

Eğer pelikanı gördüğün rüyadan uyandığında kendini çok da keyifli hissetmiyorsan söylediklerimin tam tersi bir durum söz konusudur. Bu nedenle kendine dönmeli, yeteneklerine güvenmeli ve hazır olduğunda harekete geçmelisin.

Yaşam hepimizi doyuracak kadar cömert ve koynunda huzurla yatıracak kadar sevgi dolu.

Pelikan sembolünü bir proje dosyasının sembolü olarak kullanırsan istediğin faydayı alabilmende seni destekler.

Herhangi bir alanda dengeyi yitirdiğini düşündüğünde aksesuvar olarak, evle iş hayatın arasında denge kuramadığında her iki mekânda da pelikan objeleri kullanabilirsin.

Geçiş dönemlerinde yaşadıklarından maksimum fayda elde etmeni destekler.

Dövme olarak pelikan sembolü kullanmak, hayatın içinde denge ve beceriyle ilerlemeyi destekler. Bulunduğun şartları kendi lehine çevirmene yardımcı olur.

Pelikan sembolünün kullanımında dikkat edilmesi gereken durumlar: Köklenme ve toprakla ilgili konularda kullanılması doğru değildir. Askeri sembol olarak denizciler ve havacılar için uygun olan bu sembol kara kuvvetleri için uygun değildir.

PENGUEN

UYUM • SADAKAT • KAYNAKLARIN DOĞRU KULLANIMI • AİLE OLABİLME • DENGE • SORUMLULUK • RÜYALAR • DUYGU FARKINDALIĞI • BİLİNENİN ÖTESİNE GEÇEBİLME

Penguen, dünyanın güney yarıküresinde yaşayan, uçamayan, kendine has bir kürkü olan, perdeli ayaklı bir deniz kuşudur. En önemli özelliği ısıya karşı dayanıklılığı ve uzun süre bir şey yemeden yaşayabilmesidir.

Kral ve imparator penguenlerin tek yumurtası olur. Yumurta, bedenin alt bölümünde bulunan kuluçka keseciğinde korunur. Anne ve baba sırayla kuluçkaya yatar.

Günümüzde evlenmek isteyen erkeklerin sevdiği kadına taş hediye etmesine benzer şekilde bazı türlerde erkek penguenler kur yapmak için dişilere taş hediye eder. Baharla birlikte karlar eridikçe dişi bu taşlarla yuvasını yükseltir ve kuluçkaya yatar. Bu cinslerde yine erkek ve dişi sırayla kuluçkaya yatarlar ve hiçbir şey yiyip içmezler.

Penguenler tekeşlidir. Kuluçka dönemlerinde güvende olabilmek için büyük kalabalıklar halinde bir arada kalarak bu önemli eylemi beraberce gerçekleştirirler.

Uçamayan kuşlardan olan penguen, suyun altında kolaylıkla hareket edebildiği için şuuraltı, rüyalar ve duygusal farkındalığı sembolize eder.

Ayaklarıyla yavaş hareket ederlerken gövdeleri üzerinde hızlı hareket edebilmeleri, yaşadıklarımıza ve olaylara farklı bir açıdan bakmanın bize hız kazandırabileceğini ve dünya ile olan bağımızı farklılaştıracağını gösterir.

Zor hava şartlarında sakince kendilerini koruyabilen, uyumlu, dengeli, sadık ve kendi kaynaklarını kullanabilen penguenler, temsil ettikleri enerjilerle olumlu etkileri aktarırlar.

Penguen sembolünün faydalı olabileceği yer ve durumlar: Tekeşli olmaları, çocuklarının sorumluluğunu birlikte almalarıyla evlilik için güzel bir semboldür.

Gelecek kuşakları rahat ettirmek için özen gösteren penguenler, gelecek için birlikte yatırım yapmak, yaşama emek vermek ve kaynakları doğru kullanmak isteyenler için uygundur.

Penguen sembolünün kullanımında dikkat edilmesi gereken durumlar: Çocuk sahibi olmak istemeyen çiftler için doğru bir sembol değildir. Uçmayan bir kuş olduğu için havacılıkla ilgili sektörler ve bu konularla ilgili ekipmanlarda kullanılması uygun olmaz.

Rüyada suyun altında bir penguen gördüysen şuuraltıyla ilgili bir mesaj alıyorsundur. Karadaki penguen hayatın içinden haber verir.

Penguen yumuşak ve olumlu bir enerji aktarır. Birlikte aile olma sorumluluğunu almaktır. Rüyadaki aile penguenler hayatına bu enerjiyi çektiğinin habercisi olabilir.

Geleceğin için emek verdiğin konularda hayırlı sonuçlar alacaksındır.

Penguenlerin rüyadaki tesiri olumsuzsa ilişki içinde sorumluluk alman, geleceğin için emek vermen gerektiği aktarılıyordur.

RAKUN

MERAK • TEMİZLİK • EL BECERİSİ • İHTİYAÇLARINI BELİRLEYEBİLME

Rakun su kıyılarında, bataklıklarda ve göl çevrelerinde yaşar. İyi yüzer ve yüzerken avlanır. Becerikli ellere sahiptir. Kolaylıkla ağaçlara tırmanır, buradan yumurta, meyve ve kuş gibi farklı yiyecekleri temin eder.

Rakunun en önemli özelliklerinden birisi ne yerse yesin, yemeden önce suya batırmasıdır. Geceleri avlanır ve gündüzleri toprak üstünde, ağaç kovuğunda ya da bir mağarada dinlenir. Oldukça meraklı ve araştırmacı bir yapısı vardır. Yaz sonunda dinlenmeye çekilir, ilkbahara kadar uykuya dalar. Kış uykusuna yatan diğer hayvanlardan farklı olarak ihtiyaç duyduğunda uyanır, ihtiyaçlarını giderdikten sonra yine kış uykusuna döner.

Rakun sembolünün faydalı olabileceği yer ve durumlar: Rakun doğru beslenme, merak, keşif ve fark edişi sembolize eder. Bu konularda çalışan veya bu enerjileri hayatına davet etmek isteyenler için olumludur.

Hayatına eylemi, enerjiyle hareketi çağırmak istediğinde rahatlıkla kullanabilirsin.

Rakun sembolünün kullanımında dikkat edilmesi gereken durumlar: Erkek rakunlar, yavruların sorumluluğunu dişilerle paylaşmazlar. Titizlikte aşırıya gidenler için uygun değildir.

Rüyanda rakun görmek, aşırı titizlikten dolayı işlerin ters gittiğini anlatır.

Olayları akışına bıraktığında "olmaz" dediklerin olur ve iyi de olur.

SALYANGOZ

SÜREKLİLİK • KARAR VERME • GEÇMİŞ VE GELECEĞİN BİRLİĞİ • YÖN BULMA • DIŞ ORTAMIN BELİRLEYİCİLİĞİ • ALMAK • DİŞİ ENERJİ • BEREKET • ÜREME • İLERLEME

Evrenin sırlarını saklayan salyangozun kabuğunun büyüme oranı, spirali meydana getiren şerit ya da odacıkların ölçüleri Fibonacci sayı dizisini verir.

Yeni oluşanın, ondan önce oluşmuş olan iki parçanın ölçülerinin toplam değerini vermesidir.

2 ile 1, bir araya gelir ve 3'ü oluşturur. Bu oranın hesaplanmasını ilk fark eden İtalyan matematikçi Fibonacci'nin adıyla anılan bu dizilime sahip olan deniz ve kara salyangozları sembolizmde önemli yer tutar. Bu büyüme oranı, sembolizmde kutsal üçlemeyi anlatır:

- Ruh - Beden - Akıl
- Geçmiş - Şimdi - Gelecek
- Yer - Gök - Dünya
- Anne - Baba - Çocuk

Salyangoz, çift cinsiyetlidir. Ancak çiftleşme için yine de başka bir eşe ihtiyaç duyar bir yıl dişi olan ertesi yıl erkek olabilir.

Havayla temas ettiğinde kaygan hale gelen bir sıvı üreterek hareket edebilir. Bu sıvı onların bir bıçağın keskin ucundan bile kolayca kayıp geçmesini sağlar. Keskin durumlardan ve dengenin bozulabileceği çalkantılardan geçerken destek olabilecek bir semboldür.

Salyangoza aşırı sıcaklar ve aşırı soğuklar zarar verir. Aşırı soğukta donar ve aşırı sıcakta kurur. Bu yanıyla dengeli bir hayatın güvenliğini hatırlatır.

Önde bulunan ve iki antene benzeyen uzantıların ucunda gözleri bulunur, bu sayede kolayca her yönü görürler. Bakış açısını geniş tutmak isteyenler için destekleyici bir sembol olabilir.

Sert kabuğunun spiral şekli hem içeriyi hem de dışarıyı işaret eder. Bu aynı anda doğumla ölümü ve geçmiş ile geleceği gösteren bir işarettir.

Her ne kadar yavaş hareket ediyor gibi gözükse de aslında kendi bedensel özelliklerine göre bir ritme sahiptir. Dışarıda ne olursa olsun, hayatın akışını insanın kendi ilerleyişi belirler. İstikrarla ilerleme enerjisini destekleyen bir semboldür.

Yukarıya doğru tırmanabildiği gibi baş aşağı da kolaylıkla ilerler. Bu nedenle emin adımlarla ilerleme ve tüm engelleri ortadan kaldırmayı destekleyen bir enerjiye sahiptir.

Salyangoz, kabukları ve salgıladığı kaygan sıvı sayesinde birçok etkenden korunur. Kendini bulunduğu ortamda güvensiz hissedenler üzerinde olumlu bir etki yaratabilir.

Güneş ışığından pek hoşlanmaz. Belki de bu nedenle eski kültürlerde gece, ay ve dişilikle ilişkilendirilmiştir. Madde ve maddi konulara dair enerjileri sembolize eder.

Aztek kültüründe salyangoz kabuğunun Ay'ın aşamalarını ve döngülerini gösterdiğine inanılırdı ve ay tanrısının semboluydü. Aynı zamanda bereket ve hasat zamanını temsil ederdi.

Mısır hiyeroglifinde salyangozun spiral formu yaşamın ilerlemesini ve gelişmeyi anlatır.

Eski Avrupa toplumlarında yağmurdan sonra ortaya çıkan salyangozların bereketi artırdığı düşünülür hatta yağmuru salyangozun getirdiğine inanılırdı.

Salyangoz, ortamda istediği standartları sağlayamadığında kabuğuna çekilen ve bir yerde uykuya yatarak sabitlenen bir varlıktır. Bu nedenle bu sembol kendini kapatmış bir halde karşımıza çıktığında şunu düşünebiliriz: "Koşullar bana uymadığında kaçıyor ya da hareket etmekten vazgeçerek oyundan uzaklaşıyor muyum?"

Salyangoz kabukları, geçmiş, şimdi ve geleceğin bilgisinin her birinin içinde var olduğunu anlatır. Kendinden öncekinden aldığını hem kendine hem de kendinden sonrakine devrediyor olması, yaşamın ilerleyiş prensiplerini aktarır.

Sen annenden, babandan ve onun annesinden, babasından bazı özellikler aldın ve bu seni oluşturdu. Onlardansın ama onlar değilsin, bambaşkasın.

Salyangoz sembolünün faydalı olabileceği yer ve durumlar: Salyangoz ve kabuğu bir konunun sürekliliğiyle ve ilerlemesiyle ilgili güzel bir semboldür.

Üremek, doğum yapmak, çoğalmak ve ilerlemek için de kullanılabilir. Çift cinsiyetli olması onun başkasına ihtiyaç duymayacağı anlamına gelmez. Bir konuda ilerlemek, bir projede yeni yollar bulmak, genişlemek, üretmek için yardım almayı, yardım alma konusunda esnek olmayı destekler.

Özellikle gri salyangozun stres altındayken salgıladığı sıvı, cilt yaralarını iyileştirir. Bu sembol cilt sorunu olanların doğru tedaviyi bulabilmelerini destekleyecek enerjiyi sağlayabilir.

Salyangoz sembolünün kullanımında dikkat edilmesi gereken durumlar: Gizlice ilerletmek istediğin işlerin için doğru bir sembol olmayabilir. Salyangoz yürüdüğü yolda ilerleyişinin izlerini bırakır.

Salyangozun kabuğunda bulunan spiral şekli, ilerleyişin ve dönüşümün getirdiklerinin –tıpkı bir tekerleğin dönüşü gibi– aşağıya inişle birlikte yeniden yukarıya çıkışı getireceğini hatırlatır.

Bu nedenle bir dönüşüm başladığında, bildiklerin değişir ve bazen bırakmak zorunda kalarak ilerlersin.

Salyangoz sembolünün kayıp hissi yaratan inişler yaşatabileceğini, bunun aslında bir dönüşüm süreci olduğunu hatırlaman ve hazır olduğunda kullanman faydalı olabilir.

Rüyanda gördüğün salyangozun ne anlattığını anlamanın en iyi yolu, salyangozun ilerleyip ilerlemediğine, ilerliyorsa hangi yöne gittiğine dikkat etmektir.

Yerçekimine meydan okur gibi aşağıdan yukarıya ilerliyorsa tırmanışı anlatır. Yukarıdan aşağıya ilerliyorsa bir konuda inişe geçmeyi ifade eder.

Salyangozlar geriye doğru yol alamazlar. İnişe geçmeyi, bir konuda gerilemek olarak değil yön değiştirmek olarak algılamak lazım.

SERÇE

TEDİRGİN • KÜÇÜMSENİN ÖNEMLİ HALE GELMESİ • BULUNDUĞU YERİN ENERJİSİNDEN ETKİLENEN • TOPRAKLANMA İHTİYACI OLAN • KÖKLENEMEYEN • SEVİMLİ • EĞLENCELİ • BİR ARAYA GELİŞİN GÜCÜ

Serçe, ötücü kuşlar ailesine mensuptur. Bedeni küçük, kahverengi-siyah renklerde tüylerle kaplıdır. Genellikle solucan, böcek, tahıl, tohum gibi geniş bir yelpazede beslenir. Sürüler halinde yaşadıkları için ekili alanlara zararlı olabilirler. İnsanlarla şehir yaşamında bulunan serçeler, insanların yediklerini yerler.

Serçe kendisine yuva yapsa dahi boş buldukları yuvaları da kullanır. Aidiyet duyguları azdır. Bu nedenle sahiplenmenin az olduğu durumları hatırlatırlar. Bir yerde uzun süre yaşayamamayı, kendini bir yere ait hissedememeyi temsil ederler. Bir anlamda köklenememeyi sembolize eder.

Suyla değil toprakla temizlenir ve bu nedenle tüyleri mat renktedir.

Bir hikâyede Hz. Süleyman ile serçenin diyaloğu serçe sembolünün gücünü aktarır.

Serveti ve saltanatıyla dünyaya hükmeden Hz. Süleyman'a bir gün bir serçe gelir ve "İstersem senin saltanatını alaşağı ederim" der.

Hz. Süleyman bunun üzerine sorar:

"Bunu nasıl yapacaksın?"

"Gider bir vakıf arazisine konar ve kendimi vakıf arazisinin toprağına iyice bularım. Sonra gelip senin özel mülküne konar, kendimi silkelerim."

Bunu duyan Hz. Süleyman sakince serçeye döner ve "Haklısın, böyle yaparsan saltanatımın alaşağı olmasına sebep olursun" der.

Bu hikâyeyle aktarılan bilgi, bir enerjinin, duygunun ya da durumun bir yerden bir yere taşınmasının yaratabileceği etkidir.

Serçe minicik bir kuştur ancak taşıdığı enerjinin küçüklüğü ya da büyüklüğü önemli değildir. Bulaşan, bulaştığını etkiler.

Serçe küçümsenen olay, kişi ya da yaklaşımları hatırlatır. Buna karşılık minik serçeler bir araya gelerek oluşturdukları sürülerle tarlalara zarar verirler. Küçük görülen ve önemsenmeyen şeyler hiç umulmadık bir anda zararlı hale gelebilir.

Bununla birlikte çekingen ve ürkek halleriyle kolay güvenemeyen, tek başına çekingenken grup içinde eyleme geçebilen karakteri de sembolize eder.

Rüyada gördüğün serçe dallara konup kalkıyorsa bir konuda yaşadığın ürkekliği anlatır. Yuvasındaysa kendi evini ne kadar sahiplenip ne kadar benimsediğini ifade eder. Bir yerde toprakla temizleniyorsa başkalarından dolayı üzerine gelen birtakım tesirlerden kendini temizlediğini veya temizlenmen gerektiği hatırlatır.

Serçe sembolünün faydalı olabileceği yer ve durumlar: Detayların farkına varmayı kolaylaştırır. Küçük ayrıntıları yakalayarak sonucu değiştirebilmene yardım eder.

Kendini küçümsediğin alanlarda, gücünü kabul etmeni destekler.

SIRTLAN

FIRSATÇI • SİNSİ • AÇIK KOLLAYAN • MADDİ BEKLENTİLERİN YARATTIĞI HIRS

Sevilmeyen hayvanlar arasında sayılan sırtlan, dış görünüşüyle köpeğe benzetilse de kedi ailesine mensuptur.

Sadece baş kısmı köpeğe benzer. Uzun boynu ve burnuyla sanki her işe burnunu sokacak bir hava çizer ki aslında huyu da tam böyledir.

Sırtlan kendisinden güçlü hayvanların avlarını kollar ve leş yer. İnsanlara kolayca yaklaşır. Özellikle ormanlık alanlara yakın besi çiftlikleri onlar için kolay av kaynağıdır.

Sırtlanın pek sevilmemesinin asıl sebebi, başka hayvanların avlarına musallat olmasıdır. Kendi başına çoğunlukla zebraları avlar. Vahşi hayvanlar içinde en tuhaf avlananı sırtlandır. Ön ayakları arka ayaklarına göre kısa olduğu için çok seri koşamayan bu hayvan, avını peşinden koşmadan öldürebilmek için kalabalık gruplar halinde saldırırlar. Avı farklı yerlerinden ısırarak canlıyken yemeye başlarlar. Farklı noktalara saldırarak avı güçsüz bırakır ve yere düşmesini sağlarlar.

Diğer tüm yırtıcılar avlarını önce öldürür, sonra parçalayıp yerler.

Afrika'nın çenesi en güçlü yırtıcısı olan sırtlan, av sırasında kendi konforunu korur fakat ava çok acı çektirir.

Aslanlar en büyük kâbuslarıdır. Onlar geldiğinde bölgelerini terk etmek zorunda kalırlar.

Önemli bir başka özellikleri de en doğurgan dişinin liderlik ettiği gruplar halinde yaşamalarıdır.

Diğer yırtıcıların aksine grupta erkek sayısı çok, dişi sayısı azdır. Dişinin erkeğinkine benzeyen bir cinsel organı vardır. Doğurganlığı azaldığında asabileşen dişi, liderliği daha genç bir dişiye kaptırır.

Sırtlanlar grup halinde hareket eden, karşı tarafın zayıflığını fırsat bilen, kendisinden daha güçlünün gücü önünde geride duran ancak ondan faydalanmaya çalışan, saldırdığında avına acı vererek öldüren bir hayvan olduğu için sinsilikle eşleşir.

Rüyada görülen sırtlan ortak çıkarları için bir araya gelen ve kendileri için durumu kolaylaştırırken karşı tarafa zorluk yaşatan bir grubun varlığını anlatır.

SİNCAP

DENGE • EĞLENCE • HAREKET • DOĞAYA FAYDALI • ÜREME • GELİŞTİKÇE GÜÇLENEN • BAŞLANGIÇTA DESTEKLENMEYE MUHTAÇ

Kutuplar ve çöller dışında doğal tüm ortamlarda yaşayabilir. Kemirgen ailesine mensup olmasına rağmen uzun dişlerinden çok kuyruğuyla dikkat çekerler.

Gün ışığıyla birlikte hareketliliği başlayan sincabın en güçlü özellikleri pençeleridir.

Ön ayaklarını zemini kavramakta çok iyi kullanabilir. Arka ayak bilekleri 180 derece dönebilme özelliğine sahiptir. Bu sayede çok hızlı bir şekilde dikey olarak tırmanabildiği gibi baş aşağı da ilerleyebilir.

Tüm hayatı hareketlilik içinde geçen sincap özellikle saklamak için meşe palamudunu toprağa gömerek ormana da fayda sağlar.

Her dişi yılda iki defa doğum yapabilir. Her doğumla birlikte iki-altı yavru dünyaya gelir. Bu yavrular kör, dişsiz ve kürksüz olarak doğarlar. En az altı ay bakıma muhtaçtırlar. Yeni doğan sincapların birçoğu ölür. Bu nedenle bebek ve yeni doğan odası için uygun bir sembol değildir.

Bu savunmasız yavrular anne tarafından yuvada bırakılmak zorunda kalırlar. Anne, yuvayı yiyecek aramak için terk ettiğinde yuva girişini otlarla kapatır. Yeni doğum yapan anne ve çocuk için uygun bir sembol olmadığı çok açıktır.

Sincap sembolünün faydalı olabileceği yer ve durumlar: Sincap sembolü, hareketli, bedensel dengesini her yönde rahatlıkla kurabilen, doğanın içinde hızlı hareket eden, güçlü üreme kabiliyetine sahip olmasıyla seyahat, ekolojik üretim, organik tarım, eğlence, yaşadığı alana fayda sağlama ve mekân zenginliğini temsil eder.

Harekete geçmek isteyen, hem kendine hem başkalarına faydalı işler ortaya çıkarmak isteyenler için harika bir semboldür. Bu alanlarda enerjiye ihtiyaç duyanlara fayda sağlar.

Sincap sembolünün kullanımında dikkat edilmesi gereken durumlar: Çalışmak için bebeğinden ayrılmak zorunda kalan anneler için doğru bir sembol değildir.

Yavru sincapların zayıf doğması nedeniyle bebek odaları için de uygun bir sembol sayılmaz.

Rüyanda birden fazla sincabı yuvasında gördünse birden fazla ev sahibi olmak ve ev satın almakla ilgili niyetine cevap almışsın demektir.

Sincap, birden fazla ev kurar ve onlarda yaşar. Eğer rüyanın diğer öğeleri seni mutlu etmeyen cinsten özellikler taşıyorsa birden fazla evde yaşamak ve varsa çocuklarını bir süreliğine bırakmak zorunda kalabilirsin.

Hareket halinde, yiyecek toplarken gördüğün sincaplar, faydalı işlerin içinde olduğunu anlatır.

SİNEK (KARASİNEK)

NEGATİFLE TEMAS • GERİDE KALMIŞ OLANI BIRAKAMAMA • DIŞ ETKENLERLE UYARILMA İSTEĞİ • HAKKINDA KONUŞULDUĞUNUN HABERCİSİ

Sinek ve özellikle karasinek rahatsızlık veren bir enerjidir. Öte yandan taşıdığı özelliklerle aslında hayranlık uyandırabilir. Uçarken ulaştığı hız, dengesini koruyabilmesi, gözlerinin üzerinde 400 kadar görme merkezinin bulunması ve bu sayede arkasını dahi görebilmesi etkileyicidir.

Bununla beraber çürüyenle, çöple, pis kokanla ilişkisi onu itici kılar. Bazen bir mekâna karasinek girer ve o anda herkesin tüm dikkati ona çevrilir. Rahatsız edici bir enerjidir. Dışarı çıkması ve hatta hiçbir şeye dokunmaması istenir. Çünkü çöpe veya bir atık suya dokunmuş olabilir ve o tesirleri taşıdığı bilinir.

Karasinek bir ortamda sıklıkla bulunuyor ve seni de rahatsız ediyorsa bil ki sana bir haberi vardır. Temasta olduğun bazı enerjilerden özgürleşmen gerekiyordur ya da o anda bir gerginlik, öfke veya zihinsel bir yorgunluğa neden olan kaygı içindesindir. Hatta belki harekete geçmek için dışarıdan dürtülmeye, öfke ve kızgınlık gibi duygulara ihtiyaç duyuyor olabilirsin.

Bir mekânın içinde dolaşarak rahatsızlık veren bir sinek söz konusuysa hakkında konuşan, iyiliğini istemeyen birileri vardır ya da sen işine yaramayan, geride bıraktığın kişi, konu ve hatıralarla iletişim halindesindir. Bununla beraber, bırakman gereken ya da belki bıraktığın ama sana zarar veren duygu, düşünce ve davranışlardan üzerinde kalan izlere işaret ediyor olabilir.

Kısacası üzerindeki negatif tesirlerden ve onlar hakkında konuşmaktan özgürleşmelisin.

Rüyada karasinek bulaşık bir negatif enerjidir. Bu birinin veya bir olayın senin üzerinde bıraktığı tesir de olabilir. Gezdiğin yerin kokusu üzerine siner. Kimlerden bahsettiğine, kimlerle görüştüğüne özen göstermelisin.

SİVRİSİNEK

UYARAN • TEMASA GEÇİREN

Sivrisinekler, ısıracakları alanı önce uyuşturur ve altçeneleriyle açtıkları çizikten iğnelerini derialtına gönderirler. Bu sırada bir sıvı enjekte ederler, bu sayede kan pıhtılaşmaz ve sivrisinek kolayca kanı emer.

Sivrisinekler kanla beslenen kötü niyetli böceklerdir. Hatta sıtma gibi birtakım hastalıkları da bulaştırırlar. Ancak onların ısıracağı yeri seçerken neye göre seçim yaptıklarını anlamak daha önemli olabilir.

Sivrisinekler tüm bedenden geçen enerji noktalarından bazılarını özellikle seçerler. O noktadaki frekansı hissederler. Isırarak orayı hissedilir hale getirdikten sonra sen de bu noktayla iletişime geçersin. Bu sayede o bölge sıklıkla uyarılır. Her zaman elinle ulaşarak kaşıyabileceğin noktaları seçmeleri bir tesadüf değildir.

Bebek ve çocuklarda da durum böyle midir diye sorabilirsin. Evet, böyledir.

Rüyada sivrisinek rahatsızlık duyulan olayları anlatır. Bunlar akışın kapandığı alanların açılması için yaşadığın olaylardır. Şimdi rahatsızlık veriyordur ama ilerlemene de hizmet ediyordur.

SUAYGIRI

GÜÇ • SEZGİSEL ALGI • CESARET • ANNELİK • HASSASİYET • GECE • SAKİNLİĞİN İÇİNDEKİ EYLEM • KORUNMA İHTİYACI (CİLT)

Suaygırlarının iri cüsselerine bakıp filler ya da gergedanlarla akraba olduklarını sanma. Onlar deniz memelileriyle daha yakın akrabadırlar. Bilinen adı "hippopotamus", Yunanca denizatı anlamına gelir. Aslına bakarsan ne denizde yaşarlar ne de atlar kadar hızlı koşarlar.

Suaygırı tatlı sularda yaşar, gündüzün neredeyse tamamını suda geçirir ve suyun altında dokuz on dakika kalabilir.

Genellikle burnuna kadar suyun altındadır ancak hızlı bir şekilde yüzemez. Ayakları yere basmak zorundadır.

Geceleri karaya çıkmasının tek sebebi beslenmektir. Her gece elli altmış kilo ot yer. Bu otları sindirebilmesi için midesinde 14 bölüm bulunur. Sindirim sırasında oluşan gazları dışarı atmak için sürekli esner.

Suyun içinde hareketsiz duruyor olması, sakin bir hayvan olduğu anlamına gelmez. Afrika'nın orta ve güney kısmında yaşayan bu hayvanlar için kabileler "aslandan cesur" tanımını yapar. Birçok Afrika halk masalında suaygırının cesareti ve gücü anlatılır.

Sudan kopamayan bu hayvanın dışkısı, özel bir organik etkileşimle suyu besler ve bu dışkıyla balıklar beslenir. Suda bitkilerin oluşmasına hizmet ederler ama kendileri bu otları yemezler. Yani çevresindekilere sağladığı fayda kendisine yaramaz. Bu yüzden suaygırı, başkalarını zengin etme enerjisini sembolize eder. Para konusunda yardım aldığın ya da yatırımlarını yöneten birine suaygırı sembolü hediye edebilirsin.

Suaygırı güneş ışığına karşı çok hassastır. Bedeninin ürettiği ve onu güneş ışığından koruyan kaygan bir salgı sayesinde cildi nemli kalır.

Bu salgılar bakteri üremesini engeller ve genellikle kırmızı renktedir. Kırmızı rengin nereden geldiğini bilmeyen Mısırlılar, hiyerogliflerde cerrahlık sembolü olarak suaygırı figürünü kullanmışlardır.

İnsanlara en çok saldıran vahşi hayvanlar listesinin başında yer alır. Binlerce yıldır insanlar tarafından dişleri ve etleri için avlanmalarının intikamını aldıkları düşünülebilir. Karadaysalar ve suya yakın bir yerde insan varsa, o kişinin yaşama şansı pek olmaz.

Suaygırlarının dişisi güçlüdür. Bir erkeğin gruba dahil olabilmesi için bir dişinin onayını alması gerekir. Dişiler doğum yaptıktan ancak 17 ay sonra yeniden çiftleşmeye hazır olurlar. Doğum suda gerçekleşir ve anne suaygırı birkaç gün sudan çıkmaz. Sütünün pembe olduğu zannedilse de aslında ciltlerini korumak için salgılanan kırmızı sıvının süte karışması sonucu süt pembe renge dönüşür.

Anne suaygırı en az altı ay yavrusuna göz kulak olur. Bu sırada diğer dişiler de beraber hareket eder ve çember halinde durarak tüm yavruları himaye ederler. Antik Mısır'da doğum ve doğurganlık tanrıçası Taweret, suaygırı bedeninde insan göğüslerine sahip olarak tasvir edilirdi. Adı "büyük, iri" anlamına gelen bu tanrıça aynı zamanda tehlikeli tanrılara karşı sakinleştirici olarak kullanılırdı.

Cesaretiyle ünlü bu hayvanlar, vahşi hayvanlara sadece yavruyken av olurlar. Bunun dışında aslan ve timsah da dahil, suaygırının karşısında durabilecek bir hayvan yoktur. Her ne kadar otla beslenseler de altçenede bulunan köpekdişleri 40-50 cm uzunluğa kadar ulaşabilir.

Erkekler arasındaki, ölüme varan alan ve üstünlük mücadelelerinde bu dişler kullanılır. İki erkek arasındaki meydan okumanın sonunda ağır yaralanmalar gerçekleşir. Bu nedenle suaygırı sembolü ya yavru olarak kullanılmalı ya da anneyle bebeği bir arada olmalıdır. İki suaygırı sembolü, erkek enerjiyi temsil edebileceği için çatışma yaratabilir.

Suaygırı suyun içinde yaşadığı için duyguları, bilinçaltını ve sezgisel tarafları anlatır. Ancak suyun içinde yaşamasına rağmen sudan beslenemez. Su, onun dışarıya karşı hassas tarafını korur.

Bir sembol olarak baktığımızda, bir taraftan yaşamın içinde var olmanın yarattığı hassasiyetten ve savunmasız hissetme halinden kaçar, diğer taraftan da kendini korumaya çalışır. İç dünyası onun koruma alanıdır. Ancak korunduğu yerden, duygularından, hissettiklerinden ve onu himayesine alanlardan beslenemez.

Kendini iç dünyasında güvenli hisseden ancak hissettiklerini kendine dahi aktaramayan bir ruh halini anlatır.

Suyun içindeki yaşama katkı sağlar, bıraktıklarıyla suyu ve sudan beslenenleri destekler. Su aynı zamanda para ve zenginliği de temsil eder. Zenginliğin, bolluğun içinde olmayı ve bu duruma katkı sağlamayı, zenginliğin sağladığı refah duygusunu anlatır.

Afrika halkları arasında suaygırı bolluk ve bereket sembolü olarak kabul edilir.

Suaygırı sembolü dişiliği ve özellikle annelik güdüsünü artırıcı bir etkiye sahiptir. Erkeği destekleyen ve erkeğin statüsünü belirleyecek kadar güçlü bir dişilik söz konusudur.

Ayrıca dişi enerjinin işbirliğini de destekler.

Suaygırı sembolünün faydalı olabileceği yer ve durumlar: Bereket sembolü olarak evinde ve işyerinde kullanabilirsin. Başladığın bir işin bereketini artırmak için hazırlık dosyalarının üzerinde kullanmak için de uygundur.

Tam bir annelik sembolüdür. Anne olmak isteyenlere, yeni bebek sahibi olmuş annelere ve bebeklere uygun bir hediyedir. Çocuk odalarında oyuncak, eşya veya duvarda süs olarak kullanılabilir.

Dişinin üstünlüğünü sembolize ettiği için özellikle kadınların ezildiği, söz sahibi olamadığı alanlarda kullanımının destekleyici etkisi vardır. Ayrıca erkeğe destek olan bir dişi semboldür. Bu nedenle kadın erkek bir arada çalışılan ofislerde de kullanılabilir.

Dövme olarak, kadınlardan destek almak ve kendi zenginliğini yaratabilmek anlamına gelir. Dövmeyi yaptıran erkekse, erkekler arasında rekabet yaşayacağını, aile olabilmek için kadınlardan onay alması gerektiği ve desteğe ihtiyaç duyacağını unutmamalı. Yavrusuyla sembolize edilirse annelik ve dişilik anlamına gelir.

Suaygırı sembolünün kullanımında dikkat edilmesi gereken durumlar: Suaygırlarının erkekleri kendi aralarında sürekli bir çekişme ve kavga halindedir. Erkek grupları, erkekler arasında rekabetin olduğu yerler, erkek kardeşler, erkeklerin yoğunlukla çalıştığı gruplar için bu rekabetin tahmin edilemez sonuçları olabilir.

Suaygırı doğada yenilgiye uğratılması en güç hayvanlardandır. Ancak yavru ve ergenlik dönemlerinde zayıftır. Bu çağdaki çocukların odalarında suaygırı sembolü kullanmak uygun olmayabilir.

Ciltleri güneşe karşı aşırı hassas olan suaygırlarının gündüze, ışığa, harekete, tempoya karşı hassasiyetleri vardır. Hayatında bu enerjileri isteyenlerin suaygırı sembolü kullanmamaları daha doğru olabilir.

Suaygırlarının insanlara saldırmasının ardında yatan en önemli sebep, ortak bilinçaltının etkileridir. Bu sembol, geçmiş yaşanmışlıkların su yüzüne çıkmasını destekler. Bastırılmış öfke kontrolden çıkabilir.

Rüyada suaygırının nasıl gördüğü önemlidir. Anne bebeğini besliyorsa geleceğine emek verdiğin konularda güvendesindir.

Kalabalık bir suaygırı grubuysa çevrendeki kadınlar ve gruplar tarafından destekleniyorsundur.

Kavga eden erkek suaygırları gördüysen hayatına öfkeli erkek çekme sebebin, içinde tuttuğun erkeğe duyduğun öfkedir. Bu duygu aniden su yüzüne çıkabilir.

Rüyanda sana bir suaygırı figürü hediye edildiyse çalıştığın insanlara, çevrene faydalı işler yapacak ve takdir toplayacaksındır.

Suaygırı sana saldırıyorsa; geçmişten getirdiğin kendini suçladığın konularla ilgili çatışmayı ve sana karşı sert tavırlar sergileyen insanları hayatına çekebilirsin.

SÜLÜK

FAYDA VE FAYDASIZ DİYE AYIRMA-AYIRAMAMA • GÖRÜNENİN ÖTESİNE BAKABİLME

Sülükler etoburdurlar. Çift cinsiyetlidirler. İçlerinde kan emenler de vardır.

Tedavi amaçlı kullanılan sülük türlerine "doktor sülük" adı verilir. Sülük, insan ya da hayvan derisine yapışarak kan emer. Kan emerken salgıladıkları kanı sulandıran enzimler sayesinde kanın akıcılığını artırırlar.

Bir nedenden sülükler hayatında dikkatini çekecek sıklıkla karşına çıkıyorsa, yaşamında uzağa gönderemediğin, adeta sana yapışıp kalan kişi ya da olaylar söz konusudur. Kurtulmak isteyip de kurtulamadığın her ne varsa bunların sana bir faydası olduğunu anlatır. Kurtulmak pek mümkün değildir belki ama bu yaşanan sürecin sonunda kendiliğinden oluşacak sonla o ayrılık kolayca gerçekleşecektir.

Önemli olan, yaşanan sürecin görünen yüzü pek hoşa gitmese de ardında o an için görünemeyen veya anlaşılamayan bir faydanın yattığıdır.

Rüyada sülük görmen hoşuna gitmeyen veya sıkıntı çektiğin bazı konularla ilgili kendini "kurban edilmiş" veya "mağdur olmuş" hissetmeni anlatır.

Sülük itici, can yakıcı ve belki de tiksindirici hissedişinin yanında, sana öğrettikleriyle edindiğin deneyimlerin faydalarını da hatırlatan bir semboldür.

ŞAHİN

İKTİDAR • GÜÇ • KOORDİNASYON • KARARLILIK • UZAK GÖRÜŞ • KONSANTRASYON • TAKIM ÇALIŞMASI • KORUMA

Şahin yüzyıllardır insanla ortak hareket eden, evcilleştirilebilmiş ender yırtıcılardandır.

Geniş kanatları ve yana doğru açılan kuyruğu ile göklerde diğer kuşlardan ayırt edilir.

Avını avlamaya karar verip de harekete geçtikten sonra kaçırması söz konusu değildir.

Eğitildiklerinde sahiplerini tanır ve oldukça sadıktır. Göklerin bu eşsiz güzellikteki avcısını kendisine hizmetli eyleyen insanoğlu için şahin "iktidar" olmanın da sembolüdür.

Kartallarla akraba olan şahinlerin görüşleri oldukça keskindir. Göklerde süzülürken avına karar verdikten sonra dalış hızı saatte 386 kilometreye kadar çıkabilir.

Tüm bu özelliklerinin yanında geçmişte ve günümüzde kralların, iktidar sahiplerinin gözdesi olan şahinler, güçlerini yitirdiklerinde etleriyle de sahiplerini beslemeye devam eder. Etinin afrodizyak etkisi olduğuna inanılır.

Şahin çağlar boyu tanrısal nitelikler atfedilmiş bir kuştur.

Antik Mısır'da İsis ve Osiris'in oğlu olan göklerin tanrısı Horus, şahin başlı olarak tasvir edilir, özellikle keskin bakışları ile ilahi yasaları uygulamak üzere dikkat kesildiğine inanılırdı. İnsanın içindeki vicdanı temsil ederdi. Sirius tarafından insanlığa gönderilmiş bir tesir olduğuna inanılırdı. Şahin aynı zamanda ruhun temsilcisiydi.

Yunan mitolojisinde, güneş tanrısı Apollon'un sembolüydü. Güneş her gün yeniden doğuşu sembolize ettiği için, şahin de yeniden doğuş ve dirilişi anlatmaktaydı.

İskandinav mitolojisinde, savaşta ölen cesur savaşçıların yeniden doğuşlarına aracılık ederdi. Aynı zamanda "ruhların koruyucusu" olarak anılırdı.

Aztek mitolojisinde, ölen ruhların yollarını bulmaları için şahinin yardım ettiğine inanılırdı.

Hindistan'da ise şahinin cennetten ölümsüzlüğü sağlayan "Soma"yı getirdiğine inanılır.

Şahin sembolünün faydalı olabileceği yer ve durumlar: Şahin göksel gücün, korumanın, gücü odaklı kullanmanın, hedef belirlemenin, kararları uygulayabilmenin, keskin algının, sezgisel fark edişin ve hayalleri hayata geçirmenin sembolüdür.

Aynı zamanda güçlü yardımcıları, güvenilir iletişimi, ilahi yardımı, güvenli ortaklık enerjisini destekler.

İtaatkâr yardımcıları, güce kendini feda etmeyi harekete geçirebilir.

Şahin geleceğe geniş bir perspektiften bakmak, hedefini gerçekleştirmek, aldığın kararları uygularken tutarlı davranmak istediğinde seni destekler.

Konsantrasyon sorunu olanlar için doğru bir semboldür. Erkek hediyeleri için oldukça uygundur.

Dövme olarak yapıldığında kanatlarını açmış şekildeyse olayları gözlemlemeyi, geniş bir açıdan bakabilmeyi ve hedeflerini gerçekleştirmekte kararlı olabilmeyi sembolize eder.

Kanatları kapalıysa şahin sembolünün temsil ettiği enerjiler harekete geçmez.

Şahin sembolünün kullanımında dikkat edilmesi gereken durumlar: Ayağında tasması ve gözleri kapalı halde kullanımı esaret sembolüdür.

Göğün yardımını ve yardımcılarını temsil eden şahin rüyanda sana yardım ediyorsa, içsel görün veya hissedişinin kılavuzluğu sayesinde yol alman kolaylaşacaktır ve hedefine ulaşacaksındır. Eğer şahin senin için bir şey avlayıp getirdiyse devletten, otorite figürlerinden ya da bir erkekten fayda göreceksindir. Ruhsal tarafın, geleceğin için hayal ettiklerin gerçeğe dönüşecektir.

TAVŞAN

DİŞİ • DOĞURGANLIK • BESLENME • AY • SIÇRAMA • İLERLEME • GELİŞİM • BÜYÜMEK • CİNSELLİK

Tavşan kemirgen bir canlıdır. Dünya üzerinde yaygın olarak bulunur. En önemli özelliği hızlı üremesidir. Bir dişi tavşan yılda en az dört, en fazla sekiz defa doğum yapabilir. Bir seferde dokuz yavrusu olabilir. Hamileliği sadece 33 gün sürer ve iki dölyatağı bulunduğu için doğumu kolaylıkla gerçekleştirir.

Tavşan yavruları yaklaşık yedi gün içinde anneden kopabilir. Erkek tavşanlar en hızlı çiftleşen memelilerdir.

Dünyanın neredeyse her bölgesinde kolaylıkla yaşayan tavşanların ön ayakları kısa, arka ayakları uzundur. Bu nedenle zıplayarak ilerlerler. Hızları sadece yokuş aşağı inerken yavaşlar. Kulaklarının büyüklüğü sayesinde etraflarında olup biteni hassasça fark edebilirler. Ancak bu özellik onları tedirgin bir canlıya dönüştürür.

Tavşan, üreme yeteneği sayesinde başka yaşamları besler. Birçok kemirgende olduğu gibi hızlı üremeleri onları yırtıcılara yem yapar. Doğuran ve hem kendinden olanı hem de yaşamı besleyen bu hayvan gerçek bir dişi semboldür. Annelikle ilgili kullanılacaksa yavrularıyla betimlenmelidir.

Dişi özelliğinin ön planda olması isteniyorsa, yavrularıyla birlikte veya çift olan semboller kullanılmalıdır.

Tavşanın bir özelliği de çağlar boyu masalların ve efsanelerin kahramanı olmasıdır.

Birçok kültürde ve dinde yenmesi yasaklanmıştır. Bunun nedeni, tavşan etinin çok kanlı olması ve temizlenmesinin çok zaman alması olabilir.

Eski Türk takvimi, hayvancılığa ve tarıma bağlı bir ekonominin varlığını göstermekteydi. Güneş'in görünen hareketi esas alınarak düzenlenen on iki hayvanlı takvim, on iki ve altmış yılda bir devrini tamamlamaktaydı. Bu takvim yıllarından birisi de "tavişgan" yani tavşan yılı, ay olarak da mart ayıydı.

Asya kuzey kesimi mitolojisinde bir "ak tavşan" motifi de bulunmaktaydı. Ayrıca şamanların büyü için çağırdıkları hayvanlardan biri de tavşandır.

Antik Roma'da düzenlenen dini törenlerde çok önemli rolleri vardı ve halk tarafından eti yenilmezdi.

Antik Mısır tanrıçalarından "Unut", tavşan başlı olarak tasvir edilirdi.

Moğolların rehber ve öncü hayvanlarındandır.

Hititlerde kutsal kabul edilirdi ve eti yenmezdi.

Alevi ve Şii inancında tavşan eti yenmez ve bazı kesimlerce tavşanın uğursuz olduğuna inanılır.

Yahudiler, Ermeniler ve Süryaniler de tavşan eti yemezler.

Çin'de ve daha birçok kültürde ay ile ilişkili olduğu düşünülür, ağustos ayında dolunaylarda adına festivaller düzenlenir.

Ay takvimini kullanan toplumlarda, onunla olan bağlantıları nedeniyle zamanla özdeşleştirilir.

Japon kültüründe de ay ile ilişkilendirilir ve önemli bir semboldür.

Budizm ve Japon kültüründe kendini feda etmenin sembolüdür.

Tarihte birçok kültürde yeniden doğuşu, dirilişi temsil eden bayramların sembolüydü.

Hz. İsa'nın yeniden doğuşunun kutlandığı Paskalya Bayramı'nın da sembolü yine tavşandır.

Tavşan sembolünün faydalı olabileceği yer ve durumlar: Tavşan çağlar boyu dişi enerjiyle ilişkilendirilmiş güçlü bir semboldür. Üretimi ve üremeyi artırmak için kullanılabilir. Dişi semboller üremeyle ilgili kullanılacağı zamanlarda iki ve ikiden fazla figürle veya yavrularıyla kullanılmalıdır.

İleriye doğru zıplaması hızlı gelişmeyi, yükselmeyi temsil eder. Özellikle hız alınmak istenen konularla ilgili faydalı olabilir.

Tavşan aynı zamanda anneden hızla özgürleşen yavrulara sahiptir. Bu özellikleriyle çocuğun anneye olan bağımlılığını azaltmak için uygun bir semboldür. Çocuk odaları ve çocuklar için uygun bir semboldür.

Kulakları yön değiştirebilen tavşan, iyi duymaya ihtiyaç duyulan alanlarda etkili olabilir.

Sezgisel farkındalık, hissediş, yaşadıklarından bir sonuç çıkarmak gibi konularda yardımcı olabilir.

Yenilenmek, yükselmek, sıçramak, çoğalmak, büyümek için de rahatlıkla kullanılabilir.

Tavşan, doğurganlığı arttırmak için yatak odasında kullanılabilir. Ancak dikkat edilmesi gereken nokta, cinsel ilişki süresini kısaltma riskidir.

Çocuk odaları için uygun bir semboldür. Hamile kalmak isteyenler aksesuvar olarak kullanabilir. Sadece kulakları kullanıldığında bile cinsel çağrışıma açık bir semboldür.

Üzerinde çalıştığın bir ürünü ve fikri çoğaltmak için, dikkat çekmek, ilerlemek ve hız kazanmak için kullanabilirsin.

Evlerde bereket sembolü olarak da kullanılabilir.

Dövme olarak kullanımında tavşan sembolü tek başına resmedilmişse cinsel enerjiyi sembolize eder. Çift olarak resmedilmişse üreme, dişilik ve yaratıcılık sembolüdür.

Tavşan sembolünün kullanımında dikkat edilmesi gereken durumlar: Tavşan tedirgin ve korkak bir hayvandır. Bu nedenle kullanıldığı alanlarda dikkatli olmakta fayda vardır.

Özellikle tek başına kullanıldığında cinsellik enerjisini artırabilir. Erkek tavşan, çiftleşmesi en kısa süren memelidir.

Rüyada tavşan üretkenlikle ilgili bir artışı anlatır. Yeniliklerin, yeni olayların veya kişilerin gelişi, doğurganlıkla ilgili konulara işaret ediyor olabilir. Tavşan zıplıyorsa bir sıçrama ve yükselmeyi anlatıyor olabilir. Yavrularıyla beraber, bolluğu, artan bereketi sembolize eder.

Yalnız bir tavşan bir erkeği, bir flörtü, cinsellikle ilgili konuları ifade eder.

TAVUK

ALMAK • İTİRAZSIZ ALMAK • ÜRETİM • DÖNÜŞÜM

Hayatın içinde en çok karşılaşılan sembollerdendir. Sofralara yemek olarak gelenlerden değil canlı tavuklardan bahsedeceğiz.

Tavuk hepçil beslenen bir kuştur. Her türlü besini yer ve sürekli üretim yapar, yani yumurtlar. İnsanlar ve birçok hayvan için önemli bir besindir. Dönüştüren, besleyen, hareket edendir. Aldıklarıyla ilgili fazla seçici değildir.

Tavuk sembolünün faydalı olabileceği yer ve durumlar: Hayatı katı prensipler doğrultusunda yaşamak konusunda ısrarcı, herhangi bir konuyla ilgili öncelikleri, şartları olanların biraz esneklik kazanması ve daha kabullenici olması için destekleyici bir sembol olabilir.

Tavuk sembolünün kullanımında dikkat edilmesi gereken durumlar: Sunulan her teklifi sorgusuzca alan, kabul eden ve bundan zarar görenlerin tavuk sembolünü dikkatli kullanması iyi olur. Tavuk, özellikle yumurta ve civcivlerle beraber kullanıldığında üremeyi, gelişmeyi ve verimi artırabilir.

Rüyada tavuk verimli işlere, artan üretime ve berekete işaret eder. Eğer rüyadaki tesir bir seçim yapmak veya yapamamakla ilgiliyse teklif edilenleri ve sunulan seçenekleri değerlendirirken prensipli hareket etmeyi gerektirir.

TAVUS KUŞU

GÖSTERİŞ • BÖBÜRLENME • KİBİR • DİKKAT ÇEKİCİLİK • MADDİ GÜÇLE ETKİ ALTINA ALMA • GÖRSEL GÜZELLİK • ESTETİK YAKLAŞIMLAR

Tavus kuşu muhteşem kuyruğunda sergilediği mavi ve yeşil renklerden oluşan tüyleriyle izleyenlere görsel bir şölen sunar. Bu güzellik sadece erkek tavus kuşuna mahsustur. Erkek kuş bu görsel şöleni yılın sadece üç dört ayı boyunca, çiftleşmeye ikna etmeye çalıştığı dişi için kullanır. Dişilerin kuyruğu yoktur. Tavus kuşunun ayakları ve sesi oldukça çirkin olarak tanımlanır. Sergilediği güzelliğe gölge düşüren bu özelliklerinin yanı sıra uçamayan kuşlardan olan tavus kuşu sülünlerle akrabadır.

İngilizcede tavus kuşu aynı zamanda "kibir sahibi, gösteriş meraklısı" anlamına gelir.

Yunan mitolojisinde tanrıça Hera'nın sembollerinden birisidir. Zeus sevgilisini Hera'dan gizlemek için onu farklı bir şekle sokar. Bunu fark eden Hera kızı Zeus'tan uzak tutması için çok gözlü bir devi bekçi yapar. Ancak Zeus tarafından görevlendirilen Hermes bu devi öldürür ve kızı kaçırır. Buna kızan Hera, devin gözlerini tavus kuşunun kuyruğuna serper. Hera her ne kadar evliliğin koruyucusu bir tanrıça olsa da huysuz, aldatılan ve intikam peşinde koşan bir dişidir.

Yezidi inancında "Düşmüş Melek", "Tavus Melek" olarak anılır. Burada Düşmüş Melek ile kastedilen, insanın yaratılışına itiraz eden baş melek şeytandır. Yezidi inancında Tanrı dünyayı yaratır, yürüten ise Tavus Melek'tir. Hayat armağanını insanlar bu sayede deneyimler. Bu nedenle tavus tuşu, Yezidi inanışında çok güçlü bir semboldür.

Eski Mısır'da göze benzeyen tüyleri nazarla ilişkilendirilmiş ve kötü enerjiden kurtulmak için tılsım olarak kullanılmıştır.

Vatanı Hindistan ve çevresi olan tavus kuşu bu bölgelerde de oldukça güçlü bir semboldür.

Tevrat'ta aktarılan Havva ve Âdem'in cennetten çıkışında, iblise cennetin kapısını açan tavus kuşudur. İblis, cennetin bekçisi olan tavus kuşuna, sahip olduğu güzelliğin sonsuza kadar onunla kalmayacağını, ancak kendisinin cennete girmesine yardım ederse güzelliğinin sonsuza kadar yaşamasının sırrını vereceğini söyler. Tavus kuşu bunun üzerine yılanı çağırır ve iblis havaya dönüşüp bir nefes olarak yılanın içinde cennete sızar. Sonunda cennetten çıkış gerçekleşir. Âdem Hindistan'a, Havva Cidde'ye, tavus da Babil'e gönderilir. Yılansa ayaklarından olur ve sonsuza kadar toprakta sürünmeye mahkûm edilir. Tavusun aracılık ettiği bu olayda kandırılma zaafını göstermesinin sebebi, güzelliğini koruma isteğidir.

Hıristiyanlıkta tavus kuşu etinin öldükten sonra bozulmadığına inanıldığı için Hz. İsa ve yeniden doğuşla ilişkilendirilir.

Sembol okumalarında tarihsel ve geleneksel izler olabileceği gibi, bir topluma veya kişiye olumlu gelen, bir başkasına olumsuz da gelebilir.

Tavus kuşu gösterişi anlatan bir semboldür. Özellikle dışa önem veren, güzellikle ilgili beklentileri olanları, hayatı veya bir konuyu sadece dıştan incelemeyi ve algılamayı hatırlatır. Güzellik olarak tanımlananların, görsel beğenilerin ve beklentilerin bazen içeriyi gözden kaçırmaya neden olabileceğine işaret eder.

Tavus kuşunun tüyünün tek olarak kullanımı göz, gözlemlenmek, izlenmek, ilgi çekmek ve onaylanmak isteyen tarafları sembolize eder.

Kraliyet ailelerine hediye olarak sunulan tavus kuşu bir süre sonra asilliğin sembolü olmuştur. Elbette ihtişam ve görsel etkileyicilik, kraliyet aileleri için en önemli unsurlardandır.

Tavus kuşu sembolünün faydalı olabileceği yer ve durumlar: Görsel etkinin artırılmasının istendiği yer ve durumlar için etkiyici bir sembol olabilir.

Güzel sanatlar, tasarım, kozmetik, estetik cerrahi, mücevher sektörlerine olumlu enerji aktarabilir.

Tavus kuşunu mitlere konu eden kuyruğunu sadece çiftleşme zamanı kullandığını hatırlayacak olursak, kadınları etkilemek isteyen sektörlerde başarı getirebilir.

Tavus kuşu sembolünde hatırlanması gereken, kullanıldığı yerde enerjinin ve algılamanın sadece dışarıya yönelik kalacağı, içeriğin önemsenmeyeceğidir.

Örneğin yepyeni bir içeriği, doğal ve kalıcı özellikleriyle bir kozmetik ürünü lanse edeceksen ve sembolünde tavus kuşu kullanıyorsan renklerin, kutu tasarımlarının, görsel reklamın ve mağaza dekorasyonunun öne çıktığı halde ürününün içeriği göz ardı edilebilir. Bir ürünü etkileyici bir tasarımla satmak istediğinde tavus kuşu sembolü seni destekler.

Tavus kuşu sembolünün kullanımında dikkat edilmesi gereken durumlar: Bu sembolü kullanan kadınlar sadece çiftleşmek için gösteriş yapan, sahip olduklarını sergileyerek ilgi çekmeye çalışan erkekleri hayatlarına davet edebilirler.

İnanış, niyet ve bilgiyle okuma ve tesir değişebilir. Bu nedenle bu kuşu kutsal sayan kişiler için enerjisi elbette bambaşka çalışacaktır.

Rüyada tüylerini açmış bir tavus kuşu seni cezp etmeye çalışan bir erkeği temsil edebileceği gibi, geleceğin için yaşayacağın yeni bir buluşma, plan veya farklılıkla ilgili yapılan bir ruhsal çağrıyı da sembolize edebilir.

Kuyruğu kapalı bir tavus kuşu, dışarıya önem vermekten, dışsal etkilerden özgürleşme yolunda olduğunun habercisidir.

TAZI

SEVGİ • İTAAT • ZOR EĞİTİLEN • KENDİ DOĞASINI KORUYAN • HIZLI • ENERJİK • BEDENSEL ESNEKLİK • RİTME VE SÜREKLİLİĞE İHTİYAÇ DUYAN

Her ne kadar çoban köpekleriyle yakın akraba olsa da tazı zor eğitim alan, hızıyla hayranlık uyandıran, sadık bir av köpeğidir. Antilop ve tavşanın hızına yetişebilecek hıza ulaşmasına rağmen enerjisini uzun süre koruyamaz. Bütün köpekler gibi bir sahibi olsun ister ve sadıktır. Ancak yüksek enerjisini hareket ettiremediğinde sevgi dolu olan yapısı saldırganlaşabilir. Bedende en geniş noktası göğüs kısmıdır. İnce bacakları koşarken yerden tamamen kopar ve adeta uçar gibi görünür.

Eski Mısır'da hiyerogliflerde karşımıza çıkan tazı tam bir eril enerji sembolüdür. Hızı, yükselerek koşması, enerjisini harekete geçirme isteği harekete geçmeyi anlatır. Burada dikkat edilmesi gereken enerjisini boşaltamadığında bu performansı içe döndürerek kendine veya sahibine zarar verebilmesidir. Yani düzenli olarak hareket etmeyi, eylemin istikrarını anlatır. Sevgi dolu kalbi, sakinliği, sadakati ile olumlu bir semboldür. Enerjisini hızla tüketmesi önemli bir özelliktir. Hızlı çıkış için olumlu, düzenli hareket için destekleyici, uzun soluklu hareket ve geleceğe dönük motivasyon gerektiren uzak hedefler için ise dikkatli kullanılmalıdır.

Rüyada tazı görmek herhangi bir konuda hızlı olmanın istikrarın önüne geçebileceğini haber verir.

Koşan bir tazı gördüysen şimdilik hızın iyidir ama bir süre sonra kesilecektir.

Koşmak üzere olan bir tazı gördüysen yüksek tempolu bir döneme giriyorsundur.

Tazı sembolünün faydalı olabileceği yer ve durumlar: Hız kazanmak, kendi prensiplerini koruyarak ilerlemek istediğinde kullanabileceğin bir semboldür.

Amacına hızla ulaşmak istediğinde seni destekler. Yetenekli, hızlı ve sadık bir yardımcıyla çalışmak isteyenler için de uygundur. Hedef odaklı çalışan ekipleri ve bir yöneticiye bağlı çalışanları sembolize eder.

Tazı sembolünün kullanımında dikkat edilmesi gereken durumlar: Bir konuda uzun süre istikrarla ilerlemek için kullanmak doğru değildir. Hızlı koşar ancak çabuk yorulur.

Liderlik sembolü olarak dikkatli kullanılmalıdır. Sahibinin olmasına ve bir hedef verilmesine ihtiyaç duyar.

TIRTIL

BÜYÜME • GELİŞME • YARATICILIK • POTANSİYEL • SABIR • DÖNÜŞÜM

Tırtıl kelebeğin larvası, yani dönüşüm yolculuğuna çıkacak olan halidir. Ancak kelebek kadar sevilen ve ilgi çeken bir böcek değildir. Doğdukları andan itibaren yaptıkları en önemli eylem durmadan yaprak yemektir. Bir tırtıl kendi ağırlığının binlerce katı yaprak tüketebilir, tarım alanlarına ciddi zarar verebilir. Kendisini yem olmaktan korumak için çeşitli mekanizmalar geliştirmiştir. Bazısının bedenlerinden çıkan tüye benzeyen çıkıntıların salgıladığı kimyasallar, bazısının da yediği bitkilerle bünyesine aldığı zehirli maddeler kendilerini korumak için geliştirdiği yöntemlerdendir.

Tırtıl sembol olarak karşına çıkıyorsa dönüşüm yolunda ilerlediğini anlatıyordur. Durmadan yiyen bu böcek belki de durmadan koşuşturmanın, hayatın temposunun seni bir geçişe ve başka bir deneyime hazırladığını anlatıyor olabilir.

Tırtıl sembolünün faydalı olabileceği yer de durumlar:
Tırtıl kendini dış etkenlerden rahatlıkla korur.

Dışarıdan gelecek olan müdahalelerden ve zarar verebilecek etkenlerden ya da kişilerden korunmana yardım eder.

Tırtıl sembolü bir dönüşüm yaşamak istediğinde bu sürece girişini hızlandıran bir semboldür. Bir halde ölüp, başka bir halde doğmana sebep olacak olayları hayatına davet eder.

Tırtıl sembolünün kullanımında dikkat edilmesi gereken durumlar: Tırtıl yaprakla birlikte imgeleniyorsa iştahı arttırır. Kozaya girerken resmedilmişse içe çekilmeyi ve kendini dönüştürme sürecini başlatmayı destekler. Değişim ve dönüşüm sürecine hazır değilsen kullanmaman gerekir.

Rüyada tırtıl dönüşüm demektir. Bu sembolü gördüğün yer işyerinse belki işinde bir yenilenme, işe bakış açında bir farklılaşma söz konusu olacaktır.

TİLKİ

ZEKÂ • FARKINDALIK • SAKLAYABİLME KABİLİYETİ • HASSASİYET • UYUM • ANALİZ YETENEĞİ • FIRSATÇILIK • ADAPTASYON • HIZLI KARAR ALABİLME • ODAKLANMA GÜCÜ

Tilki denilince akla ilk gelen kelime "kurnazlık"tır. Köpekgillerden olan tilkinin beslenmesinde neredeyse her şey yer alabilir. İnsanlarla olan teması geçmiş zamanda sadece kümesler olsa da son yıllarda artan kentleşmeyle çöplerden bile beslenir. Tilkinin zekâsı oldukça ilginçtir. Otoyol kenarlarında bekleyen ve otomobillerin ezdiği hayvanlarla beslenen tilkiler vardır. Tıpkı köpekler gibi gıdalarını çeşitli şekillerde saklarlar.

Kızıl tilki, kürkü ve uzun kalın kuyruğuyla avcıların hedefindedir.

Genellikle gece ve şafak vakti hareket etmesi ve neredeyse fark edilemeyecek kadar iyi gizlenebilmesi nedeniyle sinsi olarak tanımlanır. Oysa bu hareket kabiliyeti odaklanabilme, sezgilerden destek alarak ilerleme ve farkındalıkla ortaya çıkar.

Tilkiyi uyum sağlayan, odaklanan, karanlığın içinde hareket edebilecek kadar dikkatli ve sezgisel bir hayvan olarak tanımlarsak, kurnazlık ve sinsilik yakıştırmalarının baştan savma olduğunu anlarız. Nitekim bunun ötesine bakabilen birçok kültürde, mistik ve büyüsel güçlere sahip olarak nitelendirilmiştir.

Tilki aslında cüssesine, sahip olduğu özelliklere göre hayatını bulunduğu ortama göre şekillendirebilecek adaptasyon yeteneğine sahiptir.

Mısır'da tilkinin tanrılardan iyilik getirdiğine inanılırdı.

Peru inancında bir tilki tanrı vardı.

Kızılderili kabilelerinde şifa gücüne inanılır, bilgelikle anılır.

Japonya'da yağmurun ruhlarından birisi olarak kabul edilir.

Tilkide ille de negatif bir yön arayacaksak avcılıkta seçici değil fırsatçı olmasını düşünebiliriz. Ancak fırsatçılık tilkiyi hayata bağlar. Sırtlanda karşımıza çıkan fırsatçılıktan farklıdır.

Tilki sembolünün faydalı olabileceği yer ve durumlar: Tilki sembolü öncelikle var olan şartları değerlendirmeyi, sunulanları fırsata dönüştürmeyi anlatır.

Sessiz hareket ettiği için zor fark edilmesi özelliğiyle hedeflerini gerçekleştirirken çevrenin dikkatini çekmeden hareket etmene yol gösterebilir.

Tilki sembolünün kullanımında dikkat edilmesi gereken durumlar: Tilkinin yerleşmiş algısı sinsilik olduğu için kullandığın alana dikkat etmelisin. Gizlice hareket etmenin ve bir konuda kendi çıkarlarını düşünmenin doğru olmadığı durumlarda, ekip çalışmalarında ya da bilgiyi paylaşıma açman gereken yerlerde tilki sembolünün kullanımı doğru olmayabilir.

Rüyanda tilki gördünse doğuştan getirdiğin bazı değerlerin hatta sahip olduklarımn kimi zaman seni hedef haline getiriyor olabilir. Sana verilen fırsatları iyi değerlendiriyor ya da tam tersi değerlendirmiyor olabilirsin.

Öncelikle rüyanın tesirinde, zekâ, durum değerlendirmesi ve gizlilik işareti var mı yok mu diye bakman iyi olabilir.

TİMSAH

GÜÇ • KORUMA • İRADE • UYUM • KESKİN GÖRÜŞ

Timsah, uyum sağlayabilen yapısıyla hem karada hem de suda yaşamını sürdürebilir. Avına saldırmadan önce onun kendi sahasına girmesini beklemesi, gece ve gündüz kullanabildiği görme yeteneği, avına saldırırkenki gücü ve kararlılığıyla çağlar boyu önemsenen, korkulan, totem olarak kullanılan bir hayvan olmuştur.

Gösterdiği birçok özellikle köpekbalığına yakın bir totemdir. Keskinliğini yitiren dişleri yenilenir; derisi onun en önemli gücüdür. Cesur ve sessiz bir avcıdır.

Timsah, Mısır mitolojisinde Sobek adı verilen bir tanrı olarak tasvir edilirdi. Doğurganlık, koruma ve gücü temsil ederdi.

Hint çakra sisteminde timsah, sakral çakrayı yönetir. Bu çakra, su merkezi ve maddi yaratılışın güç merkezidir.

Kızılderililerde güç ve statü sembolüdür.

Timsah sembolünün faydalı olabileceği yer ve durumlar: Timsah dünya ile uyumu, hayatın içinde olanları ve duygusal olarak yaşadıklarını fark edebilmeyi, dışarıya karşı güçlü hissetmeyi, kararlılığı, gözlem gücünü ve var olan şartlara uyum sağlayabilmeyi anlatır. Ayrıca avını kendine doğru çekebilmesi istediklerini kendine çekebilmeni sağlayabilecek bir semboldür.

Timsahlar gibi milyonlarca yıldır dünya üzerinde var olan hayvan sembolleri, kullanıldıkları alanlarda, temsil ettikleri enerjilerin köklenmesine yardım eder.

Timsah sembolünün kullanımında dikkat edilmesi gereken durumlar: Timsah güçlü bir avcıdır. Kendine yaklaşan avı değerlendirir. İkili ilişkilerde yakınlaşmaları zora sokmaya neden olabilir. Başkalarının sana yaklaşmasını engelleyebilir.

Dövme olarak kullanan kişiye avcı algısı verir. İstediğini alabilme yeteneği, dış etkenlerden sarsılmama etkisi yaratır.

Rüyada avlanan timsah niyetlerin gerçeğe dönüşebileceğinin habercisidir. Timsah tarafından avlandığını gördüysen başkalarının alanlarına girmişsindir ve hayatında kendini koruman gereken alanları fark edemediğin için zarar görebilirsin.

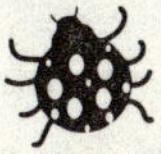

UĞURBÖCEĞİ

KORUNMA • DİLEK DİLEME • KÖK ÇAKRA • SAKRAL ÇAKRA • AKIŞA BIRAKABİLME • ZARARLILARDAN ARINMA • İLERLEME • BEREKET • DESTEK GÖRME

Uğurböceği sevilen ender böceklerdendir. Tüm dünyada uğurböceğinin uçuşunun uğur getireceğine inanılır. Kırmızı yarımküre şeklindeki kanatlarının üzerindeki beneklerin renkleri dünya işlerinde, toprakla ilgili konularda korumayı anlatır.

Bu böceği özel kılan yönü, tarımsal alanlara yıkıcı zarar veren bit ve mantarları yiyerek yaşamasıdır.

İngilizce ve Almanca ifade edilişi "ladybug, mary's beetle, marienkäfer" şeklindedir. Tarım arazileri zarara uğradığı için Meryem Ana'ya dua eden çiftçilerin arazilerini dolduran uğurböceklerinin tarlaları zararlılardan temizlemesini anlatan geçmiş zaman hikâyelerinden dolayı bu isimle anılırlar.

Hıristiyanlıkta, özellikle Katolik inancında, Meryem Ana tasvirlerinde bu sembolü temsilen kırmızı pelerin ve siyah benekler için farklı figürler kullanılmıştır.

"Uç uç böceğim" ifadesi tüm Avrupa ve Amerika'da aynı tekrarlarla kullanılır.

Uğurböceğinin uçuşuyla ferahlık, bereket ve koruma geldiğine inanılır.

Doğada hayvanlar sahip oldukları parlak renklerle düşmanlarına "bana dokunma, zehirliyim" mesajı verirler. Uğurböceği zehirli bir özelliğe sahip olmamasına rağmen parıldayan kırmızı renkteki kanatlarıyla birçok avcıyı kendinden uzak tutmayı başarır.

Kendi halindeyken dengesini kolayca kurar fakat en ufacık bir dokunuşla dengesini yitirebilir. Akışa bırakmanın, her şeyi olduğu gibi kabul etmenin ve hayatın içinde denge kurmanın en kolay yolu olduğunu hatırlatır.

Minik bir varlığın bu derece sevilen, kabul gören ve yardım istenen bir sembol olması, hayatın küçük farklılıklarla büyük dönüşüm kapılarını açabileceğini gösterir.

Uğurböceği sembolünün faydalı olabileceği yer ve durumlar: Yatırımlarında, gelişiminde, ilerlemende, sahip olduklarına zarar gelebileceğini düşündüğün, hatta nazardan korunmak istediğin yer ve durumlarda bir koruma sembolü olarak kullanabilirsin.

Kendinde ve hayatında büyük değişiklikler yapmak istediğinde, az eylemle çok yol alabilmeni destekler.

Bebek odaları, çalışma masaları, kıyafetlerde kullanılabilecek faydalı sembollerden birisidir.

Uğurböceği saklanmak bir yana parlayarak kendini korumaktadır. Kendinden emin olmanın en önemli koruma olduğunu anlatır.

Uğurböceği sembolünün kullanımında dikkat edilmesi gereken durumlar: Uğurböceği en ufacık bir dokunuşla dengesini yitirerek tekrar uçmakta zorlanan bir böcektir. Bu nedenle dışarıyı dinleyen, başkalarının düşünceleri ve söyledikleriyle hareket edenler için kullanımı pek uygun olmayabilir.

Rüyanda bir uğurböceği üzerine konarsa ya da bulunduğun ortama gelirse, ilahi bir korunmadasındır.

Sana zarar veren enerjiler ve etkiler kısa sürede hayatından gidecektir. Belki bir dua, bir tılsım ya da bir niyet senin himayede olmana aracılık etmiş olabilir.

YARASA

GİZEM • RÜYALAR • DURU GÖRÜ • İŞİTTİĞİNİ ANLAMAK

Yarasalar birçok korku filmine ve efsaneye ilham olmuş ilginç hayvanlardır. Dünyada bin çeşit yarasa türünün içinde sadece üç türü kan emer ve onlar da insanlarla pek ilgilenmez, daha çok tavuk ve benzeri hayvanların kanlarıyla beslenirler. Geri kalan türlerin büyük bir kısmı böcekle ve az sayıda türde meyveyle beslenir. Buna rağmen yarasa denilince akla ilk olarak kan emiciliği gelir.

Tükettikleri böceklerle bulundukları bölgeye ve ekolojik dengeye önemli katkıları bulunur.

Gece hareket edebilme kabiliyetleri çok yüksektir. Tıpkı yunuslar gibi ses yardımıyla görürler. Kör değildirler ancak daha çok gece hareket ettikleri ve avlandıkları için çıkardıkları seslerle yol alırlar.

Kuşlarla tek ortak özelliği uçmasıdır. Yarasa uçabilen tek memelidir.

Gece hayvanlarının ürkütücü bulunması ve fareye benzeyen yüzleriyle yarasalar korkulan ve pek sevilmeyen hayvanlardır. Oysa ilham verdikleri *Batman* gibi filmler gişe rekorları kırmıştır.

Özellikle meyve bahçeleri ve ekolojik tarım yapılan noktalarda böcekleri yiyerek o bölgede yaşayanlara fayda sağlarlar.

Yarasalar hızlı çoğalmazlar. Erkekle dişi yılda bir defa bir araya gelir ve bir yavruları olur. Kuytu, karanlık ve derin yerlerde yaşadıkları, gece hareket ettikleri için dişi enerjiyle, maddi ve dünyasal konularla ilgili bir semboldür.

Yarasa sembolünün faydalı olabileceği yer ve durumlar: Gece avlandıkları ve yeşilliklerle beslenen haşereleri yediklerinden, gelişmene engel olan ve şuuraltında seni güden düşünce ve endişelerden özgürleşmene destek bir semboldür.

Duyma yeteneğini artırmak istediğinde bu sembolü kolye veya küpe olarak kullanabilirsin. Yarasa karanlıkta hızla uçabilir. Bilmediğin, korktuğun, belirsizlik yaşadığın ama ilerlemek istediğin bir dönemde yarasa sembolünü hangi alanda enerjiye ihtiyaç duyuyorsan rahatlıkla kullanabilirsin.

Üreme hızını düşürmek, doğurganlığını azaltmak istediğinde de yatak odasına kullanmaya uygundur. Hayatından zararlı enerjileri temizlemek istediğinde biblo, tablo veya bilgisayar ekranında resim olarak kullanabilirsin.

Rüyada yarasa derinliklerde saklananları, korkuları, farkına varmakta zorlanılan konuları ifade eder.

Gözle görünenin ötesine bakabilmekle ilgilidir.

Eğer rüyanın tesiri ürkütücüyse korkuların ve endişelerin yüzünden adım atamadığın bir dönemden geçiyorsundur.

YENGEÇ

DUYGULAR • SEZGİSEL GÜÇ • KORUMA • GÜVEN • HASSASİYET

Yengeç on bacağa sahiptir, kalın kabuğuyla hem karada hem de denizlerde yaşar.

En önemli özelliklerinden biri olan kıskaçlarıyla bir kez tuttuğunu bir daha bırakmaz. Bu nedenle yengeç sembolü öncelikle tuttuğunu bırakmamayı, sahip olduklarına tutunmayı anlatır.

Sert kabuğu denizin derinliklerinde kolayca yaşamasına yardım eder ancak karada yol almasını zorlaştırır. Bu sembol, duygularının rehberliğinde kolayca ilerlerken olaylar karşısında aynı hızda hareket edememeye işaret eder.

Dışarıdan sert görünen imajının altında korunmaya muhtaç, yumuşak, kolaylıkla merkezini yitirebilen ve ancak prensipleri sayesinde kendini koruyabilen bir kişiliğin göstergesidir.

Yengecin yan yan koşuşu bir güvensizlik sembolüdür. Güven sorunu yaşayan ve arkasını döndüğünde ya da kontrolü bıraktığında başına bir iş geleceğini düşünenleri işaret eder.

Yengeç sembolünün faydalı olabileceği yer ve durumlar: Yengeç sembolü prensiplerini oluşturmakta zorluk çeken, elindekilere sahip çıkmakta zorlananlar için olumlu ve destekleyicidir. Duygusal ve sezgisel güçlerin doğru kullanımını artırır.

Yengeç sembolünün kullanımında dikkat edilmesi gereken durumlar: Esnemekte zorluk çeken, tutucu, sahiplenici, geçmişine bağlı kişiler için yengeç sembolü doğru olamayabilir.

Rüyada yengeç geçmişle olan bağın yansımasıdır. Tutup bırakamadıklarını ve sahiplendiklerini anlatır. Yengeç duygusal olarak hassas, sahiplenen bir yapıya sahiptir. Sevdiklerini ve değer verdiklerini kolay bırakamaz.

Hayatında neleri bırakmakta zorlanıyorsan, rüyanın içinde kimler ve neler olduğuna bakmalısın. İlerlemek için bazen geçmişin mesajını almak gerekir.

YILAN

YAŞAM DÖNGÜSÜ • ÖLÜM VE YAŞAM • BİLGELİK • GİZEM • ERKEK-KADIN • İYİLİK-KÖTÜLÜK • ŞİFA • SEZGİ • SABIR • DOĞURGANLIK • GENÇLEŞME • AKIL • DENGE • AYDINLANMA

Yılan, kertenkelelerle aynı soydan gelen, ayaksız, etçil bir sürüngendir. Çoğu zehirsizdir; zehirsiz olanları avlarını yakalayınca hemen yutarken zehirli olanlar avlarını önce zehirler, sonra yutarlar.

Görme duyuları oldukça zayıftır.

Burunlarıyla değil dilleriyle kokuyu algılarlar. Bu nedenle dillerini dışarı çıkararak ortam analizi yaparlar.

Kulakları olmadığı için sağır zannedilseler de aslında çeneleriyle içkulakları arasındaki bağlantı sayesinde en ufak bir titreşimi bile algılayabilirler. Toprağın üzerinde yaşamaları her titreşimi fark etmelerini sağlar.

Birçok yılan ısıyı algılayabilme özelliği sayesinde sıcakkanlıları geceleri bile avlayabilir.

Yılanlar taşıdıkları zehir ve güçlü sindirim sıvıları sayesinde bütün olarak yuttukları avlarını kolaylıkla sindirebilirler.

Yılda iki kez deri değiştirirler ve bu sırada kendilerini korumak için gizlenirler.

Dünyayla iletişim halinde, yaşamın içinde olup bitenin farkında olmayı, sezgisel yeteneklerini kullanabilmeyi, hassasiyeti, yenilenmeyi, dirilişi, ölümsüzlüğü, olanları sindirebilmeyi, kendini besleyebilecek alanlar açabilmeyi anlatır.

Beslenmelerinin ana unsuru olan tarlafarelerini yok etmeleriyle aslında fayda sağlayan yılanlar, insanlar tarafından pek sevilmeyen varlıklardır. Oysa kendilerini bir tehdit altında hissetmedikleri sürece çoğunlukla insanlara saldırmazlar.

Binlerce yıldır masalların, efsanelerin, dinlerin, mitlerin en önemli sembolü olmuştur.

Özellikle insanın cennetten kovuluşunun sebebi olarak görülen yılan, Havva'yı kandıran ve yasak meyveden yemesini sağlayan şeytana yardım ettiği için ayaklarını kaybetmiş ve bedeni üzerinde sürünmeye mahkûm edilmiştir.

İnsanın dünyada yaşadığı hayatı bir eziyet, bir düşüş olarak görmenin hâkim olduğu bakış açısında yılan sembolü kötülükle ve ölümle ilişkilendirilir.

Bu dünyayı bir deneyim şansı olarak gören anlayış içinse tam tersi bir anlam içerir. Ruhsal ışık maddeyle buluşmuştur. Buna göre yılan dünyanın yaratılışına ve insanın madde deneyimine aracılık etmiştir.

Mitolojik veya efsanevi birçok yaklaşımda yılan sembolü dişi enerjiyi temsil eder. Toprağa, maddeye ve maddenin şifa veren yanına aittir. Toprağa giriş ve çıkışı, yaşamın kendi içinde yeniden başlamasını, okült konuları, gizemciliği sembolize eder.

Yılanları birçok kültür "ejder" olarak adlandırır. Göksel tanrılar, çeşitli yılan formlarında tasvir edilmiştir.

Bazı eski inanışlarda yılan şamanı diğer âleme taşır. Yılan aynı zamanda bilgeliği, büyüsel yetenekleri, şifacılığın inceliklerini öğreten olarak da görülür.

Kuyruğunu ısıran ya da yutan yılan, sonsuzluğu ve yaşamın yeniden başlamasını anlatır.

Hint kültüründe kuyruksokumunda üç buçuk kez kıvrılmış halde uyuyan bir yılan olduğu halde duran enerjiye "kundalini" adı verilir. Bu aynı zamanda "ateş yılanı" manasına gelir. Burada yılan aydınlanmayı, ışığı ve tanrısal güçle bağlantıya geçmeyi sembolize eder. İnsan yaşamın içinde var olan tanrısal ışığı harekete geçirerek tekrardan özüyle bağlantı kurabilir. Bu enerji yine yılanla sembolize edilir. Burada beden bir çubuk gibidir. Dünyanın merkezinden ve göklerden çektiği enerjiyle adeta kundalini merkezini harekete geçirir ve bu onu aydınlanma yoluna sokar.

Yılan binlerce yıldır iyilik ve kötülüğü aynı anda sembolize eder. Yaşamın ve ölümün, hastalığın ve şifanın, dünyadan öncesinin ve dünyanın sembolü olmuştur. Dirilik, yenilik, yeniden doğuşu ifade eden yılan geleneğimizde *Gılgamış Destanı*'nda, *Şahmeran* masalında gücü ve iyiliği anlatır.

Selçuklularda darüşşifalarda kapıda çifte yılan motifleri bulunurdu. Duvarlarında yılan figürleri bulunan binalar maristan olarak tanımlanmaktaydı. Bu binalar günümüzdeki hastaneler gibi şifa merkezi olarak kullanılmaktaydı. "Mar", Farsçada "yılan" anlamına gelir. Yılanların kötülükleri yutarak iyilik ve şifa dağıttıklarına inanılırdı.

Türkiye'de yılanlı asanın ilk defa resmi olarak kullanılması 1836 yılında olmuştur. Sultan II. Mahmut bu tarihte, Mekteb-i Tıbbiye talebelerinin ilk defa resmi kıyafet olarak yakalarına yılanlı asa (caduceum) işlenmiş elbiseler giymesi hakkında bir ferman çıkartmıştır.

Sümer tanrılarından birinin adı, "yaşam ağacının hâkimi" manasına gelen Ningişzida'dır. Bu tanrının sembolü, ağaca sarılan biri erkek biri dişi iki yılandır.

Yunan mitolojisinde tıbbın tanrısı olan Asklepios'un sembolü olan asaya sarılmış iki yılan figüründe yılan, hekimin yılan gibi dilsiz olmasını, hastanın sırrını saklamasını, sessizlik içinde çalışmasını anlatır, asa ise tıbbı öğrenmek isteyenlerin eğitiminin uzun süreceğini ve asaya ihtiyaç duyacağını gösterir. Diğer bir açıdan asa, hayat ağacını ve yaşamın kaynağını, ona sarılmış yılan ise ölümü temsil eder.

Uzakdoğu kültürlerinde çift başlı yılan sembolünün bir tanesi yaşamı, diğeri ölümü temsil eder. Aynı zamanda zehir ve panzehiri anlatır.

Hermes'e ait asaya sarılmış iki yılan ve üstte bulunan iki kanatlı sembol, uyuşmazlık içinde olan herhangi iki şeyi uzlaştırma gücüne sahiptir. Bu sembol aynı zamanda tıp ve adaletin sembolüdür. Tüm hastaların eşit haklara sahip olduğunu anlattır. Hermes, ruhları öte âleme taşıyan ulak görevine sahip tanrı olduğu için bu sembol aynı anda ölümü ve yaşamı sembolize eder.

Türkiye'de Prof. Dr. Süheyl Ünver, Çankırı darüşşifasında çifte yılan figürünü görür ve bundan sonra Türk hekimliğinin sembolü olması için bu figürü önerir. 1937 yılında Türk hekimliğinin sembolü olur.

Dünya Tıp Birliği ise 1956 yılında, asaya sarılmış iki yılanlı figürü sembol olarak kabul etmiştir. Bu yıla kadar sembol tek yılandan oluşuyordu.

Bizim ülkemizin kullandığı sembolde bulunan kanatlar, Dünya Tıp Birliği'nin sembolünde bulunmaz. Her ne kadar Hermes'in sembolünde bulunan kanatlarla benzerlik gösterse de buradaki kanatlar şaman geleneğinin izlerini taşır.

Belki de bu sembol ile DNA sarmalına bir atıfta bulunulmuştur.

Yılan sembolünün faydalı olabileceği yer ve durumlar: Hayatın içinde olup biten en ufak ayrıntıyı bile fark edebilmeni ve yaklaşan her tehlikeyi sezebilmeni sağlar.

Yukarıya doğru S şeklinde çizilmiş yılan figürü koruma sembolüdür. Şifa ve şifacılık sembolü olarak kullanıldığında fiziksel veya psikolojik tedavi alanlarında çalışanların yeteneklerini ortaya çıkarmalarına yardım eder.

Hayatında dişil enerjiye yer açmak ya da artırmak istediğinde kullanabilirsin. Sakinleşmek isteğin alanlarda ya da dönemlerde yılan sembolü seni destekler.

Hem deriyle ilgili sorunlar yaşayanlar için hem de bu alanda çalışan uzmanlar için doğru bir semboldür.

Dönüşümün de sembolü olan yılan, bulunduğun ana gelene kadar yaşadıklarını geride bırakmanı kolaylaştırır.

Sezgileri güçlendirir, zenginleşme enerjisini artırır.

Takı olarak kullandığında sezgilerini güçlendirmene, çevrende olup bitenleri daha rahat fark etmene yardım edebilir.

Kadınlar açısından dişiliği artırıcı bir etkisi vardır. Sert davranışları yumuşatan, esnemeyi ve bırakmayı destekleyen bir enerji yaratır.

Geçmişini, anılarını ve prensiplerini bırakamayan ve bu yüzden fiziksel veya psikolojik rahatsızlıklar yaşayanların kullanması olumludur.

Dövme olarak kullanımı da bir halden bir hale geçebilmeyi, olaylara karşı daha esnek olabilmeyi, kendini dış etkenlerden kolaylıkla koruyabilmeyi sembolize eder.

Yılan sembolünün kullanımında dikkat edilmesi gereken durumlar: Görme duyusu zayıf olduğu için görsel algıyla çalışılan alanlarda yılan sembolünü kullanmak doğru değildir.

Tedirginlik yaşadığında bulunduğu ortamdan uzaklaştığı için işine, evine ve bir ilişkiye köklenmek istediğin dönemlerde çabuk vazgeçmene neden olabilir.

Rüyanda yılanın yuvasına girdiysen dünyaya ait bazı bilgilere vâkıf olacağın anlatılır.

Eğer yılan seni ısırdıysa manevi bir ölüm yaşayacaksın ve önünde yepyeni bir yol açılacaktır.

Yılan seninle konuştuysa, manevi bir yükseliş yaşayacaksındır.

Yılan bir hayvanı yediyse o hayvanın sembolünün anlamına bakıp, hayatından hangi alanda bir değişim yaşayacağını öğrenebilirsin.

Tesiri seni üzen bir rüya gördüysen yılan sembolünü iyice okuyarak tam olarak ne anlattığını yeniden gözden geçirmeni tavsiye ederim. Rüyada yılan görmek kıymetli bir semboldür.

YUNUS

AHENK • AKIŞ • TOPLULUK • İSTİHBARAT • İLETİŞİM • DİRİLİŞ • BEREKET • CÖMERTLİK • DOSTLUK • CANLILIK • HAREKETİN GÜCÜ • EBELİK-DOĞUM

Denizlerin oyunbaz sakinlerinden olan yunus, beyninin her iki tarafını ayrı ayrı kullanabilir. Bu sayede her iki gözüyle ve neredeyse 300 derece açıyla görebilir. Gece ve gündüz görüş yeteneği güçlüdür.

Çevresini algılaması, sonar sistemle gerçekleşir. Yani çıkardığı sesin karşılarındaki nesneye çarpıp geri gelmesiyle yol alır ve kendisini konumlandırır.

Derisi iki üç saatte bir yenilenir. Bu sayede yaraları oldukça hızlı iyileşir. Bedeninden kopan parçaları dahi iyileştirme gücüne sahip olan yunus, yenilenmeyi, şifacılığı, yaşam içinde bir hali bırakarak başka bir halde yeniden doğuşu sembolize eder. Hayatın içinde karşılaştığın zorlukları yaşarken, zarar gören taraflarını yenilemek için bu sembolden destek alabilirsin.

Tüm memeliler gibi akciğerleriyle solunum yapar ve aldığı nefesi insana göre dört kat daha iyi bir performansla kullanabilir.

Bu özelliğiyle akciğer rahatsızlığı olanlar, deniz ve denizaltında rahat hareket etmek isteyenler, nefes çalışması yapanlar için uygun bir semboldür.

Yunuslar, sosyal yapıya sahip topluluklar halinde yaşarlar. Doğum yapan bir dişi yunusun yanında başka bir yunus yardımcı olarak bulunur. Hastalanan bir yunus grubun iç kısmına alınır ve korunur.

Yunan mitolojisinde hem güneş ile ilişkilendirilen Apollon hem de ay ile ilişkilendirilen Afrodit'in, aşk tanrısı Eros'un, denizlerin ve depremlerin tanrısı Poseidon'un (Neptün) sembolüdür.

Hıristiyanlıkta Hz. İsa'yı temsil eder. Yeniden dirilişi anlatır.

Yunus sembolünün faydalı olabileceği yer ve durumlar: Suyun altında hızla ilerleyişi şuuraltını fark edebilmeyi suyun üzerine çıkarak ışıkla bağlantı kurması ve hayatını devam ettirecek olan havayı alması zihnin desteğini almayı anlatır.

Yunuslar iletişimin en yüksek seviyesini sembolize eder. Bir arada kalabilmeyi, yardımlaşmayı, duyguları, sezgileri, hayatın getirdiklerini fark ederek ilerleyebilmeyi, kendi içinde bulunan yenileme gücünü kullanarak ve bir zorluktan çıkarken kendini yeni duruma konumlandırabilmeyi temsil eder.

Denizlerden rızkını kazanan balıkçılara destek olarak balık sürülerinin yerlerini belli eden hatta kimi zaman onları bir çobanın sürüsünü gütmesi gibi balıkçılara doğru süren yunuslar aynı zamanda bereket sembolüdür.

Beyin fonksiyonları ve zekâ geliştirme konularıyla ilgili çalışılan alanlarda ve iyileştirme merkezlerinde sembol olarak kullanılabilir.

Nefesle ilgili tedavi merkezlerinde, dalış merkezlerinde ve sualtı ürünleri üretim sektörlerinde kullanılabilir. Doğum hastanelerinde ve doğumhanelerde güven veren bir etki yaratabilir. İletişim, koordinasyon ve bilgilendirmeyle ilgili enerjilerin aktarılmasını kolaylaştırır. Göz hastalıklarıyla ilgili çalışmalar yapanlar için de doğru bir semboldür.

Anne adayları, anneler, çocuklar ve çocuk odaları için ideal bir semboldür. Yunus sembolünü üzerinde takı olarak taşırken ikili veya çoklu modelleri seçmelisin.

İletişim gücünü artıran, koordine olabilmeyi sağlayan, yardım etmeni ve yardım almanı kolaylaştıran, yeniliğe geçişini hızlandıran bir semboldür.

Evde ve işyerinde bereketini artırır. Cilt yenilenmesiyle ilgili bir tedavi olacaksan önce bir yunus sembolü kullanabilirsin. Böylece bu konuda doğru hizmet verenlerle buluşabilirsin.

Nefes çalışmaları yaptığın alanda kullanman fayda getirir.

Dövme olarak yunus sembolünü tek kullandığında yalnızlık enerjisi getirir. Çoklu kullanımında hareket enerjisini artırır.

Dövmenin yapıldığı bölgeye bağlı olarak duyma, işitme ve sezgisel enerjilerin ortaya çıkışını kolaylaştırır. Yenilenme ve iyileşme gücünü aktive eder. Haberleşme ve koordine olabilme yeteneğini açar.

Rüyada yunus rehberdir. Yunuslar yardım enerjisidir. Rüyada yunus görmek, sezgisel algının yükseldiğini ve kendi içsesinin rehberliğinde ilerlemenin seni kendi merkezine götüren en güvenli yolda olduğunu haber verir.

YUSUFÇUK

DÖNÜŞÜM • İLERLEYİŞ • MANEVRA ALMA GÜCÜ • HIZ • GÖRÜŞÜN GÜCÜ • MUTLULUK • ÜREME VE ÜRETMEK

Yusufçuk, “kızböceği” ve “helikopter böceği” adlarıyla da anılan, farklı dillerde “uçan ejderha” olarak tanımlanan etkileyici bir böcektir.

Gövdesinin her iki yanındaki ikişer adet şeffaf kanat sayesinde saatte 50 km hıza ulaşabilir. Gözleri neredeyse 360 derece görebilme yeteneğine sahiptir. Bununla beraber sahip olduğu optik gözler görme yeteneğini artırır. Bilinen en hızlı avcılardan birisidir. Onu ilgi çekici yapan ise yanardöner metalik renkli gövdesi ve bir hayat içinde yaşadığı onlarca dönüşümdür.

Bir yusufçuk çifti, çiftleşirken adeta bir kalp şekli oluştururlar. Çiftleşme sonrasında aşılanmış yumurtalarını söğüt ağacı yapraklarına birlikte yerleştirirler. Yumurtalar kurtçuk şekline gelince suya düşer ve böylece ikinci yaşamları başlar. Bir kapana benzeyen çeneleriyle hızla avlanmaya başlarlar. Büyüdükçe beden değiştirirler ve her beden değiştirmede iştahları azalır. Suyun üstüne çıkmaları birkaç yıl alır. Suyun yüzüne çıkışlarında gündoğumunu beklerler. Bu bir buluşmadır. Yeniden eski bedenlerini bırakır ve kanatlarıyla yepyeni bir deneyime doğarlar. İki saat boyunca şeffaf bir formdan rengârenk bir forma geçerler.

Yeni hayatlarında en önemli unsur ışıktır. Güneş ışınlarını severler ve gündüz avlanırlar.

Aşağı-yukarı, sağa-sola, ileriye-geriye olmak üzere altı farklı yöne istedikleri anda yön değiştirerek uçabilirler.

Kelebek, sinek ve sivrisinekle beslenirler.

Yusufçuğun olduğu yerde sivrisinek azdır. Uçarken avlanabilirler.

Yusufçuk, hayatın içinde hızlı manevra yapabilmeyi anlatır.

Bir hayat içinde defalarca yaşadığı dönüşümle bıraktıkça ilerlemeyi, gelişimin ilerlemekle mümkün olduğunu hatırlatır.

İngiltere, Avrupa ve sonrasında Avustralya'da "göz delici, kaos çıkarıcı, şeytanığnesi" gibi tanımlamalarla uğursuz gösterilirler. Bunun en önemli nedeni, Hıristiyanlık öncesi pagan inanışında tanrılardan birinin sembolünün yusufçuk olmasıdır.

Yusufçuk sembolünün faydalı olabileceği yer ve durumlar: Sivrisinek gibi birçok rahatsız edici haşereyi yemesi bir anlamda rahatsız edici enerjilerden özgürleşmeyi ve refahı çağıran tarafı anlatır.

Yusufçukların larvalarının bir özelliği, onları güzel bir bebek ve çocuk sembolü yapar. Larvalar suyun içinde bağırsak solunumu yaparlar, bir tehlike anında oksijen almak üzere çektikleri suyu bir anda bırakarak roket gibi oradan uzaklaşırlar. Bu nedenle doğan larvaların çoğu hayatta kalır. Yusufçuk özellikle Çin, Amerika ve Japonya'da mutluluk, refah, güç ve zafer sembolüdür.

Kullandığın alanda manevra alma hızını artırır. Yaşama tutunma ihtiyacı olan hastaların yaşam enerjisini destekler. Büyük bir kaza, hastalık, iflas gibi yıkıcı bir enerjinin ardından yeniden başlama enerjisini güçlendirir.

Kolye, bileklik ve yüzük olarak kullanımında ya da giysilerde desen olarak kullanıldığında istekleri hızla elde etmekte, hayatta değişimler yapabilmende ve kilo vererek bedensel incelme sağlamakta destekleyicidir.

Bebek sahibi olmak isteyen çiftler için ev ve yatak odası için uygun bir semboldür. Kilo vererek bedenini yeniden şekillendirmek isteyenler, çocukluk döneminde kilo sorunu yaşayan ve ergenlikte bunu değiştirme gayretinde olanların ihtiyacı olan enerjiyi açığa çıkarır.

Doğum kilosu düşük bebeklerin, bir ameliyat sonrası iyileşme döneminde olan hastaların odalarında veya giysilerinde kullanılabilir.

Hayatın içinde esneyemediğini düşündüğün bir konuyla ilgili esnemende yardımcı olur.

Dövme olarak kullanıldığında rahatsız edici enerjilerden korunmaya yardım eder. Yenilenmeyi ve farklılığı hayatına çeker. Dönüşümü kolayca kabul etmene yardım eder.

Yusufçuk sembolünün kullanımında dikkat edilmesi gereken durumlar: Bir yaşam döngüsüne birden fazla hayatı sığdıran yusufçuğun sembolü, kullandığın alanda mevcut olanı bırakmana sebep olabilir.

Rüyada yusufçuk niyet tohumlarının hayata geçmesi, değişimin başlamasıdır. Başladığın yerle vardığın yer bambaşka olacaktır. Daha güçlü, hızlı, renkli ve gözlem yeteneği artmış bir deneyime ulaşırsın.

ZEBRA

DENGE • DOSTLUK • DAYANIKLILIK • ÖZGÜRLÜK • TOPLULUK • BİREYSEL GÜÇ • ŞAŞIRTMA

Atlar ve eşeklerle akraba olan zebralar, siyah beyaz çizgileri yüzünden zaman zaman "pijamalı" olarak tanımlanırlar. Her zebranın çizgileri parmak izi gibi eşsizdir. Zebraların çizgileri onların en önemli savunma mekanizmalıdır. Bir arada durduklarında avcıları yanıltarak bir bütün etkisi yaratırlar.

Bu özellikleriyle hem bireyselliğin eşsizliğini hem de bir arada olmanın gücünü anlatırlar.

Çizgilerin oluşturduğu bulanık algı sayesinde böcek ve sineklerden de korunurlar.

Isıya karşı dayanıklı olmalarını yine siyah beyaz çizgilerine borçludurlar. Güçlü yapıları sayesinde 30-40 km uzağa giderek beslenir ve yeniden kendi alanlarına geri dönerler. Bu özellikleriyle binek hayvanı olmak için ideal bir yapıya sahip olmalarına rağmen evcilleştirilemezler.

İnsanlar onları evcilleştirmeye çalışmış ancak başarılı olamamışlardır. Hiç beklenmedik anda attıkları çifteleriyle zaman zaman aslanları bile yaralayabilirler.

Zebra sembolünün faydalı olabileceği yer ve durumlar: Zebralar kendi eşsiz farklılıklarını koruyarak dahil oldukları toplulukla birlikte hareket etmeyi, korunmayı, aitlik duygusunu besler.

Siyah beyaz çizgileri, dengeyi ve zıtlıkların getirdiği gücü fark etmene yardım eder. Bu özellikleriyle birçok alanda rahatlıkla kullanılabilecek pozitif bir semboldür.

Uyumlu ve barışçıl duruşun gücü zayıflatmadığının, aksine huzur içinde ve kendi merkezindeyken tehlikeler karşısında kolayca harekete geçerek kendini koruyabileceğinin sembolüdür. Özgür doğası kendi yolunda ilerlemenin gücünü anımsatır.

Zebra sembolünün kullanımında dikkat edilmesi gereken durumlar: Bir tehlike anında hızlı tepki vererek çifte atan zebra sembolü, aniden tepki verme potansiyeli yaratabilir.

Rüyada zebra görmek "birlikten kuvvet doğar" demektir. Zebrayı yalnız gördüysen kendi eşsiz özelliklerinin farkında olman ve ait olduğun gruptan destek alsan da kendi başına birçok şeyi başarabileceğini hatırlaman gerekiyordur.

Kalabalık bir zebra grubu gördüysen ait olduğun sosyal çevreyle uyumlusundur ve korunuyorsundur.

ZÜRAFA

DENGE • VİZYON • ZARAFET • ALGI • GÖRÜŞ • İZLEME • SEÇİCİLİK • BEDENSEL ŞİFACI

Latince ismi "deve ve leopar" özelliklerinden dolayı "camelopardalis" olan zürafa yürüyüşüyle develere benzer. Önce bir yöndeki ön ve arka ayaklarını, ardından diğer taraftaki ön ve arka ayaklarını hareket ettirerek yürür. Kamuflaj özellikli derisi ise leoparı andırır.

Zürafa, boyu ve boynuyla hayvanlar âleminin karada yaşayan en uzun üyesidir. Boynunun uzunluğu nedeniyle beyne kan ulaştırmak için kalbi hem büyüktür hem de daha fazla çalışır. Boynu yüzünden ses tellerini doğru kullanamaz. Sadece çiftleşirken öksürüğe benzer bir ses çıkarır. Dili siyah renkte ve yaklaşık 50 cm kadardır. Kulaklarını diliyle temizleyebilir.

Bu özellikleriyle bedenin sağı ve solu, aşağısı ve yukarısı arasındaki dengeyi anlatır. İfade merkezi olan boğazın da bulunduğu boynu ve dili oldukça ön plana çıkmış hatta onu ünlü yapmış olmasına rağmen sesi çıkmayan bu hayvan, bazen çok ön plana çıkmaya çalışan veya çıkan yönlerinin zayıflık yaratabileceğini hatırlatır.

Zürafa akasyayla beslenir. Akasya ağacında bulunan tanen maddesi damarların büzüşmesini sağlar ve bu sayede kan vücudun her alanına rahatlıkla pompalanır. Tanen aynı zamanda sarı rengin elde edilmesinde kullanılan bir maddedir. Muhtemelen zürafanın derisine rengini veren de budur.

Zürafa çok az uyur. Uzun boynu sayesinde geniş bir görüş alanına sahiptir.

Zürafa sembolünün faydalı olabileceği yer ve durumlar: Zürafa sembolü, hayatın içinde uyanık olmayı, olaylara yukarıdan bakmanın farklı açıları kavramaya yardım edebileceğini hatırlatır.

Beslenirken boynunu göğe yükselten zürafa, su içmek için yere doğru eğilmesiyle adeta göğe ve yere, hayata ve hayallere eşit mesafede durarak dengede kalmanın sembolüdür. Bazen yaşadıklarına biraz daha geniş bir açıdan bakmak, hayallerine, beklentilerine sahip çıkmak ve emek vermek iyi gelirken bazen de olanın önünde eğilmek, itiraz etmeyi bırakıp teslim olmak seni tam da istenilenle buluşturuverir.

Rüyanda bir zürafa gördüysen en çok hangi yeteneğine güvendiğine ve güvendiğin bu yeteneğinle hangi özelliğini geride bıraktığına bakmalısın.

Böylece zayıflık olarak gördüğün yönlerini kuvvetlendirebilirsin. Bu seni zenginleştirir.

XVI. BÖLÜM

MİTOLOJİK HAYVANLAR

Eski toplumlar bir hayvanın tek başına bir özelliğini kullanmak yerine birçok hayvanın farklı özelliklerini bir araya getirerek bir totem oluşturmuşlar. Bu sayede bir hayvanın olumlu veya güçlü özelliğini alırken belki de ona ait pek de hoşa gitmeyecek başka özelliklerini de devre dışı bırakmışlardır.

Mitolojik hayvanlar aslında oldukça kabarık bir listedir. Burada seçtiklerim genellikle bir objede, bir resmin içinde veya dövme sembolü olarak sıklıkla karşımıza çıkan sembollerdir.

ANKA KUŞU

DÖNÜŞÜM • GEÇMİŞİ BIRAKABİLME • YENİLENME • SAHİP OLDUKLARINDAN ÖZGÜRLEŞME • YENİDEN BAŞLAYABİLME • MEVCUT OLANI YOK ETME

Anka kuşu birçok mitolojide benzer özellikler göstermesine rağmen farklı isimlerle anılmıştır.

Batı'da Phoenix/Feniks diye adlandırılır.

Türk ve Macar mitolojisinde Tugrul, Dumrul ve Toğrul-Doğrul olarak anılır. Birçok yerde tek başınayken bu kültürde karşımıza iki tane çıkar. Biri yerin altına inebilir. Tüyleri sihirlidir. Birbirine sürtünce ortaya çıkan cin, dilekleri gerçekleştirir. Anlatımlarda daha çok devleti yöneteni ve onun geleceğini destekleyen özellikleri anlatılır. Tarihte birçok devletin armasında ve bayrağında görülür.

İran mitolojisinde Simurg adıyla bilinir. Başka mitolojilere buradan girdiği inancı yaygındır. Tasvirlerde kimi zaman aslan pençesine sahip, köpek başlı bir tavus kuşu olarak resmedilir. Bu nedenle tavus kuşuna zaman içinde Anka kuşunun özellikleri atfedilmiştir.

Zamanla tüm mitolojilerde yerini alan bu kuşun resmedilişi değişse de aslında anlattığı hep aynı kalmıştır.

Hikâyeye göre, bilgi ağacında yaşarmış ve Anka kuşunun hareketine cevap veren bilgi ağacının yaprakları dünyaya düşerek şifa dağıtırmış. Bu bilge kuş uzun yaşar, ölümün yaklaştığını hissettiği anda yuvasında hazırladığı yapraklarla ve güneş ışınlarının yardımıyla yanar, sonrasında da küllerinden yeniden doğarmış.

Bu özelliğiyle teslim olmanın yenilenmeyi yarattığını sembolize eder. Bırakmanın ardından yaşanan deneyimi anlatan ateş sembolünü doğru okumak gerekir. Yanmakla anlatılmak istenen süreçtir.

Sahip olunan şey her neyse kişinin elinden alınacaktır. Kişi bir hali bırakmaya ne kadar gönüllüyse bırakırken onu yakan ateş, dem almasını kolaylaştırır. Dem tattır, lezzettir, bilgeliktir. Direnen içinse o ateşin adı cehennem olacaktır.

Anka bir şeyi almadan önce bırakmayı, bilgiden, güçten, sahiplenilenden uzaklaşabilmeyi hatırlatır. Bu sembolü kullanacak olanlar, bir bitirme sürecini başlattıklarını hatırlamalıdır.

Simurg adıyla anıldığı masalı da aktarayım.

Persçe "si" otuz, "murg" ise kuş demektir.

Efsaneye göre Kafdağı'nın arkasında yaşadığına inanılan Simurg ile görüşmek isteyen kuşlar bir araya gelmiş ve yola çıkmışlar. Kafdağı'na ulaşmak için yedi dipsiz vadiyi aşmaları gerekmekteymiş. Yolda sırayla vazgeçenler geri dönerken sadece otuz kuş yolu tamamlayabilmiş. Bu yolculuk sırasında yaşadıkları haller sayesinde bambaşka bir hale gelen kuşlar, Kafdağı'na vardıklarında her biri Simurg olmuş.

Ateşe dayanan yol alır, amacıyla buluşur ve dönüşümü yaşar. Simya insanın kendini dönüştürme yolculuğudur.

Bu sembolü, hayatında dönüşümü başlatmayı kalpten istediğinde kullanmanı tavsiye ederim. Var olanı yok eden ateş yanmaya başladığında geriye dönüş söz konusu değildir. Bu yoldan dönmek isteyen sadece ateşi hisseder. Eğer hazırsan o ateş senin kalbindeki katılıkları yakarak cennet bahçesine geçişine köprü olur.

ŞİRON

ŞİFACI • ÖĞRETMEN • SAHİP OLUNAN YETENEKLERİ FARK ETME • BAŞKALARI İÇİN UĞRAŞ VERME • GÜCÜNÜN FARKINA VARMA

Şiron (Chiron), Yunan mitolojisindeki yarı at yarı insan şeklinde olan Kentaur-Sentor türlerinin içinde tek ölümsüz olandır.

Herkül gibi, birçok tanrının çocuklarına da savaş eğitimi veren yetenekli ve başarılı bir savaşçıdır. Günün birinde öğrencilerine talim yaptırırken ayağına isabet eden okla yaralanır. Bu ok ona dayanılması güç acılar yaşatır. Kendi yarası için çare ararken birçok yöntem ve ilaç keşfeder. Bunlarla birçok yarayı iyileştirir. Bu nedenle tıbbı bulduğuna inanılır. Ancak kendi yarasını bir türlü iyileştiremez ve acıları her geçen gün daha da artar. Tanrılar onun bu durumuna üzülüp ölümlü olmasına izin verirler. Böylece huzur içinde ölür.

Şiron astrolojide kuyrukluyıldız olarak her kişisel doğum haritasında yer alır.

Mesajı da şudur:

"Gücüm güçsüzlüğümde saklıdır."

Astrolojideki sembolü anahtardır ve kilidi açacak olan bizizdir. Kilidimiz, başkalarına yardım ederken en kolay yaptığımız ancak sıra bize gelince ertelediklerimiz, fark edemediklerimiz veyahut kendimizden dahi gizlediğimiz yaralarımızdır.

Bu sembolle karşılaşmalarımız bize kendi gücümüzü fark etmemiz gerektiğini hatırlatır. Şifa yine bizdedir. Başkalarından onay alabilmek için, kendimizi feda ettiğimiz taraflarımıza odaklanırsak, korkularımız, kırgınlıklarımız ve güçsüz hissettiğimiz yanlarımızla yüzleşebilir hatta belki iyileştirebiliriz.

Bu sembol şifacılar, sosyal sorumluluk projelerinde çalışanlar, kendini bütünün hayrına adayanlar için olumlu yönde çalışır.

Şiron sembolüyle birlikte kendinden çok başkasını düşünmeye başlayacağını düşünerek iyi bir değerlendirme yapmanı tavsiye ederim.

PEGASUS

YÜKSELİŞ • OTORİTE VE RUHSAL ENERJİDEN DESTEKLENME İSTEĞİ • GÜCÜ DOĞRU KULLANMA • DIŞ ETKENLERDEN KOLAY ETKİLENEBİLME

Pegasus, kanatlı ve uçabilen bir at olarak resmedilir.

Yunan mitolojisinde Pegasus, yılan başlı Medusa'dan doğar. Tanrıça Athena'nın en büyük yardımcılarından birisidir. Athena ona bir altın yular geçirir ve yiğit bir savaşçıya verir. Bu yiğit savaşçı, üç başlı bir devi yener. Ancak fazlasıyla böbürlenir. Buna kızan Zeus, Pegasus'u ürkütmesi için bir sinek gönderir. Sinekten rahatsız olan at, yiğidi üstünden atar. Bu olaydan sonra gözden düşer ve itibarını kaybeder. Bundan sonra ona Zeus'un yıldırımlarını taşıma cezası verilir. Sonrasında ona acıyan Zeus tarafından gökyüzüne bir takımyıldız olarak yerleştirilir.

Türk, Kırgız, Altay mitolojisinde Tulpar adını taşır ve Tanrı tarafından yiğitlere yardımcı olması için gönderilir.

Tüm bu hikâyelerde göklerden yani tanrısal olandan gelen yardımı görürüz. Bu sembol, zor durumda kalan ve bu durumdan çıkmak için çaba gösterene destek geleceğini anlatılır.

Önemli bir detay dikkatini çekmiş olabilir. Yaptığı işle böbürlenen, vardığı durumu fazla önemseyenlere verilen destek hemen kesilir. Burada aracı olarak kullanılan ufacık bir sinek, üç başlı canavarı öldüren bir savaşçı için gözünün ucuyla dahi bakılmayacak kadar önemsiz bir etken olduğu halde onun alaşağı olmasına neden olur.

Pegasus yükselişi ya da bir engeli aşmak için ihtiyaç duyulan otoriteyi, devleti veya ruhsal desteği sembolize eder. Ancak bu desteğin kullanımı sırasında gücü vereni hatırlamak, egonun tuzaklarından uzak durmak gerekir. Aldığı desteği kendinden sananlar alaşağı edilebilir.

GRİFFİNS

GÜÇ • KORUYUCU • MUHAFIZ

Griffins, aslan gövdesine, kartal kafasına, pençelerine ve kanatlarına sahip mitolojik bir yaratıktır. Arka ayakları kimi zaman aslan pençesi şeklinde tasvir edilir.

Cesareti, koruyuculuğu ve gücü sembolize eder.

Bir tür koruma sembolüdür.

EJDERHA

HAREKET • GİZEMLİ OLANLA BAĞLANTI • BİLGELİK • MADDİ GÜÇ

Ejderha figürü her mitolojide kendine münhasır özelliklerle resmedilir. Batı'da yarasa kanatlı, pullu deriye sahip, diken kuyruklu, ağzından ateşler saçan bir kertenkele olarak tasvir edilir. Doğu'da yılana benzer, büyüsel yeteneklere sahiptir ve ağzından ateşler saçar. Doğu kültürlerinde uğur sayılırken Batı kültürlerinde kötücül görülür. Özellikle Çin'de bilgelik ve altının yani zenginliğin koruyucusudur.

Eski Türk kültüründe önemli bir yer tutmuştur. Evren kelimesiyle ilişkili kabul edilirdi. Evren yani eviren, döndüren olarak tanımlanırdı. Dünyanın bir ya da iki ejder tarafından döndürüldüğüne inanılırdı.

Anlatılan mitlerde, yerin altında yaşayan ejderha baharla beraber gökyüzüne çıkar ve yağmurun yağmasını sağlardı.

Ortadoğu'da ejderha karşımıza kötülük sembolü olarak çıkar. İnsanları kaçıran, acı çektirerek öldüren canavarlardır.

Batı'nın ejderi de mücadele edilmesi gereken kötü bir güçtür.

Türklerde Ortadoğu ve Avrupa'nın etkisi ile olsa gerek, insanı baştan çıkartıcı kötücül bir yaratık olarak anılır olmuştur. Halen Anadolu'da halı ve benzeri dokumalarda kullanılır. Birçok cami ve eski yapıda da görülen bir figürdür.

Yunan mitolojisinde Hera ve Zeus tarafından kutsal bahçede bulunan altın elma ağacına bekçilik etmesi için yüzlerce başı olan ejderha Ladon görevlendirilir. Bu elmaları çalmayı kafasına koyan Herkül, dünyayı sırtında taşıyan Atlas'ı kandırır ve ondan yardım alır. Atlas'a onun yerine dünyayı taşıyabileceği sözünü verir. Atlas, Ledon'u öldürür ve üç altın elmayı Herkül'e getirir. Bunun karşılığında dünyayı taşıma yükünü bir süreliğine Herkül'e verdiğini sanır ama yanılır. Herkül onu kandırmıştır. Bu duruma çok üzülen Hera, ejderhayı bir takımyıldız olarak Kuzey Kutbu'na yakın bir noktaya yerleştirir.

En güçlü kullanımı Uzakdoğu'da ve özellikle Çin'dedir. Eski çağlardan bu yana güçlü bir sembol olan ejderhalar, imparatorluk sembolü olarak kullanılmıştır. Çin'de genellikle su ve dokuz sayısıyla ilişkilendirilir. Uzakdoğu'nun ejderi, Batılıların ejderhasından farklı olarak samimi, yüce ve kibardır. Göğe yükselebilir, yeryüzüne inebilir, denize girebilir, çeşitli biçimlerle ortaya çıkabilir. Büyük geçiş dönemlerinde bile sakinliğini koruyabilir. Böylesi bir sakinlik büyük değişimler geçiren dünyamız için çok önemli bir semboldür. Ne kadar iniş çıkış olursa olsun, kendi hedefine doğru ilerlemeyi destekler.

Aktarılan hikâyelerde ejderha sembolünün yılan sembolünden türetildiği akla gelir. Yılan sembolünü anlatırken hem iyicil hem de kötücül enerjileri tanımlandığını anlatmıştım. Burada da karşımıza yine aynı ikilik çıkar.

Sembollerin yarattığı etkilere bakarak okuduğumuzda Çin halkı ve devleti günümüzde geçmişin bilgeliğini kullanmaya devam ediyor ve gittikçe güçleniyor, maddi gücü de her geçen gün artıyor. Bu sembolü kullanan diğer Uzakdoğu ülkelerinin çoğu yine aynı şekilde ekonomik olarak kendi kendilerine yeterli durumdalar. Ejderhanın maddi gücü artırdığına ve para toplama sembolü olduğuna dair inançları doğrulanmış gibi görünüyor.

Batı medeniyetlerinin bilgeliğe çok itibar etmediğini, geçmişten aktarılan bilgilere olan bağlarının zayıf olduğu gözlemleniyor. Bilmeyi, bilgeliğe değişmiş gibi gözüküyorlar. Keza Ortadoğu halklarının durumu da ortada. Öte yandan Batı halklarının bilgelik arayışlarında rotalarını doğuya, özellikle de Uzakdoğu ve Asya'ya çevirdikleri düşünülürse, ejderha sembolü konusunda Uzakdoğu ve Asya halklarının haklı çıktığını söyleyebilirim.

Bu sembolü obje olarak, dövme olarak veya bir desen olarak kullanırken hatırlaman gereken şey ejderhanın renginin temsil ettiği enerjiyi belirleyeceğidir.

Mavi-siyah renkte olan su ejderhası, sarı-kahverengi renkte olan toprak ejderhası, beyaz renkte olan metal ejderhası, yeşil renkte olan ağaç ejderhası, kırmızı renkte olan ateş ejderhası olur.

Her renk bir unsurun gücünü temsil eder. Renkler bölümünden istediğin seçimi yapıp, özelliklerini inceleyebilirsin.

KİLİN / UNICORN (TEK BOYNUZLU AT)

SAF DÜŞÜNCEYİ HİSSEDİŞ • DÖNÜŞTÜRME GÜCÜ • İYİLEŞTİRME YETENEĞİ • İLAHİ OLANLA BAĞLANTI • KALPLE BAĞLANTI

Türk ve Çin mitolojisinde Kilin olarak adlandırılan tek boynuzlu at, yine neredeyse tüm dünyada kabul görmüş efsanevi mitolojik hayvanlardandır. İç, Orta Asya ve Çin kaynaklarında uzun ömür, şans, refah, iyilik, mutluluk ve neslin devamlılığını sembolize eder. Kısa süre içinde meydana gelebilecek iyi bir olayın habercisi olduğuna inanılır.

Boynuz her mitolojide gücü temsil eder. Burada boynuz bir tanedir ve tam alnın ortasındadır. Geleceği görebilme ve dönüşüm merkezi olarak tanımlanan 3. göz veya 6. çakra olarak bilinen bölgede bulunur.

Boynuzun dikey ve beyaz renkte olması saflığı ve ruhsal enerjiyi temsil eder.

Boynuzlarının iyileştirici gücü ve panzehir etkisi olduğu inancı, onları daha da ilgi çekici hale getirmiştir. Ortaçağ Avrupası'nda özellikle sadece bakirelere yaklaştığına ve dokunulmamış olanı fark ettiğine, saf enerjiyle temas kurduğuna inanılırdı. O dönemki inanışa göre yakalanması oldukça güçtü. Ancak yakalayıp kanını içenin ölümsüzlüğe kavuşacağına inanılırdı.

Hareket kabiliyeti arttıkça dünyanın her köşesine ulaşan kâşifler, aradıkları tek boynuzu sadece gergedanda görmenin hayal kırıklığını gezgin notlarında duyurdukça, yaşadığına olan inanç azalmış ve diğer efsaneler arasında yerini almıştır.

İlginç olan, sadece bakirelere yaklaşan, ruhsal ve dönüştürme gücüne sahip olduğuna inanılan tek boynuzlu at ile Hıristiyanlık inancında Bakire Meryem ve Hz. İsa enerjisinin benzerliğidir.

Bu sembol, saf kalmak ve saf olanla iletişime geçebilmeyi anlatır. Buradaki saflık kendi öz varlığından aktarılanı fark edebilmeyi ve dünyanın sınırlı bilgisinin ötesinde kalbin hissedişini dinlemeyi temsil eder. Tek boynuz, ruhsal gücü harekete geçirmenin, hayatın sunduklarını yolda dönüştürerek ilerlemenin sembolüdür.

Zihni yoğun olan, bildiklerini bırakmakta zorluk çeken, geleceği görmekte, görüp fark ettiklerini kabul etmekte zihinsel direnç yaşayanlar için olumlu olabilecek bir semboldür. Oturur halde kullanmak doğru değildir.

XVII. BÖLÜM

DÖVME OLARAK KULLANILAN SEMBOLLER

Bedene geçici ya da kalıcı boyalarla resmedilen çeşitli figür ve desenler çağlar boyu güç sahibi olmak, korunmak ve manevi güçleri artırmak için kullanılmıştır.

Günümüzde de vücuda dövme yaptırmak oldukça yaygın. Her sembolü seçme nedenin, bir ihtiyacını karşılar. Bununla beraber dövme yaptırılacak bölgenin de bir anlamı vardır. Aynı sembolü ben koluma yaptırırım, sen bacağına... Kimi görünmesini ister, kimi istemez...

Bedenin seçilmiş bölgeleri sadece dövme yaptırmak için değil aynı zamanda kaza, vuruk ve ağrıların neden tekrarladığıyla ilgili sorularına cevap bulman açısından da önemlidir.

Bedenin sol yanı maddi âlemi, dünyasal ve bedensel algıyı temsil eder. Dişil enerji prensibiyle ilgilidir.

Yine sol taraf geçmişle ilgili konular, anılar, kadınlarla olan iletişim, anne ve anneyle olan ilişki, geçmişin hayata izdüşümünü temsil eder.

Bedenin sağ yanı, hayalleri, ilhamı ve ruhsallığı işaret eder. Eril enerji prensibiyle ilgilidir. Gelecek, gelecek planları, geçmişte yapılan gelecek planları, erkeklerle iletişim, babayla olan ilişkiyi ifade eder.

Bedenin altı ve arkası dişil enerji prensibiyle ilgilidir.

Bedenin üstü ve önü, eril enerji prensibiyle ilgilidir.

Bacakların dizlere kadar olan kısmı eril prensiptir.

Dizlerle ayak bileklerine kadar olan bölümü dişil enerji prensibiyle ilgilidir.

Bedenin baştan göbek deliğine kadar olan kısmı eril enerji prensibiyle ilgilidir.

Bedenin göbekten kasıklara olan kısmı dişil enerji prensibiyle ilgilidir.

Sağ el ve ayak eril enerji prensibiyle ilgilidir.

Sol el ve ayak dişil enerji prensibiyle ilgilidir.

Yüzde alın karaciğeri temsil eder. Olumlu duygusu harekete geçmektir, olumsuz duygusu öfkedir.

İki kaşın ortası 3. göz ve 6. çakra merkezinin alanıdır. Olumlu duygusu önsezileri ve farkındalığı kullanabilmek, olumsuz duygusu farkındalığın kapalı olmasıdır. Bu bölge hayatı karşıtlıklarla tanımlamayı bırakarak her şeyi bir görme merkezidir ve Asya kültürlerinde önem arz eder.

Burun kalbi temsil eder. Burun kanatları da akciğer ve solunum sistemini... Olumlu duygusu kabul ve hayatı içine alabilmek, olumsuz duygusu keder veya hüzündür.

Çenenin dudak altına gelen uç bölgesi mesane, cinsel organlar (prostat ve yumurtalık) ve üretim sistemiyle ilgilidir. Olumlu duygusu cinsel tatmin, hayata üretimle katılmak, yaratıcılığını hayrına kullanabilmek, olumsuz duygusu cinsel zaaflar, cinsel tatminsizlik, cins enerjisinden rahatsızlık, istemediklerini hayatına çekmektir.

Her iki kulak böbrekleri temsil eder. Bununla beraber kulağın şekli bir insan bedenin tamamını içerir. Kulak memesini baş olarak düşündüğümüzde, yukarıya kıvrılıp yatmış bir bebek gibi, kulağın kıkırdak bölgesi omurgayı, kıvrımdan başlayarak kulak deliğine kadar olan kısım bacaklar ve dolaşım sistemini temsil eder.

Başparmak, baş bölgesiyle ilgilidir. Zihinsel aktiviteler ve bağışıklık sistemini sembolize eder. Olumlu duygusu güven ve eminlik, olumsuz duygusu gelecekle ilgili endişedir.

İşaretparmağı, ego ve benlik tanımıyla ilgilidir. Olumlu duygusu kendi alanını ve ne istediğini belirleyebilmek, olumsuz duygusu egonun ve başkalarının kontrolünde hareket etmektir.

Ortaparmak sinir sistemiyle ilgilidir. Olumlu duygusu dinginlik, sakinlik, harekete geçebilmek, olumsuz duygusu gerilim ve karşı cinse öfkedir.

Yüzükparmağı kalp zarı ve bedenin ateş merkeziyle ilgilidir. Olumlu duygusu sevgi alışverişinde olan ilişkiler ve anlaşabilme hissi, olumsuz duygusu kalbi kilitlemiş ve sevgi alışverişinin olmadığı ilişkiler ve acımasızlıktır.

Serçeparmak kalple ilgilidir. Olumlu duygusu neşe, sevinç, olumsuz duygusu kalp kırgınlıkları, incitilmiştik hissi ve neşesizliktir.

Serçeparmağın dışının tırnak kökünden bileğe kadar olan dış kısmı incebağırsakla ilgilidir. Olumlu duygusu sevinç ve neşe, olumsuz duygusu hayattan tat alamamak ve tatmin olamamaktır.

Ayak başparmağının dış kısmı dalak ve pankreas ile ilgilidir. Olumlu duygusu hayatın tadını alabilme ve anda yaşamak, olumsuz duygusu dedikodu ve pişmanlık.

Ayak ikinci parmağı mide ve sindirim sistemi ile ilgilidir. Bu parmak hayata ve yemeye karşı olan iştahın gücünü temsil eder. Olumlu duygusu hayatı ve yaşadıklarını olduğu gibi kabul etmek, olumsuz duygusu kontrol etmeye çalışmaktır.

Ayak üçüncü parmağı hormon sistemi ile ilgilidir. Olumlu duygusu dengeli bir hayat, olumsuz duygusu dengesiz ruh halidir.

Ayak dördüncü parmak; safra kesesi ile ilgilidir. Olumlu duygusu prensip sahibi olmak, olumsuz duygusu hayata karşı katılık, esneyememektir.

Ayak küçük parmağı, vücudun su sistemi ile ilgilidir. Olumlu duygusu güven, olumsuz duygusu korku ve endişe hali.

Dizler bir alanda eğilebilmek veya çökememekle ilgilidir. Olumlu duygusu, yumuşaklık ve esneklik, olumsuz duygusu katılık ve gurur.

Dirsekler, hayatın içerisinde sahip olunan hareket alanları ile ilgilidir. Olumlu duygusu özgürlük ve kendine güven, olumsuz duygusu engellenmiş ve sınırlandırılmışlık hissi.

El bilekleri hayatın içinde hareket kabiliyetini temsil eder. Olumlu duygusu yeteneklerimizi kullanabilmek, olumsuz duygusu yeteneklerimizi fark edememek.

Ayak bilekleri hayatın içinde ilerleyebilme yeteneği ve gücü, olumlu duygusu özgürce ilerleyebiliyorum. Olumsuz duygusu olduğu yerden kımıldayamama ve yobazlık.

El, ayak, kol ve bacakların iç kısımları dişil enerji prensibi ile ilgilidir.

El, ayak, kol ve bacakların dış kısımları eril enerji prensibi ile ilgilidir.

Kollar genel olarak yetenekleri kullanarak problem çözmek, iyileştirmek, oluşturmak, kavuşmak, bedensel ifade; kendini alanını oluşturabilmekle ilgilidir.

Bacaklar harekete geçmek, ilerlemek, buluşmak, kendini gerçekleştirmekle ilgilidir. Bacakların arkası geride bırakılanları veya bırakılması gerekenleri, korku, endişe ve geride kalan anılar, bilinmezleri anlatır.

Ense, hayata boyun eğmekle ilgilidir. Aynı zamanda görülemeyen alanda kalır ve bu anlamda görmezden gelinenleri, görülemeyenleri temsil eder.

Boynun yan kısımları hayata akmakla ilgilidir. Bu bölgedeki semboller hayat amacına yön verebilir.

Omuzların arkası, hayatın yüklerini taşır. Bu alanda yapılacak figürler önemlidir. Bazıları hafiflik yaratırken bazıları ağırlık yaratabilir.

Omuzların önü, geleceğe dair alınan sorumluluk veya yükleri temsil eder. Seçilecek sembol bu halleri artırabilir ya da azaltabilir.

Sağ kürekkemiği, manevi hayata dair izleri ve yüklenilenleri anlatır.

Sol kürekkemiği, maddi hayata dair izleri ve yüklenilenleri anlatır.

Kalçalar, cinselliğin gücünü temsil eder. Burada kullanılan semboller, gücü azaltabilir ya da artırabilir.

Kasıklarda kullanılan semboller, cinsel enerjide artış da yapabilir, tam tersi blokaj etkisi de yaratabilir.

Göbeğin altı, yaratıcılık ve üretim merkezini temsil eder. Burada kullanılan semboller yaratıcılığı artırabilir de azaltabilir de.

Göbek deliği ve çevresi hayata bağlantımız ve bağlantının gücünü temsil eder.

Göbeğin hemen üstü kaburga kemiğinin altına kadar olan bölge, karar ve irade enerjisini temsil eder. Buraya işlenen semboller kararlılığı, iradeyi artırabilir veya azaltabilir.

Göğüsler, hayata ve karşımızdakilere neyi vermeyi seçtiğimizle alakalıdır. Burada kullanacağımız semboller, alışverişimizi farklılaştırabilir.

İki göğsün ortası, kalp gözünün olduğu düşünülen noktadır. Bu bölge itina edilmesi gereken bir alandır. Dikkat edilmesi iyi olur.

XVIII. BÖLÜM

LOGOLARDA VE TASARIMDA SEMBOLLER

Bir fikrin, bir ürünün ya da bir işkolunun hikâyesini ve kullandığı sembollerin ne anlama geldiğini ifade etmesi o işin ya da markanın kaderini belirler.

Hikâyesi olan her şey yaşar.

Yıllar önce bir gıda ürününün danışmanlığını yapmıştım. Ürün için bir paket oluşturup lansman günü ilgililere sunum yapacaktık.

Zeytin ağacından yapılmış kutuları, zeytinyağıyla cilalattırıp, doğal ip ve kurşun mühürle kapattık.

Firma sahibi bu girişimi fazla maliyetli bulsa da doğal bir ürünün karşı tarafta doğallık hissettirmesi çok önemliydi.

Çünkü yarattığı his kadar yaşayabilirdi.

Sunum günü toplantıda hazır bulunanlar doğallığıyla ayrıcalık yaratma iddiasıyla sektöre giren bu ürünle ilgili doğal bir dokunuş ve doğal bir yakınlık kurmalıydı.

Ürünün kutusu doğaldı. Zeytin ağacındandı. Zeytinyağıyla cilalanmış hoş ve tatmin edici bir görüntüsü vardı. Tadı, kokusu, lezzeti, teması her şeyi his yaratacak güçteydi.

Henüz ürünü ellerine bile almadan fikri çoktan satın almışlardı bile.

Sunum öyle başarılı oldu ki ürünün piyasaya sürülecek olan ambalajlarında benzer bir etki yaratmak için tasarım değişikliğine gidildi.

Ürünlerde Renk Uyumu ve Tesir Gücü

Bir tasarım ürününde sarı kullanıyorsak elbette neşe, coşku ve sevinç etkisi yaratırız. Bir ürünün, fikrin veya bir eserin tesirini hızla aktarmak istediğimizde sembollerin dili bize sırlarını açar. İletişimin gittikçe hızlanan ve artan gücünü doğru kullanmamız için bu kitabın içindeki bilgilerin rehberliği amacına ulaşmanda ışık tutacaktır.

Kırmızı ve sarı birbirini destekler. Kırmızı ateş elementinin rengidir ve şekli üçgendir.

Sarı ve yeşil uyumludur. Sarı toprak elementidir ve dünyaya ait olan, madde ile ilgili enerjileri temsil eder. Şekli karedir.

Kırmızı ve mavi bir arada dikkatli kullanılmalıdır. Mavi su elementinin rengidir. Soğutucu etki yaratabilir. Dengeli kullanım birbirini destekler. Mavi renk, kırmızıya göre fazla olursa ateşi, hareketi, coşkuyu azaltabilir. Kırmızı fazla olursa da suyu kaynatır, hareket yaratır ancak sonunda su buharlaşır.

Siyah ve beyaz uyumludur. Ancak keskin bir etki yaratabilir. Yin ve Yang sembolünde, siyahın içinde beyaz, beyazın içinde siyah kullanılarak bu keskinlik yerini denge enerjisine bırakmıştır.

Yeşil ve kırmızı birlikte kullanılacağı zamanlarda, sektörel hedef doğru belirlenmelidir. Yeşil gelişmeyi ve ilerlemeyi temsil ederken kırmızı ateşi anlatır. Yeşil yanar ve küllerinden toprak oluşur. Bu sayede köklenme, güçlenme sağlanır. Kalıcılık sağlanabilir. Bununla birlikte kazançların gelişim için harcanacağı hatırlanmalıdır. Yeşil ağaç elementinin rengidir ve şekli dikdörtgendir.

Mavi, ifadeyi güçlendiren, kendini ifade etmeyi öne çıkaran bir renktir. Soğutucu bir etkiye sahiptir. Aynı zamanda su elementinin de rengidir.

Siyah ve mavi su elementini anlatır. Su, maddi konuları temsil eder. Ancak siyah aynı zamanda korku ve korunma isteğinin de rengidir. Siyah rengi tek başına kullanmak için sektör ve varılmak istenilen hedef doğru belirlenmelidir. Şekli spiral, su dalgasıdır.

Beyaz, metal elementinin rengidir. Metal aynı zamanda otorite ve ruhsallık ile ilgilidir. Işık, saflık ve temizlik sembolüdür. Şekli küre ve dairedir.

Pembe, ateş enerjisinin yumuşatılmış halidir. Hareketlilik getirir. Mavi, beyaz, mor ile uyumludur.

Mor, mavi ile kırmızının birlikteliğinden meydana gelen, dengeli hareketlilik yaratabilecek, yaratıcılığı ifade eden bir renktir.

Herhangi bir logo, tasarım veya kampanyada hayvan figürü tercih ediliyorsa ve hayvanın bütünü kullanılmayacaksa, kullanılan parçasının özelliklerinin dikkatle incelenmesi önemlidir.

Pençe, taban olarak kullanılırsa doğa, doğa ile ilgili, iz sürme, arayış, strateji geliştirme, avlanma, belki bir anlamda yeni kitleler elde etme isteğini temsil eder.

Pençe, tırnaklarla birlikte üst kısım kullanılırsa doğal, doğal olan, tuttuğunu koparma, iz sürme, harekete geçme, atak olma, kendine yetme enerjilerini temsil eder.

Yırtıcıların baş kısmı kullanılırsa aslan, kaplan, panter, ayı, kartal gibi yırtıcıların baş kısımlarında bulunan dişler ve gagalar parçalamaya yarar. Parçalamak için önce tutmak gerekir. Bu nedenle baş sadece parçalama, sindirme, korkutma, güç gösterisi ve gözlem yeteneğinin ön plana çıkmasını temsil eder.

Boynuz kullanılırsa, hareket, eylem, meydan okuma, iktidar isteğini temsil eder. Hangi hayvanın boynuzunun kullanıldığına dikkat edilmelidir.

Fil, gergedan, suaygırı gibi hayvanların sadece yüz kısmı kullanıldığında erkin yani eylemsel enerjinin harekete geçirildiği hatırlanmalıdır. Bu sembollerde başta bulunan hortum, kulak, boynuz ve dişlerle ilgili enerjiler ortaya çıkar. Fil, hortumunu beslenmek, kulaklarını serinlemek için kullanır. Boynuz ve dişler mücadeleyi, gücü, saldırganlığı, üstünlük kurma isteğini temsil eder. Seçimleri doğru enerjiyi çekmek üzere dikkatlice yapmak, hedefe daha kolay ulaştırır.

XIX. BÖLÜM

ÇOCUK ÜRÜNLERİNDE SEMBOLLER

Sinema filmlerinde, tiyatro oyunlarında, masallarda, görsel içerikli kitaplarda, oyuncaklarda, kıyafetlerde kullanılan hayvan figürleriyle iletilen mesajları kitap boyunca anlattım.

Konuyu bu kadar önemsememin sebebi çocuklarımızı bizim bile tam olarak idrak edemediğimiz sanal bir dünyada tek başlarına bırakıyor olmamızdır. Biz işin eğlencesiyle ilgilenirken onların beyni tüm sembolik kayıtları alıp, gelecekteki davranış biçimlerini, seçimlerini ve hatta hayallerini şekillendiriyor.

Özellikle filmler, kahramanlarını yani rol modellerini seçmelerine aracılık ediyor. Bir çocuğun iç dünyasına girebilmek için, çizdiği resimlere, oyuncaklarına, oyunlarına, sevdiği kahramanlara, renklere ve rüyalarına dikkatimizi vermemiz gerekir.

Ayı, anneden beslenme, güvende hissetme, gücünü toplayabilmeyi anlatır. Rengi kahverengi ise boz ayıyı, beyaz ise kutup ayısını işaret eder. Ayı sembolünün sert ve hırçın mizaçlı çocuklarda dikkatli kullanılması iyi olur.

Eşek, destek veren bir arkadaş, yüklerin taşınmasının kolaylaştırılması, duymayla ilgili gelişim için olumludur. Konuşma için olumsuz etki verebilir.

Papağan ve muhabbetkuşunun evde beslenmesi veya sembol olarak kullanımı, konuşma enerjisini destekleyebilir.

Bütün dünyanın en sevdiği maskotlardan olan Mickey Mouse, fare enerjisini temsil eder. Fare, gizlice fırsatları değerlendiren, hızlı üreyen, mücadele etmekten çok önüne çıkanla kendini besleyen bir hayvandır.

Çiftliklerde yetiştirilen domuzlar, sadece etinden faydalanılmak üzere beslenen hayvanlardır. En önemli eylemi beslenmek olan domuzlar, sürekli almayı ve biriktirmeyi temsil eder. Bu nedenle sıklıkla kumbaralarda tercih edilen bir semboldür. Ancak domuz fazla hareket etmeyen bir hayvandır; bunu hatırlamakta fayda olabilir.

Koala, anne tarafından beslenmeye muhtaç, zayıf yavrulara sahiptir. Anneye bağımlı hali ile küçük yaşlarda bebek-anne ilişkisini destekler. Ancak ilerleyen yaşlarda bu bağ iyice güçlenerek birbirlerinden kopmalarını zorlaştırabilir. Okul çağına gelmeden bu sembolün kullanımına son vermek iyi olabilir.

Suaygırı ile yavrusu arasındaki bağ oldukça güçlüdür. Bebeklik döneminde etkisi olumlu iken ilerleyen yaşlarda kullanılması doğru değildir.

Aslan, kaplan gibi hayvanlar kendi alanlarını belirlemekte keskindirler. Çocuğun kendi alanını belirlemesinde faydalı olabilirler. Erkek çocuklarda sürekli kullanımı kendi cinsiyle çatışma yaratabilir.

Fil yavrusu, annesi ve ailesindeki dişiler tarafından desteklenir. Bebek odaları için, küçük yaşlarda çocuklar için uygun olabilir. Tek fil, erkek enerjisini sembolize eder. Fil ailesi ise dişilerin bir arada birbirlerine sahip çıkmasını anlatır. Çoklu fil sembolünde baba ve erkek figür bu topluluğa dahil değildir.

Kurbağa, ilerleme, gelişim ve sıçrama enerjisi ile olumlu sayılabilecek bir semboldür. Ancak kendi doğasına uygun bir halde kullanılması önemlidir. Yani yatmış, uzanmış ya da ayakta duran değil, zıplamak üzere veya ayaklarının üzerinde olması uygundur. Gelişiminde yavaşlama olan çocuklarda kullanılabilir.

Maymun, annesi ve ailesi tarafından desteklenen bir yavrudur. Küçükken oyunbaz ve neşelidir. İyi bir oyun arkadaşı olabilir.

Yunus, iletişim yeteneği güçlü, aile bağları olan, sağlıklı bir hayvandır ve çocuklar için olumlu bir enerjisi olabilir. Yaralarını hızla iyileştirme yeteneğine sahip olduğu için hastalık dönemlerinde uygun bir sembol olabilir.

Penguen, anne ve babası tarafından ortak sorumlukla bakılan bir yavrudur. Bu ortaklık bebeğe huzur verir. Her yaş için uygun bir semboldür.

Yusufçuk, hayatının bir döneminde suyun altında yaşayan ve fiziksel özellikleri sayesinde hayatta kalmayı başaran bir hayvandır. Bu hayatını bitirirken yepyeni bir bedenle ışıkla buluşur ve harika kanatlara kavuşur. Yeni görünümü onu düşmanlarından koruyan parlak renkli bir zırh gibidir. Bu özellikleriyle ergenlik dönemine yeni giren ya da girmiş ve bedenindeki değişimlere uyum sağlamakta zorlanan gençler için uygun bir sembol olabilir.

Kedi, sakinleştirebilir.

Köpek, çocuğunuzu hareketlendirebilir, komut almasını ve söz dinlemesini artırabilir.

Kelebek, odaklanmayı zorlaştırabilir.

Örümcek, dişil enerjiyi temsil eder. Erkek çocuk için uygun değildir.

Bukalemun, odaklanmayı ve olan bitenin farkına varabilmeyi güçlendirebilir.

KAYNAKÇA

Ahmet Özgür Güvenç, "40 Sayısının Halk Edebiyatı Ürünlerinde Kullanımı Üzerine Bir İnceleme", *A.Ü. Türkiyat Araştırmaları Enstitüsü Dergisi*, sayı 41, Erzurum, 2009.

"Ankh / Yaşamın Eski Sembolleri". 4 Kasım 2012'de teslim edildi.

Annemarie Schimmel, *Sayıların Gizemi*, Kabalcı Yayınevi, İstanbul, 2000, s. 51, 69, 80, 85, 265.

Ayşe Ulukan, "Sameness of Difference Meeting in Numbers and Colors", *A. Ü. Türkiyat Araştırmaları Enstitüsü Dergisi / TAED*, 48.

Azra Erhat, *Mitoloji Sözlüğü*.

Bahaeddin Ögel, *Türk Mitolojisi*.

Bayram Durbilmez, "Nahçıvan Türk Halk İnanışlarında Mitolojik Sayılar", *Turkish Studies*, c. 3/6 Fall, 2008, s. 215.

"British Museum'un Üçüncü ve Dördüncü Odalarına Bir Kılavuz" (Londra, sn. 1904), 210.

Burak Eldem, *2012: Marduk'la Randevu*, İnkılap Yayınları, 3. baskı, s. 554.

Cambridge Eski Çağ Tarihi, Cambridge Üniversitesi Yayınları, AsiaMinorCoins.com.

Chevalier, Jean-Gheerbrant, Alain, *A Dictionary of Symbols*, Penguin Books, İngiltere, 1996, s. 401.

Cristopher L. C. E. Witcombe, "Minano Yılan Tanrıçası", 9, "Yılan Taklitçileri".

David P. Silverman, *Mısır Dini*, s. 135, Oxford University Press, 2003.

Dictionnaire des Symboles, Jean Chevalier ve Alain Gheerbrant.

Drunvalo Melchizedek, *Yaşam Çiçeğinin Unutulmuş Sırrı - 1.*

Emine Gürsoy-Naskali, "Manas Destanında Kırk Yiğit (Niçin Kırk Yiğit)", *Türk Dili*, 529, 1996, s. 56-59.

Ethem Cebecioğlu, *Tasavvufi Terimler Sözlüğü*, Anka Yayınları, İstanbul, 2005, s. 189.

F. Schachermeyer, *Die Minoische Kultur des alten Kreta*, 1964, s. 161, 163-164.

Fisher, Fred H., *Kıbrıs: Yeni Kolonimiz ve Bildiğimiz Şey*, Londra, George Routledge and Sons, 1878, s. 13-14.

Fleur-de-Lis, global.britannica.com/topic/fleur-de-lis

Fleur-de-Lis, heraldica.org/topics/fdl.htm

fleurdelisfashions.com

Georges Ifrah, *Bir Gölgenin Peşinde.*

Georges Ifrah, *Rakamların Evrensel Tarihi.*

Gordon, Andrew Hunt; Schwabe, Calvin W., *Hızlı ve Ölüler: Eski Mısır'daki Biyomedikal Teori*, 1. baskı, Brill/Styx.

http://tr.wikipedia.org/wiki/19_(sayÄ±)

http://www.gokcenbdinc.com/sayilarin-gizemi_y9046913

http://www.theforbiddenknowledge.com/hardtruth/13_33_freemason_sig.htm

Joseph Campbell, *Batı Mitolojisi / Tanrı'nın Maskeleri.*

Joseph Campbell, *Doğu Mitolojisi.*

Kenan Bozkurt ve Hacer Bozkurt, "Sayıların Gizemli Dünyası: Kültür ve Edebiyatta Sayı Sembolizmi", Batman Üniversitesi, *Yaşam Bilimleri* dergisi, c. 1, sayı 1, Batman, 2012.

Kerime Üstünova, "Giresun'da Yaşatılan Sacayağından Geçme Geleneğinde 'Sacayağı' ve 'Üç' Ne Anlatıyor?", *Bilig*, 2010, sayı 52, s.181-194.

Lao-Tzu, *Yüce Aklın Erdemi*, çev. Vedat Gülşen Üretürk, Ruh ve Madde Yayınları, 1980, 1985.

Lütfi Sezen, *Erzurum Folkloru*, Atatürk Üniversitesi Yayınları, Erzurum, 2007, s. 72.

Mehmet Hazar ve Mehmet Şengönül, "Türk Kültüründe Sıfırdan Dokuza Kadar Sayı Adları ve Matematik Değerleri", *BAL-TAM Türklük Bilgisi*, 17, Eylül 2012, Prizen, s. 141-158.

Mehmet Özkartal, "General View Over Animal Symbolism in Turkish Epics (Samples from the Book of Dede Qorqud)".

Mesnevi ve Şerhi, Mevlana Celaleddin Rumi, Şerheden Abdülbaki Gölpınarlı, Milli Eğitim Basımevi, 1973. c. I, 3123-3116.

Mısır'da Ölüm Sonrası Fikri, Ege Meta Yayınları.

Muhammed Hacı Yusuf, *İbnü'l Arabi / Zaman ve Kozmoloji*.

Necdet Tosun, *Tasavvuf Kültüründe Meyve*, Marmara Üniversitesi İlahiyat Fakültesi Yayınları.

Osman Nuri Küçük, *İbnü'l Arabi Düşüncesinde Varlığın Tasavvufi Yorumunun Sayı Metafiziğine Uzanan Yansımaları*.

Pervin Ergun, *Türk Kültüründe Ağaç Kültü*.

Pertev Naili Boratav, *100 Soruda Türk Folkloru*, Gerçek Yayınevi, İstanbul, 1999, s. 154.

Psi dergisi, c. 1, sayı 3.

publicationsduquebec.gouv.qc.ca

Seçkin Erdi ve Serap Tuğba Yurteser, *Divânü Lugâti't-Türk*, Kabalcı Yayınevi, İstanbul, 2005, s. 427.

Sırların Sırrı "Tao" Çin Tasavvufu, çev. Bedia Dikel, Mayataş, 1972.

Süleyman Uludağ, *Tasavvufi Terimler Sözlüğü*, Marifet Yayınları, İstanbul, 1999, s. 167.

Süleyman Zaman, "Batınilikte Sayıların Anlamı".

Taoizm (Tao Te Ching), Lao-Tzu, çev. Prof. Muhaddere N. Özerdim, Ankara Üniversitesi Dil ve Tarih Coğrafya Fakültesi Yayınları, no. 275, 1978.

The Book of Tao, Laotse, trans. Frank J. MacHovec, Peter Pauper Press, New York, 1962.

"The Cosmic Doctrine", *Dion Fortune*, Helios, Glos, 1966.

The Ri Veda, Penguin Classics, 1981, Londra.

"The Symbols of Florence and Their Meaning", florenceapartmentstorent.com/symbols-florence-meaning/4815

Yaşar Çoruhlu, *Türk Mitolojisinin Ana Hatları*, Kabalcı Yayınları, İstanbul, 2010, s. 221.

Zeki Başar, *Erzurum'da Tıbbi ve Mistik Folklor Araştırmaları*, Atatürk Üniversitesi Yayınları, Ankara, 1972, s. 208-209.

CW01651169

Ο ΚΥΡΙΟΣ ΛΑΙΜΑΡΓΟΣ

by Roger Hargreaves

χάρτινη πόλη®

Ο **κύριος Λαίμαργος** ήταν
πολύ πολύ λαίμαργος.
Του άρεσε συνεχώς να τρώει.
Και όσο έτρωγε, τόσο πιο χοντρός γινόταν!
Και το κακό ήταν ότι όσο πιο χοντρός γινόταν,
τόσο πιο πολύ πεινούσε!
Και όσο πιο πολύ πεινούσε, τόσο πιο πολύ έτρωγε!
Και όσο πιο πολύ έτρωγε, τόσο πιο χοντρός γινόταν!
Και έτσι συνεχιζόταν το κακό!

Ο κύριος Λαίμαργος ζούσε σ' ένα σπίτι
που του έμοιαζε πάρα πολύ!
Ήταν ένα στρουμπουλό στρουμπουλό σπίτι!

Ένα πρωί ο κύριος Λαίμαργος
ξύπνησε νωρίτερα απ΄ ό,τι συνήθιζε.
Είχε δει στ΄ όνειρό του –τι άλλο;– ότι έτρωγε!
Και αυτό το όνειρο τον έκανε
να ξυπνήσει πεινασμένος!
Έτσι, ο κύριος Λαίμαργος σηκώθηκε, κατέβηκε
στην κουζίνα και έφτιαξε για τον εαυτό του
το πιο πλούσιο πρωινό που μπορείτε
να φανταστείτε.

Αυτό ήταν το πρωινό του κυρίου Λαίμαργου...

2 φέτες ψωμί

1 μεγάλο πακέτο με κορν φλέικς

1 μπουκάλι γάλα

1 μπολ ζάχαρη

3 φέτες ψωμί

3 αβγά βραστά

4 φέτες ψωμί

4 κεσεδάκια βούτυρο

1 ολόκληρο βαζάκι μαρμελάδα

Όταν τελείωσε το πλούσιο πρόγευμα,
ο κύριος Λαίμαργος χαμογέλασε με ικανοποίηση
και σκέφτηκε:

**«Ήταν ένα νοστιμότατο πρωινό!
Τώρα πρέπει να σκεφτώ τι θα ήταν καλύτερο
να φάω για μεσημέρι!»**

Αποφάσισε, λοιπόν, να κάνει μια μεγάλη βόλτα,
για να του ανοίξει η όρεξη.

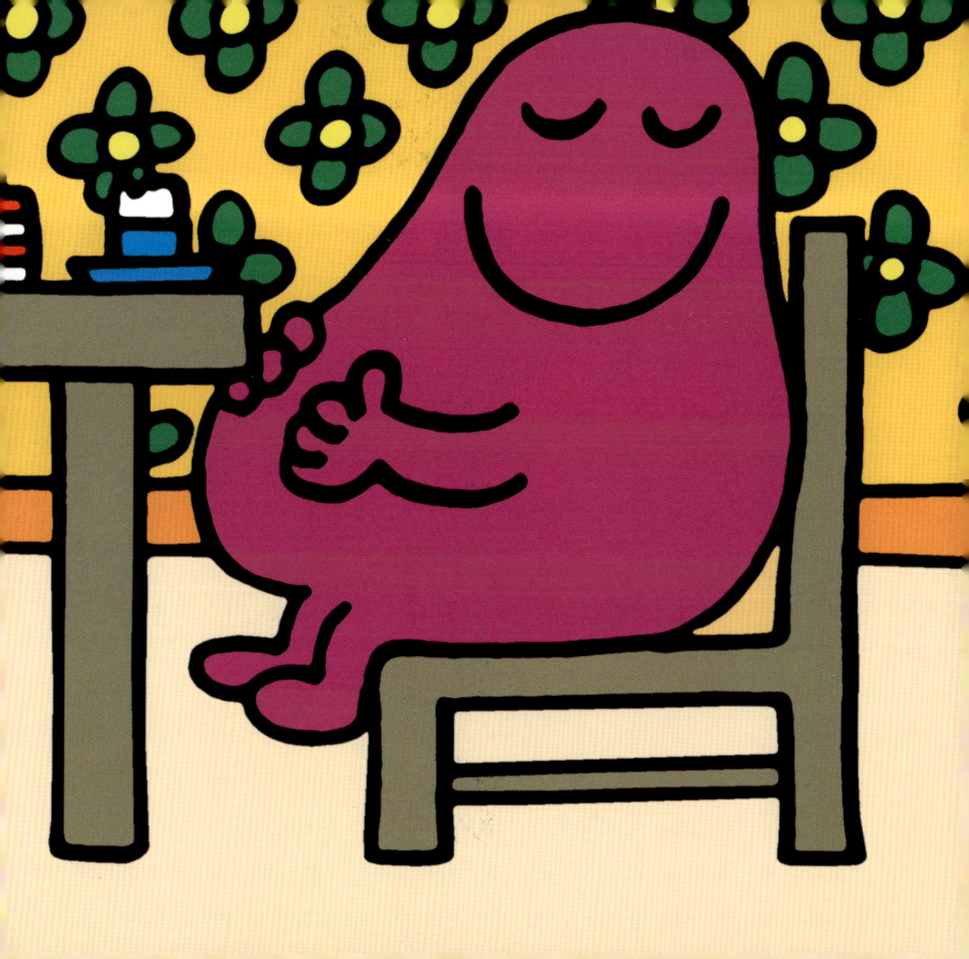

Έτσι, ο κύριος Λαίμαργος
περπατούσε
και περπατούσε,
ώσπου κάποια στιγμή ανακάλυψε μια σπηλιά!
«Τι περίεργο!» σκέφτηκε ο κύριος Λαίμαργος.
«Δεν νομίζω ότι έχω ξαναδεί αυτήν εδώ τη σπηλιά».

Ο κύριος Λαίμαργος, επειδή ήταν πάντοτε περίεργος,
αποφάσισε να την εξερευνήσει.
Μπήκε σιγά σιγά μέσα στη σκοτεινή σπηλιά.
Ψάχνοντας στο σκοτάδι, ανακάλυψε
μια σκάλα με τεράστια σκαλοπάτια.
Ο κύριος Λαίμαργος, επειδή ήταν πάντοτε περίεργος,
αποφάσισε να ανεβεί τα σκαλοπάτια.
Ήταν πολύ μεγάλα και δυσκολευόταν,
όμως ο κύριος Λαίμαργος, ξεφυσώντας,
σκαρφάλωνε όλο και πιο ψηλά.

Στο τέλος έφτασε σε μια πόρτα.
Ήταν χωρίς αμφιβολία η μεγαλύτερη πόρτα
που είχε δει ποτέ.
Η πόρτα δεν ήταν εντελώς κλειστή.
Ο κύριος Λαίμαργος, επειδή ήταν πάντοτε περίεργος,
αποφάσισε να δει τι βρισκόταν πίσω από την πόρτα.
Έτσι, αφού ζουλήχτηκε για να περάσει από τη σχισμή,
αντίκρισε ένα απίστευτο θέαμα!
Ήταν ένα τεράστιο δωμάτιο!
Το μεγαλύτερο δωμάτιο στον κόσμο!

Το πάτωμα ήταν τόσο μεγάλο όσο ένα λιβάδι!
Το τραπέζι στη μέση του δωματίου ήταν
τόσο μεγάλο όσο ένα σπίτι και οι καρέκλες
γύρω του ήταν τόσο ψηλές όσο τα δέντρα.
Ο κύριος Λαίμαργος ένιωσε πολύ μικρούλης.
Όμως, κάτι του μύριζε...
Από το τεράστιο τραπέζι
ερχόταν η πιο καταπληκτική μυρωδιά φαγητού
που είχε μυρίσει ποτέ ο κύριος Λαίμαργος.

Ο κύριος Λαίμαργος αποφάσισε να ανέβει στο τραπέζι.
Άρχισε, λοιπόν, να σκαρφαλώνει
στο πόδι της τεράστιας καρέκλας.
Ήταν πολύ δύσκολο και του πήρε αρκετή ώρα.
Τελικά ο κύριος Λαίμαργος τα κατάφερε!
Βρισκόταν πάνω στο τεράστιο τραπέζι.
Ό,τι έβλεπε ήταν τεράστιο.
Το αλάτι και το πιπέρι ήταν τόσο μεγάλα,
που έμοιαζαν με τηλεφωνικούς θαλάμους!

Πάνω στο τραπέζι υπήρχε
ένα μπολ με φρούτα.
Ο κύριος Λαίμαργος προσπάθησε
να σηκώσει ένα πορτοκάλι.

Και όχι μόνο!
Ο κύριος Λαίμαργος σαν λαίμαργος που ήταν,
έκανε μια μεγάλη δαγκωνιά
σε ένα από τα τεράστια μήλα.
Μετά κοίταξε γύρω του.
Ήθελε να δει από πού ερχόταν
αυτή η υπέροχη μυρωδιά!

Και το βρήκε!
Στην άλλη μεριά του τραπεζιού
βρισκόταν ένα **γιγάντιο πιάτο.**
Μέσα στο πιάτο υπήρχαν δύο τεράστια
λουκάνικα που έμοιαζαν με μαξιλάρια.
Υπήρχαν ακόμα κάτι τεράστιες πατάτες
που έμοιαζαν με μπάλες του μπάσκετ και ένας σωρός
από τεράστια μπαλάκια αρακά
που έμοιαζαν με μεγάλα πράσινα μπαλόνια!
Ο κύριος Λαίμαργος δεν πίστευε στα μάτια του!
Τόσο πολύ και νόστιμο φαγητό!
Λαίμαργος όπως ήταν, έφτασε τρέχοντας στο πιάτο
και άρχισε να τρώει.

Ξαφνικά, εκεί που έτρωγε, είδε μια σκιά πάνω στο πιάτο
Και χωρίς καλά καλά να το καταλάβει, ένα τεράστιο
χέρι τον άρπαξε και τον σήκωσε ψηλά.
Μπροστά του βρισκόταν ένας φοβερός γίγαντας!
«Ποιος είσαι εσύ;» φώναξε αγριεμένος.
Ο κύριος Λαίμαργος φοβήθηκε τόσο πολύ, που
μόλις κατάφερε να ψελλίσει το όνομά του.
«Είμαι ο κύριος Λαίμαργος», είπε σιγανά.
Ο γίγαντας γέλασε και το γέλιο του έπεσε σαν κεραυνός
«Λαίμαργος στο όνομα, λαίμαργος και στη ζωή!» φώναξε.
«Λοιπόν! Νομίζω πως ο κύριος Λαίμαργος πρέπει
να πάρει ένα μαθηματάκι!»

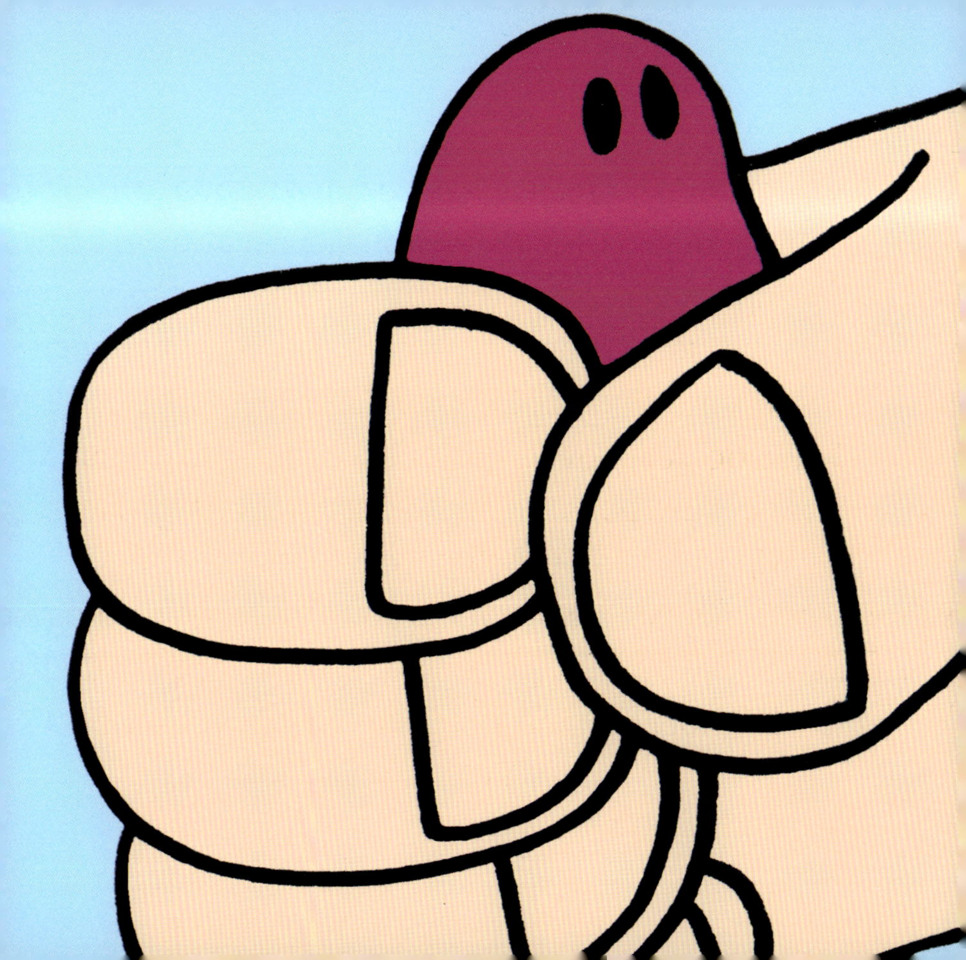

Θέλετε να σας πω το μάθημα που του έδωσε;
Ο γίγαντας ανάγκασε τον κύριο Λαίμαργο
να φάει ό,τι υπήρχε και δεν υπήρχε μέσα σ' εκείνο
το τεράστιο πιάτο.
Όταν τελείωσε, ο κύριος Λαίμαργος
αισθανόταν πολύ πολύ άρρωστος.
Νόμιζε πως θα σκάσει από στιγμή σε στιγμή.
«Και τώρα πες μου», είπε ο γίγαντας με χαμηλή φωνή
«υπόσχεσαι ότι δεν θα είσαι ποτέ ξανά λαίμαργος;»
«Ναι», βόγκηξε ο κύριος Λαίμαργος.
«Σου το υπόσχομαι, κύριε Γίγαντα, σου το υπόσχομαι!»

«Πολύ καλά!» είπε ο γίγαντας.
«Και τώρα μπορώ να σε αφήσω να φύγεις».
Ο κύριος Λαίμαργος κατέβηκε από το τραπέζι
και προχώρησε προς την πόρτα.
Αισθανόταν πάρα πολύ χοντρός
και ήταν απίστευτα δυστυχισμένος.

Και ξέρετε κάτι;
Από εκείνη τη μέρα και μέχρι σήμερα
ο κύριος Λαίμαργος κράτησε την υπόσχεσή του.
Ξέρετε και κάτι άλλο;
Ο κύριος Λαίμαργος δεν είναι πια όπως ήταν πριν.
Για κοιτάξτε τη φωτογραφία του...
Δεν νομίζετε κι εσείς ότι έτσι είναι καλύτερα;
Εάν λοιπόν γνωρίζετε κάποιον
που είναι λαίμαργος σαν τον κύριο Λαίμαργο,
ξέρετε τι θα του πείτε,
δεν ξέρετε;

«Προσοχή
στους
γίγαντες!»

Ο κύριος Λυπημένος
και ο κύριος Χαρούμενος
βγήκαν από το σπίτι γελώντας.
Ήταν τόσο αστείοι!
Όσοι τους έβλεπαν να γελούν
με δάκρυα στα μάτια
ξεσπούσαν σε γέλια!
Ως και τα πουλιά
στα δέντρα γελούσαν!
Δεν μπορούσαν να πιστέψουν
πώς κάποιος με το όνομα
κύριος Λυπημένος
γελούσε τόσο πολύ...

Αυτό είναι το τέλος
της ιστορίας μας.
Αν κι εσείς κάποια φορά
νιώσετε τόσο λυπημένοι
όσο ο κύριος Λυπημένος,
τότε ξέρετε τι θα κάνετε...
Απλώς θα σηκώσετε
τις γωνίες των χειλιών σας
προς τα πάνω!
Έτσι δεν είναι;